अपने अरण्य की ओर

(उपन्यास)

अपने अरण्य की ओर

हरिसुमन बिष्ट

भारतीय ज्ञानपीठ

वाणी प्रकाशन : भारतीय ज्ञानपीठ की पुस्तकों
के एकमात्र प्रकाशक एवं वितरक

सजिल्द पहला संस्करण : 2021
सजिल्द दूसरा संस्करण : 2024

लोकोदय ग्रन्थमाला : ग्रन्थांक 1490

प्रकाशक
वाणी प्रकाशन ग्रुप
4695, 21-ए, दरियागंज, नयी दिल्ली-110 002
फ़ोन : 011-23273167, 23275710
ईमेल : sales@vaniprakashan.in

ISBN : 978-93-5775-472-9

अपने अरण्य की ओर
(उपन्यास)
हरिसुमन बिष्ट

APNE ARANYA KI AOR
(Novel)
by Harisuman Bisht

मुद्रक : आर. टेक ऑफ़सेट प्रिंटर्स, दिल्ली-110 032

Price : INR. 725

वरिष्ठ कथाकार चित्रा मुद्गल को सादर

अपने अरण्य की ओर

यह कहना है—मैं स्वयं को पहाड़ से काटकर नहीं देख सकता। पहाड़ भी हमेशा मुझसे चिपका रहना चाहता है। कभी-कभी लगता है, यह सृजन एक दूसरे के लिए हैं। जब भी पहाड़ जाता हूं, वहां अपने बचपन और उसके अवशेषों के चिह्नों को ढूंढ़ता हूं। आंखें गिरि कन्दराओं, शैल शिखरों, ऊंचे हिमनद, नदियों की घाटियों, हरे-भरे बुग्यालों और क्षितिज के उस पार जाती हैं। वहां हिमालय मेरे अशेष स्मृतियों का एक चिह्न ही तो है, जो दुनिया में अकेला है। मेरे पुरखे, मेरे अग्रज बहुत कुछ रच चुके हैं अपने-अपने एकांत को—वेद, पुराण, उपनिषद, रामायण, महाभारत और भी अभिमंत्रित ऋचाओं से परिपूर्ण ग्रंथों में। कविता, कहानी और लोक को भी जितना बुन सकते थे—उसे बुना है। जितना वे लिख सकते थे, भरपूर लिख भी गए—फिर भी बहुत कुछ छोड़ गए—जिसे लिखना उन्हें रुचिकर न लगा या फिर उनकी पहुंच उस परिक्षेत्र तक न हो, यह भी हो सकता है कि उन्होंने तब आवश्यकता को ही न समझा हो। आज लगता है, मुझे लिखना चाहिए— ऐसा मेरा कर्तव्य बनता है और दायित्व भी। उस क्षेत्र पर—जहां मैं पैदा हुआ, पला-बढ़ा और पंख लगते ही उतुंग शिखरों, गिरी कंदराओं को पीछे छोड़कर फुर्र उड़ आया हूँ।

लोकगीतों, लोक कथाओं और लोकतंत्र में सैर सपाटा करने वालों, तिथि-बार के वक्ताओं-प्रवक्ताओं को वहां ऐसा कुछ न मिले, जिसे मैं इस उपन्यास में लिख रहा हूं, जो उनकी दृष्टि में सिर्फ मेरी कायरता दिखे, जिसे मैं अभी इस भूभाग की एक बानगी भर कह रहा हूं—मैं भी उस परिक्षेत्र को समुचित रूप में रच रहा हूं—ऐसा नहीं है; सबकुछ लिखना अच्छा-अच्छा लिखने से कहीं अधिक कठिन है। वहां हिमालय है, उसकी सुन्दर वादियां हैं। वन-उपवन, नदियां, झरते झरने, झीलों सी गहरी उम्मीद से भरी दुनिया है। जिसे हर कोई हमेशा हराभरा मनोहारी देखना चाहता है, परन्तु मेरी दृष्टि पता नहीं क्यों वैसा देखने में अक्षम हो जाती है।

मुझे बहुत बार दृष्टि भ्रम भी लगता रहा है। आंखों में पानी सरसराया तो

विश्वास मजबूत होता प्रतीत हुआ—आंखों में रोशनी है, पानी मरा नहीं है। मेरी आंखें जैसा देख रही हैं, वैसी ही अँगुलियां चल रहीं हैं। फर्क है, अब पेन-पेपर की ठौर पर लेपटॉप और कम्प्यूंटर हैं। इनके उपयोग से मन मस्तिष्क और अँगुलियों को शब्दों को लिखने में नयी गति अवश्य मिली है—दृष्टि भ्रम और दृष्टि दोष तो हो ही नहीं सकता। यही वजह है, मैंने हिमालय को हिमालय जैसा ही देखा है—उसे जस-तस देखना न दृष्टि भ्रम है न ही अनुचित।

इस क्रम को आगे बढ़ाते हुए मैंने चार वेद, पुराण, उपनिषद, महाभारत, श्रीमद भगवद्गीता, रामायण, रामचरित्र मानस,श्री कृष्ण-लीला पुरुषोत्तम भगवान,जैसे महत्वपूर्ण ग्रंथों और अन्य पुस्तकों को इस उपन्यास में सहायक बनाया है। उनके नामोल्लेख यथास्थान पर किया है। प्रत्यक्ष एवं परोक्ष रूप से हमारे समय के महत्वपूर्ण व्यक्तियों के नाम और उनके कथन को सामाजिक सन्दर्भों को समझने में प्रयोग किया है। यह भी विशेष ध्यान रखा कि जानबूझकर किसी का मन आहत न हो, मुझे अपने समकाल को समझने के लिए यह अनिवार्य रूप से सार्थक और समीचीन लगा- इसमें किसी तरह का द्वेषभाव, किसी को अधिक मान देने-घटाने का नहीं है—सभी मेरे आदरणीय और सम्मानीय हैं।

उम्मीद है, आप भी मेरी तरह सामान्य व्यक्ति के अक्षय जीवटता की अभिव्यक्ति को वैसा ही अनुभव करेंगे कि आपकी अनुभूति ही इस उपन्यास की नींव में है...

—डॉ. हरिसुमन बिष्ट
नोएडा, उत्तर प्रदेश

अपने अरण्य की ओर

जीरो पॉइंट!

जी, जीरो पॉइंट नहीं, राजीव चौक!! दोनों ने एक दूसरे की आंखों में आंखें डालीं और मुस्कराते हुए अपने-अपने गंतव्य की ओर बढ़ गए। इस समय दोनों का लक्ष्य एक था, मंतव्य भी एक। यहां पर आना, मिलना और फिर मिलकर चले जाना, उनकी आदत में शुमार हो चुका था। आज सुबह भी उन दोनों ने शाम को मिलने का वचन लिया, गले मिले और अपनी-अपनी दिशाओं की ओर बढ़ गए। फिर दोनों ने पलट कर एक दूसरे को नहीं देखा।

शाम के सात बज चुके थे, मनीष अभी तक नहीं लौटा था। हर दिन वसंत विहार के मोड़ पर उसे ट्रैफिक रुका हुआ मिलता था, जिस वजह से उसे राजीव चौक पहुंचने में विलम्ब हो ही जाता था। आज ज्यादा ही विलम्ब होने से माजुली का धैर्य जवाब देने लगा। वह सोचने लगी, ''राजीव चौक के मायने यानि जीरो पॉइंट होता है—जीरो यानि शून्य। शून्य मायने मृतप्राय।'' वह मनीष की प्रतीक्षा में स्वयं को जैसे मृत ही समझने लगी थी। और पूरा प्लेटफार्म पर लोगों की भारी आवाजाही के बावजूद एकदम श्मशानी चुप्पी प्रतीत हुई। कई बार तो उसे बहुत बुरा ख्याल आया, अब मनीष उससे मिलने नहीं आएगा। वह उसकी जिंदगी से दूर—बहुत दूर चला गया है। ऐसे वक्त पर, जब उसका मन लोटपोट हो रहा है, और वह—उसके बगैर, उसके होने का कोई मायने नहीं रहता।

मेट्रो ट्रेन आ-जा रही थी। उसकी आने-जाने के फेरों की आवृति भी घटने लगी थी। विचलित मन पहाड़ की भांति रियरियाकर दरकने लगा—''यदि मनीष घंटे भर में नहीं पहुंचा तो, वह मेट्रो के अंतिम फेरे में उसके आगे कूदकर हमेशा-हमेशा के लिए कटकर बिखर जाएगी...''

उसके लिए जीरो पॉइंट के पीछे भी तो यही अर्थ छुपा था। उसी पल वह सोचने लगी, नहीं, तन से पृथक कैसे हो सकता है मन! मन से अलग कैसे हो सकता है मनीष!! वही क्यों-कोई भी मन से अलग हो सकता है? यह मेट्रो ट्रेन का अंतिम फेरा तो नहीं हो सकता!! फेरों की आवृति घट सकती है। इसके बाद नोएडा सिटी सेंटर की ओर जाने वाली मेट्रो ट्रेन आएगी और उससे पहले यमुना बैंक तक

का आधा फेरा भी हो सकता है। रात में यात्रियों को बीच रास्ते में छोड़ना मेट्रो कारपोरेशन को अच्छा नहीं लगता। मेट्रो है ही ऐसा गज़ब का साधन, जब से चली है, कितने ही मोहबतों के घर बसा दिए हैं। एक मनीष है, जो उसे प्रपोज तक नहीं कर सका आज तक। इस स्टेशन पर आकर तो हमेशा वह शून्य की स्थिति में होता है।

माजुली भी धीरे से रोज की तरह हमेशा कह देती, ''उसे तो विपरीत दिशा की तरफ जाना है मनीष! और तुम...''

माजुली अभी सोच ही रही थी कि मनीष उसे येलो लाइन से ऊपर आती सीढ़ियों को चढ़ते दिख पड़ा। उसे लगा, उसकी खोयी हुई अतिमूल्यवान वस्तु हाथ लग गयी है, जिसके न मिलने पर उसे इतनी देर तक विचलित किया हुआ था।

उसे इतनी देर तक प्लेटफार्म पर प्रतीक्षा करते देखकर मनीष आश्चर्य और अफ़सोस प्रकट करता रहा। माजुली न अपने शब्दों पर नियंत्रण रख सकी और न ही मन पर। वह बोली, ''आज मैं जीरो पॉइंट का मतलब समझ चुकी हूं मनीष! जिसके मायने है मौत। मौत अधिक समय की प्रतीक्षा नहीं करती; वह आती है और आकर उसी क्षण लौट जाती है। तुम्हारी प्रतीक्षा का कष्ट भी वैसा ही है।''

मनीष उसके शब्द, शब्दों के अर्थ और मन के भावों को ठीक-ठीक समझने के बावजूद जैसे कुछ भी नहीं समझ पा रहा था। यहां तक कि उसका विलम्ब का कारण रोज का ट्रैफिक जाम नहीं, बल्कि, कोई और ही वजह थी, जिसे वह बताने की हिम्मत भी नहीं जुटा रहा था। उसने लम्बी सांस ली तथा शांत और क्लांत स्वर में कहा, ''जीरो पॉइंट का मायने मौत नहीं होता माजुली! शून्य होता है। शून्य का बोध होना स्वयं शून्य होना नहीं होता। बीसियों बार जीव शून्य की स्थिति में पहुंच जाता है, पर तन से उसका मन विलग नहीं होता—तन भौतिक प्रकृति का प्रतिफल है। मन उसी प्रकृति का हिस्सा—वह कभी मरता नहीं है। प्रकृति कभी मरती नहीं। वह अपना रूप अवश्य बदल देती है। इसीलिए इंसान वैसा कुछ सोचता नहीं है। उसके मानस पटल पर विचारों की आवत-जावत बनी रहती है।''

''लगता है, जनाब को आज कोई नया ज्ञान अर्जित हुआ है। वरना जितना बड़ा संघर्ष उतनी बड़ी जीत का महामंत्र रटने और रटाने वाला विश्वविद्यालय और उसका यह होनहार स्टूडेंट—संघर्ष और इन्कलाब की बातों के अलावा जो, कुछ सोच ही नहीं पाता था, वह आज...वहां इसके अतिरिक्त होता ही क्या है? हमेशा वही सब तो चलता है वहां...'' माजुली ने क्रोध मिश्रित व्यंग्य में कहा।

''मैं तुम्हें कुछ बताने और समझाने का प्रयास करूं, तो भी, उसे नहीं समझोगी। क्योंकि तुम जो निश्चय कर चुकी हो, वह अमिट और अपरिवर्तनीय है—सबकुछ यथावत ही रहेगा। तुम्हारे विश्वविद्यालय का सिद्धांत और तुम भी।

ठीक ही तो कहा है किसी ने, वास्तविक संख्या को शून्य से मथने का परिणाम जड़ता ही प्राप्त होती है। यह सिद्धांत तुम अपने संबंध में भी सोच लो...''

''मैं सबकुछ समझती हूं, सीधे-सीधे कहावत क्यों नहीं कह देते। कहने में संकोच कैसा—जितनी दुबली-पतली हूं उतना ही पतला कातती हूं... तुम विवेकानंद को हमेशा जहां-तहां ऐसे ही कोसते थकते नहीं हो। आईन्दा कुछ कहने से पहले यह सुन लो—एक समय में एक काम किया करो। उसे करते समय अपनी पूरी आत्मा उसमें झोंक दो और बाकी सबकुछ दुनियादारी भूल जाओ। यह भी विवेकानंद ने कहा है। यह वक्त सबकुछ भूलकर हमारा मिलने और फिर घर लौटने का है—बहस का नहीं मनीष!''

''बहस! मैं कहां कर रहा हूं, बहस की शुरुआत तो तुमने की है। वह तो अब आगे बढ़ रही है। तुम बातों में इस तरह नहीं उलझाती तो, अंतिम मेट्रो ट्रेन नहीं छूटती। अब लग रहा है, मेट्रो स्टेशन के मुख्य दरवाजे भी बंद हो चुके होंगे।'' मनीष ने आशंका जताई। इस समय उसके शब्दों में पहले से कहीं अधिक गंभीरता आ गयी।

''तो, अब हम कहां जायेंगे? यहां प्लेटफार्म पर तो इस तरह दुबके हुए नहीं रह सकते। उस तरफ से स्टेशन की लाईट भी आफ़ होना शुरू हो चुकी हैं, हमें गार्ड ने देख लिया तो...'' माजुली ने चिंता प्रकट करते हुए कहा।

''तो क्या, अब हमें हमारी इस आजादी के मायने मालूम हो जाएंगे—वैसे भी आजादी है भी कितनी? फिर हमारी आजादी के मायने पांवों पर पड़ी जंजीरों की लम्बाई से अधिक नहीं रहेगी। उससे अधिक बिलकुल भी नहीं। वैसे भी जे.एन.यू. का माहौल कहां ठीक है? यदि आज लपेटे में आ गये और सिद्ध हो गया, मैं उस विश्वविद्यालय से सम्बद्ध हूं, और अकारण ही जानबूझकर हम लोग यहां रुके हैं—फिर तो, जमानत भी नहीं होगी सालों तक।''

''ओह! यह क्या? अब तो भगवान ही रक्षा करेंगे।'' माजुली ने अपने भगवान को याद करते हुए आंखें बंद कर लीं।

''अब तक तो—जरा उस कैमरे को देखो, वह बचा रहा है हमें, उसकी दिशाएं इस जीरो पॉइंट से विपरीत ध्रुवों की ओर हैं। किसी कोण से कोई भी कैमरा हमें अपनी गिरफ्त में नहीं ले रहा है। यदि जरा भी कदम इधर-उधर बढ़ाने की कोशिश की तो—हो सकता है...''

''...तो तुम मुझे डरा रहे हो?'' माजुली को मनीष की बातों पर विश्वास नहीं आया। उसने पहले दांये-बांये, ठीक सिर के ऊपर लगे सी.सी.टी.वी. कैमरे की ओर देखा और फिर धीरे से बोली, ''तुम ठीक कह रहे हो मनीष! हमारे सिर पर टंगे कैमरे की ही नहीं, किसी भी कैमरे का एंगल हमारी तरफ को नहीं है। हमें इसी तरह

शांत- वृक्ष की मानिंद यहीं पर खड़ा रहना होगा—सुबह होने तक... भलाई इसी में है।''

''स्वयं पर विश्वास भी कोई चीज होती है माजुली! जिस विवेकानंद को कोट करती तुम थकती नहीं हो, उनके इस कथन को हमेशा क्यों भूल जाती हो—जब तक आप खुद पर विश्वास नहीं करते, तब तक आप भगवान पर भी विश्वास नहीं कर सकते।''

''ऐसा तुम कह रहे हो या तुमने पढ़ा है, यह कथन कहीं... मैंने तो आज तक न पढ़ा और न ही सुना।''

''एक शहर के बीच तुम्हारे और मेरे विश्वविद्यालय में कोई दूरी है, तो यही कि एक शहर के उत्तर में है तथा दूसरा दक्षिण में माजुली! दोनों जगह इडली-बड़ा, सांभर-दोसा और बर्गर, चाउमिन और पोटैटो फिंगर चिप्स एक जैसे मिलते हैं। बावजूद इसके यह दूरी वैचारिक है। सोच और विचार मंथन के स्तर तक काफी विस्तार ले चुकी है। वैसे कोई भी शिक्षण संस्थान अच्छा या बुरा नहीं होता। हम अपने विचारों और नेक नीयत और कार्यों से उसे अच्छा या बुरा और छोटा या बड़ा कहते और बनाते हैं। एक बात कहूं माजुली! सत्ताओं की टकराहट की गूंज दोनों ही संस्थाओं में साफ-साफ सुनाई देती है, दोनों ही मौका मिलते ही अपना-अपना दांव चलने से नहीं चूकते—जो अब चीख-चिल्लाहट में बदल रही है। किसी संस्थान में भारतीय जीवन दर्शन को सही मायने में समझना है, तो, वह हमारा विश्वविद्यालय ही समझने और समझाने में अग्रगण्य है, उससे बेहतर कोई दूसरा संस्थान हो ही नहीं सकता।'' मनीष ने पूरे आत्मविश्वास के साथ कहा।

''ओह! कोई आ रहा है। भारी बूट बज रहे हैं, उनकी आवाज से धरती भी हिल रही है।'' माजुली ने अपने कानों के पीछे हाथ लगते हुए, बातों की धारा के प्रवाह की दिशा को ही बदल दिया।

''हां, मैं भी ऐसा ही अनुभव कर रहा हूं। सी.आई.एस.एफ. के जवानों के बूटों के खड़कने की गूंज हो सकती है। उनके अलावा इस समय यहां कोई दूसरा कौन हो सकता? पूरे स्टेशन में एकदम सन्नाटा है। परिंदा तक उनकी इजाजत के उड़ नहीं सकता।'' मनीष ने भी भारी बूटों के बजने की आवाज सुनी और कहा।

''हमें गार्ड से मिलना चाहिए। वही हमें बाहर का रास्ता दिखा सकता है।'' माजुली ने सुझाव दिया।

''रास्ता बाहर का नहीं हिरासत का दिखेगा हमें। वह हमारी लापरवाही को संदेह की दृष्टि से देखेगा। हमें और हमारी बातों पर रत्तीभर विश्वास नहीं करेगा। हम पर भरोसा करना उसके दायित्व में कम से कम इस बुरे वक्त में तो नहीं आता।''

''ओह! यह क्या हो गया भगवान! यह सब तुम्हारी वजह से हुआ मनीष!

तुम समय पर आ चुके होते—ये नौबत नहीं आती।'' माजुली ने दुखी होकर कहा।

माजुली विचलित होकर तिलमिला उठी।

पल भर के लिए मनीष को भी कुछ नहीं समझ में आया। गार्ड के बूटों की आवाज उन्हें अपने, और करीब आती महसूस हुई। प्लेटफार्म की हल्की होती रोशनी में, और अधिक प्रतीक्षा किये वगैर, मनीष ने चारों तरफ देखा, फिर धीरे से कहा, ''गार्ड के इस प्लेटफार्म पर पहुंचने से पहले कहीं, कोने में हमें दुबक लेना चाहिए।''

''पर कहां?''

''यहीं कहीं।''

माजुली ने फिर से चारों तरफ नज़र दौड़ाई। ''मैं इस ए.सी. डार्ट की ओट में, और तुम अपने लिए कोई सुरक्षित जगह देख लो मनीष! थोड़ी देर की ही तो बात है—गार्ड जल्दी लौट जायेगा।''

''उस सुरंग में।'' कहते मनीष ने इशारा किया।

''हां, उस ओर अंधेरा है—और अंधेरी सुरंग है...'' अपना वाक्य पूरा करने के पहले, बिना किसी सोचे-समझे माजुली तेजी से प्लेटफार्म से नीचे रेल की पटरी पर उतर गयी और उसका अनुसरण करते मनीष भी। गनीमत यह रही कि पटरी से प्लेटफार्म को बांटने वाली रेलिंग की फिटिंग का कार्य एक तरफ किया जा चुका था। वे दोनों पटरी से सटी दीवार की ओट में दुबक गए।

उन दोनों ने एक-दूसरे को देखा, गहरी सांस ली और बड़ी देर तक एक-दूसरे की रेंगती सांसों की सरगम को अनुभव करते रहे।

''अब किधर?'' दोनों ने संयुक्त स्वर में एक दूसरे से पूछा।

एक पल की खामोशी के बाद माजुली बोली, ''बांयीं सुरंग की ओर—वह छोटी है।''

''नहीं, दायीं ओर—वह लम्बी है।''

''छोटी सुरंग ठीक है, हम जल्दी बाहर निकल जायेंगे। मेरे घर का रास्ता उस तरफ को ही जाता है।''

''हां, छोटा-मगर परेशानियों से भरा हुआ। यह सही है, थोड़ी ही देर में हम रामकृष्ण आश्रम स्टेशन पर पहुंच जायेंगे जरूर। वहां भी गार्ड ड्यूटी पर तैनात होंगे तब—आसमान से टूटे खजूर पर अटके जैसी स्थिति होगी—स्टेशन छोटा और खुले प्लेटफार्म पर ठंड से रात प्राणों पर भारी पड़ेगी।''

माजुली को मनीष की बात उचित लगी। उसने आगे कुछ नहीं कहा और दबे पांव रेल की पटरी के सहारे मनीष के संग उस लम्बी सुरंग में प्रवेश कर गयी, जिसका मुहाना प्रगति मैदान की तरफ खुलता था। (इस स्टेशन का नाम बदलकर

अब सुप्रीम कोर्ट रख दिया है।)

कुछ दूर चलने के बाद माजुली ने कहा, ''अब मुझे कुछ भी नहीं दिख रहा है। घुप अंधेरे में चलना संभव नहीं है मेरे लिए।''

''हमें थोड़ी दूर तक अभी और चलना होगा। यहां पर टार्च की रोशनी में हमें गार्ड आसानी से देख सकता है। वह हमें बहुत ही आसानी से देखकर, बिना किसी अतिरिक्त प्रयास के पकड़ सकता है। तुम मेरा हाथ पकड़ लो और हिम्मत से मेरे कदमों के साथ कदम बढ़ाती रहो—ईश्वर अंधेरे में ही सहायक होते हैं—क्या गलत कह रहा हूं मैं?'' मनीष ने व्यंग्यात्मक भाषा में कहा।

इस पर भी माजुली ने किसी तरह का प्रतिवाद नहीं किया। उसने भी उसी तरफ जाने में भलाई समझी। उसने सहजता से मनीष का हाथ थाम लिया। दोनों कुछ कदम आगे बढ़ भी गए—यह सोचकर कि अंधेरे को दोनों मिलकर आसानी से काट लेंगे।

प्लेटफार्म और उसकी रोशनी अब काफी पीछे छूट गये थे। दोनों ने चैन की लम्बी सांस ली। अब न गार्ड का भय, न मेट्रो के अंतिम फेरे की चिंता और न उसके नीचे दबने, कटकर मरने की आशंका। दोनों ही अपनी-अपनी ड्यूटी पूरी कर लौट चुके थे—ड्राइवर और सी.आई.एस.एफ. के जवान भी।

यह एक भयानक अंधेरी सुरंग। धरती के सीने को टी.बी.एम. से छेदकर बनाई गई सुरंग। किसी एक अलग ब्रह्माण्डीय ग्रह से भिन्न संरचना है। काली घटाओं से घिरे आसमान में तारों की रोशनी की कल्पना नहीं की जा सकती थी। यह धरती का ऐसा कोना, जहां पहली बार, वे दोनों अपने जीवन से, समय के सुनहरे पलों को, सितारों की नजरों से चुराकर, यहां तक पहुंचे थे।

माजुली ने तेज और तेज होती सांसों को नियंत्रित करने के उपक्रम में गहरी सांस ली। अब उसे न मनीष दिख रहा था, और न स्वयं को ही देख पा रही थी। यकायक उसे लगा, मनीष एक पुरुष है और स्वयं वह एक... वह स्वयं के लिए संकोचवश कोई संबोधन नहीं गढ़ सकी। फिर भी, एक कुशल एवं सम्पूर्ण स्त्री मन पुरुष मन की वाचालता को पढ़ गया। वह पूरी तरह से कांप उठी। उसे समझने में देर नहीं लगी, वह मनीष के साथ, उसके जीवन की किसी अंधेरी गुफा में प्रवेश कर गयी है, जो उसके जीवन के लिए अंधेरी और अभिशप्त सुरंग साबित हो सकती है, जिसमें भटकाव के बहुत् कुछ—कुछ भी हो सकता है। उसे पता था, ऐसे ही सृष्टि के आरम्भ से ही पुरुष हमेशा स्त्री को बहला, फुसलाकर भटकाता रहा है। फिर भी, उसने हिम्मत नहीं हारी। वह मनीष से सटकर बैठ गयी। उसने अपनी मन की व्यथा को धीरे से कहा, ''हम इस सुरंग से कब बाहर निकलेंगे मनीष?''

मनीष ने कोई उत्तर नहीं दिया। वह अंधेरे को काटने का उपक्रम करता और आगे बढ़ता रहा।

उसका अनुकरण करती माजुली भी बढ़ती रही। यह उसे विडम्बना ही लगी, जिस जीरो पॉइंट पर खड़ी होकर वह सुरंग को घूरती रहती थी, उसका अनंत आकाश जैसा होने का अनुमान लगाती रहती थी, वही सुरंग जो कभी उसके मन में कोतुहल पैदा करती थी, युरिगाग्रिन को चांद का रास्ता ढूंढ़ लेने पर बार-बार बधाई देती थकती नहीं थी, और कभी-कभी उसी खोज पर बहस करती विचलित होती नहीं थी। इस समय उसी खोज की एक डरावनी तस्वीर उसके आंखों में उभरने लगी। उसने मनीष का हाथ अपनी ओर खींचा, और उसे पूरी ताकत से कसकर पकड़ लिया—यह सोचकर कि कहीं हाथ की पकड़ कमज़ोर हुई तो-मनीष को कभी न ढूंढ़ सकेगी—फिर हमेशा—हो सकता है, वह हमेशा-हमेशा के लिए इस सुरंग में खो जाएगी।

मनीष ने भी माजुली की मन:स्थिति को उसके हाथों की पकड़ से समझने में देर नहीं की। फिर भी, उसकी हथेलियों की पकड़ ढ़ीली करने के लिए, वह भी अंधेरे में ही, अपना हाथ छुड़ाने का सायास प्रयास करने लगा। दरअसल ऐसा करने के पीछे कोई गलत मनसा उसकी नहीं थी। माजुली का हाथ छुड़ाकर वह मुक्त नहीं होना चाहता था—उसकी जितनी जरूरत माजुली महसूस कर रही थी—उतनी ही जरूरत उसे भी प्रतीत हो रही थी। वह थोड़ी देर के लिए सुस्ताभर लेना चाहता था—जिसमें वह बार-बार असफल हो रहा था। वह अपने प्रयास को जितनी सरलता से सफल होने की उम्मीद कर रहा था, उससे कहीं अधिक माजुली की पकड़ मजबूत होती जा रही थी।

मनीष समझ गया, यह सब कर पाना उतना आसान नहीं है। माजुली सहज नहीं है और न ही इस सुरंग को अकेले-अकेले पार करना, उसके लिए सरल और सुगम है। इसीलिए डरकर भयानक वेदना में चीखना भी चाहे तो दोनों चीख भी नहीं सकते। एकदम असहाय। इस ठौर पर उनकी चीख को सुनने वाला कोई नहीं है। सिर्फ इधर से उधर झपटते चमगादड़ों के, जिनके पंखों की फड़फड़ाहट गार्डों की गस्त के समय, उनके चारों तरफ भुतहा परिवेश रचकर,-अपने होने का एहसास करवा रहे थे।

मनीष ने अपनी गरम हथेलियों से स्पर्शकर माजुली के मन के भावों को गहरे से पढ़ना चाहा—वह बोली, ''बचपन में मां कहती थीं—अंधेरे में किसी को घूरना ठीक नहीं, चमगादड़ आंखों की रोशनी पर मुग्ध होकर झपट पड़ते हैं और आंखें नोच कर पंजों पर उड़ा ले जाते हैं।''

''नहीं, नहीं मां कभी गलत नहीं कहती थी। मैं ऐसा नहीं होने दूंगा माजुली! सब गंवारा है मुझे, बस तुम्हारा साथ चाहिए।''

●●●

जीवन की सबसे कठिन रात। तारों विहीन गहरी अंधेरी रात। भोर की पहली किरण का उदय होगा भी या नहीं—उससे मिलना होगा भी या नहीं।

"मैं तुमसे कह रही थी गार्ड से बात कर लेते हैं। तुमने ऐसा करने से रोक दिया था।"

"हां, मैंने रोका था, मुझे ऐसा करना उचित और जरूरी लगा।"

"क्यों, वजह।"

"पुलिस से बचने में भलाई होती है।"

"हमने कोई अपराध तो नहीं किया है—अपराधी नहीं हैं हम।"

"अपराध नहीं किया, यही तो असल अपराध है माजुली! ये दिल्ली है—दिल्ली महानगर। तुम्हारा गांव देस, कस्बा या शहर नहीं। यहां राजधानी है—राजनैतिक सत्ता का मुख्य केंद्र। अहंकार और संकीर्ण मनोवृतियों वाला भूभाग है यह। इस महानगर ने हमेशा शहर और गांव की दूरियां बढ़ाई हैं। गांव के संकरे रास्तों को उजाड़कर बसाया गया शहर, हिन्दुस्तान के गांवों के संकरे रास्तों का मुहाना भी यहीं खुलता है। अब महानगर में रहती हो तुम, अपनी जड़ों से जुड़े रहने का प्रयास मत किया करो कभी। तुम जिस पुलिस की छबि लेकर इस शहर में आई हो, उसका भ्रम ही मत पालो। उस विश्वास को अभी और इसी समय धरती में दबा दो, तो अच्छा है।"

"इसके मतलब तुम पुलिस के विषय में कुछ नहीं जानते।"

"सबकुछ जानता हूं मैं, उन प्रतिक्रियावादी ताकतों के बारे में भी भलीभांति जानता हूं, जो सत्ताओं के खूंटे से बंधे होते हैं। तुम उनके चरित्र के विषय में जानती ही कितना हो? किसी हंसते-खिलखिलाते परिवार को विकट परिस्थितियों में उलझाने के सिवाय लोकतांत्रिक व्यवस्था की पुलिस करती ही क्या है? उसकी बर्बरता से निजात पाने के लिए कोई कुछ बोलता ही नहीं—यह सही है उनके विरुद्ध जितना मुखर होना जरूरी है, उतनी ही उनकी कामयाबी पर पीठ ठोंकना और उनकी उपस्थिति के पक्ष में बोलना भी जरूरी होता है।"

"अपने अनुभव से कह रहे हो?"

"हर अनुभव अपना नहीं हो सकता और न ही अपने अनुभव से देश, दुनिया और जीवन चल सकता है। दुनिया के अनुभव से—जो हर किसी के लिए काफी महत्व रखता है। हर जगह के अपने अनुभव से इंसान कुछ न कुछ सीखता है जरूर—दूसरे के अनुभव से उससे भी अधिक। दूसरे के अनुभव से नहीं सीखता, तो हर विकट परिस्थिति से कैसे उठ पाता। दूसरे के अनुभवों में भी विकट परिस्थितियों से निकलने का रास्ता अवश्य छिपा होता है—और सुगम रास्ता निकलता भी है।"

"तुम्हारी पुलिस से इतनी दूरी या नफरत क्यों?"

"बहुत कम, मैं तुम्हारी धारणाओं से कम—पुलिस के संबंध में न बराबरी, न समतुल्यता और न ही समरसता रखता हूं—सहानुभूति तो बहुत दूर है। आमजन को पुलिस से कोई लाभ मिलने की बात आज तक मैंने सुनी नहीं, तुमने सुनी हो, तो मुझे बता दो। फिर भी, उस पर गजब का विश्वास—आजादी के सत्तर-बहत्तर साल बाद भी, उसके बुनियादी सोच और दायित्व में तिलमात्र भी परिवर्तन नहीं आया। पुलिस व्यवस्था की अंग्रेजियत के विषय में कुछ कहना और विश्वास करना बहुत कठिन है मेरे लिए—स्वयं को धोखे में रखना जैसा है—अकल्पनीय लोकतंत्र का तंत्र और उसका जटिल सिद्धांत है यह—जी का जंजाल कहूं तो अतिशयोक्ति नहीं होगा। तुम तो गणित की परिमेय की बात कह रही हो—जिसे जब गुनगुनाओं तो समीकरण का हल हाथ में। यह पुलिस है इसे समझना तो..."

"तो अपनी इस लड़ाई में मुझे क्यों घसीट लाये? अपना संकल्प पूरा करने के लिए? अपनी लड़ाई खुद लड़ो। दूसरे की बैसाखियों का सहारा क्यों ले रहे हो?" माजुली ने जरा ऊंचे स्वर में पूछा।

"कोई भी बड़ी लड़ाई अकेले नहीं लड़ी जाती माजुली! हमेशा एक-एक मिलकर ग्यारह की शक्ति संघर्ष को मजबूत करती है, सच में यही हमारे देश का सफल लोकतंत्र है।"

"तो मुझ पर इतना भरोसा करने लगे..."

"हां, मेरा भरोसा हमेशा रहा है—बचपन से ही, और रहेगा।"

"अरे वाह! बचपन से ही—गजब का यकीन करते हो मुझ पर, अभी-अभी थोड़ी देर पहले तुम्हीं कह रहे थे, दायें हाथ को बाएं हाथ से दूर रखो, उसमें ही भलाई होती है और अब—मैं कह रही हूं, दोनों का साथ मिलकर हर विकट परिस्थिति से निकलने का रास्ता अवश्य निकल आता है तब..."

"तुम इस शहर के चरित्र को नहीं समझ सकी हो आजतक। असल बात यह है, इस शहर ने अपनापन खो दिया है। पुलिस तुम्हारे लिए कभी विश्वसनीय साबित नहीं हो सकती, इसकी कार्यशैली में घुन लग चुकी है बहुत पहले। अब जिस भी पिटारे में हाथ डालोगी, आटा ही आटा अंगुलियों में लगेगा। देखने भर के लिए अनाज के दाने साबुत जरूर दीखते हैं। बस्स..."

"यह बात भी तुम अपने अनुभव से नहीं कह रहे हो, माना कि थोड़ी देर के लिए यकीन कर भी लें, तब किस पर भरोसा करें शहर में?"

"किसी पर भी नहीं—स्वयं पर। हम दोनों भी अपनी-अपनी निजता की रक्षा करते हुए दोस्त बने हैं बस्स!"

"यह तुम क्या कह रहे हो मनीष?"

"वही कह रहा हूं, जैसा तुम सुन रही हो—हम दोनों सिर्फ दोस्त हैं। और

दोस्त बनकर ही रहते हैं।''

''तो तुम भरोसे लायक नहीं हो! तुम बहुत संकीर्ण और संकुचित स्वभाव के हो—इंसान को संकुचित नहीं, अपनी सोच के दायरे को बढ़ाना होता है।''

''इसमें भरोसा तोड़ने की बात कहां से आयी? मैं तो अपनी बात रख रहा हूं, बस्स।''

''यदि भरोसा है तो, अभी भी, हमें बाहर का रास्ता मिल जायेगा—इस अंधेरी सुरंग से बाहर निकलने का रास्ता।'' माजुली ने दोहरा दिया।

''मैं आसावान हूं— हां, हमें रास्ता मिल जायेगा। इस सुरंग से मुक्ति का रास्ता...'' मनीष ने आत्मविश्वास से भरे शब्दों में कहा।

''चलो, चलकर गार्ड से बात करते हैं। गार्ड और पुलिस की कार्यशैली में जमीन-आसमान का फर्क होता है मनीष! वैसे भी यहां पुलिस नहीं, सी.आई.एस.एफ. तैनात है। इसमें सुलझे और समझदार किस्म के लोग तैनात होते हैं। मेरी बात मानो, यहां से लौट चलो, प्लेटफार्म की ओर चलते हैं—मुझे बहुत भूख भी लगी है।''

''भूख!'' कहते उसने जैसे उजले हिमालय को देखा—फिर सुरंग को। चारों तरफ घनघोर अंधेरा। इस समय मनीष हिमालय होने के भ्रम पर अपनी हंसी नहीं रोक सका।

''क्यों, क्यों हंस रहे हो मनीष! इसमें हंसने की कौन सी वजह है?''

वह फिर भी हंसता रहा, इस समय इतना भी भूल गया, उसके ठहाकों की गूंज सुरंग में प्रतिध्वनित होकर बाहर भी जा सकती है। पूरे राजीव चौक मेट्रो स्टेशन की आब-ओ-हवा को विचलित कर सकती है।

''अपनी हंसी पर कंट्रोल रखो मनीष! तुम इस समय सुरंग में हो। तुम्हारी हंसी एक नयी मुसीबत ला सकती है।''

मनीष बेलगाम हंसता रहा। जैसे माजुली ने उससे न कुछ कहा और न उसने सुना ही। वह हंसते हुए कहने लगा, ''क्या कह रही थी तुम—भूख! कैसी भूख। गांधी के देश में भूख—उसे तो हमारी गुलामी के साथ ही खत्म हो जाना था। आजादी के साथ गांधी भी तो खत्म हुए थे।''

''मैं देश की नहीं, अपनी भूख की बात कह रही हूं।'' माजुली ने अपने शब्दों पर जोर देते हुए कहा।

''ओह! तो तुम भूख नहीं उपवास की बात कह रही हो, उसे भी गांधी के साथ ही खत्म हो जाना चाहिए था—गांधी एड़ियां घिसते रहे आजीवन। आज तक शायद वह सब नहीं हुआ इसीलिए—तो कोई बात नहीं, उपवास आज भी रखा जा सकता है।''

''ओह गॉड! क्या हो चुका है तुम्हें मनीष?''

''तुम कह रही थी, मैं पुलिस के विषय में...''

''पुलिस नहीं सी.आई.एस.एफ...।''

''ओह! तो ये भी एक नयी बला है इस लोकतंत्र में...''

''बला नहीं—ये इस सुरंग में डिस्कस का समय नहीं है।''

''हां, ठीक कह रही हो इस सुरंग में यह डिस्कस का उपयुक्त समय नहीं है। चारों तरफ घुप अंधेरा है। अंधेरे में कोई संवाद कभी हो नहीं सकता। अच्छा मजाक कर लेती हो—चर्चा के लिए इससे उपयुक्त स्थान दूसरा हो ही नहीं सकता माजुली! रोशनी की फिलहाल कोई उम्मीद नहीं की जा सकती। माजुली! भूख को समझे बगैर देश की भुखमरी को समझना आसान भी नहीं है। इस पर चर्चा के लिए रोशनी कब मिलेगी मालूम नहीं। सच कहूं, भूख का अनुभव करना ही गांधी को समझना यानी यहां की व्यवस्था को समझना है माजुली।''

''तुम्हारा कहने का मतलब खाए अघाए लोग...''

''हां, हां यही माजुली!''

यह बात मनीष ने एक लम्बी सांस में कही। उसने कब लम्बी सांस ली, उसका माजुली को पता ही नहीं चला। वह तो एकायक उसके चुप हो जाने पर ही सिर्फ उसकी सांसों के उतरने को ही सुन सकी। चेहरे के उतरते-चढ़ते भावों को पढ़ना, उसके लिए इस सुरंग में संभव नहीं था।

इस समय, अंधेरे में माजुली की कलाई को पकड़ने में मनीष को देर नहीं लगी और न माजुली ने उसका प्रतिरोध किया था। अपने सीने पर माजुली की हथेली को स्पर्श करते हुए बोला, ''हम इस समय कहां हैं माजुली?''

''सुरंग में, तुम बताओ कहां हो इस समय? कहां ले आये मुझे इस समय?''

''मुझे भी नहीं मालूम। कहां हूं मैं? कौन मुझे यहां ले आया?''

''मुझे भी नहीं मालूम मनीष! हम किस ठौर पर बैठे हैं। मुझे बड़ा डर लग रहा है। कब सुबह हो और कब बाहर निकलने का रास्ता दिखेगा।'' माजुली ने कहा।

''क्या बाहर रोशनी होगी माजुली?'' वह एकाएक खिलखिल हंस पड़ा। ''बाहर भी कहां है रोशनी माजुली! चारों तरफ अंधेरा ही अंधेरा, चीख-चिल्लाहट, भुखमरी, बेरोजगारी, लूट-खसोट, ठगी, बेमानी, छल-कपट, हत्या, बलात्कार, व्यभिचार और न जाने क्या-क्या...''

''ओह! यह क्या! मेरे पांव पर चुम्बन सा कौन ले रहा है? सांप, मेरे पांव पर लिपट रहा है—यह मुझे डस देगा।'' कहती माजुली चीख पड़ी।

उसकी भयानक चीख सुरंग में गूंज उठी।

''अंधेरी सुरंग में ही तो सांप, बिच्छू होते हैं माजुली! इनके होने को लेकर ही

सुरंग का होना है, इसका अस्तित्व है। कहां है सांप? मुझे छूने दो उसे। मेरे आंखों में बाज की रोशनी आ गयी है। मैं तुम्हें देख सकता हूं और उसे भी। मैं अपनी हथेली से उसके छूने से तुम्हें बचा लूंगा। ओह! मुझे सांप को छूना अच्छा लगने लगा है।''

''बेवकूफी मत करो उसे छूने की, मैंने उसे झटक दिया है।''

''किधर—इस तरफ—नहीं, नहीं इस तरफ तो मेट्रो रेल की पटरी है—पटरी ठंडी है और...''

''और इस तरफ तो बर्फ होते मेरे पांव हैं। इन्हें मत छुओ, अंधेरे में अकेली लड़की के पांव छूने का मतलब समझते हो? नहीं न...''

''नहीं, नहीं मैं तो लोहे की पटरी और ठंडी मछली को महसूस करना चाहता हूं, उनमें फर्क को जानना चाहता हूं।''

''सो तो ठीक है मगर...''

''मगर क्या? मुझे तो ये सांप-बिच्छू अपने लगने लगे हैं। चमगादड़ों से तो जैसे दोस्ती करने का मन कर रहा है। अंधेरी गुफा में इनके साथ रहना अब भाने लगा है।''

''तुम्हें उनसे डर नहीं लगता।''

''इन्सान से कहीं कम। वैसे इंसान से अधिक विषैले और अविश्वनीय वे कभी हो ही नहीं सकते। प्यार के भूखे होते हैं जानवर। हमने लालच और जरूरतों के बीच असंतुलन पैदाकर एक गंभीर पर्यावरण असंतुलन ही तो पैदा किया है। और उनकी छवि विकृति कर दी है—उन्हें क्रूर बना दिया है। हमें हर जीवन का सच्चा, प्राकृतिक तथा सामान्य रूप को जानना आना चाहिए। ''

''एक औरत की तरह...''

''नहीं, औरत से तुलना मत करो इनकी। प्रकृति के प्रति सम्मान भावना भारतीय परम्पराओं के मूल में रही है। हमें औरत की प्रशंसा करना आना चाहिए-ऐसी सीखने की आदत डालनी चाहिए। अथर्ववेद में पर्यावरण और प्रकृति के विषय में सूक्त कहा गया—

''यस्यां समुद्र उत सिन्धुरापो यस्यामन्नं कृष्टयः सम्बभूवुः
यस्यामिदम जिन्वति प्राणदेजत्सा नो भूमिः पूर्वपेयेदधातु''

''क्यों...'' आश्चर्य से माजुली ने पूछा।

''लड़की होकर तुम इतना भी नहीं जानती...''

''नहीं, नहीं जानती इसीलिए...''

''औरत ही तो है अकेली जो प्यार देती है, मांगती नहीं—मेरी मां की तरह।''

''ओह! मैं तो ऐसा कभी सोच भी नहीं पायी''

''ठीक कह रही हो—एक दूसरे की बातों और उसके विषय में हम लोग

सोचते ही कहां हैं?''

''तुम आज से पहले भी आ चुके हो यहां?''

''वो मत पूछो—ये प्रश्न और प्रश्न करना अपनी जिन्दगी को रास नहीं आता कभी।''

''मैं दोस्त हूं तुम्हारी, मुझसे भी यह दुराव-छिपाव कैसा—समझी नहीं मैं।''

''समझने की कोशिश भी न करो—डर जाओगी, वही अच्छा है।''

''डर इंसान को जीने की ताकत देता है।''

''डर-डरकर जीने की ताकत या मरने का अभिशाप...'' इस समय जैसे मनीष के लहजे में व्यंग घुल गया था।

''लग रहा है, तुम्हारी बातों में कुछ है जो मुझे बर्फ-सा होने का एहसास करा रहा है।''

''मैं जानता हूं, पानी-पानी होकर नहीं फैलोगी तुम उसकी तरह।''

''तुम्हारी तार्किता, वास्तविकता और बातों में तुम से जीत नहीं सकती। फिर भी, सुन लो, औरत पानी नहीं हो सकती कभी—होना भी नहीं चाहिए—उसे आग होना जरूरी है। औरत रंग हीन, गंध हीन नहीं हो सकती। औरत होने के लिए दो हाथ, पांव, आंख, कान का होना जरूरी नहीं। इनके दो गुणा होना भी जरूरी नहीं। दरअसल औरत एक पिंड है जिसके बीचों बीच एक छिद्र है। छिद्र में समाहित होते हैं शब्द...''

''शब्द जो इस अंधेरी सुरंग में समाहित हैं, जो बार-बार कह रहे हैं—अरे जा, यूं क्यों हठ करता है, ऐसा न हो कि तू मनीष का नाम लेना ही भूल जाय...।'' कहकर उसने माजुली के कवित्व के तारतम्य को जैसे खंडित कर दिया। इस पर उसके मन में क्या गुजर रही थी, उसके चेहरे पर उठ रहे भावों को भी वह नहीं देख सका।

''जब भी सत्य और विश्वास होता है, अनुभूति और अनुभव आ ही जाता है। तुम सच में कह रहे मनीष!'' कहते जैसे माजुली की बांछें खिल उठीं। उसे लगा, पूरी सुरंग एक विचित्र किस्म की रोशनी से जगमगा उठी है। सुरंग में उसे सबकुछ साफ-साफ दिखने लगा है। वह कहना चाहती थी कि अंधेरे को उजाले से भरने की चाह हर कोई रखता है मनीष! एक तुम हो, जिसे शब्दों में व्यक्त करने में भी उजाले से नफरत है, किन्तु, तुम्हारे दिल में हमेशा दीपावली होती है, जो हजारों हजार रंग-विरंगी रोशनियों से हमेशा जगमग रहता है। न मालूम क्यों तुम्हें अपने चारों ओर अंधेरा ही अंधेरा लगता है? कभी सोचा, तुम्हें अपनी सोच को विस्तार देने की जरूरत है। मैं जानती हूं, तुम मेरी इस बात को कभी स्वीकार नहीं करोगे—वह करनी भी नहीं चाहिए। तुम्हारी पाठशाला में कभी यह पाठ पढ़ाया ही नहीं गया

होगा; वरना जीवन का पढ़ा पहला पाठ कोई भुला सकता है भला—तुम क्यों, कोई भी—यहां तक मैं भी...

माजुली यह सब कह नहीं सकी। शायद इस समय कुछ कहना उचित नहीं लगा उसे।

वह तेजी से उठी। और उसके कदम आगे को बढ़ गए।

उसकी अप्रत्याशित फुर्ती को अनुभव करते मनीष बोला, "अब आगे-आगे तुम चलोगी और तुमसे कदमताल मिलाता हुआ मैं..."

"मगर मुझे डर लग रहा है, आगे तुम चलो।" माजुली ने कहा।

"क्यों, वे भी तो हम जैसे जीव हैं। उनका भी जीवन है। उनसे डर कैसा? पुलिस तैनात होती, तो कुछ देर के लिए तुम्हारा संशय जायज और विचारणीय हो सकता था।"

इस समय मनीष ने माजुली के कहे हुए ही शब्द आगे कर दिए।

माजुली चुप हो गयी।

अब मनीष ने उसका हाथ थाम लिया। घुप अंधेरे को चीरते कदम और उनकी सांय-सांय करती हुई रेंगती सांसें जैसे उन्हीं को डराने लगीं।

"हम ठीक दिशा में चल रहे हैं क्या?" दोनों ने जैसे अपना-अपना संदेह एक दूसरे से सांझा किया।

"हां, हमें अपनी विपरीत दिशा की तरफ बढ़ना है।" पल-दो-पल की चुप्पी के बाद मनीष ने कहा।

"विपरीत! तुम सीधे मार्ग पर चले ही कब?" माजुली ने व्यंग्य भरे शब्दों में खिलखिलाकर कहा।

"हम, दोनों ही इस गहरे अंधेरे में अपना रास्ता भटक गए।"

"हम कौन? किसकी बात कर रहे हैं? आजकल चर्चा में हाथ और कमल ही हैं उनकी—उनकी तो हो नहीं सकती। और किसकी हो सकती है?"

"मैं, नहीं, मैं नहीं तुम...?" माजुली ने स्पष्ट किया।

"हां, यही...सुनो! तुम मुझसे भिन्न हुए ही कब!! मैंने यह जान बूझकर नहीं किया।"

मनीष को लगा, इस समय उसका मन माजुली के तन से छू गया है। वह धीरे से बोला, "तो, अनजाने में किया।"

"यह डिस्कस का समय नहीं है। इस समय हमारा उद्देश्य घटाटोप अंधेरे से बाहर निकलना है।"

"इससे इनकार ही कहां है?"

"कैसी विडम्बना है, हम लोग पहले स्वयं अपना रास्ता चुनते हैं, और फिर

अपने ही सुनिश्चित किये रास्ते पर भटक गए हैं..."

"रास्ता तुम भटक रहे हो मनीष! मैं नहीं। मुझे अपनी सीमाओं और दिशाओं का भान है। मैंने अपना जो रास्ता तय किया है, वह मेरा वर्तमान के साथ-साथ फ्यूचर वेल्फियर का रास्ता निर्धारित करेगा। मैं अपने बारे में सौ प्रतिशत निश्चिन्त हूं।"

"अकेली-इस अंधेरी सुरंग में भी।"

"हां, तुम मेरा हाथ छोड़ दो-तो भी, मैं आसानी से बाहर निकलने का रास्ता ढूंढ़ लुंगी।" माजुली ने आत्मविश्वास से कहा और मनीष का हाथ छुड़ा लेने के लिए प्रयास करने लगी।

"व्यर्थ का प्रयास मत करो। हम दोनों के हाथ अलग हो गए तो हमेशा-हमेशा के लिए भटक जायेंगे। फिर पता नहीं चलेगा, यहां मुक्ति का रास्ता किधर से है—दांये या बांये...।"

"तुम तो कह रहे थे मुक्ति का रास्ता सामने है और मुझे साफ दीख रहा है।"

"नहीं, नहीं अब मैं वह रास्ता भी भूल रहा हूं—गांधी की तरह।"

"गांधी की तरह—मतलब..."

"मैंने करवट बदल दी है गांधी की तरह। गांधी अपनी बात पर अडिग रहते तो देश का बंटवारा नहीं होता।"

"गांधी-गांधी-गांधी एक ही रट सिर्फ गांधी। गांधी क्या इस गणतंत्र में गली का आवारा हो गया, जिसे तुम जब मर्जी जिधर को हांक दो, जब मर्जी उसे दुत्कार दो। तुम्हें क्या हुआ है मनीष! मैं समझ नहीं पा रही हूं। जब देखो तब गांधी को गरियाते रहते हो।"

"हां, गांधी है ही बेढब। गरीबी, भुखमरी, बेरोजगारी, छल-प्रपंच भरे इस गणतंत्र में तंग आकर, मैं मुक्ति चाहुँ तो वह मुझे मुक्ति लेने नहीं देता। हर कोई कायर और बुझदिल कहता है मुझे। इस गांधी बाबा को कौन समझाए, जीने से कहीं अधिक हिम्मत मुक्ति के लिए चाहिए। अब इस कम्बखत सांप को देखो, मुझ से लिपटने की बजाय तुम से—तुम्हारे पांवों पर लिपटने लगा। मैं उससे लिपटना चाहता था—पता नहीं तुमने क्यों दूर छिटक दिया उसे। कम्बखत इस अंधेरे में कहां चला गया होगा...।"

"सांपों को उजाले की जरूरत नहीं होती। दिन और रात के होने से भी उन्हें कोई फर्क नहीं पड़ता। तुम स्वयं के विषय में सोचो। बहुत हुआ, इतना तंग आ चुके हो अपनी जिंदगी से, तो उसके लिए कोई और नहीं, जिम्मेदार तुम स्वयं हो—गांधी नहीं..."

"मुझे माधो-घिस्सू और पिस्सू समाज में नहीं रहना, न मुझे ऐसे समाज में

रहने का कोई हक है। इस जीवन और दुनिया से मुझे किसी तरह का लगाव-मोह नहीं रहा। इस जीवन से मुक्ति में ही आनंद और खुशी है मेरी।''

''तुम्हारी सुरंग की दुनिया तुम्हें मुबारक! मुझे तो बाहर निकलना है इस सुरंग से, यहां दमघुट रहा है मेरा।''

''कम्बखत डर गया होगा—सुबह होगी, ट्रेन पटरी पर दौड़ेगी और वह ट्रेन से कट कर मर जायेगा। यह विकास नहीं विनाश की सुरंग है माजुली! ये सांप भी हमारी इंसानी बिरादरी का अहम् हिस्सा हैं। हमारे पर्यावरण का हिस्सा हैं। इनका विनाश कर हम कैसा विकास कर रहे है? यह विकास हमें कहां और किस दिशा में ले जा रहा है?''

''पकाओ मत, मुझे इस सुरंग से बाहर ले चलो।''

''अंधेरे में दिशा अनुमान लगाना संभव नहीं। एकदम दिग्भ्रमित हूं मैं। इस पर तुम्हारा विचलित होना ठीक नहीं।''

''ये मुहाना रामकृष्ण आश्रम को खुलेगा या फिर मंडी हाउस को—कहीं न कहीं तो जाएगा ही। फिर, बाहर की, देश-दुनिया की दिशाओं का ज्ञान तो होगा ही...।''

''गलत, गलत कह रही हो तुम, मंडी हॉउस से पहले बाराखंबा है—अन्य स्टेशनों से अधिक खुला और चाक चौबंद भी।''

''मैं उसी तरफ को जाउंगी।'' माजुली ने दंभ से कहा।

''जाओ, किसने रोका है तुम्हें। वहां से मंडी हॉउस पहुंचने में देर नहीं लगेगी। सुबह होने पर वहां एक नई दुनिया के दर्शन होंगे। जहां नए-नए तरह के लोग, उनका नया-नया साहित्य, संगीत और ललित कलाओं का संगम मिलेगा। वहां विभिन्न कलाएं और कलाकारों की टोलियां होंगी। भिन्न-भिन्न कलाओं में आदमी को इस्तेमाल करने की कला सिर चढ़कर बोल रही होगी। वहां नाटक नहीं नाटककार होंगे। मानवी संवेदनाओं से दूर विकास की मैराथानी दौड़ होगी। उसमें शामिल बहुरूपिये कलाकार होंगे। वे लोग भी मिल जायेंगे, जो अकूत धनसंचयन की कला में पारंगत होंगे या उस कला में निष्णात होने का प्रमाण पत्र लेने का अभ्यास कर रहे होंगे। बहुत कुछ है वहां। पुश्किन, दोस्त्वेस्की, टॉलस्टॉय, चेखव। रविन्द्र नाथ टैगोर की मूर्ति और जवाहर नेहरू की ख्वाबगाह की बहुमंजिला रवीन्द्र भवन की इमारत भी होगी...।''

''और महात्मा गांधी? तुमने इस समय गांधी को नहीं घसीटा!''

''गांधी! वहां गांधी नहीं होंगे। गांधी के लिए ठौर वहां है ही कहां? गांधी ने मार धाड़ में कभी विश्वास ही नहीं किया। वहां बिना मार धाड़ के न कोई साहित्य संभव है, न संगीत और न कोई नाटक ही सफल हो सकता है। ऐसे माहौल में गांधी

का दम नहीं घुटेगा तो क्या होगा।''

''इतने बड़े क्षेत्र में कहीं तो महात्मा गांधी के लिए जगह बची होगी।''

''नहीं, दूरदर्शन की ऊंची ईमारत दिखेगी।''

''और...''

''कमानी,श्रीराम कला केंद्र और केन्द्रीय कर्मचारी न्यायिक प्राधिकरण मिलेगा...''

''ओउफ!''

''कभी गांधी एक आदत की तरह शुमार थे हमारी जिंदगी में। मैं नहीं कह सकता, गांधी विहीन हो चुके हैं हम। चारों तरफ झूठ, फरेब, हिंसा, बजबजाती नालियां, गली, घर तथा आंगन आकंठ डूबे होने की बात जरूर कह सकता हूं... तुम्हीं सोचो, गांधी के होने की संभावना जरा भी बची होगी, तो संभवत: उसका भी असहिष्णुता के माहौल ने तिलांजलि देकर तर्पण कर दिया होगा। ऐसे परिवेश में गांधी अधिक दिनों तक कैसे टिक पायेंगे? फिर भी, जाओ, वहीं कहीं, किसी कोर्नर पर दुबके हो सकते हैं। ढूंढ़ लो, अपने गांधी बाबा को...''

मनीष की इस बात से हतप्रभ माजुली कुछ कह नहीं सकी या कुछ कहना उसे उचित नहीं लगा। एक दो शब्दों को उसने चुबलाया भी, जिसकी किर्र-किर्र की महीन आवाज को मनीष सुन-समझ नहीं पाया था। वरना शब्दों को उछालने, बजाने में उसे देर नहीं लगती। थोड़ी देर की अपनी चुप्पी के बाद वह बोला, ''चुप क्यों हो गयी? दिल से लगा ली मेरी बात?''

माजुली इस पर भी चुप रही। एक बार को उसका मन हुआ कि साफ-साफ कह दे, ''जिस व्यक्ति को तुम गांधी कह रहे हो,वह गांधी है ही नहीं। गांधी तो इस धरती पर हजारों हजार साल पूर्व जन्मी संस्कृति है, उससे जन्मा एक विचार है, जो यहां के जल, जंगल और जमीन में रचा बसा है। साहित्य, संगीत और यहां की प्रकृति के विविध रंगों से रंगी कलाओं से सृजित और पल्वित-पुष्पित भारतीय वांग्मय का एक सूक्ष्म कण है—उसी कण से ही सभी निर्मितियां हुई हैं। इस वांग्मय को इतने हलके में मत लो मनीष!'' परन्तु, वह नहीं बोली। उसने मनीष की अप्रत्यशित पकड़ को झटक दिया और अंधेरी सुरंग में बढ़ गयी।

''ऐसा मत करो माजुली! तुम इस सुरंग में भटक जाओगी।'' मनीष ने अंधेरे में अपने चांद को ढूंढ़ना चाहा, हाथ फैलाये-असफल। शायद माजुली उसकी छुअन से काफी आगे बढ़ गयी थी। उसने उसकी पदचाप सुनने का प्रयास किया—गहरे सन्नाटे के बीच उसे, बरसाती कीड़ों की किरिर किर्र, किरिर किर्र का शोर के होने का एहसास हुआ। बीच-बीच में चमगादड़ इधर से उधर होते, थक नहीं रहे थे। अपने पंखों को सुरंग की छत और दीवार पर टकराकर विचित्र किस्म का भुतहा

परिवेश निर्मित कर, उसे भयभीत करने का प्रयास कर रहे थे। वह बड़ी देर तक अपनी आंखों को अंधेरे में फैलाता और विस्तार देता रहा—कई बार तो चारों तरफ काली ऊंची और ऊंची होती जा रही दीवार के होने का भ्रम हुआ। उसने दीवार को छूने का प्रयास किया, तो पटरी पर टकराए पांवों को सँभालते-सँभालते औंधे मुंह गिर पड़ा।

''कहां हो तुम?''

उसने स्वयं को संबोधित किया या फिर माजुली को। सुरंग में प्रतिध्वनित उसकी स्वयं की आवाज से अनुमान लगाना संभव नहीं था—न उसके लिए और न माजुली के लिए। सी.आई.एस.एफ. के जवानों के लिए ऐसी गूंजती आवाज एक कोलाहल से अधिक नहीं थी, जो रोजमर्रा की तैनाती में सुनायी देने वाली आवाज सी, जो भिन्न आवाज नहीं थी। वे इसे पूर्वी और पश्चिमी मुहानों से तैरकर आती हवाओं के टकराव से उत्पन्न भारी दबाव का घोर शोर कहते थे।

''कहां हूं मैं। मेट्रो रेलवे ट्रेक के दांये, बांये या मध्य में।'' उसने स्वयं से ही पूछा और पटरियों को छूकर, गिरे हुए स्थान का अनुमान लगाने लगा।

अंधेरे में गिरना, उसके लिए कोई नई बात नहीं थी। गिरने के बाद संभलना उसे आता था। बीसियों बार वह गिरा और संभला था। गिरना, और फिर संभालना जैसे उसकी आदत बन गयी थी। लेकिन इस बार का गिरना उसे पहले जैसा नहीं लग रहा था। भले ही उसने स्वयं को सँभालने की भरसक कोशिश की थी, किन्तु, माजुली का जोर का झटका उसे पटरी पर पटकने में सफल रहा था—वह असहाय और बेबस बना गया। एकदम अकेला वह—चीखना चाहे तो अब चीख भी नहीं सकता था।

थोड़ी देर ठंडी पटरी का सहरा लेकर उसने लम्बी सांस ली और उस पर बैठने के उपक्रम में फिर से लुढ़क गया। इस बार भी गिरते-गिरते संभला और उसी ठौर पर बैठ गया, ताकि माजुली उसके लुढ़कने और लुढ़कर संभलते हुए दृश्य को देख न सके। उसे अपने गिरने से कहीं अधिक शर्मिंदगी माजुली का उसे अपना उपहास पात्र बनाने का भय लगा। बड़ी देर तक वह माजुली की खिलखिलाहट की प्रतीक्षा करने लगा।

जब काफी देर हो गयी, उसने चारों तरफ नजर दौड़ाई, कहीं दूर से आती खिलखिलाहट नहीं सुनाई पड़ी तो उसने संतोषजनक सांस ली और एक तरह से स्वयं को आश्वस्त कर लिया। उसने पटरी को दोनों हाथों से पकड़ लिया। फिर उसके सहारे-सहारे घुटनों के बल आगे बढ़ने की कोशिश करने लगा।

अब इस समय वह दोपाए से चौपाया जीव बन गया था।

थोड़ी दूरी तय करने में ही उसे असुविधा महसूस होने लगी। पांव उलझने

लगे। घुटने बजने लगे। हथेलियों की पकड़ कमजोर और वे दुखने लगी थीं। उनकी मर्मान्तक पीड़ा उसे पटरी पर पड़े रहने को मजबूर कर गयी। यह खून की धारा है जो टखनों को गीलाकर रही है या ठंडी सुरंग में शरीर पानी छोड़ने लगा है—उसके लिए अपने ही खून और पसीने में फर्क करना मुश्किल हो गया था। उसके जख्मी घुटने ही उसका साथ छोड़ने लगे। सीलन, चुरैन, बसैन और चिपचिपी उमस में उसे आगे बढ़ना कठिन लगने लगा।

वह गहरी उदासी और अवसाद के क्षणों को स्मृतिपटल पर लपेटे पटरी के सहारे पसर गया।

रेल पटरी तकिया और फिश प्लेट उसका बिछौना बन गए। उसने धीरे-धीरे, किन्तु, अति सावधानीपूर्वक अपने पांव पसारने शुरू कर दिए। वह पूरी तरह से पटरी पर बेसुध बेतरीके बिछी चादर सा फैल सा गया। उसे न सांप का भय, न असुरक्षा का ख्याल रहा, न माजुली की चिंता और न ही स्वयं के सुरंग से निकलने की हड़बड़ी। सुबह होने या पहली ट्रेन के पहुंचने की प्रतीक्षा करने तक के लिए उसने मानसिक रूप से स्वयं को तैयार कर लिया।

उसकी यह मानसिक ताकत भी ज्यादा देर तक नहीं टिकी। उसी क्षण उसे लगा, रात सुबह की प्रतीक्षा नहीं करती। यदि प्रकाश की पहली किरण यहां तक नहीं पहुंची या फिर मेट्रो ट्रेन के पहुंचने पर आंख नहीं खुली या आंख खुली और वह जख्मी पांवों पर स्वयं को नहीं संभाल सका तो—कम्बखत मेट्रो ट्रेन अपनी आवत-जावत का शोर भी नहीं करती। इससे बेहतर तो अंग्रेजों का लोको इंजन था, जिसकी सीटी बजने पर पास पड़ोसी भी चौकन्ने हो जाते थे। कोई मरना भी चाहे तो वह जीवन जी लेता था। मेट्रो ट्रेन का यह कैसा इंजिन बना है—न सिटी और न छुक-छुक का शोर। अब इंजिन का शोर घटा है तो किसी की नींद में व्यवधान नहीं पड़ता, किसी की जाग तक नहीं खुलती। अब मरना भी तो कभी-कभी ही अच्छा लगता है...

पटरी पर पसरे-पसरे बहुत कुछ सोचा उसने, यहां तक की उसके सिर का धड़ से कटकर अलग होना, धड़ का ट्रेन के पहियों पर लिपटकर दूर तक फुटबाल होते चला जाना तथा फिर शरीर का चिथड़े-चिथड़े होकर पूरी लाइन में बिखरकर पटरियों पर मांस का चिपकाना किसी प्रेमिका से आलिंगन करने का जैसा दृश्य देखता और महसूस करता रहा। यहां तक की जिन गार्डों के भय से वह यहां तक चला आया, उन्हें बे रोक टोक अपने बिखरे शरीर के भरी-भरकम अंगों को समेटकर बाहर ले जाते, उनके नथुने फूलने को भी अनुभव करता रहा।

उस आसान मृत्यु की कल्पना करते हुए, उससे निर्मित दृश्यों को देखकर वह अपनी बेलगाम हंसी को नहीं रोक सका। जब उसके शव के बिखरे-बिखरे

रक्तरंजित हड्डियों के टुकड़ों को सफेद कपड़े पर पोटली बांध कर दो पुलिस जवान ले जाते हुए हांफ रहे थे, निकासी विंग्ज खुलने की प्रतीक्षा करने की बजाय, सहायक कर्मचारी द्वारा उनके लिए बायां बाजू गेट खोला जा रहा था—उस दृश्य को देखते ही उसकी जबान से छूट गया, ''कमबख्तों! मेरी जेब में टोकन है और समार्ट कार्ड भी। उधार लिए रुपयों से दो दिन पहले कार्ड रिचार्ज करवाया था। आज टोकन भी उन्हीं उधार के रुपयों से गलती से खरीदा था। यदि विश्वास न हो तो टिकट चार्जिंग के बाबू और वेंडर मशीन के सहायक से पूछ लो।''

''और उधार मांगे रुपये—किस से?'' उसने सी.आई.एस.एफ. जवान के प्रश्न को कानों में गूंजता हुआ अनुभव किया।

''उधार मांगे रुपये का खुलासा नहीं करूंगा, यह मेरा और रुपये देकर मदद करने वाले छात्र के बीच का लेन-देन विशुद्ध रूप से व्यवहार का मामला है। जवाहरलाल नेहरू विश्वविद्यालय के हर विद्यार्थी की अपने जेब खर्चे में से कुछ बचा कर असमर्थ और जरूरतमंद विद्यार्थी की मदद करने की आदत बनी हुई है। मदद नकद धनराशि की हो या विश्वविद्यालय की कैंटीन में खाने की थाली या गंगा ढाबा में मशाला डोसा, चावमिन या फिर बड़ा, इडली, समोसा का भुगतान का... और मैंने उसके नाम का खुलासा कर दिया तो—तुम भी पुलिस बुलाओगे...''

''फिर?''

''पुलिस उसे पकड़कर रुपये ऐंठेगी या फिर मेरे कटकर मरने को उकसाने का झूठा आरोप मढ़ कर, इसी अंधेरी सुरंग में निशानदेही के लिए उसे उठा ले आएगी और तुम—पुलिस की मदद करने की चूक नहीं करोगे, आगे बढ़कर मदद करने लगोगे—ओह! मेरा यहां चले आने की वजह कोई दूसरी नहीं—जैसे यही थी...''

●●●

सुबह हो चुकी होगी।

सूर्य निकल आया होगा—ट्रेन की पटरियों में हो रही कम्पन से उसने अनुमान लगाया। थैंक्स गॉड! आंख न खुली हुई होती, वह सोया ही रहता तो...उलजुलूल सोचते रात में कब आंखें लगीं उसे पता नहीं चला था। वह हड़बड़ाकर उठा,अपने शरीर पर हाथ फेरा और स्वयं को साबुत पाकर खुश हुआ। ''यह पहली ट्रेन का समय हो सकता है।'' जैसा उसने स्वयं से कहा और घोर अंधेरे में बाहर निकलने का रास्ता ढूंढ़ने लगा।

पटरी में कम्पन बढ़ने लगी। उसके हाथ-पांव भी कंपकंपाने लगे। दिल की धौंकनी तेज हो गयी और नथूनों में गुब्बारे फूलना स्वभाविक था। उसने दिशा बोध

के लिए पटरी को छूकर पहले दांये फिर बांये देखा। दूर से आती पहली किरण से उसका आत्मविश्वास मजबूत हो गया—अब बचाव में ही बचाव संभव है। सुरंग में रोशनी को भरने में अधिक समय नहीं लगा। रोशनी की पहली किरण ने उसे दिशाबोध तो नहीं कराया, उसे पटरी से विलग होने का समय जरूर मिल गया। वह गाड़ी की गति की विपरीत दिशा में बढ़ गया। इस समय उसे न अपने मन-तन के दरकने का ध्यान रहा और न चोटिल घुटनों का। शारीरक पीड़ा—दर्द और कष्ट तो सिरे से गायब हो गए थे। गजब की फुर्ती के साथ उसने सुरंग की दीवार से चिपक जाने में अपनी सुरक्षा समझी। और वह दीवार से प्लास्टर की भाति चिपक भी गया।

सीमेंट और कंकरीट से बनी सुरंग की दीवार से ढके धरती के घावों को रिसते उसने पहले कभी नहीं देखा था और न ही उसके टपकते आंसुओं को कभी देखने की कल्पना की थी। दीवार को उसने छुआ तो नवजात शिशु की पसीजती लंगोटी की भांति गीली महसूस हुई। जब उसने पूरी तरह स्वयं को दीवार से चिपकाकर, उसी का हिस्सा बना लिया, तभी दीवार से दो-तीन बूंद पानी की उसके सिर पर टपक पड़ीं। उसे आश्चर्य हुआ, सचमुच यहां दीवार भी मूत करती है। वह रह-रह कर टपकती, अंतिम बूंद के टपकने को, किसी मधुमेह रोग से ग्रस्त बीमार की भांति घूरता रहा। आखिर गाड़ी आई और एक भयानक शोर छोड़कर निकल गयी।

मनीष के हाथ अपने सिर से पांव तक एक बार फिर से फिसल पड़े—"मैं सुरक्षित हूं। हां, हां, मैं सुरक्षित हूं। ये हाथ, पांव और यह सुन्न पड़ा शरीर मेरा ही है— मैं मरा नहीं जीवंत हूं..." उसने अपने शरीर के प्रत्येक अंग को एकायक एक विचित्र किस्म की पीली रोशनी में नहाते देखा, जो उसके आंखों से फूट रही थी, जिसके आलोक में वह अपने शरीर को सम्पूर्णता में देख रहा था। उसने शरीर को कई बार छुआ। गाड़ी रोज की भांति कान की एकांत सुरंग में शोर भरती काफी दूर निकल गयी थी। उसने आखिरी डिब्बे के पिछवाड़े की जलती रेड लाईट को आंख भर देखा। और उसे लपक लेने का प्रयास के उपक्रम में गाड़ी की गति की दिशा की ओर, वह दौड़ाने लगा। कुछ दूर तक दौड़ने के उपरान्त उसके पांव रुक गए। आश्चर्य! उसके पांव एकायक क्यों रुक गए। रुकना तो गाड़ी को भी नहीं था। फिर भी, गाड़ी रुक गयी है। उसे संदेह हुआ—उसने एक बार फिर से, अपने शरीर को छुआ, मैं जीवित हूं—यह ड्राइवर की गिद्ध आंख का अपना दृष्टि भ्रम दोष भी हो सकता है...

बड़ी देर तक, वह जड़वत गाड़ी की हलचल को एक पर्यवेक्षक की सतर्क दृष्टि से देखता रहा, शायद ड्राइवर की गाड़ी रोकने की वजह भी उसपर उसकी दृष्टि में आना हो। थोड़ी देर की चौकसी के बाद गाड़ी पुन: चल पड़ी। गाड़ी के चलने के साथ ही उसे अपनी सांसें भी चलती महसूस हुईं।

उसने अविलम्ब गाड़ी की गति की दिशा की तरफ कदम बढ़ा दिए।

बाराखम्बा मेट्रो स्टेशन अपनी रोशनी से जगमगा रहा था।

उसने विपरीत दिशा की ओर से आ रही गाड़ी के प्लेटफार्म पर लगने से पहले, रेल की पटरी को पार कर लेना चाहा। पहली ही छलांग में स्वयं को, प्लेटफार्म पर बनी पीली लाइन–सुरक्षित लाइन पर खड़ा भी कर दिया।

उसने चारों तरफ देखा। एकदम सन्नाटा बुनता प्लेटफार्म जैसे उसी की प्रतीक्षा कर रहा था। यात्री विपरीत दिशा की सीढ़ियां उतरते उसे अवश्य दिखे। उस तरफ हलचल जरूर बढ़ती लगी। एक मन हुआ कि वह तेजी से उस प्लेटफार्म को लपक लेगा तो पहली गाड़ी से बाराखंबा को छोड़कर दूर निकल जायेगा। परन्तु, ऐसा उसका सोचने तक ही सीमित रहा। विपरीत दिशा से आती गाड़ी प्लेटफार्म पर आ लगी। उसने गौर से पढ़ा–द्वारका मोड़...

●●●

''झूठ, नहीं–नहीं, यह सच है—मेरा टोकन गिर गया है कहीं। गिर पड़ा था मैं, देखो मेरा शरीर टूटफूट गया है—और यह देखो कोहनी और घुटने तक छिल गए हैं।'' अनुनय विनय करते न्यू अशोक नगर मेट्रो स्टेशन पर एकाएक उसके हाथ जुड़ गए।

''ठीक, तीस रुपये का टिकट बनता है, नया टोकन ले लो।'' टोकन सहायक ने जोर देकर कहा।

मनीष ने दस के तीन नोट थमाये और तेजी से बाहर निकल आया।

उसने राहत भरी लम्बी सांस ली और उसे धीरे से छोड़ते हुए कहा, ''दिल्ली शहर की अपनी सीमा है, उसे भी मैं पार कर लूँगा और माजुली! वह तो औरत है। वह अधिक देर तक अंधेरी सुरंग में नहीं रह सकती। उसने भी तो ऐसा ही किया होगा।'' ऐसा ही कुछ–कुछ सोचते हुए, वह स्टेशन की सीढ़ियां उतरने लगा।

अब किधर जाना है मुझे—घर। कहां है मेरा घर? घर तो नौकरी पेशा और संपन्न लोगों का होता है—आवारा, बेरोजगार का घर कहां होता है–उसका लेखाजोखा उसके होने की गणना न घर पर होती है और न आवभगत बाहर। नोएडा में मेरा घर कैसे हो सकता है? तो फिर मैं गरीब कहां हूं? गरीब का तो अंतिम निवास ही उसका घर होता है जो निगमबोध घाट, लोधी कालोनी या फिर गीता कालोनी में बना आर्यसमाजी घाट हैं। इस महानगर के हर कोने में और भी बीसियों अंतिम निवास हैं। भला उस महानगर की बात क्यों कर रहा हूं मैं, जिसे बाराखम्बा मेट्रो स्टेशन के अंतिम पायदान पर छोड़ आया हूं। नोएडा का अंतिम निवास तो वहां के ग्रामीण किसानों की भावभूमि पर ही तो बना है। गनीमत है सरकार ने जमीन से

बेदखल लोगों को उनकी अपने पुरखों की जमीन पर आखिरी सांस छोड़ने पर, उन्हें अंतिम निवास का हक दे ही दिया। मुझे वहां जाना होगा—वाया नया बांस, बोटानिकल गार्डन या फिर नंदन कानन और वर्ड्स सेंचुरी से पहुंचना होगा...

"क्या कहा तुमने? फिर से कहो।"

अभी मनीष स्टेशन की उतर रही अंतिम सीढ़ी पर पहुंच ही रहा था, उसे एक कर्कस आवाज सुनाई पड़ी। आवाज जानी पहचानी लगी। यह आवाज शनिधाम शक्ति पीठ के बाबा की नहीं है—यह किसी और की नहीं रोज इस स्टेशन के इर्दगिर्द घूमते, भीख मांगते उस बाबा की है, जिससे उसका सामना होता रहता है। जेब में अपने खर्च के लिए कुछ शेष बचे या नहीं, उसने रुपया दो रुपया बाबा को हमेशा दिया है—कभी निरास नहीं किया। आज उसकी आवाज ने विचलित-सा कर दिया।

"जान छूटी लाखों पाए..." कहते-कहते बाबा अटक गया था।

"क्या कहा बाबा! फिर से कहो। अपना वाक्य पूरा करो, मैं ठीक से सुन नहीं सका।"

बाबा ने जैसे उसकी बात नहीं सुनी, बेपरवाह-सा जोर का ठहाका लगाने लगा। उसने अपनी बात पर जोर देते हुए नई पंक्ति कह दी—"लौटकर बुद्धू घर को आया...।"

बाबा ने जिस द्रुत गति से अपना वाक्य पूरा कर, ठहाका लगाया, उसके पूर्वार्द्ध को मनीष इस समय भी सुन नहीं सका था। उसने पुनः बाबा से पूरा वाक्य दोहराने को कहा। फिर भी, वह बाबा के चुइंगम की भांति चुबलाते शब्दों को सुनने में असफल रहा। उसे याद आया, एक दिन इसी बाबा ने उसे कहा था, "सांप और जोगी का घर नहीं होता। ये अपने मन के मालिक होते हैं। उनके मन पर उन्हीं का राज चलता है।"

बाबा ने उस दिन ठीक कहा था। मैं ही लकीर का फकीर हूं, जोकि एक ही बात को बारम्बार पूछ रहा हूं। बाबा तो अब अपनी बात को दोहराएगा नहीं।

मनीष ने बात का रुख बदलने के लिए कहा, "बाबा कल मेरा काम तो बना ही नहीं। आपने तो..."

"क्या कहा, यह शनि दोष है। दोष निवारण के वगैर कोई काम बनना संभव नहीं। शनि की महादशा, राहू काल चल रहा है। गजब का मिजाज होता है इन ग्रहों का भी, हमेशा अष्टावक्र की भांति टेडी चाल चलते हैं। ग्रहों की महादशा का पूजन कर ले बेटा! यह शनि को ढाई घर और चलने दे। सब ठीक हो जायेगा। बिगड़े काम को भी बनने में देर नहीं लगेगी।" बाबा ने स्पष्ट कह दिया।

यह सुनकर मनीष को काटो तो खून नहीं। कैसा विचित्र बाबा है? इस बात

को आज से पहले इसने कभी बताया ही नहीं। हफ्ता दस दिन पहले बताकर सावधान कर देता—इसका क्या घट जाता। रोज मिलना होता है, मन की बात कहता भी है। किन्तु, हर रोज नई बात—जिसका ओरछोर हाथ लगता ही नहीं है। आज कही बात की तासीर कल की बात में नहीं होती। किसी भी दृष्टि से जरा भी मेल नहीं खाती।

"मुझे अब क्या करना है बाबा?" मनीष ने पूछा।

बाबा ने उसके सवाल को कोई महत्व नहीं दिया,जैसे मनीष के शब्द उसने सुने न हों या उसके सवाल में कोई रूचि नहीं ली।

"आजकल बगीचे की हवा और अंधेरी सुरंग में शुद्ध हवा बची ही कहां है? दोनों में बसैन या फिर मछैन एक जैसी होती है—कोई फर्क नहीं है। हवा कहीं की हो एक जैसी है—यहां की और वहां की..."

"बाबा हवा तो मेरी अपने लिए खराब हो रही है।" मनीष ने कहा।

"छोड़ दो ऐसी मजाक की बातें। ऐसी बातें गांव देस में अच्छी लगती थीं। जीवन भी कभी बचपन का ही अच्छा लगता था।"

"क्या कह रहे हैं, क्या मैं बुढ़ा हो चुका हूं?" मनीष को लगा, बाबा ने उसकी देह पर प्रहार कर दिया है। वह बिलबिला उठा। वह चीखना चाहता था, परन्तु उसकी आवाज ही एकदम मुन दी गयी—निष्प्रभावी कर दी गयी थी। उसके कंठ के द्वार ही अवरुद्ध हो गये थे, उन पर बाबा का नियंत्रण हो चुका था।

उसे बाबा कोई जादूगर लगा, जिसके थैले से हमेशा काले कपड़े, रंगीन कपड़ों की कतरन, पानी से भरा जग और सेफद कबूतरों के जोड़े निकलते हैं। जिसे लोग उसके पास वशी करण जंत्री-मंत्री और तंत्री कहते थे। जिनमें दुनिया का भ्रम छिपा हुआ है। अब वह ऐसे किसी भ्रम में नहीं जीना चाहता। उसने स्वयं को समझाया, बाबा से अधिक देर तक उलझा रहने का मतलब, उसकी और एक नई भूल होगी—जिसका असर एक जिंदगी यानी उसकी अपनी जिंदगी से होगा। ऐसा कुछ सोचते वह आगे बढ़ गया।

बाबा उसे एकटक जाता हुआ देखता रहा। जब मनीष और उसके बीच दूरी बढ़ने लगी तो, वह बोला, "आज कुछ देकर नहीं जायेगा बेटा! सुबह-सुबह का समय है।"

मनीष अनसुनाकर आगे बढ़ता रहा।

"बेटा! सुबह-सुबह के वक्त बाबा को नाराज नहीं करते। साधू-सन्यासी, पेड़, पहाड़ और नदी हमेशा मां-बाप जैसे होते हैं। क्या इनका अनादर करेगा जीवन में?"

बाबा कहते जा रहा था। मनीष को लगा बाबा है पक्का बहुरूपिया, जो अपनी

हद को पार कर, उसे भावुकता का शिकार बनाना चाहता है। यही तो इमोशनल ब्लैक मेलिंग है। किन्तु, उसने मन में ठान लिया, वह उसके बहकावे में नहीं आने वाला।

वह आगे बढ़ता रहा।

''बेटा! एक बात सुन लो, उसे गांठ लो। मनुष्य प्रकृति को भूल सकता है, परन्तु प्रकृति मनुष्य को कभी नहीं भूल सकती। तुम प्रकृति को एक दिन प्यार करके तो देखो, वह तुम्हें वर्षों वर्षों प्यार देगी। तुम हमेशा मुझे देते रहे हो, मैंने तुम्हें आशीषें ही दी हैं, वे आशीषें कहां फलीभूत हुईं या हुई भी या नहीं—मुझे नहीं मालूम। फिर भी, आशीषें देना नहीं छूटता। इसीलिये आज भी उतने ही मनोभावों से कह रहा हूं, जाओ-जाओ तुम्हारा काज जरूर सिद्ध होगा।''

इस समय मनीष अपने बढ़ते कदम रोके बिना, जोर-जोर से हंसा और बोला, ''ठीक कह रहे हो, कोई किसी को भूले या फिर याद करे, मैं खुद को अवश्य भूल चुका था। यह मेरी कमजोरी थी। यही कमजोरी मेरे लिए धोखाबाजी बन गयी। मैं अब किसी तरह के बहकावे में नहीं आने वाला बाबा!''

''नहीं, नहीं बेटा! ऐसा-वेसा न सोचो, अभी इसी वक्त शनि देव की शरण में चले जाओ।''

''क्या होगा वहां जाकर; मुझे नौकरी मिल जाएगी, कालेज की फीस जमा हो जायेगी, रात में बिछड़ी माजुली मिल जायेगी—नहीं न? फिर भी, तुम्हारे कहे बगैर मैं जा रहा हूं उसी रास्ते—मेरा उस रास्ते से जाना रोज के जाने जैसा है...''

●●●

आज शनिवार है—रोज के दिनों की भांति बीतने वाला एक दिन।

मगर उन सातों दिनों में से एक अलग और विशेष दिन। अपार जनसमूह से अटा पड़ा शनि धाम शक्ति पीठ का मुख्य मंदिर और उसका परिसर। धूप, अगुरु, बत्ती और सरसों के तेल से भरी बोतल लिए लम्बी लाइन में खड़े सैंकड़ों लोग। जिस पर शनि महराज की जितनी जैसी कृपा उतनी ही बड़ी मात्र में तेल अभिषेक का शिलशिला चलता रहता है। यही चढ़ता है यहां, फूल नहीं चढ़ते कभी। अच्छा हैं असमय कुछ फूल-पत्तियां बलिदान होने से बच जाती हैं—मगर यह सैंकड़ों लीटर सरसों का तेल—किसी जरूरतमंद के तन-बदन और आंत को नरम और मुलायम कर सकता था—जिससे किसी के स्वस्थ शरीर और आंत मजबूत हो सकने की सम्भावनाएं अधिक थीं। ''मेरे पास न तेल है, न तेल की धार और न ही पल्ले में फूटी कौड़ी। तो मैं कैसे शनि महराज के दर्शन कर सकता हूं?'' उसने स्वयं से पूछा।

उसी समय, उसे लगा, इन सब की होने की क्या जरूरत है। श्रीमद्भगवत गीता में तो स्पष्ट कहा ही है—"ईश्वर, जीव, प्रकृति,तथा काल शाश्वत हैं। प्रकृति की अभिव्यक्ति अस्थाई हो सकती है, परन्तु यह मिथ्या नहीं है।" किन्तु, कुछ लोग इससे सहमत नहीं होते, वे प्रकृति की अभिव्यक्ति को मिथ्या से अधिक स्वीकार नहीं करते...उनमें से एक मैं भी हो सकता हूं। खड़े रहें इस लाइन में। न मानें जगत की अभिव्यक्ति को मिथ्या—लेकिन स्थाई नहीं तो अस्थाई जरूर है। इसीलिए यह सब-क्या है? यह एक लोक विश्वास, लोक चेतना के अभाव से उनमें पैदा हुआ पागलपन... स्थिर बुद्धि तो कह नहीं सकते। "तानी सर्वाणि संयम्य युक्त आसीत् मत्परः, वशे हि यस्येन्द्रियानि तस्य प्रज्ञा प्रतिष्ठिता। (श्रीमद्भगवद्गीता यथारूप-श्री स्वामी प्रभुपाद पृष्ठ 61)। जो सच्चे मन और स्थिर चित एवं भाव से भगवान को याद करता है, उसे ही दिव्यरस की अनुभूति होती है। तो यहां मेरा ही क्यों किसी का चित चिलचिलाती धूप में कैसे शांत रह सकता है? वह हो भी नहीं सकता। यह जानते हुए, तो फिर, मैं इस ठौर पर क्यों खड़ा हूं? खड़े-खड़े टखने दुखने लगे हैं। जिस संख्या में आगे खड़ी भीड़ मंदिर में दर्शन के लिए प्रतीक्षा कर रही है, उससे अधिक मेरे पीछे से पंक्तिवद्ध लोग खड़े हो चुके हैं। यह सब सोचते मनीष का मन उचट सा गया।

"मुझे अब यहां खड़ा नहीं रहना चाहिए, भलाई इसी में है कि हम जिस उथल-पुथल की जिंदगी जीने को अभिशप्त हैं, उससे नहीं लगता, शनिदेव इसमें कुछ मदद कर पायेंगे! खुद को छोड़कर दुनिया का हर व्यक्ति ताकतवर है। किसी भी कमजोर की मदद न शनिदेव कर सकते हैं न ही कोई साधन संपन्न व्यक्ति। दोनों ही इस कार्य में अपनी-अपनी शक्तियों का उपहास होते दृश्य देखते हैं। उसे लगा, अब समय बहुत लग चुका है। उसकी खड़े रहने की शक्ति क्षीण हो रही है। उसके पांव लड़खड़ाने लगे हैं। शरीर में बढ़ती कमजोरी महसूस हुई या फिर समय को बचा लेने के उपक्रम में वह पंक्ति से बाहर निकल आया।

"क्या हुआ दोस्त! दूर क्यों चले गए?"

एक व्यक्ति जो उससे पीछे खड़ा था, उसने यकायक मनीष से पूछ लिया।

मनीष को अपने कानों पर विश्वास नहीं हुआ, कोई उससे भी ऐसी जिज्ञासा प्रकट कर सकता है। इसके मायने कोई उस पर नजर रख रहा है। उसे स्वयं की स्थिति पर ही संदेह हुआ। उसने झट स्पष्ट किया, "बस्स! यों ही, समय बहुत अधिक लग रहा है।"

"बस्स, छोटी सी बात है। घबरा गए इतने में ही..."

"जी!"

"कहां से हो?"

''उत्तराखंड से...''

''तब तो ठीक है।'' कहकर वह व्यक्ति चुप हो गया।

मनीष को लगा, यह खद्दरधारी व्यक्ति किसी राजनीतक पार्टी से जुड़ा हुआ हो सकता है। इस तरह का पहनावा उन्हीं का सुहाता है। एनसीआर के व्यापारी वर्ग के लोगों ने सफेद रेशमी कपड़ा पहनना छोड़ ही दिया है। अब कोई नहीं पहनता। गांधी बाबा जीवित होते तो, वह भी खादी छोड़ चुके होते। पहले जैसी झक्क सफेद खादी अब नहीं रही। न रंग वैसा न गुणवत्ता पहले जैसी। यहां तक कि आजादी के सत्तर सालों में खादी का ही नहीं देश का रंग भी बदल गया है।

''जी, लोकतंत्र में मन भी बदला है और भाव भी।''

''यही तो असल ताकत है दोस्त! लोकतंत्र की।'' उस व्यक्ति ने कहा।

''देश के लोंगों का रंग अब पहले जैसा नहीं रहा। उनके रंग-ढंग बदल चुके हैं या फिर बदल रहे हैं गिरगिट की तरह।'' मनीष ने कहा।

''मेरे कहने का गलत अर्थ न लगाओ दोस्त! मैं तो कह रहा हूं—आप लोग देव भूमि के निवासी हैं, जहां कण-कण में भगवान बसते हैं।'' उस व्यक्ति ने जरा सा ऊंची आवाज में कहा।

मनीष से भी चुप नहीं रहा गया। मन हुआ कि विनम्रता से स्पष्ट कह दे कि मैंने तो ऐसा-वैसा कुछ कहा ही नहीं—इसमें अन्यथा लेने का प्रश्न कैसे पैदा हो गया? वह उलझन में फंसने लगा। उसे विनम्रता से कहना और सीधे-सीधे कहना अपनी कमजोरी लगी। उस व्यक्ति ने जिस तरह व्यंग्यात्मक स्वर को ऊंचा किया, उसे चुप रहना भी उचित नहीं लगा—विनम्र भाव तो जरा भी नहीं—ऐसा भाव-विचार मन को छू भी नहीं सकता। उसने कहा, ''सामवेद में कहा है—'पवित्रं विततं ब्रह्माणस्ते' उस ब्रह्माण्ड के स्वामी का तेज सभी जगह फैला है। वह यहां भी बसते हैं वहां भी, मेरे हृदय में और आपके भी। वह महान परमेश्वर हमारे रोम-रोम को आच्छादित किए हुए है मान्यवर! क्या आप सोचते हैं परमेश्वर यहीं आकर इसी ठौर में बसे हैं?''

उस व्यक्ति के चेहरे के बदलते हाव भाव और कहने के अंदाज से मनीष सोचने लगा, ताकतवर लोग ऊंची आवाज में बोलना पसंद करते हैं। शारीरिक से कहीं अधिक उनकी आवाज में ताकत होती है। वह अवश्य कहेगा—''तब तो ठीक है, आप तो देव भूमि के लोग हो, यहां खड़ा होना यानि और चार घंटा। भई मेहनती लोग होते हैं उत्तराखंड के-समय को मान-सम्मान देते हैं, उसकी कीमत समझते हैं।'' या फिर कहेगा, ''भई उत्तराखंडीयों के मूड का कुछ पता नहीं, थोड़ी-सी बात में मन उचकाकर,पलक झपकते विचलित हो जाते हैं-सोचते हैं देश-दुनिया का भार उनके कधों पर आ गया है। बोझ तले दबे जा रहे हैं-भई ऐसा क्या? नहीं न?''

उसने ऐसा भी नहीं कहा।

मनीष बड़ी देर तक चुप रहा, लेकिन मन और मस्तिष्क में एक अजीब तरह की हलचल सी उसे महसूस होने लगी। वह कुछ कहता, उससे पहले उस व्यक्ति के शब्द कानों में प्रवेश कर गए।

''भगवान शिव भोले भंडारी भी तो इसी प्रकृति के हैं, साधारणतया अत्यंत दयालु हैं, यदि उन्हें प्रसन्न करने को थोड़ी भी पूजा, प्रतिष्ठा और तप करे तो तुरंत ही संतुष्ट हो जाते हैं—इसे हवा-पानी का असर ही कहेंगे। पल में माशा और पल में तोला। छोटी-छोटी पूजा में प्रसन्न भी हो लेते हैं—बड़े ही संतोषी...'' उस व्यक्ति ने शनिदेव के मंदिर की ओर इशारा करते हुए कहा।

''बड़ा अनुभव और विश्वास रखते हैं आप।''

''सामाजिक जीवन में रहते सब कुछ करना पड़ता है।''

''जरूरी है क्या? जीवन को धन्य-सुधान्य बनाने के लिए साम सन्देश है—'इन्द्राय साम गायत' इतना ही नहीं उस महान परमेश्वर के उपकारों का स्मरण करते हुए,यजिष्ठम त्वा ववृमहे देवं देवत्रा होतारममर्त्यम।अस्य यज्ञस्य सक्रतुम'' (सामवेद, चारों वेद पृष्ठ 2608)।

''जरूरी भी नहीं है। भगवान यह नहीं कहते, इस तरह भोर से इस समय तक, यहां इस पंक्ति में खड़े रहो—भाई ये तो पूरी तरह से अपना-अपना विश्वास का विषय है। मानें तो देवता न मानें तो पत्थर,''

''तो फिर...''

''सामाजिक जीवन में लोक सेवक बनकर रहना है तो, जीवन के विविध रंगों में रंगना होगा। इसी में सफलता निहित है, लोक सेवक तो उससे कट कर नहीं रह सकते।''

''इसीलिए राहुल गांधी भी...''

''वह भी सामाजिक जीवन से जुड़े हैं। लोक से कटकर कभी न साहित्य रहा, न कला, न संगीत और...''

मनीष को उस व्यक्ति की बातों में आनंद आने लगा, उसकी रुचि बढ़ने लगी।

''तो आप राहुल गांधी का इस तरह अपने को बदल लेने को क्या कहेंगे? वह लोक तंत्र पर मंडरा रहे खतरे से देश को बचा लेंगे?'' मनीष ने सहजता से अपनी उत्सुकता की गेंद उछाल दी।

''मैं यही प्रार्थना करने यहां आया हूं।''

''अरे वाह! क्या मजेदार बात कह दी आपने?'' कहते मनीष की हंसी छूट गयी।

वह व्यक्ति मनीष को ठहाके लगाते, बड़ी देर तक देखता रहा। उसे लगा, मनीष उसकी खिल्ली उड़ा रहा है या फिर, कोई और है जिसका वह कोपभाजन बन रहा है। उसने स्वयं से सवाल किया। बगलें झांकी। उसी समय उसे महसूस भी हो गया, उसके पास इस मामूली प्रश्न का कोई समुचित उत्तर नहीं है कि एक तरफ तो हिन्दू कर्म कांड को लोकतंत्र के लिए खतरा सिद्ध करने का उपक्रम है तो, दूसरी तरफ मंदिर, मस्जिद, गुरुद्वारे और चर्च—कोई जगह है जो राहुल गांधी के जाने से अछूती हो। उसने काफी देर तक सोचा और धीरे से कह भी दिया, ''मुझे लगता है, राजनीति में एक जैसा तर्क हमेशा काम नहीं करता है।''

''मैं किसी तरह का तर्क नहीं कर रहा हूं—उत्सुकतावश पूछ लिया। खाली दिमाग भूत का घर... इस समय कुछ करने को है भी नहीं।'' मनीष ने कहा।

''सो तो ठीक है, पर इन बातों के लिए न यह उपयुक्त समय है और न स्थान...''

''क्षमा करें, आपसे बातें करना अच्छा लगा। वरना आप जैसे—लोगों के पास इतना तर्क-कुतर्क करने का समय ही कहां होता होगा, वैसे भी आये दिन चुनाव सर पर होते हैं।''

''कभी फुर्शत से आओ, बैठकर बात करेंगे, वैसे ये सब तर्क चुनावी रॉकेट हैं, जो चुनावी मैदान में दागे जायेंगे। ये राफेल हथियार हैं, जिनका प्रयोग सीमाओं से कहीं अधिक चुनावी जुबानी जंग में होगा। ऐसे हथियारों का प्रयोग सब तरह से जायज है।''

वह व्यक्ति जैसे अपने अहंकार की रक्षा करने की कोशिश में आ गया।

एकाएक मनीष के हाथ जुड़ गए। उसे आश्चर्य हुआ और गहन पीड़ा भी, उसने विपरीत परिस्थतियों के बावजूद इतना विनम्र, शिष्टतावादी और निरीह स्वयं को कभी नहीं पाया था। वह सोचने लगा, यह एक भला व्यक्ति है—संबंध बनाने लायक। ऐसे व्यक्ति के बारे में गलत धारणाएं पालना ठीक नहीं।

पंक्तिइबद्ध खड़े लोग उन्हें बातचीत करते, तमाशबीन की तरह देख रहे थे। मनीष को चुप रहना उचित नहीं लगा। उसने भी, उस व्यक्ति को टका-सा जवाब दिया, ''हां, भारतीय जनता पार्टी भी यही सब कर रही है।''

''हां, यही तो उनका दोहरा चरित्र है।'' उस व्यक्ति को अपच उगलने में देर नहीं लगी।

''वही क्यों सभी दलों का चरित्र एक सा है?''

''हरेक को एक दृष्टि से देखना और राय बनाना उचित नहीं...'' उस व्यक्ति ने मनीष की अपनी बात पूरी होने से पहले कह दिया।

मनीष को आश्चर्य होना स्वभाविक था, काटो तो खून नहीं। सचमुच कमजोर

के मुंह से कौर छिनने की कला में पारंगत दिखा। वह मंद-मंद मुस्करा कर बोला, ''मान्यवर! मैंने तो अभी मन की बात कही नहीं, उससे पहले आपने तो मेरी जबान से शब्द छीन लिए।''

''मैं समझ गया था, तुम क्या पूछने जा रहे हो। लोक जीवन में सेवा करते अब तक प्याज नहीं छिली—यही सब तो सीखा है। इससे अधिक कुछ नहीं। सच बात तो यह है दोस्त! राजनैतिक दुनिया में इस कला से अधिक सीखने को कुछ है भी नहीं।''

''यह भी नहीं कि एक तरफ भाजपा तीन तलाक जैसे सुधार के उपाय करने का दुह्साहस करती है, उन सब का समर्थन कर रही है,जो इसके समाधान के पक्ष में खड़े हैं और दूसरी तरफ सबरीमाला मंदिर में 10 साल से 50 साल की उम्र की महिलाओं के प्रवेश का विरोध कर रही है। और तर्क दे रही है कि कोर्ट के फैसले से मंदिर की पुरानी परम्पराओं को नहीं बदला जा सकता। यह कैसी राजनीति और उसकी वैचारिक प्रतिबद्धता है मान्यवर!''

''यही तो हम कह रहे हैं, ये विशुद्ध रूप से छल और भ्रम फैलाने से अधिक नहीं है—मैंने पहले ही कहा, ये दोहरे चरित्र के लोग हैं। यदि इनका मन साफ है तो इस परम्परा को ये लोग तीन तलाक से क्यों नहीं जोड़ते?''

''गजब तर्क है मान्यवर! दोनों पार्टियों का। दोनों के चरित्र को पढ़ना और समझना बड़ी टेढ़ी खीर है।''

''तुम समझो या नहीं, जनता सब जानती है और इसे समझ भी रही है। तीन तलाक की भांति भाजपा सबरीमाला मंदिर जैसे संवेदनशील मामले को भुनाने का उपक्रम करेगी ही...''

''और कांग्रेस...''

''कांग्रेस का स्टेंड साफ है और इसी में उसकी भलाई भी है कि भाजपा को इन कुकृत्यों के करने से रोके।''

''उससे लाभ की प्राप्ति होगी? ऐसा नहीं लगता कि कांग्रेस अपने ही मकड़जाल में उलझ जाएगी।''

वह व्यक्ति मौन हो गया।

''आप क्यों चुप हो गए मान्यवर! आप को नहीं लगता, इस प्रकरण में स्वयं कांग्रेस फंस जायेगी। एक ओर मुस्लिम महिलाओं से जुड़े सवाल, जिसे भाजपा सुधार की तरफ एक कदम कह रही है, होंगे और दूसरी तरफ मुस्लिम समाज की चिल्लाहट-मुस्लिम पुरुषों के अहम पर चोट और चोट पर मरहम लगाने की चुनौती ...इतना ही नहीं, इससे भी एक और बड़ी चुनौती,मुस्लिम महिलाएं भी अपने दम्भी पुरुषों की चीख-चिलाहट का भी समर्थन कर रहीं हैं हिन्दू महिलाओं की तरह,

जिन्हें भाजपा का आशीर्वाद प्राप्त है...''

बड़ी पंक्ति—जिसमें ठहराव सा आ गया था, यकायक वह चार पग आगे बढ़ गयी थी। उस व्यक्ति ने सिर्फ दो पग बढाए और धीरे से कहा, ''तुमसे बात करने में मजा आ रहा है दोस्त!, जे.एन.यू. के प्रोडक्ट लगते हो। समय कैसे बीता, उसका पता ही नहीं चल रहा है।''

''शायद नियति को भी यही सब मंजूर है मान्यवर! यूं ही आजादी के सत्तर साल बीत गए और भविष्य भी ऐसे ही तर्क-कुतर्क में बीत जायेगा।''

''आमीन!!'' जैसा शब्द मनीष ने नहीं सुना। उसने सोचा वह व्यक्ति ऐसा ही कुछ कहेगा, परन्तु उसने कुछ नहीं कहा। उसने मनीष की तरफ देखे वगैर शेष दूरी के दो कदम भी तय कर लिए। और मनीष ने भी बेमन से चार कदम पीछे छूटी जगह भरने को नजर दौड़ाई तो, उसे लगा, वह बहुत पीछे रह गया है, जिसे मान्यवर की ठौर तक तय करने में उसे सदियों लगेंगे...

●●●

मनीष को खुशी हुई, वह व्यक्ति शनि महराज की पूजा बेदी के करीब पहुंच रहा था—बातों ही बातों में वह भी। उसने शिष्ट भाव से कहा, ''मैं अपनी बारी के लिए पंक्ति में आ सकता हूं मान्यवर?''

''नहीं, तुम बेलाइन हो चुके थे। तुम्हें अब सबसे अंत में जाना होगा और वहां से अपनी बारी की प्रतीक्षा करनी होगी।''

''मैं आपसे पहले पंक्ति में खड़ा था।''

''तुम लाइन से हट चुके थे, इस समय भी लाइन में नहीं हो और काफी पीछे भी हो...'' उस व्यक्ति ने तल्खी से अपनी बात दोहरा दी।

''मैं दूर कहां हुआ, आपसे बातें करते हुए, अलग कैसे हो सकता हूं?'' मनीष ने अपने दावे के समर्थन में उस व्यक्ति के पीछे खड़े और कदम ताल करते बढ़ रहे दूसरे व्यक्ति से पूछा, ''क्या मैं यहां पर खड़ा नहीं हूं, पंक्ति से दूर हुआ कब था? अजीब स्थिति है। बातों ही बातों में कोई कैसे अलग हो सकता है? ये जिन्दा सांप निगलने वाली कहावत हुई।''

वह व्यक्ति कुछ नहीं बोला।

मनीष ने उसके चेहरे की तरफ देखा, उसके होंठ नहीं हिले। उसने पुनः समर्थन के लिए अपनी बात दोहरा दी।

इस बार भी वह चुप रहा।

आश्चर्य! अभी-अभी थोड़ी देर पहले तक भारतीय राजनीति के स्याह और

सफेद पक्ष पर हंसता खिलखिलाता और कभी जोर का ठहाका लगा रहा था, यह व्यक्ति अचानक मूक और बधिर कब और कैसे हो गया है, उसका पता ही नहीं चला। ऐसा संभव हो सकता है भला कभी!! ऐसा ही कुछ सोचते मनीष ने उससे जरा ऊंची आवाज में कहा, ''भाई साहब! आप इन मान्यवर से कहिये, मैं इनसे पहले से लाइन में खड़ा, अपनी बारी की प्रतीक्षा कर रहा हूं।''

उस व्यक्ति ने जैसे कुछ सुना ही न हो—वह अब भी चुप रहा।

मनीष ने अब उससे अधिक कुछ कहना उचित नहीं समझा। उसे लगा जैसे वह किसी अंधे व बहरे आदमी के सामने खड़ा होकर गिड़गिड़ा रहा है। उसने सफेद खद्दर धारी व्यक्ति से कहा, ''मंदिर में खड़े हैं आप, किसी गली के नुक्कड़ पर नहीं, जहां से जो जी में आये कह दो। ऐसा जुल्म नहीं कीजिये। मैं अंतिम व्यक्ति के रूप में वहां अब खड़ा नहीं हो सकता।''

''चीखो मत, मुझसे आगे भी खड़े नहीं हो सकते। चाहो तो मेरे पीछे लग सकते हो।''

''पीछे चुप-चुप खड़े व्यक्ति को आपत्ति हो सकती है।''

''नहीं, नहीं उसे आपत्ति क्यों होगी? उसे यह नहीं पता, पिछवाड़े ही पूंछ होती है। मुझ से उलझने से बेहतर उसी से पूछ लो कि तुम पहले पहुंचे थे या फिर मैं। दो की उपस्थिति के बाद तीसरे व्यक्ति से लाइन बनती है दोस्त! तुम मानो या नहीं, लाइन तो मुझ से ही शुरू हुई है और यही रहेगी। उससे पहले तुम्हारा प्रवेश कदापि नहीं... कैसे बेवकूफ हो, दो व्यक्तिओं से लाइन बनती है भला कभी। तुम अभी बच्चे हो, दुनिया के मनोविज्ञान को समझने का प्रयास करो। इस मनोविज्ञान को समझना इतना आसान नहीं, जितना आसान तुम समझ रहे हो—अभी तुम्हारे बूते की बात नहीं।''

''वाह क्या बात कह दी आपने, यह सिलसिला 1947 के पहले से चला आ रहा है। क्या गजब का तर्क शास्त्र है आपका मान्यवर!'' कहते-कहते मनीष के दोनों हाथ अपने कानों को छू गए।

अमूमन उसके साथ ऐसा ही होता है, जब-जब उसने नियम, कानून और नैतिकता का पाठ खोलने का प्रयास किया है, जल से छिटककर रेत पर छटपटाती मछली की भांति उसकी दशा होती रही है—आज भी वैसा ही हुआ है—यह कोई नयी बात नहीं है। पहले से उसकी स्थिति जरा भी भिन्न नहीं है। इस समय उसका धैर्य का बांध रिरियाते हुए टूटा, उसने उससे भी तेज गति से स्वयं को सम्हाला और साहस जुटाकर कहा, ''मान्यवर! आप तो राजा हैं। राजा को प्रजा हमेशा निरीह, भूखी और नंगी दीखती है। भूखे-नंगे को खाना और लत्ता-कपड़ा का दान देने की आपकी पुरानी आदत ही आपकी परम्परा है। भूखे को खाना और नंगे को तन ढकने

को कपड़ा देने को किसी बार त्यौहार का दिन या फिर किसी दिन का शुभ मुहूर्त देखना आपकी आदतों में शामिल है। उन्हें लताड़ना तो, मैंने कहा न आपसे, गली के नुक्कड़ पर खड़े किसी नंग-धड़ंग को कहने जैसा है। जिसे अपनी नंगेपन की कोई परवाह नहीं होती—उसे कोई फर्क नहीं पड़ता।''

मनीष के होंठों को छूती बात बाहर छितरती गयी।

''चीखो मत, अपनी उम्र का ख्याल रखो, मुझसे ज्यादा चीखना अभी तुम्हें नहीं आता है।''

''मैं चीख कहां रहा हूं, आपकी सीना जोरी के बावजूद विनम्र भाव से कह रहा हूं। ये विनम्रता मेरे रक्त मैं है,जो बहुत पीड़ादाई है—दर्द असहनीय है। जब वह पीड़ा और धैर्य का हिमालय टूटता है तब आंखें आंसू नहीं रक्त की नदियां बहाती हैं।''

''एक बात कहूं दोस्त! कुछ हो या न हो तुमने ऊंची आवाज में बात करना सीख लिया है।''

''भ्रमित नहीं कीजिए मान्यवर! आजादी के इतने सालों बाद भी मुझे न बोलना आये, तो लानत है, मगर आपकी जैसी लच्छेदार भाषा सीखना अभी काफी दूर की कौड़ी है—जब सीख-समझ लूँगा तब आपके शब्द नहीं बचेंगे, न उनका कोई अर्थ रह जायेगा। उस दिन की प्रतीक्षा करें मान्यवर! जिस दिन आसमान गूंजेगा,धरती हिलेगी, पहाड़ थरथर कांपेंगे और गद्-गद् का शोर करते नदी नाले वर्षों से जमीं पीड़ा, लानत-मलानत को अपने साथ बहा ले जायेंगे...''

''और...''

''और जब पहाड़ बोलेंगे तब धरती आसमान एक हो जायेंगे—उनके बीच चली आ रही वैमनस्यता ख़त्म होकर एकाकार हो जायेगा, देवों के देव महादेव शिव का लोकमंगल का स्वर गूंजेगा। उनकी सिरिंगी बज उठेगी।

''और फिर, शिव सेना जाग उठेगी...'' वह बात को हलकी-फुलकी समझकर हवा में उड़ाने लगा।

अबतक मौन साधे खड़ा वह तीसरा व्यक्ति अपनी खित-खित हंसी रोक नहीं सका।

आश्चर्य से मनीष उस व्यक्ति की शरारतपूर्ण हंसी देखता रहा...

●●●

शनिधाम परिसर मंदिर की घंटियों के शोर से गूंज उठा।

''शनि महराज की जय हो!'' जैसे इसी स्वर नाद की सभी को प्रतीक्षा थी।

''क्या भगवान का विश्राम का समय हो चुका है?'' अधिकांश के मोबाईल की स्क्रीन चमक उठी या फिर अपनी कलाइयों में बंधीं घड़ी को लोग देखने लगे। सब ने राहत की सांस ली—अभी समय शेष है।

''विश्राम से पहले महराज के दर्शन मिल जाएंगे'' नेताओं का आना-जाना लगा रहता है।

''वीआईपी ने महराज के दर्शन किये होंगे, अमूमन ऐसा ही होता है।''

''तब ये मान्यवर क्यों खड़े हैं यहां? सफेद पोशाक में नेताओं जैसे दिख रहे हैं। बोलचाल और ठसक भी हु-ब-हू वैसी ही है?'' लाइन में से किसी व्यक्ति ने कहा।

''विचित्र मनोविज्ञान है इस जनता का भी, सब आपके संबंध में कह रहे हैं—ये किसी बड़े कद काठी के नहीं हैं।'' मनीष ने कहा।

उस व्यक्ति ने कुछ नहीं कहा—खित-खित हंस पड़ा।

''बहुत शरारती होती है जनता भी—सबकुछ जानती है—कुछ का कुछ कहती रहती है।''

वह व्यक्ति इस समय खिल-खिल हंस पड़ा—''तुम उनसे कम शरारती नहीं हो दोस्त! आओ, अपनी लाइन पर खड़े हो जाओ—मुझे कोई फर्क नहीं पड़ता।''

''मुझे फर्क पड़ता है मान्यवर! मैं पहले से पंक्ति में जो खड़ा था, आप मुझे और मेरी उपस्थिति को समाप्त करने पर उतारू थे—किसी के होने, उसके अस्तित्व को अदेखा तथा नजरअंदाज करना ठीक नहीं...।''

''तुम बहुत सुलझे, समझदार और निडर हो, समय मिले तो मुझे मिलो। मुझे तुम्हारी जरूरत है।''

''अवश्य, परन्तु, अभी वह संभव नहीं—मेरे पास कहीं भी जाने और लौट आने को जेब खर्चा नहीं है।''

''तो, शनि महाराज से कुछ कृपा करने की विनती करने आये हो?'' उस व्यक्ति के चहरे पर विचित्र किस्म की मुस्कान खेल गयी—कुटिल मुस्कान जैसी कह सकते हैं उसे।

''यह सच नहीं, पर आप मान सकते हैं। एक बात कहूं मान्यवर! आप भरे पेट वाले हैं, इसीलिए भगवान को मानते हैं। लेकिन में नहीं मानता। मनु कहते हैं—सारा संसार देवताओं से बना है—देवेभ्यश्च जगत्सर्वम। देवों से सृष्टि बनी है भी कह सकते हैं।'' मनीष ने कहा।

''मुझे मान्यवर नहीं, तुम्हारे मुंह से ऐसा सुनकर अटपटा सा लग रहा है—असहज सा महसूस कर रहा हूं, कमलकिशोर हूं मैं—तुम केके कह सकते हो''

''ऐसा आप पहले भी बता सकते थे—आप कमलकिशोर यानी केके अर्थात कमल ककड़ी एकदम सूखी, स्वभाव से नीरस और...'' मनीष ने जैसे चुटकी ले

ली।

''तंदुरस्ती के लिए नंबर एक होती हैं—एक राजनैतिक पार्टी के प्राण ही इस नाल पर टिके हैं दोस्त!'' कमलकिशोर ने गंभीर होकर कहा।

''अस्तित्व नहीं—प्राण!'' आश्चर्य से मनीष ने कहा।

''हां, प्राण...'' कमलकिशोर को लगा मनीष उसके लिए शब्द संधान कर रहा है। वह अपने शब्द प्रयोग पर अडिग रहा, ''हां, हां दोस्त प्राण-अस्तित्व नहीं।''

''ओह! प्राण-देव: प्राण इति यानी देव: प्राण: अर्थात प्राण ही देव हैं। अर्थात वह देवताओं की पार्टी है मान्यवर!'' मनीष ने हास्य मिश्रित व्यंग्य में ऐतरेय के सूत्र का घटक कह दिया।

''एक बात कहूं दोस्त! अन्यथा नहीं लोगे, लम्बे समय से हम दोनों साथ-साथ हैं, फिर भी, मैं तुम्हें ठीक से समझ नहीं पाया। कहां से सीखा तुमने ऐसा तर्क विधान...''

''मननान्मंत्र: मन की शक्ति मन्त्र हैं मान्यवर!'' ऐतरेय के सूत्र के इस घटक के साथ उसने आगे जोड़ा—''फूल से नहीं नाल से पेट भरता है मान्यवर! केवल सुन्दर फूल से पेट नहीं भरता। नाल का स्वाद चखने पर ही पता चलेगा—अब तक चखा नहीं स्वाद। मगर एक बात कह दूं—स्वाद और सौन्दर्य की पहचान व प्रशंसा एक अलग प्रकार का अनुभव होता है। अनुभव करने का कारण इन्सान के भीतर होता है, जो वास्तव में मानव जीवन को समृद्ध करता है।'' मनीष ने जरा चुटीला स्वाद के लिए चुटकी भर मशाला डाल दिया।

''इस झगड़े को छोड़ो यार! तुम्हारे कहने पर न में भगवान को मानना छोड़ूंगा, न शनि धाम में आना बंद करूंगा और न तुम मेरे कहने पर भगवान को मानना शुरू करोगे तथा उसके प्रति आस्था रखोगे, फिर इस तरह व्यर्थ की मुंह बजाई का क्या फायदा? चलो मेरे साथ—कमल ककड़ी का स्वाद भी चख लोगे और काम की बात भी होगी।'' मनीष की चुटकी पर कमलकिशोर ने सहजता से कहा।

मनीष को बात अच्छी लगी और उसने कमलकिशोर के साथ जाने का मन बना लिया।

कमलकिशोर के चेहरे पर इस समय एक उन्मुक्त सी ख़ुशी चमक उठी। उसने मनीष को अपनी बारी पर दर्शन करने के लिए संकेत किया।

''पहले आप मान्यवर! मुझे जरा भी जल्दी नहीं है।'' मनीष ने तपाक से कहा।

''अब क्या हुआ, अभी तक बड़ा नैतिकता का पाठ पढ़ा रहे थे मुझे।''

''वह पाठ कहां था मान्यवर! पाठ तो आप लोग पढ़ाते हैं। हां, यदि येसा मान रहे हैं तो, यह पाठ आप के लिए बहुत जरूरी था। जीवन में अपमान से बड़ी यातना

कोई दूसरी नहीं हो सकती। जो जीवन के साथ घुन की तरह लग जाती है। मेरे लिए पंक्ति से अपदस्त होना अपने अस्तित्व पर पहुंची चोट की अनुभूति से कम नहीं था। उससे बचने की चुनौती किसी महाभारत से कम नहीं थी। आप धृष्टराष्ट्र की भूमिका में खड़े दीख रहे थे, जो मुझे किंचित मंजूर नहीं। मैं जानता हूं, भगवद्गीता में विभिन्न देवों की पूजा अर्चना का निषेद्ध किया गया है। आप जैसे लोग इस लोकतंत्र का भगवान समझते हैं स्वयं को, जो काम-वासना के वसीभूत होते हैं। आप लोग ही भगवान श्रीकृष्ण की पूजा न करके पाषाणों की पूजा करते हैं। और आप उन्हीं में देवताओं को ढूंढ़ने लगते हैं। उन्हीं में से एक देवता शनि महाराज की पूजा अर्चना करने यहां आये हैं—कमैस्तैस्तैर्हतज्ञाना: प्रपद्यान्तेअन्येदेवता:। तं तं नियममास्थाय प्रकृत्या नियता: स्वया। (भगवद्गीता ।20) अर्थात जिनकी बुद्धि भौतिक इच्छाओं द्वारा मारी गयी है, वे देवताओं की शरण में जाते हैं, और वे अपने-अपने स्वभावों के अनुसार पूजा के विशेष विधि विधानों का पालन करते हैं मान्यवर! मैं...''

''तुम सजग और सचेतन हो दोस्त!, मगर एक नंबर के बेवकूफ भी। तुम अहंकार में इस तरह आकंठ डूबे हो, तुम्हें यह नहीं पता, इस शरीर की रचना प्रकृति द्वारा हुई है, जो भगवान के इशारों पर नाचती है और ये शनि देव उसी के अंश हैं।''

मनीष ने कमलकिशोर की बात को हंसी में उड़ाते हुए कहा, ''ईश्वर: सर्वभूतानाम् यही तो में कह रहा हूं ईश्वर कण-कण में विद्यमान हैं। प्रकृति ही तो भगवान है मान्यवर! इस परिसर के ही नहीं सम्पूर्ण सृष्टि के पेड़-पौधे, जड़ चेतन में भगवान है। सूर्य,चन्द्र वृक्ष,नदी, पहाड़ सभी हमारे जीवन में नायक हैं। ये नायक जन-जन के ह्रदय में परमात्मा के सूचक हैं। हर इंसान को प्रकृति का सम्मान करना होता है। आप शनि महराज के दर्शन कीजिए। मैं यहां पर लौट आने की प्रतीक्षा करते, इन वादियों को निहार कर आनंद लेता हूं...''

''दर्शन नहीं करोगे? तुम्हें कहीं जाना तो नहीं है दोस्त!'' कमलकिशोर ने पूछा।

''जाना तो है काम धंधे की तलाश में'' सहजता से मनीष ने स्पष्ट किया।

''कहां? किसी ने बुलाया है क्या?''

''हां, वह देखिये मान्यवर! वह उदास सी मूर्ति शनि देव की है। लोग बारी-बारी से दर्शन के लिए पूजा की वेदी पर जा रहे हैं और अजनबी की तरह उसे प्रणाम कर लौट रहे हैं। देख रहे है मान्यवर, जब राजा और प्रजा के बीच संवाद नहीं होता तो समझ रहे हैं क्या होता है—उधर देख लीजिए, वह मूर्ति हर लौटने वाले की पीठ को निहारती रह जा रही है। सबकुछ मांगने और सबकुछ देने वाले की बीच यह कैसा रिश्ता है मान्यवर! इस रिश्ते को कोई नया नाम भी तो दिया जा सकता है...''

''अरे वाह! क्या बात कह दी। बात कहने का ढंग भी— क्या खुबसूरत

अंदाज है दोस्त! समझ गया हूं मैं—वही कफन चोर है। उसके और उसकी पार्टी के ऐसे ही खयालात हैं। कब से आना-जाना हुआ है उसके यहां? वह कब से काम देने लगा दोस्त? अरे हां, याद आया, कुछ दिन पहले ही तो वह अंतिम निवास की समिति का सदस्य चुना गया।'' व्यंग्य करते कमलकिशोर ने कहा।

''ऐसी खबर आप ही को हो सकती है, आप ही रख सकते हैं मान्यवर! खबर सही भी हो सकती है। उसने स्निग्ध, किन्तु कुरुरता लिए हुए चेहरे से मुझसे इतना ही पूछा था कि क्या काम कर सकता हूं, तो मैंने भी साफ-साफ कह दिया बेरोजगार हूं, चोरी-चकारी से लेकर मुर्दा जलाने तक-सब कर सकता हूं।''

''इनके शासन में पढ़े-लिखे बेरोजगारों के साथ यही सब होगा। रोजगार न पैदा कर सकते हैं और न किसी को रोजगार दे सकते हैं। हमें तो यह खतरा पहले से ही लग रहा था। बहरहाल कहां से ट्रेनिंग लेकर आये हो?''

''मरता क्या नहीं करता। पैदा होने से आजतक यही तो करता आ रहा हूं मान्यवर!''

''कह दिया न, मान्यवर नहीं...''

''कोर्ट से अब सर कहने की भी तो मनाहीं है—यह बात तो ठीक है, मान्यवर का संबोधन कहने और सुनने में मजा भी तो नहीं आता मान्यवर! विशेष रूप से आप जैसे जनसेवकों को...''

''तो केके दा या फिर के के दाज्यू कहो न, मुझे अच्छा लगेगा-ऐसा ही तो संबोधन करते हैं उत्तराखंड में''

''जी, पर आपके लिए यह संबोधन करना मेरे ख्याल से ठीक नहीं रहेगा।।''

''क्यों? बंगाली भी तो हरेक को इसी संबोधन से...''

''नहीं मान्यवर! बंगाली हर किसी को यह रिश्ता आसानी से नहीं देते—बड़े ही नाप तोलकर देते हैं। यह कोई हल्का-फुल्का हवा में उड़ने वाला सतही शब्द नहीं है—यह संबंधों को ओढ़ने-बिछाने का जीवंत शब्द संबोधन है मान्यवर! इसकी अपनी सीमा और मर्यादाएं हैं—बंगाली उसे कभी खंडित नहीं होने देते हैं।''

''ओह! तब तो इस शब्द पर बड़ी बहस हो सकती है।''

''ठीक है, मैं यहीं पर प्रतीक्षा कर रहा हूं।'' कहकर मनीष जो थोड़ी देर पहले दोबारा खड़ा हुआ था—पुन: पंक्ति से अलग हो गया।

और कमलकिशोर ने? ''शनिदेवाय नम:'' कहते एक कदम आगे बढ़ा लिया...।

●●●

एक को तीतर और दूसरे को बटेर हाथ लग गया था। दोनों ही खुश। दोनों की मन की कामनाएं पूरी हो रही थीं। एक को बेरोजगारी से मुक्ति तो दूसरे को रोजगार का विस्तार करने में सहायता मिल रही थी। एक दिन कमलकिशोर को पता नहीं अचानक क्या सूझा, उसने मनीष से पूछ लिया, ''तुम्हारे यहां आने के बाद से मेरी साधन सम्पन्नता में काफी वृद्धि हुई है, तुम कितनी सरलता से अपना काम निपटाते हो, आश्चर्य होता है—काफी अनुभवी लगते हो।''

मनीष को समझने में देर नहीं लगी। उसे लगा, कमलकिशोर ने जानबूझकर ऐसा पारितोषिक उसे दिया है। वह इस समय चुप रहा। बल्कि मन ही मन में उस सम्मान भाव में छुपे निहतार्थ को ढुंढ़ने लगा। उसे याद आया, एक दिन माजुली ने भी ऐसी ही बात जीरो पॉइंट पर की थी। उस दिन भी उसने काफी सोचा था। ज्यों ही वह मन की बात कहने को हुआ, तो मेट्रो अपने प्लेटफार्म पर आ लगी थी, और वह तेजी से उसके भीतर प्रवेश कर गया था। माजुली उतनी फुर्ती से प्रवेश नहीं कर पायी थी। जबतक वह प्रवेश करती, उसने मेढ़क की भांति छलांग लगाकर दोनों के बैठने के लिए सीट हथिया ली थी। इस उपक्रम में माजुली का किया हुआ प्रश्न भी कुछ-कुछ ऐसा ही मिलता-जुलता था, जो उस दिन भीड़ में अनुतरित रह गया। उसका मेट्रो ट्रेन की अफरा-तफरी की जिंदगी में गुम होना स्वभाविक था। जिसका वह कोई उत्तर नहीं दे सका था, तो कोई अफसोस का कारण भी नहीं बना आजतक।

कमलकिशोर ने मनीष से यह प्रश्न करने को अपनी पिजारियो कार रोकी हो, ऐसा भी नहीं था—रोककर यह बात कहता तो भी उसकी गंभीरता का एहसास होता।

इस समय स्थिति वैसी नहीं, उससे एकदम भिन्न थी। स्पाईस मॉल में लोगों के पहुंचने और लौटने के क्रम में कार पार्किंग में प्रवेश करना आसान नहीं रह गया था। इसीलिए कमलकिशोर ने ट्रैफिक को देखते हुए, लाल बत्ती पर ही कार खड़ी कर दी और संतोष की सांस लेकर सहजपन से यह बात कही और अनुत्तरित प्रश्न को दोहरा दिया था।

मनीष बहुत देर तक सिंगनल को देखता रहा। कमलकिशोर का प्रश्न जैसे पीली बत्ती की भांति उसके मन, मस्तिष्क और आंखों के सामने ब्लिंक करने लगा। उसने सोचा, यहां पर हरी बत्ती और लाल बत्ती के रंग का महत्व जीवन की गति और ठहराव को लेकर है। लेकिन पीली बत्ती का महत्व इससे कही अधिक है, जो सत्य, विश्वास और अनुभूति तथा अनुभव को दर्ज कर रही है। इतना ही नहीं, यही बत्ती है, जो किसी भी यात्रा को सफल, सुखद और प्रभावशाली बना सकती है।

मनीष को लगा, समान गति से ब्लिंक करती पीली बत्ती जैसा बना रहना ही उसके लिए लाभकारी हो सकता है। उसने कमलकिशोर के प्रश्न को अनसुना कर

अपनी आंखें स्पाईस मॉल के तिकोने पर टिका दीं।

"क्या जीवन का सत्य और उसकी वास्तविकता यही है?"

मनीष ने स्वयं से ही प्रश्न कर डाला। ढोलक, मजीरा और अल्युमिनियम का फरुआ लिए जीवन की उठा-पटक से बहुत दूर—एकदम बेखबर, अपना नंगा बदन रंगने में तुले हुए, संख्या में आधा दर्जन से भी अधिक—ये बच्चे ज्यादा भी हो सकते थे, जिन्हें न अपने नंगा होने पर शर्म महसूस हो रही थी और न ही नंगा दीखने पर। एक आग उनके भीतर धू-धू जल रही थी—उससे उठते धुएं की चादर को ओढ़े हुए, जठराग्नि की आंच में पकाने को कुछ सामग्री जुटाने को उत्सुक, स्वयं जलकर भष्म होने की तैयारी में जुटे थे। वे बच्चे थे, सोच में अपनी उम्र से बड़े थे। अपनी मेहनत की कमाई का खाते, पसीना पीते। होली-दीपावली में मन को मारते और तन को पसीने में रंगते रहना उनकी आदतों में मिश्रित था। उन्हें तन ढकने की जरूरत नहीं होती। उनके खेल भी निराले थे। स्पाईस मॉल में चाहते हुए भी, वे नहीं जाते। इन्हें चार चौबाट, सड़कों और गलियों की नुक्कड़ पर खेलना अच्छा लगता था। क्रिकेट खेलना या फिर फिल्म देखना अच्छा नहीं लगता। वहां जाने और खेल खेलने में डरते थे। उस डर ने ही उन्हें मजबूत और आत्मविश्वासी बना दिया होगा।

ये बच्चे अकेले नहीं थे। इनके साथ एक चिड़चिड़े किस्म का आदमी और एक उसी उम्र की बेचारागी को ढ़ोती औरत भी थी, जिन्हें वे बच्चे घेरे दिख रहे थे।

"ओह! यह क्या? अब वे दोनों बच्चों को खेल के दांवपेंच और तौर तरीका बता रहे हैं या फिर मन में खदबदाते विषाद से विलाप कर रहे हैं। इनके खेल भी अपने ढब के होते हैं दोस्त! ये पेट भरने की कला जानते हैं—ये ही इनकी कला-मुद्राएं हैं। जिन्हें अपनी तरह से, अपनी ही शर्तों पर हर रोज खेलते हैं—संभवतः इस समय उसी की तैयारी पर जुटे हुए हों।" कमलकिशोर ने कहा।

मनीष एकटक उन्हें देखता रहा। ठगा-ठगा सा महसूस करने के बावजूद बच्चों को देखते रहना, उसे अच्छा लग रहा था। उसका मन भर नहीं रहा था। कमलकिशोर के मन में मनीष की उन बच्चों पर टिकी दृष्टि से कई तरह के विष मुंह की तरफ वमन को आने लगे।

"क्या देख रहे हो इस तरह, तुम्हारी आंखें थक नहीं रहीं हैं मनीष?" कमलकिशोर ने पूछा था।

"बच्चों को देख रहा हूं। इन बच्चों में पेट भरने का हुनर गजब का है, जो जन्मजात होता है। अतिसंवेदनशील होते हैं ये लोग।" मनीष ने गंभीर होकर कहा।

"तुम से अधिक नहीं हो सकते।" कमलकिशोर ने उसकी गम्भीरता को हास्य में उड़ा देने को, अपनी ओर से अकाट्य तीर छोड़ दिया।

"इन्हें हलके में न लें, मैं मजाक नहीं कर रहा हूं मान्यवर! दूसरों पर

दयाभाव, उनमें खुशी बांटना और उनके चेहरों पर एक पल को भी मुस्कराहट ला सकें, तो वह कार्य किसी पवित्र धाम की यात्रा का लाभ का पूण्य अर्जित करने के बराबर होगा।''

''सो तो ठीक है मनीष! तुम भी क्या जीवनानंद बनना चाहते हो—मेरी मानो तो पहले खुद को सम्हाल लो, फिर...''

मनीष ने कमलकिशोर की बात को महत्व नहीं दिया और कठोर स्वर में बोला, ''पालने में पलने वाले बच्चों से कहीं अधिक मजबूत ये फुटपाथी बच्चे होते हैं मान्यवर! ऐसा क्यों होता है कभी सोचा आपने? इन में आत्मविश्वास साधन सुलभ बच्चों से कहीं ज्यादा होता है।''

मनीष के एकाग्रचित और मन में उठते भावों को देखकर, कमलकिशोर को खिसियाहट सी होने लगी। वह स्वयं को—कुछ न कर पाने की स्थिति में खड़ा-एकायक चुप हो गया, जैसे कहने को हो, ''दोस्त! तुम भी कैसी-कैसी बातों को लेकर बैठ गए, मुझे जल्दी कहीं पहुंचना है—देर हो रही है।''

मनीष ने किसी प्रकार का प्रतिप्रश्न किये वगैर आगे जोड़ा, ''देख रहे हैं उन्हें मान्यवर! विलाप करते मां-बाप को किस तरह बच्चे घेरे हुए हैं चारों तरफ से?''

इस पर भी कमलकिशोर ने कुछ नहीं कहा, बल्कि मनीष की आंखों के सामानांतर अपनी आंखें भी उन बच्चों पर टिका दीं। बड़ी देर तक उनका दृष्टिग्राफ बदलता रहा। यहां तक की बत्तियां ब्लिंक करना तक भूल चुकी थीं। उबासी और प्रतीक्षा भारी पड़ने लगी तो कमलकिशोर ने कहा, ''पन्नो को क्यों निहार रहे हो दोस्त! लटकन की नजर तुम पर पड़ेगी, तो वह यहां चला आएगा। उसके पीछे-पीछे और भी आयेंगे तो मुश्किल होगी—गाड़ी को घेर लेंगे तो—इनसे दूर ही रहो, अच्छा है।''

मनीष को कमलकिशोर का वाक्य तुच्छतापूर्ण लगा।

''आप इनसे परिचित हैं मान्यवर! ये इतने घृणित और कठोर तो नहीं होते मान्यवर? आप ही ने तो बताया था एक दिन, बड़े काम के होते हैं—चुनाव, जुलूस, चोरी-चकारी और शनि महाराज के नाम और काम...''

''हां, कहा था। ये लोग खाए-अघाए, मझे हुए बटमार हैं और इनकी चमड़ी...''

''यानी सभी तरह का अभिनय कर लेते हैं...'' मनीष ने कमलकिशोर की बात पूरी होने से पहले कह दिया।

''हर काम को—ये बड़ी आसानी और सफाई से कर लेते हैं...''

''ओह! तो ये सारे काम आसानी से कर लेते हैं—यानी बच्चों की प्रतिभा के पारखी भी हैं मान्यवर—प्रतिभा को पहचान लेने की परख आपको है...''

“आज तक यही तो करता रहा। धूप में बाल यूं ही नहीं पके हैं। तुम जहां पर आज खड़े हो, मेरे जीवन अनुभवों की बदौलत ही हो। इनमें जिस लटकन को देख रहे हो—बहुत मेहनती है, उतना ही शातिर दिमाग है—मेरा आजतक इन्हीं की मदद के ही तो...”

“मतलब ये बच्चे वही हैं—कोई भी, किसी भी तरह का—मेरा कहने का मतलब-अभिनय कर सकते हैं? आजीविका कमाने का खेल रच सकते हैं...”

“हां, यही तो...” कमलकिशोर ने सहजता से कहा।

“समझ गया। परन्तु, आपने यह बात पहले मुझे बताई नहीं—गुप्त रखी। जब ये बच्चे दूसरों की परिस्थिति को समझकर उसी तरह की अनुकृति कर सकते हैं—तो किसी अच्छे कलाकार के गुण तो इनमें विद्यमान होंगे ही—यानी ये प्रतिभा इनमें जन्मजात है?”

“एक बात कहूं दोस्त! लगता है, तुम भी पिछले जन्म में ऐसे ही मझे हुए कलाकार रहे होगे?” कमलकिशोर ने व्यंग्य करते हुए कहा।

“हां, आपने ठीक पहचाना, किसी क्यों इसी जन्म में भी, इस उम्र तक बीसियों किरदारों की भूमिका कर चुका हूं—हर दूसरे पल में एक नया किरदार...” मनीष को यह बात तीर की तरह चुभ गयी। वह अतिरुष्ट होकर बोला।

कमलकिशोर ठहाका लगाने से स्वयं को रोक नहीं पाया।

मनीष का उसके व्यंग्य से लहूलुहान होना स्वभाविक था। फिर भी, उसने शांत स्वर में कहा, “यदि इन बच्चों को अनुकूल वातावरण में उचित प्रशिक्षण दिया जाय, तो, ये हवा के रुख को पढ़-समझ सकते हैं, उसमें घुली सुगंध को महसूस कर पहचान सकते हैं—सुगंध को किसी विशेष मौसम की प्रतीक्षा नहीं करनी पड़ती।”

“दोस्त! इस दुर्गन्ध को कौन सिर पर उठाए फिरता रहेगा, इनकी जगह पर तब कौन भीख मांगने लगेगा—हम लोग। फिर कटोरा लेकर हम जैसे ही नोएडा के सभी चार चौबाट पर टहला करेंगे?” कमलकिशोर ने बड़ी सहजता से कहा।

मनीष के लिए शब्द सरल और सुग्राह्य नहीं थे, कमलकिशोर ने एक प्रकार से घृणित और फूहड़ता से कहा था।

“वह तो अब भी करते हैं मान्यवर!...” मनीष कुछ कहना चाहते हुए भी चुप हो गया, एकाएक उसने अपनी हथेलियों को देखा और बड़ी देर तक उन्हें देखता, बुदबुदाता रहा—“यह बड़ी समझ की बात कह दी मान्यवर! ये हथेलियां भी तो आपके ही सामने फैलती हैं।”

“क्या लिखा है इनमें?” कमलकिशोर के शब्द जैसे उसे कानों में सुनाई पड़े।

अनसुनी मुद्रा में, वह अपलक, अपनी हथेलियों को बड़ी देर तक पढ़ता रहा।

"क्या हुआ दोस्त! चुप क्यों हो गए? अपना भाग्य पढ़ रहे हो क्या?" कमलकिशोर ने जैसे चुटकी ले ली।

"हां, वही—सौभाग्य को पढ़ रहा हूं और सोच भी रहा हूं। इन बच्चों को बड़ी सोच का मुखमंडल और तन-मन की लोच-मोच को पढ़ना आ जाये और यदि इन्हें अपने चारों ओर उगे झाड़-झंखाड़, पेड़-पौधों को पहचानना, उनमें अंतर करना और बहती हवा के रुख को समझना, ये सीख जाएं, तो इनके लिए दुनिया की बड़ी-बड़ी बारहदरी हमेशा-हमेशा के लिए खुल जायेंगी—जिसमें अभी तक निपुर्णता या कहूं सफलता—सिर्फ आपको और आपके जैसे पोशाक धारियों को सौभाग्य में प्राप्त हुआ है।"

"अच्छा मजाक कर लेते हो भाई! जिस भोजन को ग्रहण करते हो उसमें और उसकी पाक कला में दोषारोपण कला में भी सिद्धहस्त हो चुके हो। किससे सीखी यह कलाकारी?"

"इन्हीं से, जिसे आप नहीं सीख पाए। मैं इनमें अपने महत्वपूर्ण और अपनत्व से भरे साथी होने का भविष्य देख रहा हूं। यह बात कह रहा हूं तो नापतोल से कह रहा हूं, जिसके प्रत्यक्ष साक्षी आप ही होंगे—ये सभी..."

"तो, अब मुझे मूर्ख बनाने का मन बना चुके हो? सड़क पर लाकर ही दम लोगे—ऐसे ही कुछ-कुछ लक्षण देख रहा हूं?" कमलकिशोर ने मसखरी की एक और फुलझड़ी पर आग सुलगा दी।

कमलकिशोर अपनी मन की संका को सचमुच प्रकट कर गया, या फिर मनीष की दृष्टि में उसे कोई खोट नजर दिखने लगा था। मनीष उन बच्चों में छुपी कला को गंभीरता से पहचान न लेने का उपक्रम कर रहा था, कमलकिशोर की दृष्टि उससे एकदम भिन्न किस्म की प्रतीति हो रही थी—उसकी दृष्टि में वे सभी बच्चे छंटे, लुच्चे लफंगे थे—जो उससे अधिक कभी जीवन में, हो भी नहीं सकते...

मनीष की इसी कला विशेषता को भांपकर या फिर उसकी चुभन से छटपटाकर कमलकिशोर— जो लगातार उसकी खिल्ली उड़ाने के अंदाज में दुर्वचन कहते-कहते ठहाकों से आसमान उठा रहा था— मनीष के भीतर उतनी ही गहरायी में सहानुभूति का समुद्र विस्तार लेते गया— अब वह उसमें डूबकर एक निपुण कलाकार की खुशियां तलाशने लगा था। यह कला, जो बचपन की सामान्य क्रिया-कलाप के रूप में, उन्हें प्रकृति से प्राप्त थी। उनका समय और विकट परिस्थितियां-जो उनके जीवन को मारती ही नहीं, कभी-कभी जीवन बनाने में सहायक भी होती थीं। उनकी निर्मम परिस्थियों ने ही उन्हें वाद-प्रतिवाद में दक्ष बना दिया था—मनीष को तो सिर्फ, अब उनके जीवन को मांझने की जरूरत प्रतीत होने लगी थी। उसने

उतनी ही गंभीरता से कहा, ''क्या हम उन्हें कुशल कलाकार बनाने की पहल नहीं कर सकते मान्यवर?''

''तुम क्या सोच रहे हो? ये काम न काज के—क्यों पेट पर लात देने की ठानी है दोस्त? किसके लिए, कौन करता है इतना सबकुछ? सरकार कम कर रही है इनके लिए? बीसियों योजनायें बनी हैं। बीसियों बार पुलिस इन्हें उठा कर सामाजिक सुधार तथा उत्थान गृह भेज चुकी है। ये जैसा काम कर रहे हैं, करने दो—इन्हें इनके ही हाल पर रहने दो—ये कटोरा घुमाने से बाज नहीं आएंगे—कुत्ते की पूंछ होते हैं ये लोग, जो कभी सीधी हो ही नहीं सकती।''

''ठीक सोचा आपने मान्यवर! मैं इन्सान बनाने की बजाय आपके पेट में लात मारने की कला ही तो सिखाना चाहता हूं इन्हें— वाह-वाह क्या बात कह दी आपने— यही तो सुनना चाहता था मैं, आपके मुख से। सच, ऐसे ही, मैंने इंसान को बीसियों बार दुम हिलाते देखा है। जब तक ये साधन संपन्न लोगों की प्रतिकृति रचते रहेंगे, तब तक, इनके भीतर दुबका हुआ कलाकार बाहर नहीं निकल सकेगा। तब तक इन्हें प्रशिक्षण की जरूरत होती ही रहेगी...'' मनीष ने कठोरता से कहा।

''क्या सुनना चाहते हो तुम— यही कि हरेक शनिवार को मैं, शनि धाम क्यों जाता हूं? लौटने पर थैला भर कर चिल्लर गिनकर उनकी अलग-अलग ढेरियां बनाने को उतावला क्यों रहता हूं? कहां से आता है वह सब— इन्हीं की बदौलत ही दोस्त! इन्हीं के... तुम इन्हें ट्रेनिग दो और मुझे जीवन से मुक्त करो दोस्त! अब तो दोस्त कहने में भी शर्म आ रही है। मुझे नहीं पता था, मैं एक सांप पाल रहा हूं या फिर सपोला, जो मुझे और मेरे संसार को एक दिन अवश्य डस लेगा...''

''आप मुझे इस तरह शातिर आंखों से क्यों देख रहे हैं? मैं आपका राजनैतिक प्रतिद्वंदी नहीं हूं, और न हो सकता हूं। यह आप कैसा-कैसा सोचने लगे हैं? एक दिन आप ही कह रहे थे, ये बड़े काम के लोग होते हैं। मैं उस दिन समझ नहीं सका था—आपके कहने के आशय को। उसका ठीक-ठीक अर्थ काफी दिनों के बाद समझ आया। दरअसल, मैं तो उन्हें प्रशिक्षण देकर अधिक निपुणता से काम करवाने की बात कह रहा हूं, तो गलत क्या सोच रहा हूं? आपकी आमदनी बढ़ेगी तो आपका ही बकार भरेगा और हांड़ी चढ़ेगी। बस्स पांचों अंगुलियां मलाई में—वे कलाकार मझे हुए बहुरूपिये बन सकते हैं एक दिन—कभी शनि देव तो कभी बजरंगबली,कभी महाकाली तो कभी कुछ और... आपके धंधे का ही विस्तार होगा मान्यवर!''

कमलकिशोर ने एकायक मनीष के चेहरे की तरफ देखा और मनीष ने उसे विश्वास दिलाया कि उसकी इस योजना में सभी का हित लाभ और सबका विकास निहित है। कमलकिशोर के आसमान हुए तेवर ढीले पड़ने लगे। उसने मनीष का विश्वास पाने के लिए कहा, ''मेरा बी.पी. हाई रहने लगा है दोस्त! दिल की धड़कन

नार्मल से अधिक तो कभी कम का पता ही नहीं चलता, मैं क्या कह रहा हूं ठीक से उसे याद भी— मैं तुम्हें क्या कुछ न कह बैठा।''

''इससे विस्मरण का रोग लग सकता है मान्यवर! जो जीवन के लिए ठीक नहीं है— घातक हो सकता है। सोचते रहें, मन ही मन घुटते रहें— यह आपके अधिकार क्षेत्र में है— मेरे नहीं आपके। आवाज सुन रहे हैं— बुक्का फाड़कर रो रही है पन्नो।'' मनीष ने एकदम करुण भाव जगाते हुए कहा।

''बड़ी नौटंकीबाज औरत है और जीवनानंद भी— ये लोग।'' कमलकिशोर ने अपना अनुभव सामने रख दिया।

''मैं पन्नो को देख रहा हूं, सचमुच में वह औरत रो रही है—उसकी आवाज में वेदना, कशिश है—पीड़ा है और आग भी उतनी ही है।'' मनीष ने अपलक देखते हुए कहा।

''फिर वही बात, तो जाओ, उसके आंसू पौंछ कर आओ। उसकी तन-मन की आग पर पानी मार के आओ।'' कमलकिशोर जरा ऊंची आवाज में बोला।

मनीष एकदम शांत। इस चुभते वाक्य पर उसने कुछ नहीं कहा। बात जितनी तेजी से उसके दिल की गहराई में उतरी, उससे कहीं अधिक फुर्ती से कार का दरवाजा खोलकर वह नीचे उतर गया।

''कितना पागल हो रहा है मनीष!...'' कमलकिशोर ने इतना भर बुदबुदाया और मनीष को उस लाल बत्ती पर बने तिकोने की ओर कदम बढ़ाते देखता रहा।

''हां, मैं पागल हो चुका हूं मान्यवर! आप की जैसी सोच नोएडा शहर के भीतर बदतमीजी की हद तक इस कदर फैल चुकी है कि पूरा शहर खानों में विभाजित हो चुका है। ऐसे खांचे स्वस्थ समाज और उसके रहवासियों के लिए ठीक नहीं। भारत के संविधान की आत्मा के अनुकुल तो बिलकुल भी नहीं...'' मनीष ने अपनी हृदय की गहरायी में खदबदाता हुआ लावा उगल दिया, और फिर तेजी से आंखें— पहले दाएं और फिर बांये दौड़ा दीं।

मनीष को स्पाईस मॉल की तरफ बढ़ने में समय नहीं लगा। इस खूबसूरत शहर का चेहरा इस कदर बदसूरत हो चुका था कि रुके हुए ट्रेफिक के बीच उसके कदम कमलकिशोर को बढ़ते नहीं दिख रहे थे। उच्च वर्ग, मध्यम वर्ग और निम्न वर्ग के वाहनों से पटी सड़क तो उसके दोनों तरफ वैसी ही ऊंची-ऊंची ईमारत देखकर दिल बैठ गया। विपरीत दिशा को घुमती नजरों से वह सड़क पार करने का अनुमान लगाता रहा—कमलकिशोर ने अपनी पिजरियो को स्टार्ट किया और डिवाईडर पर खड़े मनीष को देखता रहा— उसे देखने के लिए उसने सामने लगे शीशे को साफ कर दिया...

●●●

उस बदसूरत शहर का खूबसूरत चेहरा अब याद नहीं आता। न कभी स्मृतियों में ही तैरता है उसके बचपन की तरह। कई बार याद करने की कोशिश भी की, तो किसी भ्रम को जीने का एहसास उसे होता रहा। जीवन एक नदी ही तो है छन्-छन् बढ़ता बचपन है तो कलकल, छल-छल बहता योवन। जब भी योवन के सुन्दर तटबंध टूटते हैं, तो विनाश की लकीर बड़ी हो जाती है और टूटने का नफा- नुकशान के गणित में जीवन मरा और बौना दिखता है। भले ही विनाशकारी प्रवाह अमीर-गरीब, छोटा-बड़ा या फिर, पशु-पक्षी और विकास पसंद इंसानी बिरादरी में फर्क नहीं करता। किसी को मंदिर-मस्जिद जाने से मोक्ष, किसी को रसातल नहीं भेजता और न ही किसी को अधोगति की स्थिति में छोड़ता है—चारों तरफ तबाही और भयावह दृश्य...अब शहर में न नदी बची न उसका तांडव ही-एकदम शहर की रंगत बदल चुकी है। बस्स धुआं-धुआं होती सड़कें गैस चेंबर में तब्दील होती जा रही हैं। नोएडा प्राधिकरण ने रहवासियों को स्वर्ग-नरक की परम्परावादी सोच की पराकाष्ठ की चिंता से एकदम मुक्त कर दिया है— सब जीवित रहेंगे एक साथ और मरेंगे तो एक साथ। विचित्र प्रतिबद्धता का उदहारण बन चुका है यह युवा शहर।

अब पहले जैसी रिमझिम यहां नहीं होती। महाकवि रसखान की यमुना के कछार में तैरती उतरती बदली की आसमानी राह को धूल-धूसरित हवाओं ने रोकना शुरू कर दिया है। घर आंगन, खेत, क्यार में मेघ मल्हार अब महाकवि के सवैए कोई नहीं गाता। कालिंदी कुंज और बर्ड सेंचुरी की वादियों में मोर- पपीहे अब वहां नहीं बसते और न उस संख्या में चित शांति के लिए देश-विदेश के खग-मृग न आते हैं न ठहरते हैं— रात जैसा दिन होने का एहसास उन्हें उनका रास्ता भटका देता है। नील गाय और हिरण कूदना अब नहीं होता। उनकी ठौर पर रंग बिरंगी मोटर साइकिल, कार, बस और ट्रक दौड़ने लगे हैं। मेट्रो के लिए दिन में भी हेड लाईट ऑन कर चलना जरूरी हो चुका है। गरीब, मजदूर और फुटपाथी रहवासियों का पेट सिकुड़ने लगा है। एक युवा शहर की सांसें धड़कने लगी हैं।

यमुना का कछार भी पहले जैसा नहीं रहा। यहां कुश-कांस भी अब नहीं फूलती है। उनकी ठौर गगन छूती इमारतों ने लेने में देर नहीं की है, उनकी आसमान छूती पताकाएं हवा में लहराने लगी हैं। ईख और बाजरे के खेतों में बच्चे अब छुप्पन छुपी नहीं खेलते। निठारी गांव की कभी ऊंची हवेलियां अब छोटी हो चुकी हैं अब ऊंची इमारतों ने उन्हें अपने आंचल में छुपा लिया है। बच्चे अब कोई खेल नहीं खेलते-डरते हैं। उनके लिए आंगन बचे ही नहीं—आंगन छीन गए हैं। अब उनका न बचपन बचा है न बचपन की ठौर ही। जबसे ऊंची इमारतों का खेल चल पड़ा है। बच्चों के खेल भी बदल गए, उनके मन बदले तो भाव भी। इमारतें आसमान को आंखें दिखाने लगी हैं, आसमान को डराने की कला कमलकिशोर ने भी सीख ली।

चौराहे की बत्तियों का भय नहीं रहा, इमारत ही लाल रोशनी में आंख मिचौली खेलने लगी है।

अब पहले जैसी बारिस तो बिलकुल ही नहीं होती, जब भी हलकी-हलकी फुहार आती है—धूल-धूसरित हवा उन्हें कहीं दूर उड़ा ले जाती है। फिर नोएडा प्राधिकारण तथा प्रदूषण विभाग अपने-अपने पंचांग बांचने लगते हैं। उनके जुगलबंदी और सुर-ताल का मेल मिलाप क्या राग सारंग गायकी है। दोनों शहर की शक्ल ओ सूरत बदलने को चीखते नहीं राग सारंग का लम्बा और ऊंचा आलाप जरूर लेते हैं। गौर सारंग का कहना ही क्या वह जब भी बजता है बीमार शहर के चेहरे पर उभरे बदनुमा दाग के काले भूरे रंग के चकते धुलते नहीं उन्हीं के चेहरों पर उभर आते हैं...

कमलकिशोर की दृष्टि में दुनिया का सबसे बड़ा वास्तविक लोकतंत्र इसी शहर में बसता है। जिसे दुनिया लोकतंत्र मानती है वह ज्योतिष की दृष्टि में एकदम छलावा है, प्रपंच है। ऊंची-ऊंची इमारतों की बुनियाद में वास्तु कला से कहीं ज्यादा शास्त्र फलित है। ऐसा ही कुछ सोचते, उसने सामने लगे शीशे में झांका और इस समय भी विश्वसनीय स्वर से कहा, "अब वह लौटकर नहीं आएगा—एकदम वाचाल प्रवृति का है। वह अपनी ही तरह का अकेला नहीं है, ऐसे युवा बहुत हैं देस- दुनिया में। किन्तु, सुधरते बिरले ही हैं, उनमें मनीष भी एक है..."

अगले चौराहे की लाल बत्ती से संकेत मिल रहे थे— गति के संकेत मिल रहे थे। कमलकिशोर उसके संकेत को भलीभांति जानता और समझता था— ये उसके लिए विकास के संकेत थे।

मनीष के मन में ही नहीं, ठहरे शहर की सड़क में पहले विचलन हुई और फिर, वाचलता जाग उठी। इस समय उसे लगा, यह मिट्टी, गारा, सीमेंट और लौह-लक्कड़ से बना निर्जीव शहर नहीं है और न ही इसकी तारकोल से बंधी धमनियों के तटबंध कभी टूट सकते हैं— जिनमें न पानी, न खून— दौड़ता है तो पैट्रोल और डीजल। भोर की पुरवाई की ठौर सीएनजी ने ले ली। नोएडा किसी महानगर की मानिंद एक नए रंग-रौनक का शहर है जो उम्र से पहले बू-बास देने लगा है— अब यहां के बसंत को किसी मौसम की जरूरत नहीं रहती...

जीवंत शहर की धमनियों पर कमलकिशोर की कार दौड़ रही थी। उसकी सांसें रेंगने लगी तो उसे लगा यही रेंगना ही तो इस शहर के जीवंत होने का प्रमाण है। और थम जाना मृत होना जैसा नहीं है—अर्धांग होना है। अजीब सी सोच है इस शहर की। सुबह जब लोग जागते और उठते हैं, यह शहर मूर्छा में चला जाता है। लोग इसे बेरहमी से कुचलते हैं, रौंदते हैं, यह उफ् तक नहीं करता, जब लोग सोते हैं तब यह रंग-बिरंगी रोशनियों में अपने जख्मों को निहारता है। निहारता है कि दिन के उजाले में सूखे घाव भी हरे हो चुके। ये घाव नए नहीं पुराने थे—सदियों से।

यह कहना आज बहुत मुश्किल है तब पहले शहर मरा होगा या इंसान या फिर दोनों ही एक साथ। उसके सोच में सिन्धु घटी, मिस्र और डेल्फी के पुराने शहर आने लगे। उस समय भी तो स्पाईस मॉल के तिकोने मोड़ पर घटना घटती होगी। उस समय भी युवकों के हाथ से असमय फरुआ हमेशा-हमेशा के लिए नहीं छूटता होगा। उस मां की कोख यूं सूनी होती होगी, अपने कलेजे के चिथड़े-चिथड़े होते बिलखती होगी। बेरोजगारी, लूटपाट और इज्जत आबरू का भय भी ऐसा ही होता होगा...

स्पाईस मॉल का चौराहा काफी पीछे छूट गया।

अब कमलकिशोर न मनीष को देख पा रहा था और न ही उस असहाय महिला की चीख उसके कानों में पड़ रही थी। दरअसल ठहरे शहर के उस तिकोने पर उसने उस बच्चे को दम तोड़ते हुए जरूर देखा था। तब उसे मनीष के शब्दों पर विश्वास नहीं आया था—उसने अपने जीवन में मृत्यु देखी नहीं थी। और न ही थोड़ी देर ठहरकर चौराहे की बत्ती के संकेतों को समझने की कोशिश ही की थी। उसके लिए बच्चे का मौत के मुंह में चले जाने की घटना बड़ी नहीं थी और न ही झुग्गी झोंपड़ी के अनेक असुविधाओं में पलते इन बच्चों के शारीरिक विकास और संवेदनात्मक देखभाल की आवश्यकता ही उसे कभी महसूस ही हुई थी।

ऐसे ही वृद्ध और गरीब औरत के बच्चे की मौत की खबर कुछ दिन पहले, उसे मनीष ने अखबार में पढ़कर भी सुनाई तो, उस समय भी कमलकिशोर को विश्वास नहीं आया था। उसकी दृष्टि में बच्चे की मौत की वजह फेफड़ों के खराब होने की नहीं हो सकती थी, इस बात की पुष्टि पर्यावरण विभाग के अधिकारी ने अधिकारपूर्वक की थी; जिसका वह समर्थन करता था। यदि इस तरह की घोषणा कोई स्वेत खद्दर धारी नेता करता, तो यकीनन आज की इस घटना पर भी वह विश्वास नहीं करता। उसकी नजर में इस शहर के ही नहीं, दुनियाभर के जनप्रतिनिधि जनविश्वास खो चुके थे, जबकि वह स्वयं दिन-रात उन्हीं की शागिर्दी में अपनी सांसें गिनता रहता था। वे बच्चे चौराहे की आब ओ हवा में जन्मे और पल बढ़ रहे थे— उस प्रदूषित हवा के अभ्यस्त थे। ऐसे अनुमान का समर्थन उस अधिकारी ने शहर की हवा की जांच रिपोर्ट आने पर किया था।

बहरहाल अधिकारी की रिपोर्ट पर भी शहर दो भागों में बंट गया था। कुछ लोग प्राधिकरण की बदइन्तजामी पर बोल रहे थे, तो कुछ का अधिकारी पर आग बबूला होना स्वभाविक था— उनका कहना था, हर चौराहे पर एक अलग तरह की पिरपिरी से आंखें जलती हैं और आंसूं लुढक आते हैं। ऐसे में किसकी बात पर विश्वास किया जाए, लौह-लक्कड़ नहीं मरते कभी मरना तो इन्सान को है। साधारण जीव का मर जाना कलह और फसाद की बजह नहीं रहा कभी— वे जीव जो शहर

की आब ओ हवा को खराब कर रहे हैं— हवा में जहर घोल रहे हैं...

उस बच्चे की मौत पर किसी को भी अफसोस नहीं हुआ था। वह मरनेवाला अपना जीव नहीं था, भिखारी था, शनिश्चरी था, सभी के कष्टों का निवारण के लिए फरुवा उठाकर, दुआ करता हुआ, एक अदद बहुरूपिया था। वह उनकी तरह इंसान कैसे हो सकता था? उसकी स्वर्ग जाने और मोक्ष पाने की चाहत कैसे हो सकती थी। दरअसल वह इन्सान नहीं था— इन्सान तो मंदिर की घंटियों और मस्जिद की अजानों पर मरते हैं जो स्वर्ग जाते हैं। ऐसी मृत्यु की आशांका से स्वर्ग की चाहत का चलन अब बढ़ने लगा है। इंसान होकर दोजख की चाहत किसे होगी भला, वह भिखारी था सो दोजख में चला गया।

शहर से दो हफ्ते में तीसरे बच्चे के इस दुनिया से उठ जाने से कहीं बड़ा दुःख कमलकिशोर को, शनिवार की देर शाम तक, उसकी आमदनी में आई गिरावट के लिए, उसे हुआ था। उसने इस हानि के लिए मनीष को कहा, तो उसने भरपाई होने की असमर्थता प्रकट की थी। बड़े दिनों तक बकझक और तनातनी के बाद वे दोनों चुप-चुप रहने लगे थे— जब भी बोलते तो उनके शब्द बाण ही छूटते थे— आज भी वही हुआ था।

कमलकिशोर के मन मस्तिष्क से अधिक उसकी पिजरियो कार अपनी निर्धारित गति से सरपट भाग रही थी। उसे हैरानी हुई और किसी दुर्घटना से मृत्यु की आशंका का भय भी हुआ। उसने कार रोकी और अपने विचलित मन को शांत किया। उसने देखा, समय तेजी से बीत गया था। अब मुख्य सड़क का ट्रैफिक भी सेक्टरों और गली मोहलों की तरफ मुड़कर पसरने लगा। मनीष को भी ऐसी ही किसी गली की तरफ मुड़ लेना चाहिए— वह मुड़ भी चुका होगा...

उसने अपनी पिजरियो कार मोड़ दी। बड़ी देर तक उन बंद गलियों का मुहाना वह निरुद्देश्य ढूंढ़ता रहा...

●●●

''लौट आये, मुझे उम्मीद थी तुम जरूर लौट आओगे। इन लोंगों की मौत पर दुःख क्षणिक आवेश होता है मनीष! दुनिया में ऐसा ही चलन है।''

''हां, लौट आया। लौटता नहीं तो क्या करता, कहां जाता इस अमावस्या की गहरी अंधेरी रात में— बड़ी देर तक उस औरत को बिलखते देखता रहा।''

''पन्नो नाम है उसका। देख रहे होंगे इस शहर के कप्तान की तरह। कप्तान की आंखें कभी नम नहीं होतीं, कभी किसी के दुःख की घड़ी में आंखों में आंसू नहीं

उमड़ते।'' कमलकिशोर ने व्यंग्य करते जैसे अपने मन का राग गा दिया।

''यह सच नहीं है।''

''तो उस जनप्रतिनिधि की तरह जो, जो खूब लूट खशोट करे और कहे मुझे लुटेरा न कहो, राजनेता कहो?...''

''नहीं, नहीं यह सही नहीं है—वहां पुरुष और औरत के आंसू एक जैसे थे।''

''एकदम सफेद झूठ, तुम्हारी हंसी और मेरे हंसी एक नहीं हो सकती, लोकतंत्र में आंसू हमारे एक जैसे कैसे हो सकते हैं— इसमें एक हंसता है तो दूसरा विलाप करता है— दोनों का सुख-दुःख एक नहीं हुआ कभी। असम्भव...''

''और वह पन्नो जो,...''

''पन्नो? इस बार औरत नहीं कहा?'' कहकर कमलकिशोर का ठहाका लगाना मनीष को अरुचिकर लगा।

''स्त्रियः सतिस्ताओम उ मे पुंस आहुः,

पश्यदक्षण्वान्न विचेतदंधः।

कविर्यः पुत्रः स ईमा चिकेत,

यस्ता विजानात स पितुष्पिता सत॥ (ऋग्वेद संहितायां, मंडल-1, सूक्त 164,ऋ.16) औरत की कोख और मन को बदनाम मत करो मान्यवर! बात पुरुषों तक सीमित रखें तो ठीक है। स्त्रियां भी यदि सती-सद्ब्रह्मतत्व की निष्ठावाली तत्वविज्ञान संपन्न हैं, तो वे पुरुष ही हैं, ऐसा मैं नहीं—विद्वान् लोग कहते हैं। जो उस तत्व को देखता है, वही दृष्टिवान होता है, जो उसको नहीं जानता, वह आंखों के होते हुए भी दृष्टिहीन होता है। जो इन सभी को जो आत्मा-ब्रह्म रूप से जानता है, वह पुत्र भी कवि होता है, यानी सर्वज्ञ होता है, महान होता है। जो इनको जानता है वह पिता का भी पिता हो जाता है। किसी भी औरत को कभी इतने हलके में मत लेना मान्यवर...''

''वो पन्नो क्या...?''

''पन्नो अपने विलाप में वहां पहुंच गई थी, जहां तक मेरी कल्पना नहीं जा सकती। ऐसी औरत मैंने आजतक नहीं देखी। वह उन बच्चों को जीना नहीं, मरना सीखा रही थी मान्यवर!''

''मरना!''

''हां, मरना। उसके विलाप करने में यह महत्वपूर्ण नहीं कि वह बेटे को बचा नहीं सकी, इसलिए अवसाद में पगलाई सब कह रही थी, जो उस वक्त अनजाने में उन्माद में कह रही थी, बल्कि महत्वपूर्ण यह है, वह अपने जीवन के इस मोड़ पर क्यों और कैसे पहुंची। उसे अफसोस इस बात पर था कि वह बच्चा अपनी उम्र तक मरने की कला को नहीं सीख पाया।'' मनीष ने व्यंग्य में कहा।

''तो वह जिन्दा है क्या?''

''हां, उनकी दृष्टि में वे लोग जिन्दा लाश को दफनाकर लौट आये हैं।''

''क्या कह रहे हो मनीष?''

''आप ठीक सुन रहे हैं—पन्नो यही कह रही थी, वह हर रोज़ चौराहे पर मरना ही तो सिखाती है। यही सीख ही उनकी ताकत बनती है। चोर उच्चके, जेब कतरे से होकर शातिर बदमाशों की महारत की कथा इन्हीं चौराहों से ही तो शुरू होती हैं। इनामी बदमाशों के तगमे तक का सफर इन्हीं चौराहों की बदौलत तय होते हैं। जो मरना नहीं सीखते, वे शहर के कप्तान, बाहुबली और राजनेता होते हैं। और उनमें भी राजनेता ही तो शहर के कप्तान और बाहुबलियों की आंख की पुतलियों को प्यारे होते हैं मान्यवर! वह बच्चा वही है जो मरा नहीं, जिया है। जिसे आपने इस चौराहे पर खड़ाकर अपनी आय दुगुनी करने की कठोर हिदायत दी थी।''

''क्या कह रहे हो तुम? अरे यह सुबह-सुबह तुम्हें किस गली के कुत्ते ने काट लिया। अचानक बहकी-बहकी बातें कर रहे हो। उसकी मौत की वजह तुम्हें कोई और नहीं मिली क्या?''

''मैं नहीं, ऐसा पन्नो ने कहा था...''

''और क्या बक रही थी वह औरत? तुमने उसे, उस चौराहे से घसीट कर कहीं दूर छोड़ आना था।''

''वह बिलख-बिलख कर कह रही थी, आप दुनिया के हर सुख-समृद्धि और वैभव का आनंद लें और कहते हैं... आप कहते हैं...''

''क्या कहता हूं?''

''यही कि चोर को चोर न कहें तो फिर क्या कहें?...''

''तो, बिलखने देते, क्या फर्क पड़ जाता? थोड़ी देर और माथा फोड़ लेती।''

''मैंने उससे कहा था। अब रोने-बिलखने से कोई लाभ नहीं। बेटे का साथ इतने दिनों तक का ही होगा। मगर, उस औरत की जगह पर स्वयं को खड़ा करके देखिए मान्यवर! जो मैं कह रहा हूं, उसकी अभिकृति करके तो देखिए, कैसे पन्नो ने एक शानदार मां के किरदार की जिंदगी गढ़ ली थी। असल में वह मरने वाला उसका बेटा था ही नहीं। किन्तु, उसके मन की वेदना असल बेटे के असमय चल बसने से कम नहीं थी। उसके चेहरे के भाव और भंगिमाएं यहां तक की तन पर चिपके कपड़े उसके अपने ही शरीर का ही हिस्सा प्रतीत हो रहे थे। वह पन्नो से अभिनय की असल भूमिका में ज्यादा निखर कर आयी थी।''

''तो... तुम्हें तो इस पर ही नाटक करना चाहिए, एक जीवंत किरदार मिला है।''

''जिसे मैं मृत्यु मान रहा था, वह उस मां के लिए जीवित रहने का एक

आत्मीय और सहज तरीका है मान्यवर! आपकी दृष्टि में...''

''अच्छा, तो करो न कुछ, नाटकबाज तो तुम भी उससे कम नहीं हो।'' कमलकिशोर ने जैसे एक नया तीर निशाने पर चला दिया।

''आप क्या जानें मान्यवर! आपको हर बात में नाटक और मैं एक सफल नाटकबाज ही लगता रहा हूं। आप नहीं जानते एक अच्छे अभिनय के लिए अच्छी कहानी का होना भी जरूरी है— दमदार कहानी तो अभी लिखी ही नहीं।''

''कैसा मंत्र वाक्य कह रहे हो दोस्त! जिस फरुए से लटकन और उसके साथी दिन-रात खेलते हैं— वह उनका अभिशप्त जीवन जीने का छलना है। जीवन जीतने की कला है। इससे बढ़कर दूसरी कला क्या हो सकती। तुम उससे बढ़कर कौन सी कला सिखा सकते हो?''

''निराले खेल होते हैं इनके भी। अच्छा लगा, आप जैसे साधन संपन्न बड़े लोगों ने माना कि इनके भीतर एक बड़ी कला तो छुपी होती ही है, मुझे तो अब उस कला को निखारना है, इनकी जीवन जीने की कला और परिस्थितियां बदलने के लिए काम करना है— इनकी ही क्यों सभी फुटपाथी रहवासियों के व्यवहार-वैचित्र्य के विषय में सभी को सोचना और करना चाहिए।''

''छोड़ो ये सब कपोल कल्पित बातें— एकदम बचकानी बातें। अपनी असीमित ऊर्जा को किसी और नेक और बड़े काम के खेल में खपाओ दोस्त! ये लोग कभी नहीं सुधरे, न ही सुधरेंगे।''

''इनके ही क्यों हर कोई खेल खेलता है—मेरा खेल अलग, आप का खेल अलग। उन फुटपाथियों के कायदा-ए-कानून अलग, उनकी बोली-भाषा और जीवन शैली में संवाद का रंगढंग अलग। लोकतंत्र के कानून की भाषा तो एकदम सबसे अलग, जिसे न वे लोग जानते हैं न मैं और न आप, जब सड़क पर चल रहे होते हैं तब चलने में लगता नहीं हम एक लोकतंत्र में रहते हैं।''

''तो तुम सिखाओगे उन्हें, इतना अतिसंवेदनशील होने की जरूरत नहीं है मनीष!''

''जी, सोच तो रहा हूं।''

''क्या?''

''कि ऐसा सवाल क्यों कर रहे हैं आप? समझ रहे हैं, आप क्या कह रहे हैं— उनके विषय में, जो कुछ भी नहीं जानते— यहां तक गांधी को भी नहीं...''

''जानने की क्या जरूरत है— इनको जानने के लिए नगर कोतवाल और नगर कप्तान को जान लेना ही काफी है दोस्त! खैरियत इसी में है, तुम अभी भी संभल जाओ वरना...।''

''वरना क्या? जेल भेज दोगे या फिर गोली मार दोगे? आजकल इससे

ज्यादा कर भी क्या सकते हैं मान्यवर!'' मनीष ने बड़े सुकून से कहा।

कमलकिशोर का संयम हिचकोले लेने लगा। उसके शब्दों में दंभ मचलने लगा। उसने धीरे से कठोरता से कहा, ''बड़े ठस इन्सान हो, जब भी देखता हूं तन की वजाय मन पर चोट करते हो। बकरी की भांति जबान चलती है तो बिल्लियों की तरह नोचते हो। छोटे-बड़े का सम्मान करना नहीं जानते। यह नहीं समझो दोस्त। कहा है तो गोली को आर-पार होने में समय नहीं लगेगा।''

इस पर मनीष ने सोचा, साफ-साफ कह दे कि आपको जो कुछ करना है कर लीजिए मान्यवर कमलकिशोर जी! किसने रोका है? मैं आपके कहने पर ही हिम्मत कर रहा हूं। आपने ही तो कहा था एक दिन—जो भी कहो बेझिझक कह दो—गलतफहमियों को दर्पण की तरह साफ होने में समय नहीं लगता। किन्तु, उसने कुछ भी नहीं कहा। एकदम चुप। एकटक अचंभित निगाहों से कमलकिशोर को देखता रहा—शायद कहीं तो सम्मान में चूक हुई है...

●●●

उसे चुप रहना अच्छा नहीं लगता, जब-जब मन कमलकिशोर से बातें करने को करता तो उसकी अभिकृति से बातें करने की आदत बना ली थी। इसीलिए, इस समय भी, उसने अतिविश्वास भरे शब्दों में कहा, ''मैंने स्क्रिप्ट लिख ली है मान्यवर! अब मुझे मंच पर उसे उतारना है।''

''क्या? तुमने स्क्रिप्ट लिख ली है, तो तुम उसमें अभिनय भी करोगे।''

''मैं! मैं अभिनय करूंगा और आप क्या मुझे अभिनय करते हुए देखेंगे?''

''हां, क्यों नहीं। तुम्हारा अभिनय फिल्म अभिनेता राजकुमार से कम नहीं होगा, तुम्हारे संवाद रजा मुराद से इक्कीस होंगे।''

''अच्छा किया आपने किसी राजनेता के जैसा कुछ कहा नहीं, कहते तो मन कुपित होता। मान्यवर! मेरे संवाद मेरे होंगे—मंच से उड़ेंगे, उन पर पंख मेरे ही होंगे, उनका रंग मेरा ही होगा—दर्शक देखेंगे तो अचरज नहीं करेंगे। मैं खुद को उड़ते देखना चाहता हूं,...''

''आश्चर्य, तुम यहां तक सोच लेते हो मनीष...''

''हां, इसमें आश्चर्य की कौन-सी बात है। जब कोई लिखता है तो खुद को दोहराता है— स्क्रिप्ट में अपने लिए स्पेश बन ही जाता है। पर वह खुद के लिए सोचकर नहीं लिखता कभी...'' ऐसा कहते मनीष ने आंखें उठाकर कमलकिशोर की तरफ देखा तो उसकी हंसी फिसल गयी।

आश्चर्य! आश्चर्य हुआ उसे। वह किस से बातें कर रहा था— स्वयं से या फिर कमलकिशोर से। कमलकिशोर यहां, इस समय मौजूद है ही कहां, तो फिर उसकी प्रतिकृति क्यों बना ली थी? यह उसका एकालाप था। उसने राहतभरी सांस ली और फिर स्वयं से तंग करने वाले स्वर में कहा, ''वह नहीं था, तब तो मेरे शब्दों को सुन नहीं पाया होगा। अच्छा हुआ, ये साधन संपन्न लोग सुनेंगे, तो इसे मेरा पागलपन कहने से नहीं चूकेंगे।''

''हां, हां, पागल ही हो मनीष! तुम्हें तो किसी पागल कुत्ते ने काटा होगा, वैसे भी लेखक-कलाकार पागल तो होते ही हैं— इसमें गलत क्या कहा है?''

''कौन है वह, मान्यवर की आवाज कहां, किस तरफ से आ रही है? मान्यवर के शब्द गलत कैसे हो सकते हैं, शब्द ब्रह्म होता है। राजनेता का कहा वेद वाक्य। लेखक, कलाकार और कवि तो दुनियाभर के दुःख, दर्द, पीड़ा, यश, अपयश और प्यार-दुलार को अपने भीतर तक उतारने में लगे रहते हैं और फिर, उसी को लिखते हैं। ऐसा पागल ही तो करते हैं।''

''तुम अनावश्यक ही तुनक रहे हो। इसमें कोई नई बात भी नहीं कह रहे हो दोस्त! मैं ही नहीं, दुनिया पागल कहती है तुम्हें।''

''आखिर आप क्या कहना चाहते हैं मान्यवर! मैं उस बिलखती मां की बात आप तक नहीं कहूं? शहर भर के लोग तंग हैं, आपकी तरफ देखते हैं, आपका सफेद कुरता और सफेद पाजामा को देखते हैं, ये कपड़े ही उन्हें लुभाते हैं, आपको अपना माई बाप मानते हैं और आप हैं कि...''

''मैं, मैं क्यों चाहूंगा भला, सिर्फ इसके...''

''आखिर आप कहना क्या चाहते हैं मान्यवर! आज तक मैं समझा नहीं— आप जिन शब्दों को बोलते हैं शब्द कोश में उनके अर्थ बदल जाते है। अपने शब्दों में किस्से गढ़ते हैं लोग उनसे दिन में सपना संजोने लगते हैं— ऐसा विरोधाभास मैंने किसी और के शब्दचरित्र में देखा नहीं। आपके शब्द मेरी पहुंच में नहीं हैं...''

''क्यों-क्यों नहीं दिखा सकता सपने— लोकतंत्र है देश में— इसमें रिश्ते नहीं किस्से चलते हैं— जो प्रसिद्धि देते है। मैंने तुझसे कहा था, वे लोग बड़े काम के होते हैं। कम दिहाड़ी में उन्हें काम की किसी हद तक ले जा सकते हो। मामूली-सा पेंच घुमाने की जरूरत पड़ती है बस्स, और तुम इस कला में माहिर हो ही...''

''तो मुझे कुछ रुपयों की जरूरत होगी।''

''यह भी कोई कहने और मांगने की बात है दोस्त!'' जैसा वाक्य सुनते ही मनीष में चेतना सी लौट आई। चेहरे पर तेज और होंठों पर मुलमुल हंसी खेलने लगी। उसे लगा पंख उग आये हैं, तो उड़कर स्पाईस मॉल के चौराहे पर खेल रहे बच्चों के बीच पहुंच जाएगा, और पलक खुलते ही उनके बीच पहुंच भी गया।

"तुम्हें खेल खेलना बहुत अच्छा लगता है।" मनीष ने यकायक पूछा।

"हां",

"मुझे भी अच्छा लगता है— लटकन! मैं भी खेल सकता हूं तुम्हारे साथ? मैं तुम्हें नये-नये खेल सिखा सकता हूं।" मनीष के मन ने अपना प्रस्ताव रख दिया।

"आप तो बड़े हो, बड़े बच्चों का खेल कहां खेलते हैं?" लटकन ने खी-खी हंसते-हंसते एक तरह से मनीष की बात की खिल्ली उड़ाते हुए, अपनी दंत पट्टी दिखा दी।

मनीष सोचने लगा, ये दांत कभी झक्क सफेद रहे होंगे, अब इनका रंग बदल चुका है। अपने पीले एवं भद्दे दांतों को निपोरते हुए, साथियों की तरफ लटकन देखने लगा। दरअसल वह कुछ कहना चाहता था, किन्तु, उससे पहले, उनमें से एक बच्चे ने कहा, "मुझे क्रेकिट खेलना आता है।"

"मुझे बॉल खेलना आता है।" दूसरे बच्चे ने कहा।

"अरे बुद्धू! तूने बॉल देखी भी है कभी।" तीसरे बच्चे ने कहा।

"अंकल! इसे बॉल खेलना नहीं आता, ये झूठ बोल रहा है।" लटकन ने कहा।

"अंकल! इसको भी क्रेकिट खेलना नहीं आता।" पहले क्रम में आए बच्चे ने स्पष्ट किया।

"अंकल! इसने एक दिन एक गाड़ी में से एक बच्चे की बॉल चुराई थी।" दूसरे क्रम के बच्चे ने खुलासा किया।

"अंकल ये भी चोर है इसने भी..." तीसरे क्रम के बच्चे ने कहा।

उनके आरोप-प्रत्यारोप की गूंज कानों में पड़ते ही मनीष जोर-जोर से हंस पड़ा— कैसा निश्छल जीवन है यह— न पाप का भय न पूण्य की चिंता और न ही जीवन में आपाधापी; उससे तो बहुत ही दूर। इन्हें अब न गंगा की जरूरत न यमुना की और न ही कृष्णा, कावेरी, गोमती, गोदावरी, घाघरा तथा नर्मदा की। मक्का मदीन तो बहुत दूर की बात है। इनके सभी तीर्थों का महातीर्थ स्पाईस मॉल का चौराहा, चौड़ा मोड़, सेक्टर-18 का बिग बाजार तथा जीआईपी मॉल और...मैं ने उन्हें इन्हीं स्थानों पर हंसते-खिलखिलाते,मौज मस्ती करते, अपना फरुआ उठाये घूमते-घुमाते, जीवन का आनंद लेते, बीसियों बार देखा है। मैं जाऊंगा—सचमुच में जाऊंगा उनके पास, उनसे बातें करूंगा और अपने बचपन के खेलों को उनके साथ खेलूँगा— उन खेलों को, जिन्हें मैं बड़े होने की होड़ाहोड़ी में नहीं खेल सका—मैं बड़ा होता गया; बचपन पीछे छूटा और उस उम्र के अजीब निराले खेल भी। अब सोचता हूं, कैसी विडम्बना थी वह, ठूंठ होती जिंदगी की दौड़ में सुनहरा बचपन पीछे छोड़ा और बियावान मरु भूमि की तरफ डग भर लिए। ओह! मैं क्या-क्या सोचने लगा हूं,

मुझे उस बच्चे से नहीं पूछना था कि वह सेक्टर 19 के सनातन धर्म मंदिर या सेक्टर आठ की जामा मसजिद गया या नहीं कभी। उसने शनि धाम में शनिदेव की वह काले रंग में रंगी प्रस्तर श्रीमूर्ति देखी है या नहीं...।

उसके जवाब देने से पहले तीसरे बच्चे ने साफ-साफ कह दिया कि वह गया था एक दिन मंदिर से जूते-चप्पल चुराने। वह चुराने में सफल हुआ या नहीं, उसका खुलासा करने से पहले दूसरे बच्चे ने ऐसी दुलत्ती उसे मारी, वह बड़ी देर तक बिलबिलाता हुआ जमीन पर गिर पड़ा था और उसकी आंखों में अमावस्या की रात झूल आई।

"ओह! यह क्या किया? इस तरह आपस में नहीं लड़ते दोस्त!" मनीष उनको समझाने का लोभ संवरण नहीं कर सका।

आखिर उसका नासमझ मन किस प्रलोभन के जाल में फंसता जा रहा है? वह सब क्यों सोचने लगा है? क्यों कमलकिशोर बार-बार उसके समक्ष आ खड़ा होता है? क्या कमलकिशोर के वगैर उसका कोई अस्तित्व नहीं? चौक-चौबारे से चूल्हा-चौके तक कमलकिशोर की जरूरत क्यों बन गया है? इसलिए कि उसके पास अथाह संपत्ति है, सुख, साधन-सुविधाएं तथा जीवन जीने का सलीका हैं या फिर कुछ और— उसके पास अहसान करने का हुनर व इंसान को खरीदने की ताकत है। भले ही जो भी हो प्रभावित करने और प्रभावित होने की कला है कमलकिशोर के पास। मुझको उसके पास लौटना ही होगा— एक नयी योजना के साथ...

●●●

एक विचित्र किस्म के जूनून के साथ मनीष रातभर करवट बदलता रहा। आंखें जलती रहीं, और मन दूर-दूर तक वियाबान में उड़ान भरता, भटकता रहा।

सुबह हुई।

मनीष ने हाथ-मुंह धोया और कमलकिशोर के पास पहुंच गया।

कमलकिशोर का सुबह उठना और नित्यकर्म से निपटने की आदतों से वह भलीभांति परिचित था। यही वक्त होता था, जब वह अपना दरबार सजाता— दीन हीन-दुखियों, पीड़ित फरियादियों को सुनता था और उन्हें मीठी-मीठी गोलियां चूसने को थमाता रहता था— एक तरह से गोलियां थमाने में भी उसने महारत प्राप्त कर ली थी। यदि किसी फरियादी से उससे बातों में जरा भी गर्माइश या जोर आजमाइश करनी पड़ती तो, उसे उसी समय अनारदाने की मीठी गोली की भांति मनीष की तरफ सरका देता। इसीलिए भी मनीष उसकी जरूरत बन गया था।

मनीष को सुबह-सुबह देखकर कमलकिशोर अचंभित नहीं हुआ।

दरअसल आश्चर्य का ठिकाना तब नहीं रहा, जब मनीष ने उससे कहा, ''लोकतंत्र में योजनाएं बनती और बिगड़ती हैं मान्यवर! रात भर सोचता रहा हूं, आपकी मदद के वगैर यह बात बन नहीं सकेगी। कहें तो...''

''हां, हां क्यों नहीं फायेदे का सौदा हो, तो, उससे इनकार कैसे हो सकता है?''

''बिना योजना सुने, उस पर सोचे बगैर नफा-नुकसान का मामला कहां से आ टपका मान्यवर! यह मैं मजाक नहीं कर रहा हूं। अभी तो बात शुरू भी नहीं की आप...'' सहजता से, किन्तु गंभीरता से मनीष ने कहा।

''मुझे विश्वास है दोस्त! कोई गलत योजना नहीं बनाओगे। यह सब काम तुम्हारा है, उसे अच्छा-अच्छा ही सोचकर करोगे। मैं तुम्हारी तरह किसी विश्वविद्यालय नहीं गया हूं और न ही जब से आम जीवन की सेवा से संबंध जुड़े हैं, तब से किसी बात को सोचने की जरूरत पड़ी है। जो भी यहां आता है अपने हिसाब व हैसियत से... नुकसान हो तो उसका, फायदा हो तो जनसेवक का। पहली बार किसी ने मेरे फायदे में सेंध लगाई है तो वह तुम हो— दोस्ती को आचमन न किया होता तो...।''

''तो क्या होता मान्यवर?''

''सुबह सवेरे इन बातों की याद दिलाकर पूरे दिन के लिए मन खराब मत करो दोस्त! जो कुछ कहना है साफ-साफ कहो-नफे का सौदा हो तो हां और नुकसान...'' मनीष की तरफ कमलकिशोर ने उग्र नजर से देखा और थोड़ी देर की चुप्पी के बाद कहा, ''जीवनानंद को नहीं समझाया कि शहर जितना विस्तार ले रहा है, शनैश्चरियों की जरूरत भी उतनी बढ़ रही है। उनके लिए क्यों अकाल पड़ गया?''

''मैं गया था मान्यवर! उस शाम की घटना के बाद गया था— एक नहीं दो बार गया था। हर बार ही उन दोनों को बुरी तरह बिल्लियों की तरह लड़ते-झपटते देखा था।''

''तो...''

''तो क्या करता, मैं समझा ही सकता था कि...''

''क्या समझाया खाक...'' कमलकिशोर ने जरा ऊंची आवाज में कहा।

''आप व्यर्थ का गुस्सा हो रहे हैं मान्यवर! जिस तरह वे लड़-झगड़ कर आसमान उठा रहे थे, मैंने पन्नो को समझाया कि मरने वाला कभी लौट कर नहीं आता। फिर भी, जीवनानंद उसे कहते थक गया कि उसे एक बच्चा और चाहिए।''

''तो वह गलत क्या कह रहा था। ये लोग बच्चे जनने के अलावा कर ही क्या सकते हैं दोस्त! अच्छा है, एक बच्चा और पैदा करेगी, तो शहर में और एक शनैश्चरी बढ़ेगा, तो लोगों की महादशा भी उतनी जल्दी हटेगी और हमारी उससे आवत-आमदन बढ़ेगी-औरत से यह तो नहीं कह रहा था कि अपनी ही कोख से

पैदा कर...''

''यही तो— न बच्चा पैदा करने की उम्र रही न उसे पराये बच्चे के धंधे में विश्वास ही रहा।''

''क्यों? उसकी अपनी औलाद पर सुरखाब के पर लगे हैं या फिर चरणमृत लेकर बैठे हैं? उनके पैरों से जल्दी शनिश्चर उतर जाएगा और दूसरों में शनि दान धर्म के लिए मन में कोई खोट है क्या? तुम क्यों नहीं सोचते, इनके बीच से और एक उठ गया, तो वे भूखे मरने लगेंगे— ऐसी नौबत आ जाएगी?''

''नहीं-नहीं, यह बात नहीं है। मैंने बहुत समझाया, पराई कोख कोई नहीं होती। दरअसल इसलिए कि इस धंधे में पराई कोख के बच्चे अपने नहीं हो सकते। उन पर पंख जल्दी लगते हैं तो एकदिन फुर्र-फुर्र उड़कर दूर चले जाते हैं।''

''क्या बात कह रहे हो दोस्त! वो किसी कारपोरेट कम्पनी में चले जाते थे या फिर नए नोटों के लिए लाइन में खड़े हो रहे थे— शहर भर के रिक्शे वालों की तरह। जिसे देखो मुंह उठाये बैंकों के आगे खड़ा होता था। एक-दो चटक धूप में गश खाकर गिर पड़े, तो नानी याद आ गयी। किसी को जरा भी ख्याल नहीं था, नोट बंदी का खेल ज्यादा दिन तक नहीं चलनेवाला। वे ही महीने के शनिवार और अमावस्या ही याद रहेंगे और फिर, अब वही हो रहा है...''

क्या हो गया है कमलकिशोर को, एक दिन के लिए बच्चे बैंकों की लाइन में खड़े हो भी गए, तो उसमें गलत क्या कर रहे थे। वे लोग भी जानते थे, यह खेल ज्यादा दिन तक नहीं चलेगा। उनके साथ बच्चे गरीब थे, भिखारी थे या फिर बहुरूपिये— वे अपना अच्छा-बुरा तथा नफा नुकसान का गणित आप से बेहतर जानते हैं मान्यवर! एक दिन उन्हें पंक्ति में खड़े होने पर ही मोटी दिहाड़ी मिल रही थी, तो, गलत क्या था? वह किसी के आगे हाथ तो नहीं पसार रहे थे।

मनीष को कमलकिशोर की सोच पर आश्चर्य हुआ और दु:ख भी। उसे पहली बार उसकी सोच बहुत दुबली और घृणित सी प्रतीत हुई।

मनीष चुप हो गया। उसे लगा कमलकिशोर से बातें करना, अब उचित नहीं है। वह बिखीली सोच से कंठ तक भरा हुआ है।

वह उठा और बाहर चला आया।

इस समय रोज़ की भांति कमलकिशोर ने मनीष को जाने से नहीं रोका।

आज, इस समय उसे किसी फरियादी के आने की उम्मीद कम ही थी— 26 जनवरी का दिन था। सभी गणतंत्र दिवस का उत्सव मनाने और टी.वी. चैनल पर उत्सव की परेड और झांकियां देख रहे थे...

●●●

मनीष चला आया। गणतंत्र दिवस का उत्सव मनाने को अवकाश की सुबह होने से सड़कें सांसें लेती प्रतीत हुईं। छिटपुट कारें और मोटर साइकिल फर्राटे भरती उड़ रही थीं। दो तीन ई–रिक्शा अपनी मंथर गति से उसे चलते दिखाई पड़े थे। उसने कान लगाकर सुना, विद्यालयों में राष्ट्रगान की गूंज सुनाई पड़ रही थी। 'भारत माता की जय' के नारे उसके बाद सुनाई पड़े। उसे बचपन की स्मृतियों के संग खेलने का मौका मिल गया। सुबह की शुरूआत उसकी, जो पहले बोझिल सी प्रतीत हुई थी, वह एकदम हास्य–परिहास में बदल गई। स्पाईस मॉल के चौराहे पर गुदगुदाती स्मृतियों के उत्स के साथ वह भी पहुंच गया।

बच्चे उसी तिकोने पर एकजुट दिखे, जहां, उसने कुछ दिन पहले, उनमें से एक बच्चे को जमीन पर पड़े देखा था। जो उस दिन मर गया था और एक लड़का उसी की उम्र का उससे भी पहले हमेशा–हमेशा के लिए चल बसा था। जिनकी कमाई की बदौलत जीवनानंद और पन्नो सुख–चैन से रहने लगे थे। हृदय विदीर्ण विलाप करती किसी औरत को जीवन में पहली बार उस दिन देखा था।

मनीष अचंभित होकर उन्हें देखता रहा। आज वे ही बच्चे जिस निश्छल भाव से खेल रहे थे तथा पन्नो अपने दायित्व के निर्वहन में जुटी हुई थी—देख कर, नहीं लग रहा था कि उनके मन में हमेशा–हमेशा के लिए किसी के चल बसने का दुःख का कोई अंश शेष होगा। उनकी स्मृतियों में मरने वाला बच्चा उनके लिए मरा नहीं था— जीवित था, जो किसी दूसरे चौराहे पर अपना फरुवा उठाये घूम रहा था।

मनीष उनके समीप पहुंच गया। उसने उनकी स्मृतियों को कुरेदकर जगाने की चेष्टा नहीं की। वह उन्हें बड़ी देर तक एकटक देखता रहा।

बच्चों ने उसके देखने को गंभीरता से नहीं लिया। हमेशा की तरह वे चौराहे पर खड़े थे, हमेशा बीसियों लोग उन्हें देखते, बातें करते आगे निकल जाते थे। मनीष उनमें से भिन्न नहीं हो सकता था। वह भी थोड़ी देर तक देखेगा और फिर मुस्कराकर आगे बढ़ जाएगा।

मनीष बड़ी देर तक खड़ा रहा। उसकी आंखें देखते–देखते जैसे उन बच्चों पर चिपक गयी थीं— बच्चे एक के बाद दूसरे को देख कर, अपने तन पर टंके कपड़े उतारकर, उन्हें बारी–बारी से पन्नो की तरफ उछालते, फेंकते गए। पन्नो उन उतरानों के फैंके जाने पर जरा भी उतेजित नहीं हुई। उन सब से बेपरवाह, उसने बच्चों को बारी–बारी से बुलाना शुरू किया...।

...ओह! यह क्या!! एक मां के आंचल की छांव है या फिर किसी मंच का ग्रीन रूम। बच्चों को वह स्याह— सफेद रंग से क्यों रंगने लगी है? उन्हें भिन्न–भिन्न आकृति क्यों देने लगी है? उसका माथा ठनका तो उसने जैसे फट पड़ने से पहले उसे पकड़ लिया। आकृति तो मां ही देती है। ओह! इन आकृतियों से वह

संतुष्ट नहीं है क्या? वे बच्चे अब हू-ब-हू कोई शेर तो कोई खरगोश जैसे क्यों दिखने लगे हैं? पन्नो ने एक बच्चे के पूरे तन को ही काले रंग से रंग दिया है; किसकी आकृति हो सकती है यह? ओह! मैं क्या देख रहा हूं, अब वह धीरे-धीरे कौन सी आकृति उभर रही है? संभवत: भालू, रीछ या फिर कोई और... नहीं-नहीं यह उनमें से कुछ भी नहीं दिख रहा है।

ओह! अब वह अकेला नहीं है—यह क्या एक, दो, तीन और चार-चारों ने अपने सारे बदन पर कालिख पोत ली है। माथे पर चन्दन का लेप लगा लिया है। नहीं-नहीं यह चन्दन नहीं हो सकता— चंदन बहुत महंगा होता है— चन्दन नहीं लकड़ी, कपड़ों से ज्यादा कफन और जीवन से कहीं अधिक मृत्यु की जरूरत होती है। अब बारी-बारी से उन्हें फरुआ थमा दिया, तो हरेक के फरुए में तेल और कुछ चिल्लर भी डाल दिए...

पहले बाल भारती विद्यालय और फिर समरविला विद्यालय से रह-रहकर आता 'भारत माता की जय' और 'वंदेमातरम' का नारा जय शनि देव! के जयकारे के शोर में दब सा गया...।

लाल बत्ती दिप-दिप करती जल उठी। तेजी से दौड़ती कारें, मोटर साइकिल और बस की गति थम गयी। कारों के शीशे यकायक एकदम खुल गए। विनीत भाव में वाहन चालकों के हाथ जुड़ गए— विनम्र श्रद्धाभाव से उनके सिर भी झुकने लगे। सब की मधुर जुबान से एक ही शब्द सुनाई दिया— "बच्चे सचमुच भगवान होते हैं— ये सब भगवान शनिदेव हैं। आज शनिवासरीय अमावस है। सचमुच ये सब शनि महाराज के प्रतिरूप ही हैं।"

"जय हो!" अनायास निकल गया मनीष की जुबान से— ठीक वैसे ही जैसे शनिधाम में खड़ा-खड़ा वह जयकारा सुनता रहा था। मनीष उन स्मृतियों में नहीं लौटना चाहता, बल्कि उसके बदले, सुख भरे अच्छे दिन के लिए बात करना चाहता है— थोड़ी अच्छी और थोड़ी हंसने-हंसाने और बड़ी देर तक गुदगुदाने वाली बातें। ऐसा ही कुछ-कुछ सोचते उसने कदम तिकोने मोड़ की तरफ बढ़ा दिए।

उधर चारों बच्चे छितराने लगे।

"कहां जा रहे हैं वे सब?" मनीष ने स्वयं से पूछा।

वह कुछ अनुमान लगा पता, उनमें से एक उसकी तरफ को चला आया।

मनीष के मन में गुदगुद सी हुई— उसे सामूहिक से कहीं एक शनि महाराज की प्रतिकृति से एकांत में बात करना अच्छा और सुविधाजनक लगा। उसने चारों तरफ नजर दौड़ाई— चौराहे के चार कोने बच्चों ने अपनी-अपनी कर्म भूमि चुन लिए। पन्नो ने उन्हें न कुछ बताया था न दिशाएं ही निर्धारित की थीं। कैसी धरती और उसका कैसा भू भाग है यह। चारों ओर घोर शोर ही शोर, धुआं ही धुआं। कैसे

खो रही है धरती अपना वजूद। हैरान-परेशान हैं लोग। परेशान हैं पेड़-पौधे और पंछी। चारों ओर से आती गाड़ियां और उनसे उठता शोर, धुंध और धुआं होती जिंदगी के लिए एक नयी मरुभूमि की निर्मिति करती हुई यहां की सड़कें। प्रकृति के खेल भी कैसे निराले हैं। कभी इंसान रचता था गांव, क़स्बा तथा शहर और आज ठीक इन सब के विपरीत रचने में मशगूल हैं जाल-जी का जंजाल। धरती के इस कोने से उस कोने तक। सम्पूर्ण नोएडा तो धरती का छोटा सा कोना है, फिर भी उसे बचा सकने में असफल। इस कोने में ही नहीं, पूरे शहर में इसके अतिरिक्त कुछ है भी तो नहीं।

शोर से बचने के लिए तरसते लोग, एकटक बच्चों को घूरते स्वयं को भुलाने का उपक्रम अवश्य कर रहे थे। मनीष कभी उन लम्बी-लम्बी कतारों में वाहनों को देखता रहा, जो नरक बनाने में तुले हैं इस शहर को। या फिर उन चारों बच्चों को, जो चौराहे के चारों दिशाओं में हाथ में फरुवा उठाये इधर से उधर हो रहे थे। उनकी पारखी नजर हर वाहन को देख रही थी। वे कभी रुककर तो कभी वाहन के पीछे सरपट दौड़कर कुछ कह रहे थे— उचक-उचक कर वाहनों के भीतर उनकी आंखें झांक रही थीं— यह ताक झांक उनकी आदत में शामिल हो चुकी थी।

बच्चों को देखकर, हर कोई सावधान हो गया था— वाहन चालक के साथ सवार यात्री भी। ये लोग चोर, गिरहकट और खट-खट करते खटकेबाज गिरोह के सदस्य हो सकते थे।ये बच्चे जो अभी-अभी थोड़ी देर पहले तक शनि महराज की प्रतिकृति थे, अब वे दुनिया भर के शातिर और छंटे हुए बदमाश, हजारों हजार व्यसनों में रचेबसे लग रहे थे।

पलभर में ही लोगों का उनके प्रति दृष्टिकोण ही बदल गया। सब की बाज दृष्टि बच्चों की हर हरकत पर टिकी गई— वे बच्चे कुछ नहीं करते और न ही कह रहे थे। ऐसा नहीं कि वे गूंगे बहरे और जुबान नहीं रखते, सिर्फ हर वाहन चालक के सामने अपना फरुवा उठाये खड़े होना उनकी आदत बन चुकी थी। वे सुलझे, समझदार और अपने धंधे में कुशल— सबकुछ अपना अच्छा-बुरा भी समझ रहे थे।

यह कार्य मन और वाणी का नहीं, शिष्ट और सौम्य मुद्रा या अभिनय का था। वे इस दृष्टि से भी सफल और अनुभवशील थे, अमुक वाहन चालक कितना भेंट देने की हैसियत रखता है इसकी परख गजब की थी कि कौन उनके फरुवे को छीन लेने का प्रपंच रचेगा, कौन उन्हें सिर्फ बातों में उलझाने भर का खेल खेलेगा और कोई इतना भर कहकर झिड़क देगा— ''भीख मांगना ठीक नहीं, इससे बेहतर तो कोई काम कर लो।'' साथ में बैठी सवारी से कहने में नहीं चूकेगा— ये लोग काम करना नहीं चाहते, काम करने में शर्म करते हैं। दिन भर भीख मांगते हैं और शाम को दारु पीते हैं...बाबा तुलसी दास ठीक कह गए— 'हरि अनंत हरि कथा अनंता...'

मनीष दूर से खड़ा देखता और महसूस करता रहा। कितना आसन होता है गरीब के जीवन का बखान करना। उन्हें नंगा करना। उनके बदन पर कपड़े होते, तो उन्हें उतार कर तार-तार करना। वे यह भी जानते हैं, जो लोग सम्पन्न होते हैं, वे अधिक क्रूर नहीं होते— वे गरीबों का मजाक करने में सकुचाते और बचते हैं। वे ऊंची आवाज में भी बातें नहीं करते। उन्हें डर लगता है। उनके वाहन चालक ही उनकी तरफ से चार चौबाटों पर निबट लेते हैं इन बहुरूपियों से। फिर, सावधान भी कर देते हैं— ''इनसे बचकर रहने में ही अपनी भलाई होती हैं सर! मारने वाले का हाथ थाम सकते हैं, पर इनकी जुबान से पैनी छूरी जैसी चलती है। न मालूम ये कमबख्त, कब क्या बोल दें— भगवान भी नहीं जानता। ये लोग नंगे होते हैं और पूरी तरह से अपनी नंगई पर उतरने में देर नहीं करते हैं...''

ठीक सुन व समझ रहा था मनीष— उधर से फरुआ घुमाते लटकन को कहते सुन रहा था— ''इज्जतदार ही तो हमेशा कपड़े पहनते हैं मालिक! उनके हाथ लम्बे और गोरे होते हैं— वे हमारी लाख गुहार के बावजूद खिड़की से कभी बाहर हाथ नहीं निकालते। यह बात नहीं, हम लोग उनसे गोरे-गोरे हाथ मांगते हैं, उन्हें भी हमेशा भय रहता है कि हमारी रेंगती सांसों से, फिजा में घुली धूल और धुंए की गुबार से उनकी हथेलियों की रंगत बिगड़ न जाय।''

मनीष को लगा, असल बात यह नहीं— गलत कह रहा वह। सभी भिखारी एक जैसे नहीं हो सकते, मगर सभी के बारे में राय एक हो सकती है— दरअसल इनके आंखों में जो भी आये— उसे झटकने में देर नहीं करते। ये लोग अनभिज्ञ हैं इस धारणा से, ऐसा भी नहीं है। असल वजह ये है, भयानक शब्द हीनता के बीच जब गाड़ियों के शीशे टूटते हैं और गोरी कलाई से खनकते कंगन, कानों के कर्णफूल और गले में लटकती हारें झपटने पर टूटती हैं, तब दिल टूटता है तो इंसानियत भी मरती है। एक अजीब किस्म का कोहराम चौराहे और गली को कंपकपा देता है और ये लोग एक भयानक तूफान के बीच नौ दो ग्यारह हो जाते हैं।

''क्या ये बच्चे भी यही सब करेंगे?''

मनीष ने जैसे स्वयं से पूछा और स्वयं ही उत्तर भी ढूंढ़ लिया, ''नहीं, नहीं ये सब वैसा नहीं कर सकते हैं, जैसा की लोग सोचते हैं या कहूं जैसा कि अभी-अभी मैं सोच रहा था। और इस समय भी सोच रहा हूं— दरअसल हमारा जीवन विचार, बाजार के लेन-देन तथा समस्याओं को सुलझाने और अवसरों पर हित साधने के सिवा कुछ नहीं है। मैं उस दिन की कल्पना कर सकता हूं, जिस दिन ये बच्चे— ये सब मेरे बच्चे, मेरे सफल मनोरथ बनेंगे...''

ऐसा ही कुछ सोचते हुए, समय काफी बीत चुका था।

अनगिनत बार लाल बत्ती और फिर हरी बत्ती होती रही। हजारों हज़ार वाहन

इधर से उधर होते रहे। मनीष को उसका जरा भी ख्याल नहीं रहा कि समय अनावश्यक अकारण बीत रहा है। वह एकटक उन चारों शनि महराज की प्रतिकृतियों और उनकी भंगिमाओं को देखता रहा।

मनीष के पांव खड़े-खड़े थक गए। पहले स्पाईस मॉल में प्रवेश कर सुस्ता लेने को मन हुआ। एकाएक अंगुलियां कमीज की जेब में गयीं, वह उन्हें बाहर निकाल कर, देखने की हिम्मत नहीं जुटा सका। उसने सोचा, मॉल उसके लिए बना ही कहां है? उसने एक तरह जैसे खुद से सवाल किया। थोड़ी देर इधर-उधर आंखें दौड़ाईं। उसने वापस लौटना उचित समझा।

और उसके पांव विपरीत दिशा को चल पड़े...

●●●

रामभरोसा ने सूचना दी, तो मनीष डाइनिंग टेबल पर पहुंच गया। जब से मनीष इस घर में रहने लगा था तभी से कमलकिशोर डाइनिंग टेबल पर पहुंचकर, रात का भोजन हमेशा साथ करने को उसे बुलवा लेता था। दिन के हाल हालात पर दोनों चर्चा करते, नए दिन की योजनायें बनतीं और नफा-नुकसान का हिसाब-किताब होता था। फिर, भोजन के उपरान्त अपने-अपने शयन कक्ष में चले जाते। प्राय: डाइनिंग टेबल पर कमलकिशोर ही पहले पहुंच जाता था, आज उसे न देखकर मनीष को आश्चर्य हुआ और चिंता भी। रामभरोसा से जानकारी लेने को कुछ कहना चाहा कि ठीक उसी समय उसके कानों में कमलकिशोर के शब्द गूंज उठे, ''दिलों में आई दूरी को पाटना मुश्किल ही नहीं नामुमकिन भी होता है दोस्त!''

कमलकिशोर ने यह कौन सी नयी पहेली बूझ दी थी। आश्चर्य।

''यह आप मुझ से कह रहे हैं मान्यवर!'' मनीष ने बड़ी विनम्रता से कहा।

''और फिर किस से। खा ले खूब खाले, जो इस घर का नमक खाता है, पानी पीता है वह महान हो जाता है। एक मैं ही हूं, जिसे आज तक विधायक का दूर किसी नगर सभासद का टिकिट तक नहीं मिल सका है।''

''जब समय आएगा, वह भी मिल जाएगा मान्यवर! राजनैतिक महत्वाकांक्षा जलजले की तरह होती है, जिसका स्रोत पाताल की अतल गहरायी में होता है, कहते हैं भाग्य बनने और जलजले के आने का समय का पता नहीं चलता है।''

''कब तक समय— और भाग्य के भरोसे बैठा रहूंगा दोस्त!''

''समय से पहले भाग्य पर लिखा कोई टाल नहीं सकता।''

''कब आएगा वह समय, वह शुभ घड़ी। हमेशा समय पर बादल आते हैं और उड़कर दूर चले जाते हैं, कभी घटायें उमड़ती-घुमड़ती हैं और अगले पल शांत हो

जाती हैं। कब तक मैं उनके बरसने की प्रतीक्षा करता रहूंगा। हर चुनाव पर सुनामी आती है और तबाह कर चली जाती है। लेकिन इस घर का नमक-पानी दूसरों को तो कभी हाथ पर हाथ धरे नहीं बैठने देता। एक बार जो करने की ठान लेता है, वह करके रहता है। मेरी तो शनि महराज भी नहीं सुनते, अब तुम जो कुछ सोच रहे हो करो...''

''शनि महाराज की बजाय अपनी अंतरात्मा की तरफ देखें मान्यवर!''

''क्या सोचते हो मैं कोई अपराधी हूं— गुनहगार हूं...''

''मैं कब कह रहा हूं, आपसे अपनी आत्मा से प्रश्न पूछने और उसकी आवाज़ सुनने की बात कह रहा हूं मान्यवर! जिस दिन स्वयं सुनोगे, उस दिन अपने कर्मों को देखकर समझ में आ जाएगा और सबकुछ बदल जाएगा।'' मनीष ने बेबाकी से कहा।

''तो, अब मैं तुम्हारी नजर में शातिर अपराधी भी हूं?'' कमलकिशोर चिढ़कर बोला।

कमलकिशोर से अप्रत्याशित आरोप सुनकर कमलकिशोर अचंभित हुआ।

''मैंने कब कहा आप अपराधी हैं, मैं ऐसा कैसे कह सकता हूं— वह तो आपकी अन्त:चेतना जगी है— वह कह रही है— मैं नहीं। इस घर का अन्न खाता हूं। उसके स्वाद को कैसे मैं भूल सकता हूं मान्यवर?''

''बड़े ही बेढब इंसान हो। अपने कहे हुए को इतनी जल्दी भूल गए।''

''नहीं-नहीं मान्यवर! आप मुझ पर कोई भी आरोप लगा सकते हैं। किन्तु, मुझे अपनी स्मरण शक्ति पर पूरा भरोसा है— मैं राजनीतिक नहीं हो सकता। मुझे अपने शब्दों— विचारों और सपनों— उनसे जन्मी उम्मीदों पर भी उतना ही भरोसा है, जितना आप पर।''

''मुझे बेवकूफ समझते हो दोस्त? दाई से भी पेट छुपा रहता है कभी?'' कमलकिशोर ने जरा ऊंचे और व्यंग्य भरे शब्दों में कहा।

मनीष जरा भी विचलित नहीं हुआ। उसने धैर्य से सुना और उतने ही आत्मविश्वास से कहा, ''मैं उन शनि देवता की प्रतिकृति बनने वालों को प्रशिक्षण देना चाहता हूं। मैं जानता हूं, आप इस बात से कभी भी सहमत नहीं हो सकते। मेरा विश्वास कीजिए, वे बच्चे आपकी दृष्टि में भिखारियों का अभिनय अच्छा कर लेते हैं— जिन्हें आपका कुशल संरक्षण प्राप्त है। फिर भी, उन्हें और प्रशिक्षण की जरूरत है।''

''प्रशिक्षण दोगे— तुम इतने पवित्र कार्य के बदले उन्हें, चोर, गिरहकट बनाओगे। क्या कह रहे हो। कभी मुझे ट्रेनर बता रहे थे और अब स्वयं ट्रेनिग देने की बात— मेरी समझ से परे है...''

''मैं ठीक कह रहा हूं मान्यवर! आप उन्हें शनि महराज का चोला नहीं पहनाते, तो वे आज तक जीवित ही नहीं रह पाते। यह अपराध नहीं है आपका। ऐसा अपराध है तो भी आप पहले जनसेवक नहीं हैं, देश के कोने-कोने में सैकड़ों किस्से बिखरे हुए हैं। इस चौराहे पर ही नहीं, देश-दुनिया में फैले ऐसे बच्चे-बूढ़ों को आप जैसे जन सेवकों का ही तो संरक्षण प्राप्त है।''

ऐसा कहते हुए, मनीष का मन किसी भी तरह के भय के अनुमान से जरा भी विचलित नहीं हुआ। वह सोचने लगा, कमलकिशोर उससे किसी जनसेवक का किस्सा पूछेगा, तो वह बीसियों किस्सों में से एक कलानिधि का किस्सा तो अवश्य सुना ही देगा। कलानिधि का किस्सा भले ही कोई बड़े फलक का नहीं है, फिर भी, उसे वह भुला नहीं पाता। एक दो बार नहीं बारम्बार अपने यार-दोस्तों और साथियों को वह सुना चुका था। वह किस्सा उसकी स्मृति पटल पर चिपक सा गया था। उसने कहा, ''कहें तो मान्यवर! एक बड़े कद के जन प्रतिनिधि का किस्सा सुना दूँ। आप किस्सा एक सुनेंगे तो लोटपोट हो जायेंगे। उसको सुनाने के बाद एक और किस्सा सुनाने को अवश्य कहेंगे।''

''तो तुम अब मुझे किस्सा भी सुनाओगे! बेवकूफ हूं मैं जो तुझे अपने घर ले आया— यही बड़ी गलती की। अपनी इस टेबल पर साथ-साथ खाने को बुलाता रहा— मैंने यह अपराध किया। इसका एहसान तो मानता नमकहराम! इस शहर में— वह भी आज के समय में ऐसे सड़क छाप को कौन पनाह देता है? अरे! इसके मायने यह तो नहीं, तुम अपनी औकात ही भूल जाओ। जरा शरम-लिहाज रखो, जिस टेबल पर खा रहे हो, उसका सम्मान करो।''

''मैं सम्मान का ही किस्सा बताने जा रहा हूं, आप हैं कि ख्वाहमख्वाह लाल-पीला हो रहे हैं?''

''अरे किस्सा सुनाने का बड़ा शौक चढ़ा है, तो सुना, साथ ही यह भी सोच ले किस्सा पसंद नहीं आया तो...''

''तो क्या मान्यवर! चुलबुल भी तो—''

''मैं सुनता नहीं— चुलबुल भी बेहतर किस्से सुनाने की बात कहती रहती है...''

''हां, हां, तब तो आपको कलानिधि का किस्सा अवश्य सुनना चाहिए। कलानिधि भी आपकी तरह व्यवहार कुशल थे। ये ही नक्शे कदम थे। मैं माता सुंदरी लेन में यूं ही टहल रहा था। उनकी नजर पड़ी तो एक दिन कहने लगे, रोज देखता हूं आपको यहां घूमते हुए, कोई काम धाम नहीं करते क्या?''

''नहीं, पढ़ाई कर रहा हूं।'' मैंने बताया।

''कहां से?''

''जे.एन.यू. से''

''ओह! बहुत सुन्दर, वहां के स्टूडेंट शार्प होता है— वे पढ़ते कम घूमता अधिक हैं। उनके पास टाइम ही टाइम होता है। आपके पास टाइम है तो हर रोज एक काम करेगा— उसका हम पैसा देगा— फ्री का काम नहीं करवाएगा।'' कलानिधि ने मुस्कराते-मुस्कराते हुए कहा था।

''जी हां, बताएं।''

''आपने देखा है-हफ्ते में एक बार-गोलचा सिनेमा देखा है-दरिया गंज में है-वहां जाना है।''

''जी, क्या करना होगा?''

''वहां फिश की दूकान है—मरी नहीं जिन्दा फिश की दूकान— आपको कोन -सी फिश लेना है उसे पांडे बता देगा। पांडे हमारा अच्छा दोस्त है। अब तक हमारे लिए जिन्दा फिश वो लाता है। अब उनका काम बढ़ गया है— वो हमारी पार्टी का ज़िला अध्यक्ष बन गया— आपने नाम सुना है। मिडिया में खूब आया था— पार्टी का बड़ा डिसीजन था। आपकी रुचि होगा तो हम आपको भी पोलिटिक्स में आने को कहेगा— पोलिटिक्स अच्छा है। आपको हम देगा— मौका। जे.एन.यू. का बहुत स्टूडेंट आता है हमारे पास। वो पोलिटिक्स में इनट्रस्ट रखता है। वो स्टूडेंट पोलिटिक्स करना जानता है— इंडिया का कन्टम्प्रेरी सिचुएशन को अच्छा समझता है।''

''मुझे क्या करना होगा?''

''वो पांडे बताएगा, आप यू.पी. का है। आपकी आवाज से लगता है— पांडे भी यू.पी. का है। वो समझा देगा और बताएगा कहां से बिलोंग करता है— अच्छा आदमी है।''

''काम तो बताएं सर!''

''काम'' कहते कलानिधि ने दांये-बांये देखा, फिर दूर खड़े व्यक्ति को आवाज देकर बुला लिया। अपनी बात को, जो एक लय में आगे बढ़ रही थी, उसे जोड़ते हुए उन्होंने समीप आये व्यक्ति के कंधे पर हाथ रख कर कहा,''पांडे! ये जेंटिलमेन आपकी मदद करेगा, मैं देखता यहां रोज घुमते— आज भी देखा, आई आस्क हिम— वो करेगा। हम पैसा देगा। काम समझा दीजिये।''

''जी सर!'' पांडे के कहते ही यकायक कलानिधि आगे बढ़ गए।

''बहुत दुखी हैं बेचारे, बहुत ही भले इंसान हैं— मदद करते हैं। जल्दी इमोशनल हो जाते हैं— वरना किसी से कहां बात करते हैं। आश्चर्य। आप यहां घूमते हैं— बड़ी नजर रखते हैं और वैसा ध्यान भी रखते हैं। बहुत बड़े आदमी हैं। आप की किस्मत अच्छी है जो— खैर आप इनसे मिलते रहोगे तो समझ जाओगे।

कोई मुश्किल नहीं होगी— आप तो घूमते रहते हैं हर रोज, आसानी से आई.टी.ओ. पुल तक जाना है और लौटना है। यमुना में हर रोज़ एक जीवित मछली को छोड़ देना है, बस्स। कोई ज्यादा बड़ा काम नहीं, ज्यादा दिन की बात नहीं। उनका काम बन जाएगा तो...''

''मतलब मैं समझा नहीं।''

''अब मैं इस समय सारी बातें कैसे बता दूँ कि...''

''ठीक,यही काम करना है तो कोई मुश्किल नहीं, ''मेरे कहते ही पांडे ने मेहनताना भी बता दिया।

हफ्ता भर तक नियमित मछली छोड़ने का काम चल पड़ा।

एक दिन पांडे ने खुद बताया कि कलानिधि ऐसा किसी ज्योतिषी के कहने पर करते हैं। अपनी पत्नी कल्याणी के लिए करते हैं, उसकी आत्मा की शांति के लिए करते हैं।

''क्या हुआ था कलानिधि की पत्नी को।'' तपाक से कमलकिशोर ने पूछा।

''मालूम नहीं भाई! क्या हुआ था। कौन पड़ेगा इस पचड़े में— राजनीति में क्या कुछ नहीं होता। सात खून तक माफ होते हैं। अब गड़े मुर्दे उखाड़ने का कोई मतलब नहीं, ये तो मेरा इनसे जुड़ने से पहले का किस्सा है। कहते हैं कल्याणी को दबा कर रखते थे— उसकी आवाज को भी और एक दिन... कहते-कहते पांडे ने बात का रुख बदल दिया और जोड़ दिया कि उसकी आत्मा की शांति के लिए वह हर रोज यमुना में मछली ही नहीं प्रवाहित करवाते— हर मंगलवार को सी.पी. के हनुमान मंदिर और शनिवार को शनिधाम स्वयं दर्शन को भी जाते हैं— मान्यवर वहीं जहां आपसे मेरा मिलना हुआ था।''

''ओह! तो फिर, कलानिधि का काम बना।'' कमलकिशोर ने शांत चित में उत्सुकता से पूछा।

''बना कह रहे थे मान्यवर! वे कलानिधि भारतीय राजनीति के शिखर- राष्ट्रीय राजनीति में उन्हें कौन नहीं जानता...''

''तब तुम मुझे भी...''

''जी जरूर।'' कहकर मनीष चुप हो गया।

''ओह! तब तो मैंने उन्हें जरूर देखा होगा। ये वही हो सकते हैं, जिनके लिए हर शनिवार को आमजन की लाइन को रोक कर, उन्हें दर्शन के लिए प्रवेश करवाया जाता है। क्या वे तुम्हें भलीभांति जानते, पहचानते हैं।''

''जी!''

''उनसे तुम मुझे भी मिला सकते हो।''

''हां, हां क्यों नहीं—जरूर। बहुत भले आदमी हैं। मगर...''

"क्या? चुप क्यों हो गए? क्या तुम्हारा कोई काम नहीं किया।"

"नहीं, यह बात नहीं है,"

"तो फिर, तुम्हें मेहनताना नहीं मिला?"

"नहीं, नहीं ये बात नहीं है, जिस दिन मुझे पांडे ने बताया कि कलानिधि कल्याणी की आत्मा, जो उनके कैरियर के लिए अवरोध बन रही थी, उसकी आत्मा की शांति के लिए करते हैं, तो मैंने उनकी सद्भावना से मुक्ति ले ली और फिर..."

"फिर..."

"फिर, सोचा जो व्यक्ति कल्याणी का नहीं हो सका, जो मंदिर-मस्जिद का पाखण्ड रचता है, जो व्यक्ति महिला कल्याण और आपसी बंधुत्व की बात करता है— वह सिर्फ जूठ का ही पुलिंदा हो सकता है। उससे अधिक उम्मीद की सोचना गलतफहमी ही होगी..."

"तो ये है तुम्हारा किस्सा।"

"हां, यही किस्सा है मान्यवर जो..." मनीष ने अपना वाक्य अधूरा छोड़ दिया। थोड़ी देर इधर-उधर की बातें हुईं, उसने आगे जोड़ा, "हर बच्चे के अन्दर कला का सागर होता है मान्यवर! जब हम उसका मन-मंथन करेंगे, तो, वह परिष्कृत होगा ही..."

मनीष अपनी अधूरी छूटी बात के सिरे को पकड़ने में सफल हो गया। यह बात नहीं कि उसके अधूरे वाक्य पर कमलकिशोर के मन में संशय न जन्मा हो। उसने उसे विस्मृति की ओर धकेलते हुए, अचंभित स्वर में कहा,"परिष्कृत—क्या बोला परिष्कृत! क्या होता है यह? इतनी गूढ़ हिंदी मुझे समझ नहीं आती दोस्त!" कहते-कहते कमलकिशोर हंस पड़ा। उसने एक तरह से मनीष के शब्द की खिल्ली उडा दी।

"हां, यानि उन्हें इस कला में मांझने की आवश्यकता है।"

"माझो, खूब अच्छी तरह माझो, मगर एक बात का ध्यान रखना—चारों ओर हरियाली ही हरियाली है। जमकर सावन बरस रहा है", उसने इस वाक्य पर पुनः जोर देकर कहा, "एक बात का ध्यान रखना, मेरे यहां सूखा नहीं पड़ना चाहिए। इन लुच्चे लफंगों से जो हर महीने हफ्ता आता है, अभी तक उतना नहीं आया, जितनी तुमसे उम्मीद थी। यही वजह है कि मन में संदेह होना— स्वभाविक है और मैं तुमसे अब सीधे मुंह भरोसे की बात नहीं करता।"

मनीष समझ नहीं पाया कि अब वह क्या कहे और क्या करे। कैसे समझाए कमलकिशोर को। वह चुप हो गया, जैसे एकदम सांप सूंघ गया हो। उसकी नजर बार-बार कभी कमलकिशोर के चेहरे पर, कभी पास रखी चीजों पर जाने लगी थी। एकाएक नजर रुकुमा पर अटक गयी, जिसे कमलकिशोर पत्नी से कहीं अधिक एक

वस्तु समझता था। वही निर्जीव वस्तु जिसकी तरफ पांडे ने कल्याणी के संबंध में बताते हुए उससे कहा था—उसे इस समय मनीष असमर्थ होकर देख रहा था। वह भी हमेशा जो सिर्फ डिनर के समय ही इस डाइनिंग टेबल पर आकर, फुर्सत से कभी कमलकिशोर को, कभी परोसी गयी थाली को और कभी उसके चेहरे को टुकुर-टुकुर निहारती रहती थी— उस समय मनीष को वह शांतचित एक मासूम गुडिया से अधिक प्रतीत नहीं होती थी। इस समय भी, उसने कमलकिशोर को जितने मधुर स्वर में टोका, उसके शब्दों की खनक तक नहीं सुनाई पड़ी— उसके होंठों के हिलने से ही अनुमान लगा सका था।

कमलकिशोर को यह सब सुनना पसंद नहीं, फिर भी, उसने लम्बी सांस भरते हुए किस्सा सुनने को उत्सुकता का भाव जताया था। उस समय रुकुमा ने कहा था, "फिर वही बात, हफ्ता वसूलने के कोई दूसरी बात सुझती ही नहीं— जब किस्सा है तो सुन लो..."

"तुम क्या सोचती हो, हम बैठकर यहां इधर-उधर की बात करें। बहुत सी ऐसी काम की बातें होतीं हैं, जो इसी टेबल पर ही हो सकती हैं और कहीं नहीं, जरा भी भेजा रखती तो इसका किस्सा सुनने की बजाय कुछ करने की..."

"मैं कब कह रही हूं मुंह सीं कर बैठे रहो, बीस दफा कहा है, कुछ बातें ऐसी होती हैं, जिन्हें खाना खाते और सोते समय नहीं करते। इस घड़ी में तो दुश्मन को भी रोकना-टोकना पाप क्या— अपराध होता है।"

"ठीक है ..." कह कर कमलकिशोर का मुंह लटक गया। जैसे रुकुमा ने धीरे से उसके दिल में कांटा चुभा दिया हो।

मनीष ने रुकुमा के चेहरे को देखा— वह भी हंसने लगी। उसे अचानक खिलखिलाती हुई देखकर, कमलकिशोर ने गुस्से में लाल आंखें उस पर फैला दीं।

"मान्यवर! वह ठीक तो कह रहीं हैं, हर बात को कहने का ढंग व समय होता है। और फिर हर बात में रुपये के पहाड़ देखना..."

"अच्छा, तो तुम भी इसकी तरफदारी पर उतर आये— आश्चर्य! एक पहाड़ी के इतने उच्च्च विचार हो सकते हैं।" कमलकिशोर कहते-कहते ठहाका मार कर हंस पड़ा। संभवतः माहौल को सहज बनाने के लिए बोला, "बड़ी हंसी आ रही है तुम्हें। किस बात पर हंस रही हो— मैं भी जान लूं।"

"अच्छा, कोई विशेष बात है, तो, मैं भी सुन लूँ।" मनीष ने लम्बी सांस खींची और कमलकिशोर के स्वर से अपना स्वर मिला लिया।

"सोच रही थी, तुम दोनों सुधर जाओगे तो इंसानियत सुधर जाएगी..."

"आगे बोलो चुप क्यों हो गयीं..." कमलकिशोर ने तुतलाते हुए कहा।

"कुछ नहीं साहब! वह बची रहेगी तो..." कहती-कहती रुकुमा फिर रुक

गयी। चेहरे का रंग फीका पड़ने लगा। एक विचित्र किस्म की लकीर उस पर फैल गयी।

''अरे आगे भी कुछ कहोगी या फिर...''

इस समय रुकुमा का स्वर मंद पड़ गया था। उसने सांसत में उलझी जान को बचाने के लिए लम्बी गहरी सांस ली और अपनी बात को पूरी करने के लिए साहस बटोरते हुए आगे जोड़ा, ''बस्स तुमसे इंसानियत की उम्मीद कर बैठी थी। उम्मीद टूटी तो हंसी आ गयी।''

''ओह! क्या कह रही हैं रुकुमा! मान्यवर पर नहीं तो, आप मुझ पर भरोसा रखो।'' जैसा मनीष ने कहना चाहा,परन्तु कमलकिशोर के सामने कुछ कहने की हिम्मत नहीं हुई।

मनीष का मन उचक गया। उसने धीरे से स्वयं से कहा, ''अच्छी नौटंकी कर लेते हैं आप लोग। एक जून की रोटी का ठिकाना होता, तो इस पवित्र टेबल पर, इन बातों को कभी फटकने न देता।''

रात का खाना नौकर रामभरोसा ने परोस दिया।

मनीष की टेबल पर बैठकर खाना खाने की इच्छा जरा भी नहीं बची थी। वह धीरे से उठा और कहा, ''मेरी खाने की इच्छा नहीं है, आप लोग...''

''क्यों भूख नहीं है क्या?''

''जी!''

''ऐसा क्या मिला आज दिन के खाने में, हम लोग भी सुन लें या फिर, गुस्से से पेट भर चुका है। एक बात गांठ लो पति-पत्नी की बातों पर ज्यादा नहीं सोचते...''

''नहीं-नहीं, ऐसी-वैसी कोई बात नहीं'' कमलकिशोर की ओर देखकर मनीष ने विश्वास दिलाने के लिए कहा।

''युवाओं से डर लगता है दोस्त! तुनक मिजाज होते हैं— गुस्सा उनकी नाक पर होता है— गुस्सा जायज भी होता है, वह किसी मन मस्तिष्क में आवेश की वजह से ही होता है। और आवेश...'' कहते-कहते कमलकिशोर के होंठ जैसे किसी ने सिल दिए थे— चुप हो गया।

रुकुमा भी उसे आश्चर्य से देखती रह गयी।

बड़ी देर बाद कमलकिशोर ने अपना गंभीरता का ओढ़ा लिबास उतारा और जोर का ठहाका लगाकर, अपनी अधूरी बात को जोड़ते हुए कहने लगा, ''आवेश अपना ही नुकसान करता है। उसकी अपनी ऊर्जा,शक्ति का नाश होता है। सोच लो दोस्त! कभी कभार नाक पर मक्खी बैठ जाए, तो कोई बड़ी बात नहीं, उसका बैठना भी शुभ होता है— उसे बैठने दिया करो— उसका भी आनंद लो...''

"ठीक कह रहे हैं आप—मक्खी और शुभ..." व्यंग्य करता हुआ मनीष डाइनिंग टेबल पर से उठ गया। और कहने को उसका मन हुआ, "हंसो, खूब हंसो के.के. आप लोग इंसान हैं। इंसान ही इस तरह हंसता है— खिल्ली उड़ाता है। हम लोग तो जानवर हैं। जानवर हंसते कहां हैं! आप लोग ही थे, जो गांधी पर हंसे थे और बुद्ध पर भी। आप ने तो नेहरु को यहां तक कि ज्ञानी जैल सिंह को भी नहीं छोड़ा था एक दिन..."

किन्तु, मनीष ऐसा कहने का साहस नहीं कर सका या फिर उसने कमलकिशोर को इस समय कुछ अधिक कहना उचित नहीं समझा। उसने स्वयं को ही संबोधित कर कहा, "इन्सान का आत्मसम्मान मर गया, तो वह बचा ही कहां रहा। जीवन के जिस कठिन डगर पर कांटे चुन-चुनकर अपना रास्ता बनाया है मनीष! उस पर ऐसे अपमान के कड़वे घूंट पीना बड़ी बात नहीं—आम बात है।"

●●●

रात करवट लेते बीत गयी—उसे व्यतीत होना ही था।

सुबह हुई, सूरज उदय होने लगा— उसे होना ही है।

दोनों का समय, गति और उद्देश्य निर्धारित है— वह सर्वविदित है।

अनिर्णीत हैं तो मनीष के पांव— नहीं, मनुष्यता के पांव।

अनंत की तरफ बढ़ते मनीष के कदम भारी बोझ को उठाये— संभवतः अपने बोझ को ढ़ोने में असमर्थ— ठहर गए। वह रात की घटना पर सोचने लगा, आखिर कैसा मनुष्य चाहती हैं रुकुमा और कैसी अखंडित उसकी मनुष्यता। वेद मनुष्य जो करुणाशील, परोपकारी, अहिंसा परायण, सत्यव्रती, निष्कपट, सरल स्वभाववाला, संयमी और सत्संगनिष्ठ होने की शर्त रखते हैं; ऐसा सर्वगुणी तो ईश्वर ही हो सकता है। तब क्या हम व्यक्तिरूप में ईश्वर का सृजन कर सकने में समर्थ हो सकते हैं; जबकि हम एक गांधी को बचाने में असमर्थ हुए हैं ...

गांधी भी तो ऐसा ही सोचते रहे जीवन भर। क्या वह कर पाए निर्माण ऐसे मनुष्य का— नहीं; क्या बचा पाए गांधी उसकी मनुष्यता को— संभवतः नहीं। तो क्या हमें पैदा करना होगा एक और गांधी— जो पूरा कर सके अधूरे छूटे कार्यों को— हां, एक और गांधी ही बचा सकता है मनुष्य और उसकी मनुष्यता को... ओह! क्या सोचने लगा मैं। गांधी को कौन मार सकता है? गांधी एक व्यक्ति कैसे हो सकता है?

नहीं-नहीं, वह व्यक्ति नहीं हो सकता— गांधी तो एक शब्द है, एक विचार है, जो सर्वकालिक और सार्वभौमिक है। शब्द— जो ब्रह्म है। विचार— जो एक ऊर्जा है। दोनों का अक्षय भण्डार ही तो है गांधी। जो कभी मर नहीं सकता। गांधी

ही तो है जो एक सूत्र में मनुष्य और उसकी मनुष्यता को बांधने में सक्षम हैं— उसे ही हमें बचाना होगा।

''ओह! क्या कुछ नहीं सोचने लगा हूं मैं। एक जून की रोटी जुटा पाने में असहाय, असमर्थ मैं, ऐसा क्यों सोचने लगा हूं? गांधी को क्यों याद करने लगा हूं? सचमुच क्या है गांधी?'' मनीष ने स्वयं को समझाते हुए पूछा।

कोई उत्तर नहीं खोज सका। मन विचलित अवश्य हो गया। कहीं कमलकिशोर की आंखें उस पर पड़ेंगी, तो विचलन अधिक बढ़ जाएगी। आगे बढ़ते कदम को टोक कर रोकेगा, तो पूरा दिन बदले की आग में झुलसता रहेगा। टोक रोक से कोई बड़ा अपशकुन और जीवन में अपमान से बड़ी यातना कोई दूसरी नहीं हो सकती। जो जीवन में भुलाए नहीं भूलती। ऐसा ही कुछ सोचते मनीष ने तेजी से कदम बढ़ाये और घर से बाहर निकल आया।

वही हुआ, जिसका होने के संदेह को वह बुन रहा था। कानों में आवाज़ गूंजी, ''कहां जा रहे हैं मनीष?''

मनीष के बढ़ते कदम रुक गए। मन में तीर-सा चुभ गया। वेदना की तड़फ से आह-कराह और उसके शब्द दांतों के बीच उलझ गए। शब्द सिर्फ कमलकिशोर के ही थे, जो तीर की मानिद छूट रहे थे। मनीष ने असहनीय पीड़ा से कहा, ''गांधी को मिलने।''

''सोनिया गांधी को मिलने?''

''नहीं...''

''तो राहुल गांधी को...जा रहे हो तो— मैं भी साथ चलूँगा।''

''नहीं-नहीं— इन्हें नहीं, इनसे कैसे मिल सकता हूं— मैं तो बापू से मिलने जा रहा हूं...'' मनीष ने जैसे आग को घी परोस दिया।

''बेवकूफी मत करो, युवा हो तो युवाओं से मिला करो— गांधी तो अब जीवित नहीं है— गांधी की राख है राजघाट पर...।''

''अच्छा है, इतनी याद तो है मान्यवर! मैं वहीं जा रहा हूं।''

''बेवकूफ! राख समाधी में दबी हुई है— राख अधिक दिनों तक नहीं बचती-मिट्टी हो जाती है।''

''यह तो और भी अच्छी बात है— बता दिया अच्छा किया, तब तो मैं मिट्टी छूने ही जा रहा हूं।''

''गधे! तू रात का भूखा है। भूख से तेरी आंतों के कीड़े कुलबुलाने लगे हैं, समझ नहीं रहा है— तू ही मिट्टी हो गया तो?''

''मिट्टी होने से मान्यवर डरते हैं, मैं नहीं।''

''जाओ-जाओ, मर जाओ— सड़क खुली मिलेगी।''

इस पर मनीष मौन हो गया।

सड़क पर आवाजाही अभी नहीं हुई थी।

उसके कदम इस समय भी चौराहे की तरफ चल पड़े— कमलकिशोर का घर परिवार पीछे छूटता जा रहा था। किन्तु, उसका मन लगातार उससे कह रहा था:

मैं लेता हूं साथ तुम्हारा सपनों में।
मुठियां बंद होती हैं सपने में।
कैसे रखूं हाथ—
हथेली बंद मुठी में।
भूखा मैं, बच्चे भूखे,
भूख बिखरी है सड़कों में।
भूखा नंगा शहर है सारा
क्या रखा है तेरी दीवारों में।
आओ मिलकर खोलें मुठी
रेखा भाग्य की पढ़ते हैं...

यह कोई व्यवस्थित और स्थाई विचार नहीं— भावनाओं में बहकर क्या कुछ सोचता चला जा रहा है मनीष। काली कोलतारी सड़क उसे क्यों परेशान करने में तुली है? यह कैसी कंपकम्पी! चुंधियाती तेज रोशनी में उसे अपनी परछाईं क्यों नहीं दिखती? यह कैसी फैली धुंध है? सड़क खाली, किनारा खाली और उसके डगमगाते पांवों का कोई सहारा भी तो नहीं।

"कौन हो भाई क्यों धकिया रहे हो अभागे को इस धुंधलके में। मेरे पास कुछ भी नहीं है तुम्हारे लिए। कुछ भी नहीं है मेरे पास— देख लो। तुम इंसान को पहचानते नहीं क्या— पहचानना सीखो। तुममें और उनमें क्या फर्क है— जो देश दुनिया पर चील-झपट्टा मारते थक नहीं रहे हैं। एक गौरैया है जो कमाती और खिलाती है तुम तो बाज हो। हमेशा ऊंची उड़ान भरते ही सबकुछ दिख जाता है तुम्हें। ओह भगवान! कब खत्म होगा ये झपट्टा-झपट्ट का खेल। तंग आ गया हूं मैं, तंग है जिंदगी। क्या रुपया, अकूत धन दौलत लूटने-झपट्टने की चीज है भला। लूटो तो उसे, जो मनुष्य और उसकी मनुष्यता को तार-तार कर रहा है। जाओ जाति, धर्म और मजहब के ठेकेदारों पर टूट पड़ो। झपटो तो उनके दुष्कर्मो पर झपटो। दुनिया भी मानेगी तुम कुशल झपट्टामार हो। फिर कह रहा हूं—धन दौलत, रुपया पैसा मेरे पास कुछ भी नहीं है। मेरे पास छोटी सी जबान है और थोड़े से शब्द। बस्स! किसी युवा की जबान और औरत की आबरू भी कोई लूटने की चीज है? अरे! तुम तो वही हो— मैं पहचान रहा हूं। मैं तो तुम्हारे पास ही जा रहा था। मैं भी तुम्हारे खेल में शामिल होना चाहता हूं— शनिदेव-शनिदेव खेलना चाहता हूं। मजेदार खेल है न वह..."

यकायक मनीष के कदम रुक गए— कौन थे वे लोग, जो उससे छीना-झपट्टी का खेल खेल रहे थे? उसने इधर-उधर देखा। उसे धुंध में कुछ भी नहीं दिखाई दिया। उसने स्वयं से कहा, "कोई भी तो नहीं है यहां-सिर्फ फ्लाइओवर है। फ्लाइओवर बनाकर सरकार ने अच्छा ही किया है— अब अधिक देर तक लाल बत्ती की प्रतीक्षा नहीं करनी पड़ती। फर्राटे भरती कारें, बस, स्कूटर, मोटर साइकिल, छोटे-बड़े लूटेरे, जेबकतरे तथा रसूखदार एक कोने से दूसरे कोने तक पहुंच जाते हैं। और मैं— पलकें झपकते स्पाईस मॉल का चौराहा; मेरे सपनों का चौराहा मिल जाएगा...

ओह! यह ख्याल क्यों आया मुझे? ये तो वही परिचित बदनाम गली के लोग थे, जो मेरे ख्यालों में आये थे— उन्हें क्या जरूरत थी यहां इस समय। मैं तो चला ही जा रहा हूं उनके पास। उन्हें मुझे पहचानने में भूल हुई। भूल जो हमेशा ऊंची इमारत और ऊंचे फ्लाइओवर की दीवारों की ओट में छिपने और छुपाने को यथेष्ट होती है— क्षम्य होती है...

●●●

मनीष को स्पाईस मॉल के चौराहे पर पहुंचने में देर नहीं लगी।

सुबह के सात बजे थे। चारों ओर फैली घटाटोप धुंध से सूर्योदय होने का अहसास नहीं हो रहा था— न उजास फैली थी, न लालिमा। न ही उसका तेज और तपिश। वैसे भी महानगरों में सूर्य ने उगना छोड़ दिया है वर्षों से। उसके उदय तथा अस्त होने के अब कोई मायने भी नहीं और उसका कोई मान भी नहीं रहा। वह रोज पूर्व दिशा में अरुणाचल से उगता है— शायद... और पश्चिम अस्तांचल की ओर चला जाता है— हर रोज घर की देहलीज पर आने वाला जीव मेहमान कहां रह जाता है! उसके न घर आगन में पहुंचने की खुशी और न जाने पर दुःख...

पश्चिम की वादियों से हौले-हौले किरणें पहले ड्राइंग रूम, किचेन और अब बेड रूम तक की पहुंच रखने लगी हैं। किसी के बिस्तर में लोटपोट होना, उनके लिए कोई बड़ी बात नहीं— पश्चिमी तहखाना तो अब मछली बाजार से कम नहीं लगता। तारों पर दौड़ती नियोन रोशनी—रोशनघर विशेष लगने लगे हैं।

उगते सूर्य से मुंह छुपाने का सुनिश्चित उपक्रम शहरियों ने आरम्भ किया था, जिसमें कदम भर की महारत हांसिल कर भी ली, तो जहां-तहां गगनचुम्बी इमारतों की आवलियां हिमालय होने लगी हैं। उनके शीर्ष पर फैली धुंध के उस पार, बिना उमड़-घुमड़ के काली घटाओं से बूंद-बूंद बरसने की आस हमेशा बनी रहती है; दिन में रात और रात को दिन जैसा प्रतीत होने लगा है। शहरी अपना सूर्य-चन्द्रमा

बनाने की सोचने लगे हैं— सृजन प्रकृति में शाश्वत सत्य है। कोई उस कला से विलग नहीं है। उन्होंने चन्द्रमा पर चढ़ने की कला कभी की सीख ली है। शहरियों को उसमें अपना बहुत बड़ा बाजार दिखने लगा है। वे मान बैठे हैं, बाजार है तो जीवन है। असल जीवन तो चांद पर है और मंगल पर भी... उस जीवन के लिए सबकुछ चाहिए— खाद और खरपतवार भी...परन्तु, क्या वहां ले सकेंगे ताजी हवा, दे सकेंगे शिराओं और धमनियों में बहते खून को रवानगी और लड़खड़ाती जीभ को भाषा...

नहीं, नहीं वहां ऐसा कुछ भी नहीं है। न गंगा, न हिमालय और न मलयांचल की सनसनाती हवा। तो हम फिर कैसे बने रहेंगे इंसान! इन्सान होने के लिए जल, जंगल, जमीन, धूप,हवा और सुमधुर कंठ के लिए सुगठित भाषा का होना भी तो जरूरी है!! मनीष क्या सोचने लगा है? उसमें कंपकंपी क्यों बढ़ने लगी है? कहीं बाजार की तरफ बढ़ते कदमों से डरने तो नहीं लगा है। वैसे बाजार डराता बहुत है। उससे जो डरता है वही मरता भी है। वह असमय मरना नहीं चाहता— कमलकिशोर की भांति दीर्घायु होना चाहता है। कमलकिशोर चांद पर बसना चाहता है, वहां हवा, पानी और मुट्ठी भर जमीन लेना चाहता है। ओह! जमीन तो यहां है और वहां भी। उसे सिर्फ अपने हिस्से की धूप और पानी चाहिए। हवा का बाजार पहले ही कमलकिशोर की चौखट पर कत्थक करने लगा है।

तो नहीं चाहिए...

कमलकिशोर उसे कभी अपने हिस्से की धूप और पानी नहीं देगा। और न ही भरत नाट्यम व कथककली की थिरकन देगा। पानी खरीदने की सामर्थ्य उसने पहले ही जुटा ली है। हवाओं का रुख भी अपनी तरफ मोड़ लिया है। उसके लिए पहाड़ों को खरीदना कोई बड़ी बात नहीं, वहां जन-धन का मोल-तोल करना आसान है। वे पतिंगे कोई और ही थे जो दीपक को सूरज समझ बैठे, जीवन का मोल लगा बैठे। दिन के उजाले की तो कोई बड़ी बात नहीं, ये लोग हैं जो चांदनी से खेलना जानते हैं। जानते सभी हैं, ताकत सिर्फ कमलकिशोर ने जुटा ली है। उसकी जोर अजमाईस जारी है। अब हिमालय को खरीदने की उसकी बारी है। गिरि कंदराओं से बहती बयार का रुख पहले ही बदल चुका है। परन्तु, ऐपण खरीदने की सामर्थ्य बहुत दूर की कौड़ी बनी हुई है। अब यदि उसे नगर सभासद का टिकिट मिल गया, वह क्षितिज पर अटका सूरज खरीद लेगा और टिमटिमाते तारे भी। जल-जंगल न खरीदा होता तो, वह मनीष को हिदायत कभी नहीं देता कि एक रात पानी नहीं मिले तो मर नहीं जायेगा। रात को एक पानी का पाउच ही काफी है कंठ भिगोने को...मगर कंठ भिगोने भर से कहीं अधिक मनीष को कभी-कभी मरना अच्छा लगने लगा है।

मनीष जब भी अपने विषय में सोचता है, रह-रह कर उस बच्चे की तस्वीर

उसकी आंखों में नाचने लगती है, जो उस दिन असमय उनका संग-साथ छोड़ चला था, जो अब कभी लौटकर नहीं आएगा। धरती होने से पहले वह ताजा पानी और स्वच्छ हवा ही तो मांग रहा था-जो उसे मिल न सका। अब कहां है वह? उन्हीं बच्चों के बीच खिलखिलाता, मौजमस्ती करता, जो अभी तक स्पाईस मॉल के चौराहे पर नहीं पहुंचे हैं। कहां रहते होंगे वे लोग जो स्मृति में रहते हैं—इतनी भयानक ठंड में...

मनीष ने एक दिन यह बात कमलकिशोर से कही थी, ''असहनीय ठंड है, बच्चे इस मौसम में चौराहे पर खड़े नहीं हो सकते। न उनकी अदाएं खुलेंगी और न मन दौड़ेगा, आप क्या सोच रहे हैं मान्यवर! वे बच्चे भिखारी हैं, तो ठंड भी उन्हीं की है। गलतफहमी न पालिए मान्यवर! वे कमजोर नहीं हैं— शोषित और पीड़ित हैं। उनके फैले हाथों की मुद्राएं, उनका हुनर देखा आपने कभी। वे भीख नहीं अपना हक मांगते हैं। भिख़ारियों के जैसे दिखने वाले उनकी फैली हथेलियों में उभरे चित्र उनकी कला-कौशलता की निशानियां हैं, उनको देखने, समर्थन करने को आपकी बंद मुट्ठियां कभी नहीं खुलतीं। लम्बे हाथ कभी नहीं बढ़ते हैं।''

इस पर कमलकिशोर ने झल्लाते हुए कहा था, ''यह तुम कह रहे हो— अपने अनुभव से कह रहे हो दोस्त! कान खोलकर सुन लो, ठंड रजाई में होती है— चौराहे पर नहीं। दोस्त! तुम सड़क से इस कोठी तक पहुंचे हो— अच्छा अनुभव रखते हो। फिर भी, तुम्हारे और उनके लिए कैसी ठंड, कैसी गर्मी और बरसात की क्या बिसात की उन्हें भीगा दे? जो भी कहो, अब पहले जैसी हाड़ झुलसाती लू, कंपकंपाती ठंड और बरसाती नालों में उफान आता ही कहां है? कोई असर नहीं पड़ता उन्हें। तुम क्यों सोचने लगे, तुम्हारा सोचना अशोभनीय लगता है दोस्त! बावजूद इसके, उनके लिए सरकार रैन बसेरे बना ही रही है, वह कम है क्या? बार-बार कह चुका हूं, वर्षा नहीं होगी। बादलों ने बरसना छोड़ दिया है इस शहर में— वर्षों से...।''

''हम लोग इनसे दिन की दिहाड़ी लेते हैं मान्यवर!...'' मनीष ने याद दिलाया।

''वे शोषित हैं, तो मैं कहां साबुत बचा हूं। लेते हैं, हम हफ्ता आगे देते भी हैं—अपनों के लिए कौन-सा कारूं का खजाना जुटाकर छोड़ देंगे। एक बात ध्यान से सुन लो, तिलों से ही तेल निकलेगा दोस्त! जितना वजन मूशल का उतना ही ज्यादा तेल...'' कमलकिशोर ने बेबाक होकर कहा था।

मनीष को जैसे सांप सूंघ गया। काटो तो खून नहीं। उसने धीरे से कहा, ''सूखे तिलों से मान्यवर!'' यह सोचकर कि उसके शब्द कमलकिशोर के कानों तक न पहुंच सकें। बात पर बात निकली, तो नौबत यहां तक पहुंच गयी। उसने

सोचा भी नहीं था कि कमलकिशोर के मन का ज्वालामुखी फूट पड़ेगा और उसकी आंच उसे ही झुलसा देगी। आश्चर्यचकित। यकायक उसके तन को पाला मार गया था— जैसे तेली तिल को पानी मारता है— बरसात नहीं तो पाला ही सही...

वह आखिरी दिन रहा होगा, जब मनीष ने कमलकिशोर से मन की बात कह दी थी। वह कहना यह भी चाहता था, तुम्हारे इन शब्दों को सुन-सुनकर बहरा हो गया हूं। अब सनातन धर्म मंदिर, कालीबाड़ी से आता घंटियां का मधुर स्वर और निठारी तथा सेक्टर आठ की मस्जिद से आती भोर की अजान तक उसे सुनाई नहीं पड़ती। शादी-ब्याह और पंद्रह अगस्त, छबीस जनवरी के बैंडबाजा-ढोल-दमाऊ और पटाखों का शोर तो कानों में मधुमखियों की तरह भिनभिनाने जैसा लगता है— मन में भी अब न पहले जैसी आस्था का रंग रहा और न उत्साह की रंगत रही।

उस दिन इतना ही सोच पाया था मनीष। उसने स्वलाप किया था— तिल से तेल निकालने की कला तो खूब जानते हैं मान्यवर! यदि पिराई करते कोई मर-मारा भी जाय, तो, आपको क्या फर्क पड़ेगा। आप उस जल्लाद से कहां कम हैं, जो सेल्युलर जेल की बैरक में आजादी के दीवानों को कोल्हू पर जोत लेते थे— जिनके जीवन की अंतिम प्रणति मौत ही तो होती थी— कहां है वो आजादी...

मैं भली भांति जानता हूं मौत क्या होती है? कालो अश्वो वहति सप्तरश्मिः, सहस्त्राक्षो अजरो भुरिरेताः। तमा रोहन्ति कवयो विपश्चितः, तस्य चक्रा भुवनानि विश्वा। (अथर्ववेद संहिता 19/53/1) विश्वनियंता कालदेव, अश्व है, यानी भूत, भविष्यत् एवं वर्तमान काल की सभी वस्तुओं में व्याप्त होकर रहता है। उसकी ऋतुएं ही सात रश्मियां हैं। जिसकी असंख्य आंखें हैं। जो जरा यानी वार्ध्यक्य से रहित अजर-अमर है, प्रभूत सामर्थ्य से सयुंक्त है। मौत इस देह को छोड़ देना नहीं है मान्यवर! न वह एक बार आती है— वह मरना तो एक दिन तन का मिट्टी होना है। मिट्टी हो जाने का मतलब— मिट्टी से फिर रस उभरता है। रस से उत्सव-अभी तो मुझे भी मिट्टी होना है गांधी की तरह...

भूख— वह कभी जीवन नहीं लेती— जीवन जरूर देती है। पेट की आग जिस समय बुझती है, उस समय भी अंश भर जीवन की पहली मृत्यु होती है— दूसरी होती है और फिर तीसरी... यह सिलसिला चल पड़ता है। फिर तो, दिन की हर घडी, हर पल तिलतिल मौत होती रहती है— मेरा और इन जैसा हर इंसान मरता रहता है।

हमारी आजादी इंसान और पशु तथा जीवन और मृत्यु में कहां फर्क करती है? आजादी ने कैसी इन्सानियत की परिभाषा गढ़ ली है। क्या गजब की विशेषता है हमारे लोकतंत्र की— ज्यादा ही सोच-विचार का गणित कमलकिशोर को परोस दूंगा, तो, रोज की भांति दोहरा देगें, ''क्यों बाल की खाल उतारने पर तुले हो दोस्त!

ऐसे कीड़े-मकौड़े तो मरते और पैदा होते रहते हैं। कौन-सा विकास रुक जाएगा देश-दुनिया का? किसके कदम रुक जायेंगे मंगलग्रह की ओर बढ़ने से। सरकार कह भी तो रही है— शहर का विकास सब का विकास...''

मनीष ने चारों तरफ नजर दौड़ाई, उसे हवा में झूलता फ्लाइ ओवर दिख पड़ा। जिसके पिलरों को एक बड़े ट्रालर ने छुपा लिया था। धुंध गहराती जा रही थी। फ्लाई ओवर पर रेंगती कारों की आवाजाही, उनकी जलती हेड लाईट से प्रकट हो रही थी, जो उनका जीवंत होने का एहसास करा रही थी। घनी धुंध के बीच थोड़ी देर में मंद रूप में तो, और उसके बाद वह भी दिखना बंद हो गया। बस,कार चल रहीं थीं एक गहरी धुंध से बनी सुरंग के भीतर, जिसके उस पार बसी है एक और बस्ती- संभावनाओं को टुकुर-टुकुर देखती एक बड़ी दुनिया...

विकास को मचाने दो उछल कूद, मचलने दो उसके घोर शोर को और बनाने दो उसे शहर को दोजख... कौन किसे रोक सकता है? सोच रहा हूं, इस चौराहे में चुप्पी कैसी? बच्चे चुप नहीं रहते, कभी चुप्पी पसंद नहीं करते। ओह! उनके कदम बढ़ आए हैं स्पाईस मॉल के चौराहे तक...

बच्चे समय के पाबंद नहीं होते— वे चिड़ियों की भांति असमय चहकते नहीं-चिहुंकते हैं तो दाना मांगते हैं। भले ही कमलकिशोर ने अपने बच्चों की चिहुंक पर पैबंद कस दिए हों। रुकुमा ने मायरा और चुलबुल को पुस्तक का पाठ पढाना छोड़ दिया हो। उनके बचपन को यह लोक से पारलोकिक दुनिया के अधिक गहरे गड्ढे में धकेल दिया हो, फिर भी, बच्चे होते हैं मन के सच्चे। वे मानते ही नहीं, अपने भीतर के एकांत में कहीं न कहीं बचपन बचा ही लेते हैं...

एक-एक कर बच्चे लौट आये। हवा की पैनी ठंडी बयार उनके बालों को उड़ा रही थी। हमेशा हवा भी उनसे शरारत करने से बाज नहीं आती। गरीब हैं वे सब। गरीबी में उनका सजना-संवरना उसे भी पसंद नहीं। बयार में जुल्फें ही नहीं, उनकी बेटियों की थगलियां लगीं चोलियां भी उड़ जाया करती हैं। कैसा अल्हड़पन और कैसा मधुमय जीवन है यह? सिर्फ बच्चे हंसते हैं, खिलखिलाते हैं। लड़कियों का स्वयं को संभालना और लड़कों को अपनी नाक का टपकना अच्छा लगता है...

इस समय वे बच्चे अपनी पूरी रंगत में थे। उन्होंने न मुंह को रंगा था और न ही कपड़े उतारकर तन का प्रदर्शन कर रहे थे। जीवनानंद और पन्नो भी उस तिकोने पर आकर बैठ गए। जीवनानंद ने फरुवे, रंग-रोगन की पोटली खोलकर अलग-अलग करीने से सहेजकर रख दिए थे। उसने चादर के कोने को पकड़कर झटक दिया है। उस पर चिपकी धूल-मिट्टी धुंध में मिलकर और मन का गुबार बिखरकर आसमान की तरफ उड़ा दिया। पन्नो भी अपने साथ लाये दोपहर के भोजन के डिब्बे को बिजली के खम्भे पर बंधकर लटका चुकी थी। ओह यह क्या हुआ! पन्नो को

एकायक क्या हुआ? वह क्यों बिलखने लगी है? उसने अपने बालों को क्यों झटक दिया है? और वह जीवनानंद उसके करीब आकर क्या कह रहा है। मनीष ने उसे कान लगाकर सुना, ''अरि ओ नासमझ! तब से समझा रहा हूं— तू समझती क्यों नहीं, जिस औलाद के लिए स्यापा कर रही है— वह तो धन दौलत सम्पति जैसी ही तो होती है— जो सिर्फ बुरे दिनों में काम आती है। उसको हाथ का मैल कहते हैं— जो चली गयी तो, चली गयी। तुझे मेरी कसम अब उसे एकदम सिरे से भूल जा।''

''ओ भगवान् इन आंखों को भी न मालूम क्या-क्या देखना होगा? क्या चीज हैं ये आंखें भी-पहले सपने दिखाती हैं, फिर सपना दिखाकर बच निकलती हैं।'' पन्नो की आंखों में पानी भर आया था। वह भारी मन से कह रही थी।

''मैं समझता हूं, भलीभांति समझता हूं पन्नो! किसी का पैदा न होना उतना दुखदाई नहीं होता है, जितना होने पर न रहना। उससे साथ इतने दिनों का रहा होगा। यदि रोने-बिलखने से वह लौट सकता है, तो, मैं भी तेरे साथ हूं। मेरी बात मान ले, वह वापस लौटकर नहीं आएगा और न तू साथ जा सकती है अभी-समय से पहले। जब कभी समय आएगा... कम से कम मैं तो अभी उसके साथ जाना नहीं चाहता— मैं जीभरकर जीना चाहता हूं...''

स्मृतियां ताजा हुई तो पन्नो बड़ी देर तक फूट-फूटकर रोती रही।

मनीष उतनी ही देर उन्हें देखता रहा, उनके बीच हो रही समझने और समझाने के व्याकरण को सुनता रहा। एक आग पन्नो के भीतर सुलगी थी, तो दूसरी आग जीवनानंद की जुबान से बरस रही थी— दोनों ओर से औरत झुलस ही नहीं रही थी, बल्कि पक रही थी। उसकी स्थिति को देखकर मनीष का संवेदनशील मन पसीजकर पानी-पानी हो गया। उसकी सहनशीलता जवाब देने लगी। मुखर होकर स्वतः उसके कदम आगे बढ़ गये, यह सोचकर कि आज कोई नयी मुसीबत आ पड़ी होगी उन पर, इसीलिए...

जीवनानंद ने पहले दाएं देखा, फिर बांए और फिर दूसरी लम्बी सांस खींच ली। इस समय उसकी नज़र मनीष पर जा पड़ी थी। उसे अपने करीब आता हुआ देखकर उसने ऊंचे स्वर में पन्नो को समझाते हुए कहा, ''पता नहीं तुम भी किस माटी की बनी हो, जो समय के ऊंच-नींच को समझती नहीं इस उम्र तक—अरी! मां-बाप तो उस फकीर की तरह होते हैं, जो अपने को राजा समझकर अपना सबकुछ बच्चों पर लुटा देते हैं। और पल में धेला नहीं, तो भी उन्हें ढेरों आशीष देते नहीं थकते और स्वयं अपनी फकीरी में भी खुश रहते हैं। हमारे पास इन दोनों में से कुछ भी नहीं है— न देने को खुशी न लुटाने को धन''

''हां, ठीक कह रहे हो तुम! जब अपनी औलाद ही साथ छोड़ गयी तो...'' पन्नो ने मन को शांत करने के उपक्रम में गहरी सांस छोड़कर कहा। ''धन भी कहां

साथ देता है पन्नो! फिर किस बात पर रोना-धोना— न ही अन्न औलाद है और न ही धन-दौलत। अभी जिंदगी तो साथ है। जिस दिन उसे हम बोझ लगेंगे वह भी...''

''ठीक है, मगर ऐसा खुद को क्यों नहीं समझाते, हर इंसान को चला जाना है एक दिन। उसके साथ बने रिश्ते तो नहीं जाते— रिश्ते हमेशा जीवित रहते हैं।'' पन्नो ने उदास मन से कहा।

''वह देखो, कोई आ रहा इस ओर— भगवान् के लिए अब चुप भी हो जाओ।'' जीवनानंद ने कहा। उसके ये शब्द भी मनीष के कानों तक पहुंच गए।

''मैं समझ रहा हूं तुम्हारे भीतर की हलचल को। दोनों आग के साथ पकने को एकाकार हो गयी हो तुम। तुम्हारी पीड़ा, वेदना और मानवी सरोकारों को मैं कितने ही दिनों से अपने भीतर भी प्रवेश करते अनुभव कर रहा हूं...'' ऐसा ही कुछ मनीष ने बुदबुदाया। ''आखिर एक पुरुष ही तो है जीवनानंद! जो औरत की मन की आग को, कभी भी, नहीं समझ सकेगा।''

''और तुम कौन हो—एक पुरुष ही हो या फिर कुछ और—औरत तो हो नहीं सकते— औरत होना इतना सरल नहीं है— पर तुम मन-की उद्दीग्नता से हो भी सकते हो— जो औरत के भीतर की आग को कभी बुझने नहीं देगा''

''समझते हुए नासमझने का भ्रम पैदा कर जीने का सलीका आता है जीवनानंद! दरअसल तुम पिता हो— आसमान होता है पिता। जिसका मन अनंत विस्तार लेता रहता है— इधर से उधर और अनंत ऊंचाइयों की तरफ फैला हुआ। जिसमें डैने फैलाये बच्चों को उड़ते-सिर्फ उड़ते हुए देखता रहता है वह— इधर से उधर होते हुए; और मां— वह तो धरती है— शूरवीरों द्वारा रौंदी जानेवाली धरती। जिनकी कोशिश रहती है, हर पल, क्षण बनी रहे वह धरती ही उनकी हमेशा ऐसी ही, जो घूरती रहे आसमान को। घुलती रहे कण-कण और बहती रहे समुद्र की अतल गहराइयों में। उसकी आंखें थकें नहीं कभी, बाट जोहती रहें वह जीवन भर— फिर-फिर तो मुक्ति की राह कभी नहीं मिल पाएगी उसे। ओह! क्या कहने लगा हूं मैं— एक पुरुष...एक पुरुष ही तो हूं मैं...''

●●●

''कैसी सोच और अभिव्यक्ति है यह?'' कमलकिशोर ने बीसियों बार टोकते हुए कहा था मनीष से।

मनीष के मन में कम उलझन और भारी बोझ नहीं था। ''क्या मुझे सोचना, अपने विचारों को प्रकट करना और सपने देखना छोड़ देना चहिए?''

ऐसा ही कुछ-कुछ उत्तर दिया था मनीष ने। पहली बार ऐसा कब कहा था, उसकी तारीख उसे याद नहीं। उस दिन की बात को याद करते हुए वह, इस समय भी विचलित हो उठा। उसने आवेश में स्वयं से कहा, ''ठीक है, मैं सपने देखता हूं, मुझे सपना क्यों नहीं देखना चाहिए? क्या सपने देखने का हक मुझे नहीं है? मुझे ही क्यों आज इन बच्चों को भी है मान्यवर! सफल जीवन के लिए हरेक के पास एक सपने का होना जरूरी है आपकी ही तरह। सपने के साथ एक भरोसा भी होना उतना ही जरूरी है। अपने पर भी और सपने पर भी— दूसरे पर भरोसा तो कभी भी नहीं— इतना ही तो कहना चाहता हूं इन बच्चों से— इसमें गलत क्या है?''

एक दिन की बात याद आ गयी मनीष को। उस दिन भी उस से रहा नहीं गया था। उसने कमलकिशोर को कह दिया, ''कोई भी सपना अपने भरोसे ही पूरा किया जा सकता है मान्यवर! उसे पूरा करने के लिए कठिन मेहनत तो करनी ही पड़ेगी। जीवन और संघर्ष का चोली दामन जैसा साथ है। संघर्ष तो करना ही पड़ेगा। संघर्ष से ही चरित्र बनता है— अच्छा भी और बुरा भी। या फिर दोनों तरह का।''

''दोनों तरह का मतलब तो दोगले चरित्र से होता है दोस्त! ऐसा तो मैंने नहीं कहा था कभी। तुम कैंसे चरित्र की बात कह रहे हो?'' कमलकिशोर ने तपाक से पूछा था।

कमलकिशोर का चेहरा सुर्ख। उसकी आंखों पर खून चढ़ आया था। उसे मनीष साफ-साफ देख रहा था। इतना आवेशित कमलकिशोर को उसने पहले कभी नहीं देखा था। वह कमलकिशोर के चढ़े तेवर पर विश्वास नहीं कर सका।

मनीष की खिच-खिच हंसी छूट गयी। वह बड़ी देर तक, लोटपोट होता रहा। उसने बीच-बीच में कमलकिशोर के चहरे की तरफ शरारतपूर्ण दृष्टि से देखा था। और फिर, अपने को सहजावस्था में लाते हुए कहा, ''आरम्भ में दोनों तरह की प्रवृतियों को अपनाना बेहतर होता है—मेरी तरह। मान्यवर! आप कहते रहें, यह मेरा आत्मघाती निर्णय है। इस तरह का जूनून का होना ठीक नहीं...''

इस बात पर मनीष को पता नहीं क्यों ऐसा प्रतीत हुआ, कमलकिशोर का इस प्रकार का निर्णय सुनाना उचित नहीं। वह उसके भरोसे को हमेशा तोड़ना चाहता है, उसे कमजोर करना चाहता है। उसके संदेह की वजह को उसने कई बार साफ करना जरूरी समझा था, उसे विश्वास दिलाने के लिए अपना पक्ष स्पष्ट भी किया था। फिर भी, कमलकिशोर नासमझ बने रहने का भ्रम पालता रहा। इसकी एक बड़ी वजह उस दिन से बनी थी, जब से उसने कमलकिशोर को बताया था, वह जे.एन.यू. का स्टूडेंट है, उसी क्षण से ही उसके मन में विचित्र किस्म की ग्रंथि का विकास होना शुरू हुआ था। यहां तक कि उसकी दृष्टि में वह सरगोजा के बीहड़ों में रहने वाले मावो विचारों के युवाओं का साथी लगने लगा था, जो किसी इरादे से उसकी पनाह में आ चुका है।

यह उसकी बहुत बड़ी भूल थी; जो अब उससे न निगलते बन रही है और न ही उगल पा रहा है...

...और जब से इन बच्चों को उसने नाटक प्रशिक्षण देने की बात कही है, तब से तो उसे मावो के विचारों से प्रभावित, एक भ्रमित युवा होने की बात जहां-तहां, समय-असमय कहने से भी नहीं चूकता। एक दिन तो उसने यहां तक कह दिया, "तुम्हें पता है दोस्त! किसके यहां शरण लिए हुए हो। मैं एक सार्वजनिक जीवन जीने वाला इंसान हूं। समाज में मेरी भारी प्रतिष्ठा है। यह ठीक है, तुम रसूकदार लोगों के बीच उठते-बैठते हो। राजनैतिक पार्टियों के धुरंधरों से सलाह-मशविरा करते हो। मगर एक बात जीवन में कभी नहीं भूलना, जिस थाली में भोजन परोसा गया हो, उसका हमेशा सम्मान करो— इसे नहीं भूल जाना कभी।"

"ऐसा क्यों कह रहे हैं मान्यवर! मैं आपके सिवाय किसी से कुछ नहीं कहता, न ही किसी से मिलाता-जुलता और न ही कोई ऊंची पहुंच रखता हूं।" मनीष ने शांतचित भोलेपन से कहा था।

मनीष जब यह बात कह रहा था, उसने देखा कमलकिशोर के चेहरे की हवाइयां उड़ रही हैं। उसकी हालत देखकर उसे आश्चर्य मिश्रित दु:ख हुआ और पश्चाताप भी।

कमलकिशोर ने जब-जब उसे उसके संकल्प से दूर करने का प्रयास किया, मनीष उतना ही अधिक करीब उन बच्चों के करीब होता रहा। ऐसा नहीं है, उसकी वजह कोई दूसरी हो, जिसके लिए वह छुपन छुपाई का खेल खेल रहा हो, जिसमें दोनों अपने-अपने दांव चल रहे हों। एक दूसरे को धोबी पछाड़ देने तक का जूनून सवार हो— ऐसा भी नहीं है। कमलकिशोर कहता है कि मैं इन बच्चों से दूर रहूं, लेकिन क्यों? बच्चे तो जन्मजात कलाकार होते हैं, उनके भीतर छुपी कला उनमें प्रतिभा होती है, उनकी कला प्रतिभा को कोई दूसरा नाम नहीं दे सकते। फिर, वे बच्चे हैं, किसी राजनैतिक दल के मोहरे तो कभी भी नहीं हो सकते, जिनकी आड़ में राजनीति की चाल चली जाय। आखिर मैं कमलकिशोर को वचन देने के बाद भी प्रतिदिन यहां क्यों चला आता हूं? जिसे मैं अपनी जीत मानता हूं और वह अपनी हार— आखिर क्यों?

...जो हारता है वही हमेशा खिसियाता है—वही बिल्ली खंभा नोचती है जो अपनी सामर्थ्य की परिभाषा नहीं गढ़ती— शायद यही कहावत भी है और उसकी कमजोरी भी। उसने बुढ़िया से कहा, "अब मैं प्रतिदिन यहां आता हूं और शाम होने पर वापस लौट जाया करता हूं। मुझे लगा, तुम्हारे बच्चों को देखकर लगा, उनमें अपने काम के प्रति लगाव और चिंता है। वे यहां पर आकर सोचते हैं, इतनी कमाई हो, जितने से कमलकिशोर को हफ्ता और तुम्हारा दो जून का चूल्हा सुलग जाय।"

''और पुलिस को कौन देगा—उनका देगा बाप?'' जीवनानंद जो अब तक अपनी दुनिया सीटियां बजाने में लिप्त था, वह कड़क कर बोला।

''हफ्ता चला जाय, तभी तो इस चौराहे पर टिके रहेंगे मालिक!'' बुढ़िया ने जैसे गिड़गिड़ाते हुए कहा।

''मैं मालिक नहीं— वह तो मान्यवर हैं। मैं भी तुम्हारे जैसा हूं, जितना हिस्सा तुम लोगों की कमाई का लेता हूं, उसे मान्यवर के हाथों में सौंप देता हूं। उसी की बदौलत मुझे रात का खाना नशीब होता है।'' मनीष ने विनम्र स्वर में मन की बात कह दी।

पन्नो एकदम चुप। उसने इस पर एक शब्द नहीं कहा। मनीष के मुख को टोहती रही, जैसे कहना चाह रही हो, ''क्यों भ्रम में डाल रहे हो मालिक! हम तो आपको ही जानते हैं। किसी और मालिक की सूरत न तो देखी और न ही मूरत आंखों में गढ़ी। आज तक नहीं, तो अब देखकर करेंगे भी क्या?''

''मगर यह काम तो आप लोग मेरे यहां आने के पहले से कर रहे हैं?'' मनीष ने बड़ी शालीनता, मगर अचंभित होकर पूछा।

''हां, पहले भी पूरे पांच साल से आप जैसे मालिक आते थे यहां। आपकी तरह ही बोलते बतियाते उतना ही बातों में मीठास घोलते थे...''

''कौन था वह? उसे भी नहीं जानते— कौन था वह? और मुझे''

''आप कौन हैं, हम तो यह भी नहीं जानते मालिक! हमारे लिए तो अस्तबल में जो आये वही साईस। जो सवार चाबुक चलाए वही मालिक...।''

मनीष को लगा कोई बात तो है, जो जीवनानंद उस मन की बात कह रहा है। उसने विनम्रता से कहा, ''मैं सच कह रहा हूं, मैं कैसे यकीन दिलवा सकता हूं आप लोगों को?''

''आप लोग ढोंगी, झूठे हैं। बेबजह बातें फैला रहे हैं मालिक! धंधे वक्त अपनी मीठी-मीठी बातों में हमें घुमाते रहेंगे— एकदम चकरघिन्नी की तरह, तो सबकुछ चौपट हो जायेगा। ओह परमेश्वर! कितने बड़े पेट हैं, जो कभी भरते ही नहीं।'' जीवनानंद ने झट से मन का विकार उगल दिया

''क्या कह रहे हैं! जरा सोच समझ और परख लो जीवनानंद! पसेरी भर कर ही तो कुछ बोलोगे या यूं ही... बता दिया, मैं आप लोगों जैसा हूं— आपके बीच का। आप लोगों की आमदनी नहीं बढ़ी-चढ़ी तो मेरा वहां टिक पाना मुश्किल हो जायेगा। मेरी बात पर यकीन करो।''

''बढ़ी-चढ़ी की छोड़ो मालिक! जरा अपना पेट तो देखिए, आप पसेरी भर धान भरें या जौ, उससे हमें कोई फर्क नहीं पड़ता मालिक! दूसरे के पेट का अनुमान कब लगता है मालिक? अपने पेट की सोचने की फुर्सत ही कहां मिलती है? हम

लोग जितना मिला, उसी में संतोष कर लेते हैं। न मिला तो मुफलिसी में जी लेते हैं, उसमें भी खुश हो लेते हैं।'' इस समय पन्नो का भी सम्मिलित होकर स्वर गूंज उठा।

''मैं आप लोगों को भ्रमित नहीं कर रहा हूं— मेरा यकीन कीजिए।''

''बरगला भी नहीं सकते, अब कम नहीं पूरे बत्तीस साल हो चुके हैं नोएडा के चौराहों पर। आपकी बातों के बहकावे पर ये नहीं आयेंगे मालिक! अब चले जाओ...'' पन्नो ने कहा।

''हां, हां, जाओ मालिक! जल्दी चले जाओ। बच्चे लौट आयेंगे तो।'' जीवनानंद ने चेताते हुए कहा।

''तो क्या...''

''बात को आगे मत ले जायें मालिक! फायदा नहीं— बच्चों के सिर जल्दी तप जाते हैं। खून गर्म होता है इस उम्र में, इसीलिए...।''

''क्या कर लेंगे? अब तो वे भी मुझे पहचानने लगे हैं।''

''इस बात से गर्म खून की तासीर कम नहीं होती— मालिक ऐसा ही कहते आए हैं सालोंसाल से। उबला खून कहां ठंडा हुआ आज तक। आपको भी...'' पन्नो ने खुलासा किया।

''ठीक है, मैं चला जाऊंगा, मगर एक बात समझ लो, पहले क्या अब कौन नहीं— मैं नहीं जानता, वह कौन था? उसने क्या किया, यह भी नहीं जानता। इतना जरूर जनता हूं, हर आदमी एक जैसा नहीं होता...'' मनीष ने बड़ी ही शालीनता से उन्हें विश्वास में लेने के लिए कहा।

''तो आपको भी अलग हिस्सा चाहिए क्या, इसीलिए...'' जीवनानंद ने विस्फोट सा कर दिया।

''नहीं-नहीं, मुझे कोई हिस्सा नहीं चाहिए और न ही मुझे शाम का चूल्हा जलने और जलाने की चिंता है। मुझे तो चिंता आप दोनों की है— दो निष्कपट निरीह इंसानों की है, जिन्होंने पूरा जीवन इन चौराहों पर काट दिया। और ये बच्चे भी उसी रास्ते पर बढ़ रहे हैं— उनकी भी...।''

''तो तुम उन्हें मुझसे दूर ले जाना चाहते हो?'' पन्नों ने संदेहपूर्ण किन्तु, कड़े शब्दों में पूछा।

''नहीं, ऐसा कुछ भी नहीं है। ऐसा गलत क्यों सोच रहे हैं? मैं तो इन कलाकारों को नया काम देना चाहता हूं। बहुत मेहनती हैं बच्चे। हर काम को आसानी से कर सकते हैं।'' मनीष ने सहजता से मन की बात कह दी।

''हर कोई यही कहता है मालिक! हरकोई बहला फुसला कर मेरे बच्चों को दूर ले जाता है। कहां गए हमारे वे सभी बच्चे, जो आज तक लौटकर नहीं आये?'' पन्नों का स्वर जरा ऊंचा हो गया।

इस समय मनीष का मन ग्लानि से भर उठा। उसे लगा, पन्नो ठीक कह रही है। उसका संदेह करना उचित न्यायसंगत है— वह मां है। मां हमेशा अपने लिए नहीं, बच्चों के लिए सशंकित तथा भयभीत रहती ही है। परन्तु, यह जीवनानंद— जो तन से कहीं मन से वृद्ध लगने लगा है, मेरे मन को अभी तक नहीं समझ पाया। वह मेरी गिनती भी उन्हीं लोगों में करने लगा है, जो बच्चों के बड़े बाज़ार के शौकीन हैं। उसके मन में अपने प्रति विश्वास पैदा करना मनीष को एक नयी चुनौती लगने लगी। उसने अधिक कुछ कहना उचित नहीं समझा। उसी पल उसे लगा, ऐसे लोग चुप्पी के निहितार्थ ढूंढ़ने में भी महारथ होते हैं— यह एक दूसरी नई तरह की चुनौती लगने लगी।

जीवनानंद का गुस्सा आसमान छूने लगा। उसकी जबान सूख कर लड़खड़ाने लगी और उसकी आंखें जो अबतक मनीष को सूखी-सूखी लगती रहीं, आश्चर्य, उनमें इस समय पानी सरसराने लगा था।

जीवनानंद की मन की बात को मनीष ठीक-ठीक समझ रहा था। परन्तु एक भयमिश्रित सोच उसे कांटे की भांति चुभने लगी कि इस समय वह पन्नो ही नहीं जीवनानंद को समझाने में विफल हो रहा है। उसे लगने लगा, अब कमलकिशोर के घर पर ज्यादा दिन तक की रोटी नहीं बची, उसके घर पर टिकना संभव नहीं होगा।

''मैं, बच्चों को कहीं दूर नहीं ले जाऊंगा। वे लोग यहीं रहेंगे आप लोगों के पास। अपना ये काम भी करते रहेंगे साथ-साथ।'' मनीष ने शालीनता से विश्वास दिलाते हुए एक पहल नये सिरे से की।

''क्यों मजाक कर रहे हैं मालिक! इनको आजतक किसने काम दिया? मांगने पर ठीक से भीख तक नहीं मिली है। ऐसा मत कहो। बहुत दिन हो गए हंसे हुए। अब तो हम लोग आपस में हंसना-हंसाना भूल ही गए हैं। तुम्हारी बातें सुन रहा हूं तो उनसे बदन में खाज-खुजली सी होने लगी है। तुम्हारी खित-खित हंसी उन खुजली के घावों को जैसे नोचने लगी है। उसकी टीस में मेरे भीतर से कोई कह रहा है, आज तो हंसना बनता है, जरूर बनता है— पर किस पर हंसू—तुम पर या खुद पर...'' कहते जीवनानंद ने अपना माथा पकड़ लिया।

''मन कर रहा है, तो मन भरकर हंस लो— खूब हंस लो, हल्का हो जाएगा।''

''यह तुम कह रहे हो'' जीवनानंद ने तपाक से कहा। इस समय उसके शब्दों में आत्मविश्वास के साथ-साथ एक महीन धार की छूरी भी काम करने लगी थी।

''मैं यह भी जानता हूं मां-बाप की छाया कितनी निश्चिन्तता देती है, इसीलिए वे बच्चे भी अपने काम के प्रति तुम्हारी तरह आत्मविश्वास से भरे लगते हैं...'' मनीष ने हरे घाव पर मरहम लगाने जैसा उपक्रम किया।

''तब तो आप यह भी भलीभांति समझ रहे होगे, हम लोग भली ठौर में नहीं जा सकते। सड़क के कूड़ाघरों और गली कूंचों पर बने कूड़ेदान पर चूसे आम और सडी डबल रोटियों पर झपटने को खून पसीना बहा सकते हैं— पर सड़क किनारे चाय नहीं पी सकते, सामने के ही नहीं, किसी भी मॉल में नहीं जा सकते। बार-त्यौहार, दशहरा, होली, दीपावली और ईद में शामिल नहीं हो सकते। इन्हीं दिनों में जीवन की सबसे खुशी बरस रही होती है, और न पूछो मालिक! हम लोगों के जीवन पर इन्हीं दिनों सबसे अधिक आफत बरसती है- पुलिस की और ऑथरिटी की भी। हम लोगों का कहां होता है धर्म और कोई तीज त्यौहार मालिक! 15 अगस्त और 26 जनवरी की परेड देखने को तक कहां जा सकते हैं? इनका मन भी तो करता है, फिल्म देखने, क्रिकेट खेलने को,पर उन्हें कौन जाने देगा— चार चौबाट के चोर-उचक्के, जेब कतरे सभी कुछ तो हैं ये लोग...''

''हां, हैं आप सब। बहुत बड़ी है दुनिया आपकी। इस चौराहे पर आज धूप नहीं खिली तो शाम को चूल्हे की लकड़ी जलेगी नहीं, तो राख बनेगी कैसे, यह बात भी तो उतनी ही सही है।'' मनीष ने हौले से निशाना साध दिया।

''इस पर संदेह कैसा? यह तो सच है...'' जीवनानंद ने कहा और आंखें आसमान को ताकने लगीं।

उसको देखकर मनीष को आश्चर्य हुआ और संदेह भी। उसे लगा जीवनानंद जैसा दिख रहा है वैसा है नहीं—दुनिया में खेला खाया और समझदार प्रतीत होता है। बहरहाल उसने जीवनानंद के प्रति जगी अपनी उत्सुकता को दबाने का भरसक प्रयास किया। और बात को टालते हुए कहा, ''हां, देश में ऐसा ही कुछ माहौल बना है। उससे निपटना या उसे बदलना आसान नहीं है।''

''और मुंह फेरना—वह बहुत आसान है। यही ना... वह देखो, लटकन इस तरफ को आ रहा है, देख रहे हो मालिक! उसके हाथ में कुछ है?''

''हां, है। उसे बड़े जतन से ला रहा है।''

''तब तो...आज कौन सा दिन है मालिक! अमावस है क्या? इस शहर में रात और दिन का पता ही नहीं लगता। अमावस ही होगी। किसी के श्राद्ध पर बना पकवान होगा या फिर...''

''और क्या हो सकता है?''

''किसी मृतदेह की उतरन होगी, इससे अधिक क्या हो सकता— कुछ भी नहीं...?''

''तुम लोग उन्हें पहन लेते हो?''

''कैसी बात कर रहे हैं मालिक! मृतदेह की उतरन मृत नहीं पहनेंगे- तो फिर कौन पहनेगा? यही समझकर तो देते हैं लोग।'' जीवनानंद ने कुपित मन से कहा।

''ओह! यह कैसा लोकतंत्र है। कैसी जड़ता! सोच की शून्यावस्था!'' मनीष ने धीरे से कहा।

मनीष के शब्दों को जीवनानंद सुन लेता तो अवश्य कुछ कहता। इसीलिए उसने अपनी अधूरी बात को पूरी करते हुए कहा, ''यकीन नहीं है मालिक! इन्हें देखो...अपनी आंखों से देख लो...'' उसने अपने तन की ओर संकेत किया, ''ये मृत आत्मा की शांति के लिए दान की हुई उतरन ही तो हैं। इन्हें छूकर तो देखो... ये मेरे तन से मिल गए हैं। तन मन से मिल गया है और मन आत्मा से...''

''आत्मा! किसकी आत्मा! कैसी आत्मा!!'' मनीष ने आश्चर्य से पूछा।

''आत्मा तो एक ही तरह की होती है जीवों की— इंसान या फिर पशु की। सड़क पर इन्सान कुचला जाये या फिर पशु— दोनों की चीख और तड़फ तो एक जैसी होती है मालिक! इस चौराहे पर यही तो समझ पाया हूं मैं आजतक...'' जीवनानंद ने अपना जीवनदर्शन सामने रख दिया।

''समझ रहा हूं मैं। ठीक कह रहे हैं आप! इंसान और पशु शरीर ही मरता है, कभी आत्मा नहीं मरती।'' मनीष ने गंभीर मुद्रा में कहा।

''तो, इससे क्या फर्क पड़ता है किसी को— कैसी आत्मा? किसकी आत्मा? उसका कोई रूप, आकर तो होता नहीं। किसी ने देखा हो तो बता दो मुझे। मरते तो हमेशा रूप-आकार ही हैं। उन्हें मरते हुए हर कोई देखता है— नेता, अभिनेता और सरकार भी...''

''ठीक कह रहे हो। रूपाकार को ही मरते हुए देखते हैं हम लोग। उन्हीं के लिए परमार्थ होता है, किन्तु, आज...।''

''आप हो या कोई और, हर किसी ने परमारथ का चश्मा चढ़ा रखा है, इसे उतार फैंको मालिक! फिर सुनाई भी देगा और दिखाई भी...''

''ऐसा मत कहो जीवनानंद! तुम्हारी मन की बात को मैं समझ रहा हूं— पर मैं बेवश हूं। परतंत्र के माहौल में इंसान तो क्या परिंदे भी घोंसला बनाने को डरते हैं। गोस्वामी तुलसी दास ने कहा है, 'पराधीन सपने हूं सुख नाहीं' ऐसा गलत नहीं कहा है।'' मनीष ने बड़े भारी मन से कहा। मन पर ऐसा बोझ, जिसे चाहते हुए भी उतार नहीं पा रहा था।

''करुणा, दया-धर्म, पाप-पूण्य और परोपकार, परमारथ इसे क्या कहेंगे मालिक! वह सब भी तो बेकार और झूठ-फरेब है— मरते और जीते ये हैं...''

''हां, मेरा अनुभव भी यही कहता है मुझसे। यह सब ढोंग है और पाखण्ड है। इन सबकी लम्बी उम्र नहीं होती और इनसे जीवन ज्यादा दिन तक नहीं चल सकता। इसीलिए, मैं कह रहा हूं— तुम्हारे ये बच्चे कुछ कर लेंगे, तो फिर, उन्हें कभी भद्रा, कभी भाद्रपद, कभी कृष्ण पक्ष तो कभी शुक्ल पक्ष की प्रतीक्षा नहीं रहेगी।'' मनीष

ने फिर से अपने मूल उद्देश्य पर लौटने की चेष्टा की।

"शुक्ल पक्ष! उसका तो होने का कभी पता ही नहीं चलता मालिक!" कहते जीवनानंद के हाथ एकायक जुड़ गए। "इस शहर में चांद द्वितीया का हो या पूर्णमासी का— उसे देखना आसान नहीं है मालिक!"

मनीष ने उसके चहरे की ओर देखा। वह कुछ समझ नहीं पाया। जीवनानंद की बर्फ बनी आंखें आखिर क्यों पसीजने लगीं हैं? उनमें पानी क्यों चमकने लगा है? आंखें क्यों डबडबा आयी हैं? उनमें वह क्या तैरने लगा है? कोई हिम पर्वत, कोई उम्मीद, कोई सपना या फिर कोई रिश्ता और... वह बड़ी देर तक उसकी झील बनती आंखों को देखता रहा। झील की टूटी मुडेर से रिसते पानी की लकीर को देखता रहा। वह रिसती प्रवाहमान जल धारा को नदी बनते देखता रहा। कहीं यह नदी वैसी ही तो नहीं, जिसमें उसका बचपन तैरता था। जिसमें भिन्न-भिन्न किस्म की मछलियां खेला करती थीं— उनके सपने तैरा करते थे— जिनके साथ उसके, अपने सपने— उसकी खुली आंखों में तैरते सपने थे...

मगर इस जलधारा में तो ऐसा कुछ भी नहीं दिख रहा है मनीष को। सपने नहीं दिख रहे हैं। सबकुछ बह रहा है जलधारा के साथ। ओह! नहीं, नहीं ऐसा कैसे हो सकता है!! कभी हवाएं नहीं उड़ा ले जातीं पेड़ पौधों को— उनकी जड़ें गहरी टिकी होती हैं अपनी जमीन पर। तारों पर बहती बूंद सा नहीं होता उनका जीवन। नहीं-नहीं जल की बहती बूंदें नहीं देती साथ तारों का अधिक दूर तक। और मछलियां नहीं बहती तेज जलधारा के साथ— वे खेलती हैं तो तैरती हैं। उसने अपनी आंखों में लौट आये सपने को देखना चाहा। अनायास उसकी अंगुलियां अपनी आंख के कोरों को छू गयीं— उसे पलकें तक भीगी लगीं।

"आपकी आंखों में पानी मालिक! कोई तकलीफ है क्या?" इस समय जीवानानंद की आंखों में विचित्र किस्म की पीड़ा खड़ी दिखी।

"क्या सचमुच तुम्हारी आंखों में सपने नहीं बचे—सब बह गए हैं? कैसी विडम्बना है यह! जहां भी मैं सपने देखने की सोचता हूं, वहीं नदी सूखने लगती है, उसकी मछलियां तड़फ-तड़फ कर मरने लगती हैं..." मनीष ने भरे कंठ से कहा।

"क्या आप ने किसी नदी को सूखती देखा है मालिक? उसे अपनी आंखों से सूखते देखा है? तो फिर आपने उसे क्यों सूखने दिया? "

"मैंने किसी नदी को सूखते नहीं देखा आज तक। अभी-अभी कुछ दिन पहले पंकज बिष्ट अपने गांव से लौटे थे। वह अनुभव से बता रहे थे, पहाड़ पर नदियां सूखने लगी हैं— रामगंगा की तरह..."

"क्या रामगंगा सूख गयी है?" उसने अपनी गीली-गीली पलकों को साफ करते हुए हैरानी से पूछा।

"उन्होंने रामगंगा में मछलियों को तैरते देखा है।"

"और आपने?"

"मैं उनके साथ खेला भी हूं।"

"तब तो आप अच्छे तैरक भी होंगे?"

"हां, मुझे तैरना आता है।"

"और उन्हें..."

"उन्होंने रामगंगा को बच्चपन से देखा है।"

"मैं तैरने की बात कह रहा हूं।"

"मैं वही कह रहा हूं, जो नदी को बचपन से जानता है वह तैरना भी- उसके प्रवाहमान वेग को भी काटना जानता है..."

"और उसे बचाना?"

जीवनानंद के इस सवाल पर मनीष चुप हो गया। किये गए अप्रत्याशित सवाल का कोई उत्तर उसके पास नहीं था। थोड़ी देर की चुप्पी के बाद उसने कहा, "मैं अब चलता हूं। यह सवाल में उनसे करूंगा।"

"कौन सा सवाल?"

"यही कि नदी के सूखने पर क्या सपने नहीं मरते?"

"मैं उनके उत्तर की प्रतीक्षा करूंगा।"

"लौटने में देर हो सकती है।"

"तब तक बच्चे भी लौट आयेंगे मालिक!"

"जी जरूर, एक सपने के साथ..." मनीष ने मुस्कराकर कहा।

जीवनानंद के चेहरे पर जैसे खुशी लौट आई। भारी बोझ उठाये लटकन, जिसे सड़क पर सरपट भागते वाहनों की रफ्तार के थमने की प्रतीक्षा में देर हुई थी, वह लौट आया। उसने पन्नो के सामने अपना बोझ उतारकर प्रफुल्लित मुद्रा में जीवनानंद से कहा, "मजा आ गया बापू! अब पूरे दिन की भाग दौड़ से मुक्ति मिल गयी।"

"सच"

"हां बापू! इसे खोलकर देख लो। क्या कुछ नहीं है इसमें— पूरी-भाजी, दाल-भात और यह..." लटकन ने गठरी को खोलकर दिखाते हुए जीवनानंद के चेहरे की तरफ देखा। उसे उसकी आंखों में चमक और दिनों से भिन्न लगी। जैसे आंखें कह रही हों, "मेरी आंखों को विश्वास नहीं हो रहा लटकन बेटा! इतनी चीजें एक साथ... किसी सेठ-साहूकार या फिर किसी पार्टी के दफ्तर से आया होगा। और कहां से भेजा हुआ हो सकता है? आजकल नवरात्र और श्राद्ध तो हैं नहीं?"

"हां, बापू वही आदमी था, जो एक दिन यहां तुमसे पूछ रहा था, हम लोगों में से कोई उलटा तो नहीं जनमा था। उसने बताया था, मेम साहब की कमर में दर्द

है। वह दर्द किसी उलटा पैदा हुए आदमी की लात के छूने भर से ठीक हो जायेगा। बापू! उसकी बात पर क्या गज़ब का ठहाका लगाया था तुमने। मुझे तुम्हारी उस दिन की हंसी याद आ रही है, तुमने क्या कहा था, वह तुम्हें याद है...''

''हां, याद है, क्या कहा था—पर तू ही बता दे...'' जीवनानंद के कहते ही, पन्नो की बेतहासा हंसी छूट गयी। इस समय उसे भी जैसे सबकुछ याद आ गया।

''कहा था...'' खिच-खिच और फिर खित से हंसते हुए उसके साथ उसने जोड़ा, ''हम भिखारियों की लात में कहां दम होता है? लात-घूंसे तो हम लोग के लिए होते हैं। जो लोग मोटी चमड़ी के होते हैं उन्हें दर्द कहां होता है सेठ! उसे उधेड़ने में वक्त जरूर लगता है। मेम साहब को दर्द?... गले नहीं उतर रही बात—समझ से परे है, जाओ सेठ! शहर के किसी बड़े डाक्टर के पास ले जाओ— दर्द बढ़ भी सकता है! औरत हैं तो मजबूत होंगी ही, फिर भी...''

''तू बड़ा याद रखता है लटकन!'' जीवनानंद ने कहा।

''लात-घूंसे भी कोई भूलने-भुलाने की बात है बापू!'' लटकन फिर से खित-खित हंस पड़ा।

''सो तो ठीक है, मगर इन छोटी-छोटी बातों को याद रखना भी तो ठीक नहीं होता।''

''तुम भी बापू! यह कैसे हो सकता है। अपने बदन के गहरे घावों को कोई कैसे भूल जाएगा।''

''उसी में भलाई है लटकन बेटा! हम लोगों की भूलने-भुलाने में ही भलाई होती है।''

''मां! सुन रही हो। बापू क्या कह रहे हैं?''

''तब से सुन ही रही हूं मैं। पहले मालिक से माथा मार रहे थे और अब तुझसे। ये अपनी उमर का लिहाज़ तो करते ही नहीं...।''

''उम्र को देखकर ही तो मैं कह रहा हूं पन्नो! लात घूंसे की बातें सियासतदानों और नेताओं को ही अच्छी लगती हैं पगली! इनका खेल वे ही लोग खेलते हैं। खेल खेलते हैं, तो उसके दांव-पेच भी जानते हैं— समझ रही हो। एक बात बार-बार कहता हूं तुझसे पन्नो! ऐसी बातें बच्चों के सामने मत कहा करो, उनके मन में विख भरता है।''

''इसलिए कि वे बड़े लोग हैं, जो कभी अपने बच्चों से सुख- दुःख नहीं बांटते। ऐसा-वैसा ऊंच-नीच जैसा कुछ नहीं और जानते, जिसे तुम जानते हो...'' इस समय पन्नो ने तरकश से विष बुझा तीर छोड़ दिया।

जीवनानंद तिलमिला उठा। उसने झट से कहा, ''लटकन बेटा! कहीं यह वही आदमी तो नहीं था, जो जाते-जाते कह गया...''

''क्या कहा था बापू! वह मुझे याद नहीं आ रहा है।''

''वही, चुनाव वाला आदमी... मेम साहब की कमर दर्द तो उसका हम लोगों से मिलने-मिलाने का बहाना था।''

जीवनानंद के चेहरे पर झबरीले बालों की खिचड़ी पकी न होती, तो लटकन उसका छुपा सुर्ख रंग देख लेता।

बड़ा शातिर दिमाग का है जीवनानंद। पंख कटे परिंदे को भलीभांति उड़ाना जानता है। पन्नो उसे तीतर कहती है। किन्तु, वह सिर्फ अपने चेहरे के रंग को छुपाना जानता है— इसीलिए वह हंसकर स्वयं को गिरगिट भी कहता है। मानता रहे— वह गिरगिट तो हो नहीं सकता। कभी-कभार ही उससे चूक होती होगी। कुछ भी करे वह, बीसियों छलावा करने के बावजूद भी बच्चे अपने मां-बाप के मुख का बदला -बदला हुआ रंग देखने—आभासित होने से नहीं चूकते। अनुमान लगा ही लेते हैं। उसका दूसरे रंग से मिलान कर ही लेते हैं। उसी मिलावट का अधिक डर बना रहता है हमेशा जीवनानंद को।

लटकन निःशब्द खड़ा बापू के मौन को सहेजता रहा...

●●●

''लौट आए मनीष!''

''जी, मान्यवर नहीं लौटे क्या?'' मनीष ने पूछा।

''नहीं, अभी तक नहीं। कह गए थे देर हुई तो वहीं कहीं रह सकते हैं।''

यह किस की मधुर आवाज है? कौन बता रहा है यह सब— कोई तो नहीं है यहां— इस कमरे में। न रुकुमा और न ही रामभरोसा। तार-तार हुए कलेजे की आवाज को कौन सुनता है भला। मैं ही तो हूं जो खुद को सुन रहा हूं। कौन किसकी प्रतीक्षा करता है। माजुली ने भी कहां की? कहां होगी वह? किस हाल में... क्यों याद आ रही है वह। मेट्रो के लम्बे चौड़े पारदर्शी शीशे से झांकता उसका चेहरा क्यों याद आने लगा है? और वह उसे क्यों देखने लगी? उसकी आंखें मुझे ही क्यों ढूंढ़ने लगीं हैं? जितना बड़ा शीशा उससे उतनी ही बड़ी दुनिया क्यों दिखने लगती है? वह अपारदर्शी शीशा कोई और ही होता है, जिसमें खुद ही देखती हैं आंखें अपना अक्ष, पूरे तन को देखने से पहले...

मनीष आज अपने चहरे को क्यों देखने लगा है। हर पल अपनी नासमझी को आले पर रखकर अस्त-व्यस्त जिंदगी का एक-एक क्षण दिपदिप जलते दिए की मंद रोशनी में उसे क्यों याद आने लगा है? माजुली क्यों जरूरी लगने लगी है— हवा और पानी की तरह उसे? इसलिए कि कमलकिशोर के इस शानदार लॉजनुमा घर में

अकेले मन का खोट, संशय तथा अजीब किस्म का भय लगने लगा है उसे। क्यों? क्यों डरने लगता है इंसान अपने ही घर में, अपनी ही हलचल से। हालांकि खुद के अलावा किसी से कोई निज का वास्ता नहीं होता उसका-उसकी तरह। ऐसा तो उस दिन भी नहीं हुआ, जब वह पहली बार इस घर में आया था, उस दिन बेचेनी और रात करवट लेती कटी थी— वह स्वाभाविक था। उसके दो दिन बाद से ही माजुली ने ख्यालों में आना लगभग बंद-सा कर दिया था। किन्तु इस समय, फिर से, माजुली की सांसों की ठौर पर किसी और की सांसें अधिकार करने का भरसक प्रयास कर रही हैं, उनके रेंगने को वह क्यों सुनने लगा है? उसका क्रूर क्रंदन ही तो था वह। क्यों चीखने लगी है मेरी कलम— ये अस्पष्ट शब्द, इसी कलम से निकल रहे हैं? नहीं, नि:शब्द। कलम मौन कैसे रह सकती है। ये शब्द इसी कलम के घिसने के हैं। जिनसे कभी निकला था, "तुम्हें मेरी चिट्ठी की प्रतीक्षा रही होगी। मैं लिखूं यहां के हाल हालत। सच यह है मनीष! मैं तुम्हें लिखना नहीं चाहती थी, परन्तु, लिखने से स्वयं को रोक भी नहीं पा रही हूं। तुम्हें याद है— हम रानीखेत के मुख्य बाजार में नहीं रुके थे— दोनों गोल्फ कोर्स होते हुए चौबटिया गार्डन की तरफ बढ़ गए, तुम ने कहा था, आज तो चलते-चलते पसीने की जगह लहू बहने लगा है। बोटी-बोटी जवाब देने लगी है। ऐसे में दिन का चैन और रात की नींद का उड़ना स्वभाविक है..."

बचपन से यहां रहे दोनों—जन्मे, पले और बड़े भी हुए। उन दिनों की हमने कभी गिनती भी नहीं की। उसके बावजूद यहां की हवा में आज जरा भी अपनत्व नहीं। उन हवाओं से बनते-उलझते शब्द ही चीख रहे हैं। असहनीय चीख से यह कमरा गूंजने लगा है...

रोज की भांति कुछ लिखने को उठाई पेन उसने नीचे रख दी—"नहीं लिखना मुझे आज कुछ नया।"

"क्या हुआ?"

"कुछ नहीं।"

"रुक क्यों गए? क्या सोचने लगे"

"यूं ही, मन का साथ नहीं मिल रहा है कुछ रचने को।"

"झूठ, झूठ कह रहे हो तुम। अपने मन अस्तर में कुछ छुपा रहे हो। इस कमरे में तुम्हारे अलावा है ही कौन? तुम्हारा ही तो बोल वचन हैं यहां। फिर भी, दहसत में जी रहे हो। दूसरा कोई नहीं है यहां— कमलकिशोर भी नहीं। इस समय उसने मान्यवर का संबोधन नहीं सोचा। सिर्फ इतना ही मन मस्तिष्क में सुन्दर और निपट अकेली है न वह? औरत ही तो हो सकती है रुकुमा। दिन ढल चुका है। गहरी अंधेरी रात— कहीं से कोई जवाब नहीं, सब कुछ उसके पक्ष में। अंधेरे में जब डर

लगेगा रुकुमा को, तो हड़बड़ाकर जाग खुलेगी, देखेगी कौन खड़ा है उसके समक्ष एक प्रस्तर श्रीमूर्ति की भांति— सिर्फ-सिर्फ वह। उसके चारों तरफ कंटीले तारों की बाड। उसके तुतलाते होंठों की फुसफुसाहट नहीं सुन पायेगा कोई दूसरा— सिर्फ उसके। अब बहुत आसान है औरत को बंद कर लेना उसी के कमरे में— ऐसा ही तो चलन है इस महानगर में। बड़ा अहंकारी है कमलकिशोर, बड़ा नाज है इस पर उसे।'' एक प्रवाह में क्या कुछ नहीं सोच गया मनीष—बड़ी देर तक प्याज के मानिंद मन को छिलता रहा।

मनीष कांप उठा—''ओह क्या सोचने लगा हूं मैं। मुझे ऐसा कुछ भी नहीं सोचना चाहिए था—अपराध है यह। ओह! नीर-क्षीर का विवेक क्यों खो बैठा मैं?

एक अजीब किस्म की उलझन में घिर गया मनीष। यह एक सामान्य उलझन नहीं, मन में पैदा हुआ एक विकार या फिर खोट ही तो कह सकता है?

इस प्रश्न का उत्तर लिखने को बैठ गया मनीष।

उत्तर लिखना आसान नहीं लगा उसे।

स्वप्न लोक में खेलती हुई उस औरत के चेहरे पर बनी गहरी नक्काशियां उतर आयीं उसकी आंखों में। सम्मोहित सी वह जगा रही है अपनी दस वर्ष की उम्र की बच्ची को, जिसका जन्म दिन मनाया था कुछ रोज पहले। उसने भी एक छोटा सा तोहफा दिया था उसे। उसकी वह नन्हीं-नन्हीं गुड़िया और उसकी दुलकी चाल-जब चलती है तो असंख्य घोड़ों के हिनहिनाने का स्वर फूट पड़ता है, उसकी सुन्दर चपल-चंचलता— उसे वह चुलबुल पुकारने लगी है—उसका नाम भी यही हो सकता है— उसकी छोटी थिरकन को हरकत कहकर वह औरत खुश हो लेती है, उसकी आंखें निहारती ही नहीं, उसकी भंगिमाओं से उसकी बांछें भी खिल जाती हैं— वह दौड़ती-दौड़ती उसके करीब आएगी और उस पर निहाल होकर पूछेगी, ''मां! मुझे अंकल से चौकलेट दिलवा दो न!...'' फिर, अपने नटखटपन, जिसे अमूमन कोई भी मां, उसकी जिद कहने को नहीं चूकती है, उसे कहने पर उतर आएगी...ऐसा कुछ सोचते-सोचते मनीष की हंसी छूट गयी। खूब जोर-जोर से हंसना चाहा उसने, किन्तु, यकायक बाहर से आवाज सुनाई पड़ी। वह चौंक उठा।

आवाज मनीष ने पहचान ली— यह आवाज कमलकिशोर की थी।

वह कमरे से बाहर चला आया। हमेशा खादी का सफेद लम्बा कुर्ता और चूड़ीदार पजामा में दिखने वाले कमलकिशोर को दरवाजे के पास गाउन की जेबों में हाथ खोंसे, मुख पर गंभीरता और मुस्कराहट का मिलाजुला मुल्लमा लगाये हुए, खड़ा देखा, तो उसे आश्चर्य हुआ।

''आप इस समय! कोई परेशानी तो नहीं मान्यवर!''

''नहीं, ऐसी कोई बात नहीं दोस्त! दरअसल मुझे घर लौटने में देर हो चुकी

थी। फिर भी सोचा, तुम्हें अच्छी खबर सुना दूँ—जब से तुम इस घर में रहने लगे हो, रेणुका कह रहीं हैं सबकुछ अच्छा-अच्छा सुनने को मिलने लगा है। क्या कुछ नहीं झेला उसने इस बीच। बच्चे, घर और ऊपर से मेरी तुनुक मिजाजी का चटक रंग। अब सब ठीक हो जायेगा। लम्बे समय से अटके-लटके काम झटके से होने लगे हैं— शुभ-शुभ होने लगा है।''

''ऐसा कह रहीं हैं भाभी!'' चकित होकर मनीष ने कहा।

''हां, जब वो कह रहीं हैं तो..., तुम्हारी जिम्मेदारी भी बढ़ जाती है। और काफी दिनों से तुम भी चाहते थे नया कुछ करने को मिले।'' कमलकिशोर ने मन की बात कह दी।

इस समय मनीष को बड़ी सुखद अनुभूति सी हुई। उसे लगा, यह घड़ी सचमुच में उसके लिए मनभावन समाचार लेकर आयी है। इस पल को वह जीवन भर भुला नहीं सकेगा!

मनीष के चेहरे पर मुस्कान सूर्य की पहली किरण सी फैल गयी। कानों पर विश्वास नहीं हुआ। उनमें चिड़ियों की चहचाहट तथा भोंरे की गुनगुन की मिलीजुली ध्वनियां उसे सुनाई देने लगीं।

कमलकिशोर अविभूत-सा, धीरे से बोला, ''मैं चाहता हूं तुम कल से अंतिम निवास की जिम्मेदारी संभाल लो। और मुझे उस भागदौड़ से मुक्त कर दो।''

''मैं...'' अचंभित। बर्फीली हवा का दबा हुआ छपाका उसको स्पर्श कर गया। ''मान्यवर आपने डिनर कर लिया। थके होंगे। ये बात सुबह में करें तो...'' मनीष ने कहा।

''हां, हां तुम। यह बुरा नहीं— नेक काम है। अपने सेक्टर के मार्टिन साहब को जानते तो हो, एक दिन बता रहे थे, वह भी तो ऐसा ही नेक काम सालों से करते आ रहे हैं। तुम देख रहे हो समाज में उनकी कितनी ऊंची प्रतिष्ठा है।''

''सो तो ठीक है मान्यवर! इस समय खाना लगा चुकी होंगी भाभी। आपके वगैर वो मुंह जूठा नहीं करतीं। आप लौट जाएं।''

''सो तो ठीक है दोस्त! इस काम में तुम्हें साथ देना होगा उसके बिना— तुम भी साथ चलो, तुम्हें अपनी जुबान से सबकुछ बता देंगी रेणुका।'' ऐसा कहकर मान्यवर ने अपनत्व की बयार सी बिखेर दी।

अपनी सोच के बहाव में मनीष ने एक नया प्याज का दाना उठाया और उसे छिलने लगा, क्या सचमुच भीतर ही भीतर इस कदर बदल गयी है कि इस वक्त, जब हर कोई अपनी नींद सो रहा है, और वह औरत जो कभी मान्यवर के साथ न कोई तीर्थ करती है और न कोई धर्म-कर्म ही, यहां तक कि कभी भूल से भी शनिधाम मंदिर तक नहीं गयी होगी : उसके यहां आने से पहले तो नहीं कह सकता,

किन्तु उसके बाद से शायद ही कभी उस ओर जाने का कभी ख्याल आया हो— तो मन मंदिर में मान्यवर को श्रीमूर्ति मान बैठी है— उसका विश्वास लेकर मान्यवर को इस वक्त यहां तक आना पड़ा— यह कोई सामान्य बात नहीं। अपने मन को विश्वास दिलाने के लिए उसने इधर-उधर नजर दौड़ाई, ये वही कमलकिशोर हैं, जिसके सपने ही नहीं बिखरे, औरत के प्रति विचार भी बदल गए थे। जो इस वियाबान से कहीं दूर मन पसंद जिंदगी की तलाश में भटकने भी लगा था। उसके अंतर्मन में हमेशा लोटने वाला सर्प उसे आज छोड़कर चला गया है। उसे उसी क्षण लगा, यह कैसे संभव है कि एक राजनैतिक इच्छा शक्ति रखने वाला व्यक्ति नागनाथ और सांपनाथ से हमेशा के लिए मुक्ति ले ले। ये तो राजनैतिक परिवेश के अभिन्न हिस्से हैं। उसने मन को विश्वास दिलाने के लिए धीरे से,किन्तु विनम्रता से पूछा,

"और आप?"

"मैंने कहा न जब से तुम इस घर के सदस्य बने हो, मेरा हर काम आसान होता जा रहा है। बीसियों तामझाम के, बड़े दिनों से लटके कार्यों के, बंद कपाट खुलने लगे हैं।"

"फिर भी..." मनीष ने अपनी उत्सुकता प्रकट की।

"मेरे पास एक विशेष दिशा थी, जिस पर हमेशा सोच-विचार करता था— यह उसी का प्रतिफल है। मैं एक बड़े प्रोजेक्ट पर काम शुरू कर रहा हूं, कुछ ही दिनों में उसका खुलासा करूंगा, तुम्हें भी उस प्रोजेक्ट का हिस्सा बनकर अच्छा लगेगा। उसी के सिलसिले में, मुझे बाहर भी जाना-आना करना पड़ेगा। तुम्हें यह बताने आया हूं कि इसलिए इस घर में जिम्मेदारी भी तुम्हारी बढ़ जाएगी।"

इस वाक्य ने मनीष को उतनी ख़ुशी नहीं दी, जितनी कमलकिशोर के अपने घर से दूर रहने की सूचना से पीड़ा हुई। उसे लगा, कमलकिशोर घर के प्रति अपनी संवेदना पूरी तरह से खो चुका है। यह उसके मन में पल रहे सपोलों को दूध से नहलाने की बात है। यह शुरुआत नहीं है, उसकी जड़ें आरम्भ से ही, उसे निष्क्रीय बनाती रही हैं। यह उसकी चरम परिणति हो सकती है। उसने विनम्र भाव से कहा, "आप लोगों का इतना विश्वास जीत पाया हूं तो..."

अपना अधूरा वाक्य पूरा करने से पहले मनीष की आंखें कमलकिशोर के चेहरे पर चली गयीं और उसके विनम्रता से हाथ एकाएक जुड़ गए। उसने उतने ही सहजभाव से कहना चाहा, "हां, मैं हमेशा आपके विश्वास को बचा के रखूंगा मान्यवर!"

किन्तु, वह चुपचाप सम्मोहित—सा, श्रद्धा से कमलकिशोर के चेहरे के भावों को निहारता रहा।

कमलकिशोर ने पहले मनीष के जुड़े हाथों को देखा, उसकी आभायुक्त

आकृति को देखा और फिर, बड़ी देर तक मौन मुद्रा में, किन्तु, गंभीर और पारखी निगाहों से उसकी विनम्रता को पढ़ता रहा—उसके समक्ष कविता की एक नई पुस्तक खुल गयी थी। धीरे-धीरे उसका उसे एक नया पृष्ठ, फिर पृष्ठ दर पृष्ठ और उनमें एक नऐ पन की अनुभूति सी होने लगी...

कमलकिशोर लौट गया अपने कमरे की तरफ।

मनीष बड़ी देर तक शांतचित खड़ा, उसकी पीठ को निहारता रहा। उसे कमरे की ओर बढ़ता देखता रहा।

कमलकिशोर अपने कमरे में प्रवेश कर गया।

मनीष, जो शिष्टतावश कमरे से उठकर, कमलकिशोर के साथ बाहर बरामदे तक चला आया था, वह भी लौट आया— अपने कमरे में। फिर, तेजी के साथ बिस्तर पर लुढ़क गया। उसे यकीन नहीं हो रहा था स्वयं के कान, आंख पर कि वह कमलकिशोर ही था; कि वे विश्वास से परिपूर्ण शब्द कमलकिशोर के ही थे। उसने सभी तरह की संकाएं खत्म करने के उद्देश्य से उस हरी-हरी डूब पर उभरे पद चिन्हों को पलट कर देखा और धीरे से स्वयं से कहा, "समझ नहीं सका मैं, कौन था वह— अपनत्व से परिपूर्ण द्रवित हृदय? क्या सचमुच में वह, मेरे जीवन का ही मकसद लेकर आया था?"

उसने दूर तक नजर दौड़ाई— हरी दूब पर न उसे अपने पांवों के निशान दिखे और न कमलकिशोर के और न ही दूब उसे दबी और कुचली लगी। पलभर दूरी तयकर कमलकिशोर के कमरे पर आंखें चिपक गयीं। दरवाजा अभी भी खुला हुआ था। उसने आवाज देकर पूछ लेने की सोची कि कहीं तुम घावों को कुरेदकर मरहम लगाने वाले हकीम तो नहीं मान्यवर? क्या सचमुच इतना विश्वास करते हैं मुझ पर आप लोग...

मनीष अपने बिस्तर पर पसरा हुआ, खुले दरवाज़ों को देखता-सोचता रहा। आंखें कोटर बनती जा रही हैं। दिल की धड़कन धीमी पड़ती जा रही है— किन्तु, कुछ अस्पष्ट सा कह रही हैं; क्या यह वही द्वार है जो मेरे लिए हमेशा-हमेशा खुला रहेगा— पुराने और दुनिया के लिए नए। मेरे घर के पुराने और कम चौड़े किवाड़ों से— जिनसे इन्सान तो क्या कभी नया विचार तक अन्दर— बाहर नहीं हो सकता था। मगर, बचपन के सुखी दिन, जो अब कभी नहीं लौट सकते, वे अविश्वसनीय और अविस्मरणीय लगने लगे हैं, जिनके स्मृतियों में कोंधते ही आज भी तन नंगा और मन बांसों उछल पड़ता है, उनके भीतर मैं एकदम सुरक्षित था— अपने अस्तित्व को बचा लेने को छटपटाता हुआ। कमलकिशोर के दरवाजे भले ही मेरे लिए भविष्य की अनंत संभावनाएं लिए हों, किन्तु, मन डरने लगता है— कहीं इनके खुलने से जिंदगी अंतहीन यात्रा की तरफ बढ़ने लगेगी, जिसमें भटकाव के साथ-साथ हमेशा

भय सिर उठाता रहा, तो...

बाहर हवा में ठिठुरन होने के बावजूद, उसे कमलकिशोर का अपने कमरे का दरवाजा खुला छोड़ना लापरवाही लगने लगी।

वह उठा, कमलकिशोर के कमरे की ओर चल पड़ा और बाहर खड़ा होकर, उसने आवाज देकर पूछना चाहा, "दरवाजा बंद करना भूल गए हैं मान्यवर! बाहर कड़क ठंड है, चुलबुल को सर्दी पकड़ने में देर नहीं लगेगी। सर्दी न लगे तो भी हवा में जी खराब करने वाली दुर्गन्ध है ही। जानते ही हैं शहर की आब-ओ-हवा पहले जैसी नहीं रही-कितनी बुरी तरह बदल चुकी है...।"

यद्यपि मनीष उस दरवाजे पर खड़ा हो गया, परन्तु, वह कुछ कह नहीं सका। उसके शब्द जैसे कंठ में अटक गए थे। दरअसल ये उसके लिए, उसके घर के द्वार जैसे खुलने और बंद होनेवाले दरवाजे नहीं हो सकते थे। अब ये कुछ विशेष लगने लगे थे। एक समय में ये ही दरवाजे कमलकिशोर के लिए भी विशेष थे। इन दरवाजों का भी एक शानदार अतीत था। इनके खुलने और बंद होने की कला, उसने बचपन में अपने माता-पिता से सीखी थी, और उसके पिता ने एक दिन उसे स्पष्ट बताया था कि उन्होंने भी यह कला अपने पिता से सीखी थी— यानि कमलकिशोर के दादा से— वे इस शहर के ही नहीं, देश के बहुत ऊंचे पायदान पर थे। उनका बड़ा, अपनी तरह का रसूक और रुतुबा था। उन्होंने वैसी ही ऊंची हवेली के ऊंचे नक्काशीदार दरवाजे के ख़्वाब देखे थे। उससे बड़ा झरोखेदार न सही वैसा ही ख्वाब उसके पिता का भी था। लेकिन पिता ज्यों-ज्यों उम्र की थकावट को महसूस करते गए, उनकी चाल-ढाल भी उबासियां लेती गयीं। ये दोनों दरवाजे भले ही तब भी इतने ही करीब थे, किन्तु, दोनों के जोड़ों के बीच एक नया गलियार बनता हुआ उसने देखा था। उसी दौरान ही धीरे-धीरे आंगन में भी दूब जड़ पकड़ने लगी थी।

आरम्भ में उस दूब में उन्हें चलना अच्छा लगता था। धीरे-धीरे फिर, उनके पांव दूब में चलने और टहलने की आदत पकड़ते गए और उनका मन भी और कहीं घुमने-टहलने को करता नहीं था। अपनी शौकीन मिजाजी के लिए, वह लोगों के उदाहरण बनने लगे। परन्तु, यह समय भी अधिक दिनों तक उनका साथ न दे सका। एक बलिष्ठ एवं हृष्ट पुष्ट व्यक्ति को उसी दूब ने उम्र की ढलान में पंगु बन दिया था। अर्ज भर कदम अब छोटे होते गए। एक समय वह भी आया, जब कदम लड़खड़ा गए और एक अविचलित मूर्ति की भांति उनका शरीर शांत हो गया। अब जब भी कमलकिशोर इस गलियारे को गौर से देखता है, उस पर फैली दूब को देखता है, तो उसकी रूह कांपने लगती है। सिर्फ इतनी भर, मुट्ठी में बंद पानी की कहानी कमलकिशोर ने एक दिन उसे सुनाई थी— जो कमलकिशोर के देखते-देखते मुट्ठी धीरे-धीरे रिस कर रिक्त हो रही थी। उस दिन कमलकिशोर के शानदार अतीत की

कहानी पहली और अंतिम बार कही और सुनी साबित हुई।

कमलकिशोर को कई बार लगने लगता था कि उसे अपना मन हल्का करने को घर-परिवार के साथ मिल बैठना चाहिए— जिसमें उसने मनीष को भी शामिल कर लिया था। एक बार जब हमेशा की भांति, उनके बीच, उस दूब को लेकर हंसी मजाक का रेला ठेला चल रहा था। बच्चे उसी दूब में आंख मिचौली का खेल खेल रहे थे, मनीष ने उससे पूछ ही लिया कि वह इस दूब को देखकर क्यों आशंकित और विचलित हो जाता है। हरी दूब पर चलना तो स्वास्थ्य के लिए अच्छा होता है। घर आंगन में दूब का फैलना शुभकारी होता है और शुभकार्यों में इससे ही गणपति को प्रतिष्ठापित करने की शुरुआत की जाती है तब...

परन्तु, कुछ कह पाने को असफल चिंतित सा कमलकिशोर, बचपन की उन स्मृतियों को दबाना, उसके लिए असम्भव सा होने लगता था। गहरे तनाव की लकीरें चेहरे पर साफ उभर आती थीं। वह एकदम चुप्पी साध लेता था। कई पल ऐसे भी आये, जब, इन दोनों कमरों के बीच बने गलियारे को पार करने की सामर्थ्य उसमें नहीं होती थी— अपने पिता की तरह। इसी गलियारे को टुकुर-टुकुर देखती, पलकों के झुकने तक, मनीष की आंखें हटी नहीं। उस गलियारे की कच्ची, किन्तु, ताजा खुदी मिटटी में उसे, अपने बचपन के पदचिह्न भी साफ-साफ दिखाई देने लगे। उसने पहले दांये और फिर बांये देखा। कुछ और स्मृतियां आकर जुड़तीं, उससे पहले, उसके कदम तेजी से, अपने कमरे की तरफ लौट आए।

''यह कमरा मेरा है। यहां की बिछावन मेरी है। यहां के कपाट मेरे और उन्हें बंद करने की जिम्मेदारी भी मेरी है। जब चाहूं इसके खिड़की— दरवाजे खोल सकता हूं और उन्हें अपनी इच्छा से बंद कर सकता हूं। शांत, सुखमय, एकांत इस घर को अपने मन से जोड़ सकता हूं— दूसरे के फटे में पांव डालना उचित नहीं।'' ऐसा ही कुछ अपने मन को समझाते -बुझाते विचारों को खींचते तानते और बुदबुदाते मनीष अपने बिस्तर पर पसर गया।

क्या मान्यवर उस मुठ्ठी के खालीपन को भरने का उपक्रम तो नहीं कर रहे हैं अब? करवट बदल लेने के बावजूद, मनीष की आंखें मुड़-मुड़ कर दरवाजे की ओर बराबर जाती रहीं। बड़ी देर तक पलकों के बंद होने और खुलने का क्रम चलता रहा -दरवाजा बंद होने की प्रतीक्षा करता रहा। अंततः हारकर वह मन को समझाने में सफल हो सका कि रात हो या दिन दरवाजे बंद करने की समझ मान्यवर की है। इस समय अधिक कुछ कहना उचित नहीं। सुबह उठकर साफ-साफ पूछ लेगा, ''रात में सचमुच दरवाजा बंद करना भूल गए थे मान्यवर!''

उसी क्षण उसे लगा— ऐसा पूछना भी उचित नहीं होगा, कहीं मान्यवर ने कुछ अप्रिय कह दिया, तो... नहीं-नहीं अधिक से अधिक यही तो सुनने को मिल सकता है

उनसे, "तुम्हारी नजर रात भर क्या मेरे कमरे के दरवाजे पर टिकी रहती हैं दोस्त! या— अभी से ही इस कदर नजर हमारे कमरे पर क्यों चिपकी रहने लगी, मैं तो रात भर अपने कमरे में मौजूद था, मेरे रहते हुए चिंता करने की कोई जरूरत नहीं थी तुम्हें..."

मनीष ने कई तरह से उस बात पर उलट-पलट कर सोचा— यहां तक कि... अंततः कमलकिशोर को किसी भी कोण से येसा-वैसा कुछ कहना उचित नहीं, समझदारी नहीं लगी। कुछ भावनाएं छोटे-बड़े की खाई को पाट देती हैं। गैर से संबंध जोड़ देते हैं। किन्तु, नहीं-नहीं ये राजनैतिक लोग बड़े शक्की मिजाज होते हैं। अपने सिर खुजलाकर अपनी जूं दूसरे के सिर डालना जानते हैं। जितनी कुशलता से दूसरे को अपना बना लेते हैं, उतनी ही जल्दी उस संबंध को तर्पण भी देते हैं। उसी पल उसे विचार सूझा, बड़ा शक स्वभाव होता है, तो उससे किसी को क्या फर्क पड़ता है? येसा करने की आदत तो उन्हें पितरों से विरासत में मिली होती है। यदि यह मान लिया जाए कि संबंध बनते ही टूटने के लिए हैं तब... ये लोग वैसे भी वाक् चातुर्य होते हैं। करने से अधिक बोलने पर यकीन करते हैं। यदि इनकी अतिकृपा थोड़े दिन की दयालुता, कुछ सालों तक मिल जाय, तो यह अतिरिक्त कमाई ही होगी। क्यों न सुबह-सबेरे उठकर, एक पेपर पर लिखकर, उस दरवाजे पर चिपका दूँ—"बिस्तर पर जाने से पहले अपने कमरे की खिड़की और दरवाजा बंद करना न भूलें।"

इस पर भी कमलकिशोर कुछ कहें, तो, साफ-साफ बताना उचित होगा— स्पष्टीकरण मांगना राजकाज और नेताओं की आदत होती है। फिर भी, हम अपनी सुरक्षा के प्रति सचेत रहें कहना उचित लग रहा है। घर में बच्चे हैं। बच्चे अभी छोटे, नासमझ हैं और उतने ही लापरवाह भी। उसी क्षण उसे ख्याल आया, 'हम' शब्द का प्रयोग करना उचित नहीं। ऐसा वाक्य तो नोएडा पुलिस अपने सरकारी वाहनों और होर्डिंगों पर लिखा करती है— "आपकी सुरक्षा हमारा दायित्व..."

उसने इस बात पर भी नए सिरे से सोचना आरम्भ किया। गनीमत किसी को नहीं पता, वह जागा हुआ है और यदि पता चल गया तो... उसने अपनी पेन उठाई और झट से लिखा—"फ्लाइओवर पर रेंगते वाहनों का शोर, उसके नीचे ठिठुरते गठरीनुमा बैठे बुढ़ा-बुढ़िया और लाचार बचपन को ठंड जीने क्यों नहीं देती?..." इस समय उसकी स्मृति में जीवनानंद, पन्नो और लटकन तथा बच्चे थे...

●●●

अजीब तरह की विडम्बना ही कहेंगे इसे या फिर कुछ और बड़ी उलझन में फसंता जा रहा था मनीष। रात भर सो नहीं सका था। सुबह हुई। ऊंची इमारतों के शीर्ष पर

दिपदिप करती लाल रोशनी के बल्ब गायब होते गए। भले ही गगन छूती इमारतों की तलहटी में, अभी भी अंधेरा झूम रहा था। दिशा खुलने से पहले फैलने वाला घुप अंधेरा सा। अंधेरे में भी उसे सोचना अच्छा लगा। जीवन के सत्तत प्रवाहमान और उसके सत्य से, उसे जोड़कर देखना, पहले से कहीं अधिक सुखद अनुभूति कराने लगा। क्या सचमुच उस बल्ब का भी बुझने का समय हो चुका है? क्या हम ऊंची इमारतों के शीर्ष पर लाल बल्बों को जलाने और बुझाने का खेल खेलकर, हजारों हजार साल पुराने जलते सूरज को शर्मिंदा करने का प्रयास तो नहीं करते हैं, जिसकी रोशनी में जीवन का बेहतरीन पाठ लिखते और पढ़ते आ रहे हैं हम और हमारे पूर्वज? जिसकी रोशनाई में आज भी हमारे और पुरखों के प्राण बसते हैं।

हां, अभी चारों ओर घना कोहरा ही झूमता अंधेरा है। यह हमारे महानगरीय जीवन की उपज है। उसे देखकर कौन कहेगा कि धरती पर सूरज की रोशनी सदा जगमगाती रहेगी? उसकी रोशनी में हम और हमारा समाज तथा सरोकार बचे रहेंगे? यदि कोई कहे, यह ईश्वरीय विधान और प्रकृति का अक्षुण नियम है, वह सूर्य भी अभिशप्त है दुनिया को रोशन बनाये रखने को— उसे तो शेष रहना ही है। वह तो आज भी अपने नियत समय पर उदय हो चुका है और हमेशा होगा भी— फिर भी, चारों तरफ घटाटोप अंधेरा कैसा है? कहीं किसी राजनैतिक आत्मा ने अप्रत्याशित और अपरोक्ष रूप से उसे अपने अचूक सुदर्शन चक्र से ढक तो नहीं दिया है? क्योंकि ऐसे श्याम स्वेत का खेल वे ही खेलते हैं। शरशय्या पर भीष्म की भांति पड़ा शहर का अभिशप्त जन जीवन किस से मुक्ति की आस लगाये हुए है? क्या भीष्म और श्रीकृष्ण को फिर लौटकर आना होगा इस धरा पर?

नहीं, नहीं ऐसा क्यों सोचने लगा हूं मैं? कभी लौटकर नहीं आना होगा भीष्म और श्रीकृष्ण को। उनके लौटने पर अब कोई नहीं चाहता युद्ध-महाभारत का युद्ध। धरती पौरुष विहीन नहीं हो सकती कभी। कौरव-पांडव विहीन तो कभी हो ही नहीं सकती। इस धरती पर वैसे ही बलशाली, पराक्रमी वीर योद्धा आज भी मौजूद हैं, जो हमेशा बचा लेंगे इस सम्पूर्ण धरा को... ओह! तो उस ईश्वर से शनिधाम जाकर मान्यवर क्यों नहीं कहते— यदि सचमुच में ईश्वर है— सूर्य के उदय और अस्त होने के दोनों नियम— उसके द्वारा निर्मित नियम हैं, तो वे नियम झूठे हैं— समय सापेक्ष नहीं हैं। सूर्य में इन इमारतों की तलहटी में जगमग रोशनी करने— भरने की सामर्थ्य नहीं बची अब। उसमें वर्तमान बदलाव के दौर के साथ चलने की शक्ति नहीं है। वह हमेशा आरूढ़ रहता है अपने सात आसमानी घोड़ों पर— इधर से उधर दौड़ता हुआ। उसका इतना रुढ़ होना अच्छा नहीं। उसे धरती के साथ चलना है, तो समय के साथ चलना होगा। जल, जंगल और जमीन को भी स्वीकारना होगा। वरना उसकी उपस्थिति की आवश्यकता अब बची कहां है? फिर भी, समय आने से पूर्व, कौन

कहता है ब्रह्माण्ड के अनगिनत टिमटिमाते तारों को बुझा दो। इस धराधाम के एक-एक रोशन बल्ब को बुझा दो। ये दिपदिपाते साधारण बल्ब नहीं हो सकते। ये लाल बल्ब धरती और उसपर हो रहे विकास की गतिशीलाता के प्रतीक हैं— एक दैदीप्यमान मनोभाव, एक स्फूर्त ऊर्जा लिए हुए। हमारे विकास की ऊंचाई को प्रदर्शित करने वाले। और वह सूर्य भले सम्पूर्ण ब्रह्माण्ड को रोशनी दे रहा है, किन्तु है स्थिर ही, जिसके मायने जड़ता हो सकती है, जो हमेशा अस्थाई होती है, जो स्वत: क्षय होकर अपने जीवन की पूर्णता को एकदिन प्राप्त कर लेगा। वह यदि ईश्वरीय सत्ता का केन्द्रीय बिंदु है, तो भी, उसे समय सापेक्ष अपना विधान स्वयं बदलना ही होगा...

मनीष जब से कमलकिशोर के आश्रय में आया है, तब से, बीसियों बार दिल्ली और नोएडा आना-जाना होता रहता था। उस यात्रा में कई पल ऐसे भी आये, जब, मनीष को अपने जीवन से विरक्ति भी महसूस हुई थी। उसने कई बार कमलकिशोर से पूछने की इच्छ प्रकट की, तो वह उसे कन्नी की धार पर सीमेंट की भांति उठाकर दीवार पर संजोता रहा। जिसे मनीष के मन में उस बात को परत दर परत जमने में समय नहीं लगा। बात गांठ बनती रही— जिसकी जड़ें उसके अंतर्मन को जकड़ती रही हैं भीष्म की तरह...

कमलकिशोर भी अपनी मन की बात को हमेशा इकतरफा कहता रहा।

मनीष भी असहाय होकर उसकी बात को एकचित सुनता रहा— यह उसकी मजबूरी थी, उसके शब्द किसी सिद्ध पुरुष के मुखारविन्दु से रिमझिम बरसते मेघ की भांति झरते उसे लगते रहे— लेकिन आश्रय में ऐसा लगना और सुनना स्वभाविक -सा था।

मनीष बरसती बूंदों की रिमझिम को अपने अंत:करण के एकांत में संचयन करता रहा। शुरू-शुरू में उसकी बातों को सुनना अच्छा लगा। मिट्टी की सौंधी गंध उसे मुग्ध करती रही। बाद में तो उसे कीच, कीचड़ और मिट्टी से लथपथ बू-बास से उबकाई-सी आने लगी थी। कभी-कभी तो उसे किसी पवित्र-अपवित्र स्थलों पर नियमित जलती धूप-अगरबती की मिलीजुली गंध-दुर्गन्ध से सराबोर वातावरण में बैठे होने का एहसास होने लगता था— जिसे वह जीवन के लिए खतरनाक घटक मानने लगा। सडांध भरे दमघोंटू वातावरण में न कभी वह अराध्य के समक्ष अपनी मन की बात को प्रकट कर सका और न ही आराध्य भाव से अपनी मन की बात कहने का कोई विकल्प ही तलाश सका—हक्काबक्का असहाय-शरशय्या पर पड़े महाप्रतापी भीष्म की तरह। कदाचित, एक दिन वह इस कदर विचलित हो गया, उसे लगा, भक्त के अपने इष्ट पर से विश्वास उठने से कहीं, स्वयं पर से ही भरोसा उठने लगा है— पूजा-प्रतिष्ठा नियम, धर्म-कर्म उसे कमजोर ही करने लगे हैं।

मनीष की भावनाओं को न कभी कमलकिशोर ने समझने की कोशिश की और न ही शनि महराज ने। दोनों उसकी सोच, विचार, कठिन परिश्रम और भाग्य का मजाक उड़ाते रहे। आजतक उसे मंदिर, मस्जिद, गुरुद्वारा एवं चर्च से ऐसी कोई आवाज सुनाई नहीं पड़ी, जिससे उसने ईश्वर के दर्शन तो दूर अपनी जीवन रेखा की छाया तक को नहीं देखा था। हां, एक दिन उसे जरूर कमलकिशोर से सुनने को मिला था, ''यही समय का उलट फेर है दोस्त! सत्ता तो हमेशा बदलती रहती है परन्तु, प्रकृति कहो या परमेश्वर उसकी सत्ता अपरिवर्तनीय होती है, उसे समझने में समय लगता है।''

''तो उसके विधान पर आप विश्वास करते हैं मान्यवर?'' मनीष ने तपाक से पूछा था।

''हां, क्यों नहीं। सर्वोच्च विधान के गुलाम ही तो हैं हम सभी। कहां है स्वच्छंदता, जिसके मायने आजादी हो सकती है— कहीं तो नहीं। ऐसे समय में उसके विधान की सर्वोच्चता को स्वीकार करना हमारा दायित्व है।'' कमलकिशोर ने आत्मविश्वाश से भरे लहजे में कहा था।

''कैसे मान्यवर? क्या आपने उसे देखा या अनुभव किया है कभी?''

''नहीं, हमारी समझ कहां है दोस्त! ऋषि-मुनियों, साधू-संतों ने अपनी तपस्या और त्याग से जो कुछ आत्मा-परमात्मा के जीवन दर्शन का तत्व ज्ञान प्राप्त किया, एक प्रकार से समस्त भौतिक प्रकृति तथा सम्पूर्ण भौतक शक्ति पर अपनी दृष्टि और अनुभूति से जो स्पष्ट धारणा बनाई, उसी को उन्होंने लोक कल्याण हेतु परोसा है—जो सनातन है, प्रवाहमान है।''

''आज भी तो कुछ लोग उस ऋषि-मुनि और संत परंपरा को आगे बढ़ा रहे हैं, तब तो आपका किसी ऋषि-मुनि से साक्षात्कार हुआ होगा?''

''हां, इधर वह निरंतरता अंश मात्र खंडित हुई है। देख रहे हो, वे दोनों निरीह किस्म के इंसान कौन हैं? उनके विषय में जान जाओगे, तो, अपनी पीड़ा, वेदना, परिश्रम, निष्ठा और प्रतिबद्धता सबकुछ भूल जाओगे...।''

''किन की बात कर रहे हैं?''

''जिन्हें तुम भिखारी समझते रहे हो आजतक, जिनके उन आवारा किस्म के बच्चों के लिए कुछ कर गुजरने का सपना संजोया हुआ है।''

''जी, जरा विस्तार से बताएं मान्यवर! कौन लोग हैं वे दोनों?''

''क्या करोगे जानकर, सिर्फ सहानुभूति के शब्द निकलेंगे जुबान से। ऐसी दशा में सहानुभूति इंसान को कमजोर बनाने के सिवाय करती ही क्या है? तुम इससे अधिक कुछ कर भी नहीं पाओगे! मन खराब होगा तुम्हारा। इतना समझ लो, उन्हें अपनी जिंदगी से कोई गिला-शिकवा नहीं है, तो उनके फटे पजामा में अपनी टांग

फसाना ठीक नहीं–वे बड़े शांति प्रिय लोग हैं। मज़े में रहते हैं। इंसान पर कम, केवल ईश्वरीय सत्ता पर अधिक विश्वास करते है, वही उनकी असल ताकत है।'' कमलकिशोर जैसे एक तरह के भावनात्मक दर्शन में प्रविष्ट कर गया।

''इस महानगर में! वह भी शांतिप्रिय!! ये दोनों शब्द–स्थितियां कैसे एकाकार हो सकती हैं मान्यवर!''

''संभव है दोस्त! सबकुछ संभव है। ऐतिहासिक रूप से हमारा देश आर्थिक रूप में हमेशा ही समृद्ध रहा है। सन् 1773 की एक अविस्मरणीय तिथि जो अंग्रेजों के आगमन का कारण बनी, उसकी बुनियाद में यहां की वह समृद्धि ही तो थी। अंग्रेज हमारे देश से सस्ती दरों पर कच्चा माल खरीद लेते और उससे तैयार माल को भारी भरकम कीमत पर हमारे ही बाजार में बेच देते। इसका नुकसान यह हुआ कि इस अवधि में दुनिया की आय में हमारे देश का हिस्सा सन् 1700 में जो 22.3 प्रतिशत था वह गिरकर लगभग शून्य की स्थिति में पहुंच गया...''

''यह क्या मान्यवर! आपका यह कौन सा रूप बन पड़ा है? यह संवेदनात्मकता का कौन सा पक्ष है? श्रीकृष्ण के उदर में चौदह भुवन समाहित होने की बात सुनी थी, मगर आपकी बातों से तो लग रहा है मान्यवर! जैसे दिखते हैं वैसे हैं नहीं— कोई नया ही भुवन आपके उदर में समाहित है। उस की बातें आपके श्रीमुख से सुनकर आश्चर्य हो रहा है मुझे। आप दुनिया के गुणीजनों में से एक हैं। किसके तत्वदर्शन को चालाकी से परोश रहे हैं— यह कहना और उसका अनुमान लगाना नामुमकिन है— यही आपकी राजनैतिक चेतना से उभरा चरित्र है। आगे कहिये मान्यवर रुक क्यों गए?''

दरअसल ऐसा मनीष का सोचना भर था। कमलकिशोर कहां रुकने वाला था— एक बार अपने प्रवाह पर आ गया, तो, फिर तटबंधों को तोड़ना उसकी आदत में है। वह कहने लगा, ''उस शोषण के विरुद्ध संघर्ष से सन् 1947 में अंग्रेजों से मुक्ति मिली। देश के पहले प्रधानमंत्री पंडित जवाहरलाल नेहरू ने समग्र विकास की नयी योजनाओं की नींव रखी। तब से लेकर आजतक विकास और जीवन स्तर में सुधारों का सिलसिला चलता आ रहा है।

24 जुलाई 1991 को आर्थिक सुधार का सबसे बड़ा निर्णय लेने का श्रेय तत्कालीन प्रधान मंत्री पी.वी. नरसिंह राव को जाता है, जिनकी बदौलत हम आर्थिक महाशक्ति के रूप में आगे बढ़ रहे थे। तुम्हें लग रहा होगा दोस्त! मैं अपने प्रतिपक्ष के मनोविज्ञान से असहमति से जोड़कर यह इतिहास क्यों सुनाने लगा हूं? इसको यहां सुनाने का इस समय क्या औचित्य?''

''हां, मैं यही...''

''इसे तुम मेरी सोच में बिखराव जैसा कुछ देख और रुष्टभाव समझ रहे

होगे— मैंने वह समय देखा नहीं— पढ़ा अवश्य था— कहां पढ़ा इसकी याद नहीं और न बताने की जरूरत ही है..."

"स्वाभाविक रूप से..."

"यह जो चकाचौंध भरी दुनिया है, इसे देखकर ही इनके दोनों बच्चे इन्हें इस हाल में यहां छोड़कर उसी सात समुद्र पार बस गए हैं, जहां से अंग्रेजों का कारवां इस देश को चला था— वहां जब से गए, तब से मायाजाल में उलझकर, लौटकर आना तो दूर, इनकी सुध तक नहीं ली। यह तो गांठ बांध लो दोस्त! जहां समृद्धि आएगी वहां सामाजिक सरोकार और मूल्य टूटेंगे ही।"

"तो उस दिन स्पाईस माल के चौराहे पर मरने वाला बच्चा किसका था। रोना-धोना क्या था वह सब? किसके लिए था?"

"अपने लिए, अपने पेट के लिए। उससे ज्यादा कुछ भी नहीं।"

"समझा नहीं मैं।"

"दुनिया-जहां को अपनी निजी दुनिया से जोड़ बैठे हैं वे लोग, और दुनिया के फुटपाथों पर घूमते, आवारा लगते, बच्चे उनकी दुनिया के हिस्से बन गए हैं। क्या तुम अब भी उनकी दुनिया में जाना चाहोगे?"

कठिन हो गया मनीष को यक्ष प्रश्न का उत्तर देना—निरुत्तर।

कमलकिशोर ने अपना प्रश्न पुनः दोहराया।

मनीष को जैसे कुछ सुनाई नहीं पड़ा। वह इस बार भी चुप रहा। उसके कानों में सिर्फ आंगन में लहलहाती अशोक वृक्ष की टहनियों पर निकली नई कोमल पत्तियों के बीच चहकती चिड़िया का कलरव सुनाई देने लगा। उसके मधुर सुर संगीत पर ताज़ा हवा की सनसनाहट ताल देती सुनाई देने लगी।

"ओहफ! सुबह के चार बज चुके हैं। पिद्दी जाग चुकी है। उसका चहचहाना... उसने भोर के गीत गुनगुनाना शुरू कर दिऐ हैं..."

●●●

उसे लगा था, अब उसके दुखों का अंत हो गया।

कमलकिशोर अपना भाग्य आजमाने चला गया होगा— अमूमन जब भी वह कोई नए काम की शुरुआत करता है, तो, ब्रह्ममुहूर्त को ही उसका शुभारम्भ का उपयुक्त समय चुनता है। कोई विशेष अवसर ही रहा होगा, जब उसे पंडित पुजारियों ने ब्रह्ममुहूर्त में भी पल-प्रतिपल, क्षण-प्रतिक्षण और घड़ी का विशेष ध्यान रखने की सावधानियां बरतने पर जोर दिया था।

मनीष यह सब सोचकर तेजी से बाहर चला आया— यह कमलकिशोर की

शुभ् घड़ी—उसका दायां कदम आगे बढ़ने की थी।

सुबह मुस्कराती हुई लगी। घर-आंगन में कोई आदमी नहीं। आज रविवार है। इस दिन नोएडा के लोग शुतुरमुर्ग की भांति रेत में सिर गाड़े, फुरसत से आंखें खोलते हैं। कोई आंखें खोलकर उन्हें मलने का उपक्रम करता है। आंख-कान खुलने पर भी न ही दिखता है और न ही सुनता है। किसी कोने से उसे किसी तरह की आवाज और शोरगुल सुनाई नहीं देता। यहां तक कि चारों तरफ खामोशी-सन्नाटा पसरा हुआ। कभी वह समय भी था, जब एक तरफ यमुना का उग्रवेग का स्वर उसके कछार में छपछप करता साफ-साफ सुनाई देता था, तो दूसरी तरफ हिन्डन का छिछोरापन का शोर दूर तक सुनाई देता था। अब सबकुछ बदल गया है— किसी वृद्ध के जर्जर शरीर की भांति, उनके तटबंध कभी हृष्ट पुष्ट होने का एहसास कराते हैं। दोनों तरफ डरावने रास्ते की भांति कभी बहती सदानीरा— अब सदा के लिए सोई प्रतीत होती हैं। एक पिद्दी ही है जो अपने समय पर जाग उठती है। उसके साथ ही कबूतरों का जोड़ा भी गुटरगूं करते हुए अशोक की पत्तियों तक की ख़ामोशी को चहका देती है।

पिद्दी का स्वर अभी थमा नहीं था। अशोक वृक्ष की टहनियों के बीच बनाए-छुपाये नीड से, उसके सुर के साथ उसे एक नया सुर मिलते हुए महसूस हुआ, ''कहां जा रहे हो।''

''जा रहा हूं कहीं, कल तक लौट आऊंगा।''

''कहां?''

''बता नहीं सकता। काम बन जायेगा तो चीजें गंगा-यमुना के जल की भांति साफ़ दिखने लगेंगी। इस समय टोकाटाकी सवाल-जवाब करना ठीक नहीं।''

''कैसी बहकी-बहकी सी बातें कह रहे हैं—मैं न गंगा जानती हूं न यमुना को। वैसे भी यमुना में पानी बचा ही कहां है, जिससे धुले तुम्हारे चेहरे की रेखाओं को पढ़ सकूँ। मैं औरत हूं— सिर्फ एक औरत। जिसके हित में ही तुम्हारा हित शामिल है।''

''जानता हूं, भलीभांति जानता हूं— इतने वर्षों से यही तो समझ रहा हूं...''

''बच्चे अब बड़े हो रहे हैं, वे भी सबकुछ समझने लगे हैं। मायरा पूछती है, पापा इतने दिनों तक बाहर क्यों रहते है?''

''तुम्हारी आदत पर गयी है। सवाल करना ही तो सीखेगी?''

''तुम्हारा इस तरह सोचना और मुझे दोष देना उचित नहीं— लड़की है वह, सवाल करने का गुण उसमें नया नहीं— पुराना है; जन्मजात उसकी प्रकृति व प्रवृति में है।''

''उसका अभी से ऐसा करना...''

''तुम क्या चाहते हो, मैं उसके इस तरह सवाल करने के गुण को पनपने न दूँ,

उसके इस हक को यहीं पर ख़त्म कर दूँ।''

''तो संसद में जाकर समझाओ न औरतों की भी अपनी कुछ अधूरी इच्छाएं हैं, उनके भी कुछ मृतप्राय सवाल हैं। उन्हें अपनी बात रखने और कहने की आजादी हो...''

''ठीक कह रहे हो, मगर मैं उसे अपनी तरह परजीवी, पराश्रित न होने दूंगी। किसी निरंकुश इन्सान पर तो कभी नहीं। कैसे बेढब इंसान हो एक औरत को अपनी स्वच्छंदता के लिए तुम जैसे पुरुषों की जमात पर क्या निर्भर रहना होगा? मैंने जीवन को पिंजरा बनाने में गवां दिया। अपना ही पिंजरा, जिसमें कभी अपनी नींद सो भी न सकी।''

''ओह! तब तो, दिन चढ़ने तक सोने की इच्छा है—जाओ,जाओ जीवनभर के लिए सो जाओ। किसने रोका है— मैं जा रहा हूं अपने काम से...''

''वह तो मैं भी देख रही हूं, जिस सादगी के साथ एक औरत की जिंदगी में आये थे, उसी तरह पूर्णरूप से जा भी सकते हो। बहुरुपिये के बढ़ते कदम कोई नहीं रोकता। मैं भी तुम्हें रोक कहां रही हूं? मगर जाने से पहले एक बात गांठ बांध लो -कभी जीवन को तटस्थ और निष्पक्ष दृष्टि से देखने का समय जरूर निकाल लेना, हो सके तो तटस्थ और निष्पक्ष में फर्क कर लेना...।''

इस पर कमलकिशोर ने कुछ नहीं कहा, अपितु उपेक्षा भाव से बाहर निकल आया।

कमलकिशोर के चुपचाप बाहर निकल आने को मनीष भी देख रहा था।

यह क्या! रुकुमा भाभी भी बाहर निकल आई। मान्यवर को कदम बढ़ाते देखकर भी कह रही है, ''मैं जाने से कहां रोक रही हूं तुम्हें, मैं तो चुलबुल की स्कूल फीस की बात कह रही हूं— आज लास्ट डे है। नाम कट जाएगा उसका, बेदखल हो जाएगी स्कूल से। ओह भगवन! चुलबुल भी क्या सोचेगी।''

कमलकिशोर का आगे बढ़ा हुआ कदम हवा में जूल गया। उसने रुखे और कठोर स्वर में कहा, ''अच्छा ही सोचेगी— वह बेटी है। बेटियां पिता के विषय में कभी गलत नहीं सोचतीं, जैसा तुम हमेशा अच्छा ही सोचती हो।''

''पिता होना कोई बड़ी बात नहीं, एक अच्छा इंसान और जिम्मेदार पिता होना बड़ी बात है। इन्सान बाहुबल से कहीं बड़ा अपने व्यवहार और कार्यों से होता है कमलकिशोर! यही उसकी असल ताकत होती है, तुमने पिता को, उनके रिश्ते का एहसास होने ही कब दिया।'' रुकुमा भी उतनी ही कठोरता से कहने में नहीं रोक सकी स्वयं को।

''प्रिंसिपल से कहना, मैं शहर में नहीं— बाहर हूं— लौट आने पर पाई-पाई का हिसाब चुकता कर दूंगा।'' इस समय अपने हवा में लटके पांव को जमीन पर

रखकर उसने धीरे से कहा।

''ऐसा पिछली बार कहा था... दो महीने हो गए हैं इस बात को भी। तीन महीने की फीस मैं कहां से लेकर दूंगी? ओफ प्रिंसिपल के साथ-साथ बेटी भी क्या सोचती होगी?'' रुकुमा ने सुबह सबेरे में ही स्वयं को अफसोस भरे शब्दों में घिरते पाया तो धीरे से कह भी दिया।

''बेटी कुछ नहीं सोचती, तुम सोच रही हो।'' उसने दूसरा कदम हवा में लहराते हुए कहा।

''ठीक है, बच्चे हमारे मन-संबंध को कहां समझते हैं? वे हमें किस रूप में देखते हैं, इसकी परवाह नहीं है तो, न सही। लेकिन लोक जीवन में हो, वहां, इसकी भारी कीमत भी चुकानी पड़ सकती है कमलकिशोर!''

''मूड खराब मत करो। डरा रही हो मुझे?''

''कड़वा भला कब मीठा हुआ आजतक...।''

''अरि सुनो! हमेशा अपनी ही बकझक में लगी रहती हो, याद आया, मनीष से कहना, उस बूढ़े का काम हो चुका है, अंतिम निवास जाकर उससे रुपऐ लेकर आए—भूलना नहीं—मैं बूढ़े से कह दूंगा।''

''मैं—किसी से कुछ नहीं कहूंगी सिर्फ तुमसे कह रही हूं।''

''चुलबुल की फीस नहीं दोगी क्या? बाकी रुपऐ तुम्हारे ही काम आयेंगे।''

''जिस बूढ़े के हाथ दुआ करते करते पत्थरा गए, उस बूढ़े के रुपयों से तो कभी नहीं...''

''यह क्या! ऐसा रुकुमा भाभी कह रहीं हैं? उन्हें ऐसा कहते तो आज से पहले कभी नहीं सुना— उनका प्रतिरोधी स्वर ही तो है यह!'' मनीष ने अपना कहा स्वयं ही सुना।

वह कमरे से बाहर निकल आया।

कमलकिशोर तेजी से कार की तरफ लपका। कार स्टार्ट की और रुकमा के पलकों के गिरने से पहले— देखते ही कार काफी दूर निकल गयी...

●●●

मनीष बड़ी देर तक कमलकिशोर को, नजरों से ओझल होने तक देखता और उसके विषय में सोचता रहा। फिर, जैसे अपने अधूरे वाक्य को जोड़ते हुए बोला, ''रुकुमा भाभी ठीक कह रही है-तुम, तुम एक पिता हो मान्यवर! पिता का स्थान पहले होता है घर में— लोक सेवक— वह तो उसके बाद। जिस पिता के पैर पहले ही अपने घर की चौखट पर न टिकते हों, उसे तो...। जमीन पर होने ही चाहिए पांव।, उसके

बाद— सातवां आसमान किसने देखा आजतक। ये सभी बातें ही तो, सार्वजानिक जीवन में सुचिता की बातें हैं, इंसानियत होने की बातें हैं मान्यवर! मैं जजवादी नहीं हूं और न हो सकता हूं कभी। मैं एक असहाय, असमर्थ लाचार- बेबस पिता की वेदना को समझने की समझ रखता हूं। जब भी मैंने आपको अपने परिवार के बीच बोलते बतियाते देखा— हमेशा आपके भीतर छुपी अपने पिता की छवि आप में देखी और मैं आपके करीब आता गया मान्यवर! मगर आज यह रूप—मुझसे देखा नहीं जा रहा। इस पर विश्वास करना संभव नहीं। आखिर आप यह सब भागमभाग किस लिए और क्यों कर रहे हैं? जब अपने तीन अदद परिवार को एक छोटी सी खुशी नहीं दे पा रहे हैं। मां कभी भी अपने विषय में नहीं बोलती। आप ने ही तो रात में सुनाई थी, उन दो आत्माओं की कहानी, जिन्हें उनकी औलाद ने छला था, जिसे आप दो बूढ़ों की कहानी कहकर संबोधित कर, नैतिकता की बड़ी सीख मुझे दे रहे थे, वे बूढ़े— जिनके बच्चे पंख फैलाना सीखते रहे घर-आंगन में। वे ही फुर्र-फुर्र उड़कर चले गए एक दिन सातवें आसमान में—

इस कहानी में उस मां ने कुछ नहीं कहा था। कहा हो, तो आपने बताया ही नहीं, उसे पहेली बनाकर ही रखे रहे। क्या आप भी उड़ जानना चाहते हैं हमेशा-हमेशा के लिए? आप यह क्यों भूल रहे हैं, नन्हें बच्चे ही तो होते हैं, जो पिता के पांव जमीन पर ले आते हैं— अच्छे और बुरे समय में भी। अच्छे समय में लाते ही नहीं, मजबूती से उन्हें जमीन पर टिकाते भी हैं। बुरा समय जब आता है— अपने ही पांव साथ छोड़ देते हैं मान्यवर! सात आसमान तो दूर— इस धरती में एक पांव पर कौन टिका रहा आजतक। गृहस्त जीवन में तो नहीं, वह तो जोगी जमातियों की दुनिया हो सकती है, वह दनिया जो हिमालय की कन्दाराओं में ही बसती है...''

●●●

राम भरोसा की आंखें अभी खुली नहीं थी।

सुबह का नाश्ता करने और परोसने में रुकुमा देर नहीं करती। सुबह की नौक झोंक किसी भी कोण से उसको विशेष नहीं लगती। उसे उससे कोई फर्क भी नहीं पड़ता। उसे वह गृहस्त जीवन का हिस्सा मानती रही है— उसकी ही नहीं, हर औरत अपनी प्राथमिकताएं समझती रही है, जिन पर दिन के उजाले और रात के अंधेरे का कोई फर्क नहीं पड़ता। मनीष सोचने लगा, औरत एक ऐसी अज्ञात दुनिया है, जिसमें छुपे रहस्यों का पता किसी को नहीं चलता। उसे जानना आसान नहीं। तुम्हारे बूते में तो कमलकिशोर तिल भर भी नहीं। वह पृष्ठ दर पृष्ठ किसी किताब की तरह खुलती जाती है, जिसे एक शब्द से अधिक तुम कुछ अधिक नहीं समझते। तुम जैसे पुरुष,

उसे संतान जनने की मशीन से अधिक नहीं समझते। उसकी भावनाओं को समझने की कभी कोशिश ही नहीं की। रुकुमा सिर्फ तुम्हारी पत्नी, तुम्हारे बच्चों की मां भर नहीं है मान्यवर! मैंने उसे करीब से देखा है। वह प्रकृति से एक कलाकार है— एक समृद्ध कलाकार...

उसने कमलकिशोर की बात और व्यवहार पर थोड़ी देर सोचा और फिर रुकुमा को आंख भर कर देखना चाहा। वह अपने रोजमर्रा के कार्यों पर जुटकर अपनी रोजमर्रा के चित्रों में रंग भरने लगी थी।

उसने रोज की भांति नाश्ता तैयार किया और फिर, मनीष को आवाज़ देकर डाइनिंग टेबल पर बुला लिया।

''क्या सोचा मनीष!'' यकायक बिना पूर्व पीठिका के रुकुमा ने पूछा।

मनीष को आश्चर्य हुआ, फिर भी, उसने सहजता से उसे प्रकट किया, ''जैसा एक पुरुष सोचता है उससे अधिक कुछ नहीं।''

''अच्छा वही बता दो।''

''क्या?''

''जैसा सोच रहे थे।''

''अभी ज्यादा नहीं सोचा।''

''जितना भी...सुना नहीं, तुम्हारे मान्यवर क्या कह रहे थे सुबह-सवेरे?''

''यही कि एक औरत सिर्फ जो पुरुष की कृष्काय को पुष्टकर हृष्ट-पुष्ट बनाती है; औरत जो पुरुष की भावनाओं को कायानुराग में लिपटकर उसकी संवेदनाओं को हर लेती है; औरत जो पुरुष के दुख में लिप्त होने के बावजूद उसमें अनंतकाल तक जीवन जीने की अभिलाषा पैदा करती है या...।''

''हां, यही अभिलाषा, जो उसे भांति-भांति के खेल खेलने के लिए प्रेरित करती है। ओह! नहीं, नहीं ऐसा कुछ नहीं था मनीष!'' रुकुमा ने अपने को फैलने से रोकते हुए कहा।

''तो, तो सच क्या है?'' मनीष ने सहजता से प्रतिप्रश्न किया।

रुकुमा ने जैसे उसकी उत्सुकता को दबाने का सायास प्रयास करते हुए कहा, ''तुम जाओगे वहां— उस बुजुर्ग के पास''

''किस की बात कह रहीं हैं आप। कुछ काम है तो...''

''अरे वही, जो इस शहर के अंतिम निवास पर मिलता रहता है अपनी बुढ़िया के साथ...उस बूढ़े के पास जिसके बच्चे उड़न छू हो चुके हैं इस शहर से। जो पहले गुरुग्राम को उड़े थे, फिर बंगलुरु और अब...''

''मैं समझा नहीं, कौन हो सकता है वह? किसकी बात कर रही हैं आप? कहीं उनकी बात तो नहीं, जिनके संबंध में मान्यवर...''

''मेरा नहीं तुम्हारे भैया का काम है, तुम सब कुछ जानते हो, बरगलाओ मत, बात को ना समझने का नाटक मत करो। समझदार हो, उन लोगों की अंतिम इच्छाओं के लिए दिए रुपयों से अपनी बेटी की स्कूल की फीस दूंगी भला मैं? ये कहां का न्याय है? कैसी श्रद्धा है?''

मनीष चुप रहा। उससे कोई जवाब नहीं बन रहा था या फिर उसने कुछ कहना उचित नहीं समझा। वह बड़ी देर तक गुमशुम—जड़वत बैठा रहा। जब सोचते-सोचते मन विचलित होने लगा, तो वह धीरे से बोला, ''इसमें गलत क्या है भाभी! भैया अपनी मेहनत के बदले में ही तो ले रहे होंगे। मुफ्त में तो कोई कटे में पेशाब तक नहीं करता इस शहर मैं। रुपये लाने हैं ले आऊंगा मैं। आखिर चुलबुल के भविष्य का सवाल है। इसके लिए क्या सही, क्या गलत— भैया शहर के जनसेवक हैं, वहां यह सब चलता है— राजनीतिक पेशे में कुछ भी अनुचित नहीं होता— सब चलता है...''

रुकुमा का चेहरा तमतमा उठा। उसे मनीष से अप्रत्याशित उत्तर की उम्मीद नहीं थी। वह बिजली की भांति कड़ककर बोली, ''मैं ठीक सोच रही थी, तुम यही कहोगे। इसके अलग कुछ नहीं कहोगे। तुम इससे अधिक कुछ सोच भी नहीं सकते। तुम्हें वही करना है, जो हुकुम होगा। इसी काम के लिए ही तो तुझ पर रहम कर, सड़क पर से उठाकर, इस घर में ले आये। तुझे दो जून की रोटी चाहिए और मालिक को तुझ जैसा चौकीदार... बस्स। क्या उचित और क्या अनुचित इसका ख्याल रहा कभी तुम्हें। नहीं, इस पर सोचने की क्या जरूरत है?''

''ऐसा न कहिये भाभी! भैया मुझे यहां रखें या फिर नहीं, मैं उसके विषय में कुछ नहीं सोचता। मुझे वही काम करना है, जो मुझे... बीसियों बार उनके कहने के बावजूद मैं अंतिम निवास पर कभी नहीं गया— आज आपसे जाने को कह गए हैं, तो मैं अवश्य ही वहां जाऊंगा...''

''क्यों जाओगे?''

''इसलिए कि मान्यवर... नहीं-नहीं मैं गलत सोच रहा था, वे कह गए हैं तो...''

''जाओ, जाओगे तो उस बूढ़े को पहचानोगे कैसे?''

''दुनिया में बूढ़े और बच्चे को कौन नहीं जानता? उन्हीं से लेकर ही तो होती है यह दुनिया। फिर, वह तो अंतिम निवास है। वहां तो हर किसी को जाना ही है एक दिन। अंतिम निवास पर कौन बूढ़े को नहीं पहचानेगा? जीवन में अच्छा और बुरा काम—वहां पहचान मिटती ही कहां है भाभी!''

''तो तुम वहां जाकर ही रहोगे; तब तो अपने भैया के लौटने तक वहीं रहोगे''

''नहीं, नहीं में जल्द लौट आऊंगा। चुलबुल की स्कूल फीस भी तो...''

"ओह ये बात है, तब तो तुम्हारे भीतर भी मनुष्यता बची नहीं...।"

"वह है ही नहीं, तो बचेगी कहां से? मान्यवर का आदेश है तो जाना ही होगा।"

"तो चले जाओ, मुंह क्या देख रहे हो? एक बात ध्यान से सुन लो, इस घर से एक बार पांव वहां गए,सो गए..."

मनीष को कुछ भी नहीं सूझा। वह रुकुमा के चहरे को देखता रहा। यह कैसी मनहूस घड़ी है... उसने अपना माथा ठोका। फिर दबे पांव लौटना उचित समझा। और तेजी से कदम बढ़ाकर अपने कमरे में लौट भी आया।

मन मलिन और शरीर एक अजीब तरह के भारी बोझ से दबा हुआ। आश्चर्य से भरी—एक विचित्र किस्म की ऊहापोह।

और रुकुमा भी पांव पटकती अपने कमरे में लौट गयी।

इस समय मनीष उसके पांवों की आवाज ही सुन सका था। उसने पलटकर उसे देखने की जरूरत भी नहीं समझी थी।

वह जिस द्रुत गति से कदम बढ़ाता हुआ अपने कमरे में गया और उसी पल बाहर भी लौट आया।

आंगन में बिछी हरी दूब पर ओस की ठंडी तासीर बनी हुई थी। उसमें चलते पांव जलते हुए प्रतीत हुए—उसकी मन की भयावह कटुता को प्रकट करने लगे।

हरी दूब को कुचलते पांवों से उसने पूछा, "अब कहां ले चल रहे हो मुझे?"

अनुतरित पांव एक अपरिचित रास्ते पर बढ़ते रहे...।

●●●

जीवन के बसंत के सभी रंग देख चुकी उस बूढ़े की आंखें और मृत्यु के सत्य को जानता अंतिम निवास का मौन— दोनों की स्थिति एक जैसी। एक बस कुछ लोगों को उतार कर अंतिम निवास के परिसर की दीवार से सटकर खड़ी हो गयी। तपती दोपहर में आंखों में सूख गए सपनों के साथ जीवित इन्सान को रिक्शे पर ढ़ोता वह मृत रिक्शेवाला, ए.सी. कारों में बेफिक्री की जिन्दगी जीते घूमते-फिरते, जीवंत लोग एक-एककर इक्कट्ठा होने लगे। झुग्गियों की जिंदगी से जंग लड़ रहे लोगों की एक कतार परिसर के दूसरे कोने पर उसे दिखाई दी। उन्हें देखते ही नोएडा, ग्रेटर नोएडा में खाली पड़े घर, बेघर लोगों के बसने की बाट जोहते लोगों के अनगिनत चेहरे आंखों में उतर आये। उन दृश्यों के बीच वह उस बूढ़े को मनीष ढूँढ़ने लगा।

यह वही बुढ़ा हो सकता है, जो अभी-अभी मुखाग्नि दी गयी चिता को एकटक निहार रहा है, बालिस्त भर दूरी पर बैठा, वह चिता की तपन को महसूस कर

रहा है। हां, वही हो सकता है। उसी के बच्चे छोड़कर जा चुके होंगे। सोच रहा होगा, अब जीवन में बचा ही क्या रहा—सिवाय विरक्ति के...

मनीष के कदम उस ओर बढ़ गए।

''नहीं, नहीं यह बुढ़ा वह नहीं हो सकता। यह तो कोई अघोरी है, कैसे दांत निपोर रहा है। मान्यवर को ऐसे बूढ़े से क्या वास्ता?''

मनीष दो कदम और आगे बढ़ा।

''कोई और भी हो सकता है?'' उसने जैसे स्वयं से कहा।

मनीष चार कदम और आगे बढ़ा। चारों तरफ आंखें दौड़ाईं। सामने धधक रही एक और चिता पर उसकी नजर पड़ गयी। वहां भी एक बुढ़ा बैठा, सोच में डूबा, जलती चिता को एकटक देख रहा था। वह कदम तेजी से बढ़ाकर बूढ़े के पास पहुंच गया। बड़ी देर तक वह बूढ़े को देखता रहा, उसके चेहरे के भावों को पढता रहा। उसने बूढ़े के और करीब जाकर उसके विषय में जानना चाहा। परन्तु बूढ़े ने उसकी तरफ नजर घुमाकर देखा तक नहीं।

उसने कई युक्ति से बूढ़े का ध्यान भंग कर, अपनी ओर खींचने का भरसक प्रयास किया। उसमें असफल रहा। जब उसका संयम का बांध टूटने लगा, तो उसकी जुबान से निकल पड़ा, ''अब श्मशान में आकर बैठा है, रोयेगा नहीं तो खुशी के गीत गायेगा?''

मनीष को लगा यह वृद्ध वही हो सकता जो उसकी प्रतीक्षा करते थक चुका है। उसने धीरे से उसके कंधे को छुआ। बूढ़े की अवचेतनता अब भी अपने चरम पर थी। उसने सोचा बूढ़े को झकझोर कर, उसके मौन को खंडित करना उचित नहीं—वह सिद्धावस्था में बैठा कोई वैरागी भी हो सकता है। उसके मौन को भंग करने की उसने युक्ति लड़ाई, तो बांह पकड़कर झकझोरने को उसके हाथ ठिठक गए। बल्कि उसकी मृतप्राय लम्बी बांहों को उसने धीरे से छुआ और उसके समीप बैठ गया। ''क्या हुआ था बाबा?'' उसने पूछा।

बूढ़ा चुप रहा। उसकी सुखी आंखें जल उठीं। शब्द जो होंठों तक आये, वहीँ छटपटाकर अटक गए।

''क्या हुआ था?''

इस समय भी बूढ़ा कुछ कह नहीं पाया। जलती आंखों में एकाएक पानी सरसराने लगा।

''मैं आपकी वेदना को समझ रहा हूं। नहीं चाहते हुए भी मान्यवर के आदेश को टाल नहीं सकता।''

''क्या कहा उन्होंने— कातिल को पकड़ लेंगे जल्दी?''

''नहीं,''

''क्यों, मेरा बेटा है इसलिए?''

''नहीं, नहीं आपका काम हो चुका है।''

''उसे पकड़ लिया है— आखिर पकड़ लिया उसे-एक मां का कातिल है वह।''

''आपने उसे बचाने के लिए कहा था...''

''नहीं, मैं महर्षि जमदग्नि नहीं हूं। मैं कलंकित होना नहीं चाहता— जीवन भर के लिए।''

''आखिर कौन सा अपराध किया उस ऋषि ने? यही कि अपने बेटे परशुराम को मां रेणुका की हत्या के अपराध पर, उसे प्रायश्चित करने का रास्ता बता दिया ताकि उसके मन की चल-विचल शांत हो जाय और आने वाली पीढ़ियां उसे मां का हत्यारा न कहे। इसलिए...''

''क्यों? क्यों बचा लूं मैं उसे— आखिर वह हत्यारा है इक्कीस बार पृथ्वी को वीर्य विहीन करने वाले से कहीं बड़ा अपराधी— एक औरत, एक मां का हत्यारा...''

''इतना आक्रोस ठीक नहीं, यह अंतिम निवास है। आपकी आवाज से दूसरी चिताएं भी विचलित हो गयीं तो, यहां की श्मशानी चुप्पी चीख चिल्लाहट से गूंज उठेगी— हर चिता में तन के साथ मन भी जल रहे हैं। इन्द्रियां और प्राण-शक्ति भष्म हो रहे हैं। हरेक के मन में दु:ख-दर्द, लगाव-टूटन, संयोग-वियोग-मिलन-विछोह और यश-अपयश ही तो है— वही जल रहा है। जली और अधजली चिताओं को सुनो तो उनके शब्द जल रहे हैं, उनकी शब्द ध्वनि जल रही है। बेटा है वह। मां की ठौर पर इस समय आपकी चिता जल रही होती, तो उसकी मां आपकी तरह यहां बैठकर विलाप नहीं कर रही होती। वह बेटे को बचा लेने की कोशिश जरूर करती— वह जीवन और जीवन के अपने उद्देश्य को समझती है।''

बूढ़ा असमंजस की स्थिति में पड़ गया। उसने इधर-उधर नजर दौड़ाई। अर्थियों को पहुंचाने का सिलसिला चला हुआ था। वह कुछ नहीं बोला।

''यह जीवन का सत्य है। सत्य के लिए असत्य का होना भी उतना ही जरूरी है।''

''तो मुझे उस पाप से मुक्ति का प्रायश्चित करवाना होगा?'' एकाएक उसमें चेतना-सी लौट आई।

''क्यों नहीं— बेटा है वह आपका। हो सकता है किसी क्षणिक आवेश में लिया हुआ निर्णय हो उसका— परशुराम की तरह। जीवन कर्तव्य से विमुखता और सन्यास एक तरह से मृत्यु ही है— सामाजिक कर्तव्यच्युत की मृत्यु...''

''हां, ठीक कह रहे हो, जीवन का सच तो यही है...'' उस बूढ़े ने अपलक कहा। इस समय उसके चेहरे पर करुणा से अधिक दारुणता का भाव तैरने लगा।

''तो फिर, यह एक मृत्यु पर दूसरा मृत्यु दंड— यह एक अपराध के लिए दूसरा अपराध हुआ?'' मनीष ने पूछा।

''मां भी तो कभी बेटे को अपराधी नहीं मानती— हमेशा क्षम्य करने की मुद्रा में रहती थी...'' बूढ़े ने स्पष्ट किया।

''और आप...।'' मनीष ने अगला प्रश्न दाग दिया।

''मैं क्या करूं, वह मेरी सुनेगा नहीं कभी, प्रायश्चित नहीं करेगा— जवान खून है— खून गर्म रहता है— वह समझता ही नहीं।''

''नहीं, यह सच नहीं हो सकता, यह बेटे के प्रति अविश्वास और उपेक्षा का भाव है।''

''किन्तु, उसमें रामरथी का जल पैदा करने की सामर्थ्य कहां है? न ही पहाड़ जैसी गंभीरत, धैर्य और न गंगा जल की भांति उसके रक्त की पवित्रता ही बची है। क्या तुम किसी जल में गंगा सदृश्य पवित्रता दे सकते हो मुझे?''

''फिर वही, यह प्रश्न आस्था से जुड़ा है। मान्यवर ने मुझे कहा होता तो निश्चित ही... उन्होंने मुझे ऐसा तो कुछ कहा नहीं था?''

''तब तुम— तुम किसी गलतफहमी में हो, श्मशान में आओ और जल की पवित्रता न समझो। न मैं तुम्हें जानता हूं और न तुम्हारे ऐसे किसी मान्यवर को ही जानता हूं। मुझे मेरे हाल पर छोड़ दो— अब कपालक्रिया का वक्त हो रहा है...''

मनीष ने यकायक बूढ़े के चेहरे को देखा। उसे किसी भी कोण से नहीं लगा, उसे रुपये देने की बजाय बरगलाने का प्रयास वह कर रहा है। उसने कहा, ''कहें तो चिता शांति के लिए जल ले आऊं।''

''उससे पहले मन...'' बूढ़े ने कहा।

''उससे पहले चित और मन-दोनों के लिए जरूरी है।''

कहते उसने बूढ़े के रुआंसे चहरे को देखा।

बूढ़े ने मनीष का हाथ पकड़ लिया और शांतभाव से कहा, ''हां, यह सही है, एक दूसरा अपराध होगा— आखिर बेटा ही तो है...और कौन बचा है दुनिया में।''

बूढ़े के आंसू जिस प्रवाह वेग से उनकी हथेलियों में टपक पड़े, उससे कहीं अधिक वेग से उसने अश्रुजल को चिता की ओर उलीच दिया। चिता उन दोनों को अधिक धधकती लगी गोया ठहाके लगाकर बुढ़िया कह रही हो, ''यह सही निर्णय है...''

मनीष उठा। उसने बूढ़े के चेहरे को पुनः देखा— बड़ी देर तक देखता रहा। सोचने लगा, यदि मैं बूढ़े का अपना बेटा होता, तो भी, यह मुझे इससे अधिक स्नेह और चमकती आंखों से नहीं देखता।

मनीष उलटे पांव लौट आया।

दीवार की ओट में खड़ी बस से लोग उतर कर परिसर में प्रवेश कर चुके थे।

उसने देखा गेंदे, गुलाब और सफ़ेद फूलों से लदी अर्थी को उठाये वे लोग उससे कुछ दूरी पर बने चबूतरे को घेरे हुए हैं। बेंडबाजा,ढोल और राम नाम के सत्य का स्वर एकायक परिसर में गूंज रहा है।

मनीष ने शव यात्रा के उत्स को दूर से प्रणाम किया और आगे बढ़ गया।

एक के बाद दूसरा, फिर तीसरा शव वाहन आता गया गया। बारी-बारी से चबूतरे के चारों ओर से आती— राम नाम के सत्य की गूंज उसे रह-रह कर सुनाई देती रही। उसका उद्देश्य न तो शवों की गिनती करना था और न किसी की यात्रा में शामिल होना। फिर भी, उसकी आंखें उस ओर टिकी रहीं। जलते भुनते मांस की दुर्गन्ध से उसका जी खराब होने लगा। उसने स्वयं को धिक्कारा और शांतचित को कोसा— आज यह दिन भी देखना होगा; भाग्य पर यही लिखा होगा, तो, वह इस परिसर के चप्पे-चप्पे को हसरत भरी निगाहों से देखता रहेगा।

"क्या है यह? कैसी भूमि है यह? निर्दयी भूमि भी इसे नहीं कह सकता। जीवन को समझने तथा उसके उत्स को जानने और उसका पुनर्पाठ करने की भूमि हो सकती है। जन्म के उपरान्त मृत्यु पर भी उत्सव जैसा माहौल, जो किसी जननायक की ताकत से दूर— बहुत दूर; ओह नहीं, नहीं वह दूर कैसे हो सकता है। वह चबूतरा भगवान् की श्रीमूर्ति, जन्म-मरण, परिवर्तन और प्रवृति के सम्मान में बना अंतिम मंच भी तो हो सकता है। क्या इस सम्पूर्ण धराधाम के जीवों का अंतिम निवास है यह? उनके जीवन के अंतिम सत्य के सम्मान में बना मंच...मान्यवर को मंच ही तो पसंद है। मंच जीवंत का हो या मृत का, उन्हें इससे कहां फर्क पड़ता है...

यह सम्पूर्ण धरती के जीवन का अंतिम सत्य का अंतिम निवास नहीं हो सकता। यह इस शहर के जीवों के जीवन का अंतिम सत्य की ठौर हो सकती है— भले ही सम्पूर्ण शहर ही श्मशान का ही हिस्सा रहा है या फिर, उसकी अंतिम परिणति का आयोजन की भूमि ही रही है। मगर अंतिम निवास उस भूमि का विशेष भूखंड पर ही बना है। इसे किसी भी समाज के सामूहिक अचेत से बाहर का रास्ता दिखाने का केंद्र भी तो कह सकते हैं। यही ज्यादा उपयुक्त पूर्ण अर्थ प्रकट करने वाला हो सकता है, इसीलिए यहां आने वाला जीव इसे अंतिमपृष्ठ का अंतिम शब्द-सत्य के रूप में स्वीकार कर रहा है, मनीष उन्हीं की सत्यनिष्ठ वाणी को ही तो सुन रहा है।

मनीष जो थोड़ी देर के लिए स्वयं को अवचेतन की तरफ बढ़ने की अनुभूति करने लगा था, वह चेतन और चौकन्ना हो गया। उसने स्वयं से पूछा, "पल भर के लिए कहां चला गया था मैं? जन्म-मृत्यु पर क्यों सोचने लगा था मैं? यह विषय और उद्देश्य तो मेरा नहीं था। ओह! इस परिसर में बढ़ते मेरे कदम एक अदृश्य भय

से क्यों लड़खड़ाने लगे थे? वहीं पांव क्यों थम गए? कहीं यह विचारते जीवन के सत्य की अंतिम परिणति की अनुभूति का क्रूर क्षण तो नहीं था यह...''

बहारहाल मनीष ने अपने मन को समझाया, यह अंतिम सत्य हो सकता है, किन्तु, उसका आज का सत्य तो उस वृद्ध को पाना है, जो, यहां कहीं, किसी कोने में दुबका होगा— जीवन के अंतिम सत्य के दर्शन दृश्य से भयभीत मेरी तरह इस धरती से हमेशा के लिए उठना नहीं चाहता। मैं ही नहीं, हर कोई यहीं बना रहना चाहता है। एक बार वह मिल जाए, तो, उसे साफ-साफ कहेगा, ''क्यों घबरा रहे हो, यह जीवन का अंतिम सत्य नहीं है, यह तो सद्गति है, इसे पाने के लिए तुम अकेले नहीं हो, तुम्हारे साथ मान्यवर हैं, उनका हाथ जग्गंनाथ, जिस किसी के ऊपर पड़ता है उसका कोई बाल बांका नहीं कर सकता, बड़ी पहुंच रखते हैं वे।''

''वे मुझे इस जलती चिता की तपन से बचा लेंगे?''

''हां, क्यों नहीं?''

''सच कह रहे हो, वह मरने के बाद कहीं लावारिश तो नहीं छोड़ देंगे मुझे, कुत्तों, गिद्ध और चील-कौवों से मुझे बहुत डर लगता है, उनके नोचने के विषय में कल्पना करने पर ही मुझे बड़ी पीड़ा होने लगती है— क्या उससे भी बचा लेंगे?''

''हां, हां, वह सब कुछ कर सकते हैं, बस करो, इस ठौर पर ऐसे उलजलूल सवाल नहीं करते। यदि करना है तो अपने मन से करो। जीवन के सतकर्मों को याद कर, उन पर चिंतन मनन करो।''

ओह मन से! अपने मन से कौन करता है सवाल आज तक— किसी ने किया? क्यों डराना चाहता हूं मैं उस बूढ़े को? हो सकता है वह कह दे, उसे दहकती चिता की बजाय दफना दिया जाय। वह भी तो जीवन के अंतिम सत्य की गतक्रिया है। मगर यह भी क्या भरोसा इस पर आगे जोड़ कर कहे कि दफनाना नहीं, मुझे अपने घर के बंद कमरे में ही दम घुटता महसूस होता है। कभी मेरा भरा पूरा परिवार था, जिसमें बच्चों की किलकारियों के बाद हंसना-हंसाना, धमाचौकड़ी हुआ करती थी। उनकी मस्ती से घर का कच्चा फर्श के साथ-साथ मिट्टी की अभेद्य दीवारें भी हिलने लगती थीं। तब धरती तक के हिलने पर भय नहीं लगता था। आज वह समय भी नहीं रहा, बच्चे ही हाथ भर दूर चले गए हैं। सब कुछ पीछे छूट गया। निर्जन घर मुझे डराता ही नहीं, दम भी घोंटने लगता है और यह अंतिम निवास तो उस एकांत के भय से कहीं अधिक मुझे भयभीत कर कंपकंपाने लगा है। कैसे रह पाऊंगा मैं इस अंतिम निवास में? यहां के भय से भी बलवान हैं क्या तुम्हारे मान्यवर?

इसका उत्तर नहीं सोच सका मनीष। उसे बूढ़े की कही बातें ही याद नहीं आयीं, उनसे कहीं अधिक कमलकिशोर की छोटी-छोटी-सी बातें भी असाधारण रूप से याद आने लगीं। जब मधुर स्मृतियां खुलकर खेलने को हुईं तो यकायक

उसके बढ़ते कदम ठहर गए। होंठों पर मुस्कान मचलने लगी। कमलकिशोर ने ही तो धीरे से कहा था एक दिन, ''अंतिम निवास में बोलना-बतियाना, हंसना-हंसाना किसी भी दृष्टि से उचित नहीं। वह तो उपयुक्त स्थान है, जहां से हर किसी के होने व न होने का पता चल सकता है। चीजों का पीछे छूट जाना या छोड़ देना भी उतना ही रोमांचक और आवश्यक होता है, जितना उन्हें प्राप्त कर लेना...''

मनीष ने जितनी सहजता से कमलकिशोर की बातों को याद किया, उतना ही वह, उससे अधिक गति से असहज होने लगा। उसने धीरे से स्वयं को समझाया कि कितना सरल होता है यह कह देना कि किसी बूढ़े को अंतिम निवास में ढूंढ़ लाओ। जब मान्यवर ऐसा कह रहे थे, उनके चेहरे पर एक विचित्र किस्म की शरारत भरी मुस्कराहट खेल रही थी—शायद यही उनका रोमांच था— जीवन में मेरा आज बहुत कुछ पा लेने का असल रोमांचक क्षण। दरअसल बूढ़े इस उम्र में बूढ़े नहीं खजाना होते हैं— अनुभव का खजाना, जिसे ढूंढ़ना आसान नहीं होता। इस धरती में अनुभवी इंसान को पहचान लेना आसान नहीं, फिर भी, बूढ़ों को पहचानने में सफल हुए, तो हथियाई जमीन, लुटा हुआ धन, बिछुड़े दोस्त के लौट आने से अधिक खुशी बांट देते हैं...

वह अंतिम निवास के कार्यालय में पहुंच गया। उसने बूढ़े के विषय में पूछा तो आसानी से टका सा जवाब भी मिल गया। उसे खुश हो लेना था। परन्तु असफल— ऐसा उसका सोचने से अधिक कुछ नहीं था। उसकी खुशियों पर ग्रहण लगने में देर नहीं लगी। खिड़की पर बैठे बाबू ने उससे पूछा, ''बूढ़े का नाम, उम्र, उसे कहां से लाया गया?''

सामान्य रूप से पूछे गए इन प्रश्नों का मनीष के पास कोई उत्तर नहीं था। असहाय।

वह चुप हो गया।

बाबू ने दो-तीन पल उससे उत्तर की प्रतीक्षा की।

मनीष से कोई उत्तर की उम्मीद न करके उसने स्वयं ही स्पष्ट कर कहा, ''यहां शहर भर के मृतकों का हिसाब रहता है।''

सच ये जनसेवक भी गजब के होते हैं। जीवित से कम मृतक से अधिक संबंध रखते हैं। वर्तमान से कम भूत से अधिक येंच पेंच करते हैं। उत्तराखंडी राजनीति में कम धुरंधर नहीं होते, वे शहरियों को भी पीछे छोड़ देते हैं। छोड़ेगें भी क्यों नहीं— उनकी ही संग सोहबत में सीखते हैं सबकुछ। अनुभवी हैं। उत्तर प्रदेश को छिन्नभिन्न हुए अधिक समय कहां हुआ? ऐसा सोचते ही, मनीष की हंसी बेलगाम हो गयी— उत्तराखंडी पहले देवता पूजने जाते थे और अब उनमें भूत-भूतनी, छल-झपेटा और मशाण पूजने का चलन बढ़ गया है। यह छुपाछुपी का खेल

अब सिर चढ़कर बोलने लगा हैं। हर पहाड़ी बस्स चल पड़ता हैं साल दो साल में एक बार अपने पहाड़ को— अब, जब गांव देस के गुहाण ही छोड़ दिऐ हैं तो भला सात पीढ़ी तक के भूत-भूतनी क्यों शांत रहेंगे। उनका ही तो राजपाट है गांवों में। पिछले दस पंद्रह साल से नहीं— सैंकड़ों वर्षों से। देशी समझाते रहे और विदेशी भी— यह सब अंधविश्वास है। पर्वतियों की भोली कल्पना ने इन सब स्थानों में भूतों का निवास बना दिया है। (कुमाऊंनी की लोककथाएं तथा दन्तकथाएं— इवान पावलोविच मिनायेव सन 1875) क्या मजाल कोई यह सब समझने को तैयार हो। बस्स ढोली के हाथ अपने ढोल में क्या पड़े, उछल पड़ते हैं ताल-बेताल। यह ढोली ने कौन-सी नयी बात कह दी। उसने इतना ही तो कहा—

"हे सृष्टि के रचियेता! संसार को तुम्हीं चलाते हो!
सूखे को हरियाली में बदल देते हो!
हरियाली को सूखे में बदल देते हो!
रंक को राजा और राजा को रंक बना देते हो।
अमीर को गरीब और गरीब को अमीर बनाने में देर नहीं करते।
दरिद्र को संपन्न बना देते हो! सम्पन्न को दरिद्र!
मिटटी को सोना बना देते हो! सोने को मिट्टी!
तुम परदेस जाने को आगे चलकर रास्ता दिखते हो।
घर लौटने की सद्बुद्धि देकर पीछे-पीछे आते हो।
तुम इस धरती पर रहते हो और धरती के राजा हो!
तुम जंगल में रहते हो और जंगलों के राजा हो!" (ढोली जिसे इस परंपरा के आरम्भ में दास, जिसे अब जगरिया भी कहा जाता है— के आरंभिक बोल)

अब ढोली के बोल गले ही पड़ गए तो हनुमान को अपना बल याद आने में देर नहीं लगती। "जय मामू! जय जजिया" का जय घोष गजब का हुआ। (जजिया शब्द का प्रयोग एक प्रकार से मुगल काल का प्रभाव को प्रकट करता है या फिर कत्युरी शासन काल की रानी जिया की जयकार— मुगल काल में यह वसूल किया जाने वाला 'कर' है। चूँकि जागर में पूजा के साथ दोष मुक्ति के सन्दर्भ में आजतक सवा रुपऐ का दंड विधान है, जबकि जागर, भूत-भूतनी पूजन की शुरुआत बौध काल में सामाजिक विकृति की उपज माना जाता है) सब राजी रहो, खुशी रहो की आशीषें मिलीं, उन्होंने एक ने दूसरे को हाथ मारा (रिवाज से) तो अपने उद्देश्य को पूरा करने की पुष्टि कर देते हैं। उसी समय पहाड़ियों पर पंख लगने में देर नहीं लगती। और फिर वापस चल पड़े दलबल के साथ अपने शहर को।

हर साल उनके दल बल में एक दो नए कुतुकी जवान शामिल होते है। क्या गजब का समीकरण बिठाते हैं, "एक ओर तो यहां के लोग अन्धविश्वासी हैं और

भूतों से डरते हैं जो लगभग हर पहाड़ पर, हर चश्मे पर रहता है, दूसरी ओर उनमें व्यक्तिगत पौरुष भी बहुत अधिक है।'' (कुमाउनी की लोककथाएं तथा दन्त कथाएं-इवान पावलोविच मिनायेव सन 1875) उन्हें नहीं पता होता, जिन शहरों की चकाचौंध, शोरगुल से उकताकर अपने एकांत को साधने के लिए, अपने भूत-भूतनी और छलबल का पूजन करने अपने इष्ट के करीब पहुंचने का प्रयास करते हैं, जिससे अपनी रक्षा की आशीषें लेते नहीं थकते हैं, ठीक उसी समय, उसी गांव ठौर पर अपनी सामाजिक जिंदगी और सामाजिक सुरक्षा की जरूरत से बेखबर हो जाते हैं। (कुमाउनी अपने परिवार की अच्छी तरह देखभाल करता है। अपने बच्चों और सम्बन्धियों से प्यार करता है— कुमाउनी लोककथाएं तथा दन्त कथाएं की भूमिका— इवान पावलोविच मिनायेव, सन् 1875) वे यह भी नहीं समझ पाते, उन्होंने जो गांव लौटने का रास्ता चुना है, उससे घुटन भरे गांव का एक रास्ता अंधकार की ओर भी जाता है। उस रास्ते पर बढ़ते एक दिन ठगा-सा महसूस करते अन्धविश्वास का सिलसिला थम नहीं रहा है। आखिर पहाड़ों की आबादी हुई ही कितनी। एक दिन तो पहाड़ों को खाली होना ही था— वह हो गया। इसमें रोने बिलखने की बात क्या हुई? अपने तो शहरों, महानगरों में मौजमस्ती करने वाले हुए और मन में यहां की एक टीस-कांटे सी चुभने वाली जरूर हुई— यही चुभन उनके लिए दोष और अभिशाप हुआ। उसका निराकरण और मुक्ति पाने का रास्ता पहाड़ ही चढ़ता है— जहां पितरों की बंजर थात को आवाद करना कठिन पुरखों और परिवेश का अभिशाप पूजन सरल सुगम होता जा रहा है। ऐसे समय पर वे ढोर-डंगर क्या खायेंगे? क्या पियेंगे? अब तो धारे से गधेरे तक नौले (चश्मा) से नदी तक और ढारे-बुग्याल तक सब सूख गए...

मनीष को लगा, वह भी तो एकदिन पहाड़ छोड़कर चला आया था।

एक दिन बातों ही बातों में माजुली भी शहर आने की वजह भी ऐसा ही कुछ-कुछ बता रही थी। जिसे अपनी जुबान की फिसलन कहकर संालते हुए, 'सेल्फ डेवलपमेंट' जैसी बात उस दिन, उसने जरूर कही थी। खैर! यह सब सोचने का न उचित वक्त है और न ही स्थान। अंतिम निवास पर तो बिलकुल भी नहीं। तो फिर, यह जानते हुए भी, वह यह सब क्यों सोचने बैठा गया? स्मृति में मचलती कुछ बातें उसके होंठों को क्यों हिला गयीं?

उसने लम्बी सांस ली, हवा को थोड़ी देर के लिए फेफड़ों में रोका और जब सांस उखड़ने को आई, उसने धीरे-धीरे पांव तले की जमीन रौंदते हुए कहा, ''पहाड़ से भले ही बिमुख हो चुका, फिर भी, उसकी रगों में पहाड़ का पौन और श्रील रचा बसा तो है ही। वैसे भी, उसकी एक अदद इजा (मां) और बौज्यू (पिता)वहां अपने-अपने हिस्से की धूप का आनंद ले रहे हैं आज भी।'' उसी क्षण उसे लगा कि

यह भी शहर से अलग कोई विशेष बात तो नहीं हो सकती। इस बात को यहां याद करने का क्या औचित्य जैसा प्रश्न उसकी स्मृतियां में आया, उसके तार उस बूढ़े से जुड़ गए, जिसे अभी-अभी थोड़ी देर पहले विलाप करते देखा था। वह बूढ़ा जिसकी मन की आग सामने जल रही चिता की आग से कहीं अधिक तेज धधक रही थीं। एक क्षण वह भी आया, जब वह अपने संवेदनाओं को नियंत्रित करने में असफल हो रहा था। जब उसका मन दहाड़ मारकर रोने को हो रहा था। तब बूढ़े ने उसे अशक्त, निरीह और कातर दृष्टि से देखा था। सचमुच उस समय लगा था, उसके बौज्यू की आत्मा बूढ़े में प्रवेश कर गयी है और अपनी इजा को चिता में भष्म होते देख रहा है।

ऐसा सोचना भी अधिक देर तक मन मस्तिष्क में टिक नहीं पाया—''मगर इजा को मुखाग्नि किसने दी?'' यह कठिन प्रश्न उसके सामने जरूर खड़ा हो गया था। उसने अपना ध्यान हटाने के लिए कमलकिशोर का दिया मोबाइल फोन— जिसे जेबी फोन कहना उसे अच्छा लगता है, उसे जेब से बाहर निकाला और उसकी अंगुलियां उस पर थिरकने लगी।

बूढ़े को लगा, मनीष सेल्फी लेना चाहता है— वह पहले से कहीं अधिक सचेत हो गया था।

मनीष ने ऐसा-वैसा कुछ नहीं किया। उसने सहजता से बूढ़े की उत्सुकता की अनदेखीकर अपनी आंखें इधर-उधर घुमाई— जिसे करना आसान भी था, तो अर्थियों के बढ़ते क्रम को देखकर विचित्र किस्म की चिढ़ उसे होने लगी— उसने न ही अर्थियों की फोटो ली और न ही बूढ़े के साथ सेल्फी ही ली। उसने अंगुलियां झटकते हुए कहा, ''ओह शिट! बौज्यू के पास फोन तो कभी था ही नहीं।''

अंतिम निवास की भुस भुस उदासी से कहीं अधिक स्मृतिदंश ने मनीष के चेहरे की रंगत बिगाड़ दी। चल-विचल के भारी मन से उसके कदम तेजी से लौट गए...

●●●

''अंतिम निवास पर आज का आना व्यर्थ हो गया।'' अफसोस करने के अंदाज में उसने स्वयं से कहा।

रुकुमा भाभी ठीक कह रही थी, सभी बूढ़े एक जैसे दीखते हैं, उन्हें पहचान पाना आसान नहीं और उनकी गठरी खोलना— मन की गठरी से भी कठिन। तब चुलबुल की फीस? इस पहेली को सुलझाना उसे सबसे कठीन लगने लगा।

मनीष अपनी धुन में बढ़ रहा था। उसे लगा जैसे कोई उसे आवाज दे कर बुला रहा है।

उसके पांव रुक गए। अमूमन जैसा हरेक के साथ होता है। उसने पहले दायें देखा फिर बांएे। वह दूर, किन्तु समीप से आती आवाज़ के भ्रम होने का अनुमान लगाने लगा। उसी उहापोह में उसके दो कदम और आगे बढ़े। आश्चर्य। उसे अपनी खुली और फैलाती आंखें विस्तार लेती महसूस हुई।

''तुम-तुम ही मुझे आवाज दे रहे थे।'' एकायक मनीष की जबान पर आ गया।

''हां, हां मैं जीवानंद ही हूं, सुबह से इंतजार कर रहा हूं।''

''क्यों? क्या तुम्हारा नाम यही है, आज तक यह नाम बताया ही नहीं?''

''हां, ठीक कह रहे हैं— आज भी नहीं बताता। मगर मान्यवर कह गए अपना पता ठिकाना ठीक-ठीक बता देना वरना घर की भांति श्मशान में भी मन अस्थिर रहेगा। इसीलिए...''

''इसलिए की एकदिन न घर के रहेंगे न घाट के...''

''इसीलिए अब घर से अधिक घाट की चिंता होने लगी है।''

''क्यों, ऐसी क्या बात हुई जीवनानंद! आज से पहले जब भी मिले खुशी-खुशी मिले— कभी कुछ बताया नहीं।''

''ठीक कहा तुमने। कुछ बातें हैं जो अपने भीतर ही होती हैं— बाहर आने पर जग हंसाई ही होती है...''

''तो...'' मनीष ने देखा जीवनानंद कहते-कहते अटक गया है। कुछ उसके मन में है, जिसकी खुलती गांठ को वह बार-बार बांधने का प्रयास कर रहा है। उसने उस गांठ को खोलना उचित समझा। बात का रुख बदलते हुए पूछा, ''अंतिम निवास पर कैसे आना हुआ? कोई और परेशानी तो नहीं आ पड़ी... तुम्हारे बच्चे हैं— कहां हैं? वे भी तो...''

''कुशल हैं। आप भी कैसा-कैसा सोच लेते हैं मालिक! वे उद्दंड नहीं होंगे, तो फिर कौन हो सकता है— बच्चे ही तो हैं...''

''मगर शहर में वाहनों की गिनती भी तो बढ़ती जा रही है— उन पर कोई लगाम नहीं, तो बच्चों पर होनी चाहिए— सड़क पर पैदल चलना बहुत दूभर, उसपर कदम रखना ही...'' मनीष ने कहा।

''वह हम जैसों के लिए होती ही कहां है? कहने को ही हम सड़क के लोग हैं...''

''मेरा कहने का मतलब यह नहीं है, वैसे भी, जो लोग घर बनाते हैं, उनके अपने घर होते ही कहां हैं— खानाबदोश की जिंदगी जीते हैं।''

''कभी-कभी घर होते हुए भी खानाबदोश का जीवन अच्छा लगता है बेटे!''

इस समय जीवनानन्द का कंठ भर आया। उसने देखा चेहरे की झुर्रियों के

बीच की चमड़ी गहरी काली रेखाओं में बदल गयी हैं, उन पर पानी चमकने लगा है।

"क्यों, क्या हुआ...चुप क्यों हो गए?"

"अब कहने को बचा नहीं। मान्यवर सब जानते है। आज से नहीं पांच-सात साल पहले से जानते हैं।"

"मगर मुझसे तो..."

"मान्यवर जनसेवक हैं। वे अपने हाथ और मन की बात कभी नहीं बांटते।"

"मुझे यकीन नहीं होता, यह तुम्हारा अनुभव हो सकता है— बहरहाल..."

"हां, यह अनुभव है मेरा, तुमसे भी ज्यादा बेटा!..."

मनीष चुप हो गया- उसे अपने मन के कोने में 'बेटा!' संबोधन सुनना अच्छा लगा। उसे बात को खींचना उचित नहीं लगा— न समय न स्थान। उसकी चुप्पी को देखकर जीवनानंद ने कहना आरम्भ किया।

"घर हो या बाहर पार्टियां दो ही अच्छी होती हैं। ज्यादा से घर टूटेगा और देश भी। खिचड़ी एक दाल की अच्छी होती है— अच्छी पकती भी है और स्वादिष्ट भी। मिक्स न ठीक से कभी पकती है और न स्वाद ही देती है— ठीक से न देश चलेगा न पेट भरेगा।" जीवनानंद ने कहा।

मनीष अब भी चुप रहा। जीवनानंद जो बात कहने जा रहा था, वह उसकी मन की गांठ खोलने की भूमिका लगी। सच भी यही है जैसा वह कह रहा है। उसी पल उसने सोचा और कहने से स्वयं को रोक नहीं सका, "आजादी होनी चाहिए घर में और देश में भी। सभी को अपनी-अपनी तरह से जीने का हक है— दो पाए की तरह चौपाये को भी... पिद्दी भी घोंसले का बंधन नहीं चाहती।"

"और बेलगाम पशु भी तो अधिक घातक होता है अपने लिए और कुनबे के लिए भी..." जीवनानंद तीर की भांति जवाब देने से नहीं चूका।

"तो"

"तो क्या कोई असमय मरना नहीं चाहता— मैं भी नहीं। हर किसी में अपनी -अपनी तरह से जीने की आस होनी चाहिए। मैं मरने से बचने के लिए ही तो यहां आया हूं।"

"समझा नहीं। साफ-साफ बताओ जीवानंद! पहेली मत बूझो।"

"यही तो मुश्किल है, हम लोगों के मरने पर भी कोई विश्वास नहीं करता। अब मैं जीना चाहता हूं, उसके लिए सब कुछ करने को तैयार हूं— एक तरह से मेरी तैयारी है। पर मैं स्वयं कुछ कर नहीं पाता, दूसरे पर आश्रित होना पड़ता है— कि कब उनकी मेरे जीवित रहने पर सहमति बने। इस बात का रह-रह कर मुझे अफ़सोस होता है।"

"कैसी बहकी-बहकी सी बातें कर रहे हो। तुम्हारे जीवित रहने पर किसी की असहमती कैसे बन सकती है—"तुम्हें जीने का हक है—"

और मरने का?"

जीवनानंद खित-खित हंस पड़ा, जैसे मनीष के शब्दों की हंसी कर दी।

"इस पर राय जरूर बन सकती है।" मनीष ने गंभीरता से कहा।

"यानि सामूहिक राय ताकि पाप का भागीदार कोई एक न हो— हम ऐसे फैसले के शिकार हो गए हैं-अनाथ हो गए।" जीवनानंद जैसे अपनी मन की गांठ खोलने में सफल हो गया।

मनीष को कुछ भी समझ में नहीं आया। वह स्वयं को ठगा-ठगा सा महसूस करने लगा। बड़ी देर तक शांतचित टुकुर-टुकुर जीवनानंद के चेहरे को देखता रहा। जब उसे लगा कि अब जीवनानंद का आक्रोश शांत हो गया है, तो, उसने आत्मीयता से पूछा, "पन्नो कहां है, उसे कहां छोड़ आये जीवनानन्द?"

"वहीं, जहां तुम भी छोड़ आये थे, वहीं जहां दोनों बच्चे छोड़ गए थे।" जीवनानंद ने रुखा सा उत्तर दिया।

"स्पाईस मॉल के चौराहे पर अकेली..." मनीष ने आश्चर्य करते हुए पूछा।

"हां वहीं, जब से बच्चों पर पंख लगे और तभी से। तब से समय पर उसकी आंख ही नहीं खुलती। मेरी आंख का पानी भी— मरा-मरा-सा उसके चेहरे पर बनी लकीरों पर अटक कर चमकने लगता है— मैं उसके चेहरे को देख नहीं पाता।"

"मतलब..."

"अरे बच्चों का साथ छोड़ने पर कांख पसरी औरत की ओर देखने की जरूरत ही नहीं पड़ती। जब बच्चे साथ थे, सुबह बच्चों का मुंह देखने से पहले उसके चेहरे को देखने की आदत ही बन चुकी थी— वह आदत भी अब नहीं रही। आदत बनाने से कहीं अधिक कष्ट टूटने में होता है बेटे! आदत जब टूटती है तो व्यवहार ही नहीं टूटता, उससे मन भी टूटता है। मन टूटेगा तो भौतिक शक्ति टूटेगी और दुख भी बड़ा होगा..."

"मैं, पन्नो और तुम्हारे बच्चों की बात कर रहा हूं।"

"मैं भी उन्हीं की कह रहा हूं।"

"मैं दस दिन की बात कह रहा हूं— मैं उनसे हुई मुलाकात की बात कह रहा हूं?"

"मैं दस साल पहले की बात कह रहा हूं।"

"वे बच्चे तुम्हारे ही थे, जिन्हें मैं मिला था उस दिन।"

"बच्चे कभी पराये नहीं होते। वैसे पराया-जंगल का शेर भी नहीं होता बेटे! वह भी प्यार का भूखा होता है। जितना उसे प्यार दोगे वह उतना ही तुम्हारे करीब

आएगा।''

''ऐसी गलतफहमी में नहीं रहना अब। शेरों के घर-आश्रय कहां बचे रहे— अब उजाड़ दिए हैं। उनका जीने का हक छीना तो उनके मन भी टूट गए हैं। मन टूटता है तो— क्या कहा तुमने जीवनानंद?''

''बेघर को घर देने की बात कहो बेटे! उसे बसाने की बात कहो। जिस काम के लिए मुझे बुलाया है उसकी बात कहो।''

''किसने बुलाया था?''

''मान्यवर ने''

''कौन मान्यवर? एक हो तो उनकी बात करूँ''

''वही बेटे! जो पिछले दस दिनों से पन्नो के चेहरे पर हंसी देखना चाहते हैं।''

''पन्नो खुश ही तो रहती है बच्चों के साथ।''

''वह मैं जानता हूं— तुम से बेहतर जानता हूं उसे। एक बात कहूं बाबू! तुमने गली मोहले में कभी कुत्तों की जमात को घूमते देखा है। उनमें एक बलशाली कुत्ता जो एक कुतिया को साथ लेकर चलता है। वह उस कुत्ते के साथ घुमती रहती है। और गली मोहले के कुत्ते जिन्हें वे दोनों प्यार देते हैं, वे भी उनके साथ हो लेते हैं। बन गया न एक लम्बा चौड़ा परिवार— है न मजे की बात। मेरा परिवार वैसा ही है।''

मनीष कुछ कह नहीं पाया, माथा पकड़ बैठा। बूढ़े की बात सुनने से बचने का दूसरा रास्ता भी नहीं था। जब उसे ऊब होने लगी, तो उसने बात को बदलने के उपक्रम में पूछा, ''मान्यवर को जानते हैं जीवनानंद?''

''वे लोग हमें बहुत कम जानते हैं। और जनता— वह तो उन्हें उनसे भी कम जानती है।''

''इधर- उधर की छोड़ो, अपनी बात कहो जीवनानंद!''

''वही कह रहा हूं।''

''क्या कहा?'' मनीष ने जरा ऊंची आवाज में कहा।

''यही कि बच्चों के घर लौटने तक हम दोनों को अंतिम निवास में पहुंचने पर सुरक्षित ठौर दे दें।'' सहजता से जीवनानंद ने कह दिया।

''फिर?''

''बच्चे हमारी लाशों का जो कुछ भी करना चाहें, उसके लिए— एक बार चिता पर रखने से पहले सोच ही लेंगे...''

''तो तुम भी उस बूढ़े की भांति चिता में नहीं चढ़वाना चाहते स्वयं को? ऐसे ही बने रहना चाहते हैं।?''

''हां, वही। मान्यवर ने कहा, यह मुश्किल काम नहीं है...आजकल सब कुछ संभव है।''

''देह दान कहते हैं उसे।''

''देने को शरीर में बचा हो तभी तो कहूंगा। मान्यवर ने सुझाया तो लगा- महर्षि दधिची ने भी तो... अब कह रहे हैं तो कुछ होगा ही। हम तो सिर्फ बच्चों के घर वापसी तक की आस लगाये बैठे हैं...''

''और फिर...''

''फिर क्या ये...।'' कहकर जीवनानंद ने अपना वाक्य चबा लिया।

मनीष को विश्वास हो चुका था कि बुढ़ा कोई दूसरा नहीं यह वही है— जीवनानंद ही है, जिसे मिलकर आने की बात कमलकिशोर ने रुकुमा से की थी। उसने गौर से देखा, जीवनानंद कुछ ढूंढ़ते हुए अस्पष्ट सा बुदबुदा रहा है। उसके होंठों पर आंखें टिकीं, तो उसके होंठों से फूट पड़ने को डरते शब्दों का अनुमान लगाया कि ''...तब तक ये हड्डियां बची रहीं तो...'' जैसा वाक्य उसे सुनाई पड़ा। फिर जीवनानंद ने अपने शरीर पर हाथ फेरा और कुछ याद करने के भाव मनीष को उसके चहरे पर दिखने लगे।

फिर जीवनानंद ने अविलम्ब अपनी जेब में हाथ डाला और अप्रत्याशित शब्दों में कहा, ''अभी इतना ही लाया हूं। दस्तावेज पर दस्तखत होने पर पाई-पाई चुका दूंगा। किसी का एहसानों का बोझ छाती पर उठाकर साथ नहीं ले जाऊंगा। वैसे भी शहर में लूटपाट कम नहीं है— माहौल बहुत खराब है। बड़े-बुजुर्गों और महिलाओं की इज्जत-आबरू से खेलने से लेकर छिना झपटी- चोरी चकारी तक— क्या कुछ नहीं हो रहा है। बहुत डर लग रहा था इन्हें साथ लाने में— मुझे अकेले में...''

''नहीं, इन्हें संभालकर रखो काम आयेंगे।''

''नहीं, यही बात हुई थी, बाकी रुपये काम पूरा होने पर।''

''ठीक है— तुम चिता में नहीं चढ़ना चाहते?''

''नहीं,''

''कब्र में दफन होना चाहते हो?''

''नहीं।''

''काट-काटकर पशु-पक्षियों को खिलवाना चाहते हो?''

''नहीं,''

''आखिर ऐसे कब तक?''

''पहले तो दोनों, नहीं तो एक बच्चे के लौटने तक।''

''यदि वे दोनों ही नहीं लौटे तो...''

जीवनानंद जैसे किसी बिगडैल ऋषि की भांति शाप देने की मुद्रा में मनीष को

घूरने लगा।

''हां, यह भी उतना ही सच है।''

जीवनानंद खामोश हो गया। उसके मुख पर ठीक उसी तरह के भाव उमड़ने लगे, जैसे मनीष ने चिता के समीप बैठे बूढ़े के मुख पर देखे थे।

मनीष ने अपना हाथ जीवनानंद की तरफ बढ़ाया। उसे उम्मीद थी कि जीवनानंद भी ऐसा ही करेगा और उसका हाथ पकड़ लेगा। परन्तु जीवनानंद ने ऐसा नहीं किया, वह सोचता हुआ, अंतिम निवास के परिसर से वापस लौटने के लिए कहता रहा। जीवनानंद में जैसे प्राण ऊर्जा कमजोर पड़ने लगी थी। इसीलिए उसने ठहर कर लम्बी सांस छोड़ी और धीरे से कहा, ''क्या बच्चों के लौटने तक हम दोनों साबुत बचे रहेंगे?''

''हां, उनके लौटने तक ही नहीं, आगे भी-इसी तरह बने रहोगे जीवनानंद!''

''सच-सच कह रहे हो? मान्यवर ठीक यही कह रहे थे?''

''बिलकुल ठीक उन्हीं के शब्द हैं, संदेह की लेश मात्र गुंजाइश है ही नहीं। किन्तु एक बात कह दूं— अब तुम स्वयं को कभी अकेला नहीं महसूस करोगे तभी...''

जीवनानंद ने मनीष के चहरे की तरफ देखा और फिर धीरे से कहा, ''सुबह उठकर जब अखबार को उठाता हूं, तो, उसे रंक्तरंजित देखकर हाथ-पांव ही नहीं, मेरी आत्म ही कांप उठती है। सोचने लगता हूं, किसी के हाथ का साथ नहीं मिला, तो हम लोग ऐसे ही मारे जायेंगे एक रात। पडौस में भी खबर अखबार ही देंगे...''

''तुम्हारी वह धमाचौकड़ी-जिनके बीच में तुम सबकुछ भुलाये होते हो, यहां तक कि खुद को भी...।''

''कब तक! जबतक अपने हाथ-पांव साथ देंगे तभी तक।''

''नहीं, नहीं उससे कहीं आगे तक। तुमने इन्हें जितना प्यार बांटा और अपनत्व दिया है, उससे कहीं आगे तक...'' मनीष कहते-कहते अटक गया। सोचने लगा, कितना आसान होता है कहना और कहकर भुला देना... जीवनानंद की ठौर पर कोई और होगा तो...

●●●

उसकी आंखें कुछ तलाशने लगीं।

इस समय भी उसे कुछ नहीं मिल रहा था— बचपन, बचपन की डांट-फटकार जैसा बहुत कुछ— जिसे वह बहुत पीछे छोड़ आया था गांव देस और लम्बे बुग्यालों में। वे बुग्याल जो आज मवेशियों को भी मुंह मारने से डराते हैं, ओह! न घर अपना और न घाट-फिर भी अपना— वही अपना सबकुछ ही छीन सा गया है।''

“कहां खो गए बेटे! यह अंतिम निवास है। यहां हर कोई अपना सबकुछ भूल ही जाता है— जल, जंगल जमीन-यहां तक कि अपने रिश्ते भी...”

“नहीं, मेरा घर अंतिम निवास नहीं हो सकता। मेरा पहाड़ मुझसे विलग नहीं हो सकता— उससे संबंधों को भुलाना इतना सरल नहीं...”

“गलत सोच है तुम्हारी। जीवन अनुभव की भयानक कमी है तुम्हारे पास। अंतिम निवास पर घड़ीभर ठहरकर ऐसी ही अनुभूति होती है, हर कोई ऐसा ही सोचता है, मन ही मन बिलखता है— यह सच है, मैंने बड़े-बड़े शूर वीरों, दुनिया के धन्ना सेठों को अंतिम निवास में जीवन के अंतिम सत्य पर ऐसा सोचते, आंखें भिगोते और मिमियाते हुए देखा है। मैं जहां तक समझ रहा हूं, तुम पहली बार यहां आये हो?” जीवनानंद चिंगारी की भांति चटक गया।

“हां, पहली बार। परन्तु पहाड़ों का सच यह नहीं हो सकता, इससे भिन्न है। क्या तुमने जीवन में पहाड़ों को झुकते, पीड़ा से कराहते देखा और सुना है। पहाड़ झुकते नहीं टूटते हैं। टूटना भी ऐसा कि दुनिया कहती है, हां, पहाड़ टूटा है— तब धरती हिली और आसमान गूंजा था...”

“यह सच नहीं हो सकता।” आत्मविश्वास से भरे स्वर में जीवनानंद ने कहा।

“यही सच है जीवनानंद!...”

“ओह! मुझे लौटना है— विलम्ब हुआ। लटकन कांपता रहा रात भर बुखार से। उसे दावा-दारु दिलवाने में विलम्ब ठीक नहीं...”

जीवनानंद शीघ्रता से उठा और तेजी से उसके कदम बढ़ गए।

“मैं तुम्हें छोड़ दुंगा— चौराहे पर।” मनीष ने उसके तेजी से बढ़ते कदमों को रोकने के उद्देश्य से कहा।

“नहीं-नहीं, चौराहे पर नहीं। वहां मेरा घर नहीं है।”

“तो फिर...”

“चौराहा तो हमारी स्मृतियों को बहलाने का ठिकाना होता है बेटे! अपने बच्चों को, उनके बचपन को याद करने का ठिकाना...”

“अजीब आदमी हो...”

“हां, विश्वास करो, मैं सच कह रहा हूं। उन बच्चों के बीच ही तो हम दोनों ढूंढ़ते है अपने बच्चों को— उनके बचपन को— पहले किलकारी, फिर हंसी-ठिठोली, वही तो है जीवन और उसका आनंद का उत्स...”

“और मैं-मैं भी तो पाता हूं उनके बीच अपनों को,जो बहुत दूर छूट चुके हैं— जिनकी डांट-फटकार की प्रतिध्वनि अभी भी गूँज रही होगी गिरि कंदराओं में। उस प्रतिध्वनि को सुनने को तरसता रहता हूं मैं...।”

''पीछे छूटे को कभी कमजोर नहीं कहते बाबू! कमजोर हमेशा आगे निकल आते हैं। याद है, बचपन में पढ़ी, हमेशा स्मृतियों को ताजा करती, खरगोश और कछुए की कहानी। तुम मुझसे जवान हो, तुम्हारे कदमों में आहट है और मैं उस आहट को सुन सकता हूं— जैसे कछुए ने सुनी थी कभी...।''

''जीवनानंद मृत्यु को प्राप्त नहीं हो सकता कभी। जीवनानंद हमेशा जीवंत बना रहेगा— और मैं—जीवन और मृत्यु के बीच डोलता एक पेंडुलम से अधिक नहीं। क्या यही मेरे होने का सच है?'' मनीष ने धीरे से बुदबुदा दिया। होंठों से शब्द छूटते तो जीवनानंद के कर्ण पट को स्पर्श कर जाते। और वह कुछ कहे बिना न रह पाता। उसने देखा, जीवनानंद के तेज-तेज कदमों को बढ़ते देखा और अंतिम निवास की चारदीवारी से ओझल होने तक एकटक देखता रहा।

''रुको! रुको जीवनानंद!! अकेले मत जाओ। मुझे भी साथ ले लो।'' कहता हुआ मनीष अंतिम निवास से बाहर निकल आया।

''किधर चले गए जीवनानंद?'' उसने चारों ओर नजर दौड़ाई— जीवनानंद नहीं दिखा। उसका झल्लाने को मन हुआ, आखिर किस ओर चला गया यह बुढ़ा भी...

एकदम हकबक। मनीष ने महामाया फ्लाई ओवर तक नजर दौड़ाई। कारें, बस और सैंकड़ों वाहन उस पर दौड़ते हुए उसे दिखे। उसे जीवनानंद के अप्रत्याशित व्यवहार पर चिढ़ सी हुई या स्वयं पर चिढ़ते हुए उसने कहा, ''बुढ़ा कोई भी हो कहीं का भी-सभी की प्रवृति एक सी होती है—धैर्य तो होता ही नहीं—ठसक हमेशा नाक चढ़ी रहती है।''

उसने दांयें देखा, तो अमेटी यूनिवर्सिटी की तरफ जाने वाली सड़क पर वाहनों की रफ्तार थम सी गयी थी। भीड़भड़क्का दृश्य देख कर उसे आश्चर्य हुआ— एक तरफ पहाड़ सदृश्य फ्लाई ओवर पर जिन्दगी दौड़ रही है और दूसरी तरफ समतल प्रतीत होती इस सड़क पर जिंदगी ठहर सी गयी— जबकि समतल सड़क का दूसरा सिरा आगरा के मुहाने पर पहुंचता है। यह एक तरह से प्रेम प्रतीक को जाने वाला मार्ग है। जीवनानंद इस सड़क को नहीं चुनेगा। इस उम्र में उसे इस मार्ग को चुनना अच्छा नहीं लगेगा। उसके तेजी से बढ़ते कदम इस सड़क पर थम जायेंगे।

उसने बांईं ओर महामाया फ्लाई ओवर गतिमान देखा। उसे ऐसे ही मार्ग पर चलना पसंद है। उस पर चढ़ने का रास्ता वह ढूंढ़ भी लेगा— यह सामान्य फ्लाई ओवर नहीं है— विकास और समृद्धि का मार्ग इस पर से होकर गुजरता है— इस पर जीवनानंद ही नहीं, हर कोई चलना पसंद करता है। जिसका एक सिरा कालिंदीकुंज की तरफ तो दूसरा गोल्फ कोर्स के गोलचक्कर से होते हुए सीटी सेंटर और फिर स्पाईस मॉल के चौराहे की तरफ चला जाता है। वैसे गोलचक्कर से ही नोएडा के हर कोने को सड़कें जाती हैं या फिर सभी सड़कों का मुहाना गोल चक्कर पर मिलता है।

यहीं पर से एक सड़क निठारी की ओर चली आती है तो दूसरी तरफ ग्रेटर नोएडा को जाती है।

यूं तो जीवानंद निठारी का रास्ता चुनने को स्वतंत्र है— वह सुगम और छोटा रास्ता है। वह मुक्ति, मोक्ष और आनंद की सड़क भी कही जा सकती है। जीवनानंद उस सड़क को नहीं चुनेगा। उसे निठारी की सड़क पर डर लगता है— डर उसका अपने मन का है। यह जानते हुए भी कि वह सुरक्षित सड़क है, उसके दोनों ओर आवाजाही और जीवन बसता है। किन्तु, उसकी दृष्टि में वह एक जिन्दा बदनाम गली को जानेवाला रास्ता है— जिस पर अब इंसान के साथ-साथ जानवर भी पैदल चलने से कतरा कर चलने लगे हैं।

जीवनानंद ग्रेटर नोएडा का रास्ता भी नहीं चुनेगा। वह रास्ता खुला है और एकांत को बुनता रहता है। वैसे भी उसकी ग्रेटर नोएडा जाने की इच्छा कभी नहीं हुई। एक दिन उसने बताया था, कि इसी गोलचक्कर पर खड़े होकर बिसरख जाने का मन जरूर बनाया था। जिस दिन की शाम में नोएडा स्टेडियम में अनगिनत दर्शकों के समक्ष, लंकाधिपति रावण के पुतले का दहन और साथ में मेघनाद और कुम्भकरण के पुतले फूंके जाने की तैयारी की जा रही थी। जिसे 'असत्य पर सत्य की विजय' भरी शाम का नाम दिया गया था। लोग खुश थे। दिन भर मिठाईयां बांट रहे थे— आतिशबाजी के घोर शोर को अपने कानों में महसूस कर रहे थे। स्टेडियम से पन्द्रह -बीस किलोमीटर दूरी पर बिसरख निवासियों के दिल रो रहे थे। जीवनानंद उसी गांव को देखना चाहता था। भले ही रावण अत्याचारी रहा हो, बिसरख वासियों ने उसे नहीं देखा था,जिसके होने के संबंध में पौराणिक कथा ही सुनी थी, फिर भी, उन्हें आज भी गर्व है रावण जैसा विद्वान इसी बिसरख गांव देस की संतान थी, उन्हीं के समाज के बीच का सुसंस्कृत सदस्य, महान योद्धा। जो आजाद भारत के लूटरों, आतताई और अत्याचारियों से— जिनसे बिसरख का सुबह-शाम की ऐच-घेंच होती रहती है, उनसे शक्ति, सामर्थ्य और संपत्ति जुटाने में उन्नीस ही रहा होगा। आज के समर्थ सहचरों के पुतले जलने का वाकया उसने अपनी इस उम्र तक कभी नहीं देखा और सुना था। उस पराक्रमी रावण का गांव देस वही है— जिसे सोने की लंका का निर्मार्ण करने के उपरान्त, उसने निश्चित ही स्वयं भुला दिया होगा— उसे देखने की उत्सुकता हुई थी।

मनीष दुविधा में घिर गया। अंततः उसे एक रास्ता तो चुनना ही होगा। अविलम्ब उसके कदम महामाया फ्लाइओवर की तरफ बढ़ गए— यह सोचते हुए कि समतल मैदान पर चलने से अच्छा चढ़ाई चढ़ना सुविधाजनक है उसके लिए। उसके अनुभवी पांव पहाड़ चढ़ने और उतरने पर नहीं दुखते थे। यदि वह तेजी से चलकर फ्लाइओवर चढ़ गया, तो इसी जीवन में अनासक्त धाम को ही नहीं, ग्रेट

प्लेस ऑफ इण्डिया मॉल, डी.एल.एफ. मॉल, बोटानिकल गार्डन पर बने मेट्रो स्टेशन और जीवनानानन्द को भी फूटपाथ पर चलते, ऊंचाई से देख सकता है। उसी जीवनानंद को जो मरना नहीं चाहता और मरने के बाद भी जीवित रहना चाहता है...

●●●

तुम जीवित रहोगे जीवनानंद।

जीवनानंद मरता तो यह शरीर है। गगन चुम्बी इमारतों में, लच्छेदार भाषणों के बीच शब्दों के भंवर में, आदमकद कटआउट और पोस्टरों में या फिर पार्क-चौराहों पर बनी मूर्तियों में— नहीं, तुम इन में अमरत्व प्राप्त नहीं कर सकते। ये इमारतें, फ्लाइओवर, तुम्हारे जैसा साधारण इंसान, इनमें कहां जीवित रहा आजतक? तुम्हें शरीर से मरना ही होगा एक दिन। इनमें जीवित रहना मान्यवरों को भाता है। उनका ही जीवन इनमें रचता-बसता है। परन्तु, मुझे तुम्हें बचाने की कला आती है। तुम्हें साहित्य, कला और संगीत में जिन्दा रखने की कला मुझे आती है— तुम वहीं बचे रहोगे। मनीष ने फ्लाई ओवर की घुमावदार रास्ते की चढ़ाई चढ़ते हुए, ऐसा ही बहुत कुछ सोचा डाला— "मुझे एक बार पहाड़ सी चढ़ाई चढ़ने दो जीवनानंद!"

फ्लाई ओवर पर चढ़कर उसने लम्बी सांस ली। उसे लगा जीवनानंद आखिर मिल ही गया। उसके तेज कदम कितना साथ देते? उसकी बढ़ती उम्र का तकाजा भी तो है। उसने जीवनानंद को अपने पीछे खड़ा होने को अनुभव किया। उसने बड़े ही आत्मविश्वास से संबोधित कर पूछा, "फिर भी, तुम जीवित रहना चाहोगे जीवनानंद?"

"हां, मैं जीवित रहना चाहता हूं— अपने भरे पूरे परिवार के साथ रहूंगा एकदिन।" जैसा जीवनानंद ने शहद-सी बोली-बानी में भौंरे की भांति गुनगुना दिया मनीष के कानों में।

मनीष ने ताकझांक की। आंखें दूर तक उसके आश्चर्य को उड़ा ले गयीं— सामने अंतिम निवास की चिमनियों से निकलता काला धुआं उसे डरावना सा लगा।

"कहां है जीवनानंद! कोई तो नहीं है!" उसने स्वयं से कहा। उसकी आंखें लौट आयीं। उसने थके-थके स्वर में कहा और उसे खुद ही सुना, "देह की गंध भी कितनी बलवती हो जाती है कभी-कभी..."। वह रोमांचित हो उठा। "स्मृतियों का खेल भी कितना निराला होता है, जब खेलती हैं तब यथार्थ के करीब हो जाती हैं। रोमांचक खेल का सावन मनभरकर बरसता है तभी तन-मन भीगता है। उसी सावन में मयूर और मेढ़क दोनों अपने सुर में गाने लगते हैं। उस गाने को कोई मल्हार कहता है तो कोई कुछ और— मैं तो सिर्फ उसे गंध कहता हूं— जीवन की गंध।

जीवनानंद के शरीर की गंध, जो...''

उसके कदम तेजी से बढ़ने लगे।

महामाया फ्लाई ओवर पर चढ़कर वह कुछ कदम आगे बढ़ा। उसने कालिंदी कुञ्ज की तरफ से आते एक वाहन को हाथ देकर रुकने का संकेत किया।

वाहन नहीं रुका।

फ्लाई ओवर पर चलते वाहन रोकना और रुकवाना अपराध है। यह विकास का मार्ग है। तेजी से ऊपर चढ़ते विकास मार्ग की गति को रोकना अनुचित है। यह दुर्घटना संभावित क्षेत्र है। छोटी असावधानी बड़ी दुर्घटना को न्योंता दे सकती है। मनीष को याद आया आज से पहले उसने ऐसी चेतावनी वाला बोर्ड यहां पर पहले कभी नहीं देखा। बीसियों बार कमलकिशोर के साथ इस सड़क से दिल्ली जाना और लौटना हुआ था। उसे याद आया कुछ दिन पहले ही इसी फ्लाई ओवर पर बस दुर्घटना हुई थी। उससे पहले एक ट्रक फ्लाई ओवर की रेलिंग से लटक गया था— जैसे आत्महत्या के लिए झूल गया हो। कभी बस संतुलन खो देती है, तो कभी छोटे -छोटे खिलोने टूट कर बिखर जाते हैं। कुछ ही दिन पहले ही स्कूल के बच्चों का बड़ा भारी कोहराम मचा था। उसने फ्लाई ओवर से नीचे की ओर झांका, घटना की परिस्थितियों को याद करते, उसके हाथ-पांव थरथर कांपने लगे। उसने अपने घुटनों पर हाथों को टीकाकार तन को आराम देने की सोचकर झुक गया। एकाएक नज़र अपने पैरों पर टिक गयी। पैदल चलते पांव थके ही नहीं लहूलुहान भी हो चुके थे। इसी तरह वह चलता रहा तो प्राण पाखी उड़कर आसमान लग जायेंगे-यदि इसी तरह चलता गया तो लहूलुहान पांव अपना सन्तुल खो देंगे और वह बीच सड़क पर लुढ़क जायेगा,कोई कार उसे रौंदती हुई चली जाएगी। अंतिम निवास के पेड़ों और झाड़ियों में चिड़ियों का चिहन्कुहना बढ़ जाएगा। मरना तो दोनों तरफ से है ही- इस पर मन की चल-विचल संगत नहीं। भगवान श्रीकृष्ण ने यही तो कहा है, ''मयाध्यक्षेण प्रकृतिः सूयते सचराचरम'' यानि भौतिक प्रकृति श्रीकृष्ण की अध्यक्षता में कार्य करती है। जब हम चारों ओर अर्थात दृश्य-जगत में विचित्र-विचित्र बातें घटते देखते हैं, जैसाकि मैं देख रहा था, उस दृश्य जगत के पीछे उस नियंता का हाथ है। और मृत्यु-उस पर शोक मत करो...

मनीष असहनीय पीड़ा के बीच धीरे-धीरे कदमों से नीचे उतर आया।

जब वह मृत्यु को याद कर रहा था, तब उसे सेक्टर 18 के सुन्दर डिज़ाइन किए मॉल और गंगंचुम्बी इमारत नहीं दिखीं। ऊंचे-ऊंचे पेड़ों की एक अपारदर्शी दीवार उनके कद से कहीं बड़ी खड़ी थी। उस सुन्दर इमारत को न देख पाने का अफ़सोस हुआ, जिसके एक छोटे से हॉल में रंगीन फिल्म देखा करता था। वही नहीं नए शहर की बसावट के कामगार, रिक्शा-ठेलेवाला और उनकी पसीने की गंध वहां

होती थी, जिसकी छत पर चढ़कर दुनिया को सम्पूर्णता में देखने की सोचता था...उसने अपने मन को समझाया, "जातस्य हि ध्रुवे मृत्युः ध्रुवं जन्म मृतस्य च।" अटल सत्य से भय कैसा? आने-जाने का बहाना कुछ भी हो, मृत्यु तो होगी ही एक दिन। भगवान को भी देह त्याग करना ही पड़ा। जीवनानंद को वह ऐसा क्यों नहीं बता पाया? इतना भी नहीं कि एक तरफ मृत्यु को प्राप्त होगे, तो दूसरी तरफ जन्म भी होगा। असल यह, उसके हाल हालत और उम्र की परछाइयों ने मनीष की बुद्धि को ही कुंद कर दिया था उस समय।

ऊंचे-ऊंचे घने पेड़ों की छाया उसे सुख देने लगी। हरियाली ने उसका मन खुश कर दिया। सार्वभौमिक और सार्वकालिक होती हैं स्मृतियां, जो जहां-तहां कहीं और कभी भी खेलने लगती हैं। उन्हें बार-बुहार और तिथि-मुहूर्त की जरूरत नहीं होती। स्मृतियां ही तो हैं ये। कभी वह इस ओर की इमारत को,कभी उस तरफ की इमारत को देखता रहता था। उन पर चढ़कर उसकी आसमान छूने की उत्सुकता होती थी। कभी-कभी आसमान लगती इमारत की छत पर बैठकर तारे गिनने की ठान भी लेता था, परन्तु, जब से दिल्ली महानगर में रहने लगा था, तारों भरा आसमान उसने कभी देखा ही नहीं था। वही तारों भरा नीला आसमान जो उसे कभी अपना लगता था। टिमटिमाते तारों का प्रकाश उसे किसी चमत्कार से कम नहीं लगता था।

शुरू-शुरू में जब वह नोएडा में आया, कभी-कभी वैसा ही जगमग-जगमग करता आसमान उसे पहाड़ों की स्मृतियों से जोड़ने लगता था। वैसी ही जादुई अनुभूतियां होने लगती थीं— बच्चे अपने-अपने हिस्से के आसमान के तारों को गिनने लग जाते थे। उसे बचपन याद आता, तारों भरा आसमान याद आता, उन्हें गिनने का निर्थक प्रयास आरम्भ कर देता था। गिनते-गिनते दूर तक दृष्टि जाती, तो रानीखेत के लाल कुर्तिया बाजार की मधुर स्मृतियां के बीच आसमानी तारों को गिनना, उसके लिए कठिन हो जाता था। कभी-कभी सुदूर क्षितिज पर जगमगाते बिजली के बल्बों की रोशनी और तारों के बीच फर्क करना मुश्किल हो जाता था। यही वह आसमान का कोना होता था, जहां बचपन की हार-जीत का फैसला घुप अंधेरी रात को करना होता था। दिन उगता, दोपहर होती शाम होते सूरज ढल जाता। स्थिर होती रात का होना तय था। सूरज की तरह वह एक कोने से दूसरे कोने में नहीं भागती— एकदम स्थिर होती, तो न्याय करती— न्याय के लिए स्थिर होना जरूरी था। पहाड़ की पगडंडियों पर मस्त जीवन और उसकी होने की अनुभूति इस समय भी उसे गुदगुदाती रही। यकायक बचपन की उच्छास ने उसे तृप्ति कर दी। उसने उसी तृप्त रस भाव से कहा, "आज वह न बरोला को जाने वाले फ्लाई ओवर पर चढ़ेगा और न वहां चढ़कर सदरपुर के आसमान को निहारेगा।" वह जानता है, वहां, उसके हिस्से का न आसमान होगा और न दिन में तारे ही दिखेंगे। वे दोनों तो सिर्फ अब

उसके जीवन में रच बस चुके हैं, उसके अंतर्मन के आसमान में टिमटिमा रहे हैं। अपने भीतर समाये आसमान के अनगिनत अनुभवों और दृश्य बिम्बों को सिर्फ वही देख रहा है। स्मृतियों के मक्कड़ जाल में उलझी रानीखेत की रोशनी को वही देख सकता है। उस जाल के एक-एक रेशे को अभी सुलझा पाना कठिन है— वैसे भी अपनी उलझनों को सुलझाने का अवसर इस शहर का शोर, प्रदूषण, इमारतों का आसमान छूने की होड़ाहोड़ी जीवन से रिश्ता जोड़ने की फुरसत देते ही कहां हैं?

प्रकृति भी कैसे-कैसे अनोखे खेल खेलती है, अपने खेल में किसी को शामिल होने ही नहीं देती। खेल में जीत हमेशा उसकी और हार शहर वासियों की होती है। आज भले ही न मनीष का घर है और न ही उसका आसमान। विकास और समृद्धि पथ पर बढ़ रहे कदम उसके अपने हैं। न बाहर रोशनी है न ही भीतर। अंतिम निवास से उठते धुंए की धुंध तले न उसके कदमों की छाया है और न उसकी आत्म की छबि उसे कहीं दिख रही है...

"ओह क्यों चढ़ आया मैं फ्लाई ओवर की इस ऊंचाई तक? यह रास्ता नया, लम्बा और भटकाव का प्रतीत हो रहा है मुझे। वैसे भी, इस रास्ते पर चढ़ने की जरूरत नहीं थी। मान्यवर का घर का रास्ता बांयीं ओर से ही जाता है, रुकुमा जहां मेरे लौटने की प्रतीक्षा कर रही होगी।" मनीष ने अपने भटके हुए मन को समझाया,और धीरे से कहा, "यह घुमावदार फ्लाई ओवर को बने अधिक समय नहीं हुआ है। इस नए रास्ते पर चलने के और भी अवसर मिलेंगे— तभी उसके अनुभवों को समग्रता और उसकी सम्पूर्णता में निहार लूँगा..."

●●●

हरियाली पीछे छूट गयी।

सूरज शरीर जलाने से बाज नहीं आ रहा था। खाली कोलतारी सड़क और खाली-खाली पड़े नंगे सेक्टर में सूरज को भी जी भरकर आग बरसाने में आनंद आ रहा था। इससे कहीं अधिक जीवन को सुख अंतिम निवास की घनी छाया में मिल रहा था। कैसे-कैसे लोग हैं दुनिया में— व्यर्थ ही भ्रम पाले लोग— जो कि वहां जाने से बचते हैं। जीवन के अंतिम संस्कार का झंझट न हो तो कभी उस ठौर का नाम भी नहीं लेंगे। जबकि है वह बड़ी शांति की जगह-वहां जाना चाहिए। अंतिम निवास है तो ठौर भी मिलेगी और शांति भी। फिर भी क्यों दुआए करते हैं लोग— मृत आत्मा को परमपिता परमेश्वर अपने श्रीचरणों में स्थान दें, शांति दे... इसलिए की वहां मृत देह की गंध भयानक होती है जीवन की गंध से। एक डरपोक और भयभीत इंसान की भांति भरी दोपहरी में मनीष को जीवन शास्त्रार्थ करते रुकुमा के

पास पहुंचने में समय नहीं लगा।

''लौट आये मनीष?'' रुकुमा ने रोज़ की भांति सवाल करते हुए शीतल जल का गिलास उसे थमा दिया।

''घर में ही जीवन बसता और बरसता है भाभी!'' मनीष ने भावुक कंठ से कहा।

''आज कोई नया पाठ सीख कर आये हो?'' रुकुमा ने चुहल करने के अंदाज़ में चुटकी ली ''साफ-साफ कहो कोई मिला था वहां? मुझे चुहल करना पसंद नहीं है।''

''हां मिला था, एक पाठ जीवन का अभिमन्त्रों से भरा हुआ— मृत देह की गंध के बीच जीवन की गंध को ढूँढ़ता एक इंसान। जिसके भीतर मन में गजब की जिजीविषा है तो मौत से भयाक्रन्तता भी।''

''तब तो वह कोई हारा और घायल प्राणी होगा... ?''

''नहीं, नहीं इन दोनों में से वह तनिक भी नहीं है— वह अपने लक्ष्य के करीब पहुंचता हुआ युद्धरत एक योद्धा प्रतीत हुआ मुझे।''

''उसे यहां ले आते, मेरे मन में उसके प्रति मान उमड़ रहा है।''

''उसने उसे भी जीत लिया है— एक जीवित इंसान से बड़ा सम्मान...।''

''मेरी मन की उत्सुकता को समझो मनीष! इसमें अविश्वास नहीं मेरी विवशता को समझो। कहां है वह? कहीं मेरे पिता तो नहीं थे वह?''

''क्या कह रही हैं भाभी?''

''मैं झूठ नहीं कह रही मनीष! वह मेरे पिता हो सकते हैं।''

''यह कैसे संभव है भाभी? क्या मान्यवर उन्हें नहीं पहचानते हैं?''

''नहीं, किन्तु वह भी तो अपना, मेरे पिता होने के प्रमाण कहां दे पाए थे उस दिन।''

क्या सुन रहा हूं मैं? वही जो रुकुमा कह रही है? मनीष ने स्वयं से पूछा। उसे अपने कानों पर विश्वास नहीं हुआ।

''क्या तुम भी...''

''नहीं, नहीं यह बात नहीं है मनीष।'' कहती रुकुमा फूट-फूटकर रो पड़ी— ''मेरी ही भांति चाह और मुक्ति के लिए जूझते मेरे पिता ही हो सकते है वह...''

मनीष की समझ में नहीं आ रहा था उसे कैसे कहे और समझाये कि वह व्यक्ति उसके पिता नहीं हो सकते। वह फूटपाथ को जीता एकान्तिक होने के बावजूद सामाजिकता को भरपूर जीता है जो अपने बड़े कुनबे के साथ भीख मांगकर गुजर बसर करता है। वह व्यक्ति रुकुमा के पिता कैसे हो सकते हैं? उसी क्षण उसे याद आया, कुछ ही देर पहले की ही तो बात है, जब वह जीवनानंद से घंटाभर अंतिम निवास पर उसकी बात से बात की पहेलियां बूझता रहा था। वह भी तो यही

कह रहा था— जिसे वह मेरा परिवार समझ रहा है, वह उसका अपना परिवार नहीं होने के बावजूद उसके ही मानिंद है— वह उस परिवार का मुखिया है। उसने पूछा, "क्या मान्यवर से अपनी मन की बातें कही थीं कभी?"

"कैसी नासमझी की बात कह रहे हो मनीष! यदि वह मेरे पिता हुए भी तो कमलकिशोर किस विश्‍बास से उन्हें स्वीकार करेंगें। यही गुण ही तो उन्हें आमजन से अलग करता है मनीष! यह बात तुम भूल से भी कमलकिशोर को न कह देना।"

"क्यों?" मनीष के मन के कोने में खटका सा हुआ।

"एक जन सेवक को निष्कलंक और सुचरित जो होना जरूरी है?" रुकुमा ने नाप तोलकर उत्तर दे दिया।

मनीष के मन में लगा खटका तेजी से संदेह में बदलने लगा। अब चुपचाप रुकुमा की बात सुनने का कोई विकल्प नहीं रह गया था।

रुकुमा कहती रही और वह सुनता रहा। जब वह बात करती हुई, काफी विचलित हो गयी, तो मनीष ने दुखी मन से, धीरे से पूछा, "तुम पहाड़ से हो क्या? पहाड़ी लड़कियां बहुत जल्दी ऐसे ही इमोशनल हो जाती हैं।"

स्वीकार्य की मुद्रा में रुकुमा ने सिर हिला दिया।

"मैं भी" कहते ही वह आगे जोड़ना चाहता था—"कहां से..." किन्तु मनीष नहीं कह पाया। उसने बात आगे बढ़ाने के लिए शिकायती लहजे में अवश्य कह दिया, "तुमने आज तक मुझसे क्यों नहीं पूछा? अपनी मन की बात पहले क्यों नहीं की? बता देती, मन हलका हो जाता— रेणुका! यही नाम है न— मगर अपने पहाड़ में ऐसा नाम तो होता ही नहीं?"

"मेरा यही नाम है— आधार कार्ड में भी यही है और..."

"इजा और बौज्यू..." तरकश का तीर उसने छोड़ दिया।

रुकुमा का रुआंसा चेहरा खिलखिला उठा। उस पर गांव देस की रंग और रंगत दोनों लौट आऐ। उसने मनीष की तरफ देखा और धीरे से कहा, "इस घर में प्रवेश करते ही मेरा सबकुछ बदल गया— खत्म हो गया— मेरा जीवन, उसका अस्तित्व, उसकी छुद्र इच्छाएं और यहां तक कि मेरी संवेदनाएं भी मनीष! अब मेरी बोली—भाषा के भूले बिसरे शब्द ही मेरी पहचान हैं उन्हें मुझसे कोई नहीं छीन सकता—वे ही मैंने बचाकर रखे हैं— अशेष हैं। यह कोई कम है क्या?"

"अब मैं अधिक जानना नहीं चाहता रुकुमा! यह सच सिर्फ तुम्हारा नहीं हैं मेरे लिए भी है। तुम्हारा रेणुका नाम नहीं हो सकता— इसका मुझे तुमसे हुई पहली मुलाकात में ही भ्रम हुआ था। और तभी से संदेह में जीते, रुकुमा के होने का अनुमान लगता रहा, बड़े दिनों के आहार-व्यवहार से यही विश्वास मन में बैठ गया कि तुम रेणुका नहीं हो सकती। यह शब्द तुम्हारी जुबान में कभी भी रच बस नहीं सकता।

दुधबोली ही किसी के जीवन और व्यक्तित्व का रचाव करती है रुकुमा!''

''अब तुम अगला सवाल नहीं करोगे?''

''तुम भी नहीं...'' सहमति में रुकुमा ने सिर हिला दिया और उसकी आंखें डबडबा आयीं— ''तुम मुझसे मन की बात नहीं कहोगे— एकांत में भी नहीं। वह राम भरोसा है न कमलकिशोर के कौर पर पलता है— हमेशा शक्की मिजाज का लगता है मुझे।''

''तुम अपनी पलकें क्यों भिगोने लगी हो? पत्थरीले पहाड़ और जीवन के रिश्ते कभी यूं ही नहीं रिसते। तुम्हारी ही आंखें भीग नहीं रहीं मुझे भिगा रही हैं। फिर भी, इन गीली पलकों के बरसने का आनंद ही अलग होता है रुकुमा!...''

मनीष को रुकुमा से आत्मीय क्षणों को बांटने का यह पहला अवसर हाथ लगा था। रुकुमा को भी उससे बातें करते अच्छा लगा, उसके विचलित मन को आनंद और आत्मीय पलों को जी लेने की अनुभूति हुई। इस बीच कई पल ऐसे भी आये, जब वह अपने भीतर के एकांत को उन पलों में बांटना चाहती थी, उसने कई बार ऐसे भाव प्रकट भी किये थे, किन्तु, कमलकिशोर ने, जिस दिन से मनीष को इस घर में जगह दी, तब से ऐसा अवसर कभी नहीं दिया था— जिससे उन दोनों को निजता और आत्मीयता का घुलामिला एहसास हो सकता था।

आज रुकुमा से बातें कर उसे अच्छा लगा। मनीष सोचने लगा, वह भी तो अपनी जड़ों से कटा एकांत को जीता मामूली सा इंसान है। दोनों एक जैसी जिंदगी के लिए अभिशापित हैं। रेणुका अकेली नहीं है इस शहर में— पूरा गांव देस ही उतर आया है मैदानों में। वे लोग, जो खून से ही अपना रिश्ता नहीं जोड़ते अपनी बोली— भाषा और सरोकारों से भी एकाकार हो जाते हैं। जिन्हें समाज से कटने का दु:ख हमेशा नहीं रहता। किसी न किसी मोड़ पर कोई न कोई अपना मिल ही जाता है, उस पल पीछे छूटे जीवन स्मृतियों को जी लेते हैं।

ऐसा मनीषा का सोचने भर तक सीमित रहा। उसके मन में रुकुमा को समझ लेने की उत्सुकता हुई। पर उसी समय जीवन के प्रति अपने दृष्टि कोण का प्रकटीकरण उसे अच्छा नहीं लगा। उसने स्वयं को समझाया कि यह उसकी सोच है, निजता है और अनुभव है। उसे यहां बैठकर रुकुमा पर थोपना उचित नहीं— इस शहर में तो बिलकुल भी नहीं। यहां हरकोई किसी अनजान मोड़ के किसी भी बिंदु पर खड़ा होकर, जब आगे का रास्ता देखता है, ठीक उसी समय पीछे छूटे को भूल जाता है। उसने सहजता से कहा, ''अब मैं भी अपने कमरे में जाकर आराम चाहता हूं रुकुमा!''

मनीष के बार-बार इस संबोधन पर उसने प्रतिरोध नहीं किया— उसने मुलमुल मुस्कराते हुए कहा, ''तुमसे बात करते मन हल्का हुआ।''

मनीष ने आत्मीय और शांत भाव से उसकी ओर देखा, वह उठा और जाने

लगा।

रुकुमा उसे देखती रही। उसने एकबार भी यह नहीं कहा, ''ठहर जाओ मनीष! बहुत कुछ शेष है तुमसे कहने को। मन की बातें हैं और कहने-सुनने को प्रयास समय भी। कमलकिशोर तो सुबह ही चला गया। न मालूम कब लौट कर आएगा— लौट भी आएगा, तो उससे अब क्या फर्क पड़ जाएगा— लौह-लक्कड़ की दीवार दुःख-सुख बांटती ही कब है?''

रेणुका फिर से अपने एकांत भरी दुनिया में लौट आयी।

''किस से बातें कर रही थीं मां! खुद से? यहां तो कोई भी नहीं है?'' उसने अपनी मायरा के आवाज देने को अनुभव किया।

''था तो सही— मामा था।'' उसने धीरे से कहा।

''कौन— मामा! आजतक तो मैंने उन्हें देखा ही नहीं...।''

''ठीक कह रही हो, मैंने भी आज तक कहां देखा था उसे। द्रोपदी भी कहां देख पायी थी श्रीकृष्ण को— वह तो विनम्रभाव से श्रीमूर्ति की भांति खड़ी दुर्योधन के शब्दों को चुबला रही थी। तुम भी ज्यों-ज्यों बड़ी हो रही हो— मां की बातों को छुपकर सुनने लगी हो। कुछ होने पर कुछ न होने को सुनने लगी हो और उसका अर्थ खोजने लगी हो मायरा! बढ़ती उम्र के साथ ऐसा ही होता होगा। मुझे न अपने बचपन की याद है और न मैं योवन को ही देख पाई। मैं मनीष की बात कह रही हूं— और तुम...'' रुकुमा ने जरा ऊंची आवाज में कहा।

''ठीक है— तो बताओ सुबह पापा से क्यों जोर-जोर से लड़ रही थीं?''

''कह रही थी, तेरे लिये और चुलबुल की स्कूल की फीस के लिए।''

''तुम्हें पता है पापा नहीं सुनते तुम्हारी और मेरी बातें— केवल चुलबुल की सुनते हैं...।''

''यही तो कह रही थी मैं मनीष से।''

''मनीष भैया से क्यों कह रही थी? कौन हैं वे? उनके खुद के पास कहां होते हैं पैसे? उन्हें भी तो पापा ही देते हैं— मैं जा रही हूं उनके पास।'' कहती वह मनीष के कमरे की ओर बढ़ गयी।

''कहां जा रही हो?'' रुकुमा जैसे अवचेतन से उभरने लगी। उसने इधर-उधर नजर दौड़ाई। मायरा अब भी आंगन में खड़ी थी। उसने हिदायत भरे लहजे में कहा, ''उधर मत जाओ। मनीष को आराम करने दो, उसे परेशान नहीं करो।''

मायरा के कदम आगे नहीं बढ़े। वह ठिठक सी गयी। वह सोचने लगी, मां को उसके कदम बड़े और आंगन अब छोटा क्यों लगने लगा है? वह दर्प के साथ दनदनाती हुई अपने कमरे में चली गयी।

रुकुमा की ऊंची आवाज पर चुलबुल की जाग खुल गयी। उसका उठने का

समय अभी नहीं हुआ था, वह आंखें मिचमिचाती कसैला मुंह लेकर आंगन में चली आयी। अपनी आदत के अनुरूप वह मनीष के कमरे की ओर चली गयी।

रुकुमा ने उसे भी ऊंचे स्वर में टोक दिया।

चुलबुल नहीं रुकी।

मायरा का चिढ़ना स्वाभाविक था। उसने दर्प से कहा, ''मां! तुमने चुलबुल को क्यों नहीं रोका? उसे भी तो रोकना चाहिए— यह तो पार्सिलटी है।''

वह जिस दर्प के साथ कमरे में लौट आयी थी, उसी गति से बाहर निकलकर मनीष के कमरे के सामने खड़ी हो गयी।

रुकुमा ने उसे देख लिया था, इस समय उसने उसे टोकना उचित नहीं समझा। बल्कि एक स्मित मुस्कान उसके होंठों पर तेजी से खेलने लगी। उसे मायरा का प्रतिवाद अच्छा लगा और उसने मजबूत आत्मविश्वास से कहा, ''जाओ, वहां चुलबुल भी है।''

''क्या कर रहे हो मनीष भैया?'' मायरा ने बाहर से आवाज दी।

''अरि तुम— मयूरी! इस समय, यहां क्यों चली आई? मैं तुम्हें याद कर रहा था— तुम आ ही गयी।'' मनीष को उसे इस नाम से पुकारना अच्छा लगता है, इसीलिए उसने आश्चर्य से कहा जैसे उसका विचार साकार हो गया।

''क्यों? कितनी बार बताया, मेरा नाम खराब मत करो— मुझे मायरा कहो''

कभी-कभी बच्चे ऐसे ही अप्रत्याक्षित सवाल कर बैठते हैं। जिसका उत्तर मनीष से ही नहीं, किसी से भी देते नहीं बनता। उसने मायरा के चेहरे पर प्रकट आक्रोश को अनुभव कर बात का रुख बदलते हुए कहा, ''जब मैं तुम्हें याद करता हूं, मुझे अपना गांव याद आ जाता है। वहां की बातें याद आ जाती हैं, अपना बचपन याद आ जाता है— सुबह में तुम्हारी मम्मी से यही बातें कर रहा था वह भी चुपचाप बैठी सुनती रही...''

''मम्मी को क्वेश्चन करना आता ही नहीं— डरती हैं।''

''वहां की कहानियों भी?'' बीच में चुलबुल टपक पड़ी।

''हां, हां, मैं जानता हूं, तुम्हें गांव की कहानियां अच्छी लगतीं हैं।'' मनीष ने तुतलाते हुए चुलबुल से कहा।

''और मम्मी भी तो कहानियां बड़े चाव से सुनती हैं।'' मायरा ने खुले मन से कहा।

''अच्छा? मुझे तो नहीं मालूम।''

मनीष के मस्तिष्क में बने स्मृति-स्थल पर कुछ-कुछ अंकुरित होने की उसे अनुभूति होने लगी। सीढ़ीनुमा खेत, नदी, झरने, लम्बे-चौड़े हरियाली ओढ़े बुग्याल, हिमाच्छादित ऊंचे-ऊंचे पहाड़ और शैलशिखर— नदी की कलकल-छलछल का

शोर तो कहीं पक्षियों का कलरव, उसके कानों में गूंजने लगा। उसने कहा, ''तो चुलबुल कहानी सुनोगी?''

चुलबुल एकदम चुप— टुकुर-टुकुर देखती रही।

''हां भैया! मैं भी।'' कहते, जैसे एक विचित्र दुनिया, उसकी संस्कृति और समाज मायरा की स्मृतियों में भी तैरने लगा। वह बोली, ''कौन सी कहानी सुना रहे हो भैया! जंगल के राजा शेर की, परियों की या कोई और जो आपको सबसे अधिक पसंद है अपने गांव देस की...''

''हां, आंचरी-चांचरी की मैं तुम्हें...'' कहकर वह चुप हो गया। जिसने आजतक पहाड़ों को नहीं देखा, कितनी ललक होती है उसके मन में, उन्हें देख लेने की, उसके आनंद को अनुभव करने की। मनीष की स्मृति में एक पुरानी और पीछे छूटी दुनिया साकार हो उठी— पहाड़ की छुवन तथा उससे उपजी सिहरन और झुरझुरी। पहाड़, नदी और ऊंचे झरने की धारा अपने तीव्र वेग से उसकी रगों में बहने लगी। उसके किनारे ऊंचे-ऊंचे देवदार के दरखतों का घना जंगल उग आया। देवदार की घनी, किन्तु, सुई की मानिंद पत्तियों के बीच सनसन बहती हवा का झोंका और दूर से आती बांसुरी की धुन के बीच एक छोटा सा मंदिर और उसके कलश को छू भर लेने की उत्सुकता से पींगें भरते मेघों के नन्हें-नन्हें बच्चे खेलते, उन्हें छू लेने को मन करने लगा। मंदिर से आती घंटियों की टुनटुन उसके कानों में गूंजने लगी। घंटियों से सिर्फ मधुर संगीत बहता हुआ नहीं लगा, उससे उसके मन में एक अलग तरह की चेतना की संगत की अनुभूति भी होने लगी। विणाई, झांझर बज उठे। मशक बीन बजने से उसका पूरा शरीर ही झंकृत हो उठा। यकायक उसे एक प्राचीन कथा याद आयी, उसकी ओर उन्मुख होने से मन-मस्तिष्क में आलोड़न-विलोड़न का एहसास होने लगा। वह प्रफुल्लित होकर बोला, ''नहीं, आज मैं तुम्हें पौराणिक कथा नहीं सुनाऊंगा चुलबुल! यह तुम्हारी समझ में नहीं आएगी।''

''आएगी अंकल! मैं हर बात को समझती हूं— मम्मी से पूछ लो।''

''अच्छा, तो चुलबुल! अब इतनी सयानी और समझदार हो गयी— कब से, मैं भी तो जान लूं।'' मनीष ने उसे चिढ़ाने के लिए कहा।

''अभी से...अब पहले कहानी सुनाओ भैया!'' मायरा ने बात में हास्य का रंग घोलते हुए कहा।

''मैंने चुलबुल को 'प्रज्ञा पुराण' की कथा सुनाई थी कुछ दिन पहले। चुलबुल को वह कहानी बहुत अच्छी लगी थी— वैसी ही मजेदार कहानी सुनाता हूं।'' मनीष ने तुतलाते हुए कहा।

''सुनाओ भैया! जल्दी से सुना दो। देर हो जाएगी तो मम्मा...''

''इतना डर लगता है मम्मी से— तो सुनो।'' मनीष ने कहना शुरू किया—

''सुबह सवेरे एक किसान और उसकी पत्नी साथ-साथ खेत पर जा रहे थे। उनके रास्ते में राजा का सुन्दर महल पड़ता था। महल की सुन्दरता को देख किसान की पत्नी के पांव रुक गए। वह मुग्ध होकर उस महल को देखने लगी। किसान आगे-आगे चला गया। जब काफी दूर पहुंच गया, तो उसने पीछे मुड़कर देखा। उसकी पत्नी किसान से बहुत पीछे छूट गयी थी। किसान को उसकी चिंता होने लगी। काफी देर तक वह प्रतीक्षा करता रहा, फिर भी, वह नहीं लौटी, उससे रहा नहीं गया। वह उलटे पांव लौट आया। पत्नी को उसने एकटक महल को निहारते देखा तो उससे चुप रहा नहीं गया, उसने कहा, ''व्यर्थ क्यों अपना समय ख़राब करती हो? इस महल से तो हमारा महल सौ गुणा अच्छा है।''

संयोग से किसान के शब्दों को राजा ने सुन लिया। राजा को आश्चर्य हुआ। उसने किसान और उसकी पत्नी को महल में बुलवाया और पूछा, ''तुम्हारा महल कहां है?''

किसान घबरा गया। महल होता तो उसके विषय में बता देता। उसने तो अपनी पत्नी के मुग्धभाव से राजा के महल को देखने पर उसका मन रखने को मशखरी की थी। अब कहीं कोई मुश्किल खड़ी हो गयी तो राजा के समक्ष वह चुप भी नहीं रह सकता था। उसे राजा के प्रश्न का उत्तर कुछ न कुछ देना जरूरी था। किसान ने हिम्मत जुटाई और राजा से कहा, ''लहलहाती फसल वाले खेत का हराभरा क्षेत्र ही हमारा महल है। जिससे हजारों हजार, लाखों लाख जीवों का पेट भरता है। आपके महल की यह विशेषता कहां है?''

''क्या यह तुम सच में कह रहे हो, इतनी-सी जमीन में सभी को भरपेट भोजन देते हो?'' राजा ने अपनी बात पर जोर देते हुए आश्चर्य से पूछा, ''जानते हो, यह बात तुम किस से कह रहे हो?''

''हां, मैं जानता हूं। भले ही सभी को पेट भरकर खाना नहीं मिले, लेकिन कुछ तो मिलता है। जितना भी अनाज पैदा होता है, उसे हम वितरित ही करते हैं, उसका संग्रह नहीं करते।''

''क्यों? अपने भविष्य के लिए बचा कर रखने की चिंता नहीं होती तुम्हें?''

''जब वर्तमान को बचाऊंगा तभी भविष्य भी बचा रहेगा महराज!'' किसान ने विनम्रता से उत्तर दिया।

राजा को किसान की बात पर आश्चर्य हुआ। उसने एक नजर में अपने आलिशान महल की तरफ देखा। महल की सुरक्षा में गार्ड चाक चौबंद थी और दूसरी नजर में दूर तक फैली किसान की जमीन के टुकड़े पर गयी। वहां पसरी हरियाली उसके मन को खुशी देने लगी। राजा बड़ी देर तक चुपचाप शांतभाव से हरेभरे लहलहाते खेत को देखता रहा और उससे किसान को कुछ कहते नहीं बना।

राजा के मन की उहापोह को किसान समझ गया। अपनी मन की बात को शालीनता से रखते हुए उसने कहा, ''जो अन्न पालता है वह मारता भी है, इसमें कोई संदेह नहीं। अधिक खाने से मौत हो सकती है। यह बात उतनी ही सच है, जितना कम खाने से कभी मौत नहीं होती। ऐसा इजा बचपन से आज तक हमें कहती आ रही है।''

''इजा?'' चुलबुल ने झट से प्रश्न चिन्ह लगा दिया।

''बुद्धू मां को कहते हैं।'' मायरा ने सर से कहा।

''ठीक एकदम सही।'' कहते मनीष ने कहानी को आगे बढ़ाते हुए बताया कि राजा ने कहानी पर विचार करते हुए कहा, ''वह आज तक यही कह रही हैं? बड़े बुजुर्ग ऐसा कहते हैं— तुम ठीक कह रहे हो, लालच से ही तो...''

किसान से अप्रत्याशित उत्तर को सुनकर राजा का सिर शर्मिंदगी से झुक गया।

''इतनी छोटी सी कहानी से तुमने क्या सीखा चुलबुल?'' मनीष ने अपनी तरफ से पूछा।

''यही कि लालच बहुत बुरी चीज है, उससे नुकशान ही होता है...'' इतना ही कह पाई चुलबुल। मनीष ने वही प्रश्न मायरा से भी पूछा,

''तुम ही बता दो भैया! इस कहानी से और क्या सीख मिलती है हमें?'' मायरा ने प्रतिप्रश्न कर दिया।

मनीष मुस्कराया। उसने तुतलाते हुए कहा, ''बस्स, इतना ही समझ पायी हमारी चुलबुल! इतना तो कोई भी बता देगा।''

चुलबुल रोज की भांति दोहराती कि मैं हार गयी, उससे पहले ही मायरा ने स्पष्ट कर दिया, ''सौम्यता का निर्वाह हमेशा सादगी के साथ ही होता है चुलबुल! यह सीख भी तो मिलती है इस कहानी से।''

''मगर इस कहानी को सुनकर मुझे मजा नहीं आया अंकल! कोई दूसरी कहानी सुना दो।''

''इतना ही बहुत है चुलबुल! आज दूसरी कहानी की जरूरत नहीं है। तुम लौट जाओ और इस कहानी पर मनन करो— इससे और बहुत कुछ सीख सकती हो।''

चुलबुल एकाएक खिलखिलायी और दौड़कर जाने से पहले, उसने मनीष के चेहरे की तरफ शरारत भरी निगाहों से देखा, ''बना दिया बुद्धू! मैं कहानी समझ गयी थी— मैं तो एक और कहानी सुनने के लिए झूठमूठ कह रही थी...''

''वह बहुत चुलबुली है भैया...'' मायरा ने शालीनता से कहा।

''सचमुच में...'' कहते मनीष रुक गया।

''मैं भी जा रही हूं भैया!'' कहती मायरा भी चली आयी।

मनीष बड़ी देर तक उनके बचपन को अनुभव करता मंद-मंद मुस्कराता

रहा— उसने अपने ऐसा पल बचपन का कभी देखा नहीं था...

●●●

एक दुनिया यह भी है— मनीष की दुनिया से एकदम अलग।

कमलकिशोर की दुनिया से तो बिलकुल ही भिन्न— चुलबुल की आह्लादित दुनिया।

जिसकी चंचलता मनीष के कानों में पंचामृतीय संगीत सा घोल गयी। और मायरा के शब्द शगुन आंखर की भांति गुनगुनाने का एहसास कराने लगे। वह बड़ी देर तक अपने भीतर के एकांत को जीता रहा। अपने एकांत में उनके बचपन में स्वयं को जीता रहा— पुराने घर की कालिख पुती दीवारों में, दीवार पर बने ताख पर रखी ढिबरी के उजाले में, टूटे आयने के टुकड़ों में, उछल-कूद, मौज-मस्ती को छोटे गांव की बड़ी दुनिया की गलियों में ढूंढ़ता रहा। कहां है लड़कपन, उसका खुलापन और उसमें घुला हुआ सगापन! यहां कहीं भी तो नहीं। उसने लालसाओं से भरी आंखों से सामने की दुनिया को देखा— कमलकिशोर की दुनिया को देखा। उसकी आलिशान कोठी और रहन-सहन को देखा। उसी की कहानी सुनाई थी चुलबुल को, जो किसी भी उपमा से अतिरंजित राजा के महल से इक्कीस है। दरअसल चुलबुल अभी बच्ची है। बच्चे ऐसी कहानी पसंद नहीं करते, उन्हें राजा और रंक के महल में अंतर करना नहीं आता, वह कोई दूसरी कहानी सुनना चाहती थी— किसी राजा की दुनिया से बड़ी दुनिया की कहानी। उसकी पसंदीदा कहानी। उसे मन में अफसोस होने लगा, उसे चुलबुल की पसंद की ही कहानी सुनानी थी।

मनीष ऐसा ही बहुत कुछ सोचता रहा। एक बड़ी दुनिया की तसवीर बनाता रहा। एक नए रिश्ते की तसवीर की रेखाएं खींचने लगीं। उसे एक अलग अर्थ देने के लिए उस तसवीर की हलकी रेखाओं में वह रंग विरंगे कांच के टुकड़े जड़ने लगा। वह जितने रंग के टुकड़े जड़ता गया, हर बार उनमें अपने चेहरे को देखता रहा। अस्पष्ट। उसे हमेशा अपने चेहरे का एक धुंधला अक्ष ही उनमें दिखा।

रात का खाना तैयार हुआ तो रुकुमा ने उसे आवाज दे दी।

मनीष ने उसके शब्दों को सुना। उसे समय के साथ शब्द बदले-बदले हुए लगे। शब्दों का चयन और उन्हें बोलने, कहने का रंगढ़ंग बदला-बदला लगा। वे शब्द उसे कुछ खास और अर्थ देते हुए लगे। उनमें कहीं भी नीरसता और घर के प्रति उपेक्षा का भाव नहीं लगा।

वह अपने कमरे से बाहर निकल आया और लम्बे-लम्बे डग भर कर डाइनिंग टेबल पर बैठ गया। उसे उम्मीद थी उसे नयी तरह की खुशी मिलेगी। रुकुमा की

वर्षों की चुप्पी टूटेगी, अपना दिल का दु:ख बांटेगी और सुबह सवेरे की घटना से एक बार स्वयं को जोड़ने का प्रयास करेगी। परन्तु, रुकुमा ने ऐसा कुछ भी नहीं किया। मनीष के खाना खा लेने तक वह किसान और उसकी पत्नी की कहानी को, तवे पर रोटी को उलट-पलट कर सेंकती, चुलबुल की जुबान में सुनती रही।

मनीष जब भोजन करने के उपरांत उठकर बाहर जाने लगा, रुकुमा ने कहा, ''बहुत अच्छी कहानी है। ऐसी ही कहानी बच्चों को सुनाया करो मनीष!''

मनीष चाहता तो वह कह सकता था कि चुलबुल की तो कोई दूसरी ही पसंद है। इसने इस शहर में रहकर पहाड़ को नहीं देखा, फिर भी, उसकी चोटी पर चढ़कर क्षितिज के उस पार के सौन्दर्य का आनंद लेना चाहती है, उसकी ही कहानी सुनना चाहती है। उसने ऐसा कहना उचित नहीं समझा— एक तरह का अदृश्य भय से उसमें मां और बेटी की व्यवहारिकता के बीच शिकायत भरी दुर्गन्ध आती लगी। उसने इतना भर कहा, ''बेफिक्र रहो रुकुमा! तुम्हारी ही तरह तुम्हारी बेटियां पुरानी कहानी नहीं सुनना चाहती हैं।''

''तुम्हें इस तरफ सोचने-विचार करने की जरूरत नहीं, वह तो कमलकिशोर की चिंता है। मुझे पता है, वह कहां गया और क्या करने गया है? कुछ लम्हे होते हैं, जिन्हें पति-पत्नी ही समझ सकते हैं, सुबह में हम दोनों ने उन्हीं लम्हों को सांझा किया था।''

रुकुमा के शब्दों पर मनीष को कुछ कहते नहीं बना। क्या कह रही है रुकुमा? यहां अतीत और वर्तमान में साम्य नहीं है। कहां हैं उसके और कमलकिशोर के बीच सम्पूर्णता के संबंध? कभी-कभी शब्द गलतफहमियां भी पैदा करते है। क्यों सोचने लगा था कि कैसे सुबह सवेरे पति-पत्नी के शब्द उसे अधूरे रिश्तों का अहसास करा गए? क्यों लगा था उसे अधूरे संबंधों की बुनियाद में ही तो सारे दु:ख होते हैं और रुकुमा उसी से पीड़ित है?...

मनीष धीरे-धीरे कदम बढ़ाते हुए अपने कमरे में लौट आया।

दीवार पर टंगे खंडित दर्पण में वह अपना चेहरा देखने लगा। उसे शर्मिंदगी सी प्रतीत हुई। उसने चेहरे को देखा— बार-बार देखा और सवाल किया— मैं इस टूटे दर्पण में स्वयं को क्यों देखने लगा हूं? जिसे देखना चाहता हूं, उसे क्यों नहीं देख रहा हूं? जिसे मैं देख रहा हूं, क्या मैं वही देख रहा हूं, अपने चेहरे और दर्पण के बीच हुए गठबंधन की यथास्थिति को ही देख रहा हूं— भावनात्मक समझौता— अदृश्य और निरपेक्षता से भरा हुआ अविचलित विश्वास यही है? यदि हां, तो समग्र जीवन और दर्पण के बीच हुआ भावानुरूप अनुबंध कहां है?

मनीष ने एक बार फिर से संपूर्णता में स्वयं को दर्पण में देखना चाहा— असफल। उसने अपना उतना ही प्रतिरूप देखा, जितना उसमें समा सकता था। दीवार

से उसे उतारकर उसमें स्वयं को उसने निहारना चाहा, तो खंड-खंड टुकड़ों में बंटी जिंदगी का एक-एक टुकड़ा उसके हाथ से भरभरा कर गिरता गया। देखते ही देखते सम्पूर्णता का भ्रम प्रदर्शित करता दर्पण फर्श पर बिखर गया। उसके हाथों में उतना ही अवशेष बचा रहा, जिसमें वह स्वयं को सम्पूर्णता में देखना चाहता था।

तो फिर मनीष ने ऐसा क्यों किया? उसे ऐसा उपक्रम नहीं करना चाहिए था। कमलकिशोर बीसियों बार इस कमरे में आया। हर बार उससे कहते रहा, "खंडित दर्पण में झांकना ठीक नहीं। अशुभ होता है। उसमें न सम्पूर्णता होती है न स्पष्टता ही..."

अब मनीष को अफसोस होने लगा और अवसाद भी। वह अपने बिस्तर पर बैठ गया। उसने देखा अशेष दर्पण उसके हाथ में ही है। यह वही टुकड़ा है, जिसमें स्वयं को सम्पूर्णता में देखना चाहता है। उसने उसे फिर से देखा— इस समय भी उसे तन का उतना ही भाग दिखा, जितना दर्पण का टुकड़ा दिखा सकने को अभिशप्त था। क्या अभिशापित दर्पण में अपना बचपन देख सकता है? उसने अपने जन्म से होश संभालने तक को देखना चाहा— वही उसके जीवन का सबसे छोटा और सुखद पड़ाव हो सकता है। जिस में टुकुर-टुकुर देखना— जिसे ईश्वर को देखना, उससे संवाद करना कहते थे। करवट लेना, घुटनों के बल चलना, फिर बैठना और धरती पर पहला कदम चलने को श्रीकृष्ण जैसा थिरकना जैसा कहते थकते नहीं थे, वह उसी रूप को देखना चाहता था।

मनीष को वैसा कुछ भी नहीं दिखा— ईश्वरीय रूप का कोई अस्तित्व नहीं दिखा। उसे बचपन व्यतीत होने के साथ ही ईश्वरीय सत्ता के अतिसूक्ष्म होने जैसी अनुभूति होने लगी। इसीलिए उसे उतना ही स्मृति में प्रतिरूप दिख रहा है, जिसका किस्सा वह अपनी इजा और बूढ़ी दादी से, जब तब बचपन के, उसके कंथ में सुनता था। बाद की जिंदगी का हर क्षण-पल उसके आंखों में संजोये हुए हैं, उन्हें नहीं भुला सकता, उस दर्पण में उन्हें ही देखने की उत्सुकता हुई। उसने बार-बार अविस्मरणीय दृश्यों को टटोलने का प्रयास किया— असफल ही रहा। वह बुदबुदाया— नहीं, अपने बालपन के ईश्वरीय रूप को कोई देख नहीं सका होगा आजतक। वह तो अपने बढ़ते जीवन को भी याद करने में असमर्थ हो रहा है, मन है की इस पराजय को स्वीकार करने को तैयार नहीं। बार-बार भीतर से कहता है, मन में आग है तो बचपन भी स्मृतिकोश के किसी कोने में दुबका होगा अवश्य।

रात करवट बदलने में कट गयी। नहीं कट सका तो मन का विषाद— जो रातभर उसे अपनी आंच में पकाता रहा। रातभर धू-धू करती आग जलती रही, वह धुआं-धुआं होते तन की तपन में मन को जलाता-भुनता रहा। वह प्रतीक्षा करता रहा, दिन खुले, सूरज उगे और एक नये प्रकाश में जीवन की शुरुआत हो। ऐसा दिन

जिसमें बीती रात का हर पल स्मृतिकोश में ठौर पा जाये...

सुबह हुई। उसने खिड़की से बाहर झांका-उजियाली दिखी। वह कमरे से बाहर निकल आया। चारों तरफ आंखें दौड़ाईं, धीरे-धीरे उजली-उजली सुबह खिलखिलाती हुई लगी। रातभर जलती आंखों से उसने कमलकिशोर की दुनिया को देखा। उसका आलिशान घर और रहन-सहन के ठाठबाट को मुग्ध भाव से देखा और बड़ी देर तक सोचता रहा— अशोक वन की अनुभूति होने लगी। जीवन की खुशी, अपने जीवन में हर सुख-सुविधा का होने से, बड़ी और बड़ी होने की अनुभूति करने लगी। उसी क्षण उसे पता नहीं क्यों लगा ऐसी खुशी शाश्वत नहीं रह सकती। उसके अल्पांश का भय रुकुमा के अंतर्मन में छुपा तो है ही, जिसकी जब-तब चुभन होने पर भी— खुशी ने उसकी प्रकृति को समृद्ध किया हुआ है।

मनीष जब यह सब सोच रहा था, रुकुमा की खुशी का प्रभाव उसके चेहरे पर साफ-साफ देख रहा था। उसने मन में हो रही हलचल से स्वगत कहा, ''मैं जीवन की विफलताओं से टूट चुका था। मुझमें सशंकित, ईर्ष्यालु प्रवृति घर कर गयी थी। मैं अनिर्णित भविष्य की उलझनों को सुलझाने में विफल हो चुका था, किंतु, तुम्हारे मन में अन्तर्निहित खुशी की अनुभूति ने मुझे सरल और सरस जीवन, जीवन में खुश रहने की सीख दी है। मैं अवश्य तुम्हारी खुशी में अभिवृद्धि कर पाऊंगा रुकुमा!''

सचमुच नाजुक कलियों सी होती हैं खुशियां, जो बांटने से बढ़ती हैं— मुस्कराती, खिलखिलाती खिलती हुई कलियां फूलती-फलती हैं। मनीष को एक पल को उसकी एक नाजुक कली के फूटने का आभास हुआ, उसकी छुअन से ठंडी सिहरन-सी हुई। उस पर पंखुड़ियों का उग आने का एहसास हुआ। तो क्या अभी भी वह अकेली है? कहां है वह? वहीं— अपने बिस्तर पर— चुलबुल के साथ। शायद वहां भी उसकी सुनाई कहानी को चुलबुल दोहरा रही होगी। हर कहानी में एक सौन्दर्य और आकर्षण तो होता ही है! दूसरे पल ही मनीष ने सोचा, नहीं, नहीं, सुबह सवेरे मेरी सुनाई कहानी को वह नहीं दोहराएगी। हर रोज की वही कहानी में उसका न सौन्दर्य बचता है और न ही कोई आकर्षण ही रहता है। बासी कहानी को कोई भी नहीं दोहराना चाहता। उसमें कहीं न कहीं बीता हुआ कल प्रवेश पा ही जाता है— जिसमें अजीब तरह की बसैन घर कर जाती है। वर्तमान को तो कविता ही रचती है। क्या रुकुमा अपने वर्तमान को रच रही होगी? जिसमें दर्द है, टूटन और एकाकीपन से भरे संबंध हैं।

रुकुमा ऐसा ही करेगी। वह अपने वर्तमान को रचेगी और चुलबुल के भविष्य को भी। भले ही उसके निहितार्थ कुछ भी हों— कविता की तरह। लेकिन वह अपने संबंधों को पहचानती है, उसकी स्थिति को जानती है और उसके महत्व को भी समझती है। वह अपने रिश्ते की बुनियाद में एक छोटी सी कहानी को समझती है

और उसे निर्वाह करने की कला की कविता को भी। पति-पत्नी के संबंधों की भी एक कहानी होती है— अंतर्मन को छूती, अविरल, अविराम, प्रवाहमान और संवेदनाओं को जगानेवाली— एक कविता भी।

"दरवाजा थामकर क्या सोच रहे हैं मनीष!" यह वाक्य रुकुमा का उसे सुनाई पड़ा, तो सोचने का तारत्म्य ही टूट गया। वह हकबक की मुद्रा में इधर-उधर आंखें दौड़ाने लगा।

रुकुमा उसे किचन में दिखाई पड़ी।

"कहीं जाना है सुबह-सवेरे?" वह कुछ कहता रुकुमा ने जोड़ दिया।

"हां, वहीं। बूढ़े के पास।"

"ओह मनीष! वह बूढ़ा— नहीं कहो उस इंसान को। वह मेरे बौज्यू हो सकते हैं। यह क्या कहते रहते हो तुम लोग? कमलकिशोर ने भी आजतक बोलना नहीं सीखा— वह भी ऐसा ही बोलते हैं। कोई भी हो वह— ऐसा संबोधन किसी को भी करना ठीक नहीं। जीव का शरीर बूढ़ा होता है मन, मस्तिष्क और उसकी स्मृतियां नहीं। तुम उनके पास जाओ और उनके मन को पढ़कर देखो— उनके मन में एक कमसीन लड़की मचल रही होगी— वह मैं हो सकती हूं।"

"ओह रुकुमा! ये रिश्ते भी कितने वक्र, बौने और दुखदाई होते हैं— यह क्यों नहीं कहती कि मनीष! वे तुम्हारे बौज्यू भी तो हो सकते हैं..." मनीष ने भारी मन से कहा।

"कहां छोड़ आये थे उन्हें?"

"पहाड़ पर..."

"जहां रिश्ते और नदियां कभी नहीं सूखते— कलकल छलछल अविरल बहते ही रहते हैं। वे जोड़ते हैं और जुड़ते भी हैं— संबंधों की एक बड़ी धारा बनते रहे हैं। मनीष! आज गौर से देखना, वह मेरे ही बौज्यू होंगे।" उसने लम्बी सांस ली और उदास मन से जोड़ा, "...तुम्हारे भी।"

"ठीक कह रही हो रुकुमा! हम अपने परिवारों को बेहतर रहन-सहन और अच्छी शिक्षा-दीक्षा देने को ही यहां चले आये हैं, उसके लिए दिन -रात संघर्ष करते हैं— न चटक धूप देखते हैं न छांव और न ही...अकूत संपत्ति जुटाते भी हैं। किन्तु, खुशहाली के बढ़ते भावनात्मक रूप से, रिश्तों से, उतने ही दूर होते चले गए हैं— पति-पत्नी और घर-परिवार के पवित्र और अटूट संबंध को भी, हम सभी उसी महासमुद्र में शामिल होने को जुटे हैं। अब पीछे देखने और मनन करने का वक्त आ चुका है— संबंधों को देखने, समझने और उन्हें परिभाषित करने का भी— हमने जो व्यक्तित्व निर्माण किया है, जरूरत है उसे बदल डालने की— आज, नहीं अभी और फिर कभी नहीं..."

मनीष के कदम, जो किचन की तरफ को उठे थे— लौट गए।

"मनीष! चाय तैयार है— उसकी एक शिप लेते जाओ।" रुकुमा ने कहा।

मनीष ने उसके शब्दों को अनसुना कर दिया।

रुकुमा लाड़ से कहती रही, "सुबह-सुबह घर से खाली पेट निकलना ठीक नहीं, पूरा दिन भूखा ही रहना पड़ सकता है..."

मनीष ने अपने बढ़ते कदम रोकते हुए पीछे मुड़कर और हलकी-सी मुस्कान बिखेर कर कहा, "लाड़ जताना खूब जानती हो रुकुमा!"

किस से कह रहा है वह— रुकुमा से, स्वयं से या फिर अपने आह्लादित मन से... आंखें और मन एकाकार हो गए, तो पैरों के समान्तर कदम ताल करती हुई आंखें बढ़ती रहीं। उसे न अपने कदमों की पदचाप सुनाई दी और न ही रुकुमा के शब्द— वे बहुत पीछे छूट गए थे। उनकी ठौर यमुना का सिसक-सिसककर बहने का शोर ले चुका था। उसने सोचा, पहाड़ों में कलकल-छलछल बहती यमुना थकी-हारी कभी सिसकियां नहीं भरती। कोई भी नदी,गधेरे नहीं भरते— अशुभ मानते हैं पहाड़ के लोग। स्वछंद और स्वछंद जीवन पसंद होती है उनकी। जीवन के थपेड़ों से मुक्ति की चाहत में मैदान में उतर आईं तो उसे खुश होना था। लेकिन नहीं, उसका शोर थम सा गया है। अथाह जलराशि के बावजूद कालिंदी कुञ्ज की बैराज में उसका दम घुटता प्रतीत हो रहा है।

सुबह जब आंख खुली तो मनीष को अखबार की खबर ने चौंका दिया था। पहाड़ों पर बादल फटने के समाचार से उसका यमुना का तट देखने को मन हुआ। वह सोचने लगा, यह खबर ताज़ा हो सकती है, उसके लिए नयी आकर्षक और चटबटी नहीं हो सकती। बचपन से ही ऐसी घटनाएं और आपदाओं के किस्से सुनते और देखते आ रहा था। ऐसी घटनाओं को बड़े-बुजुर्ग प्रवर्षण कहा करते थे। उसने अखबार को कोसते हुए कहा, 'अच्छा होता जरासंध से कब मुक्त होंगे पहाड़' या 'जरासंध के कयास से मुक्ति नहीं हुए पहाड़' जैसा समाचार छाप देते तो क्या घट जाता— पाठकों की उत्सुकता ही बढ़ती। आजतक जरासंध का ही तो राजपाट चल रहा है वहां। बहरहाल— मनीष ने बचपन में सुनी कहानी को कुछ यूं याद किया— श्रीकृष्ण और बलराम ने पहाड़ की चढ़ाई चढ़ ली, तो वे दोनों बहुत खुश हुए और मस्ती में थकने का अभिनय करने लगे थे। भले ही बलराम शांतचित और धैर्य-धीरज के प्रतीक थे, किन्तु श्रीकृष्ण की प्रकृति भिन्न और अलग चंचल प्रवृति के कुशल अभिनेता थे। चारों तरफ मेघों से आच्छादित पर्वत शिखरों के मनोरम दृश्य ने उन दोनों की खुशी को बढ़ा दिया था, वे दोनों स्वयं को, और अधिक स्वछंद,सुरक्षित कविमना महसूस करने लगे थे— मुखमंडल पर निश्चिंतभाव इतना— जैसे जान बची तो लाखों पाए...

उधर जरासंध ने भी मान लिया था कि वे दोनों भाई उसकी सैन्य ताकत से भयभीत होकर पर्वत शिखर पर छिप गए हैं। उसने दोनों भाईयों को ढूंढ़ने का अथक प्रयास किया— परन्तु, उन्हें ढूंढ़ने में असफल ही रहा। उसने पर्वत शिखर के चारों ओर आग लगाकर, उनका वध करने का निश्चय कर लिया— न रहे बांस न बजे बांसुरी। उसने पर्वत के चारों ओर तेल छिड़क कर आग लगा दी।

जरासंध की कुत्सित मानसिकता को श्रीकृष्ण पहले से ही समझते थे— कि वह अपनी सोच की किसी भी सीमा तक पहुंच सकता है। आग की लपटों के भयावह होने के पहले ही, वे दोनों भाई अट्ठासी मील नीचे मैदान में कूद गए और दोनों बचकर भाग निकले थे। जरासंध सोचकर खुश होता रहा, दोनों भाई दावाग्नि में भस्म हो गए हैं। अब उनसे भविष्य में युद्ध की सभी संभावनाएं समाप्त हो गयी हैं। यह उसका कयास मात्र ही रहा। वह नहीं सोच सका कि जब जंगल में आग लगती है, तो उसका कोई भरोसा नहीं, वह किस दिशा में अपना रौद्र रूप ले सकती है। सच यह है कि जरासंध के कयास से आजतक मुक्त नहीं हो सके हैं पहाड़। वैसी ही वायु के प्रभाव से दावाग्नि को एक वृक्ष को फलांगकर दूसरे वृक्ष को, आज भी दहकते दूर से हम देख रहे हैं—एक नये युद्ध की तरह...

यह पहली घटना कैसे हो सकती है भला? पर्वतीय लोग पहले ही अपने पुरखों की ठौर छोड़कर भाग चुके हैं— श्रीकृष्ण-बलराम की तरह। बलशाली जरासंध की ठौर नदी-गधेरों की जलसंधियों ने ले ली है। और भी जलसन्धियों के नये व्यूहरचना जहां-तहां की जा रही है। यह नये व्यूह रचाव से उपजी पहाड़, नदी और बादलों के अटूट रिश्तों के दरकने की खबर हो सकती है। कालिंदीकुंज से आ रही सिसकियां उसी रिश्ते के टूटने की पीड़ा की हो सकती हैं। यह नरियाना कालिंदी कुञ्ज की बैराज में उस जलसन्धि से निकली, थकी हारी, घायल-सी अर्द्धमूर्छित जलधारा का हो सकता है, जिसका जलसमाधिस्त होने से दम घुट रहा है। यह उसकी समाधि से मुक्ति के लिए छटपटाहट से निकली पीड़ा भी हो सकती है— जिसका रंग मटमैला और हजारों परिवारों के संग साथ चले आने से, उनकी निर्मल काया की दुर्गन्ध भी यहां हवा में तैर रही है...

"शांत-थकी-थकी हुई, तुम यमनोत्री की कंदराओं से निकली यमुना ही हो क्या?" मनीष ने जैसे स्वयं से पूछा, "तुम कैसे भूल सकती हो अपना कल कल बहता जल प्रवाह और उससे छल छल छलकता जल लहरियों का संगीत? नहीं, तुम कभी नहीं भूल सकती यमुना! तुम्हें ऐसा विस्मरण नहीं हो सकता। मथुरा और वृंदावन के तट पर जल प्रवाह के तीव्र वेग और उससे फूटते संगीत सुनने को आतुर अगणित जीवन प्रतीक्षा कर रहे हैं। सौभरि मुनि अपना ध्यान मुद्रा से उठकर विचलित हैं। वह सूखी-सूखी गर्म रेतपर टहलते, सूर्य के पृथ्वी पर सम्पूर्ण रूप में

उतर आने को अनुभव कर रहे है। उनकी श्रीविष्णु स्वरूप शीतल काया सूखी धरती की भांति फट रही है। पहले जब भी ध्यान से उठते थे, यमुना के तेजप्रवाह में खेलती मछलियों के संग स्वयं भी खेला करते थे। मछलियों के संग खेलना और उन्हें देखते रहना, अपने ध्यानावस्था से कहीं अधिक उन्हें मन की शांति देती थीं। सूखी कालिय झील में खुशियों के लिए फन फैलाए विषधर कालिय भी तुम्हारी धारा के निरंतर बहने की प्रतीक्षा में तड़फ रहा है। ताकि उसे खाने को भरपेट मछलियां मिल सकें। उसके हृष्टपुष्ट होने पर उससे दो-दो हाथ करने की जुगत लगाये खड़े, द्वारिका से कभी के लौट आये हैं श्रीकृष्ण— जो कभी भी निःहत्थे, कमजोर पर अपना दांव नहीं चलते।

श्रीकृष्ण अकेले नहीं होंगे। दूर बहुत दूर, समीप खड़े गोप-गोपियां भी होंगी, अपनी-अपनी चोली-अंगियां उतारे, प्रेमरस में डूबने को व्याकुल होंगी-कदम के डार तले एकजुट। तुम्हें निरंतर बहते जाना है यमुना उन तक— अभी, बहुत दूर तक...''

ओह! मैं क्या सोचने लगा हूं। मेरे पास स्मृतियों के अतिरिक्त है भी तो कुछ नहीं। हर्ष-विषाद, मधुर और पीड़ादायक पूँजी ही तो है मेरी स्मृतियों के आगार में। उन्हीं मधुर स्मृतियों में, ''मैं तुम्हें ही संजो रहा था जीवनानंद! और तुम! सशरीर साकार उतर आये यहां।'' उसके कंठ से निकल गया, ''तुम्हीं हो न!! अपनी आखें हैं मेरे पास, फिर भी पूछ रहा हूं। उन पर विश्वास नहीं बन रहा है। रात भर सो नहीं सका था। यहां सोचकर आया था, यमुना का मृदुल जल का छींटा लगा भूमि के, तो फिर, सावन झूमेगा, चारों तरफ हरियाली ही हरियाली दिखेगी। इस कछारी शहर में हरेला उगाने की जरूरत ही नहीं रहेगी। एक नए दिन का आगमन होगा, तो, एक नए जीवन की शुरुआत भी होगी। किन्तु, देख ली यमुना! और उसके मृतजल प्रवाह को देखकर आंखें सूखने लगी हैं। आंखों का जलना कम नहीं हो रहा है— बढ़ रहा है। उसका गन्दला जल तन-मन को भी जलाने लगा है। गली के आवारा कुत्ते की भांति मैं तन रगड़कर खुजलाने लगा हूं। सोच रहा हूं, मन— जो रात में सो नहीं सकता, वह दिन में कैसे खुश रहेगा? सुबह सवेरे की ताजा हवा ही तो पूरे दिन की कथा लिखती है और रात में हमारी चेतना सिर्फ उसका ही वाचन करती है।

''गलत, गलत कह रहे हो तुम! अपनी असफलता का ठीकरा दिन पर फोड़ना छोड़ दो मनीष! दिन कभी जूठ और फरेब लेकर नहीं आता। अच्छा और बुरा भी नहीं होता। वह सत्य है, शाश्वत है। यह सुबह ही है, जो जीवन में नयी चेतना लेकर आयी है। दिन तो दर्पण है। सूर्य की रोशनी दर्पण में जीवन को देखने का माध्यम। हम दिन की रोशनी में जीवन को देखते और परखते हैं। अपनी अच्छाई-बुराई को दिन के उजाले में ही अलग-अलग खानों में रखने के सिवाय, उससे

अधिक कुछ करते भी नहीं हैं। इससे रात का महत्व कम नहीं होता। भले ही हम रात के अंधेरे में न स्वयं को देख पाते हैं, न उसके उजले पक्ष को। उसका स्याह पक्ष ही हमारी चेतना पर छाया रहता है। लेकिन रात में नींद के आगोश में चले जाने के बावजूद चेतना कुंद नहीं होती, उसका प्रवाह रुकता नहीं है— एक रात ही है जो चेतना की निरंतरता को बनाये रखती है। अब तुमने कहा, रात में सो नहीं पाए? यह कैसे संभव है? जीवनानंद ने अपने जीवन के अनुभवी अंश को सामने रख दिया।

"हां, यही..." मनीष ने भारी मन से कहा— जैसे अब उसके पास कुछ कहने को बचा ही न हो। उसकी सहमति ने जीवनानंद के तर्क को विराम दे दिया।

"क्यों? इसकी वजह कोई और हो सकती है?" जीवनानंद कहां विराम लेने को रुकते। उनके इस कथन पर तो उनकी दृढ़ इच्छाशक्ति और आत्मविश्वास की झलक साफ दिखाई पड़ी।

"मतलब?" मनीष सकपका सा गया— जैसे उसका आत्मविश्वास डगमग-डगमग करने लगा हो।

"एक बात गांठ बांध लो बेटे! दिन की अच्छाई रात में कभी साथ नहीं देती। दिन की पीड़ा, वेदना, अपयश, असफलता ही रात के असल साथी होते हैं। कहते हैं, असल दोस्त वही जो कठिन पल-छिन उठ-बैठ में साथ दे। रात वैसी ही दोस्त है, जो हमेशा कठिनाइयों से भरी, अपना बही साथ लेकर चली होती है, जो दिन के उजाले से कहीं अधिक अच्छे व उजले दिन के लिए सोचती है।" जीवनानंद ने जैसे अपना एक और अनुभव परोस दिया।

"तो तुम सो सके होगे रात में जीवनानंद?"

"रात होती है सोने के लिए बेटे!" जीवनानंद ने कहा।

"तब तो..."

"वह कल ही सोच लिया था दिन के उजाले में— अंतिम निवास से लौटते वक्त। फिर उस पर मनन की जरूरत ही नहीं रही।" जीवनानंद ने स्पष्ट किया।

"इसीलिए यहां चले आये?"

"हां, यह बताने कि शहर में रात के अंधेरे से कहीं दिन के उजाले से डर लगने लगा है अब साथ चाहिए। बच्चों पर पंख उगने लगे हैं— कहीं दूर चलकर आसमान भटक गए तो..."

"ठीक कह रहे हो जीवनानंद! रात के अंधेरे में कौन भटका आजतक, जो भी राह भूला दिन के उजाले में ही भूला और उससे भटका है— मेरी तरह। देख रहे हैं,मैं भी दिन के उजाले में रास्ता भटककर इस शहर तक पहुंच चुका हूं।"

"तुम भूले नहीं, रास्ता भटक भी नहीं सकते। तुम्हें अपना रास्ता मालूम है। उसकी छोटी-छोटी पगडंडियां याद हैं, जिन पर चलना आसान नहीं— बहुत कठिन

होता है। निश्चित ही तुम उन पर चले होगे! तुम्हारा अच्छा मन तुम्हारे साथ रहा होगा हमेशा!! तुम खुश रहना जानते हो। मुझे भी जिन्दा रखना चाहते हो— यही न? रातभर ऐसा ही कुछ सोचते, मेरे विकट जीवन को भी कोसते रहे होगे?'' जीवानंद ने अपने जीवन का एक नया अवसाद भरा पृष्ठ खोलकर सामने रख दिया।

''हां, हां, क्यों नहीं। कभी-कभी अपनी असम्भव बात पर मन को विश्वास दिलाना होता है।'' मनीष ने सहजता से कहा।

''कभी-कभी पुराना परिचित मित्र भी मन खिन्न कर देता है, जिसकी कभी सूरत भी नहीं देखना चाहते होगे?'' व्यंग्य भरे शब्दों में जीवनानंद ने कहा।

''मगर उसकी सूरत को भूला भी तो नहीं सकता।'' जीवनानंद के शब्दों को मनीष पकड़ गया और उन्हें समझकर मन की बात कह भी दी। जब कहने को कुछ नहीं रहा तो शांत भी हो गया। उसने जीवनानंद की तरफ देखा— चेहरा कल से कहीं अधिक खिलाखिला प्रतीत हुआ। कल जितनी देर मनीष मिला, उसकी आंखों में बादल उमड़ते-घुमड़ते रहे। बहुत देर तक रिमझिम-रिमझिम बरसात होती रही। जीवनानंद जमकर भीगा था— और वह भी। आज सांसों की हवा में नमीं उसी ठंडक की है। यमुना तट पर उगी— कांस कुरी की पत्तियों पर अटकी बूंदें— उसी रिमझिम की हैं— जो मोतियों की भांति चमकीली हैं। उसने उन बूंदों को छुआ, तो उंगुलियों को गीला होने की अनुभूति होने लगी। उसकी नमीं से सिहरन को समझने में भी उसे समय नहीं लगा। उसने धीरे से कहा, ''चलो, अब लौट चलें?''

''हां, लौट चलें। यमुना को छोड़ दें उसकी नियति पर...'' जीवनानंद ने भरे कंठ से कहा।

''नियति पर...?'' मनीष द्वारा ऐसा प्रश्न किया जाना स्वभाविक ही था— जो न अनुचित था और न अप्रासंगिक ही। उसने लम्बी सांस भरी, और उसे धीरे-धीरे छोड़ते हुए कहा, ''ठीक कह रहे हो जीवनानंद! यमुना को उसकी नियति पर ही छोड़ देते हैं...''

उसने यमुना को एक बार आंख भरकर देखा। आँखें गीली हो आयीं। अस्पष्ट -सा बुदबुदाता हुआ,वह बोला, ''यमुना! तेरी कलकल-छलछल बहती सुगम संगीत की लहरियां कब पहाड़ों की कठोरता को पिघला सकी हैं...''

''मैं भी, यहां सिर्फ यमुना का शोर और संगीत के लिए आया था— जो अन्यत्र दुर्लभ है।'' सहजता से जीवनानंद ने कहा।

''सच भी यही है, बदलते मौसम का एहसास खेत खलिहान में ही होता है। शोर और संगीत के लिए तो अब यमुना तट पर हमें हर रोज यमनोत्री जाना ही होगा।'' मनीष ने स्वयं को सहेजाते हुए जैसे अपनी मन की धारा बहा दी।

''तो लौट चलें इस तट से दूर— अब कहीं भी..., ''जीवनानंद ने कहा।

मनीष ने सहमति में सिर हिलाया। बिना किसी प्रतिवाद के दोनों लौट भी गए।

●●●

मनीष ने आगे बढ़ते कदम रोक लिए।

पीछे पलट कर देखा, जीवनानंद अनुसरण करते अभी चार कदम दूरी पर चल रहे थे। इस दूरी को उसने अपनी उम्र से जोड़ लिया, कहा ''बढ़ी उम्र का फासला है, मैं खड़ा हूं।''

''सो तो है। मुझे अपनी उम्र से कोई शिकायत नहीं है।''

''मुझे लग रहा है अब में अकेला नहीं हूं। मुझे एक बातूनी इंसान मिल गया है,जिससे मन की बात कह सकता हूं।'' मनीष ने कहा।

''स्पाईस मॉल से बेहतर ठौर नहीं हो सकती। वहीं चलते हैं।'' जीवनानंद ने कहा, ''वहां मेरा परिवार है और बातें करने को महफूज जगह भी।''

मनीष ने कहा, ''मुझे वैसी ही ठौर पसंद है...''

●●●

दुखते पांवों को बिवाईयों से मुक्ति मिल जाती, तो अच्छा था।

मन की मुराद पूरी हो जाती, तो अच्छा था।

बच्चों को भविष्य, जीवनानंद को छत और उसे खुशी मिल जाती, तो सबसे अच्छा होता। स्पाईस माल पर पहुंचकर मनीष ने कुछ ऐसा ही सोचा।

जीवनानंद को भी अपने बंद कमरे से कहीं, इस चौराहे पर बातें करना अच्छा लगता है। यहां उसे अच्छा लगता है चौराहे की लाल बत्ती को निहाराते रहना। बत्ती उसे मछली की आंख लगती है। वह जानता है बत्तियां स्वत: ही जलती-बुझती और अपना रंग बदलती रहती हैं। शहर भर के सेठ, साहूकार ही नहीं, नेता और नामदार उनके रंग बदलने से नाखुश सरपट कुलांचें भरने लगते हैं। बत्ती का रंग बदलने को देखना, खुश होना, उनकी तकदीर में लिखा एक पाठ है। तकदीर बनाने को भी तकदीर चाहिए। बातों ही बातों में मनीष ने उन बच्चों से पूछा लिया, ''तुम ने गौर किया, लाल बत्ती का रंग बदलने पर लोग इतने खुश क्यों हो जाते हैं?''

बच्चों ने कोई उत्तर उसे नहीं दिया। वे मनीष का मुंह ताकने लगे।

मनीष को लगा, बच्चे संकोची स्वभव के हो सकते हैं, जोकि उसके शब्दों

को पकड़ नहीं पाए हैं। उसने अपने कहने के आशय को स्पष्ट किया और अपना सवाल दोहरा भी दिया।

बच्चे इस बार भी चुप रहे।

जीवानंद से रहा नहीं गया और धीरे से बोला, ''ये अभी बच्चे हैं, ऐसा–वैसा कुछ नहीं सोचते। इनका न विशेष उद्देश्य होता है और न ही किसी की सूरत देखते हैं। ये हमेशा लाल बत्ती के होने का सपना देखते हैं। उस सपने में एक ही रंग और आकार देखते हैं। उसमें कभी कोई नया रंग नहीं भरते— प्रकृति के रंगों से एकदम बेखबर। जीवन में इंतजार— इंतजार केवल बत्ती का, उसका लाल रंग और उसका गहरा और अधिक सुर्ख होने का इंतजार। वे सिर्फ उसी सुर्ख रंग को पहचान सके हैं इस उम्र तक— उसे देखकर खुश होते हैं और सलाम ठोंकना खूब जानते हैं। बहादुर हैं, घबराते नहीं— शूली पर झूलने से नहीं डरते। चोरी, सीना जोरी, कांटा, छूरी, चाकू और बैरल की नोज पर इन्हें दिखता है यही सुर्ख रंग। दुनिया के सभी रंगों से कहीं अधिक गाढ़ा और असरदार— यही रंग भर चुका है इनके मन–मस्तिष्क में...''

''कहते-कहते क्यों अटक गए जीवानानंद? यही सब तो सुनने चला आया हूं मैं यहां।'' मनीष ने उत्सुकता भरे किन्तु, गंभीर स्वर में कहा।

''मैं हंसता हूं एकांत में कभी–कभी। इन्हें बढ़ती उम्र में सांड बनते देखता हूं –जिसे एक ही रंग का गुमान होता है। ये लोग भी अपनी परछाईं में उसी रंग को देखने के शौकीन हो चुके हैं। इनकी आंखों में ही नहीं, सोहबतों में भी, यही रंग चढ़ा हुआ है। कभी–कभी मैं डरता भी हूं, वही रंग इन्हें बदरंग कर रहा है जीवन के लिए। ये उस बत्ती का लाल होने की ही प्रतीक्षा करते हैं। शहर भर के युवाओं की मौज मस्ती और उनके आलोड़न–विलोड़न को नहीं देखते हैं। उनसे आंखें चुराना सीख लिया है। देखकर अनदेखा करने का अभिनय ठीक से कर लेते हैं। उन्हें देखना, इन्हें सुहाना तो दूर, किसी दुश्मनी से कम नहीं लगता। मैं बीसियों बार कह चुका हूं कि किसी को देखना तुम्हारा बदमजा हो सकता है। इंसान को भी गिरगिट होने में देर नहीं लगती...''

''बड़े कविमन हो जीवनानंद! कविता कहते ही नहीं, उसे जीते भी हो। बड़े रसिक मन मिजाज के इंसान हो। एक ही बात कल से दोहरा रहा हूं, मत करो दुःख, जो जिंदगी में आजतक मिल न सका— उसके लिए तुम्हारे पास खुश रहने के बहाने कम नहीं— बहुत हैं। मगर तुम से यह सब कहने का अवकास कल मिला ही कहां? नियति ने तय किया था, हम दोनों यहीं पर आज मिलेंगे और अपने–अपने मन दोहराएंगे।'' जो कुछ भी कहना— सुनना है वह तो उन बच्चों को करना है, जो पहले ही लाल बत्ती को मां के स्तनों की भांति घूर रहे हैं। मनीष अपनी स्मृति को खोलते, चौराहे पर खड़े बच्चों को निहारते अपने मन के घोड़े दौड़ता रहा...

“तुम जैसा सोच रहे हो, उस तरफ कदम बढ़ाना आसान नहीं— बहुत कठिन है।”

“क्या सोच रहा हूं मैं इस समय— कुछ भी तो नहीं।” मनीष ने मन के भाव छिपाते हुए, सहजता से कहा।

“तुम झूठ कह रहे हो, मैं तुम्हें समझ चुका हूं— जिन्हें तुम निहार रहे हो, उनके लिए कुछ ऐसा नया कर भी सकते हो।”

आश्चर्य से मनीष ने जीवनानंद की ओर देखा, सुखद क्षणों की कल्पना करते अपनी अंगुलियों को आंखों के किनारे पोंछते पाया। उसकी आंखें भर आई थीं। उसने कहा, “मेरी आंखें इन बच्चों को आसमान में उड़ान भरते देख रहीं हैं। इनकी रग-रग में छुपे कलाकार को मैं आसमान को रंगते हुए देख रहा हूं।”

“और मैं— मैं तुम्हें बटेर होते देख रहा हूं। जिस मार्ग पर इन बच्चों को ले जाना चाहते हो, उस मार्ग के विषय में सोचते मेरा हृदय भाव शून्य हो जाता है बेटे!” अपनी बेबाक हंसी से बात की गंभीरता को सहजता से हल्का करते हुए जीवनानंद ने आगे कहा, “तुम वह सब कुछ करवा सकते हो जैसा सोचा है— ऐसा भीतर से मेरा विश्वास भी मुझसे कह रहा है। सच, मेरे बच्चों को तुम्हें एक अच्छा सम्पूर्ण इंसान बनाना होगा मनीष! उनकी इंसानियत को बचाना और उसे संवारकर भविष्य की और बड़ी चुनौतियों के लिए तैयार करना होगा। यह सब करने के लिए तुम अकेले नहीं होगे, बच्चे तुम्हारे साथ होंगे, उनकी भी जिम्मेदारी होगी। यह कोई छोटा काम नहीं— बड़ा काम है— लगन, सहयोग और भागीदारी का है।”

“हां, मैं कर सकता हूं— देख रहा हूं, ये बच्चे बड़े परिश्रमी हैं। इनमें लगन है, ऊर्जा है— इनके मन में स्वयं के प्रति सकारात्मक भाव भी हैं, फिर भी, मुझे संदेह हो रहा है और मन का डर भी— कि कहीं फुदक-फुदक कर चलती चिड़िया उड़ान भरती तारों में उलझ गयी तो... या फिर सफल उड़ान में आसमान भटक गयी और उसके बाद अपनी जमीन को न पकड़ सकी तो...”

“नहीं, ऐसा कुछ भी नहीं होगा। तुम उन्हें सिर्फ आसमान देना चाहते हो और में स्वयं को चकोर होते देख रहा हूं, अपनी आंखों में चांद और उसकी चांदनी को निहारते देख रहा हूं।” कहते जीवनानंद का हाथ अपने कुर्ते की जेब में चला गया और वहां उसकी अंगुलियां अनगिनत तारों को टटोलने लगीं। इस समय गजब का आत्मविश्वास उसके चहरे पर चमकने लगा, उसने कहा, “हम दोनों अपनी जिंदगी के लिए बचाई पूँजी में से कुछ धनराशि, जिसे में मान्यवर को देने गया था, उसे मैं तुम्हारे भरण पोषण के लिए दे देता हूं...” कहते कुछ रुपये निकालकर उसने मनीष की तरफ बढ़ा दिए।

“यह क्या कर रहे है जीवनानंद! अपने सुरक्षित जीवन के लिए रखी पूंजी को

यूं ही लुटा देना चाहते हैं— उसे मुझे और मान्यवर को देना चाहते हैं? क्यों? मुझे विश्वास है यह पूँजी आपके पास है, तो सुरक्षित है। मुझ पर भरोसा करो, इन रुपयों को मत लुटाओ। मुझे अपनी नहीं उनकी चिंता है, जो लालबत्ती के होने का इन्तजार करते-करते थक जाते हैं और इसी फूटपाथ पर गहरी नींद सो जाते हैं। उनकी उम्र छोटी है अक्कल भी। कहते हैं उम्र और अक्कल की कभी संगत नहीं बैठती, कहीं ये बच्चे...''

''मुझे भरोसा है इसीलिए तो... हमारे दोनों बच्चे लौट आयेंगे तो— उनसे बड़ी पूँजी तो यह हो नहीं सकती और न ही कोई दूसरी हो सकती है।''

''मान्यवर को इसीलिए...''

''हां, हां, उन्हें साफ-साफ बता भी दिया था, तभी...''

''मैं ऐसा नहीं कर सकता— बुढ़ापे के सौन्दर्य की ठौर पर युवाओं की पौंध रोपना ठीक नहीं। यह सोचकर की बड़े होंगे तो छाया देंगे। दोनों का सुख-सौन्दर्य और मान-सम्मान अपनी जगह पर है। वह दोनों का बना रहेगा तो दोनों अपनी - अपनी ठौर पर अच्छे ही लगेंगे...''

''मेरी बात का दूसरा अर्थ न लगाओ— अपने लिए नहीं, जीवनानंद की इस पूँजी को धरोहर समझकर रख सकते हो— यह स्वयं जीवनानंद, उसके समाज और देश के हित में होगा...''

''उससे कहीं आगे बढ़कर पहले बच्चों के भविष्य को सुन्दर बनाने की पहल होगी। उन्हें स्वावलंबी बनाने की कोशिश होगी...'' मनीष ने और आगे तक सोच लिया।

''बंधीं मुट्ठी कहने को कभी कुछ नहीं छोड़ती— पलक झपकते सबकुछ कह देती है— अब आगे कुछ न कहो, यह भी उतना ही अच्छा है...'' जीवनानंद ने कहा।

बड़ी देर तक दोनों एक जैसा ही सोचते, बच्चों को हाथ पसारते देखते रहे- यह भी तो वास्तविक जीवन का उतना ही कठोर अविस्मणीय सच है...

●●●

''लौट आये?''

''हां, लौट आया।''

''न कभी कहीं जाने की खबर देते हैं और न लौटने की।'' रुकुमा ने कहा। उसकी आवाज में शिकायत थी, और अपने प्रति उपेक्षा का भाव और तनाव की महीन लेस भी।

''ऐसा आना-जाना कुछ दिनों तक चलता रहेगा।'' कमलकिशोर ने बड़ी

सहजता से बताया।

"कहां गए थे— कोई नया गढ़ साधकर आये हैं क्या? या उसी नए प्रोजेक्ट पर बावले हुए घूम रहे हैं? कैसा काम चल रहा है? कभी कुछ बताते नहीं?" रुकुमा ने कठोरता से कहा।

"हां, बिसरख का सौदा कर दिया है मैंने, मायरा और चुलबुल के लिए।"

"उन दोनों के लिए? जिनकी स्कूल की फीस देने को..."

"हां, उन दोनों के लिए, किसानी तो अब होती नहीं और गांव में रहा नहीं जाता। हर कोई जानता और समझता है कि अब बिसरख में रहना संभव नहीं— बिसरख की देश के हर गांव की इससे भिन्न स्थिति नहीं है। कोई भी गांव में नहीं रहना चाहता। बड़े और साधन संपन्न लोग तो बिलकुल भी नहीं। वे अपने बच्चों के लिए क्या कुछ नहीं करते— बच्चे के इस धरती पर पांव पड़ने से पहले उसकी चाहत का अनुमान लगा लेते हैं, उसी के अनुरूप भविष्य की योजना बुनते बनाते हैं।"

"यदि वही सब कर देंगे तो बच्चे क्या करेंगे?"

"वे हम से बड़ा सपना देखेंगे— अपनी दुनिया के— अपने सपने को बड़ा बनाने का सपना।"

"इतने बड़े सपने मत देखो और दिखाओ कमलकिशोर! कहीं ये दुःस्वप्न न बन जाएं।"

"शुभ-शुभ सोचो, ऐसी गलती कोई जानबूझकर नहीं करता रुकुमा!"

"जैसी गलती तुम कर रहे हो?"

"कौन सी...?"

"वही, जो तुम्हारे पुरखों की थी— उनकी भूमि का सौदा कर तुमने ठीक नहीं किया कमलकिशोर! इस तरह सौदा करते रहे तो, अपनों के बीच से, अपनी जमीन से बेदखल— दूर चले जाओगे एक दिन— बिसरख तो अपनी ठौर ही रहेगा हमेशा की तरह। दुनिया उनके ही पुतले फूंक कर खुशी मनाती है जो बेदखल होते हैं अपने जल, जंगल और जमीन से। महाबली राजा रावण बेदखल हुए हैं, उनके लिए दुनिया की आंखें भींगी दीखी कभी? उस अंतिम महापुरुष ने क्या अब देश दुनिया में जन्म लेना छोड़ दिया है? क्या आज बेटियां नहीं उठाई जा रहीं हैं? उनके साथ बलात नहीं हो रहा है? जरा सोचो, आजतक बिसरख पुरखों की कहानी सुनने और दशहरा देखने को अभिशापित क्यों है? वह तो काल से जीवंत गांव है— महर्षि विश्रवा और चक्रवर्ती राजा रावण बाबा हैं उस गांव के..."

"अब क्या रखा है उन सब में, सरकार अपने प्रोजेक्ट ला रही है वहां। बिसरख को भूलाना ही होगा एक दिन— तभी अभिशाप से मुक्ति मिलेगी। जमीन

का सौदा आज नहीं, कल तो करना ही है। यह सब का गणित जानते हुए, ठीक-ठाक सौदा पट गया, तो, इसमें बुरा क्या है?'' मनीष ने रुकुमा की बात को बहुत ही हलके में लेते हुए कहा।

''सुनो कमल किशोर! चक्रवर्ती राजा को रावण किसने बनने को विवश किया— व्यवस्था के एक राजकुमार ने। रावण की दुलारी बहन सूपर्णखा की नाक काट दी थी इसलिए— क्यों? बहन के अस्तित्व से कोई राजकुमार खेले और भाई उसे बर्दाश्त करे यह कैसे संभव है कमलकिशोर? ऐसा न तब संभव था और न आज है। एक औरत की नाक काटने का मतलब समझते हो! नहीं न... उनकी तंगी — बदहाली पर सोचने और मनन करने का समय कहां है तुम्हारे पास? फुरसत हो तभी...'' रुकुमा ने कहा।

''इतना उन लोगों ने भी नहीं सोचा होगा जो...''

''हां, नहीं सोचा इसीलिए तो— निठारी-सुथारी, मोरना, भंगेल और चौड़ा बुरहानपुर के लोंगो ने भी नहीं सोचा था। अब सोच रहे हैं, उससे क्या होगा? जब सबकुछ बिक गया तब...''

''कम से कम शहर के गांवों का नाम तो रट लिए तुमने अच्छा किया।'' कहते हुए उसकी हंसी छूट गयी, ''एक बार फिर बताओ, आखिरी नाम क्या गिनाया था तुमने?''

''वही, जहां मेरे...'' रुकुमा ने झट से कहने में देर नहीं की।

''तुम भी क्या से कहां— कैसा नाम रख लेती हो रुकुमा! वह बुरहानपुर नहीं रामपुर है— अपने यू.पी. का शहर...''

''तुम तो जाते समय ऐसा ही कुछ... कोई दूसरा नाम ले रहे थे क्या?'' रुकुमा ने अनजान किन्तु, निश्छलभाव जताते हुए स्पष्ट कह दिया।

''ओह! तो तुम अपने रामगढ़ की कह रही हो!...''

''हां, हां— वही,वही कहा होगा। नहीं-नहीं ठीक से याद नहीं आ रहा है मुझे— कहां है वह?'' उसने अपनी स्मृति पर जोर देते हुए कहा।

उसके चेहरे पर भावों के उतार और चढ़त देखकर कमलकिशोर जोर से खिलखिलाया। वह रुकुमा के मानसिक उलझन से उसके भीतर सुलगती आग की तपिश को समझ नहीं पाया या फिर उसने उन्हें उपेक्षित करने का उपक्रम करते हुए— यकायक उसके ठहाके में जैसे उपहास घोल दिया, ''तुम भी रुकुमा! अभी से इतनी भुलक्कड़ होती रही हो— ठीक से याद करके बताओ, कहीं बंधन गढ़ या धनगढ़ी की बात तो नहीं कह रही हो?''

''हां, हां वही तो, कहां है वह?''

''अरे इतना भी याद नहीं— तुम्हारा मायका।''

“एक उम्र के बाद जिसे भूला देना होता है— वही।”

“हां, हां, ...” जिस उत्साह से कमलकिशोर ने याद कराया उतने ही झटके के साथ जबान अटक गयी। जैसे कुछ याद आया,एक तरह के अपराध बोध की लकीरें चेहरे पर फैल गयीं। अमूमन पत्नी द्वारा पूछे जाने वाले सामन्य सवाल का उत्तर नहीं देने की आदत को याद करते हुए उसने कहा, “और कहां लंका में? रामगढ़, बंधनगढ़ और धनगढ़ी तीनों वहीं तो हैं।”

रुकुमा समझ गयी, यह उसके सवाल का ठीक उत्तर है और न इस लहजे में कोई दूसरा उत्तर बन सकता है। मन में विषाद बढ़ गया, स्मृतियां उत्तेजित होने लगीं, “हां, वही तो... याद है जहां से लौटते समय, जंगल के बीच से लाए थे मुझे। भयानक गधेरा कितना अतर हो गया था उस दिन। हमारी आंखों के सामने सामान से भरा ट्रक पलटकर उसमें बह गया था। ड्राइवर और किलिनर (कंडक्टर) दोनों बेचारे उसकी मझधार में बहते चले गए थे। और तुम्हें मजाक सूझ रही थी— क्या कहा था तुमने, मुझसे उस दिन...”

“क्या कहा था? उसे याद करके तुम ही बता दो!” कमलकिशोर ने जोर का ठहाका लगाया जैसे बिजली ही गिरा दी, “अच्छा तो तुम धनगढ़ी की बात कर रही हो... हां, सो तो है— वह गधेरा ही भारी पड़ गया जीवन पर— जीवन पर ही बीत आई थी... उस दिन खैर...” सबकुछ कमलकिशोर की स्मृति में क्रौंध गया।

“चलो छोड़ो उन बीते दिन और दिन की बातों को— याद आया तो डर गयी। क्या कहा था उस समय याद है? उस दिन मेरे दिल में कांटा सा चुभ गया था। उसकी चुभन, उसकी पीड़ा आज तक नहीं भूल सकी हूं— जीवन भर याद रखूंगी— वैसे बोल तो तुम्हारे बाबा रावण ने भी नहीं कहे होंगे, सीताजी को देखकर अपनी औरत से...”

“तब तो ज्यादा ही चोट है दिल में—मंदोदरी से भी गहरी...” रुकुमा की बात को नए सिरे से हंसी में उड़ाते हुए कमलकिशोर ने कहा, “क्या कहा, उसे बताओगी या फिर— वही तो कहा होगा, जो एक पति अपनी पत्नी से कहता है, उससे ज्यादा तो नहीं कहा होगा— यही कि ज्यादा ही चूं चीं करोगी, इस गधेरे में बहा दूंगा— बहाया तो नहीं?”

“वही तो चूक गए, मुझे भी जीवन भर के लिए मुक्ति मिल जाती...”

“अभी भी क्या कुछ बिगड़ जाएगा? कौन सी देर हुई है।” कहते कमलकिशोर की हंसी छूट गयी।

“ऐसे कुवचन कोई पति कहता है अपनी औरत से? एक कुव्यसनी, व्यभिचारी भी इतनी कमजोर और बोझ नहीं समझता होगा औरत को। अरे! कुछ करने और कहने से पहले सोच लो— जबान तो तुम्हारी अपनी थी...”

''हां, ठीक कह रही हो अपने गांव देस का कोई भी हितैषी, शुभचिंतक और उद्धारक और जनसेवक ऐसे बोल कहां बोलते हैं— यही तो पाप है— ऐसे शब्द अपनी जुबान पर कभी लाते ही नहीं। शब्दों को कहां और कैसे बोलना है वह तो अपनी चमड़े की जुबान पर होता है...''

''वही तो...''

''—तो आज कह दी मन की बात। पहले कह देती, मैं तभी गलती मान लेता—कम से कम इतना भारी भरकम बोझ अपने दिल पर उठाने की क्या जरूरत थी तुम्हें— ऐसा करना पड़ा, इतने दिनों तक...''

कमलकिशोर अफसोस प्रकट करते-करते रुक गया। यह सोचकर कि रुकुमा के दिमाग में जैसा चल रहा है, उसे चलने दे, व्यवहारिकता यही कहती है और राजनीति भी...उसने जो कुछ कहा था, रुकुमा को जस का तस याद है। इस समय उसकी स्मृतियों से खेलना उचित नहीं। सारा अवसाद उगल देगी, तो मन हल्का हो जाएगा।

''देख रही हूं, तुम्हारा रंगढंग और संग-संगति— आजकल घर से कटे-कटे, चुलबुल से भी लाड़-दुलार नहीं— मायरा तो सब समझती है— मैं तो कभी कुछ रही ही नहीं— खैर! ऐसी जिंदगी से तो, उस दिन सचमुच में बहा देते तो...'' रुकुमा ने भारी मन से कह दिया।

''अरे बहाया तो नहीं न...'' कमलकिशोर को फिर से मशखरी सूझ गयी।

''नहीं बहाया तो— अब कभी भट्टी में भून दोगे,पंखे से लटका दोगे। बीसियों युक्तियां हैं पतियों के पास— पीछा छुड़ाने के...''

''तुम कहती जाओ, और मुझे सुनना अच्छा लग रहा है— मैं सुन रहा हूं, जब थक जाओगी, तो मन की चल-विचल भी थम जायेगी।''

''मुझे ही गलत समझ रहे हो, अब कुछ नहीं कहना है— जितना कहना था उसे कह दिया...'' रुकुमा ने एक नया रणक्षेत्र खोल दिया-विश्वास मजबूत बनाने के लिए या अपने मन का विकार उगलकर मुक्ति लेने के लिए।

''मुझे तो अभी सुनना है— ऐसा सुनने का सौभाग्य मिलता ही कहां है?'' रुकुमा की कंठ की फांस को समझ लेने पर भी,ऐसा जानबूझकर कहकर, कमलकिशोर ने जलती आग में पानी के हलके छींटे दे दिए।

रुकुमा कभी कमलकिशोर के शब्दों का अर्थ समझने में देर नहीं लगाती। उसके शब्दों में अपनत्व के भाव कम, उसमें काईयांपन अधिक लगा। उसे याद आया, एक दिन इसी शहर में अवैध निर्माण के विरुद्ध तोड़फोड़ अभियान चल रहा था। हजारों लोग सड़क पर नारेबाजी के साथ विरोध में सीना तानकर खड़े हो गए थे। कमलकिशोर भी उनमें शामिल हो गया था। उस शाम भी जब घर पर लौट कर

आया था— लगभग यही समय रहा होगा। उसने बिना लाग लपेटे खुले मन से कहा था कि जनसेवक का गुनहगारों के साथ खड़ा होना, उनकी तरफदारी करना, ठीक नहीं कमलकिशोर! इस शहर को शहर रखने के कायदा-कानून हैं। उन्हीं से यह शहर चलेगा। वरना लोगों को इसे नरक बनाने में देर नहीं लगेगी। आज वही हो रहा है— वह उस दिन गलत नहीं थी। उस दिन कमलकिशोर ने ही तुतलाकर कहा था कि ठीक सोच रही हो, ठीक कह भी रही हो रुकुमा! मगर, शहरों में सच और झूठ जैसा कुछ होता नहीं, उसे नियति पर छोड़ देना होता है। जिस पक्ष का पलड़ा भारी हो, राजनीति में उसे समर्थन देने में ही भलाई होती है। इससे भविष्य बचा रहता है— सम्मान भी।

"वाह! वाह!! क्या पते की बात कह दी थी कमलकिशोर जी! गंगा नहाए गंगादास जमुना नहाए जमुना दास—भीड़ के साथ गए तो जन सेवक और नीति के साथ हुए तो राष्ट्र भक्ति। यह कैसी सोच है कमलकिशोर?" रुकुमा ने नए विष बूझे तीर से निशाना साधा और लक्ष्य को भेद दिया।

वह अंतिम सांझ रही होगी, जब कमलकिशोर के विरुद्ध नहीं, उसकी सोच को रुकुमा ने आयना दिखाया था। तभी से वह मूक की भांति उसे, सिर्फ देखती आ रही थी। इस समय भी उसी तरह बैठी रहती, यदि अपनी यात्रा पर जाते समय कमलकिशोर के शब्द चुलबुल की स्कूल फीस की चुभन देकर नहीं जाता। औरत बोलती तभी है, जब उसके अस्तित्व को चुनौती मिलती है। कमलकिशोर ने उस बूढ़े से अंतिम निवास जाकर रुपये लाने को नहीं कहा, रुकुमा के वस्त्र ही उतार दिए थे। उस समय एक पल को लगा था रुकुमा से रुकमणी और आज एकाएक द्रोपदी हो चुकी है..."

"कह चुकी तो अब मैं कुछ कहूं?" कमलकिशोर ने व्यंगात्मक लहजे में कहा।

रुकुमा चुप्प रही जैसे उसने कुछ सुना ही नहीं हो।

"बिसरख की जमीन अच्छा दाम दे गयी। अब घर भी ठीक चलेगा और नया प्रोजेक्ट भी।" कमलकिशोर ने नए प्रोजेक्ट का नक्शा बिछा दिया और बात आगे बढ़ाकर रुकुमा के ताजा घाव में नमक बुरकने की पहल कर दी।

एकाएक रुकुमा की आंखें कमलकिशोर पर अटक गयीं। किन्तु, कुछ बोली नहीं— बदन जलता हुआ लगा, फिर भी एकदम शांतचित और मौन हो गयी।

"सच कह रहा हूं, नए प्रोजेक्ट को फाइनल होने में देर भी नहीं लगी— अब सब ठीक हो जायेगा—घर भी और बाहर भी..." इस समय उसके शब्दों में व्यंग्य मिश्रित गंभीरता का नया रंग छलछलाने लगा।

रुकुमा अपने मन की पीड़ा को अधिक देर तक संभाल नहीं सकी। उसके

बदन में पहले हलकी झुरझुरी सी हुई—वह समझ गयी ऐसा घाव को कुरेदने से हो रहा है। फिर, उसके पांव कांपने लगे। दरअसल कमलकिशोर के सच शब्द से उसके भीतर नफरत की बिजली कड़कड़ाने लगी थी, और उसका आवेश उसकी रंगों में दौड़ाने लगा। उसने स्वयं से कहा, ऐसे हाथ पर हाथ धरकर और होंठ सीं कर कब तक बैठी रहेगी। काठ पर कभी करंट तक नहीं दौड़ता। वह मौन रहकर काठ नहीं हो सकती।'' उसको अपना मौन कायरतापूर्ण लगा। वह चीख पड़ी, ''मैं लाश नहीं हूं कमलकिशोर! एक जीती जागती औरत हूं— एक पत्नी और मां हूं। मैं कहना और सुनना दोनों जानती हूं। मुझे अपनी मसखरी से चुप कराकर कमजोर करने की कोशिश मत करो।''

कमलकिशोर को उसकी मनोदशा को समझने में देर नहीं लगी। उसने कहा, ''मैं कब कह रहा हूं तुम चुप हो जाओ? पहले तुम कह रही थी, मैं सुन रहा था और अब मुझे कहना है, उसे तुम शांत भाव से सुनो— उसे सुनना ही पड़ेगा।''

''क्या बचा है तुम्हारे पास अब अधिक कहने को? जलवृष्टि से बांध छलके या फिर उसकी कमजोर दीवारें टूटें नुकसान तो धरती और जीवन का ही होता है।''

''कैसा नुकसान? समझा नहीं मैं, उसे नुकसान कैसे मान रही हो तुम? इंसान के भोग के लिए ही तो हैं वे सब, मुझे सौदा अच्छा लगा तो किया...''

''पुरखों के जल,जंगल और जमीन का सौदा संतानें नहीं करतीं कमल किशोर! यह बात एकबार कहने पर भेजे में नहीं बैठ रही क्या? सचमुच समझ नहीं आई, या फिर नासमझने का नाटक कर रहे हो, जिसके लिए मैं तुम्हें जानती हूं— अरे छूरी पर भुज (सफेद कुम्हाड़ा) गिरे या भुज पर छूरी— नुकसान तो भुज का ही होगा। यह क्यों नहीं मानते, मेल-मिलाप, कहा-सुना और धैर्य-धीरज का फल मीठा ही होता है। जमीन आज नहीं, कल को हाथ से चली जाएगी, कोई बात नहीं— तब मन भी आश्वस्त हो जाता कि एक लूट यह भी सही...''

आज तक कमलकिशोर ने रुकुमा को न कभी गंम्भीरता से लिया और न उसकी बात को। यह उसकी प्रवृति में शामिल है। रुकुमा के स्वभाव में चिड़चिड़ापन और उसकी हर बात में नकारात्मक भाव, शब्द व सोच जोर मारते हुए देखकर कमलकिशोर ने स्वयं से ही कहा, ''तुम ठीक कह रही हो, मैं कुछ दिन और प्रतीक्षा कर सकता था। ग्रेटर नोएडा की सरहद अभी दस किलोमीटर दूर है, तो नोएडा की नियोन लाईट में जगमगाता बिसरख देखना उससे भी दूर...''

किन्तु, ऐसा सोचते उसे अपना पक्ष बहुत कमजोर लगा। रुकुमा की शिकायत अनुचित नहीं, उचित प्रतीत होने लगी। वह हर दृष्टि से खरी और विश्वसनीय लगने लगी। उसे मन में अफसोस होने लगा और दुःख भी। उसने पल दो पल में अपने जीवन के कई पृष्ठ पलट लिए— विश्वास भरे शब्दों को खेलते नहीं पाया। अब तक

की जिंदगी में उसने ऐसे शब्द संबंधों को धीरे-धीरे ठंडा और सिहरते हुए देखा था। घर में फैलती बर्फीली हवा को जमते और बदन को बर्फ होते महसूस किया था। उसने क्षणभर में सोच भी लिया, पति-पत्नी के संबंध को अविश्वास से उपजा मौन ही तो जमाता है। संवाद हीन संबंध में ही शब्द जमकर धीरे-धीरे मरने लगते हैं। जमाव बिंदु की एक वजह उसकी अपनी बेध्यानी भी हो सकती है...

कमलकिशोर के अपने बीतराग के शब्दप्राग कण उड़ते, अपनी ही खिल्ली उड़ाते हुए, उसके कानों में ठहाका लगाने लगे। उनसे उठा शोर उसे मिलीजुली सामूहिक आवाज का आभास देने लगा। उसने कहा, "यह एक औरत की आवाज है, जिसे अनसुना और झुठलाया नहीं जा सकता है। यह औरत जब भी ऊंचा बोलती है सच बोलती है—"सच की आवाज खुले मैदान में ही नहीं गूंजती, गिरि कन्दारों में कहीं अधिक भयानक प्रतिध्वनित होती आई है। आवाज कहीं, किसी की भी हो दबी और छुपी नहीं रह सकती, औरत की आवाज तो कभी भी नहीं।"

कमलकिशोर के हाथ जुड़ गए जैसे किसी अनर्थ की संभावनाओं के संकेत पर, शांति अनुष्ठान के लिए, जुड़ते हाथ, प्रतीत हुए। और उसके होंठ शांति के लिए हिनहिनाने लगे। उसने दांये-बांये देखा, जहां-तहां उगी विविध रंग की झंडियां ही उसे दिखीं, जो उसके शब्दों को ही हवा की सनसन और भौंरे की गुनगुन रचती और लहराती लगीं। क्या औरत के होंठों से निकला पवित्र मन्त्र, उसके जीवन का, आत्मा से उच्चारित सबसे बड़ा महामन्त्र यही है? ये ही उसके अपने उल्लास-विलासपूर्ण जीवन में समृद्धि के लिए अभिमंत्रित बीज मन्त्र है... ओह! हवा की लहरियों में रुकुमा के ही तो शब्द हैं...।

●●●

मनीष जितने दिन पहाड़ पर रहा, उसने पहाड़ी राग को बनते और बिखरते देखा है। उसने शिव का सुशासन, रूद्र का तांडव और सदा भयभीत राजा इंद्रा के छल-कपट तथा कामुकता से परिपूर्ण रूप सौन्दर्य को भी निहारा है। इंद्र स्वर्गाधिपति रहा हो या फिर नहीं, उसने शैल-शिखरों, गिरि कंदराओं और नदी, झरनों तथा दूर-दूर तक फैले बुग्यालों की सुन्दर वादियों में पसरी घनघोर घटाओं के बीच छुपते-छुपाते उसे बहुत समीप से देखा है। उसने धीरे से कहा, "मैंने तुम्हें नहीं देखा कमलकिशोर और रुकुमा को भी नहीं देखा। जहां तक दृष्टि गयी है— काली घटाओं को ही देखा— उनके आंचल में चपल, चंचल, तड़ित विद्युत को द्रुत गति से नृत्य करते देखा और उसके खंडित राग को भी सुना है।"

कमलकिशोर के लिए वह खंडित राग ही तो था— किन्तु, रुकुमा उसे अपना

पहाड़ी राग मानने से कैसे इनकार कर सकती थी। मनीष को आश्चर्य हुआ, जब दोनों के अलग-अलग रागों को अलग-अलग सुनने से कहीं अधिक उनकी जुगलबंदी में आनंद की अनुभूति उसे हो रही थी—दोनों के सुर में आरोह-अवरोह के बावजूद बेमिशाल, भिन्न किस्म की जुगलबंदी थी। कमलकिशोर नए प्रोजेक्ट के नक्शे को फैलाकर उस पर अपनी अंगुलियों से खेल रहा था।

कभी वक्र और कभी सीधी, गोल-गोल घूमती, अंगुलियों को रुकुमा मुग्धभाव से देखने लगी। उन अँगुलियों से विचित्र किस्म का प्यार मन में उमड़ता-सा लगने लगा था। उसने मन की सुन्दरता को जानने के उद्देश्य से कहा, "मैं नक्शानवीश नहीं हूं कमलकिशोर! मुझे ऊंची इमारतों पर चढ़ना मत समझाओ। मुझे ऊंची इमारत से भय लगता है—मैं एकदिन उनके भव्य सौन्दर्य को खंडित होते नहीं देख सकती। मुझे खंडहरों की चीख को नहीं सुनना है..."

"क्या देखना चाहती हो तुम? इस ऊंची इमारत के प्रोजेक्ट के सिवाय मेरे पास दिखाने को है ही क्या? जो स्वप्न है, कल्पना है उसे यहां साकार करना है। मैं उसे ही तो दिखा रहा हूं?"

रुकुमा को सोचने और कहने में समय नहीं लगा। वह एक ऊंची भव्य इमारत को बेबस बोने इंसान में तब्दील होते देखती रही। उसने धीरे से किन्तु, भरपूर लाड़ से कहा, "बहुत कुछ है तुम्हारे पास देखने और दिखाने को कमलकिशोर! मगर उसके लिए मन कहां है तुम्हारे पास... मैं तुम्हारी सुन्दर अंगुलियों को नृत्य करते देख रही हूं, उन्हें छूना चाहती हूं— उनका स्पर्श पाना चाहती हूं— इससे अधिक कुछ नहीं, बस्स..."

"ओह रुकुमा! तुम भी कितनी मजेदार हो— मैं तो घबरा ही गया था।"

मनीष ने भी देखा था, उनके दरम्यान गजभर के फासले को। यह भी देखा, पल-क्षण की दूरी तय करने के उत्साह पर पंख उग गए हैं। आरम्भ में कमलकिशोर की अंगुलियों उसे केंचुए की भांति रेंगती हुई दिखीं, फिर देखते-देखते ही वही अंगुलियां अपना रंग बदलने लगी थीं। मन मुग्ध, आंखें उन पर टिक गयीं। एक अजीब तरह की सरसराहट से उसे, फर्श पर फैलाये, फड़फड़ाते नक्शे के उड़ने का एहसास हुआ। यह कैसा शोर है? इतना भयावह शोर एक नहीं, दो नक्शों के साथ उड़ने से हो सकता है। थोड़ी ही देर में, धीरे-धीरे वह सनसनाहट, थकी-थकी, गहरी और शांत होती प्रतीत हुई। आश्चर्य। वह संगतशोर उनकी रेंगती सांसों का था— जो अब दूर से आ रही बांसुरी की मधुर तान छेड़े जाने की अनुभूति कराने लगी है, जो अब सचमुच पहाड़ी राग में घुलने लगी है। उसने अपनी आंखें मिचमिचाई, और कानों के पीछे की ओर उन्हीं अँगुलियों को ले जाकर, फिर से, मिश्रित पहाड़ी राग को सुनने का प्रयास किया। गहरी सांस ली और उसे धीरे-धीरे छोड़ते हुए

स्वगत कहा, "ओह! ये आनंदित पल उस कलफ चढ़े पेपर के फरफरानें तथा मिरमिराने के नहीं हो सकते थे, किसी चतुर-चालाक और सचेत गिरगिट की हुंकार से भी निकले नहीं हो सकते थे-ये तो बर्फ हुए रिश्तों को गर्म सांसों से पिघालने के शोर से अधिक था..."

मनीष जो अभी तक खुली खिड़की के उस पार के जीवन आनंद के पलों को अनुभव करते थकने लगा था, सुध-बुद्ध खोता, नीमास्तीन अपने बिस्तर पर लुढ़क गया। आंखें दीवार पर टंगे खंडित पर अवश्य टिक गयीं। अपूर्ण टुकड़े जो भिन्न-भिन्न किस्म के रंगों के थे— वे सब जुड़े हुए लगे। उसने उन रंगीन टुकड़ों में स्वयं को देखना चाहा, उसे अपने जीवन की खुशियां ही दीवार पर बनी खूंटी से लटकी प्रतीत हुईं। उसने उन रंग बिखेरते टुकड़ों को गौर से देखा— यह जानते हुए भी कि दर्पण वही बहुरंगी छबि उकेर रहा है, जिसे वह बार-बार नहीं देखना चाहता। उससे भिन्न रंगीनियां देखना चाहता है। जिसे कम से कम इन खंडित रंगीन टुकड़ों में वह कभी नहीं देख सकेगा। फिर भी, वह उठा, यह सोचते हुए कि क्यों न कमरे की धुंधली रोशनी में एक बार स्मृतियों को टटोल लिया जाय-स्मृतियों को संजोने में कभी किसी तेज रोशनी की जरूरत नहीं रहती। वे परिस्थियों के अनुकूल बनती और उसी रूप में ढल जाती हैं। पलक झपकते ही उसने खंडित दर्पण को लपक लेना चाहा, किन्तु, उसके हाथ छोटे पड़ गए। उसने तकिया उठाया-उसे पांव तले रखा, तो, वह दबता चला गया। अचंभित-सा वह कभी तकिये को, कभी खंडित दर्पण को देखने लगा। उसने आश्चर्य से कहा, "अब तो पांव भी छोटे लगने लगे हैं। मैं क्या असफल होता जा रहा हूं...।"

पत्थर पर चढ़कर कैसे कोई आसमान छू सकता है भला-नहीं, कभी भी संभव नहीं। मजबूत जमीन पर टिके पांव ही बढ़ सकते हैं। मनीष ने फिर भी हार नहीं मानी। बिछौने पर बैठकर दर्पण की रंगीनियों को वह निहारता रहा। मन मस्तिष्क में हलचल होती रही। देर अवश्य हुई, वह स्वयं को काफी हल्का महसूस भी करने लगा। "ओह यह क्या? मैं क्यों नाउम्मीद हो रहा हूं? कौन है वह? धुंधली तसवीर किसकी है? उन रंगीन टुकड़ों के बीच एक, क्या कोई उम्मीदों भरा टुकड़ा अभी भी सुरक्षित बचा हुआ है? जिसमें स्वयं को नहीं, कहीं अधिक स्पष्ट सम्पूर्ण माजुली को देख रहा हूं, उसकी सुन्दरता को देख रहा हूं? हां, माजुली ही है वह। येन वक्त में उसे ही देखता आ रहा हूं, उसकी तन-मन की सुन्दरता को देख रहा हूं आजतक। कठोर समय की जीवन परीक्षा में परिस्थितियां भी उसी के अनुरूप बनती चली जाती हैं। यह संयोग भी समय और सहयोग से उपजी परिस्थियों का मिलाजुला खेल है माजुली!"

मनीष ने फुर्ती के साथ दीवार पर टंगे खंडित दर्पण को लपक लिया।

"ओह माजुली!" जैसे अस्पष्ट शब्द उसके होंठों से निकले, "कठिन परिस्थियों में तुम्हें अपने साथ पाता रहा हूं हमेशा की तरह..."

रंगीन टुकड़ों से सजा हुआ सामान्य दर्पण, अब मनीष को किसी राजमुकुट से भिन्न नहीं लगा। उस पर जड़े रंगीन टुकड़े रत्न प्रतीत होने लगे— वह नौलखा हार भरभरा कर बिखर गया। राजपाट, शासन-कुशासन और धैर्य-धीरज की व्यवस्था बिखर गयी। संयम टूटा। उसकी आशाएं बिखर गयीं। एक बार फिर स्वयं को मजबूत करते हुए उसने कहा, "ये सामान्य से प्रतीत होने वाले रंगीन टुकड़े रत्न ही तो हैं!" उसने बुदबुदाया और साथ में जोड़ा दिया, "ये रत्न चमकते हैं तो यथार्थ के करीब होते हैं और कभी दर्पण की भांति झूठ नहीं कहते। वह प्रतिबिम्ब माजुली तुम्हारा ही था..."

उसने बिखरे हुए हीरा, पन्ना, मोती माणिक मानिंद टुकड़ों को एक-एक कर उठाया-उनमें से उस टुकड़े को पहचानने की कोशिश करने लगा, जो उसकी पसंद बन चुका था। जिस पर उसे माजुली का खिलखिलाता हुआ अक्ष उभरा दिखा था। उसका महत्व विशेष होकर भी, उसके लिए और अधिक बढ़ता जा रहा था। उन रंगीन टुकड़ों को बार-बार उलट-पलट कर देखते हुए, उसके हाथ ही नहीं, मन-मस्तिष्क दोनों थकने लगे थे। आंखें दुखने लगी थीं। अंततः निरासा और उदासी ही हाथ आयी। उसने कमरे की बत्ती बुझा दी और मुंह खोलकर जम्हाइयां लेकर बिस्तर पर लुढ़क गया। आंखों में नए सिरे से, अब नयी आकृतियां आकार लेने लगीं। उनमें जीवन से सबसे बड़ी हार से टूटा इंसान की आकृति उसे मुखर होकर दिखने लगी।

अंधेरे बंद कमरे में उसने आंखें दौड़ायीं-उसे कुछ भी नहीं दिखा। बनती-बिगड़ती चकित करने वाली विचित्र किस्म की आकृतियों का बारम्बार आकार लेने का शिलशिला चलता रहा। उसे लगा, इन आकृतियों में कमलकिशोर भी है और अंतिम निवास की कहानी सुनाता वह स्वयं भी। धीरे-धीरे उसे कमलकिशोर की आंखों से जलती चिताओं की जैसी आंच अपनी ओर आती लगी। उनकी तपिश उसे झुलसाने लगी। वह छटपटाने लगा। उसने उन आकृतियों से अपना ध्यान हटाने और आंखें चुराने को करवट बदली। बेध्यानी में बिछौने पर, एकाएक उसे चुभन महसूस हुई। क्या हो सकता है यह-चिताओं में जलती स्वर्ण प्रतिमाएं या कोई अनमोल रत्न भी हो सकता है? नहीं, वह नहीं हो सकता है-तो दर्पण से छिटका हुआ किसी रत्न का एक मामूली सा कण? हां, यही हो सकता है...

वह झटके से बिछौने पर से उठा और तेज कदमों से बाहर चला आया।

स्ट्रीट लाईट बुझी हुई थी।

अंधेरे में डूबे आंगन में खड़े होकर मनीष ने आसमान को निहारा— न चांद था न उसकी झक्क चांदनी ही उतर आयी थी। तारों की छांव उसे ही नहीं इस शहर में

कभी किसी जीवन को मिली नहीं थी। उसने स्मृतियों में ही हमेशा तारों को आसमानी खेल खेलते ही पाया था। उसने अपनी दाहिनी बंद मुट्ठी को खोलने में देर नहीं की। दर्पण के टुकड़े को बांयी हथेली पर रखा और फिर उस पर केंचुए की भांति अपनी अंगुलियों को रेंगते हुए अनुभव करने लगा। उसने अपने दृढ़ विश्वास से कहा, ''उम्मीद मरती नहीं कभी-जीवित रहती है हमेशा। यह रत्न वही है—माजुली का प्रतिबिम्ब इसी में छुपा है। मैं दिन के उजियाले में उसे देखना चाहता हूं-उसमें मैं तुम्हें देखना चाहता हूं माजुली!''

वह दबे पांव कमरे में लौट आया, सीने पर औंधी पड़ी बंद मुट्ठी, उसमें बंद अनमोल रत्न और स्मृति में लौट आयी माजुली—बंद कमरे के घुप अंधेरे में खेलने लगी। उसे भी बड़ा आनंद आने लगा, जब दायीं से बायीं और बायीं से दायीं को छकाती बंद मुट्ठी को देख, माजुली खिलखिला उठी थी। उसका मधुर स्वर उसके कानों में सुगम संगीत का रस घोल गया।

''हंसो, खुलकर हंसो माजुली! यह सही समय है। इस शहर में लड़कियों को हंसने को मिलता ही कहां है?''

''ऐसा तुम कह रहे हो मनीष! जो अपनी हंसी को भूल गया?'' माजुली का किया प्रश्न सुनाई पड़ा मनीष को।

''दूसरा कौन कह सकता है?'' प्रत्युत्तर में उछाला अपना प्रश्न सुनाई पड़ा उसे।

''अच्छा, तो तुम ऐसा कह रहे हो?'' माजुली का स्वर संदेह से भरा लगा।

मधुर मुस्कान बिखेरती, खिलखिलाती झरने के मानिंद माजुली और उसका स्वर मनीष के कानों में ऊंचाई से झरता हुआ लगा। अनायास ही होंठों के घोड़े हिनहिनाने लगे, ''कहां हो माजुली! क्या यहीं कहीं हो? तुम्हारी रिमझिम सुनने और उसमें भीगने को मन कर रहा है-कहां हो तुम? तुमने गदराये मौसम की भरी बरसात का सही समय चुना है...''

मनीष कविता की पंक्तियां गुनगुना रहा है या स्वयं को धिक्कारता हुआ बुदबुदा रहा है। अभी-अभी थोड़ी ही देर पहले तक वह ''रुकुमा चांदी को बटना'' जैसी कुमाऊनी लोक गीत की धुन गुनगुना रहा था। ऐसा पहली बार नहीं कर रहा था, जब भी वह एकांत को जीता है, माजुली उसकी स्मृतियों में मचलने लगती है, तब वह उसके लोक को गुनगुनाने लगता है। उस समय उसके चेहरे की रागिनियां देखती बनती है। वह अपने को शांत और सुनाखरी फूल सा हल्का व ताज़ा महसूस करने लगता है। कभी-कभी बड़ी देर तक वह, अपराधी-सा मटमैली और काली पुती दीवार पर उभरी बारीक लकीरों की ओर टकटकी लगाकर, उन्हें गिनता है। और फिर, अपने भविष्य का अनुमान लगाता हुआ, कहीं खो जाता है। वह स्वयं को कभी

अपराधी नहीं स्वीकारता–जीरो पॉइंट की उस शाम की घटना को एक संयोग मानता है। लेकिन उसके अंतर्मन में, इससे कहीं अधिक जब तब उनके बीच पसरी चुप्पी से हलचल होने लगती है—वह विचलित होकर झुंझलाने लगता है। किन्तु, इस समय अपराधी की भांति उसने कमरे को एक नज़र में टटोल लिया...

...माजुली कहीं न दिखी। उसकी झुंझलाहट बढ़ी, तो, उसे स्वयं पर चिढ़ सी हुई— क्या मैं अपराधी हूं? तब से उस प्रश्न का उत्तर पाने को मैं क्या पागल होने लगा हूं? हर बार अपने ही प्रश्न का उत्तर मैं क्यों देने लगा हूं— यह कैसा प्रश्न है, जो मुझ में, स्वभाविक रूप से भीतर तक प्रवेश कर चुका है? यह अप्रत्याशित प्रश्न कैसे संभव हुआ है? ओह! तो यह असम्भव भी नहीं! मेरे अपने प्रश्न का अनुत्तरित रहना भी तुम्हारे लिए एक यक्ष प्रश्न जैसा हो सकता है। प्रश्न तुम्हारे लिए सामान्य और मेरे लिए उसका उत्तर पाना जटिल है। सोचता हूं, मेरा खुद से किया प्रश्न उसका उत्तर तुम्हें ही देना होगा माजुली! अनुत्तरित प्रश्न पर चुप्पी भी— तुम्हारी प्रश्न से सहमति ही होगी। इसे तुम अपने विचारों में अग्नि परीक्षा से पूर्व श्रीराम से एक मामूली इंसान द्वारा किया स्वभाविक प्रश्न भी मान सकती हो...मैं वैसा ही प्रश्न लेकर आ रहा हूं माजुली!

बहुत कुछ सोच लिया मनीष ने। एकांतवास में मची हलचल से पराजित उसके मचलते कदम, अविलम्ब, बिछी हरी दूब की सीमाओं से बाहर निकल आऐ।

बोटानिकल गार्डन दूर, तो अधिक समीप भी नहीं था। उसके कदम उस तरफ को बढ़ते चले गए। माजुली की मेट्रो बोर्डिंग से पहले ही, राजीव चौक मेट्रो स्टेशन के जीरो पॉइंट पर, वह पहुंचने की धुन में, उसके कदमों पर उम्मीद के सुनहरे पंख लग गए।

चौंतीस मिनट की यात्रा को पलक झपकते तय करने की उत्सुकता में, उसने उस दूरी को नए सिरे से महीन काता और यात्रा पूरी कर ली।

अपने निश्चित समय पर माजुली भी उसे आती दिख पड़ी। रोज़ की भांति दोनों मिले–तुमने कहा, मैंने सुना जैसी मुद्रा में पहले बातें आरम्भ हुईं और फिर हमेशा की भांति बातें चल निकलीं। मनीष ने बिना लागलपेट के कहा, "आज मैं तुमसे तुम्हारे गांव देस समाज के संबंध में कहने आया हूं..."। कहते–कहते उसके शब्द अटक गए। उसने माजुली के चेहरे की तरफ देखा, तो लगा, जैसे उसने कुछ सुना ही न हो।

उपेक्षा का भाव प्रकट करते वह आगे कदम बढ़ाती रही।

मनीष ने उसे रोकने के प्रयास में कहा, "मैं जानता हूं तुम्हारा चुप रहना उचित है और गुस्सा होना स्वभाविक भी।"

"मैं न गांव समाज के साथ हूं न तुम्हारे साथ।" माजुली ने दो टूक कड़क

शब्दों में निशाने पर गोली दाग दी।

''परन्तु, बिना सुलह-सफाई के तुम ऐसा नहीं कह सकती। जीवन के सारे निर्णय इंसान नहीं, परिस्थितियां करती हैं— इन्सान से भिन्न मैं कैसे हो सकता हूं?''

''यह भी समय तय करेगा।'' माजुली ने उतनी ही कठोरता से कहा।

''समय का इंतजार मत करो माजुली! तब हाथ मलने के सिवा कुछ बचेगा नहीं।।''

''कहो, क्या कहना है तुम्हें! झूठ और मक्कारी के अतिरिक्त कुछ नया कहना है तो...''

''ऐसा कुछ नहीं था और न है माजुली! तुमने अपना गांव धनगढ़ी की बस्ती में बताया था एक दिन-मैं उसी के संबंध में कुछ कहने आया हूं।''

''तो...'' रुष्ट और रूखाई से माजुली ने कहा।

''बाहरी लोग जायेंगे वहां तो तुम्हारे जल, जंगल और जमीन नहीं बचेंगे। चील, चकोर, घ्वेड, कांखड कोई भी नहीं बचेंगे।''

''तो उसकी चिंता किस को है—मुझे तो नहीं।''

''तुम्हें है— मैं जानता हूं। तुम में आग है-मैं जानता हूं, उस गांव-समाज ने तुम्हें अपमान और तिरस्कार ही दिया है। फिर भी,...''

''फिर भी, सुनने को बचा है क्या तुम्हारे लिए? तुम स्वयं कह रहे हो उस समाज ने मुझे दिया ही क्या है, तो इससे अधिक मुझे चाहिए क्या अब चुलूभर पानी...''

''नहीं, ऐसा न कहो, तुम्हें आग चाहिए, अपने भीतर आग। तुम्हें गांव दिया है, अपना समाज दिया है और समाज का सौन्दर्य दिया है-तुम्हारा सौन्दर्य उससे भिन्न नहीं है।''

''घर तो नहीं दिया मुझे, जिसकी जरूरत है— पलायन! पलायन!! पलायन!!! उसकी ठौर पर सौन्दर्य नहीं कुरूपता मिली है मुझे...''

माजुली जैसे बिफर पड़ी। उसका स्वर जीरो पॉइंट पर ही पूरे प्लेटफार्म में गूंजने लगा। यात्रियों की नजर उन पर ठहर गयी या फिर टेढ़ी होने लगी।

मनीष ने उसे शांत करते हुए कहा, ''कुरूपता में भी सौन्दर्य होता है माजुली! उसे समझने-अनुभूति करने की कोशिश करो— हालांकि ऐसा कुछ नहीं होगा, जैसा तुम स्वयं सोच रही हो। तुम्हारी इस बात पर यात्री मुस्करा कर अपने गंतव्य को चले जा रहे हैं...तुम्हें भी जाना है ऑफिस-बात आराम से सुनोगी, तो मन ख़राब नहीं होगा,समय भी नहीं और कबूतर,चमगादड़ नहीं उड़ेंगे इधर- उधर उस शाम की तरह...''

उस शाम को याद करते ही पल भर के लिए स्मिति मुस्कान दौड़ गयी माजुली के होंठों पर। दूसरे पल उसने कहा, ''मुझे वह सब नहीं सुनना है और न सुनने की सामर्थ्य बची है। जिस इंसान का मन पहाड़ पर शांत नहीं रहा, वह इस महानगर में मुझसे शांति रखने की बातें कह रहा है— उपदेश देने की स्थिति में कब से आ गया वह?''

''ऐसा ही समझ् लो, मुझे कोई फर्क नहीं पड़ता है। लेकिन तुम्हें वास्तविकता से हटकर तो विचार करना ही होगा...।'' मनीष ने धीरे और संयत शब्दों में कहा।

मनीष को समझने में देर नहीं लगी कि माजुली के मन, मस्तिष्क और शब्दों में पहले से ही आग है। आग में वह स्वयं भी जलने को तैयार है। गांव के जीवन की बातें उसे बेमानी लग रही हैं। उसने फिर भी अपने मन को दोहराने के लिए हिम्मत की, ''वह सब ठीक है माजुली! मैं जानता हूं तुम्हारा मन सुन्दर और साफ है। परन्तु,एक बात गांठ बांध लो, तुम्हारा गांव बचा रहेगा तभी तुम्हारा सौन्दर्य और स्वाभिमान भी...''

''तुम बार-बार मुझे और मेरे मन को घेरने की कोशिश कर रहे हो मनीष! मुझे एक अव्यक्त दुनिया के रास्ते पर धकेलना चाहते हो। एक बार अपने भीतर झांक कर देख लो, व्यक्त दुनिया के इस महानगर में रहते अपने जीवन का सुगम पथ तय कर सकने में सक्षम होने के बावजूद— क्या उसके बाद भी, गांव में क्यों रहना चाहोगे। हर गांव देस शहरी अपने जीवन की सार्थकता यहां खोज रहा है और तुम...'' माजुली ने अपने तरकश से नया तीर छोड़ दिया।

''और मैं भी...'' आधा अधूरा वाक्य फूट पड़ा मनीष की जुबान से। मन साफ़ हो तो ऐसा हो ही जाता है। माजुली को जीवन का पाठ समझाते वह खुद ही घिरने लगा। बचाव का कोई रास्ता भी नहीं सूझा। वह सकपका उठा। आसन्न संकट होने पर, उसे चाहिए कि अपना बचाव का रास्ता स्वयं निकाल ले। अब कुछ कहना चाहे, बेध्यानी में तरकश से छूटे तीर को लौट आने को कह भी दे, तो भी लक्ष्य पर पहुंचे शब्द का लौटना संभव नहीं। अपनी सम्पूर्ण बुद्धि और ऊर्जा लगाने पर भी, वह विकट स्थिति से निपटने में असफल होने लगा।

''मैं यही सच सुनना चाहती थी तुम्हारे शब्दों में, जिनमें कशिश तो है मगर गांव लौटने का उत्साह नहीं है। निरुत्साहित व्यक्ति का भविष्य किसी कैदी के जीवन से भिन्न नहीं हो सकता-मुझे तुम्हारी बातों से ऐसा ही प्रतीत हो रहा है। तुम्हारे गांव देस-समाज की कठिनाइयों से भरी शापित जिंदगी से यहां की जिन्दगी बेहतर है। मैं सन्यास नहीं ले सकती-मैंने कहा ना-मैं ही नहीं अब कोई भी उस अव्यक्त रास्ते का रुख नहीं कर सकता।''

''तो तुम इस पर मनन नहीं करोगी?''

“मनन तो साधू सन्यासी करते हैं— जिन्हें व्यक्त तथा अव्यक्त संसार से परे, अध्यात्म जगत की परंआनंद की चरम परिणति, मोक्ष प्राप्ति की कामना रहती है, जहां सशरीर नहीं पहुंचा जा सकता। मैं उस पहाड़ी रास्ते को भी नहीं चुन सकती, जो गिरि कंदराओं और हिमालय की भयानक गुफाओं की तरफ ले जाता है— जिस तरफ कदम बढ़े तो फिर लौटने का रास्ता कठिन और असंभव होता है। मैं उस उम्र को अभी छू तक नहीं सकी हूं। मेरे लिए यह मेट्रो लाइन की सुरंग काफी है, जहां तुम छोड़ गए थे। यह व्यक्त दुनिया को जाने वाला मेरा रास्ता है। जिसमें प्रवेश और बाहर निकलना अब मैं सीख चुकी हूं। मैं अपने कर्तव्यों का पालन कर रही हूं, उसमें मुझे कोई परेशानी नहीं है। देखो, मुझे उसी सुरंग से ही जाना और फिर शाम को लौटना होगा! क्षमा करो, तुम अपना उद्देश्य को पूरा करते विफल हो रहे हो, इसका दोष तुम्हारा नहीं है। मुझे इस पर अफ़सोस हो रहा है कि तुम इतने दिनों बाद मिले और मैं... मेरा ऑफिस का समय हो रहा है–मुझे वहां अपने समय पर पहुंचना ही होगा।”

माजुली पीली लाइन के प्लेटफार्म की ओर आती मेट्रो ट्रेन की तरफ बढ़ गयी–जो केन्द्रीय सचिवालय, उद्योग भवन,सफदरजंग एअरपोर्ट और आल इण्डिया मेडिकल होते हुए विशाल व्यक्त दुनिया के विकसित शहर में उसे ले जाएगी।

मनीष लेडिज कोच के बंद कपाट के खुलने और बंद होने को देखता रहा। व्यक्त–अव्यक्त दुनिया के गुणा भाग को समझने के लिए जूझता रहा। उसे उम्मीद थी, माजुली उसे अपनी व्यक्त दुनिया में साथ ले जाएगी, तो सबकुछ साफ–साफ और स्पष्ट हो जायेगा। या फिर अपना हाथ हिलाकर एक बार अवश्य कह देगी, “ठीक है शाम को मिलते है मनीष! तब जीवन का नया अध्याय समझने को समुचित समय होगा।”

माजुली ने वैसा कुछ भी नहीं किया।

मनीष ने कोच के शीशे से माजुली को देख लेने की उत्सुकता में अपने पांव उचकाए–वह नहीं देख सका। मेट्रो विभाग ने उसके आंखों के सामने कद भर ऊंची सुन्दर स्वचालित रेलिंग खड़ी कर दी थी। आंखें कोच के आर–पार, भीतर और बाहर दौड़ाई— माजुली उसे नहीं दिखी। इतने कम समय में मेट्रो स्टेशन के जीरो पॉइंट पर अपार भीड़ ने उसे चकित कर दिया। अब उसके लिए जीरो पॉइंट का भी कोई महत्व नहीं रह गया था। माजुली का उसे नहीं दिखाई देना, मन में संदेह पैदा कर गया। उसे वह बदली –बदली हुई— पहली सी नहीं लगी थी। माजुली का शहर की भीड़ में खो जाने जैसा एहसास उसे होने लगा। वह मेट्रो ट्रेन को सुरंग में प्रवेश होने तक अपलक देखता रहा...।

●●●

मनीष ने ब्ल्यू लाइन ली और लौट गया।

पूरी यात्रा में उसके भीतर बहुत कुछ खदबदाता रहा। हलचल से मन मस्तिष्क ही नहीं हिला कलेजा भी हिल गया। जीभ तक कांप उठी— "ऐसी कठोर बातें माजुली को नहीं कहनी थी। आखिर देश-दुनिया की जड़ें तो गांव देस-समाज में ही हैं। ज्यादा ही मन में आग थी, तो कह देती, इस समय नहीं, फिर कभी, गांव लौटने की सोचूंगी—अभी मैं..."

बीसियों बहाने होते हैं बातों का रुख बदलने के— कुछ भी कह कर अपना पिंड छुड़ा सकती थी माजुली— उसके भुस भेजे में ऐसा कुछ आया ही नहीं। किसी का मन रखना तो उसने कभी सीखा ही नहीं। मनीष के मन में उथल-पुथल चलने लगी। तन को मेट्रो में पांव रखने की जगह नहीं, सिर्फ मस्तिष्क को खुलकर खेलने की जगह मिल गयी। भीड़ और उसका दम घोंटता हुआ शोर से उसे खटका सा हुआ—ऐसा मेट्रो की नोएडा की लाइन में होता नहीं। अमूमन यमुना बैंक पर कुछ यात्री अन्दर-बाहर होते हैं, उस समय सांसों की गति को सुनना कठिन हो जाता है। परन्तु, आज ट्रेन के दौड़ने से कहीं अधिक दिल की धड़कन साफ़ सुनाई पड़ रही थी। उसने बाहर की तरफ भागता खंभा देखा— 6E/6 यानि नहीं, वह ठीक से पढ़ नहीं सका तो स्टेशन का अनुमान भी नहीं लगा सका।

उसे स्वयं से कहीं अधिक अपनी आंखों पर खींज सी हुई। बिजली का खम्भा एक के बाद दूसरा उलटी दिशा का रुख करता रहा। उसे न मालूम यह सोचते क्यों लगा, सभी लोग और सम्पूर्ण दुनिया ही सरपट पीछे की तरफ सरक गयी है। यह अक्षर धाम की तरफ जाने वाला ट्रेक नहीं हो सकता। उसने कोच के डेस्टिनेशन डिसप्ले की तरफ देखा— वह भारतीय रेल की याद दिला गया, जो डिजिटल इंडिया की पुकार को सुन नहीं पाया था। ओह! मैं गलत दिशा की मेट्रो लाइन की तरफ चल पड़ा हूं। मैं हमेशा जीवन में गलत दिशा की तरफ ही चला हूं...

यमुना बैंक पर मेट्रो कोच के दरवाजे बंद होने का पता ही नहीं चला था और न ही अनाउंसमेंट ही सुनाई दी थी— थकी-थकी आवाज भी अनाउंस होती, तो भी, उससे अनुमान लगा लेता। मुझे नोएडा बोटेनिकल गार्डन और सीटी सेंटर नोएडा की ओर जाना है— अब लक्ष्मी नगर की भीड़ मुझे गलत ट्रेक से उतरने नहीं देगी। यह दुनिया का चलन है, जो जीवन की गलत दिशा पकड़ लेता है, उसे फिर उतरने का मौका नहीं देती। यहां भीड़ है। उसकी न आंख होती है और न कान— एकदम बहरी होती है। भीड़ कभी कमजोर नहीं होती-ताकतवर होती है-लोकतंत्र की तरह। सामाजिक हो या आर्थिक और उनसे कहीं अधिक राजनैतिक खेल इसी ताकत से खेले जाते हैं। यह लोकतंत्र का पहला पड़ाव है। यमुना बैंक भी गंतव्य का एक पड़ाव। दूसरे पड़ाव में भीड़भड़क्का नहीं रहती— नाक नक्श बदलने लगते हैं। वह

कुल वंशों का हिस्सा बन जाती है। गली कूंचों में इसका महत्व घट जाता है। कमजोर कुलवंश हमेशा अपनी ताकत का लोहा मनवाने की जुगत में रहते है— भीड़ दिन में सपने और रात में तारे गिनने लगती है। उसे अपना खुला आसमान बंद दीखता है। भीड़ कुम्भकरण की नीद नहीं सोती, उससे कहीं गहरी वर्षों की नीद से जगाती है। लोकतंत्र जगता है। फिर वही शिलशिला चलेगा। भीड़ जुटेगी और हजार पांव चल पड़ेंगे। भीड़ के पांव नहीं देखता कोई, एक स्वतः स्फूर्ति मशीन देखते हैं। कमाल का जुगाड़ है— यह लोकतंत्र की भीड़ है या फिर भीड़ का लोकतंत्र— यह मेट्रो ट्रेन भी तो उसी का हिस्सा है— माजुली के उस व्यक्त दुनिया की अद्‌भुत मिसाल है...।

जिस द्रुत गति से मनीष ने सोचा, उतनी ही ताकत से वह भीड़ के बीच से निकलने में सफल हो गया। जान छूटी लाखों पाए जैसी हाय-हाय, तौबा-तौबा मुद्रा में खड़ा वह, बड़ी देर तक मेट्रो में चढ़ती, और सीढ़ियां उतरती भीड़ को देखता रहा। आंखें थकीं तो हर रोज अपना कटोरा लिए घुमता जटाधारी भिखारी बाबा की याद ताज़ा हो आयी। आंखें फुटपाथ पर भी दौड़ गयीं। कहीं जटाधारी बाबा दिखा, तो उसे शनि-राहू की जुगलबंदी के शेष दिन जानने में सुविधा होगी। मन खुश होगा कि जल्दी ये दिन उतरेंगे तो अच्छे दिन लौट आयेंगे।

कमबख्त वह जटाधारी बाबा भी उसे नहीं दिखा।

बाबा भी भीड़ में कहीं खो गया होगा।

मनीष का हाथ अपनी जेब से बाहर निकल आया। उसने स्वगत कहा, "दुनिया की कमजोर हथेलियां अपनी ही रोशनी में गहरा रंगने वाला बाबा, आज भी अपने हथेली की बारीक लकीरों को देख न सका होगा— वैसे भी आजतक हथेली देखने से अधिक वह हथेलियां दिखाता आ रहा है। अफसोस! यह सिक्का भी वह ले न सका..."

मनीष ने उस सिक्के को चूमा, माथे से लगाया और फिर से अपनी जेब में रख दिया। मनीष के पांव सीढ़ियां उतरते ही बांये मुड़ गए। उसने सिक्के को उसकी ठौर पर सुरक्षित पहुंचने का रास्ता दिखा दिया। उसके चेहरे पर खुशी साफ दिखी। उसने स्वयं से कहा, "अभी कमजोर नहीं हैं पांव, ये सीढ़ियां उतरने और चढ़ने के लिए ही बनी हैं—ठीक प्लेटफार्म पर जाएंगी और यमुना बैंक के प्लेटफार्म चार पर उतरेंगी। गज दो गज भर की दूरी के लिए पांव बाएं और भीड़ के साथ कदम ताल करते प्लेटफार्म एक की सीढ़ियां चढ़ेंगी। फिर नए सिरे से यात्रा आरम्भ होगी। चढ़ने-उतरने का क्रम बाटेनिकल गार्डन पर चलेगा। वहां भी न पांव थकेंगे न जिंदगी..."

●●●

येलो लाइन पर माजुली का सफर अभी चल रहा था— किन्तु, सुरंग से अवश्य बाहर निकल आयी थी। हिचकोले खाता तन उसका मन भी अभी थका नहीं था। दांयी तरफ को उसकी आंखें मुड़ीं, खुशियां कुतुब की ऊंचाई को छू गयीं। वह सोचने लगी, ''कितना अच्छा लगता होगा मीनार पर चढ़ाना-अपने पहाड़ों की ऊंचाइयों को छू लेने जैसा—आनंद की अनुभूति करता मन मुग्ध तो आसमान को चूम लेने की दृढ़ इच्छाएं। एक का साथ मिल जाए तो...मेट्रो की भीड़ के बावजूद मामूली दूरी एकांतिक और उबाऊ क्यों लगने लगी? मनीष मित्र था— मेरा दुश्मन क्यों लगा? ठीक सोचता था वह। कहता ठीक है आज भी। आग होती है उसके शब्दों में। पहाड़ पर चढ़ने की आग सी। वहां जंगल की आग से कहीं मन की ही आग चाहिए— एकदम धधकती भीतर की आग—बुरांश की मानिंद सुर्ख लाल दहकता हुआ पहाड़। जब से उसका साथ छूटा है, तब से न मालूम क्यों मेरे भीतर की आंच ठंडी पड़ने लगी है? हर रोज घर से ऑफिस और वापसी का सिलसिला थमने को ही नहीं आ रहा है। उबासी, थकान, मन में भारी बोझ और सांसें रेंगती-रेंगती हुई साथ छोड़ती लगने लगी हैं। ऐसा क्यों होने लगा है? क्या यही है जीवन, इतना ही सुखकारी जीवन? बीसियों बार अपने मन से पूछती हूं, हर रोज सीढ़ियां उतरती और चढ़ती हूं फिर भी न मालूम क्यों लगता है, मैं मेट्रो का रास्ता भटक रही हूं या पांवों को आदत बन गयी है...

क्या हो रहा उसे? मन बेचैन क्यों हो रहा है? मनीष की बातें तो नहीं उमड़-घुमड़ कर रही हैं? मनीष उसकी सोच की गिरफ्त में क्यों बार-बार आता जा रहा है? कुछ तो है अवश्य!! उसने अपने मन मस्तिष्क को समझाया और अपने ऑफिस की दूरी तय कर ली।

माजुली अपने रोज के कार्यों पर जुट गयी। लेकिन यह जुड़ाव हर रोज की भांति-सा नहीं लगा। मन में फिर से खदबदाहट शुरू हो गयी। उसने स्वयं से पूछा, ''क्यों चला आया था वह इतने दिनों के बाद। उसे तो मेरे गांव देस का भी ठीक से पता मालूम नहीं था। आग थी या फिर झूठमूठ की चिंता थी— मेरे गांव को लेकर। अपने पहाड़ को लेकर? उसके शब्दों का सच उसका छलावा भी हो सकता है और अपनी कल्पना से मेरे संसार को बदलना चाहता हो-मेरे जीवन में प्रवेश चाहता हो? यदि वह ऐसा सोचकर आया था, तो भी वह साधारण व्यक्ति हो ही नहीं सकता। आग दिखी थी मुझे उसके भीतर...''

माजुली उठी और अपने ऑफिस से बाहर चली आई। एक्सलेटर, सीढ़ियां और मेट्रो ट्रेन के दरवाजे— उनके खुलने को देखती रही। दरवाजे का बंद होना उसने नहीं देखा। इस समय वह अपने आंख, कान और पांवों को भूल गयी थी...सिर्फ पटेल नगर, नोएडा या फिर आनंद विहार उसके मस्तिष्क में चल-विचल करने लगे।

यहां तक कि उसे ध्यान नहीं रहा, मेट्रो रेल सुरंग की तरफ बढ़ चुकी है...

●●●

"गिरगिट को देखा है कभी? उसे रंग बदलते देखा कभी?" मनीष ने सहजपन में पूछा।

बच्चे चुप रहे।

"यह कैसा सवाल कर रहें हैं मनीष?" जीवनानंद ने टोक दिया।

"यही कि कटोरा हाथ में हो, तो, आदमी के चेहरे को पढ़ना भी जरूरी है। खाली हाथ लौट आने से, मैं देखता हूं, इनका कटोरा टूटता है तो उत्साह भी। किसी की तरफ कटोरा बढ़ाने से पहले उसकी नीयत को पढ़ना जरूरी है।"

"परखना इन्हें नहीं आता।" जीवनानंद ने असहज होकर कहा।

"तो सीखने में नुकसान क्या है?" मनीष ने उतनी ही जिम्मेदारी से कहा।

"ठीक सोच रहे हो, इनका कोमल मन बचा रहेगा तो तन खुद-ब-खुद बच जायेगा-मैं अपने इन बच्चों के लिए ऐसा आज तक क्यों नहीं सोच सका? ओह! तन से कहीं पहले मन का मरना ठीक नहीं-बच्चों के मन को बचाना पहले जरूरी है।" जीवनानंद ने अफसोस प्रकट करते हुए कहा।

बच्चे समझ नहीं पा रहे थे, आखिर मनीष से जीवनानंद क्यों उलझ रहे है? वे चुपचाप उन दोनों की बातें दबे मन से सुनने लगे।

"बच्चो! जब तुम कटोरा बढ़ाते हो, तुम्हें कोई कुछ नहीं देता, तो कैसा लगता है?" मनीष ने बड़े आत्मीय शब्दों में जानना चाहा।

"हमने कभी ऐसा कुछ सोचा ही नहीं..." बच्चों ने एक दूसरे के चेहरे पर ताक झांक की।

"बुरा नहीं लगता?" इस समय मनीष ने एक-एक से अलग-अलग पूछा।

पहला बच्चा चुप रहा।

दूसरा बोला, "मैं दूसरी कार की तरफ चला जाता हूं।"

तीसरा बोला, "मैं नहीं जाता, मैं वहीं खड़ा रहता हूं, एक बार, दो बार और बहुत बार मांगता हूं...फिर तो मिल ही जाता है।"

"तुम खुश हो जाते हो—नहीं देगा कोई तो..." मनीष ने संदेह व्यक्त किया।

"नहीं देगा, तो, कोई दूसरा दे ही देगा...मर नहीं जायेंगे।" चौथा लड़का जो अब तक चुप-चुप था, उसने आत्मविश्वास से कहा।

"मरोगे नहीं-बड़े हिम्मत वाले हो। तुम्हें मरने से डर नहीं लगता-उस दिन तुम्हारा भाई मर गया था। तुम्हारे बूढ़े मां-बाप रो रहे थे और तुम... मैं दूर से देख रहा

था,फिर यहां, इसी स्पाईस मॉल पर तुमसे मिलने भी आया था।'' मनीष ने पुरानी घटना की याद ताजा करते हुए कहा।

''हां, हां तुम आये थे। तुमने तो कहा था,क्या कहा था...'' चौथे ने अपने मस्तिष्क पर जोर दिया और आगे जोड़ा, ''बापू को कहा था, इतना क्यों रो रहे हो, आदमी तो उसी दिन मर जाता है, जिस दिन जनम लेता है।''

''ऐसा मैंने कहा था?'' मनीष की हंसी छूट गयी। उसने सुनिश्चित करने के लिए पूछा, ''अच्छा, तुम्हें ठीक से याद है, कुछ भूले तो नहीं?''

'' बापू से पूछ लो...'' बच्चे ने तुरंत प्रश्न वाचक दृष्टि से जीवनानंद की तरफ देखकर आत्मविश्वास भरे शब्दों में कहा, ''तुम गिरगिट के बारे में बताओ—मैं उसे कभी नहीं भूलूंगा। याद रखता हूं सब कुछ...'' उसने खिलखिलाते, हंसी उड़ाते और पहले बच्चे को चिढ़ाते हुए कहा, ''ये भूल जाता है उल्लू! हा-हा-हा...''

''अरे तुम उल्लू को भी जानते हो''मनीष ने बड़ी आत्मीयता से कहा।

''हां, ये तो है न बापू!''

''हां, पन्नो इसे लाड़ से यही पुकारती है और मैं भी।'' जीवानंद ने झेंपते हुए सहमति प्रकट कर दी।

''बेटा, तुझे बुरा नहीं लगता?'' मनीष ने अगला प्रश्न किया।

''नहीं, मां भी ऐसा ही कहती है...?'' उल्लू ने सहजता से जीवनानंद की ओर देखकर बताया।

बच्चे के भोलेपन पर उनके बीच हंसी छूट गयी... हंसते-हंसते लोटपोट होने लगे।

''मेरा काम आसान हो गया जीवनानंद! अब मैं चलता हूं। कल आऊंगा इसी समय।'' कहते मनीष ने मन के उत्साह को स्पाईस मॉल की रंगीन इमारत की ऊंचाई में देखा। उसने देखा उसकी दीवार में काफी ऊंचाई पर सलमान खान का एक बहुरंगी कट आउट लटक रहा है— उसमें सलमान ने अपनी कमीज उतारी हुई है— लोग उसकी फड़कती भुजाओं में उभरे डोलों को देखकर खुश हो रहे हैं। मनीष ने पलट कर देखा, उसकी नजरों का पीछा वे बच्चे भी कर रहे हैं। उसे अच्छा लगा। उसने मुस्कराते हुए बच्चों से पूछ लिया, ''कौन है वो?''

''सलमान खान— हीरो...'' एक ने दूसरे बच्चे के कंधे पर हाथ रखते हुए कहा, ''ये भी तो सलमान खान बनना चाहता है।''

''नहीं, नहीं मैं नहीं— ये खुद बनता है सलमान खान, झूठ में मेरा नाम ले रहा है।'' दूसरे बच्चे ने स्पष्ट किया।

''तुम ही बता दो क्या बनना चाहते हो जीवन में?'' मनीष ने सजाता से पूछ लिया।

“मैं... मैं तो अमिताभ बच्चन बनना चाहता हूं...” दूसरे बच्चे ने बताया।

“और तुम?” मनीष ने तीसरे से पूछा।

वह झेंप सा गया। कोई उत्तर नहीं दे सका।

मनीष ने बड़े दोस्ताना अंदाज में बच्चों के सामने एक और प्रश्न बढ़ा दिया, “तुम में से कोई मान्यवर बनना चाहता है— पहचानते हो किसी को?”

“हां, “चारों बच्चों ने एक आत्मविश्वास से परिपूर्ण स्वर में कहा, फिर एक दूसरे की तरफ शरारत भरी नजरों से देखा।

“कौन बनेगा मान्यवर! हां...हां...ये बनेगा; हा...हा...हा... नहीं,नहीं मैं नहीं बनना चाहता। मेरे को वह सब बनना अच्छा नहीं लगता...” कहता चौथा बिलबिलाने लगा।

इस समय बच्चे के आत्मविश्वास को डगमगाता हुआ मनीष देखता रहा। बड़ी देर बाद जब उसका विचलित मन शांत हुआ, तो बच्चे के कंधे पर हाथ रखते हुए, उसने कहा, “मैं तुम्हें नहीं बनने दूंगा बेटे! कभी नहीं...तुम ही नहीं, कोई भी युवा नहीं बनना चाहेगा मान्यवर...”

बच्चे ने मनीष के चेहरे की तरफ कुछ इस भाव तथा भंगिमा से देखा...“सच कह रहे हो अंकल!” जैसे अपना भरोसा मजबूत करने के लिए पूछ रहे हों।

“हां बेटे! मैं तुमसे पक्का कह रहा हूं।” मनीष ने कहा।

“तब तो मुझे यह बात भी याद रहेगी।” बच्चे ने अपनी मन की बात कहकर अपनी प्रतिबद्धता प्रकट कर दी।

मनीष एकदम चुप, उसकी चुप्पी में उसकी सहमति भी घुल मिल गयी थी।

मनीष लौट गया।

●●●

चुलबुल घर के आगन में खेल रही थी। उसका उछलना-कूदना मनीष को अपना बचपन-सा लगा। अच्छे दिनों का उसकी स्मृतियों में खेलना-मचलना उससे भी अच्छा लगा।

रुकुमा को देख कर उसके अपने भूले बिसरे दिन लौट आये। विविध रंगों के फूल और पौंधों की बगिया में उसे सूखी पत्तियां बीनते देखना, उसकी आंखें अलग दुनिया की तरफ ले जाने लगीं। दिन भर भारी मशक्कत करते कबूतर का तिनकों को यहां, हरी दूब में छोड़ देना, उसे चुभन सी देने लगे— कितना श्रमसाध्य होता है उनके लिए तिनका-तिनका जोड़कर घोंसला बनाना। तिनकों को बीनते देखकर मनीष को आश्चर्य हुआ और अनायास उसका कहने को मन हुआ कि तिनका-

तिनका उठाना तुम ने सीख लिया है रुकुमा! कितना कठिन होगा अब इन्हें संयोजित रखना। परन्तु, मन में उठ रहे भंवर के बीच उलझने से वह ऐसा कुछ कह नहीं पाया। उसने मन के भंवर की तेजधारा बदलने के उपक्रम में पूछा, ''मान्यवर लौट आये हैं?''

रुकुमा कोई उत्तर देती, उससे पहले ही, कमलकिशोर अपने कमरे से बाहर निकल आया। उसने कहा, ''कल ही लौट आया था। तुम अपनी बात कहो, न कल शाम को दिखे और न आज पूरा दिनभर?''

''कहीं जाते हो, तो, कम से कम, उसकी जानकारी घर पर रहे। इस शहर में सुरक्षित कहीं जाना और लौटना खतरे से खाली नहीं है मनीष!'' रुकुमा ने अधिकार पूर्वक कहा।

''मैं आपको-बताकर ही तो...भाभी! वह बूढ़ा...'' मनीष ने विनम्रतापूर्वक कहा।

''नहीं मिल रहा था कोई बात नहीं...'' रुकुमा ने प्रतिवाद किया।

''नहीं, नहीं भाभी! यह बात नहीं है...'' सफाई देने के अंदाज में मनीष ने कहा।

''अब तो मिल गया होगा— उसने अपना मन बदल दिया होगा। यही तो कहना चाहते हो...''

मनीष चुप–उससे कहते नहीं बना। वह सोचने लगा कि आखिर रुकुमा की इतनी बेरुखी और रुष्ट होने की वजह...या फिर...। वह असमंजस में उलझ सा गया। उसने मुक्ति के लिए कई तरह से सोचा— न चौड़ा रास्ता, न ही पतली गली। पतली गली से निकलना उसने कभी सीखा नहीं था, ऐसा नहीं... दरअसल उसे, इस समय कुछ कहना अनुचित और परिस्थितियां अनुकूल की बजाय प्रतिकूल होती लगीं। उसकी दृष्टि में परिस्थियां अनुकूल तथा सुगम पगडण्डी शहर में हो नहीं सकती थी।

मनीष के मनोभावों के आरोह और अवरोह को देखता कमलकिशोर फिर से चिहुंक उठा, उसने कहा, ''क्यों मुंह लटक रहा है दोस्त! रुकुमा ने तय कर लिया है, अब से तुम मेरे साथ ही रहोगे मेरी छाया की भांति कहीं भी, भाभी कह रही है तो तुम्हें मानना ही पड़ेगा। अब मुझसे अधिक तुम पर विश्वास करने लगी है। बड़ी अविश्वासी और डरपोक होती जा रही है दिनोंदिन...?''

''समझा नहीं मैं।'' मनीष ने विनम्रता से कह दिया। परन्तु उसे कमलकिशोर के शब्दों में दुर्गन्ध आती महसूस हुई।

कमलकिशोर ने उसके भोलेपन पर हास्य का नया रंग देते हुए कहा, ''इसमें न समझ आने की कौन-सी मुश्किल बात है, कौन-सा पेंच है जिसे तुम खोल नहीं सकते?''

मनीष को अपने मस्तिष्क और शरीर पर, इस समय संदेह और रुआब की

कील गढ़ती हुई महसूस हुई। उसके संवेदी मन में, स्पष्ट कह देने को कुलबुली सी हुई कि किसी के मन को पढ़ना आसान नहीं होता, पति-पत्नी के मन के पेचों को खोलना मुझे नहीं आता— उसका अनुभव नहीं है मुझे। परन्तु, ऐसा कहना भी उसे समय अनुकूल और रुचिकर नहीं लगा। यह पहली बार नहीं था कि पति-पत्नी की नोंक झोंक कभी न हुई हो, उसकी सफाई में उससे कभी कुछ कहा ही नहीं हो। हमेशा कमलकिशोर ने उसकी बातों को हवा में ही उड़ाया है। विचित्र स्थिति तब होती थी, जब हवा में उड़ते शब्द कमलकिशोर के होते थे-उसके शब्दों से उसे, ऐसी ही अजीब किस्म की दुर्गन्ध का एहसास कभी न हुआ हो, उससे बड़ी देर तक उसे घुटन न महसूस हुई हो।

''हां, ये सही कह रहे हैं, तुम्हारे मान्यवर सच कर रहे हैं, इनकी बात का यकीन करो भाई! तुम हमेशा साथ रहोगे जोंक की तरह चिपके...'' रुकुमा ने कहा।

''कहां?'' मनीष ने पूछ लिया।

''अरे पहाड़, तुम्हारे पहाड़ और कहां? तुम्हें मालूम है रेणुका भी पहाड़न है— पक्की...'' इस समय कमलकिशोर के शब्दों से उसे किढेंन (बालों के जलने की दुर्गन्ध) आती लगी।

मनीष की नजर रुकुमा की तरफ दौड़ गयी। उसके मुख मंडल पर फैली सुर्ख रंग में रंगी महीन रेखाओं को देखकर उसने कहा, ''नहीं, मुझे नहीं मालूम— मैंने कभी जानने की आवश्यकता भी नहीं समझी।''

''कैसे इन्सान हो— वह भी पहाड़ी, रेणुका नजदीकी रिश्ता बनाने पर तुली है, और तुम हो कि...''

''रिश्ते की पवित्रता को समझता हूं मैं, किन्तु, उससे चिपकना मुझे अच्छा नहीं लगता-पहाड़ से जुड़ने जैसा...''

''हम दोनों तो...''

''आपका सोचना बराबर है— मैं पहाड़ से जुड़ नहीं सकता।''

''क्यों? क्यों नहीं लगाव हो सकता?''

''पहाड़ों पर यह नाम नहीं हो सकता-रुकुमा होता है।'' मनीष ने बात को फिरकी की गति दे दी— ''नाम व्यक्ति की भाषा से जुड़ता है और उसका महत्व उसकी संस्कृति से।''

कमलकिशोर को एकदम सांप सूंघ गया। बदन शिथिल-आंखें रेणुका पर टिक गयीं।

रेणुका ने भी उसकी आंखों में झांका और हौले-हौले कहा, ''मुझे भी रुकुमा नाम पसंद है। मैं रुकुमा ही हो सकती हूं भाई! और तुम— अरे तुम भी इसी नाम से...''

''और तुम भी...'' फिर से कमलकिशोर को शरारत सूझ गयी। उसने मनीष की ओर संकेत किया।

इस समय मनीष के मन पर कमलकिशोर का शब्द बाण और गहरा चुभ गया। वह गहरी वेदना पर भी सिसकियां नहीं, आक्रामक होकर एकदम झल्ला पड़ा, ''पहाड़ों का नाम बदलने से उनकी प्रकृति और सौन्दर्य नहीं बदल जाता मान्यवर! पहाड़ का एक नाम हिमालय ही काफी है।''

''तो इसका नाम वही रख दूँ...'' कमलकिशोर ने मनीष के शब्दों की खिल्ली उड़ा दी।

मनीष असहनीय वेदना से बिफर उठा। मन में खदबदाता लावा और सांसें गर्म हवाएं छोड़ने लगीं। वह इस समय सही अर्थों में कराहते हुए बोला, ''हर बात को हवा में नहीं ले उड़ाते मान्यवर! शब्द जमीन पर रहें तो सुहाते हैं। बिरले शब्द ही होते हैं, जो दूर तक जाकर, हिमालय की पावनता का स्पर्श कर लेते हैं, उसकी ऊंचाई का पार पाना संभव नहीं है। आपकी ये बातें यहीं—कहीं तक भिनभिनाती, उड़ती रहें तो अच्छा है...''

''मेरे ही घर में मुझ से ही जुबान भिड़ाकर क्या सिद्ध करना चाहता है कमीने?'' कमलकिशोर बिफर पड़ा। ''तेरी हिम्मत मां... कमीने...''

''दुबारा गाली देने की गलती न करें मान्यवर! ऊंची आवाज मैं सुन नहीं सकता। मुझे यहां रहने का जरा भी शौक नहीं और न कभी मजबूरी थी। एक बात सुन लें मान्यवर! नदी और पहाड़-पर्वत कभी मिलते नहीं। हजारों नदियां पर्वत व पहाड़ों से निकलकर, कभी तेज, तो कभी मंथर गति से बहते, बचते-बचाते, गर्जन तर्जन के साथ, कभी अपना अस्तित्व बोध करवाते, कभी कभार गहरे समुद्र सा होने का एक एहसास बुनते रहते हैं— यह उनका समुद्र की गहराई को पा लेने का भ्रम ही होता है! भले ही समुद्र, नदी और गधेरे में फर्क नहीं करता, स्वभाव से उन्हें अपने यहां ठौर दे देता है। अपना अस्तित्व समर्पित करते नदियां भी एक दिन समुद्र की गहराई में लुप्त हो जाती हैं हमेशा-हमेशा के लिए। हिमालय ऐसा नहीं करता। नदी-झरनों की तेज धारा के पहाड़ उतरने के विपरीत टीले-टीब्बर, खुलते जाते पर्वत दर पर्वत, एक नया वृहत संसार रचते, हिमालय का हिस्सा बन जाते हैं। हिमालय भौतिक जगत में धवल है, सत्य है और जो परम सत्य से उद्भूत है। वह कभी पहाड़ों में बौनापन नहीं देखता, उनके अस्तित्व को नहीं नक्कारता— उनमें अपने शृंगार के लिए कौस्तुभमणि तथा वैदूर्यमणि को देखता है; हमेशा अपने शृंगार का सौन्दर्य देखता है। धारा के विपरीत चलते, बढ़ते और खुलते-खुलते पहाड़ों के सौन्दर्य का हिमालय से जुड़ जाना बड़ी बात है। किन्तु नदियों व गधेरों का समुद्र को समर्पण अब कभी स्वीकार्य नहीं।''

"और कुछ कहने गरियाने को है, उसे भी कह दो..." कमलकिशोर ने अनादर की कड़वी घूंट पीते हुए, अपने दांतों के बीच होंठ भींचकर कहा।

"बस, इतना ही सुनकर तिलमिला गए मान्यवर! जनसेवक हैं तो धैर्य-धीरज से कहना और सुनना सीख लीजिए-लाभ होगा।" मनीष ने अपने आसमान हुए तेवर में ही कहा।

"तुम इनकी बात को दिल से न लो भाई! ये जनसेवक किसी की सुनते हैं क्या कभी? जो भी सुनता है इनकी सुनता रहता है!" रुकुमा ने ऐसा कह कर दोनों तरफ से उठ रही लपटों पर पानी मारने का प्रयास किया।

"बहुत सुन लिया मैंने भी। अब इनकी सुनने की बारी है, तो उसमें खरीखोटी भी सुनेंगे ही..." मनीष के तेवर आसमान से अभी उतरे नहीं थे, उसने आवेश में ही कहा।

इस समय एकदम सन्नाटा फैल गया घर आंगन में। रुकुमा और कमलकिशोर को लगा, अब न मालूम कौन-सा विष बुझा बाण दाग कर, मनीष उन्हें चित कर देगा। परन्तु, मनीष ने न ही मनोविकार पैदा होने दिया और न ही अपने मानसिक संतुलन पर आंच आने दी। वह क्षण भर के लिए भी विचलित नहीं हुआ। उसने अपने तीखे शब्दों को अमर्यादित नहीं होने दिया। एकाएक उसके हाथ जुड़ गए। स्तुति करने की मुद्रा में उसने कहा, "हिमालय की प्रकृति, रूप सौन्दर्य, कार्यकलाप को आप लोग अपनी कोरी कल्पना से नहीं समझ सकते। हिमालय का नाम, गुण और वास्तविक रूप में कोई अंतर नहीं होता है। हिमालय की प्रकृति, उसका दिव्य रूप, गुण और नाम को समझने के लिए मनुष्य होना और उस में शिवत्व का होना जरूरी है मान्यवर! समझ रहे हैं न मेरी बात को?"

"बड़ा घमंड है तुझे...?" कमलकिशोर के शब्दों की तीक्ष्ण चुभन की क्षमता अभी कमजोर नहीं हुई थी।

"हां, है— नाज है— हिमालय है ही ऐसा, जहां से हजारों हजार नदियां जल से पूर्ण होकर प्रवाहित होती हैं— असंख्य जल धाराएं मुक्त भाव से मन, इन्द्रियों तथा प्राण शक्ति की सृष्टि करती हैं। जल, जंगल और जमीन में जीवन को संचारित करती हैं। पर्वत और पहाड़ों में विभिन्न जातियों के पशु तथा रंगबिरंगे पक्षियों और कीट पतंगों का अद्‌भुत संसार है, जिसमें उनका सुन्दर, सरस जीवन बसता है। विविध रंग के पुष्पों में सुगन्धित मकरंद हिमालय ही भरता है। मंद-मंद पवन के झोंके उसकी वादियों से ही पुष्प पराग ले जाते हैं इधर से उधर..."

मनीष जब हिमालय के होने के मायने, यह सब बता रहा था— लगा वह दिव्य स्थिति में है। उसी दैदीप्यमान, भाव विभोर की अवस्था में उसने कहा, "अभी इसी समय मैं, इस घर को छोड़ रहा हूं मान्यवर!"

आश्चर्य! मनीष यह भाव शून्य की स्थिति में कह गया या भावावेश में— उसे न रुकुमा समझ सकी और न कमलकिशोर। वे दोनों मनीष को दनदनाते हुए, कमरे की ओर जाते, देखते रह गए। एकदम हतप्रभ। मनीष ने दस कदम की दूरी अभी तय की थी, उसके बढ़ते कदम स्वतः ठहर गए। उसने अपने दोनों हाथों से माथे को पकड़ा और मजबूत खम्भे की मानिंद तनकर खड़ा हो गया, गोया असंख्य चींटियों उसके मस्तिष्क में प्रवेश कर चुकी हों। वह अधिक देर तक शून्य की स्थिति में नहीं रहा। जल्दी ही उसमें चेतना लौट आई। स्मृति में हलचल होने लगी। कुछ याद करने का प्रयास करते हुए उसने स्वयं से पूछा, "क्या है वहां? न घर, न बिस्तर और वह दर्पण का रंगीन टुकड़ा भी तो उसका अपना नहीं है-जिसमें अब तक एकबार भी, अपना साफ और सम्पूर्ण चेहरा नहीं देख सका..."

कई अनुतरित प्रश्नों के सुलझने से पहले ही मनीष के कदम उठे और बिछी कोलकातिया हरी दूब से खिंची लक्ष्मण रेखा जैसी सीमा और असीमित बंधनों से बाहर निकल गया।

"अरे रोको, उसे रोको, वह चला जा रहा है। रात को होने दो, सुबह होने पर कहीं चला जायेगा।" रुकुमा ने हड़बड़ाकर कमलकिशोर से कहा।

कमलकिशोर एकदम चुप। उसने अनसुना कर दिया।

"बेचारा! बेवजह ही, उलझ पड़े उससे, आखिर यह हमारा घर है, वह इतने समय से यहां रह रहा था, ओह! तुम इस घर को अपनी चौपाल बनाने का काम न करो..."

वह बड़ी देर तक चुप रहने के उपरांत दबी जबान से बोला, "चुलबुल! उसे देख तो, किधर गया वह— दिखता है तो आवाज देकर, उसे बुला लो।"

चुलबुल ने अपनी उड़ान भरने में समय नहीं लगाया।

थोड़ी दूर गयी, गली की नुक्कड़ पर मनीष को देखकर दंग रह गयी। वह अपनी कशप-कशप की उलझन को जैसे माथा पकड़े सुलझाने में लगा हुआ था। उसे देखकर चुलबुल की बांछें खिल गयीं— उसने युग युगांतर तक की लम्बी दूरी को पल दो पल में जैसे तय कर ली थी, "क्या सोच रहे हैं मनीष अंकल!"

"समझ नहीं रहा हूं वहां क्या छूट गया? न मालूम क्यों कुछ छूट जाने का भ्रम हो रहा है?..."

"लौट चलिए अंकल! फिर से याद आ जाएगी।"

"कुछ तो था मेरे पास-उस कमरे में... ?"

"मैं बताऊं अंकल! आपकी किताब छूट गयी होगी, जिसमें से कहानी सुनाया करते थे—पहाड़, पर्वत के हिमालय होने की कहानी..."

"तुम भी— हमेशा कहानी सुनने और सुनाने की बातें लेकर आ जाती हो..."

मनीष ने थोड़ा रुष्टता से कहा।

"मुझे कहानी सुनना अच्छा लगता है अंकल! वह भी हिमालय की कहानी, इसीलिए..."

"मैंने हिमालय की कहानी सुनाने को कब कहा? मुझे याद नहीं। मैं ऐसी कहानी नहीं सुना सकता, जो है ही नहीं..."

"झूठ, अभी-अभी थोड़ी देर पहले कह तो रहे थे।"

"नहीं, चुलबुल! बड़ों की ऐसी-वैसी बातें बच्चे नहीं सुना करते। मेरा विश्वास करो, हिमालय की कोई एक कहानी नहीं हो सकती, और न उन्हें सुनाया ही जा सकता है— हिमालय अनंत अद्‌भुत अनुभूतियां का विचित्र संसार है— वहां सिर्फ ऊंचे-ऊंचे शैल शिखर नहीं है, जिनकी चोटियां आकाश को चूमती हैं। हिमालय जीवन का रक्षक है और जीवन का नियंता भी। उसकी कहानी की कहानी और उनकी भी हजारों हजार कहानियां तथा उपकथायें हो सकती हैं। मैं तुम्हें कैसे कुछ सुनाने का झूठ कह सकता हूं?" बेबस-सा खड़ा मनीष ने कहा।

"विश्वास नहीं है, तो मम्मी से पूछ लो-कहा था या नहीं— झूठ पकड़ में आ जायेगा।" चुलबुल ने कहा।

"नहीं, चुलबुल! यह बात नहीं है। अब में वापस नहीं लौट सकता।"

"अंकल! मायरा दी आवाज़ दे रही है।"

"मैं एक बार कह चुका हूं अब नहीं लौटूंगा उस घर में— तुम लौट जाओ मायरा बुला रही है।"

"मम्मी बुला रही है— तब भी नहीं। अब मम्मी आवाज़ दे रही है!"

"नहीं, यह किसी और की है..."

"यह आवाज मम्मी की है— उनकी आवाज को मैं पहचानती हूं— एक बात बताओ अंकल! आपको मम्मी से डर नहीं लगता?"

"कैसा डर तुम्हें बुला रहीं हैं-तुम लौट जाओ बस्स..."

"अरे बुद्धू अंकल! यह तो मायरा दी की आवाज है... इससे पहले मम्मी ने दी थी..."

"उनकी आवाज कैसे हो सकती है यह? उन दोनों की आवाज एक कैसे हो सकती है? इतनी कशिश...तुम्हारे मम्मी की आवाज़ में यह हो ही नहीं सकती?" मनीष ने अपनी बात पर जोर देते हुए कहा।

"मनीष अंकल! यह पापा की आवाज है, पापा की आवाज को कभी ठीक से पहचान नहीं सकोगे— वह मुझ से भी आवाज बदल-बदल कर बोलते हैं— अब मैं अनुमान लगाकर, पहचान लेती हूं— वह आवाज उन्हीं की थी!"

मनीष ने गौर से सुना, और अपना विश्वास जताते हुए बताया, "सच कह रही

है चुलबुल! रुकुमा की आवाज़ में ही, जरा समीप से मायरा का स्वर है, उनमें तुम्हारे पापा का कर्कस स्वर घुलमिल रहा है...''

''अब लौट चलो अंकल!''

''हां, फिर से सुनो, तुम्हारी मम्मी बुला रही है— इस आवाज में भी तुम्हारे पापा का माध्यम स्वर मिश्रित है...''

''वही तो- अब तो कहानी सुनानी ही पड़ेगी...'' कहती चुलबुल खिलखिलाई। उसने मनीष का हाथ पकड़ा और अपने घर की ओर कदम बढ़ा लिए...

●●●

बच्चे हाथ पकड़ते हैं, तो बड़े हाथ छुड़ाने का प्रयास करते हैं— बड़े कभी छोटा नहीं बना रहना चाहते— और बड़ा होना चाहते हैं; और बड़े कभी बूढ़े की तरफ हाथ नहीं बढ़ाते— वे कभी बुढ़ा नहीं होना चाहते। विचित्र प्रमेय है यह। मनीष ने भी ऐसा ही पाठ दुहरा कर किया। दो-तीन बार चुलबुल से हाथ छुड़वाना चाहा, तो वह ऊंची आवाज़ में बोली, ''तुम मम्मी से डरते नहीं, तो मेरा हाथ क्यों छुड़ा रहे हो?''

''अब तुम्हारी मम्मी से डर लग रहा है— वह मुझे भी डांट देंगी तो...''

''क्यों, तुमने कोई गलत काम किया था मनीष अंकल?''

''नहीं,''

''तब बुद्धू अंकल! डर क्यों रहे हैं? इसमें डरने की कौन-सी बात है? मम्मी कहती हैं, जब गलत कम करोगे, तभी डांट मिलेगी। मम्मी तो गलत बात पर पापा को भी डांट देती हैं...''

चुलबुल ने आंखें ऊपर उठाईं। मनीष की तरफ देखा। वह उसके चेहरे के भावों को देख तो नहीं सकी, फिर भी, उसने अतिउत्साह में बेझिझक कहा, ''मैं, हमेशा मम्मी से नहीं डरती— कभी-कभी...''

चुलबुल अपना अधूर वाक्य छोड़कर मां की तरफ सरपट दौड़ गयी। और एक बार फिर से मनीष के कानों में, उसकी खिलखिलाहट, झरने की कलकल-छलछल, निरंतर बहते रहने का एहसास छोड़ गयी। आनंद की सुखद अनुभूति का यह क्षण उसके अंतर्मन को गहराई तक छू गया।

''मैंने कोई गलत बात नहीं की— मैं लौट आया हूं। आज रात मैं अपनी विस्मृतियों से दो चार होना चाहता हूं...''

''तुम्हें जाने को किसने कहा था? क्या हो रहा है आज तुम्हें! मामूली बात में ठसक गए— तबीअत तो ठीक है...'' रुकुमा ने प्यार से कहा, ''तुम इस परिवार के हिस्सा हो। बड़े हो और समझदार भी... कहते हैं न पानी भरा घड़ा कभी सूखी ठौर

नहीं रहता—गीला रस भरता ही है। जहां दो बर्तन होंगे टकरायेंगे, तो आवाज गूंजेगी ही—उनकी आवाज दूर तक जाएगी। परिवार में ही ऊंच-नीच होता है। नहीं हो, तो वह परिवार ही कैसा? जहां सबकुछ शांत वहां संदेह बढ़ता है। जरा सोचो, रोज की बकझक कोई बरदाश्त क्यों करेगा? तुम्हारी जगह पर मैं होती कभी सहन नहीं करती।

मौन को गढ़ते रहे मनीष और कमलकिशोर।

''मम्मी! अब मनीष अंकल को जाने न देना।'' चुलबुल ने जैसे मां को चेता दिया।

''कहां जायेगा रात में- इस घर को छोड़ कर?'' साथ में जोड़ दिया, ''तुझे मामा से कहानी सुननी है इसीलिए...''

''पहाड़ी सड़क पर नहीं रहते, उनके अपने-अपने घर होते हैं— वहां और यहां भी...'' मनीष ने उसी तल्खी के साथ कहा।

रुकुमा उसकी मन की चोट को समझ गयी। वह मनीष की बात से सहमत हुई और गंभीरता से झट कहा भी, ''यह बात सच है मनीष! पहाड़ों पर लोग खेत-खलिहान और सड़क पर नहीं सोते— वहां इंसानों के पक्के घर और मवेशियों की खरीक जरूर होती हैं।''

मनीष का मन अशांत, वह चाहता तो पहाड़ों की हर रोज की भांति दो-चार खूबियां गिना सकता था। उसने रुकुमा की बातों पर विराम लगाने की सोची, और धीमे स्वर में कहा, ''मुझे लग रहा है, कमरे में कुछ भूल रहा हूं— दिन के उजाले में उसे ढूंढ़ने में सुविधा होगी— रात में कमरे के बल्ब की नियोन रोशनी में आंखें दुखने लगी हैं— स्मृतियों के मचलने को वह रंगीन रोशनी काफी है— ठीक है।''

''अरे हां, ये तो अब कुछ नहीं कहेंगे, मैं भी बताना भूल न जाऊं-पहाड़ लौटने की तैयारी कर लो मनीष! नऐ प्रोजेक्ट की डील फाइनल हो चुकी है। तुम पहाड़ को जानते और समझते हो— यह प्रोजेक्ट तुम्हारी देखरेख में चले तो अच्छा है...'' रुकुमा ने विश्वासपूर्वक स्पष्ट किया।

मनीष ने इस बात में कोई रूचि नहीं दिखाई। वह कमरे में जाने को उठने लगा। उसे देखकर कमलकिशोर ने दुखी किन्तु कठोर भाव से रुकुमा से कहा, ''इससे कहो, छोटी-छोटी बातों को दिल से न लगाया करे— ये बातें बड़ी बनकर फजीता-फजीहत करती हैं। फिर न दुनिया चलती है न घर। जीवन को चलाना तो बहुत ही दुष्कर...''

''तुम तो चुप ही रहो, कौन नहीं समझता इन बातों को? मनीष कोई दूध पीता बच्चा है-जो अपना भला-बुरा नहीं सोच सकता?'' रुकुमा ने कठोर शब्दों में कमलकिशोर को टोकते हुए कहा।

इस समय मनीष ने रुकुमा की तरफ देखा। वह संबंध सौन्दर्य में सराबोर दिखी। उसने तुरंत इस बात का निष्कर्ष निकाल लिया कि सचमुच एक स्त्री का रूप सौन्दर्य यही होना चाहिए...

इतनी सुन्दर और सौम्य उसे वह कभी नहीं लगी। वह समझ गया, रुकुमा केवल कमलकिशोर की पत्नी तथा मायरा और चुलबुल की मां ही नहीं हो सकती,उससे कहीं अधिक लावण्य पर्वतीय बाला का रक्त उसकी धमनियों में दौड़ रहा है— जो उसके रूप और कौशल को निखार रहा है। उसके मन के भावों को प्रकट कर रहा है। उससे मुग्ध होकर, उसकी बातों को सुनने की उत्कटता के भावोद्गार उसने व्यक्त करते हुए कहा, "तुम मन की बातें कहती रहो और मैं उन्हें सुन रहा हूं।"

रुकुमा को भी लगा, यह मनीष का हर रोज़ की भांति उसकी बातों को सुनने जैसा व्यवहार नहीं है— उसे अलग किस्म की व्यवहार की चमक उसके शब्दों में दिखी। उसने मनीष से आत्मीय शब्दों में पूछा, "पहाड़ तो जाओगे मनीष?"

मनीष इस समय भी निरुत्तर बना रहा।

"चुप क्यों हो मनीष! हां और न ही तो पूछ रही हूं मैं!"

"हां, तुम कह रही हो, तो मैं जाऊंगा।" मनीष ने रुखे-रुखे नीरसता भरे शब्दों में अपना वाक्य पूरा कर लिया।

"इसमें मेरा कोई अतिरिक्त दबाव और एहसान जैसी भावना नहीं है। यह पूरी तरह तुम पर और तुम्हारी मेहनत पर निर्भर है... कि संबंधों को कितनी दूर तक ले जा सकते हो। संबंध आसानी से नहीं बनते। बनते-बनाते भी बिगड़ जाते हैं। यहां तो ऐसा कुछ हुआ भी नहीं हुआ ..."

"तुम ऐसा मानती हो?" मनीष ने तपाक से पूछ लिया।

रुकुमा को जरा भी आशंका नहीं थी कि ऐसा प्रतिप्रश्न भी वह कर सकता है। उसने फिर भी अतिसंयम से कहा, "मैं बीती बातों को अब दुहराना नहीं चाहती। कहीं न कहीं गलतफहमी की चुभन है, अब बात बढ़ेगी और घाव बढ़ता ही जायेगा। यहां घाव में पीप की भांति आवेश और क्रोध का घालमेल हुआ है। समय रहते उपचार नहीं होगा तो नासूर बनते देर नहीं लगेगी। मन और मुंह की कडुवाहट को यहीं थूक दो अच्छा है— क्रोध अच्छा नहीं होता। यह मैंने तुम से ही सीखा है— तुमने ही कहां था न एक दिन?"

"यहां विषय क्रोध का नहीं है— व्यक्ति की क्रूरता है। क्रूरता केवल हथियारों से नहीं होती, मन के विचारों और शब्दों से भी होती है। यहां वही हो रहा है।" मनीष ने स्पष्ट किया।

"रेणुका! तुम इसके मुंह ना लगो। इसे अधिक मोल-भाव मत दो..."

कमलकिशोर का उद्वेग जो अभी तक राख में ढकी आग की तरह शांत दिख रहा था, वह हवा के हलके झोंके से चमक उठा।

"देख रही हैं, मान्यवर की भाव भंगिमाएं... कितना विष विकार भरा है उनमें? कितना, क्या कुछ छुपा है मन के भीतर?" मनीष ने कहा।

"भीतर आग है। भीतर ही भीतर झुलसाती आग। वो आग जो अधिक देर तक बची नहीं रहती- राख में दबी आग दिनों दिनों तक बची नहीं रहती, जल्दी ठंडी और मर जाती है।" रुकुमा ने अपनी मन की आग-अनुभव रख दिया।

"मगर यह नहीं-यह जलाएगी नहीं झुलसा तो अवश्य देगी। जलने से कहीं झुलसना दुखदाई होता है-उससे फफोले बनेंगे और उनमें जलन भी होगी। रह-रहकर झुलसने के, मैं आग में पूरा साबुत जलना चाहता हूं।" मनीष ने जीवन का उद्देश्य स्पष्ट कर दिया।

"मैं सोचती थी, तुम परिपक्व और समझदार हो, मगर वह मेरी भूल थी शायद।"

"गलत-एकदम गलत। सब कुछ सोचना एक पहाड़ी की नीयत पर संदेह नहीं करना कभी।" दंभ से मनीष ने कहा।

"ओह मनीष! यही तो, मेरी मन की बात तुमने छीन ली। जब से तुम यहां आए और रहने लगे हो-तुम हमेशा अपने लगते हो। शक-सुबह का जहर कहां से पैदा हो गया- पता ही नहीं चला। तुम्हारे विश्वास पर ही नया प्रोजेक्ट फ़ाइनल कर आये हैं कि तुम उसे देखोगे। पहाड़ से नए संबंध बना लोगे। तुम्हारा अपना एक नया घर होगा-यहां रहते पहाड़ पर घर का होने, बनाने की सोचता है कोई-आसान है क्या?"

मनीष का ठहाके का घोर शोर गूंज गया।

भौंचक सी रुकुमा उसे हंसते हुए देखती रह गयी।

"अरे पागल हो गया है यह! इसे इसके हाल पर जाने दो-रोको मत।" क्रोध में कमलकिशोर गरजने लगा, "तुम पहाड़ियों की आत्मा पहाड़ पर ही बसती है। शहरों में रहते हैं, तुर्रा रह नहीं सकते। ये यहां मर- मारा गया तो इसकी आत्मा को शांति भी नहीं मिलेगी।"

"तुम थोड़ी देर भगवान् के लिए चुप नहीं रह सकते- शांत हो जाओ। दो सांझ का समय हो रहा है। घर में कलेश का होना ठीक नहीं-अशुभ होता है। भगवान से डरकर थोड़ी देर के लिए दूर हो जाओ यहां पर से-तो अच्छा है।" रुकुमा ने ऊंची आवाज में कहा।

"नहीं, नहीं मुझे जाने दो। मेरा क्रोध बढ़ता जा रहा है। कहते हैं न जो व्यक्ति अत्यधिक क्रूर हो जाता है, वह इस जीवन काल में मृत तुल्य होता है। क्रूर व्यक्ति

किसी को प्रिय नहीं होता। उसकी मृत्यु के बाद भी उसे कोसते नहीं थकती दुनिया। मुझे पहाड़ से कोई लगाव नहीं, मुझे पहाड़ पर घर नहीं चाहिए। पहाड़ ने मुझे दिया ही क्या- अपमान, अनादर, तिरस्कार और बहुत कुछ...'' मनीष पगला सा गया, तन की चोट से मन पर घाव गहरा हो गया था।

''अब तुम कहते रहो, जब थक जाओगे, अपने कमरे को तलाश लेना। सबकुछ पीछे छूटा हुआ मिल जाएगा। उसे ढूंढ़ लो, सुबह होने तक तुम्हें देर हो जाएगी।'' भरे कंठ से कहती हुई रुकुमा उठी और भीतर जाने लगी।

मनीष उठकर अपने कमरे की तरफ जाने लगा।

कमलकिशोर उन दोनों को जाते हुए देखकर भी चुप बैठा रहा–अनदेखा करता रहा।

मनीष ने कमरे को नियोन रोशनी में देखने के लिए स्विच ऑन किया–तो इस बीच मायरा बल्ब बदल चुकी थी। बल्ब की तेज रोशनी में उसने इधर –उधर देखा, सब कुछ चीजें जस की तस छितराई पड़ी मिलीं। उसने दर्पण से अलग हुए टुकड़े को उठाकर देखा, उसमें बन रहे अपने प्रतिबिम्ब को देखा। चकित होकर उसने कहा, ''यह कौन है? मैं! हां, मैं ही हूं–हां,हां मैं ही हूं–यह मेरा ही चेहरा है- इसे तेज रोशनी में देख पा रहा हूं। भला,मेरा चेहरा किसी और का कैसे हो सकता था? मेरा चेहरा बल्ब की तेज रोशनी में मुझे मिल गया है...''

मनीष बुदबुदाता हुआ कमरे से बाहर निकल आया।

मायरा ने आंगन की लाईट जला दी थी। मनीष को, स्ट्रीट लाईट की तेज रोशनी, कमरे में जलते बल्ब से आंगन में फैली रंगीन रोशनी से अच्छी लगी। उसने उस रोशनी में कदम बढ़ाया, फिर वह बढ़ता ही चला गया। उसकी परछाईं, उससे अधिक लम्बी, और लम्बी होकर, पीछे छूटती गयी...

●●●

''कहां जा रहा हूं मैं?''

इस समय हर रोज किया जाने वाला प्रश्न उसने स्वयं से नहीं पूछा। उसके अंतर्मन से निकला, यह प्रश्न कहीं दूर से किया गया प्रतिप्रश्न प्रतीत हो रहा है, ''सच, मुझे भी नहीं मालूम, कहां जा रहा हूं मैं! एक नयी दुनिया में, जहां मेरा एक और जन्म होगा; जहां मुझे अपना सब कुछ भूलाकर एक नयी चादर ओढ़नी और बिछानी होगी–नया जीवन आरम्भ करना होगा!!...''

मनीष के कदम तेज हो गए। अधिक सोचते–विचार करते भगवान याद आने लगे। वह भनभना उठा, ''हिमालय को ललकार कर तुमने अच्छा नहीं किया

कमलकिशोर! अच्छा नहीं किया। मैंने कहा था शिव को मत उकसाओ मान्यवर! शिव सत्य है। सत्य ने अपने कार्यकलापों का परित्याग किया हुआ है। वह पहले ही हिमालय में जा चुके हैं। शहर के सत्तानविश, पंडे-पुजारी इससे बेखबर— उन्हें शिवतत्व से कोई सरोकार भी नहीं रहा। उन्हें पूजा-पाठ, ज्ञान-ध्यान और अपना बखान करने से फुरसत ही नहीं मिलती। ऐसे में शिव की सुध कौन लेगा?''

सम्पूर्ण हिमालय में निरंजन, निराकार शिव विराजमान हैं— वे वहां अकेले नहीं हैं, चप्पे-चप्पे में भगवान ब्रह्मा, विष्णु और अनेक देवता तथा उन देवताओं के नायक भी हैं। यहां— इस शहर की हवेलियों और तंग गलियों में तुम मौजूद हो- अकेले होने के बावजूद कमलकिशोर! तुम भी अकेले नहीं हो, धन, बल,यश, और ज्ञान— जिसका भगवान् ने स्वयं भगवद गीता में यह कह कर भर्त्सना की हुई है— अवजानन्ति मां मूढाः-मूढ़, पाखंडी श्रीकृष्ण को सामान्य व्यक्ति या मानव से थोड़ा बहुत अधिक शक्तिमान मनुष्य मानते हैं। उनमें से एक हो, तुम्हारे ये आसमान छूते भवन कैलाश पर्वत नहीं हो सकते— उनसे लोककल्याण और पावनता की अनुभूति नहीं हो सकती। जल, जंगल और जमीन प्रकृति में भव्य और दिव्य हैं। कैलाश इन्हीं दिव्य आत्माओं का अंश है, उसकी निर्मित भी इन्हीं तत्वों से है...

—ओह! मैं क्या सोचने लगा। इनसे विरक्ति के भाव क्यों? मैं उन साधनों से मुक्त कैसे रह सकता हूं? इन सबके मोह से अलग कैसे हो सकता हूं— वंचित हो सकता हूं। मेरी मनोकामनाएं भी तो इन्हीं सब के लिए ही हैं! मेरे मन का बवंडर सच नहीं है— सच क्या इतना हल्का और भारहीन होता है? मन के बवण्डर में क्यों उड़ने लगा था मैं? सब सच नहीं है। सच तो दूर से आती रोशनी है, जिसमें मैं अपने होने को देख रहा हूं— अपने अस्तित्व, अपनी परछाईं को भी देख रहा हूं...

ठीक उसी समय मनीष को लगा, वह इस निर्जन सड़क पर अकेला बढ़ता चला जा रहा है। कहां जायेगा कोई ठौर ठिकाना भी नहीं। चारों तरफ घुप अंधेरा। बोटेनिकल गार्डन को जानेवाली सड़क ही नहीं, सेक्टर-37 और -29 अंधेरे में डूबे हुए हैं— पूरा शहर ही अंधेरे में डूबता जा रहा है। उसे कोफ्त हुई। वह बुदबुदाया, ''बिजली विभाग को हमेशा शरारत सूझती रहती है-इस समय भी शहर में अंधेरा उन्हीं की शरारत का हिस्सा हो सकता है। रोड लाईट होती, तो, किसी के साथ होने का एहसास बना रहता। अब परछाईं भी साथ नहीं दे रही है। उसकी अपनी ही परछाईं पीछे छूट गयी है— माजुली भी बहुत पीछे छूट चुकी है। यदि वह राजीव चौक पहुंच भी गया, तो भी, माजुली से मिलना संभव नहीं होगा— न उसे उसका घर का पता मालूम है और न ही उसकी मन:स्थिति का। कम्बखत मेट्रो की वह सुरंग भी बोटेनिकल गार्डन पर आकर एक रात का साथ नहीं देगी!

अजीब तरह की दुविधा में मनीष घिर गया। चारों तरफ से निराशाजनक हवाएं

उसे घेरने लगीं। एक पल मन किया सेक्टर 18 की फुटोवर ब्रिज उसके लिए, एक रात काटने को सुविधाजनक और सुरक्षित हो सकता है। उस पर बीसियों बार उसका चढ़ना और उतरना हुआ था। दिन की थकी टांगें फैलाने के लिए, उससे बेहतर विकल्प नहीं हो सकता। उसी पल उसके पांव कांपने लगे, कहीं पुलिस के सिपाही ने देख लिया तो— ईख की तरह छील देगा। उससे बेहतर तो अट्टा मार्किट की तंग गलियां में से एक गली का कोना रात गुजरने को काफी है- तंग गली में दम घुटकर जीवन से मुक्ति मिलना अच्छा है।

अपने ख्यालों के उधेड़ बन में उसे ध्यान ही नहीं रहा, उसके कदम सेक्टर-30 के हॉस्पिटल की तरफ करवट ले चुके हैं। ब्रह्मपुत्र मार्किट की रोशनी में उसने चारों तरफ नजर दौड़ाई, मन खुश, आत्मविश्वास को भी बल मिला— उसने स्वगत कहा, "अभी रोशनी बची है जीवन में, वह अपनी परिछाईं को देख सकता है..."

मनीष के आगे बढ़ते हुए कदम रुके नहीं, उनमें एक नई तरह की ऊर्जा दौड़ गयी। निठारी रोड पर पहुंचते ही उसके कदम ठिठक गए। अदृश्य भय-किसी के होने का अहसास,बच्चों की किलकारियां और पानी की टंकी पर ऊंचाई में दुबके कबूतरों की गुटरगूं, बीच-बीच में विचित्र किस्म की चीखें— उसके चारों और गूंजती लगीं। यकायक वह निठारी कांड की घटनाओं की यादों में घिरने लगा... एक-एक घटना, जिन्हें उसने अखबार में पढ़ा और टी.वी. पर देखी थीं-उनका मिलाजुला कोलाज आंखों में बनने लगा। सुरेन्द्र कोली और पंधेर के खौपनाक चेहरे याद आते ही, उसे लगा— धरती हिल रही है, धरती पर कदमों की पकड़ कमजोर होती जा रही है... ऐसा क्यों हो रहा है? उसके लिए चलना दुष्कर क्यों हो रहा है? अब रह-रहकर अतीत क्यों आकार ले रहा है— ऐसा भयावह परिवेश और उभरते क्रूर दृश्य... अभी-अभी थोड़ी देर पहले, जैसे सेक्टर-18 के फुट ओवर ब्रिज पर पुलिस को याद करते बन रहे थे।

विशालकाय हॉस्पिटल की रोशनी से चारों ओर जगमग-जगमग और चमक दमक में अतीत भी साफ-साफ दिखने लगा है। लगता ही नहीं, कभी आवारा पशुओं का सींग भिड़ाने— उसमें भी महिष सींगों का दृश्य; चोर-उचक्के, नशेड़ियों, जेबकतरों तथा भिखारियों की मौज मस्ती और चैन के लिए सुरक्षित पुरानी इमारत और उसका यह परिसर जो कभी बदनाम था, तब भयभीत होना स्वभाविक था— उस समय की बात ही कुछ और ही थी, किन्तु आज वैसा कुछ भी नहीं है— सबकुछ बदल गया है। यहां तक कि अब उसका नाम बदलकर— डॉ. भीमराव आम्बेडकर मल्टीस्पेसियल हॉस्पिटल रख दिया है। उसने परिसर में नजर घुमाई— ऊंची-ऊंची नई इमारतों को देखा। उनके रंग रोगन और चारों तरफ फैली हरियाली को देखा-लतागुल्म तक नियोन रोशनी में नहाकर सो रही हैं। जिस जर्जर भुतहा कमरे में लाशें

रखी जाती थीं, जिन्हें आवारा कुत्ते और सियार नोचते अपना त्यौहार मनाते, खुशी से मौजमस्ती करते, उनकी चीखें साफ-साफ सुनाई देती थीं, अब वहां ए.सी. युक्त शवगृह बन चुका है। उसके होने की सूचना बोर्ड पर लिखी हुई है। शब्दों के आकार और प्रकार को देख कर उसकी हंसी छूटना स्वभाविक था, उसने कहा, "शव के लिए गृह और मेरे लिए?"

उसका मन सहमा-सहमा जो थोड़ी देर पहले तक भयभीत था, वह बांसों उछल पड़ा। शायद किसी ने उसके कानों में मिमियाते, बोर्ड पर उभरे शब्दों के वजाय उसी की हंसी उड़ा दी थी। उसे तो अभी तक यही मालूम था— जीवन के लिए घर होता है तो फिर शव के लिए शवगृह— और जीवनानंद अपने लिए अंतिम निवास पर यह घर क्यों सुरक्षित करवाना चाहता है? और उसके लिए... ?

उसके मन ने ही उसे चिढ़कर, मिट्टी का घरोंदा तक नहीं होने का तंज तीर चलाकर, जमीन पर ही पटकनी दे दी। अपनी सोच की क्रूरता से ही, वह जख्मी हो गया। उसकी चीख आसमान छूने लगी। उसे लगा, हॉस्पिटल से कोई बाहर निकल आयेगा, उसे स्टेचर पर उठाकर भीतर ले जाएगा और रात अच्छी कट जाएगी। परन्तु, कोई नहीं आया। शवगृह से एक अम्बुलेंस आती हुई जरूर दिखी। अम्बुलेंस किसी के शव को शवगृह में रखने के उपरान्त लौट रही है या फिर सचमुच उसके लिए बढ़ रही है। वह बड़ी असमंजस की स्थिति में घिरता गया।

अम्बुलेंस आयी और उसके सामने से तेजी से घरघराती हुई चली गयी।

मनीष ने अपने बदन को छूकर देखा-वह तो सुरक्षित तथा साबुत है। उसके हाथ-पांव और सिर सुरक्षित हैं। अंगभंग भी नहीं हुआ है, तो फिर, उसे क्यों लेकर जाएगी भला? उसने विश्वास मजबूती के लिए स्वयं को बार-बार स्पर्श कर देखा— अम्बुलेंस को देख कर, एक पल को उसकी सांस अवश्य थम सी गयी थी। अब वह सामान्य रूप में चल रही है। उसने स्वयं से पूछा, "उसका यहां रुकने का औचित्य यह तो नहीं— न उद्देश्य, न ही लक्ष्य?"

निरुत्तर उसके कदम आगे बढ़ गए— एक अलग दुनिया की ओर-बच्चों की दुनिया में— जिसे वह अधिक सुन्दर बनाना चाहता है।

रात गहराती जा रही थी।

निठारी की कृष्णा मार्किट की रौनक भी फीकी पड़ गयी थी। लोगों की आवाजाही से कहीं अधिक मुश्किल, अंधेरे में हाथ को हाथ का नहीं दिखना था। उसने चारों तरफ फैले अंधियारे को देखा— अंधेरा उसके हाथ-पांव काटे और तन छिले, उससे बेहतर हॉस्पिटल के परिसर में लगी बेंच को अधिक सुरक्षित लगने लगी। उसके आगे बढ़ते हुए कदम बेंच की तरफ लौट गए।

अंधेरे से बहुत दूर, मनीष जगमगाती रोशनी में नहाती बेंच पर आकर बैठ

गया। वह इस बेंच पर रात कटाने की सोचने लगा। मन बनाना और बिगाड़ना उसे ही था। छिटपुट आवाजाही को देखकर उसे न मालूम क्यों संदेह हुआ कि इस खुली बेंच पर अधिक देर तक बैठना उचित नहीं, उसे इस बेंच पर नहीं बैठना चाहिए— कोई भी रोक-टोक सकता है। अब मन उस उपजे भय के साथ होने लगा। यदि वह ईमानदारी से अपनी मन की व्यथा कथा किसी को बताएगा, तो भी उस पर कोई विश्वास नहीं करेगा कि उसे अंधेरे की तरफ जाने और यहां बेंच पर पड़ती रोशनी में बैठने में डर लग रहा है।

मनीष रेत के बीसियों किले बनाता रहा। आसमान को छुपाने के प्रयास में गहरी फैली धुंध के बीच उसे, चन्द्रमां के उदय होने का एहसास हुआ। इस शहर में द्वितीया का चांद का दीदार होना बहुत दूर उसने सम्पूर्ण चांद को खुली आंखों से नहीं देखा था। उसे लगा उस काली धुंध में कुछ है जो उसे मुंह चिढ़ा रहा है। उसने क्रुद्ध आंखों से देखा— वह राम भरोसा की तवे पर सिंकी रोटी हो सकती है। रोटी पर ही दाग उसी से होते हैं। धीरे से रोटी उसके भूख के केंद्र में आने लगी। उसे जीवन की गंध आने लगी। मां के हाथों में गोल-गोल बनने वाली रोटी उसकी आंखों के सामने घूमने लगी। रोटी को कौन घुमा रहा है? राम भरोसा तो नहीं हो सकता। उसे इस तरह रोटी को गोल-गोल घुमाते उसने कभी नहीं देखा, न चूल्हा चौका और न बर्तन ही देखे थे। तब ये मां के हाथ हो सकते हैं...

अब उसकी स्मृतियों ने मचलना शुरू किया। वह स्मृति में बहुत कुछ था परन्तु सबकुछ को देख नहीं सकता था, वह उतना ही देखना चाहता था, जितनी भूख उसे दिखाना चाहती थी— यह मां है। अब भूख की ठौर मां ने ले ली। मां की याद आते ही हॉस्पिटल के किसी बेड से बच्चे के रोने का स्वर आने लगा-उसके स्वर में उसे अपनी भूख मिलती हुई लगी। उसने कहा, "मां भीतर है। एक मैं हूं जो उसे बाहर ढूंढ़ रहा हूं। भूख मेरे भीतर है— मैं उसे कभी राम भरोसा के तवे में और कभी चांद में ढूंढ़ रहा हूं..."

हालांकि उसने अपना बचपन कभी नहीं देखा। बचपन से ही भूख ने उसे रुलाया होगा, वह भी किसी असहनीय पीड़ा से चीखता रहा होगा— उस बच्चे की तरह। काफी देर तक वह कान लगाकर बच्चे के रोने को सुनता रहा। उसका मधुर कंठ अच्छा लगने लगा। उसे बदन में हलकी-हलकी झुरझुरी-सी हुई। यह अनुभूति भी ज्यादा देर तक नहीं टिकी। धीरे-धीरे स्मृति से मां जाती रही। बच्चे की भूख उसे मरकरी बल्ब की तरह चमकती दिखने लगी। उसे लगा, बल्ब में आग है। भूख से पेट सूखता है कंठ नहीं। बच्चे का कंठ उसकी तपन से सूख सा रहा है। ओह! कंठ से फूटता करुण राग मध्यम होने लगा है— मां ने उसे आंचल में छुपा लिया होगा। अब भूख और भय कैसे साथ रहेंगे— दोनों साथ रहे भी नहीं। पेट की भूख जा रही

होगी। उससे कहीं अधिक मां के आंचल की छांव में मन का विश्वास मजबूत होता गया होगा— वह मां ही है। मां है तो उसका आंचल है। मां शाश्वत है। मां है तो रोटी है और उसके हाथों बनी है तो स्वाद भी होगा ही...

वह बड़ी देर तक चांद को देखता रहा। उस पर उभरे दाग को देखता रहा। उसे गोल-गोल बनी रोटी समझता रहा। उसने स्वयं से पूछा, "आखिर बचपन में मां की हाथों बनी बेदाग रोटी क्यों खाते हैं? अब दागदार रोटी खाने को जीवन अभिशप्त क्यों हैं? पहाड़ों की कंदराओं से यहां मैदानी आसमान से बातें करती इमारतों तक तंदूरी और तवा सिंकी रोटी खाने को अभिशप्त क्यों हैं?" वह बेंच पर बैठकर खुद से प्रश्न करता रहा, इधर-उधर आंखें भर कर देखता रहा-न आसमान से रोटी गिरी और न ही चांद की रोशनी ही— दोनों को दूर, आंखों के देख सकने से भी दूर उसने काले-काले बादलों से घिरा देखा।

बिजली विभाग को शरारत सूझी तो मरकरी बल्बों की रोशनी में नहाती बहुमंजिला इमारत और उसका परिसर यहां भी अंधेरे में डूब गया-यहां तक जिस बेंच पर बैठा था, वह भी अदृश्य हो गया। उसे छू कर ही, उसके होने का अनुमान लगाने को उसके हाथ कांपने लगे-मां के हाथों की तरह। मां जब-जब गूंथे आटे की लोई को गोल-गोल घुमाकर, उसमें अपने प्यार को भरकर पाथती थी, तो उसका मन सहमा-सहमा डरता था-कहीं रोटी गोल नहीं बनी तो—

तब मनीष को दागी रोटी नापसंद थी। वह खाना नहीं चाहता था और मां भी उसे बेदाग रोटी खिलाने का उपक्रम करती थी— रोटी बेलना और उसे गर्म तवे से बेदाग उतारना आसान नहीं, कठिन होता था— जीवन से भी कठिन। ऐसा मां झट से कह भी देती थी कि जीवन में कभी बेदाग रोटी न मिली तो भूखे रहोगे। वह दागी रोटी परोसने पर मुंह चिढ़ाने को मनीष के नखरे मानती थी-मां को उसके नखरे पसंद भी थे। मां भी गोल-गोल बनाकर, पकी और बेदाग रोटी ही परोसकर संतोष और राहत की सांस लेती थी। मनीष की स्मृति में बड़ी हलचल चल रही थी और उसका हाथ बार-बार बेंच को छूने को बढ़ रहे थे— बेंच पुरानी थी— जिस पर से पेंट की परतें उखड़ रही थीं— उसकी मां की हथेलियों से झड़ती चमड़ी की तरह, जो अमूमन बरसात के दिनों में झड़ती रहती थी,जिसे मां उसका ऋतू परिवर्तन का असर मानती थी। मां की एक के बाद दूसरी यादें उसे घेरती गयीं और वह भूख भय से मुक्त होता रहा। उसकी थकी-थकी दुखती टांगें कब बेंच पर फैल गयीं, उसे पता ही नहीं चला।

●●●

सुबह हुई।

उजाला चारों तरफ से नीचे उतर आया था। हॉस्पिटल परिसर में आवाजाही शुरू हो चुकी थी। दिन के उजाले में आंख खुली, वह घबरा उठा। रात के अंधेरे में छोटा और दमघोंटू परिसर इस समय उजला-उजला और विस्तार लिए हुए लगा। बेंच पर किसी की नजर नहीं पड़ी और उसे किसी ने टोका नहीं था— न रात में और न ही इस समय। ऐसा सोचना उसे अपना भ्रम से अधिक नहीं लगा।

वह रात को गुनगुनाता परिसर से बाहर निकल आया।

उसे किस तरफ जाना है, वह भ्रमित-सा, अनिर्णय की स्थिति में दोराहे पर खड़ा हो गया। वह सोचने लगा, कितना कठिन होता है अंधेरे से कहीं उजाले में निर्णय लेना-उजाले में इंसानियत को ढूँढ़ना। खुली आंखों से सही निर्णय ले पाना-वह भी जीवन का निर्णय। वह दोराहे में घिर गया— एक माजुली से मिलने की उत्सुकता तो दूसरी ओर स्पाईस मॉल पर प्रतीक्षा करते वे बच्चे, जिनके भविष्य की तसवीर उसके आंखों का बोझ बनी, जिसे वह साथ लेकर चल रहा था।

मनीष के बदन में एकाएक बिजली सी कोंध गयी। उसे बच्चे भारी बोझ क्यों लगने लगे? उनके जीवन को कृष्ण पक्ष में क्यों देखने लगा? वे तो अपना बोझ उठाए चौराहे पर हमेशा तैनात रहते हैं— उन्हें अपने जीवन से न कोई शिकायत ना चिंता एकदम निश्चिन्त रहते हैं। उनके पक्ष में साथ खड़ा होने का निर्णय तो उसका अपना है। उस निर्णय में जीवनानंद का शामिल होना बहुत बाद में आया विचार है। उसे अपनी सोच का यह शुक्ल पक्ष लगा। उसकी छिटकी चांदनी में अपना निर्णय रुचिकर लगा तो उसके कदम बढ़ गए...

स्पाईस मॉल पहुंचने में उसे समय नहीं लगा।

गहरी धुंध के बीच उसे रेड लाईट का जलना-बुझना अच्छा लगा। येलो और ग्रीन लाईट उसे मृतप्राय सी लगीं, उनसे कहीं अधिक जीवंत उसे, वह पन्नो लगी, जो अपने तीनों बच्चों के चेहरे गेरुए रंग में रंग कर उनमें हनुमान के सैनिकों का प्रतिरूप देख रही थी और चौथे को लंगूर का काला मुखोटा लगाने में जुटी हुई थी। मनीष को लगा पन्नो भी मझी हुई कलाकार है। कला और उसमें मनमोहक रंग भरने का ज्ञान उसने किसी संस्थान से नहीं, अपने अनुभव से सीखा होगा। उसे मुग्धभाव से वह निहारने लगा। ''बस्स करो पन्नो! कलाकार के चेहरे का रंग दूर से ही खिला-खिला दिख रहा है, अब मुखोटा और तन के रंगों को अधिक गहरा करने की जरूरत नहीं।''

वह पन्नो के समीप पहुंच गया।

''आज हनुमान जयंती है...'' पन्नो ने इतना ही कहा और अपलक मनोभाव के अनुकूल बच्चे को रंगने पर लगी रही। एक तरह से उसने अपनी मन की बात कह

कर मनीष के उत्सुकता से भरे शब्दों को मुक्ति दे दी।

''इसीलिए...''

''कला कोई छोटी और बड़ी नहीं होती, जो पेट की आग बुझाने के काम आये वही बड़ी है।'' पन्नो ने अपना अनुभव परोस दिया।

''मैंने तो ऐसा कुछ नहीं पूछा।'' मनीष ने अपना पक्ष स्पष्ट किया।

''हर बात कही और पूछ ली जाये यह जरूरी नहीं। आंखें देखतीं ही नहीं, कहने में भी नहीं चूकती हैं।'' पन्नो ने कहा।

''मेरी आंखें इन बच्चों में होनहार कलाकार का गुण देख रही हैं।'' मनीष मन की बात कह दी।

''कलाकार का गुण हर बच्चे के भीतर होता है-तुम ही कह रहे थे उस दिन— तो ऐसे देख क्या रहे हो, बढ़ाओ न हाथ— इन्हें नया रंग दे दो, सुबह से ही इन्हें रंगते मेरी कमर अब दुखने लगी है...'' पन्नो ने कहा।

मनीष ने आगे बढ़ने में देर नहीं की। ''मन को और तन को भी।'' मनीष ने मुस्कराते हुए कहा।

पन्नो इस पर चुप रही।

''तुम अच्छे और सुन्दर कलाकार हो, तुम्हें अपनी कला के हुनर से लोगों का मन जीतना है।''

मनीष के कहने का अर्थ वह बच्चा नहीं समझ पाया। उसने भोलेपन में कहा, ''यह कोई सचमुच की लड़ाई नहीं है अंकल!''

''मैं जानता हूं— तुम सचमुच के लंगूर नहीं हो। यह जीवन चलाने का मुखौटा पहन रहे हो। इस शहर में हरकोई मुखोटा पहने हुए है— हर कोई दूसरे के मुखोटे को सुन्दर देखना चाहता है— मैं भी उनसे अलग नहीं हूं। हर रोज मैं एक मुखौटा उतारता हूं तो दूसरे रोज स्वत: नया हाथ में आ जाता है— बन्दर-बंदरिया का डुगडूगी बजाना और सपेरे की बीन पर सांप बनकर नाचना भी मुझे आता है-बहुत बार मैं ये खेल खेलता रहा हूं।''

''और अब...''

''अब मैंने मदारी का काम सीख लिया है। एक दिन मैं बीन बजाऊंगा और तुम लोग उसके सुर-ताल पर नाचोगे।'' कहते हुए मनीष अपनी हंसी रोक नहीं पाया।

''तुमको किसी ने सिखाया अंकल!''

''हां'' कहकर मनीष चुप हो गया। उसकी इच्छा हुई कि साफ-साफ बता दे, कला तुम्हारे भीतर है। उसमें रंग भरना भूख सिखाती है। भूख ही तो है, जो उसे यहां तक ले आई है। भूख नहीं होती, तो किसानी नहीं होती, कलकारखाने नहीं होते।

इतना बड़ा स्पाईस मॉल भी तो उसी की बदौलत बना है। भूख मरती नहीं कभी। भूख छोटी और बड़ी और बड़ी, उससे भी बड़ी हो सकती है— हर किसी में होती है जरूर। परन्तु उसने कुछ कहना उचित नहीं समझा। उसे लगा, वह जो कुछ भी कहेगा, यह बच्चा समझदार होने के बावजूद उसे समझ नहीं पायेगा। उसने बात को पलटते हुए कहा, ''तुम जो करने जा रहे हो, उसे क्या कहते है?''

वह बच्चा चुप हो गया।

मनीष ने उसके चेहरे के भावों को पढ़कर कहा, ''नहीं मालूम! तुम नाटक करने जा रहे हो।''

''वह क्या होता है?''

''वही जो रोज करते हो-उसे नाटक कहते हैं। यही कि आज तुम सिर्फ हाथ फैलाकर पैसे मांगने नहीं जा रहे हो। तुम लोगों को हंसाने भी जा रहे हो। आजकल लोग हंसना भूल गए हैं। उन्हें हंसाओगे तो वे हंस पड़ेंगे; उन्हें रुलाओगे तो रो पड़ेंगे— उन्हें याद दिलाने को ही नाटक कहते हैं। तुम्हें ऐसा करने में बड़ा मजा आएगा और उन्हें भी। तब हंसाने और रुलाने के बदले तुम देखना सिक्के नहीं रुपए मिलेंगे— लोग रुपए देने में थकेंगे नहीं— तुम संभालने में थक जाओगे। इतने रुपए कि उन्हें तुम लोग मिलकर भी संभाल नहीं सकोगे।''

मनीष के कहते ही बच्चे की आंखें विस्मय से देखती रह गयीं।

उसने सोचा यह भी साथ जोड़ दे कि इससे रुपए ही नहीं मिलेंगे— लोगों की सोच बदलेगी। उनका मन बदलेगा, नजरिया बदलेगा और वे तुमसे जुड़ना भी चाहेंगे। उनका मन का भाव बदलेगा— तुम सिर्फ भीख नहीं मांगते एक सामजिक सोच को भी बदल सकते हो। उसी पल उसे लगा, बच्चा अभी छोटा है— अपनी कौमार अवस्था बिताकर पौगंड अवस्था में प्रविष्ट कर रहा है। किन्तु, अन्य बच्चों से उम्र और सोच में बड़ा है, पर दुनिया की प्रमेय को समझने के लिए अभी कच्चा ही है।।

जीवनानंद जो अभी तक सिद्धावस्था में बैठा था, वह एकाएक बोल पड़ा,

''तुम्हारी तरह सभी बच्चे नहीं होते, जो दुनियादारी का बोझ उठा लेते हैं मनीष!''

''खुद से पूछो, रात में ठीक से सोये भी या नहीं?'' पन्नो को जैसे ठिठोली सूझ गयी।

''जिस उम्र पर इतरा रही हो, उसमें आंख लगती ही कहां है?'' उसी अंदाज में जीवनानंद ने कहा।

''मैं भी नहीं सोया हूं!'' मनीष ने गंभीर होकर कहा।

''क्यों? तुम्हारी उम्र घोड़े बेचकर सोने की है।''

आसमान से गिरा खजूर पर अटक गया मनीष। जीवनानंद ने उसकी अथक उम्र की एक तरह से खिल्ली उड़ा दी।

"सच कह रहा हूं मैं" विश्वास दिलाते हुए मनीष ने अपनी मन की व्यथा-कथा को बताना आरम्भ कर दिया।

जीवनानंद उसके एक-एक शब्द को गौर से सुनता और अपने अंतर्मन में गूंथता रहा, फिर अपने अनुभव को प्रकट करते हुए, उसने कहा, "तुमने यह ठीक नहीं किया मनीष! उस घर को छोड़कर अच्छा नहीं किया। तुमने केवल वह घर नहीं छोड़ा-वहां अपना भविष्य छोड़ आये हो..."

"ऐसा क्यों कह रहे हैं?" मनीष ने सशंकित मन से पूछा।

"मान्यवर एक साधारण इन्सान नहीं ऊंचे रसूक के हैं। आज का जीवन राजनीति और ऊंचे रसूकों से ही चलता है। हम मामूली और सड़क के चर-अचर जीव हैं— अपने जीवन का अच्छा बुरा भलीभांति न जानते हैं और न समझते हैं, ऐसा जीवन व्यतीत करने को शापित हैं..."

"सो तो ठीक है, मैं अपना भविष्य वहां नहीं, इन बच्चों में देख रहा हूं जीवनानंद!"

"इतने नासमझ मत बनो बेटे! हम बच्चों में अपना बचपन देखते जरूर है, भविष्य किसी ने देखा हो, ऐसा सुना नहीं, गलतफहमी में जरूर रहते हैं।" यकायक जीवनानंद को लगा, वह भावनाओं में बहने लगा है, उसने उसी क्षण स्वयं को दुरुस्त करते हुए कहा, "और फिर, इनका कोई भविष्य होगा तभी तो दिखेगा..." रुखेपन से कहकर जीवनानंद ने अपनी आंखें फेर लीं।

"तो मुझे वापस जाना चाहिए?"

"यह मैं कैसे कह सकता हूं। अपने संबंध में निर्णय करने का विवेक तुम्हारा है।"

मनीष पसोपेश में घिर गया। उसने अपने जीवन को बार-बार पलट कर देखा— कभी वह जीवानंद की ओर देखता, कभी उन बहुरूपिये बन्दर और लंगूरों को। दूर सड़क तक नजर दौड़ाई— कार, बस और असंख्य छोटे-बड़े वाहनों से भिड़ीभिड़ी सड़क पर उसे अपने लिए न कोई ठौर दिखी और न भविष्य ही दिखा।

उसे चुप और अनिर्णित की स्थिति में देखकर जीवनानंद ने कहा, "अनिर्णय की स्थिति बड़ी कष्ट देती है बेटे! जाओ, लौट जाओ!! हनुमान के सैनिकों को भी उस भंवर में जाने दो-समुद्र में नया उन्हें पुल बांधना ही होगा, उन्हें नई धरती को छूना होगा,..."

●●●

तीसरा पग टिकाने की महाराजा बलि और बामन की कथा भी अब बेमानी लगने लगी। न धरती अपनी और न ही आसमान अपना। कहीं तीसरा पग रखने की संभावना शेष होती तो मनीष जीवन का उत्स वहीं मना लेता।

मनीष चला आया। उसकी पीठ को लाल बत्ती देखती रही।

स्पाईस मॉल के चौराहे से बोटानिकल गार्डन मेट्रो स्टेशन की दूरी कदम दर कदम मनीष ने नाप दी। आगे की दूरी के लिए कदम उठा, तो बड़ी देर तक अनिर्णय की स्थिति में हवा में लहराता, हिचकोले खाता रहा। मेट्रो स्टेशन की घड़ी की सूई ने उसे समय का बोध कराया, तो, दिशा ज्ञान से भ्रमित वह स्वभाविकरूप में ठगा-ठगा सा खड़ा हो गया। बड़ी देर तक जड़वत खड़ा रहने के उपरान्त उसके कदम प्लेटफार्म दो की तरफ बढ़ गए। समय की ताकत का उसे एहसास हुआ और अपनी भीतर की प्रबल इच्छा की भी।

भीड़ बढ़ती गयी। उसकी रेल पेल में वह स्वयं को भूलता गया। स्मृति चुलबुलाने लगी। एक बार अक्षर धाम देखने गया था, उसके सौन्दर्य के मर्मस्पर्शी चित्र मानसपटल पर उभरने लगे। यमुना बैंक पहुंचा तो यमनोत्री-गंगोत्री तक के आसमान से बातें करते पहाड़ और उनसे निर्मित मनोरम दृश्य और आनंद विहार का जनसैलाब से उभरे वीभत्स दृश्यों के बीच घिरता गया। जितने स्टेशन उतनी ही कहानियां, उनसे जुड़ी हजार स्मृतियों भरा एक-एक दिन और आधे घंटे की इस यात्रा में उन्हें शामिल करते हुए, वह मेट्रो ट्रेन से बाहर निकल आया। ठीक कहा था जीवनानंद ने, ''असंख्य संभावनाओं से भरी है यह दुनिया-मेट्रो ट्रेन की दुनिया उनसे न अछूती है न ही दूर।''

''क्या सचमुच भाग रहा हूं मैं— इस भयावह दुनिया से या फिर स्वयं से। जिसमें अपना भविष्य स्वाहा होता हुआ दिख रहा है...'' वह बुदबुदाया।

अपार भीड़ के बावजूद मनीष को एकांत अच्छा लगने लगा। अकेले में खुद से बातें करने की उसे आदत सी बन गयी थी-कहां हैं संभावनाएं? किसी फैक्ट्री में निर्मित तो हो रही होंगी। कहां है भाईचारा? किसी अखबार में दर्ज हो रही होगी उसकी गाथा। उसे पढ़कर ही किसी से पूछ लेता कि वहां कोई सम्भावना बची हो, तो पहुंचने का रास्ता बता दो भाई! मैं वहीं जाकर रहना चाहता हूं। मैं आजतक अपने ठौर-ठिकाना और भविष्य को तलाश रहा हूं-उसकी सुखद संभावनाओं को भी...

●●●

भयावह स्थितयों में अकेला नहीं मनीष— आनंद बिहार अंतर्राज्य बस टर्मिनल के जनसैलाब में भी शामिल हो सकता है। वहां भविष्य की संभावनाओं को इधर से

उधर ले जाती बसें, टैक्सी और भारतीय रेल की पटरियां भी हैं। उनमें समृद्ध चिड़िया के किस्से ही नहीं उड़ते स्वतंत्र भारत का युवा का चंचल मन और भविष्य भी दौड़ता है। मनसा, वाचा, कर्मणा से ईश्वर को समक्ष देख पाना संभव नहीं, तो आईने में अपनी धुंधली छोटी-सी तसवीर दिखती ही है— "ओह! यह मैं सचमुच में किसे देख रहा हूं— माजुली!! नहीं, वह कैसे हो सकती इस समय यहां?"

वह दो कदम तेजी से उस और बढ़ा। छत्त के सहारे औंधे लटकी गंतव्य को दर्ज करती हुई, उसे संकेत पट्टियां दिखीं। उन्हें देखकर माजुली से उसका गंतव्य जानने की जरूरत नहीं रही। संपूर्ण दर्पण में दिखने जैसी तसवीर उभर आई। माजुली का नक्श और गंतव्य का अनुमान का ज्योतिष लगा कर उसके मन में खुशी की लहर-सी दौड़ गयी।

"इस भीड़ में तुम मिलोगी मैंने सोचा भी नहीं था..."

"और तुम..."

उनके बीच बातों का सिलसिला चल पड़ा। एक के बाद दूसरी बस प्लेटफार्म पर खड़ी होती और भर-भर कर यात्रियों को ले जाती रहीं। कहां जा रहे हैं ये सब? बसें, उनमें बच्चे, बूढ़े, जवान महिलायें तथा पुरुषों को भर-भरकर कहां और किस दिशा की तरफ ले जा रही हैं? माजुली अपनी बातों से उसे किस दिशा की तरफ उड़ा ले जा रही है? अपने गंतव्य पर समय से पहुंचने की तत्परता क्यों नहीं है उसमें?

उन दोनों के बीच बातों का कारवां उसी गति से चल रहा था, जिस तेजी से अनंत संभावनाओं की तलाश में यात्री निकल रहे थे, जिनमें युवा यात्रियों की संख्या अधिक बढ़ती दिख रही थी। बसें लौट रही थीं— ये बसें देश के इस कोने से उस कोने तक जाएंगी; जहां युवक और युवतियां टकटकी लगाये फिर भी खड़े रहेंगे- अपार उम्मीदें लिए जीवन की...

"तुम लौट जाओ मनीष! हमारी इन बातों का कारवां कभी ख़त्म नहीं होगा।"

"हां, पुरानी बातें ख़त्म होंगी, तो नई बातें उनकी ठौर पर अब शुरू होंगी। तुम ठीक कह रही हो, मुझे लौटना ही होगा।" कहते मनीष के चेहरे पर मुस्कान खेल गयी। एक विजयी खिलाड़ी की भांति उसका मनोबल आसमान छूने लगा। उसके कदम उठे और अपनी पग भर जमीन मांगने लगे।

प्लेटफार्म पर बढ़ते कदम तिल-तिल भर स्थान ढूंढ़ते अथक प्रयास से मनीष बाहर निकल आया। उसे राहत महसूस हुई। उसने लम्बी सांस भरी और उसे धीरे-धीरे छोड़ते हुए कहा, "सारी संभावनाएं मेरे भीतर हैं और मैं उसे बाहर तलाश रहा हूं..."

●●●

''लौटकर क्यों आये?''

''इसलिए कि वहां जीवन की गंध बची ही नहीं।''

''और यहां...''

''इस चौराहे पर भूख भी है, जीवन की गंध भी।''

''तुम तो कहते थे, इस शहर में दुर्गन्ध के सिवाय कुछ है ही नहीं...''

''गलत नहीं कहा होगा, परिस्थितियां रही होंगी। कब कहा उसकी मुझे याद नहीं।''

''जिस दिन इस चौराहे पर घुटन और बदबू से एक हफ्ते के बाद दूसरा बच्चा चल बसा था और तुम सरकार को कोसने लगे थे। तब तुम्हारे मन में आग थी। तुम व्यवस्था के विरुद्ध आग उगल रहे थे और पुलिस हमारे बच्चों में मृत्यु की साजिस ढूंढ़ने में सफल हो रही थी। पुलिस कह रही थी, इस शहर की आब-ओ-हवा को बिगाड़ने में हम लोग आगे, गली की नुक्कड़ और शहर के चौराहों पर किसानों का जमघट, कुलिबेगारों का जमावड़ा और बेरोजगार युवा हैं। जेबकतरों और भिखारियों की रेंगती सांसों से शहर की तस्वीर धूमिल व हवा प्रदूषित हो रही है।''

''हां, हां, मुझे याद है— भलीभांति याद है, उस दिन शहर की हवा बीमार थी। चारों तरफ अफरातफरी का माहौल था। डाक्टर अपना आला उठाये बिमारी को ढूंढ़ने मास्क-मुखौटा लगाए बाहर घूम रहे थे और बीमारी छोटे, बड़े तथा बुजुर्गों को घर में ढूंढ़ रही थी।''

''कैसी बातें कर रहे हो'',

मनीष को लगा, वह कुछ अनुचित कह बैठा है। वह एकदम चुप हो गया। उसे चुप्प देखकर जीवनानंद ने कहा, ''डाक्टर रोग का निदान तो बहुत दूर, बीमार नब्ज की धड़कन को पकड़ ही कहां पाए हैं आजतक?''

''उन्हें फुरसत ही कहां है?'' मनीष ने निराश भाव से कहा।

''हां, ठीक कह रहे हो मनीष! अभी भी तो शहर में चुनाव हैं...''

''डरो मत, बीमारी लाइलाज नहीं होती, अब बच्चे अपना झंडा खुद उठाएंगे किसी और का नहीं...''

जीवनानंद का मन एक बार फिर मनीष ने जीत लिया। उसने बात को समेटते हुए कहा, ''बीमारी तब भी लाइलाज थी और आज भी... उस पार्टी का झंडा उठाए आगे-आगे चल रहे बच्चे भिखारी थे— हमारे ही थे— वे ही मारे गए और तुम...''

बातें वही होती हैं, जो घूमफिर कर लौट आती हैं, जहां से शुरू हुई थीं। आदमी का दिल दरारों से भरा होता है, उन्हें ढ़कने-पाटने की लाख कोशिश करें, फिर भी, वे खुलती और चौड़ी होती चली जाती हैं। मनीष ने इस समय वही खुरचने का काम किया। उस दिन की घटना की याद दिलाकर उसने सिर्फ घटना की अभी

एक ही परत उठाई थी कि क्रूरता की भयावह तस्वीर बाहर निकल आई— बोतल में बंद जिन की तरह। उसकी वास्तविकता की झलक आईने की भांति साफ-साफ दिख गयी। घटना ही नहीं, जीवनानंद को भी अपना चेहरा साफ-साफ दिख गया। भले घटना को छुपाकर रखने की उसने बीसियों दुआ मांगी हों, सैंकड़ों बार अपनी जिंदगी से साथ देने की प्रार्थना की हो, मंदिर, मस्जिद और गुरुद्वारा के द्वार पर माथा टिकाया हो, किन्तु, वह नहीं समझ सका, दुआ भी उतना ही साथ देती हैं, जितना समय की उस पर कृपा होती है। तन से जुड़े हाथ-पांव लम्बा साथ दें, न दें, समय अपने निर्धारित समय से पहले किसी पर दयावान नहीं होता।

शब्दों ने करवट बदली, जीवनानंद ने कहा, "तुम्हें किसी पार्टी से जुड़ जाना चाहिए। देश को तुम्हारे जैसे युवाओं की जरूरत है। तुम इस शहर को भलीभांति जानते हो और कालेज के दिनों से देश को भी। एक बात जो तुम्हारे कान में पड़ती है, वह कभी बाहर नहीं निकल पाती। उसकी गांठ मन मस्तिष्क में बनी रहती है।"

"इसके लिए मान्यवर काफी हैं। वह शहर की बीमार नब्ज पकड़ना जानते हैं।"

"सो तो है, वे ही क्यों तुम भी हो सकते हो, और भी कोई हो सकता है, जो इस शहर को अपनी- अपनी तरह से देखते हैं।" जीवनानंद ने कहा।

"आप इस शहर और देश की ही बात क्यों कह रहे हैं, इस दुनिया को हर कोई अपनी-अपनी अँगुलियों से छूता है, अपने-अपने चश्मे से देखता है, जो जिस रूप में जितना देखता और अनुभव करता है, उतनी ही अनुभूति को गुनगुनाने लगता है— समग्रता में कोई देखता ही नहीं।" मनीष को ऐसा कहते समय, हाथी से जुड़ी पंचतंत्र की कहानी याद आ गयी।

"तुम भी ऐसा ही महसूस करते हो, मैं भी और देश भर के लोग..." जीवनानंद ने अपना मंतव्य अधूरा छोड़ दिया।

"वे भी सोचते हैं— हर कोई सोचता है— इस देश का इतिहास कैसा होगा? मेरी या फिर तुम्हारी सोच जैसा... नहीं, नहीं मैं ऐरागैरा की बात नहीं कर सकता। मैं सभी की बात भी नहीं कह सकता। इस देश में दो महत्वपूर्ण राजनैतिक पार्टियां हैं— भारतीय राष्ट्रीय कांग्रेस और भारतीय जनता पार्टी— मैं उन दोनों की ही बात कह रहा हूं। दोनों राजनैतिक पार्टियां इस देश को अपनी-अपनी आंखों से देखती हैं। इस देश के इतिहास को अपने-अपने तरह से लिखती तथा लिखवाती हैं और अपनी-अपनी तरह से उसे परिभाषित तथा प्रचारित भी करती हैं।"

"ठीक कह रहे हो— सचमुच में उनके प्रवचनों में समग्र भारत कहां होता है? भारतीयता कहां होती है?"

"उन्हें सिर्फ राजनीतिज्ञ होने का दंभ भरते देख सकते हैं। मैं सोचता हूं, ये

भारतीय होना क्या हैं— ये भारतीय राजनीतिज्ञ होना क्या हैं? यह ऋषि-मुनियों, पीर-पैगम्बर और साधू-सन्यासियों का देश रहा है। ये राजनीतिज्ञ कोई मठाधीश, कोई प्रवचनकर्ता या धार्मिक कर्मकांडी नहीं होते, ये पुरोहित तो हो ही नहीं सकते, क्योंकि उनकी दृष्टि में देश धर्मनिरपेक्ष है। पुरोहितगिरी करते हुए, उससे खुद को बचते बचाते हैं। ये अपने-अपने समाजों में नहीं, अपनी पार्टी में ही नहीं, सम्पूर्ण देश-दुनिया में धर्मनिरपेक्षता का उपदेश देते थकते नहीं— बड़ी महारथ है इन्हें, ये विचित्र किस्म की पुरोहिती भी गजब की है-पेट भरने का अच्छा जरिया है-उससे भी कभी अघाते ही नहीं..." मनीष ने बेबाक होकर जीवनानंद के अधूरे छूटे मंतव्य को भी स्पष्ट कर दिया।

जीवानंद ठहाका लगा बैठा। उसने मनीष की गंभीरता को जैसे हवा में उड़ा दिया— "इसीलिए कह रहा हूं, किसी पार्टी में प्रकट हो जाओ नए अवतार की तरह। ये अवतारी देश में राजनीतिज्ञ कम चमत्कारी अधिक हो रहे हैं। उनकी ही भरमार है। फिर तुम्हें मान्यवर के यहां जाने व ठहराने की जरूरत नहीं रहेगी। सबकुछ होगा तुम्हारा, अपना बंगला, गाड़ी और देश-विदेश के बैंकों के लाकर्स में बंद हुंडियां होंगे। चुनाव टिकिट मिल गया तो पौ बारह... एक बात ध्यान से सुन लो, हम दोनों का वोट भी तुम्हें ही जाएगा— हमारा दोनों का ही क्यों, ये बच्चे तब तक अपनी वोट देने की उम्र पा लेंगे— और उनका भी..."

"मुझे एक-एक वोट की कीमत का पता लगने लगा है। किन्तु, एक भयानक दुःख है मुझे जीवनानंद! जिसे मेरे पिता चूक गए... पिता वही तो नहीं कर पाए- उन्हें भी क्यों दोष दूँ, हो सकता है उनके पिता भी ऐसा ही नहीं कर पाए हों और उनके भी..." उदास मन से मनीष ने कहा।

"किसी भी दृष्टि में पिता को दोष देना ठीक नहीं, हम उसी परिवार में जन्म लेने के बावजूद अपने अतीत के पूर्वजों को समझ ही कितना पाते हैं? ऐसे कितने हो सकते हैं— दुनिया में अंगुलियों से अधिक तो नहीं?" जीवनानंद ने टका सा जवाब दिया।

मनीष की आंखें अपनी अंगुलियों पर टिक गयीं। उसने स्वयं को संभालते हुए कहा, "हां, इनसे अधिक नहीं। ये ही तो हैं, जो एक पहाड़ की सुन्दरता को स्वर्ग कहता है, तो दूसरा मैदान को। एक पहाड़ को खाली करने में आमादा है, तो, दूसरा मैदान की सरलता को।"

जीवनानंद इस समय भी मनीष की बात पर हंस पड़ा, "स्वर्ग मैं स्वर्गवासी नहीं रहेगा तो फिर दूसरा कौन रहेगा। स्वर्ग में मृत्यु के उपरान्त ही तो पहुंच सकते हैं..."

"जो लोग वहां रहते हैं— मेरे पिता की तरह?"

"उससे अधिक नहीं..."

"जो वहां जाने का ख्वाब..."

"वे अमरत्व चाहते हैं युधिष्ठिर की तरह..."

"भीष्म भी उत्तरायण-उत्तरायण कहते थके नहीं थे।"

"भीष्म का मौन भी स्वर्ग की चाहत से अधिक नहीं था..."

"द्रोपदी की चीर, भीष्म का मौन, युधिष्ठिर का धर्मयुद्ध और श्रीकृष्ण का उपदेश क्या था— वह सब?"

"अपेक्षाएं तथा आशंकाओं का जंजाल..."

"ओह! कमलकिशोर भी इनसे मुक्त कैसे रह सकता है और मैं..."

●●●

जो जीवित नहीं होता है क्या वही स्वर्गवासी होता है? मैं जीवित हूं, तो स्वर्गवासी नहीं हूं— तुम लोग भी। मैं पहाड़ जाउंगा और तुम लोग भी— पांडवों की तरह। एक दृढ निश्चय के साथ मनीष के कदम जीवनानंद से हटकर कुछ दूरी तक बढ़ गये।

"आज हम एक युद्ध लड़ेंगे— राम और रावण युद्ध। हो सकता है उसकी परिणति महाभारत युद्ध जैसी हो। युद्ध में जो मारे जाते हैं, वे नामी होते हैं। आज से हम लोग नाटक का अभ्यास करेंगे। हम सब के अब से नए नाम और उनके चरित्र होंगे।" मनीष ने कहा।

बच्चे मौन साधे मनीष को एकटक देखते रहे। वे समझ नहीं रहे थे कि यह कैसा नाटक है? पहले कभी किया होता तो उनके मौन को खुलकर मचलने की आजादी मिली होती। वह यह भी नहीं समझ रहे थे, मौन उनका सबसे बड़ा हथियार हो सकता है— जो बीसियों बंधनों को काट सकता है।

बहरहाल उन्हें भावशून्य की स्थिति में खड़ा होना ही उचित लगा और वे खड़े रहे।

मनीष ने कहा, "आप लोग भी वैसे ही हैं जैसे स्पाईस मॉल के भीतर जाने वाले बच्चे।" यह कहकर मनीष ने बच्चों को उनकी सामाजिक स्थिति बता दी; "जो आप लोग करेंगे, उसे देखकर लोग रोयेंगे, हंसेंगे और खुश-नाखुश भी होंगे।" इस समय मनीष ने उनको उत्साहित किया और उनमें प्रेरणात्मक चेतन तत्व का निर्माण करने की पहल की; "आप लोग वही करोगे जैसा हमेशा करते हैं— उससे हटकर नहीं।" ऐसा कहकर मनीष उन्हें समझाना चाहता था कि बच्चे स्वभावतः नाटकीय गुणों से भरपूर होते हैं। यानि उनके भीतर पहले से ही कला मौजूद होती है। उसे बाहर निकालकर लोगों के सामने लाना, दूसरे लोंगों तक अपनी बात को पहुंचाना ही नाटक है। उसके लिए कठिन अभ्यास करना होगा, जिसे वे लोग आसानी से कर सकते हैं और लोंगों तक अपनी बात पहुंचा सकते हैं...

''यदि करते-करते हुए गलत हो गया तो— ''लटकन ने अपने मन का संदेह प्रकट करते ही अपना मौन तोड़ दिया।

इस पर मनीष के चेहरे पर मुस्कान फैल गयी। उसने सोचा, दूसरों पर दया करना, उनमें खुशी बांटना और उनके चेहरे पर मुस्कान लाने से अच्छा और बड़ा दूसरा काम नहीं हो सकता। उसने कहा, ''जब अभ्यास करेंगे, गलती होगी। फिर अभ्यास करेंगे— तो भी होगी। बार-बार अभ्यास करेंगे और फिर भी गलती होते जाएगी, तो बारम्बार उसे ठीक करते जायेंगे। वास्तविक से कहीं अधिक कठिन होता है नाटक करना। कभी अभ्यास करते-करते ही वास्तविकता मूर्त हुई होगी। यदि तुम्हें लगने लगेगा, गलती होती जा रही है तब...''

इस समय मनीष को लगा लटकन उसके चेहरे को देख रहा है, वह शब्दों के भाव तक नहीं पकड़ पा रहा है। उसने सरल शब्दों में बड़ी विनम्रता से स्पष्ट कर दिया कि उनका गलती करना, अभ्यास करते गलती का होना कोई बड़ी बात नहीं। उसका आभास हो जाना बड़ी बात है। उसी क्षण से दर्शक को वह दृश्य-चित्र विश्वसनीय प्रतीत होने लगेगा। विश्वसनीयता ही सच्चे और सूक्ष्म अभिनय की कसौटी होती है जीवन की। यह बात तुम्हारी समझ में अभी नहीं, अभ्यास करते-करते आएगी।''

''हम लड़ाई में मर जायेंगे तो?'' उल्लू ने बड़ी उत्सुकता से पूछा।

इस समय मनीष के मन में गुदगुदी-सी हुई। उसे लगा, इंसान ही ऐसा जीव है जो भौतिक प्रकृति के वशीभूत हो जाता है और मृत्यु से डरने लगता है। वह प्रकृति की सर्वोचता को भूल जाता है। यह उल्लू अभी बच्चा है, यह मृत्यु से डर रहा है या नहीं-यह कहना जरूरी नहीं, असल तो यह है, इस बच्चे में मानव प्रकृति की समझ गहरी हो रही है। हित-अहित को समझने लगा है। वह जीवन और मृत्यु में अंतर समझने लगा है। बच्चे में कहने का साहस खुल रहा है। उसने हंसते हुए कहा, ''तुम्हें मरना होगा एक दिन, पर यहां नाटक में सचमुच में नहीं मरोगे...''

मनीष़ जोर से हंसा और कहने लगा, ''मैं भी मृत्यु से डरता हूं, मृत्यु मुझे भी डराती है जैसे कि तुम्हें, किन्तु, तुम्हारे भीतर का छुपा हुआ कलाकार कभी नहीं मरेगा।''

ऐसा कहते हुए मनीष ने स्पष्ट कर दिया कि कलाकार मरता नहीं कभी— वह हमेशा जीवित रहता है— अमर रहता है। कलाकार अपनी कला में नया सृजन करता रहता है जीवन भर— और उसके जीवनोपरांत उसकी कला भी। उसकी कला के नए दृश्य-चित्रों से, नई भाव-भंगिमा से दर्शकों की अपेक्षाएं बढ़ जाती हैं। कलाकार की शारीरक मुद्राएं एक नव सृजन या निर्मिति के लिए हमेशा जमीन तैयार कर रही होती हैं। अपनी अभिनय क्रियाओं से दृश्य को जीवंत बना रहे होते हैं। ठीक इसी समय कलाकार अपनी आनंद की चरम अनुभूति को छूता है और दर्शक भी। वह ठीक इसी

समय कला के लिए नए दर्शक निर्माण करने में सफल होता है। ऐसा सोचते हुए मनीष को लगा कि यहां कलाकारों का चयन नहीं, उसका कलाकारों की खोज के समय सहजता का संतुलन आवश्यक है।

मनीष के लिए कलाकारों की खोज पूरी हुई और अभ्यास के कई पाठ भी।

सभी बच्चे उत्सुकता और उम्मीद लिए हुए, अपने नए नाम के साथ धनुष-बाण लिए चौराहे की तरफ बढ़ गए। इस समय उन्हें कटोरा उठाने से नहीं रोका। उसके लिए वह लोहे का फरुआ भिक्षा पात्र— उसमें उसे अद्भुद सौन्दर्य की अनुभूति होने लगी। राम-लक्ष्मण के भिक्षाटन और वन गमन का भव्य दृश्य साकार हो उठा। उनकी पद चाप राम-लक्ष्मण जैसी लगने लगी। मनीष उनके दूर जाते कदमों की आहट सुनता रहा और मंद-मंद मुस्कराता रहा। उसने स्वयं से प्रश्न किया, ''यह जाना धर्म-युद्ध और कर्मयुद्ध में जाना जैसा है या फिर कुछ और?''

मनीष अभी सोच और मनन में डूबा ही था कि जीवनानद ने उसकी तन्द्रा तोड़ते हुए कहा, ''क्षमा करोगे, मैं तुम्हें यह बताना ही भूल गया था, तुम्हारे चले जाने के उपरान्त मान्यवर बड़े दिनों के बाद यहां चले आये थे...''

मनीष ने यह बात सुनी तो दिल में धक्-धक् सी हुई। मन कसैला हो गया। जीवानंद के वाक्य पूरा करने से पहले ही उसने स्पष्ट कर दिया। ''मैं भी यही संदेह कर रहा था— वह आए होंगे जरूर..?''

''उनका सन्देश सुनोगे भी या नहीं?''

''लौट आने, मिलने से कुछ अलग सन्देश है तो...?''

''है-एकदम ठसक... हर बार ठेस ठसक से जीवन नहीं चलता मनीष बाबू!'' जीवनानंद ने अपनी सधी और सादगी से भरी आवाज में कहा।

''जीवन बचा रहेगा, तो चलेगा भी...मान्यवर यही कह रहे होंगे? वे लोग भविष्य की चिंता करते तो गांव-देस यूं वीरान नहीं होते। बच्चों को शिक्षा, युवाओं के लिए भविष्य, बुजुरुगों के लिए स्वास्थ्य, कृषिकार्यों के लिए किसानों को बिजंली-पानी और खाद की समुचित व्यवस्था होती तो इन देवताओं की पूजा-करते लोग पेड़ों से नहीं लटक रहे होते, ऐसा करने की आवश्यकता नहीं रहती। राम-रावण के युद्धभ्यास को ये बच्चे कभी नहीं निकलते। और—और उनकी—मान्यवरों की विरास की नदियां यों ही नहीं बहतीं।''

''मैं भी यही सब कुछ सोचकर कहने को डर रहा था, यह तुम नहीं, एक खेला खाया अनाड़ी कह रहा है। जब वह कहता है, अनुभव से कहता है। तब अनुभव की बदलियां आसमान में गहरी छायी होती हैं और कभी-कभी बरसना भी भूल जाती हैं। वह भूलना सामान्य बात नहीं होती धरती के जीवन को भूलना होता है। जब बदली बरसती है तो जीवन बरसता है...''

''और युवा कहे तो आसमान फटता है, वे कहें तो बदलियां छटती हैं। फिर नीला आसमान दीखता है, यही न?''

''हां, तारों को छूने की उम्र यह सब सोचा कराती। छोड़ो ये विषादपूर्ण बातें, युवाओं को ये सब कहते शोभा नहीं देतीं। मान्यवर कह रहे हैं, तो इस समय उनका साथ दो-दो जून की रोटी और सिर पर छत तो चाहिए ही— वह तुम्हें मिल रही है।'' जीवानंद ने गंभीरता से कहा।

''आप मेरे संबंध में सोच रहे हैं और मैं लटकन, उल्लू और इन सभी बच्चों के लिए। एक तरह से हम दोनों ही खुशी के बारे में सोच रहे हैं, किन्तु अलग-अलग— एक अथाह समुद्र की गहराई में और दूसरा अनंत खुले आकाश की ओर देखकर। लेकिन एक दिन आएगा अवश्य जब एक ठौर पर आकर एक जैसा सोचेंगे।'' मनीष ने कहा।

''ओह मनीष! तुमसे जीतना मुश्किल है— आज पहली बार नहीं, मैं हमेशा हार जाता हूं। हारकर अंतिम निवास में जगह ढूंढ़ता रहता हूं।''

''और वह नहीं मिली...'' मनीष ने गंभीर स्वर में कहा।

उसने देखा जीवनानंद के चेहरे की हवाइयां उड़ने लगी हैं। वह सचमुच में अपनी हार को महसूस कर रहे हैं। उसने माहौल को सहज बनाने के लिए मुस्कराकर कहा, ''मेरे साथ पहाड़ चलिए, कहते हैं वहां स्वर्ग है और...''

''ओह मनीष! मैं अभी वहां नहीं जाना चाहता।''

''आप ठीक कह रहे हैं जीवनानंद! आखिर कब तक? वहां कोई भी क्यों नहीं जाना चाहता— हर कोई युवाओं को स्वर्ग की राह दिखाना चाहता है। उनके कन्धों पर स्वर्ग जाना चाहता है। क्या ठीक कह रहा हूं मैं?''

''क्या ठीक और क्या गलत मनीष! यह सब समय को समझने और न समझ पाने का खेल है बेटा! समय ही तो है, जो सहूलियत देता है और समस्या भी...'' जीवनानंद समझ चुके थे मनीष के शब्दों को।

मनीष कुछ नहीं कह पाया। कुपित मन। वह जीवनानंद के उदास मन-मुखड़े को बड़ी देर तक पढ़ता रहा— वह अफसोस करता रहा अपने मन की कठोरता पर...

●●●

प्रत्येक दिन एक नया पाठ।

बच्चे खुश। उनकी ख़ुशी में मनीष की खुशियां भी शामिल होने लगीं। चौराहे की बतियों को भी उन्हें देखने का अपना समय कम लगने लगा। अपनी जलती-बुझती रोशनी में बच्चों के चेहरे खिले-खिले प्रतीत होने लगे। बच्चे लालबत्ती के

मोहपाश में पहले ही उलझ चुके थे। लालबत्ती को अपने जीवन से जोड़ चुके थे— उनकी अपनी पहचान और पराक्रम से जुड़ चुकी थी। यहां तक कि गुल बत्तियों से भी बच्चों को अपनापन पहले से अधिक बढ़ चुका था। चौराहे पर वाहन समय से अधिक रुकने लगे, ताक-झांक बढ़ने लगी थी।

स्पाईस मॉल की भीड़ की आंखें बच्चों के प्रतिदिन के अभ्यास पर टिकने लगीं। मुग्धभाव से खड़े लोगों की उत्सुकता देख, चुलबुल के मन में भी जिज्ञासा हुई। वह स्कूल बस के ड्राइवर को मन ही मन धन्यवाद करने से नहीं चुकी थी। बस का रूट इस चौराहे से नहीं होता, तो कभी ऐसे दृश्य को नहीं देख पाती और हमेशा के लिए वंचित रहती। उसने अपने दोस्तों का ध्यान उस और दिलाया था। स्कूल से घर लौटने पर, जैसी कि अमूमन आदत होती है, चुलबुल भी अपनी मन की बात मां से कहने में नहीं चुकी थी।

पहली बार कहा तो रुकुमा ने अनसुना कर दिया था।

उसने दूसरी बार कहा, तो रुकुमा ने उसे झिड़कते हुए कहा, "मेरे पास इन अनावश्यक बातों के लिए समय नहीं, जाओ, अपना समय खराब न करो और मेरा भी— मेरा भेजा खाना बंद करो, मेरा मन ठीक नहीं है। बाप करेला तो बेटी नीम चड़ी..."

उसने वही पहेली पिता से बूझी तो कमलकिशोर ने झट से अपनी सहमति दे दी। लेकिन मन में अजीब तरह का खटका हुआ। उसने अपने विश्वास को मजबूत करने के लिए पूछा, "लाल बत्ती— किस लाल बत्ती की बात कर रही है चुलबुल?"

"वही, अपने स्कूल के रास्ते वाली— जहां सभी लोग खड़े होते हैं..."

"क्या तुम्हें चौराहे का नाम नहीं मालूम?"

"तभी तो— बुद्धू मैं आपको बता दूंगी रास्ता।" कहती चुलबुल खिलखिला पड़ी।

कमलकिशोर को समझने में देर नहीं लगी और रुकुमा को भी। दोनों ही जानते थे बाल भारती स्कूल को जाने वाली सड़क स्पाईस मॉल के चौराहे से ही मुड़ती है।

"मां भी चलेगी और हम दोनों भी।" चुलबुल ने ऐसा कहकर अपनी एकतरफा बात मनवा ली।

कमलकिशोर का मन शांत नहीं रहा। बिचलन उसकी सोच के अनुकूल ही धीरे-धीरे बढ़ती गयी। किन्तु, उसे अधिक बेचैन नहीं कर सकी। उसने बढ़ती बेचैनी से बचने के लिए अनमने भाव से कहा, "हां, हम सभी लोग चलेंगे।"

"मम्मी भी..." चुलबुल ने उत्सुकता से पूछा।

"हां, हां, क्यों नहीं, तुमने मम्मी से पूछ लिया होगा?" मन में टालने का

विचार उठने पर भी कमलकिशोर ने नहीं कहा कि तुमने रुकुमा से पक्का करवा लिया या फिर मैं तुम्हारी मम्मी से बात करूंगा। ये ही दो वाक्य थे, जो समस्त ईमानदार पति अपने पत्नी के लिए और निर्मलमना पत्नी अपने पति से कहना नहीं चूकती। यहां स्थिति एकदम भिन्न थी। उनके संपूर्ण ईमानदारी के बावजूद मन में खिन्नता थी-दोनों ही कुछ कहने को असहज महसूस कर रहे थे।

''बुद्धू! मैंने बात कर ली है— मम्मी चलेंगी हमारे साथ...'' अतिउत्साहित चुलबुल तुतला कर बोली।

''मुझे भी तो पूछना चाहिए बेटी!'' शांत, किन्तु इतना हौले, शायद चुलबुल सुन भी नहीं सकी थी, कमलकिशोर ने कहा।

''मम्मी आपसे बात नहीं करेंगी।'' निश्छल चुलबुल ने स्पष्ट किया।

''क्यों?''

''नहीं जानते बुद्धू! आपने मनीष अंकल को डांटा था उस दिन...''

एकाएक कमलकिशोर के पांव तले जमीन खिसक गयी। भयानक गर्जन तर्जन। मूसलाधार वर्षा तथा उपल वृष्टि में उसने खुद को सँभालते हुए कहा, ''जो गलती करता है उसे ही-तो डांट मिलेगी।''

''बड़े-बूढ़ों को नहीं डांटते— वरना वे लोग घर छोड़कर चले जाते हैं, इसीलिए...''

''तुम्हें यह सब किसने बताया?'' कमलकिशोर ने जरा ऊंचे स्वर में कहा।

इस समय कमलकिशोर के शब्दों में झुंझलाहट साफ दिखाई पड़ी। उसे लगा चुलबुल नासमझ है इसे रुकुमा ने सांवर्तक बादल की भांति अभिमन्त्रितकर जीवन का ऐसा गलत पाठ पढ़ना आरंभ कर दिया है— जो कि सरासर अनुचित है। यद्यपि चुलबुल से कठोर शब्दों में कहना, उसका मंतव्य नहीं रहता कभी— शालीनता और प्यार-पुचकार ही उसकी प्राथमिकता में रहते हैं हमेशा,फिर भी, यदि उसने जरा और अधिक कठोर शब्दों में पूछ लिया, तो, वह झट से कह देगी कि मां ने ही तो बताया था।

परन्तु, चुलबुल ने ऐसा नहीं कहा और न यह बात उसके मन में रही होगी।

दरअसल, बच्चे होते ही हैं प्रकृति से निर्मल मन, स्पष्टवादी और अतिसंवेदनशील। चुलबुल उन प्रकृतिप्रद गुणों से वंचित कैसे रह सकती थी, उसने त्वरित गति से बताया, ''हमारी टीचर ने...''

''और मनीष की रूठने की बातें?''

''भूल गए बुद्धू! आपने मेरे और मायरा दीदी के सामने ही तो— मम्मी ने आपसे भी तो कहा था कि बच्चों के सामने बड़ों को नहीं डांटना चाहिए, आपने सुना नहीं?''

बच्चे झूठ नहीं बोलते। उन्हें किसी प्रत्यक्षदर्शी और गवाह के समर्थन की जरूरत नहीं होती। प्रकृतिप्रदत इस गुण के चलते ही चुलबुल ने दृढ़तापूर्वक अपना पक्ष सामने रख दिया।

''क्यों नहीं डांटना चाहिए गलती करेंगे तो''

''हमारी टीचर भी तो नहीं डांटती राजू भैया को। वह क्लास में जब भी आते हैं— हमेशा पानी गिरा देते हैं। हम शिकयत करते हैं तो टीचर हमेशा कहती हैं, राजू भैया को एकांत में समझा दूंगी— राजू भैया ने सॉरी बोल दिया है-फिर गलती नहीं करेंगे।''

''तुम अभी बच्ची हो— दिनोंदिन बहुत बातूनी हो रही हो चुलबुल!...''

कमलकिशोर कहना चाहता था कि क्या उसे भी मनीष से सॉरी बोलना चाहिए, किन्तु उसने नहीं कहा। उसे ऐसा कहने में अपनी ही अपमानजनक स्थिति महसूस होने लगी, ''अब बात ख़त्म करो और मम्मी से, फिर से, पूछ लो, स्पाईस मॉल चलेंगी या नहीं?''

''आप पूछ लीजिए न पापा! मम्मी से पक्का कर लीजिए।'' कुछ-कुछ जिद और कुछ-कुछ तुतलाहट से भीगे-भीगे शब्दों में चुलबुल ने कहा।

जब से मनीष ने इस घर को छोड़ा दोनों के मन दुखी हो चुके थे। उनके शब्द ही नहीं रूठे आपसी समझ भी धूमिल हो गयी थी। वे दोनों अलग-अलग सोचने पर भी एक जैसा ही सोच रहे थे। मनीष भले ही उनका अपना सगा नहीं, किन्तु, व्यवहार में उससे कम नहीं था। उसके कुशल व्यवहार से कमलकिशोर ने कई नई योजना बना ली थीं और रुकुमा ने भी उसका भरपूर समर्थन किया था। जब से मनीष ने उनके घर से मुंह मोड़ा था, तभी से उनकी योजनाओं पर ही नहीं, सम्पूर्ण घर पर ही ग्रहण लग गया था। घर की हवा में उदासी— उसमें दम घोंटने लगी थी। यहां तक कि कमलकिशोर किसी प्रोजेक्ट के सिलसिले में घर से बाहर रहता तो, उसकी इच्छा घर लौटने को नहीं करती। न उसे चुलबुल याद आती है, न घर की जिम्मेदारियां ही। रुकुमा भी उखड़ी-उखड़ी एकदम उपेक्षा का भाव मन में बना चुकी थी। कमलकिशोर को जैसे उसकी जरूरत नहीं रह गयी थी। न मानमनौती और न मानमरोर। वे प्रत्यक्ष-अप्रत्यक्ष रूप से पास होते हुए भी मन से दूर होते जा रहे थे। इसके बरक्स ऐसी वेदनापूर्ण स्थिति न कमलकिशोर को अच्छी लग रही थी और न ही रुकुमा को।

''ठीक है, मैं ही पूछ लेता हूं-तुम जाओ और मां से भी कहो— स्पाईस मॉल के लिए तैयार हो जाय।'' कमलकिशोर ने चुलबुल की जिद के आगे, एक प्रकार से आत्मसमर्पित कर दिया।

यह कोई नयी तथा विशेष बात नहीं थी। माता-पिता अपनी संतान से हमेशा

ही पराजित होते आ रहे हैं। कमलकिशोर कोई अपवाद नहीं, इसे उनकी प्रकृतिप्रदत पराजय भी कह सकते हैं। भले ही यहां छद्म युद्ध की जड़ में रुकुमा और कमलकिशोर थे। उन्हें ही किसी निर्णय पर पहुंचना था। फिर भी, उससे पहले, इस समय विजयी होने की आनंद की अनुभति चुलबुल को होने लगी। उसका चेहरा खुशी से सुर्ख हो गया। उछल-उछलकर नाचने लगी।

मायरा को भी उसकी भरपूर हंसी सुनाई पड़ी। वह दौड़ी-दौड़ी रुकुमा के पास गयी और फिर, वहां दूसरे कमरे से आते शब्दों को सुना तो उन पर मुग्ध हो गई। उसके कदम थिरकने लगे। उसकी खुशी बांसों उछल पड़ी। ये शब्द कमलकिशोर के थे। वह सोचने लगी, दो सत्ताओं में मौन संघर्ष (छद्म युद्ध) होता है, तो उसकी अंतिम परिणति यही हो सकती है। युद्ध विराम का उपक्रम भी इससे भिन्न नहीं हो सकता है। उसका सफल परिणाम यही और इससे भी अधिक सुखद हो सकता है— यही पहल अच्छी है।

मायरा आत्मविश्वास से भरी और बड़े स्वाभिमान के साथ कमरे से बाहर चली आई।

उसने पलट कर देखा, वह अकेली नहीं है, उसके कदमों की आहट भी उसका पीछा करती आ रही है। यह कैसी आहट है, जिसमें घुंघरू की रुनझुन है और वंशी का मनमोहक स्वर भी— जिसकी गूंज वह सुन रही है— संभवतः पड़ौसी भी— क्या कानों में प्रतिध्वनित शब्द इतने ही सुखदायी हो सकते हैं या फिर... नहीं, नहीं यह सिर्फ उसके कदमों की आहट नहीं हो सकती-इसमें मम्मी-पापा और मनीष भैया के शब्द शामिल हैं, तो पड़ौसियों सहित देश-दुनिया के भी...

●●●

सूर्य,चन्द्रमा और पेड़ हमारे सामाजिक नायक हैं तो बच्चे-बूढ़े क्यों नहीं?

बच्चे तुतलाते हैं और बूढ़े शब्द चुबलाते हैं।

नायक बोलते तो अच्छे लगते-उन्हें बोलना चाहिए! बच्चे-बूढ़े कहां चुप रहते हैं— अन्याय, अत्यचार और अशिष्टता के विरुद्ध। ये दूध और पानी में अंतर करना जानते हैं, तो दूध-पानी के समय का ज्ञान भी रखते हैं। नायकों को नाटक करना आता है। नाटक का अनुभव मनीष ने कॉलेज से सीखा है-तब वह असल जीवन से बहुत दूर था। उसे आज वास्तविक और अभ्यास की कसौटी पर स्वयं को परखना होगा।

जीवनानंद के बच्चे चुलबुल की उम्र के नहीं रहे— अट्ठारह की उम्र को छू चुके हैं— मायरा की उम्र को छू चुके हैं। इसी उम्र के रहे होंगे कभी राम और लक्ष्मण

भी। तब उनके मन के भाव भी बदले होंगे और तन की भंगिमाएं भी। अब बहुत कठिन होगा चुलबुल की नाजुक और निश्छल उम्र को पा लेना। अपने अभ्यास से वास्तविकता के करीब पहुंच गए, तो उनकी सफलता चुलबुल की सफलता में शामिल हो जाएगी। बच्चे खुश होंगे, उतनी ही खुशी मनीष की भी होगी। और जीवनानंद के पास ये दोनों ही हैं— वास्तविक जीवन है और उसकी पारखी दृष्टि का महीन अनुभव का तानाबाना भी।

मनीष ने बहुत बार अलग-अलग कोण से सोचा, बहुत उलझनों के बीच इससे बेहतर कहने को, स्वयं को, समयाभाव के कारण तैयार करने में असमर्थ रहा हो, या फिर कोई मानसिक उद्वेग रहा हो, फिर भी उसने सतत कृतज्ञता पूर्वक अपने विवेक और सम्पूर्ण ऊर्जा से कहा, "मित्रो! जीवन के लिए मंच चाहिए, अनुभव को नहीं। हमें इस मॉल का नुक्कड़ चाहिए था— वह मिल चुका है। बच्चे नाटक नहीं करते, अभिनय करते जरूर दीखते हैं— घर हो या बाहर, गली की नुक्कड़ हो या कोई चौराहा और यहां मॉल में भी— जब हम अभिनय कर रहे होते हैं, ठीक उसी समय ये बालकलाकार वास्तविक जीवन को जी रहे होते हैं। कैसा होता है जीवन? क्या देखा है किसी ने? नहीं, नहीं देखा होगा किसी ने। सचमुच जीवन जीते हैं बच्चे- उसकी बानगी के लिए प्रस्तुत है इस नुक्कड़ पर— "राम-रावण युद्ध"।

पात्र एक-एक कर अपनी बारी से प्रवेश शुरू करते हैं—

पात्र-एक : युद्ध अच्छा नहीं होता...

पात्र-दो : युद्ध न घर में अच्छा और दुनिया में।

पात्र-तीन : युद्ध छोटा या बड़ा नहीं होता।

पात्र-चार : युद्ध एक विभीषिका है।

पात्र-एक : विभीषिका में कोई अमीर और गरीब नहीं मरता।

पात्र-दो : कुम्भकरण और मेघ नाद मरते हैं।

पात्र-तीन : कंस और रावण मरते हैं।

जीवनानंद : क्या सच में कुम्भकरण मारा गया- नहीं
कंस मारा गया— नहीं
और रावण मारा गया— नहीं-नहीं,
तो भाई रावण अभी जिन्दा है— हां, रावण जिन्दा है

सामूहिक उद्घोष : मेरा रावण, तुम्हारा रावण— उसका रावण

पात्र चार : कितने रावण

सामूहिक उद्घोष : मेरा रावण— तुम्हारा रावण— उसका रावण

महिला स्वर : मेरे रावण को क्यों मारा?

पहला पात्र : रावण नहीं मरा— कुम्भकरण सोया है?

दूसरा पात्र : हां जी, हां सोया है— सोने दो।

पुरुष पात्र : तो भाई पूछो-पूछो युद्ध में कौन मरा?

सामूहिक स्वर : दामिनी मरती है— अखलाक मरता है।

मां मरती है, बहन मरती है और एक पिता मरता है...

पुरुष पात्र : भाई कुम्भकरण— जागेगा तो मरेगा— हां भाई मरेगा

सामूहिक स्वर : जगाओ मत सोने दो-भाई इंसानियत मर जाएगी।

महिला स्वर : मेरे रावण को क्यों मारा? राम सिंहासन खाली करो। खाली करो— खाली करो।

सामूहिक स्वर : भाई इंसानियत मरती है— इंसानियत मरती है...

बड़ी देर तक संवादों का सिलसिला चलता रहा। मुग्ध भाव से लोग सुनते रहे। तालियों की गड़गड़ाहट से मॉल परिसर गूँज उठा। कभी खामोशी तो कभी हंसी के ठहाके जैसे सोये कुम्भकरण को जगाने का असफल प्रयास कर रहे हों।

"कहां है इंसानियत जीवनानंद! यहां तो सभी तमाशबीन हैं?" कहीं से आवाज आती है। आवाज मनीष की होती है।

पुरुष भीड़ की ओर देख कर कहता है : "भीड़ के बीच यहीं दबी-दुबकी होगी जरूर। तुम्हारा ये सवाल क्यों? सवाल करो सामने आओ।"

मनीष मंच पर सामने आता है : "सोचा था इन कलाकारों के हाथों से कटोरा छुड़ा सका, तो इनका जीवन बचा रहेगा और इनके भीतर बसा हुआ कलाकार भी।"

पुरुष कहता है : "तो, हार गए तो मारे जाओगे?"

मनीष कहता है : "नहीं, हम जीते हैं। यह अंतिम प्रयास नहीं हो सकता-देखो, रुकुमा तुम्हें देख रही है— मान्यवर और चुलबुल भी।"

पुरुष भीड़ की ओर संकेत करता है : "वह— जो तालियां बजा रहे हैं अभी भी..."

सामूहिक उद्घोष : हां, हां वही...

मनीष कहता है : "हां, वही। सच में मान्यवर जीते— जीत गए तो अच्छी बात है। तमाशबीन जीते कोई बात नहीं; तमाशा हुआ और उसमें हम सभी हारे, यह हम सब के लिए बड़ी बात है।"

मनीष ने यह कहते जीवनानंद की ओर देखा। फिर दोनों ने अंतरंगता से एक दूसरे की आंखों में झांका। जीवनानंद यहीं पर नहीं रुके, कहा, "अगली बार मान्यवर की बड़ी और उससे बड़ी जीत होगी। हमारी हार और उसके बाद एक बड़ी हार। हार का सिलसिला बढ़ता जायेगा— तुम्हीं कह रहे थे एक दिन, कलाकार का जीतना सामान्य बात है और हारना बड़ी बात— हार में ही तो उसकी कला बची रहती है..." जीवनानंद ने मनीष के शब्दों को दोहराने में देर नहीं की।

राम-रावण और उनके सैनिक बने बच्चे अपना मेकप उतारने में जुट गए।

रावण, मेघनाद अपनी बारी की प्रतीक्षा में खड़े और कुम्भकरण अभी तक गहरी नींद में सोया था। लोग उसे सोता हुआ अपलक निहारते खुश हो रहे थे।

मेकप उतारकर पात्र एक-एक कर सामने आने लगे।

राम के पात्र के आते ही घोर तालियों की गड़गड़ाहट के बीच पुनः एक दृश्य जीवंत हो उठा—

''बोलो-बोलो राम! चुप क्यों हो? राम! मेरे रावण को तुमने क्यों मारा?''

कौन है यह मंदोदरी! नहीं-नहीं मंदोदरी ऐसा प्रश्न नहीं करेगी।

क्या कैकसी है? यह कैकसी हो सकती है— रावण की मां। या फिर कोई और। दर्शकों के बीच सहसा एक प्रश्न खड़ा हो गया।

राम का पात्र कुछ समझ में नहीं पाया कि वह क्या जवाब दे। उसने इधर-उधर देखा। मनीष और जीवनानंद बातों में खोए हुए दिखे। निरुत्साहित होकर वह बोला, ''यह मेरे संवाद में नहीं था मां! होता तो जरूर बता देता। मैंने सच में, रावण को नहीं मारा, मेघनाद और कुम्भकरण को भी नहीं। मेरा विश्वास करो वे सभी जिन्दा हैं...''

करतल ध्वनि के बीच मनीष और जीवनानन्द का तारतम्य टूट गया। आश्चर्य से दोनों ने एक दूसरे को देखा और फिर राम के पात्र को। मनीष को चुप्प रहना उचित नहीं लगा। उसने कहा, ''तुम उचित कह रहे हो राम! यह प्रश्न संवाद में नहीं था। जब प्रश्न किया तो ठीक उत्तर देकर, तुमने दर्शकों को भ्रम में नहीं रखा—कि सच में रावण मरा भी या नहीं?''

''लेकिन कैकसी का प्रश्न इसके ठीक विपरीत है मनीष! वह यथावत बना हुआ है। उसकी गूंज दर्शकों के मन मस्तिष्क में भी बनी हुई है। कैकसी के प्रश्न का अनुतरित रहना भी समय पर प्रश्न चिन्ह है मनीष!...'' जीवनानंद ने कहा।

मनीष कोई उत्तर नहीं सूझा। वह चुप हो गया। उसे लगा, यहीं से ही जीवन की बड़ी हार आरम्भ होती है। उसने ऊंचे स्वर में कहा, ''कुम्भकरण को नींद से जागने दो। शायद वह समुचित उत्तर दे सके...''

एक बार फिर से हंसी के ठहाकों और तालियों की गड़गड़ाहट के बीच प्रश्न खो गया।

●●●

''आनंदचिन्मयरसप्रतिभाविताभि:'' (ब्रह्म संहिता) मनीष ने कहा।

''यह क्या कह रहे हो मनीष! तुम ठीक तो हो? तुम्हें स्वास्थ्य तो ठीक प्रतीत

हो रहा है?'' जीवनानंद ने चिंतित होकर पूछा। ऐसा प्रश्न करना स्वभाविक भी था। चिंतित होकर इसीलिए अपना संदेह दोहरा भी दिया।

मनीष भी चुप नहीं रहा। उसने ब्रह्म संहिता का वही कथन दोहरा दिया।

''ओह मनीष! दर्शकों को अधिक देर तक घोर धर्म-अधर्म संकट में डालना ठीक नहीं। सभी लोग आश्चर्य भरी निगाह से तुम्हें देख रहे हैं...।''

''सृजन की भावभूमि यही है जीवनानंद! आप नहीं समझेंगे। श्रीकृष्ण अकेले रहते तो कभी सुन्दर नहीं लगते। उनकी सुन्दरता ही राधा है। कमलकिशोर का हाथ थामकर इस तरफ आती रुकुमा को देखो, वह राधा से कम सुन्दर है क्या? वे दोनों एक दूसरे के बाहों में बाहें डाले निश्छल और निर्द्वन्द मंच की तरफ को बढ़ रहे हैं- वे भव्य लग रहे हैं। चुलबुल ने संग रहकर उनकी सुन्दरता को नया रंग देकर प्रेम को पूर्णता दे दी है। क्या आप भी ऐसा ही प्रतीत कर रहे हैं?''

''मुझ में कोई विद्याधर (स्वर्ग का ऐसा देवता जो अपनी सुन्दरता पर फूले नहीं समाता था, जिसने अंगिरा ऋषि के कुरूप स्वरूप का उपहास उड़ाया था। ऋषि ने क्रोध में आकर उसे शाप देकर सर्फ़ बना दिया था।) बनने का भूत सवार नहीं है। मैं यमुना के तट रास रचने-रचाने का शौकीन नहीं हूं और न जीवन में ऐसी इच्छा ही रही है। मेरे जीवन में आनंद और ज्ञान का दिव्य रूप साथ रहा है— श्रीकृष्ण की तरह...'' एकायक जोर की हंसी हंसते हुए आगे जोड़ा, ''तुम युवा अवश्य हो- श्रीकृष्ण की तरह। श्रीकृष्ण की तरह तुम्हारी भी मूंछें नहीं हैं-लगते भी वैसे ही हो। सब कुछ वैसा ही होने के बावजूद तुम श्रीकृष्ण और राधा के प्रेम और दिव्य रूप को अनुभव नहीं कर सकते। तुम थोड़ी देर के लिए श्रीकृष्ण होने का भ्रम कर सकते हो, किन्तु, उनके प्रेम की पूर्णता को प्राप्त नहीं कर सकते-तुम कभी श्रीकृष्ण नहीं हो सकते।''

मनीष झेंप सा गया। क्या कह गए जीवनानंद मेरे लिए-राधा और श्रीकृष्ण का संग साथ पूर्ण प्रेम की कसौटी है? क्या उनका पूर्ण प्रेम में समर्पण ही आनंद हो सकता है? माना कि रास रचना और रचाना नितांत अध्यात्मिक क्रिया है— तो उसकी चरम परिणति के क्या अर्थ खुलते हैं? क्या यही जो में इन तीनों में, मैं देख रहा हूं!...

ये प्रश्न मनीष ने अपने अंतर्मन में स्वयं से किये और वह किसी परिणाम पर पहुंचता, उससे पहले चुलबुल उसके पास पहुंच गयी। उसने झट से आश्चर्य मिश्रित शब्दों में कहा, ''मनीष अंकल आप यहां?''

''हां, यह मैं ही तो हूं— मायरा कहां है?''

''वह अपनी पढ़ाई कर रही है।''

''राम भरोसा कहां है? उसे यहां पर आना अच्छा नहीं लगता?''

"क्यों?"

चुलबुल से कहीं अधिक आश्चर्य मनीष को हुआ, उसे उम्मीद नहीं थी कि इस नुक्कड़ पर उससे ऐसा प्रश्न भी किया जा सकता है। वह निरुत्तर हो गया।

जीवनानंद को इस समय अपनी विजय महसूस हुई। उसने मनीष को इतना ही कहा, "रास के लिए श्रीकृष्ण का अनुसरण करने को उचित नहीं ठहराया जा सकता। इस दुनिया का सौ प्रतिशत सच आनंद का प्रकाट्य स्त्री और पुरुष के मध्य कामासक्ति के रूप में होता है, जिसे मनीष स्वयं इस समय अपने समक्ष देख कर मन ही मन प्रफुलित भी हो रहा है— यही इस जीवन का मूल सिद्धांत है। किन्तु, इस सिद्धांत के अपवाद में क्या मनीष का जीवन हो सकता है- जिसको पराजित होते मैं देख रहा हूं।"

एकाएक जीवनानंद ने मनीष की सोच पर कालिख-सी लेप दी। पहले से ही मौन साधे मनीष ने बात को बदलने का भरसक प्रयास किया और धीरे से बोला, "चुलबुल को पसंद आया..."

मनीष ने सजता से चुलबुल से पूछ था, किन्तु उसका उत्तर कमलकिशोर ने उत्सुकता से दिया, "हमने पूरा आनंद लिया-चुलबुल पूरे नाटक में तालियां बजाती रही और...।"

"मनीष अंकल एक बात पूछूं, मुझे रावण से बहुत डर लगता है। क्या आपको डर नहीं लगता? आपने उसे मारा क्यों नहीं? मम्मी बता रही थी— रावण सीता को उठाकर ले गया था।"

"मम्मी से पूछा?"

"उन्हें तो सिर्फ पापा से डर लगता है"

"पापा से पूछा?" मनीष ने झट से प्रतिप्रश्न कर दिया।

"हां, पूछा था, कह रहे थे रावण ताकतवर होता है— उसके पास धन दौलत होती है। वह अजेय राजा होता है। उसे कोई नहीं मार सकता। पापा ठीक कह रहे थे मम्मी भी। यहां राम भी तो यही कह रहे थे कि मैंने रावण को नहीं मारा है— वह सिर्फ मंदोदरी कह रही थी— अकेले उसके पति को मार दिया। तब से वह विलाप करती, सवाल करती थक नहीं रही है..."

"गलत समझ रही है चुलबुल! वह कैकसी है रावण की मां। मंदोरी को पता था रावण का अपराध, इसीलिए तो उसने बार-बार समझाया था।"

मनीष चुलबुल की बात पर खुद को ठहाका लगाने से रोक नहीं सका। उसकी बात पर रुकुमा भी स्वयं को रोक न सकी, उसने हंसते हुए कहा, "वही तो रावण को भ्रम है बेटी! एक विद्वान्, महाज्ञानी आखिर इसीलिए तो रावण बन जाता है।"

"तब रावण को मार दीजिए अंकल! वह कभी मुझे उठाकर ले जाएगा और

कभी मायरा को। मेरी दोस्त भी बहुत डरती है— मुझसे ज्यादा...'' चुलबुल गिड़गिड़ाने लगी।

कमलकिशोर और मनीष उसके भोलेपन पर हंसने लगे और रुकुमा का चेहरा अपना रंग बदलने लगा। वह कुपित स्वर में बोली, ''मैं हूं तुम्हारे साथ–इसमें डरने की कौन–सी बात है?''

''तुम अपने उद्देश्य में खरे उतरे हो मनीष?'' कमलकिशोर ने कहा।

मनीष चुप रहा। उसकी चुप्पी को जीवनानंद का साथ मिला तो और अधिक रहस्य गहरा गया।

''उस दिन किस बूढ़े से मिलाने की बात कह रहे थे मनीष?'' रुकुमा ने अप्रत्याशित रूप से जिज्ञासा प्रकट कर दी।

मनीष के चेहरे का रंग उड़ने लगा। उसने इधर–उधर आंखें घुमाकर देखा, इस अप्रत्याशित प्रश्न से जीवनानन्द असहज हो गए हैं। वह जीवन के अनुभवी खिलाड़ी हैं। बात उनके संबंध में भी हो सकती है— ऐसा अनुमान उन्होंने लगा लिया।वह हवा के रुख को भलीभांति जानते हैं। यह बात भी उतनी ही सच है, ऐसा कोई भी इस उम्र को छूता इंसान होनी— अनहोनी का अनुमान लगा ही लेता है।

मनीष बात को अनसुना करने का प्रयास करने लगा। रुकुमा ने अपनी जिज्ञासा पुन: प्रकट करने में देर नहीं की।

अब, इस समय मनीष को अपने बचाव का कोई रास्ता नहीं दिखा। वह जानता था, उसके लिए ही नहीं, हर किसी के लिए भी वह कहानी— जो किसी किस्से से कम नहीं है, उसे गहरी अंधेरी रात में ढोते रहने की बजाय मॉल की रंगीन दुनिया की एलएडी और मरकरी बल्बों की मिली जुली चुंधियाती रोशनी में साफ–साफ स्पष्ट कर देना रुचिकर लगी। और उसे कहानी सुना भी देनी चाहिए। रुकुमा की जिज्ञासा का समुचित उत्तर देने में ही उसकी सफलता है। यह सोचकर उसने अविलम्ब धीरे से कहा, ''ये तो हैं जो दशरथ की भूमिका में हैं।''

''दशरथ! दशरथ कैसे हो सकते हैं मेरे बौज्यू? क्या यही हैं मेरे बौज्यू जो दो बेटों के प्रवास से लौटने की प्रतीक्षा में हैं? क्या उन्होंने मेरे लौटने की चिंता प्रकट की होगी कभी मनीष?'' रुकुमा ने आश्चर्य से कहा।

''दशरथ की पीड़ा की कहानी आज की नहीं है— सदियों पुरानी है। जिसे हम बार–बार दोहरा रहे हैं। हमेशा युद्ध को भी दोहरा रहे हैं— क्या तुमने कालिदास का रघुवंशम, वाल्मीकि की रामायण और तुलसी का रामचरित मानस पढ़ा है? और भी ग्रन्थ हैं— सब में सैनिक पुराने हैं युद्ध भी पुराना है। गहरी धुंध और एकाकीपन के बीच, सबकुछ के बाद, ये दशरथ भी वही हैं— अब दशरथ बूढ़े हो चले हैं, कहानी तो बूढ़ी नहीं हो सकती।''

कमलकिशोर को पहले हिचकिचाहट हुई, फिर उसने मनीष और रुकुमा की बात पर चुटकी लेते हुए कहा, ''मनीष ठीक कह रहा है, दुनिया में हजारों बूढ़े दशरथ की उम्र को छू रहे हैं, उन सबसे तुम अपने पिता का रिश्ता तो नहीं जोड़ सकती।'' उसने अपने शब्दों पर जोर देते हुए आगे कहा, ''दुनिया तुम्हारी सोच से बहुत बड़ी है रुकुमा! किस-किस से रिश्ता जोड़ती रहोगी। तुम्हारा अब सिर्फ एक रिश्ता है- मुझसे, मेरे घर से और मायरा-चुलबुल से-इस त्रिकोणीय रिश्ते को ही निभा सको तो अच्छा है।''

''मुझे पता है कौन सा रिश्ता कब और कैसे निभाना है। खून के रिश्ते यूं खत्म नहीं होते कभी— वे धोने पर भी नहीं छूटते! खून के धब्बे बने रहते हैं...'' रुकुमा ने धैर्य से कहा।

''ये तुम्हारे घर-परिवार की बातें हैं। पारिवारिक मसले घर के भीतर निपटाए जाते हैं— इस तरह घाट-बाट और चौराहे पर नहीं...'' कमलकिशोर ने जरा तीखे स्वर में कहा।

''वे किस्से होते हैं जो चाख-चौपाल में ही कंथी के सुनने और सुनाने में अच्छे और सुविधाजनक होते हैं।'' रुकुमा ने टका-सा जवाब दे दिया।

''तुम्हारी कहानी पुरानी हो चुकी। किसी को किसी के अतीत में कोई रुचि नहीं रहती। नयी किताब में नयी कहानी को हर कोई पढ़ना चाहता है।'' कमलकिशोर ने तंज से कहा।

''कोई कहानी कभी पुरानी नहीं होती मान्यवर! शब्द बदल सकते हैं मन के भाव बदलते समय लगता है, कैकसी का प्रश्न तब भी प्रासंगिक था और आज भी है। जब भी उसे मौका मिलेगा वह यही प्रश्न करेगी। रुकुमा का प्रश्न है, तो ज्यादा पुराना नहीं हो सकता। मैंने दोनों कहानियां पढ़ ली हैं— मुझे तो महाभारत की कथा हो या रामयण की, बाइबिल और कुरआन की— उनमें मानवी रिश्तों, सरोकारों की दरकार तब भी थी और आज भी है। हम अपने इन पवित्र ग्रंथों की कथाओं को अतीत की मानकर जीवन से अलग तो नहीं रख सकते-सुखद जीवन के अनंत किस्से भरे हैं उनमें; जीवन की खोज है उनमें और नयी संभावनाएं भी...''

कमलकिशोर मन ही मन जलभून गया। उसमें कुढ़न बढ़ती गयी, तो उसका मुंह सूखने लगा है। जीभ सूखकर तालू से चिपकने लगी। रंग में भंग इससे अधिक दूसरा नहीं हो सकता था। उसने सूखे कंठ से बात का रुख बदलते हुए पूछा, ''मेकप साधारण है— अच्छा है। किसने किया?''

''इनाम के काबिल है— बुढ़िया को रंगों की केमिस्ट्री का अच्छा ज्ञान है— अपने समय की कला विषयों में स्नातक है और ये दशरथ महाराज विज्ञान तथा फिलासफी में डबल एम.ए. और समाज कल्याण विभाग से उच्च पद से रिटायर हैं।

"तब तो ये तुम्हारे बौज्यू ही होंगे?" कमलकिशोर ने तीखी दृष्टि से रुकुमा को देखकर व्यंग्य बाण छोड़ते हुए ठहाका लगाया।

रुकुमा ने उसी वेग से उत्तर परोसने में देर नहीं की-

"कमोतेजना से टपकी बूंद से कोई पिता नहीं हो जाता कमलकिशोर! पिता की उम्र का होना महत्वपूर्ण है। मेरा पक्का विश्वास है वह मेरे ही कोई संबंधी हो सकते हैं।"

●●●

नुक्कड़ नाटक खत्म हो गया।

दर्शक लौट गए।

राम और रावण का वाकजाल कमलकिशोर और रुकुमा की चर्चा का केन्द्रीय विषय बन गया। मनीष पूरी तरह से उनके मन मस्तिष्क में छाया रहा।

दहन दहन नहीं होता।
मैंने तुम्हें जंगल की आग से गुजरते देखा है।
मैंने तुम्हें हिमालय से बूंद-बूंद रिसते देखा है।
कभी बादल, बिजली कभी अनंत को बढ़ते कभी,
धरती पर गिरते देखा है कभी,
दरवाजे पर चिटकनी नहीं लगाई मैंने,
खैरु आलता से भरी परात को छुपाकर रखा कभी
देर से लौटो तो पांवों के निशान बिस्तर तक चले आए—
तो अच्छा नहीं होता इसीलिए,
हमेशा कहती रही जब भी आओ दरवाजे से
आओ और पांव छालकर आओ अनजाने में
बढ़े पांव सुखद नहीं दुखद ही होते हैं।
मेरा अनुभव यही कहता है और तुम्हारा भी।
कहने और सुनने में बड़ा फर्क होता है
यह तुम्हें पता और मुझे भी फिर भी,
कुछ है हमारे बीच नदी को रोकना,
रोक कर बांध, आसमान को मुठी में देखना
मुठी में कभी तारे नहीं टिमटिमाते।
परिंदे कभी पर नहीं फैलाते।
खुली खिड़की,खुला आसमान तुम्हें चाहे मुझे भी बोलो,

तुम चुप क्यों हो मैंने
तुम्हें हिमालय से बूंद-बूंद रिसते देखा है।
मैंने तुम्हें जंगल की आग से गुजरते देखा है।
मैंने तुम्हें हिमालय से बूंद-बूंद रिसते देखा है।

आखिर क्या है उन दोनों के बीच? वे दोनों एकाएक क्यों खामोश हैं? उनके मन मस्तिष्क में मनीष क्यों छाया हुआ है? वह उन दोनों के लिए इतना आवश्यक और महत्वपूर्ण क्यों हो गया है? दोनों को उसकी जरूरत क्यों बन पड़ी है? स्पाईस मॉल से घर लौटे तो दरवाजे पर मनीष के होने का अहसास क्यों होता है?

ऐसे ही बीसियों सजीव प्रश्नों से बड़ी देर तक वे दोनों अपने अरण्य में जूझते रहे। रात भी करवट बदलते बीत गयी। रात भर दोनों मनीष के प्रति अत्यंत विचलित होते रहे।

दिन ने आंखें खोलीं तो अखबार ने उनके बीच की ख़ामोशी को चहका सा दिया। दरअसल चहकना परिंदों को था, वे होते तो जरूर चहकते। वे ही नहीं रंग विरंगी फुर्र-फुर्र उड़ती तितिलियां और पिद्दी तक, वर्षों पहले इस शहर को अलविदा कर चुके थे। उन्हें हमेशा तितलियों के बिना जीवन और परिंदों के बिना आंगन के अशोक की लम्बी टहनियां, गझिन पत्तियों से भरी होने पर भी खाली-खाली लगती थीं। उन दोनों को किसी एक दिन की घटना याद आ गयी। उन्होंने देखा, एक परिंदा गझिन पत्तियों के बीच अपना नीड़ ढूँढ़ रहा है। धूल-मिटटी से सनी पेड़ की पत्तियों में सनसनाहट महसूस हुई। वह आवाज़ उन्हें भिन्न लगी। पहले उन्हें किसी सर्प के पेड़ पर होने तथा रैंगने का अनुमान हुआ और भ्रम भी। वे दोनों एक साथ बाहर चले आये थे। भरी-भरी पत्तियों की छटपटाहट सुनी तो चुलबुल भी बाहर दौड़ी चली आयी और मायरा भी। स्तम्भित! उनकी आंखें खुली रह गयीं। दरअसल, जब से चुलबुल ने होश संभाला था, उसने घर-आंगन में कोई परिंदा देखा नहीं था। उनकी कहानियां अपनी-अपनी पाठ्य-पुस्तकों में पढ़ी अवश्य थी। परिंदे को फुदकते देखते ही चुलबुल ने मायरा से पूछा लिया, ''इसे क्या कहते हैं?''

''चिड़िया।'' मायरा ने अनभिज्ञता प्रकट की

चुलबुल ने चिड़िया का नाम पूछा था। वे दोनों उस चिड़िया को पहचानने में असफल रहे। चुलबुल को मायरा चिड़िया का नाम नहीं बता पाई। उसने रुकुमा और कमलकिशोर से पूछा। वे दोनों भी असमर्थ। उन्हें अपनी स्थिति विचित्र प्रतीत हुई थी। मन ही मन पीड़ा और अफसोस भी। मन विवर्ण हो गया। उस समय अखबार नहीं आया होता, तो उन्हें अपनी नासमझी और अल्पज्ञता पर शर्मिंदगी होती और कालिंदी कुञ्ज की वादियों में जीवन का आनंद लेने, परवासी परिंदों की आने की सूचना उससे न मिली होती, तो, वे दोनों जीवन भर चुलबुल की जिज्ञासा का

अनुतरित रहने का अफसोस करते रहते। उस समय दोनों को चुलबुल और परिंदे से कहीं अधिक प्रकृति से रिश्ते और तादात्म्य की जरूरत महसूस हुई थी। उन दोनों ने उसी पल कालिंदी कुञ्ज के पक्षी विहार की प्राकृतिक छटा का आनंद लेने का मन बनाया और चल भी पड़े थे।

शाम होने पर उस दिन लौटे, तो उन्हें लगा, अखबार हमें सूचना ही नहीं देते, हमारे रिश्तों को भी मजबूत करते हैं। इस समय भी सुबह का अखबार उनके लिए उतना ही प्रासंगिक और उनके मौन रिश्ते की मजबूती के लिए महत्वपूर्ण हो गया, जब उन दोनों में से एक ने पढ़ा— ''डांस से स्वस्थ रहता है तन और मन'' और दूसरे ने पढ़ा— ''अर्जित कर सकते हैं धन।''

''मनीष ने नाटक रचकर अच्छा किया। उसने अपनी मेहनत से पहले ही झटके में भरपूर सम्मान और धन प्राप्त कर लिए...।'' रुकुमा ने ऐसा कहकर अपनी चुप्पी तोड़ दी।

''हां, उसे ये दोनों ही मिल गए— यह बड़ी बात है।'' कमलकिशोर ने रुकुमा की बात का समर्थन किया।

इस समय रुकुमा और कमलकिशोर मनीष के प्रति अत्यंत सहृदय हो गए। दोनों ने एक दूसरे की ओर देखा और एक दूसरे की आंखों में गहरे डूब भी गए। दोनों ने मिलेजुले शब्दों में कहा, ''अखबार सिर्फ खबर और धन ही नहीं देते, उससे बढ़कर खुशियां देते हैं।''

उनकी खुशी तब बांसों उच्छल गयी, जब चुलबुल दौड़कर आई, उसने अखबार उठाया और स्तंभित होकर बोली, ''मम्मी आपने देखा, पापा आपने— अखबार में फोटो आयी है मनीष अंकल— और साथ में मेरी भी। आपने देखी ही नहीं बुद्धू!''

रुकुमा और कमलकिशोर ने एक बार फिर, एक-दूसरे की तरफ आश्चर्यजनक दृष्टि से देखा— आखिर जीवन के इस लम्हे को अखबार में छपा हुआ देखने में भूल कैसे हुई?

''तुम सच कह रही हो? हम क्यों नहीं देख पाए? हर कोई अपनी उपलब्धि के शब्दों को अखबार में देखना चाहता है— चुलबुल तो शब्दों के साथ फोटो भी देख रही है। मगर हम दोनों— फोटो होती तो उसे जरूर देखते।'' कमलकिशोर ने अपनी आंखों पर अधिक भरोसा जताते हुए, आत्मविश्वास से कहा।

''सच में-यह देखो, मैं झूठ...'' चुलबुल ने दूर से ही अखबार दिखा दिया।

''नहीं, नहीं चुलबुल आगे कुछ नहीं कहो, बच्चे कभी झूठ नहीं बोलते।'' रुकुमा ने विश्वासपूर्वक कहा।

''मम्मी! अंकल अब हमारे घर पर क्यों नहीं आते?'' चुलबुल ने उत्साहित

होकर पूछा।

"तुम्हें पता तो है ही सबकुछ- वह क्यों नहीं आते?" रुकुमा ने अनमने भाव से प्रतिप्रश्न किया।

"अब वह नहीं आएगा।" कमलकिशोर ने दृढ़ता पूर्वक कहा।

"क्यों?" चुलबुल के स्वर में जिद शामिल हो गयी।

"उसे अपने मन की अभिलाषा पूरी करने का अवसर मिल गया-वह यही चाहता था। फुटपाथ पर रहना उसे अच्छा लगता है, वैसे ही लोग उसे पसंद भी हैं..."

"पापा तो आप रहने दो-बुद्धू! अंकल मुझे भी बहुत प्यार करते हैं।"

"कभी करता था- अब नहीं..." कमलकिशोर ने रुखा सा जवाब दिया। उसके शब्दों में तल्खी साफ-साफ दिखी।

"झूठ-एकदम झूठ। अंकल प्यार नहीं करते, तो मेरी फोटो अखबार में क्यों छापते।"

"इसलिए कि तुम्हारा फोटो छपवा कर मेरे दुश्मनों को खुश होने का मौका मिलेगा।।" कमलकिशोर ने अत्यंत स्थिर चित से जैसे मन का विकार उगल दिया।

"वह कैसे?" रुकुमा ने शांत किन्तु कठोरता से प्रश्न किया।

"चुनाव सिर पर हैं। लोग कहेंगे एक असहाय, जरूरतमंद गरीब को बेघर करके फुट पाथ पर रहने को मजबूर किया है कमलकिशोर ने..."

"वह तो..."

"मुझे क्या पता था— येन मौके पर ऐसा गुल खिला देगा-इस बात का संदेह मुझे उसी दिन हो गया था। मैंने सोचा बड़ा जिद्दी है, उसे पूरी करने दो। अपने गांव देस जाएगा, जल्दी लौट भी आएगा। इसकी प्रवृति के लोग एक ठौर पर ज्यादा दिन टिक नहीं सकते। गया होगा तो लौट आया..."

"तो तुम उसकी मेहनत से खुश नहीं हो-अभी तो कह रहे थे बड़ा काम किया है उसने?"

"हां कहा था— कहने में कुछ घटता है क्या? शब्द हैं उच्छाल दिए। इंकार, तिरस्कार तो नहीं किया। तुम समझती क्यों नहीं, ये लेखक, कवि, कलाकार, नाटककार एक से बढ़कर दूसरा नौटंकीबाज होते हैं, मैं तुमसे अधिक इनकी रग-रग से भलीभांति परिचित हूं। एक बात अभी गांठ बांध लो, ये नाटक-नौटंकी और समाज सेवक एक साथ नहीं चल सकते— मेरे साथ बिलकुल ही, कभी भी, नहीं चल सकते-देश की आजादी के आरम्भ से ही एकदम धुर विरोधी हैं। कहने— करने में धरती— आसमान का फर्क होता है इनके बीच। इन्हें हम समाज सेवकों की नीयत में हमेशा से ही खोट दीखता है। वाचाल प्रवृति के बड़े बेढ़ब शातिर दिमाग होते हैं ये लोग..."

''पहाड़ से है वह— उसकी निष्ठा पर शक न करें तो अच्छा है। उनकी प्रकृति ही भिन्न किस्म की होती है— वह सुनेगा तो उसे बुरा लगेगा।'' रुकुमा ने कहा।

''इसीलिए तो चुप्प हूं, वर्ना रात में ही उसका तामजाम, टीमटाम उठवा लेता।'' कमलकिशोर ने आवेश में कहा।

''सोचा, तब लोग क्या कहेंगे? क्या कहेंगे तब, जब चौराहे पर नारे गूंजेंगे होर्डिंग और पोस्टरों से फूटपाथ पट जायेंगे। एक सवाल उछलेगा— दशरथ को फूटपाथ किसने दिया-तब?''

''ओह! किस दशरथ की बात कह रही हो— तुम्हें पता है वह खूसट बुढ़ा कौन है?''

''नहीं, मुझे नहीं मालूम वह कौन है। उसकी वेदना भरी आवाज, झुरियों के बीच दबा पड़ा चेहरे का नूर, चिंदी-चिंदी हुआ जा रहा चीखता तन— किसका है! कौन है वह? बेटियां अपने बौज्यू की चीख समझने में कभी चूक नहीं करती मान्यवर! बौज्यू की चीख ही उनकी अंतरात्मा की आवाज़ होती है। एक तुम हो जो क्रूर आत्माओं की घोर गर्जनाओं को सुनने बिसरख जा सकते हो, स्पाईस मॉल से एक बेसहारा इंसान की चीख तुम्हें सुनाई नहीं देती। तुम भूल रहे हो, किसी असमर्थ की आह, कराह और सिसकियां किसी समर्थ के ठहाकों से कही अधिक पवित्र, निर्मल, सुस्पष्ट तथा साफ होती हैं।''

''ये बातें कहने— सुनने में अच्छी लगती हैं। तुम यही सोच रखती हो, तो न्योंता देकर ले आओ उसे।'' कमलकिशोर ने झिड़कते हुए कहा।

''नहीं, मुझे जरूरत नहीं-मैं इंसानियत के नाते कह रही हूं— तुमने उसे पहाड़ी कहकर अपमानित न किया होता— मैं उससे कभी पूछती भी नहीं?''

''अच्चा तो पहाड़ी कहने पर तुनक गयीं— मन को लग गया तीर। क्यों घर पर आकर कोई रहने लगे और तुम उसे...''

''यह पूछताछ आप लोग करते हैं— कौन कहां-किस जात,धर्म कुल और गोत्र यह आपके जीवन दर्शन का महत्वपूर्ण हिस्सा है-हमारा नहीं। कलाकार के लिए भी इसके कोई मायने नहीं होते। अहं राष्ट्रीय संगमनी वसूनाम। धरती में दो जाति और एक धर्म है। औरत, मर्द और इंसानियत से बढ़कर कोई अन्य नहीं होता। आप लोग ये सब नहीं करते तो, देश आसमान छूता। लोगों के दिलों को बांटने के सिवाय तुमने कुछ हटकर किया है तो बता दो...''

''अच्छा-लच्छेदार बोल लेती हो। अच्छा ही हुआ, समय पर पता चल गया। कभी इंदिरा गांधी को भी याद कर लिया करो। इस बार के चुनाव में जनसंपर्क की कमान संभाल लोगी तो समाज और देश आगे बढ़ेंगे-गरीबों को अच्छे दिन मिल जायेंगे...'' कहते कमलकिशोर बेइंतहा हंस पड़ा। मनो उसे कारू का खजाना मिल

गया था। उसने भले ही यह बात की गंभीरता को पानी मारने का प्रयास किया, फिर भी रुकुमा चुप नहीं हुई। उसने कहा, ''लालकिले की प्राचीर हो या फिर टी.वी. के चेनल हर ठौर पर समाज सेवक बोलते हैं तो अच्छे लगते हैं— उनमें से तुम एक हो।''

कमलकिशोर एकदम चुप्प जैसे की सांप सूंघ गया।

●●●

''स्पष्ट कह रहा हूं, मैं पहाड़ पर जा रहा हूं एक नयी कहानी बुनने। कहानी ऊंची-ऊंची जगहों पर ही शुरू होती है और क्या।'' मनीष ने कहा।

''अब कौन सी नयी पहेली हाथ लग गयी? सीधी बात भी पूछो, तो उसकी जलेबी बनाकर छोड़ते हो।'' जीवनानंद ने सहजता से कहा।

''संघर्ष में स्थिर चित कहां होता है जीवनानंद! अभी कहानी आरम्भ हुई कहां है?''

''तो आज— आज बच्चे...''

''अब वे कलाकार हैं— आराम करेंगे तो जीवन को भूल जायेंगे,उसके उद्देश्य को भूल जायेंगे। बच्चों को जीवन भूलाने में समय नहीं लगता जीवनानंद! क्या आपको अपना बचपन याद है— नहीं न— मुझे भी नहीं— किसी को भी नहीं। मैं इनमें अपना बचपन ही देखता आ रहा हूं इतने दिनों से, फिर भी, हर बार मुझे लगता है कुछ छूट रहा है मेरे भीतर...'' मनीष ने सीधा जवाब नहीं दिया।

''ओह मनीष! में इन बच्चों के दिन की बात कर रहा हूं।''

''मैं इनके भविष्य की बात कर रहा हूं।''

जीवनानंद ने अपना माथा पकड़ लिया। धीरे से कहा, ''मैं समझता हूं मुझसे ज्यादा इनके लिए चिंतित रहते हो, मगर एक बार नौटंकी कर वैतरणी पार नहीं हो जाएगी। हर रोज हाथ-पांव चलाने होंगे— तभी चूल्हा जलेगा।''

''यह नौटंकी नहीं, मेरे जीवन का सबसे बड़ा लक्ष्य था, जिसे बच्चों ने पूरा कर लोगो तक मेरी मन की बात पहुंचायी; जिस परिवर्तन को इनके जीवन मैं लाने की मैं सोचता हूं, इससे बेहतर कारगर तरीका कोई दूसरा नहीं हो सकता। इससे इन्हें रुपये भी मिलेंगे और सम्मान भी।''

''जिस दिन तुमने इसकी शुरुआत की थी, मैं उसी दिन समझ गया था, तुम जो कुछ करोगे— अच्छा ही करोगे। रुपयों की चिंता न करो मनीष! तुमसे कोई बात छुपी नहीं, तुम्हारे सामने अब कहने— छुपाने को रहा ही क्या? मेरे जीवन के लिए इससे अच्छा और बड़ा वही होगा। मुझे खुशी है, तुमने दशरथ की दमित इच्छाओं और कैकसी के मन की पीड़ा को आवाज देने का माध्यम हम दोनों को चुना। हम दोनों ही हैं अभागे जिनके प्रश्न सदियों से अनुतरित हैं। तुमने हमारी वेदना को लोगों

की पीड़ा में शामिल किया..." कहते जीवनानंद का भावुकता से कंठ भर आया।

पन्नो जो अभी दूर खड़ी, उनकी बातों को सुन रही थी, उसे मनीष ने देखा। उसकी आंखें छलछला आयी थीं। उसने कहा, "इस बूढ़े की गांठ में बहुत रुपए हैं, उससे भी बड़ा दिल है। मेरे दोनों बच्चे कब लौटेंगे, अब हमें उनकी आस भी नहीं रही। अब अम्मीद इन पर बंधी हुई है,ये बच्चे मेरे सगे बच्चों से कम नहीं हैं, इन्हें तू सही आंख— रास्ता दिखा सके तो..." पन्नो अपनी बात पूरी नहीं कह सकी, वह बिलख पड़ी।

"मत रो मां! तुमने अपना जीवन कैकसी को दिया है। तुमने उतना ही किया, जितना मां बिसरख में कर सकती थी— प्यार दुलार और डांट-डपट सबकुछ। तुम यहां एक फूटपाथ पर जीवनयापन कर रही मामूली औरत नहीं हो। "मनीष ने इतना ही कहा।

उसे काटो तो खून नहीं। उसने सोचा भी नहीं था कि पन्नो को कोई इस तरह भी पढ़ सकता है। जबकि इस उम्र में अपनी रगों में खून को पानी होते वह देख रही थी। उसके दोनों बच्चे उनसे दूरी बना चुके थे। और वह उनकी लौटने की आस में घुलकर रिसती-रिसती रिक्त होते जा रहे है। वह जितनी गहरे दिल की, आसमान छूती निर्मल मन की है उतनी भावुक है, उससे भी कहीं अधिक जीवट है। उसकी आंखों में, इस उम्र में भी, अथाह पानी है। उसमें कोई कहानी, कोई किस्सा और कोई दबा हुआ कंथ आसानी से पहले उसके मन में खदबदाता है और फिर धीरे-धीरे तैरने लगता है। मन के अस्तर में दबी पड़ी रहस्यपूर्ण पारिवारिक हलचल, उसमें प्रमुखता से तटबंधों को तोड़कर उमड़ने लगती है। उसका बहना एक सच के रूप में हमेशा प्रकट होने लगता है— एक छिपे हुए सच और दर्दनाक झूठ को अपने साथ बहाते हुए— भले ही वह अनजाने में ही किया गया उपक्रम हो, जिससे उसे लगता है, उसकी जिंदगी का बहुत बड़ा हिस्सा छीन लिया है। इसीलिए पन्नो तपाक से कहने को नहीं चुकी, "अब हंसने को भी बचा क्या है? रोने के लिए अशेष जिंदगी है- हंसने का तो बहाना चाहिए बेटा! उसे ही ढूंढ़ रही हूं।"

मनीष को याद आया एकदिन उसकी मां ने भी उसके लिए कुछ-कुछ ऐसा ही सन्देश भेजा था। सचमुच तब वह उस सन्देश का अर्थ नहीं समझ पाया था। मां सामने होती तो उसकी बात को बार-बार दोहराता और उसके निहितार्थ को समझने का प्रयास करता। उसकी अनुपस्थिति में वह खूब हंसा था कि मां भी कैसा-कैसा सोच लेती है। रोज की भांति बातों ही बातों में उसने सन्देश जब माजुली को जीरो पॉइंट पर सुनया था, तो वह भी मन भरकर हंसी ही नहीं, लोटपोट हुई थी। शायद वह सन्देश का अर्थ समझ चुकी थी। तभी उसने झट से कहा था, "तुम क्या समझोगे मां की आग को— बेटे हो, बस्स दिन और रात तुम्हारे लिए पलकों का

खुलना और बंद होना है, पल— छीन और प्रहर की बात क्या जानो!..."

मनीष को याद आया, उस समय उसने भी माजुली का हंसी में साथ दिया था। वह भी लोटपोट हुआ था— उसकी हंसी ने मेट्रो की गति ही थाम दी थी। लेकिन आज वह स्थिति नहीं, भिन्न है— उसकी ठौर पर बीसियों प्रश्न हैं। माजुली एकदम अदृश्य है— शायद पन्नो के लिए हंसी का बहाना खोजता हुआ— उसका मौन भी...

जीवनानंद को लगा मनीष अतिभावुक होता जा रहा। यदि पन्नो अधिक देर तक उसे बातों में उलझाये रखेगी तो, वह रो पड़ेगा— उसके झरते हुए आंसू धरती पर गिर सकते हैं। फिर कोई नयी कहानी उग सकती है। अभी तो पारस का पसीजना, उसका रिसना आरम्भ हुआ है। उसने माहौल को बदलना उचित समझा और कहा, "तुम पहाड़ जाने की बात कह रहे थे— जाने के लिए मन में ठान लिया है— तो चले जाओ।"

"हां, मैं जाऊंगा, आज ही जाऊंगा— वह भी इसी वक्त।" उसने जितनी तीव्रता से कहा, उसे देखकर लगा, वह यही सबकुछ सोच रहा था। किन्तु, विस्मृति उसे साथ देने पर तुली हुई थी। इसीलिए जीवनानंद के याद दिलाते ही मस्तिष्क और हाथ की अंगुलियां एकाकार हो गयीं थीं। वे उसकी जेब पर थिरकने लगीं— कुछ ढूंढ़ती अंगुलियां थकने लगीं तो मस्तिष्क अधिक विचलित होने लगा और आंखें-वह भी अनंत की तरफ फैलने लगीं।

जीवनानंद से उसकी स्थिति देखी नहीं गयी। वह सोचने लगा, मनीष की मन की हलचल, इसी तरह बढ़ती रही तो कोई अप्रिय घटना घट सकती है। वह कोई अप्रिय अनियोजित निर्णय भी ले सकता है। असहनीय तथा विपरीत होती स्थिति को संभालने के लिए, वह झट से बोला, "जेब क्यों टटोल रहे हो मनीष? तुम्हारी जेब खाली थी ही कब— हमेशा भरी हुई तो रहती है।"

"हां, बहुत बड़ी बात कह रहे हैं जीवनानंद! सच, मेरी जेब खाली थी ही कब -इसीलिए खुले में अंगुलियां खुशी से नाच रही हैं और मैं भरी जेब का बोझ उठा नहीं पा रहा हूं। यही मुझे कष्ट दे रही हैं।" मुलमुल मुस्करता रहा मनीष लेकिन शब्दों में भयावह आक्रोश साफ झलक गया।

"कष्ट से ही जीवन निखरता है बेटे! सोना आग में तपता है तो निखरता ही है।"

जीवनानंद को लगा उसने ऐसा कहकर बड़ा अपराध कर दिया है। उसने मनीष के मन को ठेस पहुंचा दी है, उसकी मन की बात की खिल्ली उड़ा दी है। अपराध बोध सा हुआ, तो उसने झट से जेब में हाथ डाल दिया। मनीष की भांति उसकी अंगुलियां नहीं थिरकीं और न खाली लौटीं। उसने रुपये थमाते हुए कहा, "मेरी जेब को आराम दे दो मनीष! मैं इस बोझ को अब उठा नहीं सकता।"

मनीष ने जीवनानंद की तरफ देखा, सचमुच उसे चेहरा किसी यंत्रणा में घिरा

प्रतीत हुआ।

''सच कह रहा हूं, मुझे ये रुपये नहीं चाहिए। इन पर मेरा अधिकार नहीं, हमारे बच्चों का है— वे बच्चे नहीं अब कलाकार हैं। कलाकार ही हरेक बोझ को उठा सकते हैं और वे बोझ उठाने में सक्षम होते हैं-वे ही हल्का कर सकते हैं।''

जीवनानंद से कुछ कहते नहीं बना। फिर भी अपनी चुप्पी तोड़ते हुए, थोड़े समय में हिम्मत जुटाई और होले-होले कह दिया, ''तुम किसी कलाकार से कम नहीं हो मनीष! तुमने भी कठिन मेहनत की है। इनाम की धन राशि पर तुम्हारा भी उतना ही अधिकार है! तुम इससे अलग होकर नहीं रह सकते।''

''मैं इस धन राशि से स्वयं को नहीं जोड़ सकता। इस पर इन्हीं का अधिकार है। एक बात कहूं, जिस रूप में मान्यवर ने खुश होकर, यह इनाम की राशि खुशी-खुशी दी है, उसमें वजन कम उछाल अधिक था। जो चीज जितनी उछलती है उसमें दुर्गन्ध भी उतनी ही होती है। मुझे उसी समय लगा था, यह इनाम तो हो नहीं सकता, इसमें मन का विकार अवश्य हो सकता है। इतनी राशि कहां मिलती है कलाकार को इस देश में? मुझे तो इसमें...''

''तुम भी क्या कुछ नहीं सोचने में मन को दौड़ाते रहते हो बेटे!...'' एक बार फिर से मामले की गंभीरता को हल्का करते हुए जीवनानंद ने कह दिया।

''आप नहीं समझ सके अभी तक कमलकिशोर से दूरी का अर्थ यही तो है...मेरा संकट उसकी पीड़ा यही तो है।''

''समझता हूं मैं— सबकुछ समझता हूं। मैं भी इसी पीड़ा से भागता रहा हूं— तुम्हारी तरह...''

''मुझे रुकुमा से कोई शिकायत नहीं और मायरा-चुलबुल-वह दोनों बहुत प्यारी हैं...''

''इसीलिए— इसीलिए भाग रहे हो— मैं भी बच्चों से दूर भागता रहा जीवन भर..''

बातों का सिलसिला चला तो दिन छोटा पड़ गया। मन में धुकधुकी बढ़ी तो सांझ घिर आने का आभास हुआ। असंख्य बार चौराहे की बतियों ने रंग बदला तो हजारों हजार टन के वाहन धुआं उत्सर्जित कर हवा में जहर का मान बढ़ा गए। मनीष सोचने लगा, किस्तों में मौत इसे ही कहते है। मैं यहां जी नहीं रहा हर रोज मर रहा हूं— फिर भी, कमलकिशोर इस शहर से दूर मेरे गांव देस में जो लोग रहते हैं, उन्हें स्वर्गवासी कहते थकते नहीं। उसी पल उसने सोचा, इसमें मान्यवर गलत क्या कहते हैं। स्वर्ग में देवता रहते हैं या फिर दानव। वे वहां रहते हैं तो जीते हैं...

●●●

''तो जीवनानंद और पन्नो कहां रहते हैं— इस शहर में या कहीं और।'' ऐसा प्रश्न आज तक मनीष ने न कभी सोचा था और न ही पूछा। एक दिन कमलकिशोर अवश्य गणित लगाने में सफल हो गया। कार का पहिया घुमाया, न्यू अशोक नगर की पुलिया पर जाकर रुक गया।

बड़ी खलबल मच गयी जीवनानंद के मन में। अचंभित होकर जीवनानंद के शब्द हवा में उछल गए थे, ''मालिक आप-यहां, इस समय मेरे घर पर।''

''तुम्हारा घर देखकर मन खुश हुआ और उतना ही अचंभित, इसलिए कि अंतिम निवास पर ठौर ढूँढ़ने चले थे— अच्छा किया, तुमने अपना विचार बदलकर, एक पाप होने से बचा लिया।''

''यहां क्यों चले आये मालिक! कोई बात थी तो चौराहे पर हो सकती थी।''

''घबरा रहे हो, मैं तुम्हारे विषय में खूब जानता हूं— तुमसे कहीं अधिक जानता हूं...''

''लोग आपको पहचानते हैं, आप को यहां देखेंगे तो... सोचकर ही मन डर रहा है।''

''डर तो मुझे लग रहा था, पहली बार जब तुमसे मिलना हुआ था, तब-न मालूम कैसे-कैसे लोग रहते होंगे यहां, कैसे लोगों की संगत में रहते होगे...'' कमलकिशोर ने सादगीभरे अंदाज में कहा।''

''यहां, इंसानों की बस्ती में— कैसा डर मालिक! डर इन्सान से नहीं उसकी हैवानियत से लगता है। डरता हूं तो मैं चौराहे पर डरता हूं- वहां लाल बत्ती से डरता हूं, बत्ती के बदलते रंग से डरता हूं, वहां अकारण असमय मौत से डरता हूं। आपसे डरता हूं तो अपने पेट की आग के बुझने से डरता हूं और पुलिस से डरता हूं तो...''

''क्यों चुप हो गए— कहो न डरता हूं तो आपके चुनाव में हार से डरता हूं... डरता हूं तो आपकी बरबादी होने से डरता हूं...'' कमलकिशोर अपने पर उतर आया। उसने व्यंग्य से कहा था।

इस पर जीवनानंद कुछ नहीं बोला। उसे लगा, जैसे वह बोलना ही भूल गया है-उसके शब्द उससे दूर चले गए हैं।

''क्या हुआ जीवनानंद! डर क्यों रहे हो— कहो न एक बार कहो, मैं आपके साथ हूं और मनीष भी...''

''मैं ऐसा कैसे कह सकता हूं मालिक! दिन और रात का कभी साथ होता है क्या?''

''मैं दिन के साथ की बात कह रहा हूं— व्यर्थ की बातों में मत उलझाओ— मैं मनीष की बात कह रहा हूं।'' कमलकिशोर की आवाज में इस समय जरा रौब था।

''मैं भी...''

''वह बहुत होनहार और समझदार है। उसे अपने भविष्य की चिंता नहीं, लेकिन, उसकी मुझे है...''

''किसे किसकी चिंता और उसके सोचता है मालिक! सब कहने की बातें हैं— वैसे भी छोटे मालिक इतने सरल तो हैं नहीं कि जो पानी की तरह जिधर ढाल मिले उसी ओर बह जाएं।''

''हार चुका हूं मैं— कहते-कहते थक चुका हूं, दिखने को कभी दिन में चांद दिख जाता है, पर कभी तारे दिखने में भी देर नहीं लगेगी जीवनानंद!''

''परन्तु दिन की रोशनी में चांदनी कहां दिखती है मालिक! घनी अंधेरी रात का साथ तो तारे ही देते हैं मालिक!''

''मैं तारों की ही बात कह रहा हूं जीवनानंद! मेरे तो तारे भी साथ नहीं दे रहे हैं- वे भी गर्दिश में घिरे दिखते हैं।''

''आखिर ऐसा क्यों मालिक! आप तो खाए-आघाए अनुभवी हैं?''

जीवनानंद के इस प्रश्न का कोई जवाब नहीं दिया या उसने उचित नहीं समझा। बड़ी देर तक उनके बीच श्मशानी चुपी छायी रही, जैसे अंतिम निवास की सीढियों पर एक बार मिले, तो घंटों बातें करते रहे। अन्ततः थक कर ही चुप हुए थे- उस दिन जीवन के थकने जैसी अनुभूति हुई थी।

''पन्नो भीतर चली गयी है मालिक! मुझे अपने निकट नहीं देखेगी, तो घबराकर उलटे पांव लौट आएगी— यही और इतना ही तो साथ होता है हमारा। आप तो जानते ही हैं, अपना खून ही पतला होकर पानी हो गया, तो दूसरे का गा... दोनों ही बच्चे छोड़कर चले गए— यह बात आपसे छुपी भी नहीं है। अब छोटे मालिक से यह सब कैसे कह सकते हैं? अब पन्नो समझा सकेगी तो— चौराहे की आस है, तभी तक सांस है और जीवन है...''

''कहां गया वह? यहां नहीं रहता तो कहां रहता है वह— यहां नहीं रहता...'' कमलकिशोर ने आश्चर्य से कई प्रश्न एक साथ पूछ लिए।

''नहीं, कौन किसके साथ होता है मालिक! रात का साथ तो रात ही देती है, दिन का साथ मिलता तो काली रात होती ही क्यों?''

एक बार फिर मनीष के विषय में पूछ डाला तो जीवनानंद ने साफ-साफ बता दिया कि वह गांव देस चला गया है, अपने जीवित पिता से मिलने। कमलकिशोर के दिल को जोर का धक्का सा लगा, बड़ी उम्मीद के साथ वह चला आया था यहां तक, अब तो सबकुछ पर जैसे पानी फिर गया...

''चला गया? अब लौटकर नहीं आएगा? देख लूँगा मैं उसे और तुम्हें भी...'' कमलकिशोर ने क्रुद्ध होकर कहा।

"कौन किसे देखता है, मैंने कहा ना रात को रात और दिन को दिन ही देखेगा मालिक! इसमें कोई कुछ कर नहीं सकता। आप ऐसे क्यों रुष्ट हो रहे हैं, उम्मीद तो उसके पिता को भी होगी लौटने की, जैसी हमें है..." कहते-कहते जीवनानंद के शब्दों में नमी आ गयी। आंखें भीगीं और आंसू धरती पर गिर गए। अनर्थ होगा जैसा सोचते, आंखें घने अंधेरे आकाश को देखने लगीं।

जब थकथकाकर आंखें लौट आयीं तो, उसे पन्नो और बच्चे सामने खड़े दिखे। उसने लम्बी सांस छोड़ते हुए कहा, "घनी अंधेरी रात का मतलब अमावस नहीं होता, उसके साथ भी जगमगाते तारे होते हैं मालिक!।"

गीली होती धरती को कमलकिशोर बड़ी देर तक टकटकी लगाकर देखता रहा। उसकी आंखों का देखना भी जैसे तारों के बीच से गुजरती पगडण्डी को देख रही हो।

जीवनानंद ने दूर तक नजर दौड़ाई, कमलकिशोर की कार की हलकी- हलकी मंद-मंद होती रोशनी, उसे दूर जाती हुई दिखी।

पन्नो जो अभी तक चूल्हे पर थी, वह दुखते तलवों की पीड़ा लिए बाहर चली आई। उसने पूछा, "क्यों आये थे मालिक?"

पन्नो के उत्सुकतापूर्ण शब्दों पर यकीन पक्का हो गया कि वह अकेला नहीं है।

जीवनानंद कुछ कहता, उससे पहले एक-एककर बच्चे भी बाहर चले आये- भले ही उसने बच्चों को पन्नो के साथ घर के भीतर प्रवेश करते नहीं देखा था, उसने स्वयं को समझाया कि अपने होते हैं समय-असमय चले आते हैं-दरवाजा खोलने की जरूरत नहीं होती।

"क्या कह रहे थे मालिक?" लटकन ने उत्सुकता से पूछा।

"क्या फिर से नाटक करवाएंगे बाबा?" उल्लू के प्रश्न में नया जानने की उत्सुकता दिखी।

"ऐसा तो उसी दिन ही कह रहे थे— चुनाव होगा तो नाटक होगा। नाटक होगा तो रुपये से भखार भरेगा। "लटकन ने कहा।

"ऐसा कुछ नहीं कहा। मैं वहां खड़े होकर सब कुछ सुन रहा था।" उल्लू ने कहा।

जीवनानंद एकदम चुप रहा।

"आप तो चुप थे— मालिक से कुछ कहा ही नहीं— चुप क्यों हैं अब कुछ बोलते क्यों नहीं? हम लोग आप से पूछ रहे हैं..." पन्नो ने अपनी मन की बात कह दी।

"क्या? क्या कहा तुमने— मैं सुन नहीं सका। पता नहीं आज नाला क्यों उफन रहा है— कालिंदी कुञ्ज की ओर के शटर खोल दिए होंगे, उस ओर तेजी से बहने की खदबदाहट ही हो सकती है..."

जीवनानंद की बात पर बच्चे खिलखिलाने लगे। पन्नो की आंखें उन्हें देखती

रहीं। बड़ी देर के बाद उसने कहा, ''बड़े-बुजुर्गों की हंसी करना ठीक नहीं...''

बच्चे झेंप गए।

पन्नो को यह भी अच्छा नहीं लगा, उसने कहा, ''आपस में हंसी मजाक नहीं करोगे, तो फिर किस से करोगे, तुम्हारे बाबा हैं भी हंसी के लायक...'' कहती वह अटक गयी। बच्चों की खुशी में अपनी खुशी घुलती महसूस करती रही और बड़ी देर तक उन्हें लोटपोट होते देखती रही...।

●●●

आत्मानुभूति ही मोक्ष है।

सूरज है तो दिन होगा ही,चांद है तो चांदनी होगी ही, आग है तो धुआं होगा-राख भी। राख में दबी चिंगारी का एहसास उसे छूने से ही होता है। उसने राख को छू लेने का मन बनाया— छू भी लिया। अनुभूति से धीरे कहने लगा, ''गरमी है तो आग होगी। जल, जंगल और जमीन है तो पहाड़ है तो दिल में आग होगी ही। आग अभी नहीं तो फिर कभी नहीं। ठंडी बहती राख किसी नदी और गधेरे का रुख नहीं बदलती। ठंडी नदी है जो गर्म हो नहीं सकती— बर्फ जरूर हो सकती है। बर्फ का होना भी तो जीवन का होना है— लोकमंगल की कमाना करते शिव का होना है। शिव प्रसन्न होते हैं, तो शृंगी फूंकते हैं— उनका क्रोधित होना-अजीब बात है तांडव करते थकते नहीं कभी-आग न हो तो तांडव कैसा— वह जीवन कैसा?''

मनीष ने प्रश्न उछाला और क्रोधित होकर कहा, ''तांडव नहीं हो सकता कभी— वह विनाश है। क्या दुनिया उस कगार पर पहुंच चुकी है? यदि नहीं तो इस आंगन में कौन है जो परिंदों के डैने कुतर रहा है? कौन है वह जो ऊंची देवदारु की फुनगियों पर अमर बेल उगाने लगा है? कौन है वह जो नदियों का रुख अंधेरी सुरंगों की तरफ मोड़ रहा है? यह सब नहीं है— झूठ है तो रौखड ही नहीं सूखी नदियों की तलछट में पितरों की राख भी अब जमकर क्यों सूखने लगी है? कहां है सूखी नदी में बर्फ— वह तो राख है।

पहाड़ हैं जो स्वर्ग है। अब जो लोग पहाड़ पर हैं— स्वर्गवासी हैं तो खुश हैं। पितरों का श्राद्ध करना अब सहज और सुगम हो गया उनके लिए। उन्हें अब हरिद्वार पितरों का तर्पण करने नहीं जाना पड़ता। गुंसाई दास का ढोल और भीमसिंह की थाली यहीं बजने लगी है। यहां नृसिंह की अलख और धूनी नहीं रमती-रौली-बोलियों की चीख चिल्लाहट गूंजने लगी है। उसने उसी क्षण सोचा, कैसे कहूं यह अलख नृसिंह की ही है— हो सकता है उनका इस गांव देस से ही नाता नहीं छूटा जोशीमठ भी छूट गया हो। यह गिरि कंदराओं, नदी-गधेरों में पितरों की सूखी राख

से निकला कोई चमत्कार हो सकता है। देश में चमत्कार नेता ही करते हैं या फिर पहाड़ के देवता ही।

देवताओं की परनी (जागर की परंपरा मालूशाही के समय में नहीं थी। इसका प्रमाण राजुला मालूशाही की गाथा से मिलता है। जिसका प्रचलन भोटिया महाल में होने की कथा कहती है। यह बौध नाथ एवं मन्त्र-तंत्र से सिद्धि से इसकी शुरुआत मानी जा सकती है- जो उत्तराखंड के लोक जीवन में जागर नाम से रूढ़ है। राजा हरु हीत की कथा में इसका भोट में प्रचलित होने की बात कही गयी है।) न जुटी होती तो मनीष को यह सब सोचने का अवसर ही नहीं मिलता। सुबह सबेरे गांव पहुंचा तो इजा रो पड़ी। बौज्यू के लिए करुणा थी। गांवभर में जबरदस्त आत्मविश्वास झरने की भांति छल-छल उमड़ पड़ा। वे परदेस गए अपनों के प्रतिरूप मनीष में देखने लगे—मनीष गांव को कैसे भूल सकता है? कोई भी कैसे भूल सकता है? मनीष ने भी भरपूर जिम्मेदारी से स्पष्ट कह दिया, "इस पहाड़ को भला कौन भूल सकता है, जो कोई भी जहां रहता है तन से रहता है-मन से पहाड़ कहां छूटता है।"

उसकी बातें सुनकर इजा रो पड़ी थी। यह रोना उस रूप में रोना नहीं था—यह वियोग और स्नेह पूरित आंसू की जलधारा थी। वह उसका क्रंदन नहीं था—उसके सूखे स्तनों में दूध का उत्सर्जन था— जो उमड़ने लगा था। पिता की स्थित भी इससे भिन्न नहीं थी। उनके मुखमंडल की भाव भंगिमाएं भी कुछ-कुछ वैसी ही हतासा से भरी हुई। किन्तु, संकट गहरा था। उससे मुक्ति की चाबी, उनके हाथ में होने की ख़ुशी, उनकी झबरीली लिसलिसी दाढ़ी के नीचे निरंतर बहते चले जाने को प्रकट कर रही थी।

दिन आया और जाने भी लगा। सांझ झूलने का संकेत हिमालय पर दिखने लगे थे। सूर्य की अंतिम किरण ने अपने होने और न रहने की बारीक़ लकीर खींच दी थी। घर आंगन में चहल-पहल बढ़ गयी। दरअसल उसके बौज्यू लछमन सिंह ने अपने आगन में देव परनी जमाने का सन्देश गांव भर को दिया हुआ था। आनन्-फानन में समुचित व्यवस्था के लिए, उन्होंने रानियों भानियो की दैल-फैल की, तो पहाड़ से विमुख रहने का फैसला मनीष को भी सुना दिया। मनीष सोचने लगा, बौज्यू हैं, उनका फैसला सुनना पड़ेगा। उनके वचनों को सुनने का धैर्य रखना पड़ेगा-न मालूम कब देह त्याग दें, फिर उसे ही नहीं उनकी आत्मा की चल-विचल कितनी ही पीढ़ियों को तर्पण और श्राद्ध करने में थका देगी। जैसेकि लोग नाक घिसते थक रहे है। इजा खुश थी— देखते ही पांव उलझाने की बात दिन में ही कह चुकी थी। उसके बगैर अब परदेस लौटने नहीं देगी— ऐसा भी प्रण कर लिया था। उसे बड़ा फर्क दिखा इजा-बौज्यू की सोच-संसार में।

पूरा दिन मनीष का मन उदास रहा। दोपहर के भोजन में मडूए की रोटी और

लहसुन की पत्तियों की चटनी खाने का मन हुआ— फसल को बन्दर रौंद गए। भात और पकी काली उड़द से बनी चैंस या फिर भट की चुड़कियाणी खाने की इच्छा प्रकट की। इजा ने बेबसी बताने में देर नहीं की कि धरती को बीज देते ही सूअर ने धरती को ही पलट दिया— अब कुछ नहीं होता, इस पहाड़ में। इस बात ने भी मन ख़राब कर दिया, कि आखिर क्या खाकर जीवित हैं इजा-बौज्यू! तब सिर्फ हवा-पानी से जीवित हैं!! यह यक्ष प्रश्न मनीष के मन मस्तिष्क को बुरी तरह से मथता रहा।

रात दस दिशाओं से उतर आई। आगन में देव परनी जुट गयी। देवताओं के स्वागत में दरियां, चटाई और मानीरे आगन में बिछा दिए। बदल गया है पहाड़-देवता को भूत और भूत को देवता कहने का चलन चल पड़ा है। अब कैलाशवासी शिव नोएडा, दिल्ली, चंडीगढ़ और मुंबई में रहने लगे हैं। वहां रहेंगे पीजा, चाउमिन खायेंगे तो सूरा, ठर्रा छोड़कर ब्रांडेड पीयेंगे और गेरुए वस्त्रों की वहां भी भरमार है। बन ठनकर रहेंगे और मौज करेंगे। ये नाचना-कूदना इसी पहाड़ पर ठीक जंचता है— वैसे गणतुआ और पुछारी की मांग अब शहरों में भी बढ़ने लगी है।

मनीष ने अच्छा किया जो कि यहां चला आया— उसका अपना बड़ा भ्रम भी दूर हुआ। खेल तमाशा, भिक्यासैण की महाशिवरात्री, नौला दशहरा और मानिला की उत्तरैणी के मेले अब नहीं जुटते। 'न्यूली प्राणी' के भाव पहले की भांति नहीं गूंजते। एक दिन हीरासिंह से मिलाना हुआ था। उसने सहजता से पूछा, "पहाड़ कब से नहीं गए!"

तो उन्होंने झट से कहा, "मैं पहाड़ में ही रहता हूं हमेशा। सारा पहाड़ यहीं तो आ बसा है— दिल्ली, नोएडा, मुंबई..."

"मठ-मंदिरों को कौन संभाल रहा है?" मनीष ने अपनी उत्सुकता प्रकट की।

वह बोले, "सभी देवी-देवता यहीं चले आये हैं— यहां तक कि श्रीबदरी विशाल भी— महादेव तो श्रीकेदारनाथ से पहले ही चले आये थे।"

"श्रीबदरी विशाल यहां कैसे आ सकते हैं,वे तो हिमालयवासी हैं..."

"नहीं, ऐसी बात नहीं है— आदिबद्री तक तो पहले से ही आते-जाते थे— अब यहां तक चले आये तो कोई आश्चर्य नहीं। सम्पूर्ण धरती-कायनात के मालिक हैं, कहीं भी आ-जा सकते है। कहीं भी निवास कर सकते हैं और शिव तो फक्कड़ हैं कहीं पर बैठकर अलख जमा लेते हैं..."

हीरा सिंह राणा अभी बता ही रहे थे, मनीष अपनी भावनाओं पर नियंत्रण नहीं रख सका, और बीच में ही कूद पड़ा, "वे दोनों तो हिमालयवासी हैं— वे भी चले आये तो वहां कौन रहता है?"

बहुत सुलझा और बेबाक होता है कवि, "भूत रहते हैं— हम पहाड़ी लोग महानगरों में रह सकते हैं, भला वे क्यों नहीं रह सकते। जहां इन्सान होगा वहीं तो

देवता भी होंगे। विश्वास नहीं तो गर्मियों के दिनों में पहाड़ जाकर देख लो। ढोल, दमऊ और कांसे की थाली ढूँढ़ते शहरी लोग नहीं थकते।''

उस दिन मनीष को कवि की बात पर यकीन नहीं आया था— उसे अपराधबोध सा हुआ। वह बुदबुदाया, कवि, कथाकार झूठ नहीं कहते, वे जैसा देखते हैं वैसा ही रचते हैं। उनकी रचनाएं उसी आब-ओ-हवा और जमीन में सृजित-पल्लिव्त— पुष्पित होती हैं। आज उन कविताओं का उत्स वह यहां इस समय देख रहा है। कभी घुप अंधेरी रात का समय— भूत-प्रेतों के खेलने कूदने का होता था, अब गांव में जगमगाती बिजली की भरपूर रोशनी ने उनका खेल बिगड़ दिया है। ये देवता भी पहले की भांति बड़े सुविधाभोगी नहीं हैं— बेरोजगार युवाओं की भांति एक कॉल पर चले आते हैं। संकोच नहीं करते। जब-जब धर्म पर संकट आता है,संसार के हित के लिए उसकी रक्षा करने हेतु अवतार लेने की प्रतीक्षा नहीं करवाते।

मनीष यह सब सोच रहा था, उसके बौज्यू लछमन सिंह की दृष्टि उस पर टिकी रही-उसे न मालूम एकाएक क्यों आभास हुआ कि वह कह रहे हैं, अथ चेत्त्वमिमं धर्म्यं संग्रामं न करिष्यसि / तात: स्वधर्मं कीर्तिं च हित्वा पापमवाप्स्यसि। (गीता सार पृष्ठ-33/82) यदि तुम गांव देस के प्रति स्वधर्म को संपन्न नहीं करते तो तुम्हें निश्चित रूप से अपने कर्तव्य की उपेक्षा करने का पाप लगेगा और तुम अपना पहाड़ी होने का अपना सौभाग्य खो दोगे। क्यों सोचने लगे ऐसा बौज्यू, उन्हें ऐसा नहीं सोचना चाहिए।

मनीष हिल गया। ढोल, दमउ और दास के बोल उठान लेने लगे। कैसी अजीब बात है, जब ये लोग एकांत को गुनगुनाते, अपने भाग्य को कोसते रो रहे होते हैं, तब उनकी धीमी आवाज को ईश्वर नहीं सुनता— ईश्वर है तो ऊंचा ही सुनता है। इन्सान के सुनने पर इनका विश्वास उठ गया है। आश्चर्य-यह कैसा पूजा का विधान है? प्रथम प्रतिमा पूजा जपस्तोत्राणि मध्यमा/ उत्तम मानसी पूजा, सोअह्म पूजोत्तामोत्तामा। मन्त्र का पाठ कभी उसने इसी गांव में सीखा था, जो उपासना का सर्वोत्कृष्ट रूप माना जाता था। जिसके द्वारा ईश्वर को सर्वत्र देखा जाने और उसे अपना सर्वस्व समझने की सीख मिलती थी। किन्तु, आज यह पूजा और देवताओं का कैसा आवाहन है— क्या है यह? क्या सचमुच परनी में अवतरित होंगे देवता— इनके अभीष्ट? इन वेबस,निरीह जिंदगी को ढ़ोते बुजुर्गों को, आसन्न संकट की घड़ी में, अपने अवतरण से परम शान्ति और मोक्ष देगा कोई देवता? ये पापी नहीं हैं— स्वर्गवासी हैं। इन्हें मोक्ष से कमतर की इच्छा भी नहीं है।

मनीष को याद आया कुछ ही दिन पहले उसने पढ़ा था या फिर मान्यवर ने उसे बातों ही बातों में शनि शक्ति धाम पर कहा था, 'मान्यता तो यह है, अपने इस शरीर को त्यागने पर भक्त का सृष्टि के रचयिता ब्रह्मा के साथ तादात्म्य स्थापित हो जाता है

और वर्तमान कल्प के अंत में ब्रह्मा के साथ-साथ उसकी भी मुक्ति हो जाती है'। (शंकराचार्य-टी.एम.पी. महादेवन, अनुवाद : सुमंगल प्रकाश) क्या मायने हो सकते हैं इस कथन के— यही कि ब्रह्मा के साथ सृष्टि का और इस पहाड़ का भी अंत। ब्रह्मा कभी रहे भी या नहीं हिमालय में— यहां श्रीकेदारनाथ और श्री बदरी नारायण रहने के चलन की तो सुनी थी। अब वे भी चले गए ब्रह्मा के साथ। बौज्यू रचियेता हैं मेरे शरीर के। उनका रक्त बीज प्रवाहमान है मेरे भीतर। वे ब्रह्मा से कम नहीं हैं मेरे लिए। उनका गमन कैसे हो सकता है? पहाड़ों का अंत कैसे हो सकता है? यह प्रपंच है, ढ़कोसला है और माया के खेल से अधिक कुछ नहीं...

ओह, यह भी मैं कैसे कह सकता हूं। जीवन संकट से जूझ रहे इजा-बौज्यू और गांव देस को मैं मरते देख रहा हूं— यह भी देख रहा हूं कि मुक्ति की चाहत उनमें मुखर है— मैं भ्रमवश यह सब क्या उनके चेहरे पर आनंद की चरम अनुभूति के रूप में देख रहा हूं, तो फिर अपनी मुक्ति का कोई दूसरा असल रास्ता भी नहीं दीख रहा है इन्हें। मुक्ति के लिए यह सीधा सरल विधान है, तो अपनी सीमाओं में बंधे रहने के कारण— यदि जरूरी है तो अनुचित भी नहीं...

''क्या गजब का तर्क गढ़ दिया मनीष— मरते इजा-बौज्यू और वीरान होते पहाड़ों के लिए? अपनी नपुंशक नाकामी को ढांपने के लिए प्रपंच, ढकोसला और माया मोह को आवश्यक और उचित मान बैठे। अरे बेवकूफ! कवि की एक और कविता को गुनगुना लेता तो आसमान से भी पहाड़ के स्मृति चिन्ह साफ-साफ दिख जाते...'' कौन कह गया यह। कोई भी तो नहीं आस-पास। देव परनी में हाथ जोड़े बैठे लोग देवता के पधारने की राह देख रहे हैं— लछमन सिंह अपनी मुक्ति की राह देख रहे है। गांव-देस और पहाड़ों की ही नहीं, देश-परदेस तथा दुनिया की सुख समृद्धि रिद्धिसिद्धि की कमाना कर रहे हैं। तो यह आवाज किसकी थी, जो मनीष के मन को विचलित कर गयी है। कही यह मेरी ही तो आवाज नहीं— मनीष ने सोचा और धीरे से कह भी दिया, ''हां, वही हो सकती है— सच, कितना कठिन होता है अपनी आवाज को पहचान पाना- सही शब्दों को सुन पाना तो और भी कठिन।''

मनीष ने धीरे से स्वयं से कहा और उसके ही कान सुन पाए थे शब्द। वह झटके से उठा और घर के भीतर चला गया...

●●●

देवता है तो नाचेगा।

कहते-सुनते रात बीत गयी।

पलकें उठीं तो दिन चढ़ आया था। गांव सुन्दर और सूरज की उजाले में फैला

हुआ लगा। खेतों को बैल और जंगल को जातीं घसियारियां यहां होतीं, तो हालियों की हांक और दराती के छुनकों की छन्-छन् से पहले घर आगन जी जाग जाता। रामगंगा की कलकल छलछल के नाद संग पहाड़ का अद्‌भुत सौन्दर्य बहता हुआ, मनीष की काया ही नहीं, उससे सम्पूर्ण पहाड़ की देह जाग उठती। जाग खुल जाती। अद्‌भुत! विस्मयकारी दृश्य एकाकार! प्रकृति के आश्चर्य और सौन्दर्य मिश्रित दृश्यों के बीच उसे धरती और आसमान एक ही रंग में रंगे दिखे। आसमान की ऊंचाई को छूने अपने रथ में आरूढ़ सूर्य बढ़ता दिखा तो आंगन का वह कोना अबोल बकरियों के रक्त से लथपथ मिला। पौ फटते ही जीवन और मृत्यु का महान सन्देश देता दृश्य। एक का जीवन आरम्भ तो दूसरे का जीवन तंत्र-मंत्र और प्रपंच की भेंट चढ़ चुका था— एकदम लहूलुहान। रातभर अपने-अपने हिस्से की मुक्ति और मोक्ष के गीत गाते और गुनगुनाते लोग अब थक चुके थे— न बकरे मिमियां रहे थे न देव परनी ही। दोनों ही आंगन से उठ चुके थे।

"यह क्या कर दिया बौज्यू! पौ फटते ही..." मनीष ने लछमन सिंह से पूछा।

"रात ख़राब कर दी, गुसाईं दास थक गया- पर नाचा नहीं।" आवेश में लछमनसिंह ने कहा।

"क्या बकरे काटने से..." जरा असंतुष्ट भाव से मनीष ने कहा।

"देवता है तो नाचेगा— कल नहीं तो आज की रात नाचेगा। अब पड़ा हुआ हंक दे दिया है।।" दर्प, विश्वास और संकल्प के साथ लछमन सिंह बोले। (यहां अहंकार को पूजा जाता है)

"नहीं नाचा तो..." संदेह की विसात मनीष ने बिछाई।

"नहीं नाचेगा तो भूत नाचेगा।" पहले से कहीं अधिक विश्वास से लछमन सिंह ने कहा।

"वह भी नहीं नाचा तब?" शब्दों का एक और लड़ाका आ भिड़ा।

"अरे भूतनी नाचेगी, कलुवा नाचेगा..." लछमन सिंह के आंखों में विचित्र किस्म की रोष से भरी चमक आ गई।

"फिर भी, कोई नहीं नाचे तो?" लड़ाके दस्ते बढ़ने लगे।

"कैसी बात कहता है तू भी-फिर भी न नाचे तो घुंतम (अंगूठे) में जाएं मेरे।" रक्तपात से चीख चिल्लाहट फैल गयी।

"बौज्यू एक बात कहूं, यहां हमारे घर के देवता हमारे इष्ट हैं। उनकी पवित्रता,उनकी निर्मलता जग जाहिर है-हम उसे वैसी बनाये रखें तो अच्छा होगा।" बढ़ते रक्तपात के भय की आशंका से मनीष ने जैसे स्वेत कबूतर उड़ना चाहा।

"तू क्या सोचता है नाचेगा नहीं तो ढोली ढोल बजता रहे। अजीब है तू भी।" लछमन सिंह के शब्दों में उग्रता इतनी कि मर जाऊंगा पर विश्वास न उठने दूंगा।

''इसकी जरूरत ही क्या है देवता मंदिर में होते है। वहां वे श्रीमूर्ति रूप में अच्छे लगते है। ढोल बजाकर उनका आवाहन करना एकदम मजाक है, उनका उपहास है। उनके दर्शन के और भी साधन हैं। यह कोई अच्छी परम्परा नहीं है।'' शांति पथ पर उड़ते कबूतर को रोक लिया।

''तू क्या चाहता है, हम पूजा पाठ-प्रतिष्ठा छोड़कर तेरे जैसे बन जाएं— नास्तिक बन जाएं।''

''मैंने ऐसा नहीं कहा। इसमें नास्तिक होने की बात कहां से आ पड़ी। मैं तो कह रहा हूं, यह ढोल धमाका अनावश्यक है, यह मनोरंजन का अच्छा साधन भी नहीं...''

''तू ये अच्छा-बुरा कब से समझने और समझाने लगा चूतिए! जरा उन लोगों की तरफ देख, जो मंदिर-मस्जिद बनाते नहीं थकते— भारी दान पुन्य करते हैं। देखना आज ही इस गांव में एक सेठ मंदिर बनवाने आ रहा है विधायकजी के साथ। उनका साथ दे रहा है यह कोई मामूली बात है क्या? अपनी गाढ़ी कमाई से दे रहा है पैसे— ये तो कहने की बात है, वैसे पैसे तो विधायकजी ही लगायेंगे तो नाम सेठ का हुआ। विधायक है भी तो शातिर दिमाग का— वोट लेगा तो अपने से देगा इनसे... ये नेता लोग धर्म-कर्म, रीति-रिवाज छोड़ने देंगे क्या? कोर्ट कचहरी तक ले जाएंगे। तोबा करो इन नेताओं से कुछ करते नहीं— अच्छे काम तक करने नहीं देते दूसरों को-हर काम को वे ही करेंगे...''

''अब यही होगा इस गांव में क्या पूरे पहाड़ में-अच्छा होता विधायक 'प्रधान मंत्री सड़क योजना' से सड़क बनवाते— सड़क तो इस गांव तक है खैर! इसे पक्की करवाते, अपने फंड से स्कूल और पुस्तकालय खुलवाते, खंडहर हो रही गांव भर की इमारतों की मरम्मत करवाकर 'टूरिस्ट स्टे होम' बनवाते— पर्यटकों की कमी तो है नहीं और कुछ नहीं करवाते भिक्यासेंण के सरकारी अस्पताल में टेस्टिंग लैब और इलाज के साधन जुटाते। बंजर हो रही जमीन आबाद करने की योजना लाते। पूजा पाठ के तो बीसियों साधन और तौर तरीके हैं। उनका भी अभाव हो तो-उपासना सच्चे मन और लगन से कहीं भी की जा सकती है— बैठ कर लौ लगाने की ही तो बात है बौज्यू!''

''लौ लगाने की बात कह रहा है मुझसे। बहुत बड़ी दुनिया देख ली तूने। इससे अच्छा तू लौ लगाता अपने गांव देस से, लौ लगता अपनी पढ़ाई से— भाग्य फूटे हमारे तूने लौ लगाई उस शहर से— शहर की नाचमोझर और नाटक-नौटंकी से— अरे दिल लगाता भी तो अपनी बराबरी से। क्या है तेरे पास उस लड़की को देने के लिए— उसके घर से तेरा घर नहीं चलेगा। कोई अपनी बेटी को कितना देगा- जीवनभर के लिए तो नहीं देगा। किसी के देने-लेने से नहीं अपनी मेहनत से

घर चलता है। ठीक है देवसिंह नेगी का खाता-पीता परिवार है— अध्यापक हैं तो खेती बाड़ी और थोड़ा व्यापार बट्टा भी कर लेते हैं...।''

अपने बौज्यू के कहने के आशय को मनीष नहीं समझ पाया— आखिर कौन है देव सिंह नेगी। जिसके लिए सीधे-सपाट शब्दों में वह मेरी व्यक्तिगत कमजोरियों को उगलने में नहीं हिचके तो कोई छोटी बात नहीं। बौज्यू हैं— ऐसा ही कहते हैं— कि कोई भी अवतरित नहीं हुआ तो भाड़ में जाएं उनकी बला से— देवता भी और दानव भी।

मनीष को उनके इन विचारों को सुनकर चुप्प हो जाना चाहिए था— नहीं हुआ तो अब आग लगी है— भड़केगी तो दूर तक फैलेगी।

इस समय लछमन सिंह की आवाज में चिढ़ मिश्रित हो गयी थी।

मनीष भी समझ गया, इसी तरह वह प्रश्न करता रहा और बौज्यू अधिक चिढ़कर मुखर हुए, तो बात इजा के कानों तक पहुंचने में देर नहीं लगेगी। उसने होंठों पर आये उन शब्दों को निगल दिया; कि बौज्यू किस लड़की की बात कह रहे हैं? बात को इजा भी सुनेगी, तो रो पड़ेगी। इजा के मन को दु:ख देना ठीक नहीं। वह उसकी प्रकृति के उतार-चढ़ाव से भलीभांति परिचित है, भले ही पहले वह हमेशा, बौज्यू के ही पक्ष में खड़ी दिखती थी— आज ऐसा नहीं लगता। अब इजा यह बात सुनेगी, तो हंसेगी, तो उसी पल रो भी देगी। तब वह अपनी मन की इतनी सी बात नहीं कह पायेगा; कि देवता कभी नहीं नाचते— वे हमेशा खेलते हैं। कभी-कभार नाचते हैं— उसे नाचना तो नहीं कहते, फिर भी, कभी कालिय मर्दन तो कभी तांडव ही करते हैं। बकरों का मर्दन और भेढ़ की भैराड़ वे कभी नहीं देते और न ही— कभी लेते हैं। विचित्र प्रवृति के लोग हैं यहां तो इनकी अजब-गजब प्रथाएं भी वैसी ही हैं...

इन प्रवृतियों से वह अपरिचित था— ऐसा भी नहीं। जब से शहर गया तभी से दूरियां घर से बढ़ गयी थीं और मन में अवसाद भी। अब वह उस रिक्तता को भरना भी चाहे, जो संभव नहीं— उसने अनुभव किया यहां सबकुछ बदल गया है...

●●●

ऐसी विरक्ति क्यों है?

आस टूटती है तो मन टूटता है।

मन है की अब कहीं टिकता नहीं। पहाड़ों से मन ऊबा तो शहर की ओर चल पड़ा और शहर की आब-ओ-हवा और नियोन बल्बों की तेज रोशनी में आंखें चौंधियाई तो यहां लौट आया। इस आने-जाने के क्रम में दूरियां ही नहीं नापी,

जीवन का बहुत हिस्सा भी नप गया-एक डाल से दूसरी डाल पर फुर्र-फुर्र परिन्दों की भांति उड़ता रहा। मनीष ने एक बार अपने जीवन को पलटकर देखा— उसे डाल पर फुदकती चिड़िया से कम नहीं लगा, अपना जीवन। चिड़िया का मन है तो उसे पढ़ना आसान नहीं और उसके... ?

उसके मन को इजा ने आसानी से पढ़ लिया, ''यूं उदास क्यों बैठा है मनीष!''

''पहाड़ शराब और राजनीति ने खत्म कर दिया है इजा! मैं सोच रहा हूं— जो कुछ भी बच सकता है उसे बचा लो।'' मनीष ने कहा।

''जो अपने इष्ट का अनादर करता है— देवताओं की सत्ता का तिरस्कार करता है वह कभी सुखी नहीं रह सकता।'' इस समय इजा के शब्दों में कठोरता थी। ऐसा क्यों कह रही है वह— क्या माया कहते हैं इसे या फिर कुछ और— एक युवा पुत्र अपने दायत्व, जिम्मेदारियों और कार्यों से अर्जित धन के द्वारा अपने इजा— बौज्यू को संतुष्ट नहीं कर पाया, तो क्या वह शापित होने का हकदार होता है? यदि वह समृद्ध होता, वृद्ध मां और पिता के भरण-पोषण करने और उन्हें सुरक्षा देने में अनिच्छा रखता है, तो उसे कौन सा दंड अभिशाप में दिया जाता? शायद यही न कि वह जीवित रहते हुए भी मृत समझा जाता— उससे बढ़कर कुछ भी तो नहीं है उसके...।

''क्या कह रही हो इजा! मैं मानता हूं, मैंने कोई अपराध नहीं किया है। आनंद और मेरे कर्तव्यों से अवश्य वंचित हैं, पर मेरे कर्तव्यों की यहीं पर इतिश्री नहीं हो जाती— जिसकी आप लोग मान बैठे हैं-कहीं ऐसा कहना— सोचना आपका उस तिरस्कार से भी बड़ा अपराध है।'' विचलित होकर मनीष ने कहा।

''अच्छा, अब मां-बाप भी अपराधी हो गए? कैसा समय आया भगवान्-एकदम कलयुग।'' लछमन सिंह ने कहा।

''इस युग में पैदा हुआ हूं, उसी की ही बात करूंगा।''

मां ने माथा पकड़ लिया। पिता के शब्दों का बवंडर आसमान छूने लगा।

''क्या हुआ इस घर में— अभी पंडित पुजारी और दास को बकरे का हिस्सा नहीं दिया, ...(जो व्यक्ति विभिन्न प्रकार की इन्द्रिय तृप्ति में अत्यधिक लिप्त हो जाते हैं उनको नियमित करने के लिए कभी-कभी देवोपासना का परामर्श दिया जाता है। जैसे जिन व्यक्तियों को मांस-भक्षण का व्यसन है, वे कालीपूजा के उपरांत तथा कर्मकांड के नियमों के अंतर्गत एक बकरे की 6अन्य किसी पशु की नहीं 8 बलि देने पर उपासक को मांस खाने की अनुमति दी जा सकती है। इसके पीछे विचार यह है कि व्यक्ति को मांस-भक्षण के लिए प्रोत्साहित न किया जाय। अतेव देवताओं की उपासना परम सत्य की उपासना नहीं है। लीला पुरुषोतम भगवन श्रीकृष्ण पृष्ठ 742)

उससे पहले ही-कैसा अनर्थ हो रहा है?'' मां ने क्रुद्ध होकर कहा।

''अर्थ की आकांक्षा ही अनर्थ को जन्म देती है इजा! यही माया-मोह और भ्रम है। तुम रोज सुनती ही हो, कहां है रोजगार और नौकरियां— यहां होतीं तो शहर क्यों जाते लोग— इस भ्रम को छोड़ दो अच्छा है।'' कहते उसने मां की तरफ देखा। आश्चर्य। मां की आंखें डबडबाकर नम हो आयी हैं— ये इजा की आंखें ही हैं जो रो रही हैं कि हंस रही हैं।

मनीष मां के रोने और हंसने में फर्क नहीं कर सका- उसकी आंखें मां के चेहरे पर चिपक सी गयीं। वह सोचने लगा, यह जानता हूं कि इस घर के लिए मैं एक बलि के बकरे की भांति पालपोसकर बड़ा हुआ हूं— मेरा यहां होना उससे बढ़कर नहीं हो सकता— जो पौ फटते ही आशा-आकांशा की भेंट चढ़ गया था। ये लोग यह क्यों नहीं सोचते, जीवन का निर्णय इंसान नहीं, परिस्थितियां करती हैं। परिस्थितियों का निवारण उस सरकार को करना हैं जिसे चुनकर आप ही संतरी, मंत्री और प्रधानमंत्री बनाते हैं। यह स्थिति इस गांव देस-पहाड़ की नहीं है कमोबेश देशभर के युवाओं की स्थिति ऐसी ही है-उससे भिन्न नहीं है। ये इजा है कि समझती नहीं और बौज्यू वे कभी सुनते ही नहीं...

मनीष के मन में उथल-पुथल जो बड़ी देर से चल रही थी-वह शांत होने लगी। हाथ-पांव और मन शांत तो आंखें दूर तक गयीं। कुलांचें भरती आंखें लौटती हैं तो आश्चर्य मिश्रित भय और उसके संदेह को साथ ले आई-खुशी... खुशी तो कभी नहीं। वही हुआ मनीष की आंखें भयभीत लौटीं— यश और अपयश का पिटारा लेकर लौटीं। पिटारा खाली नहीं था, उसमें जिन्न भी दिख पड़ा। यह वही जिन्न था, जो इस गांव की आब-ओ-हवा ही नहीं अबोल प्राणियों की बलि लेने में हिचकिचाता नहीं। अब दोनों की आंखें टकरायीं, तो एकाएक दोनों ने एक जैसा ही सोचा और अपनी-अपनी मन की जिज्ञासा प्रकट कर दी। जिन्न के शब्दों में आश्चर्य नहीं— जिन्न इंसान की मन की बात को पढ़ लेता है। और मनीष युवा है असहाय है और मां और पिता के कोप भाजन का शिकार है। फिर भी, उसने साहस बटोरकर पूछा, ''आप यहां इस समय मान्यवर!''

''हां, यही समय है मेरा पहुंचने का।'' कमलकिशोर ने बिना पूर्व पीठिका के कह दिया।

''इससे पहले आते रहे हो?'' मनीष ने आश्चर्य से पूछा।

''बीसियों बार— बताया तो था कई बार। अब याद नहीं रखते तो...''

''कब?''

''बादल है तो पहाड़ की चोटी को चूमेगा ही... मगर यह चूमना वैसा नहीं है— यहां आशीषें हैं तो उम्मीद, आकांक्षा के साथ महत्वाकांक्षा भी हैं...''

''यानि आपका नया प्रोजेक्ट?''

''हां, ठीक पकड़ लेते हो— यहां शहर बसेगा तो आवागमन की सुविधा होगी, चीजें मिलेंगी, पर्यटन बढ़ेगा तो रोजगार मिलेगा। यही चाहते हो न तुम!''

''वो सब ठीक है मान्यवर! क्या ग्रामीण सौन्दर्य बचा रहेगा— जिसकी चिंता मैंने प्रकट की थी?''

''नहीं, तुमने ऐसा कुछ नहीं कहा था। तुम्हें अपना कहा कभी याद नहीं रहता।'' कमलकिशोर ने बेबाक कहा।

''झूठ, मैं— मुझे सब कुछ याद रहता है मान्यवर! तुम मुझे झूठलाने, बरगलाने का पर्यत्न नहीं करो तो अच्छा है।''

''नहीं, यह गांव नहीं रहेगा। तुमने ही कहा था तुम्हारा गांव, क्षेत्र सुन्दर है। तुम उसे सुन्दर बनाने का सुन्दर सपना देखते रहो।'' व्यंग्यात्मक स्वर में कमलकिशोर ने कहा।

''हां, मैं सपना देखता हूं। तुम्हारी ऊंची-ऊंची इमारतों में मेरा दम घुटता है— हर रोज में वहां मरता हूं। जब से शहर गया, हर रोज मरता रहा हूं।'' मनीष के शब्दों में भावुकता घुसने की धृष्टता कर गयी।

कमलकिशोर ठहाका लगाकर हंस पड़ा— सचमुच कोई प्रपंची जिन्न जैसा। उसने कहा, ''मैं तुम्हारे गांव-समाज के विषय में कुछ नहीं बोलूँगा— उतना ही, जितना तुमने बताया था कि इन्होंने मुझे अपमान और तिरस्कार ही दिया है।''

''हां, कहा था— एक बार नहीं बीसियों बार कहा था। मैं ग्रामीण लोगों के साथ हूं या फिर मान्यवर के साथ यह समय तय करेगा।'' मनीष ने आवेश में कहा।

इस पर भी कमलकिशोर बेतहासा हंस पड़ा। मनीष के शब्दों का उपहास करता हुआ, ''निर्णय तुम्हें नहीं विधि से विधायक, विधान सभा और...''

''सरकार के फैसले को हम नहीं मानेंगे— बाहरी लोग आयेंगे तो जल, जंगल और जमीन नहीं बचेगी...''

''और कुछ...?'' हंसी करते हुए कमलकिशोर ने कहा।

''हमारे जंगल के घेवड़, कांखड और चील-चकोर कुछ भी नहीं बचेंगे। बांज, बुरांश और देवदार नहीं बचेगा।''

''इस वीरान जगह पर पर्यटन विहार बनेगा तो पशु-पक्षी विहार भी बनेगा। ऐसा तुम पहली बार नहीं कह रहे और न कहने को पहले व्यक्ति हो? जब से यहां आने का मन बनाया, तभी से यही सुनते-सुनते कान पक गए हैं मेरे। यह क्यों नहीं मान लेते, अब अच्छे दिन आने वाले हैं।''

''हां, वैसे ही दिन जैसे देश भर में गाय, बैल और मवेशियों के दिन लौट आये हैं। वैसे ही जैसे निठारी-सुथारी, मोरना-डासना और आपके गांव कुल्सेरा-

बिसरख के दिन— जहां रात की छोड़ो दिन तक में भी परछाई साथ नहीं देती— भय लगता है?''

''तुम अभी युवा हो, कुछ नहीं कर पाओगे। खून की गर्म तासीर का अनुभवी हूं मैं। जानता हूं, अच्छे दिन आने में समय लेते हैं...''

''गांव देस के अच्छे दिन आने से पहले आप लौट जाएं मान्यवर! यही अच्छा है, ''मनीष ने जराकड़ायी से कहा।

''नमक हलाल नहीं हूं मैं तुम्हारी तरह। यहां रहना मेरा स्वार्थ है।''

''गलत कह रहे हो— आपका स्वार्थ कहीं और ही था— नेशनल कार्बेट के बीहड़ से कुछ ही दूर।''

''हां, गया था मैं वहां भी, तुम्हारी जैसी सिर फिरी वहां भी थी... धरती आसमान एक किया था उसने। उससे बेहतर जगह यहां की तुमने ही सुझाई थी— इसीलिए चला आया...'' कमलकिशोर ने स्पष्ट किया।

''यह सही है, मेरे इस गांव का पता आपको मालूम-था मान्यवर! मगर जिसने अपनी गांव की जमीन का सौदा किया है, उसकी बात का विश्‍वास करूं कैसे? तुम इन्सान नहीं मक्कार और जाहिल हो। देख रहा हूं अपनी नाकामी और झूठ का बकसा खोले जा रहे हो। लौट जाओ— पिताजी सुन लेंगे तो हंसेंगे।''

''बुजुर्गों को रुपये दे रहा हूं-रुपये किसे अच्छे नहीं लगते— अपने पिता से पूछ कर देख लो।''

''जानते हो उन्हें?''

''तुमसे बेहतर और सुलझे इंसान हैं''

''वे मेरे पिता हैं— आपसे ज्यादा जानता हूं?'' मनीष ने कठोरता से कहा।

''रुपये का पेड़ संतान से अधिक प्यारा होता है— पूछकर देख लो— बात मनवा लोगे तो लौट जाऊंगा इसी वक्त— नहीं तो नौटंकी करते-करते मर जाओगे।'' कमलकिशोर ने एक तरह से चुनौती दे डाली।

सुबह की सैर से लछमन सिंह लौट आये। आंगन में कमलकिशोर को देखकर पहले बांछें खिलीं तो उसी क्षण चेहरे की झबरी दाढ़ी भी मुरझा गयी। वह बोले, ''क्या आज यहां आने की बातें तय थीं— मुझको याद नहीं'' लछमन सिंह ने कमलकिशोर को देखकर कहा।

''मेरा अपना स्वार्थ है— आप इतने भले इंसान हैं-कैसे भूल सकता हूं आप लोगों को...''

''यहां आना ही था तो मनीष के साथ चले आते— मनीष! तुझे आना ही था, तो साथ ले आ जाता।''

''मैं साथ नहीं रहता बौज्यू!'' मनीष ने स्पष्ट किया।

"साहब तो कह रहे थे उस दिन— साथ रहते हो इसीलिए..."

"मैं अब नहीं रहता..."

"छोड़ दीजिये आज के बच्चे हैं— मन के मालिक हैं। मुझे तो आना ही था- आपसे अधिक दिनों तक दूर कैसे रह सकता हूं।"

"अच्छा किया इसे भी सद्बुद्धि आ गई मौके पर चला आया— सालों के बाद लौटा है।" लछमन सिंह ने नाराजी प्रकट की और थोड़ा खुशी भी।

"इन्सान समय को समझ ले तो बड़ी बात है।" कमलकिशोर ने शालीनता का नया छोंका लगा दिया।

"ये अपनी मर्जी के हैं तो हम भी— आज मनीष लौट आया है— जिसकी इतने सालों से लौटने की उम्मीद नहीं थी... अब लौट आया है तो आप भी कल की परेशानी से बच जाओगे।"

"मुझे सौदा करना ही है— आपकी तरफ से हां है ही।"

"कैसा सौदा बौज्यू?" मनीष ने रुष्ट स्वर में कहा।

"जमीन का— इस बंजर पड़ी जमीन का और किसका— मवेशियों का हो नहीं सकता, उन्हें तो सभी ने कभी का छोड़ दिया है जंगल में— अब सभी ठौर पर बन्दर और सूअर ही हैं, घर-बाहर।" दुःख और अफसोस मिश्रित शब्दों में पहाड़ के हाल हालात को लछमन सिंह ने स्पष्ट किया।

"यही स्थिति जम्मू-कश्मीर से हिमांचल प्रदेश तक एक जैसी है?"

"वहां लुक छिप कर जमीन का सौदा नहीं होता मान्यवर?" मनीष ने अपनी मन की बात कहना उचित समझा।

"नहीं होता, तो नहीं होता, कोई किसी की जमीन पर यहां भी हक नहीं जमाता। हर किसी के यहां सरकारी काम का अपना ढर्रा है।"

"तो सौदा यहां भी नहीं होगा, यहां के काम का ढर्रा वही होगा मान्यवर!" मनीष ने खींझ कर कहा।

"सौदा तुम्हें नहीं लछमन सिंह को करना है। जमीन की खाता खतौनी उनके नाम की है— मैं देख चुका हूं..."

"देखना करना नहीं होता मान्यवर! मैं कह रहा हूं, यह सौदा अब नहीं होगा।"

"साहब तो कह रहे थे-तू राजी हो जायेगा इसके लिए?" लछमन सिंह ने खुलासा किया।

"कब— क्यों कहूंगा में बौज्यू! आपको मुझ पर विश्वास नहीं है क्या?" चिढ़ सी हुई मनीष को।

"तो ये साहब गलत कह रहे हैं— झूठ कह रहे हैं?" लछमन सिंह ने चिढ़कर कहा।

"हां, इनके सफेद कुरता-पजामा को न देखें तो अच्छा है।"

''देख लीजिए साहब! आपके सामने बात हो रही है। कौन झूठा-कौन सच्चा— मेरी समझ में तो बैठ नहीं रहा है सौदा...'' निरपेक्ष भाव से लछमन सिंह ने कहा।

''मैंने ऐसा कभी नहीं कहा बौज्यू! मुझे पता है अब इस जमीन पर कुछ नहीं— घास उगती है— फिर भी पुश्तैनी जमीन के सौदे की बात मैं कभी नहीं कह सकता।'' मनीष ने विश्वनीयता बनाने के लिए कहा।

''बच्चे कभी जूठ नहीं बोलते साहब! सच के पांव जमीन में होते हैं— ये मत भूलिए— सब कुछ करिए पर एक पहाड़ी की ईमानदारी को कम मत तौलिये अपनी तौल में...'' लछमन सिंह अपने पर उतर आये।

''यहां अब कभी जमीन के सौदे की बात सोचना भी मत। ये लोग कभी विश्वास नहीं करेंगे, एक बार इस गांव की जमीन का झूठा सौदा हो जाता, तो और भविष्य में यहां सौदा नहीं करोगे, इसकी क्या गारंटी है— आप कौन हैं, आपके कपड़े बता रहे हैं— इन लोगों से बेहतर मैं आपको जानता हूं। किसी को कहने-बताने और समझाने की आवश्यकता नहीं है। आप सुनहरे सपने दिखाने के महारथी हैं— इस गांव को वैसे ही सपने दिखाकर भ्रमित करने की कोशिश न करें। उनकी जमीन पर किसी दूसरे को सुनहरे सपने नहीं दिखाओगे— उसकी न कोई गारेंटी चाहिए और न सुलह सफाई देने की जरूरत-सबकुछ समझ में आ रहा है— न आने की क्या बात है मान्यवर?'' मनीष ने दो टूक शब्द कह दिए।

''मुझे दुःख है आप आये और जमीन का सौदा हो नहीं सका— मैं मामूली इंसान हूं— अधिकांश भूल जाता हूं, यह तक भूल गया, यदि बच्चा परदेस गया है तो लौट आएगा एक दिन, परन्तु आप राजनैतिक हैं, समाज सेवक और दूर दृष्टा हैं— केवल अपने आत्महित साधते रहे तो नागरिकों की सेवा सुरक्षा कभी नहीं हो सकेगी आपसे-बस्स इतना ही कहना जानता हूं मैं...'' लछमन सिंह ने भी कह दिया।

''अब कहने-सुनाने को कुछ नहीं बचा लछमन सिंह! एक बात गांठ बांध लो, जब सरकार नागरिकों की सुरक्षा करने में असमर्थ होती है तो उस ठौर को छोड़ कर चल देती है।'' कहते हुए कमलकिशोर उठा और चल पड़ा। लछमन सिंह की समझ में नहीं आया कि कमलकिशोर का आशय क्या हो सकता है कि जंगल की आग के बाद हरी घास नहीं उगी तो पशु-पक्षी उस जंगल को छोड़ देते हैं?

●●●

''हम अपनी ठौर को छोड़कर कहां जा सकते है बेटा! तेरा साहब मुझसे क्या कह गया, मेरी समझ में नहीं आ रहा। यह उसकी धमकी है या फिर कुछ और मनसा रही होगी...''

“क्यों व्यर्थ का दिमाग दौड़ा रहे हैं बौज्यू! ये कौन है मुझसे ज्यादा आप नहीं समझ सकते। इसे एक खाते-पीते अभिमानी नेता की सनक और निरी धन लोलुपता के सिवाय कुछ नहीं कहते। यह इसके लिए अन्धा हुआ जा रहा है?” मनीष ने अपनी मन की बात को कहना उचित समझा।

“जरा देख तो— वह कहां तक पहुंच गया है?” लछमन सिंह ने जरा उत्तेजना भरे शब्दों में कहा।

“अभी अधिक दूर नहीं गया— आंखों से ओझल होने से पहले वह एकटक हमारे बंजर खेतों को देख रहा है। हो सकता मन में कोई गुब्बार हो तो लौट आएगा। वरना उसे पता है, मैंने जो कहा— वह पत्थर की लकीर खींच दी है...”

“मुझे उसकी आंखों में भी कुछ दिखने लगा था।” लछमन सिंह ने अब अपना संदेह प्रकट किया।

“वह नेता नहीं— बनता है छोटी कद काठी का। ये डरता और डराता भी है। कई मामले में बड़ा समझदार-व्यवहार कुशल तथा लोकाचार में तो न किसी से दोस्ती न किसी से बैर— यही इसकी असल ताकत है बस्स— इससे अधिक सोचने -विचारने को है नहीं।” लछमन सिंह के मन में उठे डर को मनीष शांत करने लगा।

“बेटा तू इस गांव में रहता तो जीवन के कीमती वर्ष यूं ही खो देता। मैं इस घर का पौहारी हूं या जंगल का पतरौल-इससे अधिक मुझे क्या हासिल हुआ इस गांव देस में...” अपनी पुरखों की जमीन को बेचने से बचा लेने की खुशी में लछमन सिंह ने कहा।

“अब इस बात को दोहराने की जरूरत नहीं है।हम दोनों का उद्देश्य घर- गांव को आवाद करना है।” मनीष ने सहजता से विश्वास दिलाया।

इतना सुनते ही जैसे लछमन सिंह का मन आसमान छूने लगा,आंखों में एक विचित्र किस्म की चमक दौड़ गयी-जैसे मरते हुए को जीवन-दान मिल गया हो। वह बोले, “इस घर में रहते कभी-कभी बहुत दुखी हो जाता हूं, मन भर आता है तो सोचता हूं, तुन-ताड़ पर लटक जाऊं या फिर बांज बुरांश में पसर जाऊं और आंखें ढंक लूं हमेशा-हमेशा के लिए— पर उस समय लछिमा है-तेरी मां, तेरी सुख शांति के लिए— वह ऐसा-वैसा कुछ करने ही नहीं देती...”

मनीष के लिए यह सब सुनना असहनीय होने लगा। पिता के भावुक मन और उसकी करुणा को बचाने के उद्देश्य से बात का रुख बदलते हुए कहा, “बौज्यू! आप बता सकते हैं इस मुठी में क्या है?”

“नहीं, मैं कैसे बता सकता हूं।”

“इसमें वर्तमान है?”

“और उसमें?”

"सबकुछ है जो हो सकता है वर्तमान भी और भविष्य भी।"

"कुछ तो होगा— जिसके विषय में सोचा होगा।"

"मैंने कहा न पहाड़ के लोग जहां भी रहते हैं भावांश में रहते हैं -एकदिन समग्रता से लौट आयेंगे।"

"कब तक?" लछमन सिंह ने प्रतिप्रश्न किया।

इस समय मनीष चुप हो गया। उसकी इच्छा हुई, पिता को मन की बात खुलकर बता दे कि वह समग्रता में रहने अभी नहीं आया है— उसका जीवन का अनुभव शेष है। परन्तु, वह कहने का साहस नहीं कर सका।

लछमन सिंह ठगे-ठगे से देखते रहे कि मनीष के होंठों से शब्द झरें, तो वह रस भरियों की मानिंद उन्हें उठा लेंगे। जब वह बड़ी देर तक उम्मीदभरी निगाहों से टुकुर-टुकुर देखते रहे और स्वयं के एक बार छले जाने की अनुभूति करने लगे, तो मनीष को उनके दु:ख को समझने में देर नहीं लगी। वह कुछ कहता उससे पहले लछमन सिंह मन के भीतर मंद-मंद बल रही ढिबरी की रोशनी में देखने लगे, "मैं तेरे चित में स्थिरता और भावों में दृढ़ता देख रहा हूं बेटे! ये ऐसे ही बने रहें..."

●●●

मनीष लौटने लगा। इजा— बौज्यू ने उसका रास्ता नहीं रोका— कंठ अवश्य अवरुद्ध कर दिया। उसने धीरे से आश्वासन दिया, "मैं लौट आऊंगा बौज्यू! आप इजा को भी समझा दो— इजा हंसती है तो भी भीतर-भीतर रोती है।"

मनीष जानता है कि इजा को समझना और समझाना इतना आसान नहीं...इजा है तो चौसठ कलाओं की खान। मनीष उसके संग जिस दिन तक रहा, हर रोज एक-एक कला को सीखता रहा। इजा भी लाड़ से उसे सीख देती रही। जब अंतिम कला— जीवन जीने की कला को सिखाने, समझाने और मनीष की अनभिज्ञता प्राप्त कर लेने की घड़ी आई, उसी समय उम्र का तकाजा दुनिया के अनुभव बटोरने को निकल पड़ने की धुन पर भारी पड़ गयी। फूलदेई के अवसर पर बांस से बनी टोकरी (कुमाओं का महत्वपूर्ण बाल त्यौहार है। इस अवसर पर नयी बुनी बांस की टोकरी को अल्पनाओं और विभिन्न किस्म के फूलों से सजाकर गांव भर के हर घर की देहली पर बच्चे ले जाते हैं। बच्चे देहली पर फूल चढ़ाते हैं और उस घर की सुख समृधि की कमाना करते हैं। उसके बदले में, उन्हें कुमाओं के प्रसिद्द पकवान भरवा पुरी-उड़द दाल बड़ा, मिठाई के साथ उज्जवल भविष्य की ढेरों आशीषें घर के बड़े-बुजुर्गों द्वारा दी जाती हैं। यह कुमाओं का अपनी विशिष्टता लिए बाल त्यौहार का बेजोड़ नमूना हर वर्ष अप्रेल माह में मनाया जाता है।) उसे छोटी लगने लगी। गांव

के बुनकर के हाथों बनी, टोकरी कमजोर और कुरूप दिखने लगी। सुख समृद्धि की उम्मीद, आकांक्षाओं के फूल उस टोकरी में कम लगने लगे थे। तभी से वह, उसी भारी मन का बोझ उठाए, शहर दर शहर घूम रहा है इस विश्वास के साथ कि इजा की शेष कला के अनुभव को बांटने लौट आएगा एकदिन...

इस बार का यहां आना और लौटना वैसा नहीं है— बौज्यू की उम्मीद और इजा की आस को जीवन दान अवश्य मिल गया।

●●●

''पहाड़ गए और अब लौट आये— पियुली और बुरांश के फूल ले आते।''

''फूल बचे होते, ले आता— पिरूल और रामबाण बची है। सड़क क्या खुदी सारे जंगल खोद दिए।''

''तो अच्छे दिनों की उम्मीद को जी रहे हैं लोग?''

''लोग रहते ही कहां, जो हैं,वे हवा-पानी पर जी रहे हैं और मवेशी पुन्य कर रहे है— जीवन का उत्सर्ग।''

''क्या जयशंकर प्रसाद को पढ़ रहे हो?''

''नहीं, जीवन का अधूरा पाठ। शब्द और ध्वनि से निर्मिति का पाठ। ध्वनि, अक्षर, शब्द और भाषा से तादात्म्य स्थापित करने वाला पाठ। जीवन की एकरूपता, शक्ति सौन्दर्य और स्वतंत्र चेताना की कामना का पाठ, न्याय और प्रेम का सन्देश देता पाठ।''

''तुम्हें क्या हुआ मनीष?''

''नामत्रमक्षरेकिन्चन्च द्रव्य मनौषधम,
नायोग्य पुरुषः कश्चिद् प्रयोक्तएव दुर्लभा।''

मत्स्यपुराण में कहा गया है कोई अक्षर ऐसा नहीं, जिसमें शक्ति नहीं,कोई ऐसा द्रव्य नहीं जिसमें औषधीय गुण न हो और कोई व्यक्ति ऐसा नहीं जो सर्वथा योग्य हो।''

''कोई कमी है तो वह ये, तुम्हारे गुणों को कोई परख नहीं पाया— यही कह रहे हो न मनीष?'' कहती माजुली खिलखिला पड़ी।

''हंसी में न उड़ाओ इजा ने कहा है।'' मनीष ने अति भावुकता से कहा।

''ओह! तो इजा इतना पढ़ लेती है— पुराण तक...''

''नहीं, जीवन को पढ़ती और गुनती है तथा उसका पुनर्पाठ भी करती है...''

''और क्या सीख-पढ़कर आये?''

''व्यक्ति को देवता और उस भूमि को देव भूमि मानना बंद नहीं करते,

तबतक वहां नये सृजन में नया जीवन संभव नहीं।''

''और?''

''हिंसा कभी अहिंसा नहीं हो सकती, उसे सही ठहराना उचित नहीं।''

''मतलब?''

''जीव हत्या इस भूमि के लिए अच्छा नहीं, बल्कि पहाड़ पर एक बदनुमा दाग है। कभी देव भूमि रही होगी इससे इनकार नहीं, तब कुप्रथाएं तो रही नहीं होंगी। तब भी, हिंसा कैसी भी हो, किसी भी भू-भाग में हो, वह उचित नहीं- परंपरा के नाम पर तो बिलकुल भी नहीं।''

''आज क्या हो गया मनीष— क्या है यह सब? क्या कहना चाहते हो मुझ से? तुम्हारी बातों को समझना कठिन है मेरे लिए-मन, बुद्धि तथा अहंकार ईश्वर की अपार शक्तियां हैं। कौन किस रूप में उसकी आराधना करता है— तुम्हें इस पर क्या आपति हो सकती है? कुछ चलन में है, उसमें कुछ सत्य तो होगा ही, यहां के लोगों के मन,वचन और भावनाओं में फिर ये सब घुलामिला है, निश्चित ही कुछ तो होगा ही— इसे पराशक्ति तो मान रहे हैं, तो होगी ही।'' माजुली ने कहा।

''नहीं है— ऐसा कुछ नहीं हो सकता— मैं इस समय उसी बात को ही कह रहा हूं— वह है एक मात्र जीव। जीव कोई भी है उसमें ईश्वरीय अंश है तो यह हिंसा क्यों? यह ईश्वर की हत्या ही होगी। यह तो मानोगी, सभी जीव सभी परिस्थितियों में, अपृथक रूप से एक ही भगवान से संबंध रखते हैं, तब वहां सबको अलग- अलग बधाण पूजने की जरूरत क्यों होती है?'' (कुमाऊं में बधाण पूजा की परम्परा बौध प्रभाव को प्रकट करती है। गाय और भैंस के दुहिता होने के उपरान्त बधाण पूजा पांचवे दिन और नागारझण की पूजा नौंवे दिन दुग्धाभिषेक और मीठे पुए बनाकर की जाती है। कभी-कभी बकरे की बलि देने का चलन है।)

''मैं यह सब अधिक नहीं जानती और न यहां सब पर इस समय विचार का समय है।''

''मगर यह तो तुमने पढ़ा ही है— 'एकौ नारायण न ब्रह्मा न ईशानः'।''

''अरे ये सब सतयुग, द्वापर और त्रेता की बातें न करो— वतर्मान में लोटो- जिसमें तुम्हारा मान्यवर यहां तक चला आया था। उसके माया रोग की बात करो- उसे क्या कहोगे कि तुम्हारी जमीन और मेरी जमीन एक है। समस्त सृष्टि को जीवों की माता और ईश्वर को पिता के रूप में स्वीकार करो। लोग हंसेंगे— यह धार्मिक, आध्यात्यमिक अस्तित्व के आधार पर भौतिक शरीर के विकास की बातों के पाखण्ड को बंद करो— वह युग बीत चुका। ये सब बातें पढ़ने और सुनने में अच्छी लगती हैं।''

''मैं यही तो कहना चाहता हूं बौज्यू को।''

"तो कह देते— मन हल्का हो जाता-बकरे की जान गयी और कह भी नहीं सके।"

"वह बौज्यू हैं कि सुनते ही नहीं..."

"ठीक कह रहे हो मनीष! पिता ही तो हैं जो सुनते नहीं। मेरे पिता भी नहीं सुनते।" माजुली ने भी वही दोहरा दिया।

इस समय मनीष ने सुना— धैर्य से ही हमेशा सुनता रहा आजतक-पिता की बातों को सुनकर ही यहां चला आया है। उसने धीरे से कहा और खुद को ही उसके शब्द सुनायी पड़े। कान चौकन्ने और चेहरे पर गंभीर किन्तु, गहरी रेखाएं उभर आयीं। होंठों के तार खिंच गए। उन पर पपड़ियां उभरने लगीं। वह शांत भाव से सुनने लगा।

"ऐसा क्यों होता है कि पिता सुनते नहीं, सुनाते गजब का हैं। कभी विश्वास नहीं करते— अविश्वासी होते हैं।"

"यह तुम कह रहे हो— अपने बौज्यू की बात कह रहे हो— तो सभी पिता एक जैसे होते हैं— इसमें भगवद्गीता में समस्त सृष्टि को जीवों की माता और श्रीकृष्ण को पिता के रूप में स्वीकार किया गया है, यदि मैं कह दूँ— श्रीकृष्ण कहते हैं— मैं ही तुम्हारा पिता हूं तो वह जड़ ही होगा जो हंसेगा नहीं। इस कथन से कहीं आज शरीरों का सरलता से अध्ययन किया गया है, उससे हम समझ सकते हैं कि हरेक का डीएनए अलग-अलग है। जीव इस शारीरिक आवरण से हमेशा पृथक है।"

"फिर वही— तुम भी कहां सुन रहे हो मनीष! मैं तुम्हारी ही बात कर रही हूं!"

"बताओ, सुन रहा हूं।"

"वह तुम्हारी ही बात कर रहे थे?"

"मेरी" मनीष ने आश्चर्य से कहा।

"ज्यादा उत्साहित होने, अपरिचित रहने की जरूरत नहीं है- वे जानते हैं तुम्हें।" माजुली ने संवाद को बदलते हुए कहा।

"पहचानते हैं?" अचंभित होकर मनीष ने पूछा।

"नहीं— जानना और पहचानना दोनों अलग-अलग हैं मनीष! वैसे भी पुरुषों के लिए जानने से कहीं पहचान लेना कठिन होता है।"

"तस्वीर में पुरुष अपने को देखते हैं या फिर सुन्दर महिला को। दूसरे पुरुष पर उनकी आंखें टिकती नहीं— उस प्रकृति से मेरे बौज्यू वंचित कैसे रह सकते हैं? "माजुली ने जैसे चुटकी ली।

"मगर यह सब हुआ कैसे— समझा नहीं। मैंने तो उन्हें, कभी देखा भी नहीं।"

"आज देखना दिखाना जैसा कुछ रह नहीं गया मनीष! डिजिटल नयनों से

देखना है यह— तुम्हारी फोटो और पोस्ट एक साथ लगी थी फेसबुक पर। किसी ने वही डाल दी वर्डसैप पर भी तो उन तक पहुंच गयी।''

''कौन हो सकता है वह— कैसे संभव हुआ इस बीहड़ में...''

''संभव क्या नहीं है मनीष! कहने लगे— इस समय अकेली क्यों चली आई? डर नहीं है तुझे, शर्म भी नहीं?''

''फिर?''

''सच, पहले तो में समझ नहीं सकी— बौज्यू हैं डांटते हैं, फटकारते हैं तो अच्छा लगता है। बौज्यू हैं तो पुरुष भी हैं तो उतने ही शंकालु भी— यह कोई नयी बात नहीं। मैं ने भी कह दिया, पहले का समय नहीं रहा— बदल रहा है अब सबकुछ। हम युवा हैं— बड़े स्वार्थी हैं। पहले भविष्य देखते हैं, फिर दुनिया को। किसी का चेहरा देखने से पहले अपनी हथेली की उज्जली रेखाएं देखना नहीं भूलते।'' माजुली ने बात की जलेबी सी बना दी।

''फिर क्या कहा— सब कुछ सुन लिया उन्होंने?''

''इसके अलावा कर भी क्या सकते थे-फिर वर्डसैप पर तुम्हारी फोटो दिखते हुए बोले, ''कौन है यह?''

''आगे क्या हुआ, बड़ी मजेदार है बात...'' मनीष ने उत्सुकता दिखाई।

''उनकी दहाड़ सुनकर पहली डरी- सहमी, तो फिर मेरी हंसी फिसल गई— दोस्त है मेरा— अपने पहाड़ का ही है— हर रोज मिलता है, तो अपने घर-गांव और पहाड़ की बात करता है। आप तो जानते हैं पहाड़ मुझे अच्छे लगते हैं, उनके संबंध में जानना कितना अच्छा लगता है मुझे। एक दिन आपने ही तो कहा था— रूप-कुरूप रंग-रोगन जैसा भी हो— पहाड़ी है तो सुन्दर है और शालीन तो होगा ही। वह मेरा अच्छा दोस्त है, अभी उससे अधिक कुछ नहीं- हम दोनों बातें करते हैं तो उसमें अपना पहले भविष्य देखते हैं।''

''फिर...''

''फिर पिता और भविष्य मुझे प्रायवाची दिखे-ये पिता ही हैं तो खुश हैं'' खुशी जैसे आसमान चढ़ गयी, बोले, ''ऐसा था तो उसे भी साथ ले आती?''

''और मैं आ ही गया।'' माजुली की खितखित हंसी में अपना कंठ मिलाते हुए मनीष ने गंभीरता से जोड़ा, ''सो तो है, पिता चाहे कितने ही सुन्दर, कठोर और चाहे कितने ही प्रभावशाली क्यों न हों— अपनी संतान के भविष्य के लिए, उनकी नीयत पर कब्जा और उनकी सामाजिक प्रतिष्ठा की अपनी इच्छा-अनिच्छा से कभी अनदेखी नहीं करते।''

''ओह मनीष!'' कहते माजुली की हथेलियां मनीष की हथेलियों को छू गयीं। उसने देखा मनीष की हथेली की रेखाएं उसकी रेखाओं से कम गहरी नहीं

हैं— जो कठोर हैं और मांसल भी।

"मैं पहाड़ से हूं तो उनसे मिलकर अच्छा लगेगा।" मनीष ने उत्सुकता प्रकट कर दी। "तुम उनके मन के अनुकूल नहीं लगे तो..."

"मैंने निराशा में जीना सीख लिया है माजुली!"

"मनीष!" कहते माजुली ने मधुमखियों का बक्सा खोल दिया— जो आगन की ढाई हाथ (यहां आज भी यह नाप का पैमाना है— एक हाथ यानि अट्ठारह इंच) ऊंची दीवार पर रखा था— जिस पर मनीष बातें करते माजुली की अंगुलियां को थिरकते देख रहा था। मधुमक्खियों का झुण्ड उसके चारों तरफ घूमा और उसे घेर लिया।

मनीष के होश उड़ने लगे। उसके चारों तरफ मंडराते मौन को देखकर वह खिलखिलाई, "यूं ही शांत बैठे रहो, इनमें से एक भी तुम्हें छू भर लेगी तो उड़ जायेंगी।"

वही हुआ, एकलौती रानी की सुरक्षा में तैनात सैनिक मनीष की तरफ बढ़े, घूमे और हवा में गोता लगाकर उड़ गए— जिधर सैनिकों का हुजूम उमड़ा था।

"रानी है यहां-बाहर नहीं आती— सैनिक और सेवक आते हैं।" माजुली ने बताया।

"बाहर आ गयी तो कहां तक उड़ेंगी? वहां बंद रानी के साथ कोई और भी है"

"हां, सेवक भी हैं कई सैनिक भी— रानी की सेवा सुरक्षा में तैनात। नहीं भी हों, तो भी बाहर नहीं आएगी। रानी एक बार पंख भर लेगी तो महकती सरसों के खेत से मुग्ध होकर, फिर लौटकर नहीं आएगी— देख रहे हो पीली सरसों से खेत लहलहा रहे हैं— महक रहा है खेत। इंसान से अधिक संवेदनशील होती है रानी-सौम्य और सुलझी भी।" माजुली ने अपनी मन का जादू चला दिया।

"रानी को अपना सुरक्षा घेरा तोड़कर बाहर आना चाहिए— उसका किसी बंधन में रहना ठीक नहीं।" मनीष ने एक दार्शनिक की तरह गंभीर होकर कहा।

"मौन मनु मनुआन्तर में भी रही होंगी— तब अधिक स्वतंत्रचेता और सुरक्षित थी। पहाड़ हो या वियावान मौन की हर जगह रहने की प्रकृति तभी से है। आज भी निर्भय रहती हैं— जहां जीवन होता है वहीं छत्ता बना लेती हैं।" इस समय माजुली के भीतर एक रानी होने का एहसास भर गया।

"मैं रानी की बात कह रहा हूं..."

"मैं मौन के साथ-साथ औरत की बात कह रही हूं— उनकी रौबिंग की बात कह रही हूं। पुरुषों की प्रवृति को ये सब जानती हैं।" माजुली ने गंभीरता से मनीष को निरुत्तर कर दिया।

यही सब कुछ तो सुनना चाहता है मनीष। अच्छा लगा। कोई प्रश्न बनता, तो अवश्य उछालता। वह सोचने लगा, जिस दिन इस देश में औरत प्रश्न और संवाद करना आरम्भ करेगी पुरष की चुप्पी वहीं से शुरू हो जायेगी। वह यह भी भलीभांति जानता है संवाद दो या उससे अधिक के बीच होता है— एकतरफा नहीं होता- माजुली ने संवाद करना सीख लिया है। किन्तु, यह जरूरी नहीं, अब औरत सवाल करे और स्वयं जवाब भी दे— पुरुष की फितरत होगी उसका मौन बना रहे, उससे उत्तर की अपेक्षा को किसी विधान से उचित नहीं माना जाए...''

''अब मुझे लौटना होगा।''

''कहां? यह राजा हरु की भूमि है, यहां युवा एकांत में मिलने नहीं आता, युवती के पिता से मिले वगैर वह नहीं लौटता।'' (कुमाऊं की लोक प्रचलित लोक कथा हरु हीत है, जिसका नायक हरु सिंह हीत मालू के नाम पर मोहित होकर उसे अपनी रानी बनाने को भोट जाता है जब मालू उसे मिलती है और वह भी मुग्ध हो जाती है। वह कहती है अपने पिता से पूछे बगैर वह हरु हीत के लिए घर छोड़ सकती है। लेकिन हरु हीत को इस तरह मालू को अपने साथ ले जाना स्वाभिमान के विरुद्ध लगता है। यहां माजुली उसी स्वाभिमान की बात मनीष से कह रही है।)

''मतलब!'' उसने कहा। उसी क्षण उसके मस्तिष्क में मालूशाही की कहानी दौड़ गयी। उसने धीरे से कहा, ''मालूशाही कौन-सा लौटना चाहता था राजुला और उसके बौज्यू से मिले बगैर? मन का बड़ा रंगीला-दिलफेंक इंसान रहा होगा। उसका बस चलता, तो वह बैराठ से यहां टोटाम-मोहान आता और घूमता हुआ हेमवंत देश पहुंच जाता। और राजा हरु?''

'' राजा हरु कम हठीले नहीं थे— सीधे सरल और सहज व्यक्तित्व के धनी थे, जो ठान लिया उसे करते-गुजुडू पट्टी से चलकर सीधे भोट (हिमवंत देश) पहुंच गए बेचारे-वहां सुनपत शौक से मिलते है और उनकी बेटी मालू से भी...''

''दोनों की कथाएं एक सी हैं— दोनों ही मिलने हेमवंत देश ही जाते हैं-यह मनोविज्ञान मेरी समझ में नहीं आया अभी तक।''

''मगर मैं तो बैराठ तक चली गयी थी— मोहान-टोटाम होते हुए और लौट भी आई— मैं तुम्हारी तरह रास्ता नहीं भटकी आज तक...'' माजुली ने मीठा व्यंग्य छोड़ दिया।

''ठीक कह रही हो, इसीलिए यहां चला आया— वह भी इजा और बौज्यू को बताए बिना...'' मनीष ने स्पष्ट किया।

''तुम हमेशा ही भ्रम में जीते हो मनीष! ''खवाब एक परिंदा था ''पुस्तक पढ़ोगे तो सबकुछ समझ आ जायेगा— यह इतिहास नहीं स्वपन्न कथा है— तुम्हारी कथा उससे भिन्न नहीं। परिंदा है तो उड़ेगा ही— राजुला से पहली बार आंखें चार

होती हैं तो अग्नारी देवी के मंदिर में। उसके पिता बैराठ के मेले में होते हैं अपने लावलश्कर के साथ...'' (कत्युरी वंश की कुलदेवी हैं अग्न्यारी देवी। इसके मंदिर परिसर में हजारों साल से हर साल मेला आयोजित होता था। यहां उच्च हिमालयी क्षेत्र के व्यपारी पैंठ पड़ाव में आकर, अपना साल भर के लिए जरूरत का सामान क्रय करते और ऊन, हाथ से बनाए गर्म कपड़े तथा अपने यहां की बनी वस्तुओं का विक्रय करते थे। बीसवीं सदी के सातवें दशक तक तिब्बत (हिमवंत देश के अन्तर्गत था) से व्यपार का यह क्रम चलता रहा, जो अब बंद हो चुका है। भारत और तिब्बत के बीच सांस्कृतिक संबंधों की मिशाल और महत्वपूर्ण बेजोड़ कड़ी के रूप में इसे समझा जा सकता है।)

''जैसे तुम मिली थी मुझे, पहली बार लालकिला के मैदान के मेले में (बीसवीं सदी के अंतिम दशक में यह मेला बंद कर दिया गया। प्रवासी उत्तराखंडियों का हर साल सामूहिक होली मिलन का एक मात्र भव्य आयोजन यहां पर होता था- रंग खेलने के बाद)।''

''हां, मुझे याद है, उसी दिन अपना रंग जमाया था मुझ पर, और में खूब हंसी थी कोई तो है जो...'' कहती माजुली जोर से खिलखिला पड़ी— लगा दोनों किसी ऊंचे से गिरते झरने को मुग्धभाव से देख रहे हैं, कानों में गूंजता छन्न-छन्न-छन, छन् छन्न छन् का मधुर कर्ण प्रिय संगीत को अनुभव कर रहे हैं।

''मुझे लगा मैं यहां— सौरियाल (रानीखेत-रामनगर रोड पर गिरता झरना। जो पहाड़ों की लम्बी यात्रा के विश्राम के पलों में आनंद देता है। यह लोक जीवन का मुहावरा बन चुका है।) पहुंच गया हूं...''

''और साथ में मैं भी-झरने ऊंचे पहाड़ों के अच्छे लगते हैं।''

''अविरल झरते हुए— एकदम माजुली की तरह।''

''धत-माजुली कैसे?''

''तुम नहीं, छतीसगढ़ में है।'' मनीष ने स्पष्ट किया। (छतीसगढ़ में एक प्रसिद्द पर्यटन स्थल है— जिसे जल्जली भी कहते हैं। यहां धरती को हिलते हुए अनुभव किया जा सकता है।)

''हां वहीं, जहां हम, वियावान वनखंड में तुमने ऐसा ही कहा था।'' कहते दोनों अपनी स्मृतियों की और बढ़ गए— अधूरे शब्दों की रिमझिम को बटोरने हर रोज़ की तरह।

''थोड़ी प्रतीक्षा कर लो मनीष! मेरे बौज्यू लौटते होंगे, मैं भी चले चलूंगी तुम्हारे साथ।''

''मेरे साथ...'' मनीष को माजुली के शब्द इस समय जरा भी विस्मयकारी नहीं लगे।

सुबह की पहली बस से मनीष यहां पहुंच गया था।

माजुली ने उसे बातों में उलझाया तो कई घंटे बातों में बीत भी गए। आसमान तक बदल गया था। सूरज अपने यौवन की ओर बढ़ रहा था और बच्चे स्कूल को निकल रहे थे। बच्चों को उसने स्कूल की ड्रेस में देखा तो उनका स्कूली बच्चे होने का अनुमान पक्का हो गया। गुनगुनी हवा लड़कों के तेल चुपड़े बालों पर फिसल रही थी और लड़कियों की रंगीन चुन्नियां को अपने साथ ले जा रही थी। लड़कियां उड़ती चुन्नी का एक सिरा अपनी कमर बांध चुकी थीं। सिर को ढकना अब उन्हें अच्छा नहीं लगता। लड़के परम्परावादी प्रवृति के दिख रहे थे-परम्पराओं को समर्पित आज भी हैं। फिर भी, वर्तमान के साथ चलने और उसके लिए नया तर्क गढ़ने के किस्से सीख चुके हैं। लड़कियां ने यह गुण नहीं सीखा-वह इसे लड़कों का बचपना कहती नहीं थकतीं, तो स्वयं सौम्य, सुशील हैं तो लोगों का मन जीतने पर विश्वास करती थीं। माजुली के पिता अध्यापक थे और बड़ी जोत के किसान भी। वह खेत से लौट चुके थे— समय के पक्के पाबन्द। अभी विद्यालय की तरफ हवाई चप्पल चटकाते कदम भी बढ़ा लेंगे। एकाएक मनीष के मन में माजुली के पिता के विषय में जानने की उत्सुकता सी हुई। वह जानता था, किसी व्यक्ति के विषय में जानने की जिज्ञासा उसके व्यवसाय के आधार पर करनी चाहिए। एक अध्यापक के विषय में जानने का भाव उसे रोमांचित करने लगा।

मनीष अभी सोच ही रहा था कि उसने एक छरहरे वदन के व्यक्ति को लम्बे डग भरते हुए, अपनी ओर आते देखा। उसने माजुली के पिता को कभी नहीं देखा था और न ही मिला था, अपने बौज्यू से उनका नाम अवश्य सुन लिया था- यही देवसिंह नेगी हो सकते है। उसका अनुमान ठीक निकला।

''बड़े भाग्य हैं हमारे, जो आप यहां आये— किसी भी बहाने, यहां घर पर आये-अच्छा लगा। माजुली ने बताया, आप भगवान् हैं। भगवान् अलग आसमान से टपका हुआ नहीं होता— किसी ने आज तक देखा तो नहीं, अब सभी मानते हैं तो होगा ही-वह हम जैसा ही होगा— दो नाक, कान, मुंह वाला। और फर्क होगा तो हम इस गांव देस की सोचते हैं, आप लोग जरा बड़ा सोचते हैं— वह बड़ी दुनिया के विषय में सोचते होंगे— मगर वह भाव सभी के भीतर होता है किसी न किसी रूप में-सभी के लिए सोचता है। 'सर्व-लोक-महेश्वरम' वह कभी मंदिर, मस्जिद, चर्च और गुरुद्वारा में न रहता है न फर्क करता-वह हर जगह एक जैसा होता है। वह समस्त लोकों का स्वामी है। इसीलिए कहते हैं-अथिति देवो भव!'' किसी भी रूप में पधार सकता है।'' देवसिंह नेगी ने एक रौ में अपनी मन की बात कह दी।

''आप ऐसा क्यों कह रहे हैं, मुझे अच्छा नहीं लग रहा है। मैं भगवान् नहीं हूं और न अथिति हूं, माजुली और मैं दोस्त हैं— अच्छे दोस्त— इससे अधिक नहीं।''

मनीष ने कह तो दिया, उसे अफसोस हुआ कि कोई व्यक्ति कुशलता का समाचार पूछता है, तब उसके जीवन की परिस्थियों के अनुरूप उत्तर देना चाहिए ताकि उसका मन कुपित न हो...

"आप लोग नहीं मानें-इस समय को देखते मानना भी नहीं चाहिए। इतना तो है हवा, पानी, धूप और चांद की चांदनी सभी के आंगन में बराबर आती है। राजा और रंक में ये ही हैं जो कभी फर्क नहीं करते-समान दृष्टा और समभाव हैं तो ये ही ईश्वर हैं।"

"आप मजेदार आदमी हैं अंकल! हम लोगों से अधिक युवा है— देखने में और विचारों में भी..." मनीष ने देवसिंह से प्रभावित होकर कहा।

"माजुली भी ऐसा ही कहती है। आप दोनों आज के बच्चे हैं, इतना तो जरूर है, आप लोग इंसान की कीमत समझते हैं। उसको सम्मान भी देते हैं। मेरी सुबह से दायीं आंख फड़क रही थी कि कुछ शुभ होनेवाला है। किचन में सुबह सवेरे हाथ से बर्तन छूट गया, तब पक्का हो गया था, आज कोई न कोई आने वाला है।"

"तो मैं यहां पहुंच गया।"

मनीष उत्सुकता से कहने में नहीं चूका। उसने देखा और एहसास किया कि सचमुच में देवसिंह नेगी के मुख मंडल पर खुशी की चमक है।

"तुम आज यहीं रुकोगे मनीष! मुझे भी कल सुबह लौटना है"

"किसी और दिन।"

"जब दोनों का साथ है, तो तुम यहां ठहरो माजुली को कल सुबह लौटना है, आज और अभी निकलना है तो...फिर उसे भी साथ ले जाओ— एक रात ही तो बीच में है।"

मनीष ने सोचा गजब का विश्वास है, देवसिंह नेगी का प्रस्ताव बुरा नहीं है। उसने कहा, "माजुली जैसा निर्णय ले-लौटना ही है तो..."

"अभी लौट जाते हैं बौज्यू! मनीष को यहां ठहराना अच्छा नहीं लग रहा है,मैं ही..." कहती माजुली घर के भीतर चली गयी।

"ठीक है, लौट जाओ। खूब मेहनत करो। मगर मेहनत के गीत कभी मत गाओ— उसे लोगों और समाज के लिए छोड़ दो— वे समय से पहले कभी गीत नहीं गाते..." कहते देवसिंह नेगी ने जीवन का अपना अनुभव बांटा, फिर उज्ज्वल भविष्य की कमाना करते हुए स्वयं भी घर के भीतर को जाने लगे। एकाएक हाथ जुड़ गए। जैसे अपने इष्ट को याद कर रहे हों।

मनीष देर तक घर आंगन और चारों ओर फैली हरियाली को निहारता रहा। एक गांव को जीता रहा। उसकी हवा पानी की तासीर को अनुभव करता रहा। उसे आंगन में अकेला बैठा देख माजुली बाहर निकल आई। उसे सामने पाकर मनीष ने

ध्यान खींचते हुए कहा ''सुना वह स्कूल जाती लड़कियां क्या कह रही हैं— तुमने सुना होगा इस उम्र में लड़कियां छिप-छिपकर इजा-बौज्यू की बातें सुने वगैर रहती नहीं-अब सुनो जो उन्होंने कहा नहीं— जैसा ये लड़कियां कह रही हैं।''

''क्या कह रही हैं?'' माजुली ने अनभिज्ञता प्रकट करते हुआ कहा। इस समय उसके चेहरे पर जिज्ञासा के सपष्ट भाव दिखे। उसने दोहराया, ''बता दो एक बार फिर से, क्या कह रही थी— मैं भी तो सुन लूं...''

''कह रही हैं— मैं तुम्हारा...''

''क्या सच में कहा— तुमने सुना?'' विस्मयकारी मुद्रा के भाव मुखमंडल पर लाते हुए, माजुली ने अपना मन का विश्वास मजबूत करने के लिए पूछ लिया।

स्कूल जाती लड़कियों के कदम उन्हें देखकर पहले ही आंगन पार कर गए थे।

माजुली ने जितनी उत्सुकता से पूछा, उससे कहीं अधिक तेज़ी से वह लड़की क्षुब्ध हो गयी। जिसके शब्दों को मनीष ने दोहराया था, उससे माजुली ने कहा, ''जो मन से साफ होता है वह मन की कहने पर नहीं डरता। बोलो, तुमने क्या कहा था— मैं उन शब्दों को सुनना चाहती हूं।''

लड़की कुछ नहीं बोली।

माजुली की उत्सुकता और घनी हो गयी, ''एक बार बोल दो— मैं तुम्हें कुछ भी नहीं कहूंगी, तुम्हारे मुंह से निकले शब्दों को में सुनना चाहती हूं।''

लड़की और अधिक हतोसाहित होने लगी, उसे एक तरह से अपराध बोध होने लगा। लड़की रुआंसी हो उठी। माजुली को उसके आंसूओं में मोतियों की चमक प्रतीत होने लगी। उसने होंसला बढ़ाते हुए, लड़की का नाम पूछा, इस समय उसने तपाक से अपना नाम बता दिया।

''मालती! तुम वही— मदन चाचा की लड़की हो मालती! अरी! तुम तो मेरे ही परिवार की हो।'' माजुली ने कहा और साथ ही उसे खुश करने को जोड़ दिया, ''बहुत सुन्दर नाम है तुम्हारा। मुझे बचपन से ही यह नाम अच्छा लगता है। कौन सी कक्षा में पढ़ती हो?''

''आठ में।'' मालती ने बताया।

''अरे मनीष सुन रहे हो यह मालती है— मालू! तू इतनी बड़ी हो गयी अब आठवीं कक्षा में पढ़ने लगी— याद है, तुम्हारे बालों की दो गुथियां बनाती थी मैं-पगली! मुझसे शरमा रही हो?''

इस पर मालती पूरी तरह से घबरा उठी, वह यह तक नहीं कह सकी, तुम्हें मैं पहचानती हूं— तुम माजुली दीदी हो— ताऊ देवसिंह की लड़की। उसके चेहरे पर एक तरह से अवसाद सा दिखने लगा कि उसे अपनी दीदी के विषय में ऐसा नहीं सोचना और कहना चाहिए था। हां, इतना तो आत्मतोष उसे लगा, मालती दी अब

स्कूल जाकर उसकी शिकायत अध्यापक से नहीं करेगी।

बच्चे कहीं भी हों निश्छल तो होते ही हैं— मालती उससे अलग नहीं है। वह चाहती तो कोई बहाना देकर अपना पिंड छुड़ा सकती थी। किन्तु, उसने जो कुछ भी कहा, सच्चे मन से कहा था। माजुली खिलखिला उठी, ''अभी ऐसा कुछ भी नहीं है मालू! जब होगा तो सबसे पहले तुझे बता दूंगी।''

मालती की बांछें खिल उठीं। पांव के अंगूठे ने थोड़ी जमीन खुरच दी और फिर दांया हाथ हवा में उठाकर, उसने विदा लेने को हाथ हिला दिया।

माजुली उसके हाथ को हिलते हुए देखती रही— बड़ी देर तक,मन ही मन खुश होती रही— अब गांव में भी लड़कियों ने हवा में हाथ लहराना सीख लिया है? और एक उसके पिता हैं, जो कभी ताजा दही में शक्कर मिश्रित दूर्वा खिलाना नहीं भूलते...

●●●

धनगड़ी से रामनगर आये।

फिर आनंद विहार तक की यात्रा का उन्हें पता तक नहीं चला।

अभी भी बहुत कुछ था, जो कहने और सुनने को अधूरा छूट रहा था। माजुली है कि वह कभी अनकहे वगैर रहती नहीं-बातों को ढ़ोना उसे नहीं आता। वह सहजता से पूछ बैठी, ''मनीष एक बात कहूं, हमारे नेशनल कार्बेट पार्क में सभी जानवर साथ रहते हैं— एक साथ जमरानी बांध का पानी पीते हैं— महानगर में हम इंसानों के बीच क्यों बिछड़ जाते हैं?''

मनीष कोई अप्रत्याशित मनसूबे का समुचित उत्तर नहीं सोच पाया। वह चुप रहा।

माजुली ने आगे जोड़ दिया, ''मेरा मोबाईल नंबर वही है— बदला नहीं। कोई उत्तर सूझे तो बता देना।''

मनीष इस पर भी चुप रहा।

''और तुम्हारा...''

मनीष के पास मोबाइल नहीं है— मान्यवर का दिया हुआ था-उसे कभी का लौटा चुका है -ऐसा बताने के बजाय उसने कहा, ''अगली मुलाकात होगी, तब बता दूंगा।''

''तुम मेरे साथ चलो मनीष! आज की रात साथ रह लोगे।''

''आज नहीं, फिर कभी।'' मनीष ने चिंतित शब्दों में कहा।

''आज क्यों नहीं?''

''आज मेरा वहां आना ठीक नहीं।'' अस्पष्ट संदेह और उसके चेहरे पर तैर गया।

''वहां मेरे सिवाय कोई नहीं होगा।'' माजुली ने मनीष की कलाई थाम ली।

''किसी के होने से कहीं अधिक वहां किसी का ना होना महत्व रखता है माजुली! वह विश्वासघात होगा।''

''मैंने आज से पहले कभी नहीं कहा था-घबराओ नहीं, मैं अपने बौज्यू को बता चुकी हूं।''

''क्या?''

''यही कि तुम आज मेरे साथ रहोगे, मेरे ही कमरे में।''

''बौज्यू ने क्या कहा?''

''अब बौज्यू कुछ नहीं कहते— सिर्फ सोचते है— ठीक वही जैसे पिता अपनी जवान बेटी के विषय में सोचते हैं— वह एक अध्यापक हैं तो अच्छा ही सोचते हैं...''

''अध्यापक से पहले पिता...कोई भी पिता...'' मनीष ने मन का संदेह खोल देना चाहा। माजुली ने मनीष के होंठों पर अपनी गुनगुनी अंगुलियां रख दीं, जिन्हें उसने मरते दिन की ठिठुरती ठंड में अपनी छातियों के उभारों के बीच बड़े ही जतन से छुपाकर रखा था। उसने धीरे से कहा, ''मेरे बौज्यू अध्यापक भी हैं और किसान भी— वे अपने तीनों कर्तव्यों से संतुष्ट हैं। जो व्यक्ति आत्मसंतुष्ट रहता है, वह कभी निर्धारित कर्तव्य से विचलित नहीं होता मनीष! निर्धारित कर्तव्यों में संलग्न रहने वाला व्यक्ति समस्त कामनाओं की पूर्णता को भी सरलता से प्राप्त कर लेता है।''

''और जो संतुष्ट नहीं होता है, वह दर-दर भटकता रहता है-मेरी तरह।'' बड़ी तंग जुबान से मनीष ने कहा।

''मैं ऐसा बिलकुल नहीं कह रही हूं मनीष! कह रही हूं, आज तुम साथ चले चलो-सिर्फ एक रात की ही तो बात है।''

मनीष कुछ कह नहीं सका— एकदम असहाय, माजुली के चहरे को बड़ी देर तक टुकुर- टुकुर निहारता रहा-जैसे खुद को समझाने के लिए कह रहा हो— ठीक ही तो कह रही है माजुली, कहां जायेगा वह इस महानगर में— कालिंदी कुञ्ज के परिंदे तक अपने घोंसले में लौट आते हैं— वे एक रात में किसी और डाल-पात पर नया घर कैसे बसाते होंगे। येसा ही कुछ-कुछ सोचते, धीरे-धीरे मनीष को लगा, उसका कद छोटा और माजुली की जिद ही नहीं, वह स्वयं भी बड़ी होती जा रही है— वह जब सोचती है हमेशा बड़ा ही सोचती है।

आनंद विहार का बस अड्डा भले ही मरकरी बल्बों की पीली रोशनी में जगमगा रहा था, लेकिन बाहर गहरी धुंध की भयावह रात की ठंड बरस रही थी। रात गहरी हो चुकी थी। उसने कलाई पर नजर दौड़ाई, रात के बारह बज चुके थे। उसने अपने ठौर-ठिकाने से अधिक माजुली के अकेले होने पर सोचने लगा कि सर्द

रात की तंग गलियों में कुत्ते ही नहीं दुबकते— गलियों का शोर तक सो जाता है। एकांत में बिल्ली के पांव चलते हैं— वे चालमारी का एहसास करा देती हैं। उसी क्षण उसे लगा, गली में उन दोनों के पांव बजने लगेंगे तो, किसी न किसी की नजर उन दोनों पर टिक जायेगी। मनीष ने अपने से कहीं अधिक माजुली पर पडौसियों की आंखों की रोशनी के संबंध में सोचा,एक युवती के विषय में सोचा। बीसियों प्रश्न उसके इर्दगिर्द घूमने लगे।

दोनों चुपचाप बस अड्डे से बाहर निकल आये।

"ठंड बहुत कड़क है माजुली! भोर होने तक न मेट्रो खुलेगी और न ही बस ही। थ्रीह्विलर का सफर हड्डियों की सीटी बजा देगा।" मनीष ने चिंतित स्वर में कहा।

"इस ठौर पर ठहरा भी नहीं जा सकता— यहां रेस्ट रूम की सुविधा होती, तो वहीं आराम कर लेते। खुले आसमान यहां पर पड़े रहना, पटेल नगर तक के सफर से कहीं अधिक, रात भारी पड़ जायेगी।" माजुली ने जैसे अपनी मन की बात परोस दी।

टिड्डियों की भांति उमड़ता थ्रीह्विलरियों का झुण्ड उमड़ आया।

माजुली का मन खुश हुआ। मोलतोल की मामूली जद्दोजहद करनी पड़ी। वे दोनों पटेल नगर की और चल पड़े। थोड़ी दूर चलने पर हवा ने अपना संगीत सुनाना शुरू कर दिया। दांतों की सरगम चल निकली। माजुली से मनीष की दांतों की किटकिट सहन नहीं हुई। उसने अपना शॉल का पल्लू ढ़ीला किया, मनीष को ओढ़ाते हुए कहा, "तुम्हें ठंड नहीं लग रही क्या? सटकर बैठो, जवान होने का भ्रम न पालो।"

"मैं आज रात क्या तुम्हारे घर पर रहूंगा।" मनीष ने जैसे मन बदलकर निर्णय पूछा।

"इतनी रात में अपने घर पर लौटने की सोच रहे हो? घबराओ नहीं, यमुना का किनारा पार होते ही, ऊंची इमारतों की ओट में, हवा की धार कुंद हो जाएगी।" माजुली ने आत्मविश्वास के साथ मनीष को भरोसा दिलाया।

"बर्फीली ठंड दांतों से बजती सीटी को भी अब जैसे जमाने लगी है।" मनीष ने ठंड से लड़खड़ाती जबान में कहा।

"अपने गांव देस की बात होती, पहुंचते ही गर्म चाय बनाने में इजा देर नहीं करती। बेड पर लुढ़कते ही बिस्तर को गर्म होने में भी समय नहीं लगता और फिर अपनी नींद सो जाते।" एकायक माजुली की इजा स्मृति में तैर गयी। उसने कहा, "मुश्किल घड़ी में इजा ही क्यों याद आती है मनीष?"

"हां, बौज्यू भी। उनका विकल्प भी तो नहीं है जीवन में..."

"लो, छू कर देखो, शॉल काफी गर्म है— इजा ने भोटियों से खरीदा था मेरे लिए। जब-जब इसे ओढ़ती हूं, इजा के आंचल में होती हूं— इजा नहीं रही अब,

उसकी अनुभूति हमेशा साथ रहती है। देखो, इतनी कड़क ठंड के बावजूद निमैली गोद ही तो होती है इजा-गोद का एहसास...''

माजुली ने सहजता से कहा। मनीष के बर्फ हुए हाथों को उसने अपने आंचल में छुपा लिया। घने अंधेरे के बीच रस्ता नहीं दिखा। भय को भुलाने के लिए वे बातों में लगे रहे।

ड्राइवर ने धुंध के बीच रोड के न दिखने और आगे न बढ़ सकने की असमर्थता प्रकट कर दी। उन दोनों ने भी उसकी बात को अनसुना करने की तत्परता दिखा दी। असल में दिल्ली के थ्रीव्हीलर ड्राइवरों की असमर्थता से वे दोनों भली भांति परिचित थे— उसे बहानाबाजी से अधिक नहीं समझते थे। इसीलिए उनके लिए यह कोई नई बात नहीं थी। फिर भी, उन दोनों ने अपनी-अपनी तरह से ताक झांक की। एक दूसरे से गुंथीं अँगुलियों के चलते, बाहर गहरी धुंध के बीच, उत्तेजनापूर्ण तड़फती रोशनी दिखाई पड़ी— ''हम तीस हजारी पहुंच गए हैं।'' इस समय उनके होंठों ने नहीं, अँगुलियों ने कहा था। अंगुलियां एक बार फिर से, जोर से, कस गयीं तो अधिक गुनगुनी होने तक का अहसास उन्हें दे गयीं।

उन्हें चुप रहना ही उचित लगा।

ड्राइवर ने थ्रीव्हीलर को आजाद मंडी फ्लाई ओवर की चढ़ाई पर नहीं फ़ाया। ऐसा नहीं था कि वह अनुभवी नहीं था। बन रहे नए फ्लाई ओवर पर चढ़ने का उसे ध्यान नहीं था-दरअसल एकदम खेला-खाया होने का अनुमान उसकी बातों से लग रहा था। उसने धीरे से कहा, ''नए रास्ते चलने पर जोखिम का डर लगता ही है। एक बार बेध्यानी में हाथ फिसल गया, फिर तो हाथ छूटता ही चला जाता है- कंट्रोल से बाहर...''

''क्या कह रहा है यह?'' उन दोनों की उलझी अँगुलियों और अधिक जोर से कस गयीं तो आग, महसूस हुईं। गहरे स्पर्श की आंच और उनका शोर मन तक पहुंच गया। माजुली ने कहा, ''तुम अपनी सुविधा से चलते रहो भाई! हमें तनिक भी जल्दी नहीं।''

''वैसे भी फ्लाई ओवर पर हवा हमेशा तेज ही चलती है-उससे बचना अच्छा है। ऊपर चढ़ोगे तो ठंड तुम्हें भी लगेगी और हमें भी।'' मनीष ने कहा।

दरअसल वह कहना चाहता था, हम दोनों हवा का आनंद ले ही रहे हैं और तुम अपनी हवा का रुख देखो, उससे बचते, बचाते निकलो, अच्छा है।

''तुम्हारे हाथ मेरे हाथों से कम ठन्डे हैं।'' मनीष ने कहा।

''तुम्हारे बाल मेरे बालों से बड़े और रूखे हैं।''

''जेंट्स के बाल ऐसे ही होते हैं— फिर भी, मेरे बाल मुलायम हैं तुम्हारी तरह।''

''तुम कांप रहे हो— कब ऐसा अहसास हुआ, ''

''जब पहली बार उनकी लट खुली थी।''

''तब मैंने उसी समय उन्हें सम्हाल लिया था।''

''लट खुलती है-आवाज़ नहीं करती— आभास कराना नहीं भूलतीं...''

''यानि मेरी लट खुलने का एहसास तुम्हें हो चुका था-मेरे खुले घने बाल तुम्हारे चेहरे को छू भी गए। अरे वाह! तब तो मेरी इजा ठीक कहती थी, इन घने बालों के बीच तू इंसान तक को छुपा लेगी।'' माजुली की स्निग्ध मुस्कान को इस समय मनीष देख नहीं सका।

''मां कभी गलत नहीं होती— हमेशा ठीक कहती है— हर लट में एक पुरुष छिपा होता है'', कहने के साथ ही उसने बात को सम्हालते हुए कहा, ''नहीं, हर पुरुष छिपना चाहता है।''

''तब तो तुम्हारी तरह...''

''पीछे ठंड भी अधिक होती है और गर्मी भी।'' ड्राइवर ने अपना अनुभव बताया, जिसे उसने यात्रियों से ही सुना था।

''तुम्हें इसके दोनों तरफ परदा लगा लेना था।'' मनीष ने कहा।

''हवा आगे से भी आती है मनीष! सीधे चेहरे पर लगती है।''

''अच्छा, मुझे पता नहीं चला, मैंने मुहं छुपा लिया था।'' मनीष ने तपाक से कहा।

''ओह मनीष!'' कहते माजुली खिलखिला पड़ीं। उसकी खिलखिलाहट को बड़ी देर तक मनीष सुनता रहा और दूर तक वह ड्राइवर के कानों में भी गूंजती रही।

पटेल नगर पहुंचने पर, गली की ख़ामोशी को थ्रीव्हीलर के शोर ने जगाया ही नहीं, दहला दिया-साथ ही लौट जाने की सूचना भी दे दी।

●●●

''यह मेरा घर है मनीष! यहां मैं रहती हूं सिर्फ मैं— बहुत सुन्दर है।''

''तुमसे सुन्दर और तुम्हारे बालों से भी...'' मनीष को न मालूम क्यों शरारत सी सूझ गयी थी।

''अब तुम यहीं रहोगे।''

''मैं सिर्फ आज की रात यहां रहने आया हूं।''

''क्या तुम्हें मेरे बाल अब सुन्दर नहीं लग रहे हैं मनीष!''

''नहीं, नहीं यह बात नहीं, ''कहकर उसकी अधूरी बात को माजुली ने अपने खुले बालों के बीच छुपा लिया। बड़ी देर तक शब्द उसके घुंघराले बालों में उमड़-

घुमड़ करते रहे। गर्जन-तर्जन बढ़ी, एक विचित्र तरह के स्पर्श की अनुभूति उन्हें होने लगी। अब वे इतना भी नहीं कह सके कि पहले काली घटायें डराती हैं, फिर उसकी फुहारें भिगोती भी हैं। वे फुहारें प्रकृति का गहरा आनंद ही नहीं देतीं, जीवन में उत्सव का रस भी भरती हैं। धरती में आनंद का बीज बोती हैं। ठहरो मनीष! यह जीवन का क्षणिक आवेश मात्र नहीं है, सुन्दर संसार के सुनहरे पलों को सजाने-संवारने और मन भर कर जी लेने के लिए हैं।''

माजुली झटके से अलग हुई।

''यह क्या हुआ माजुली को?'' मनीष ने पूछना चाहा।

माजुली एक तरह से रोमांचित हो उठी,उसने मनीष को स्पर्श करते हुए आश्चर्य से कहा, ''यह क्या बाहर भयानक ठंड बरस रही है और तुम— यहां तुम्हारी सम्पूर्ण देह पसीज रही है। तुम इस तरह क्यों कांप रहे हो मनीष?''

''डर गया था। तीस हजारी कोर्ट की बंद कोठरी से आती चीख, चिल्लाहट और कहीं दूर से आता बलात्कार का भयानक शोर...'' मनीष जैसे कहते-कहते उसके शरीर की कंपन बढ़ गयी।

''तुम अब घर पहुंच चुके हो— यह घर मेरा है।''

''पर शोर अब भी मेरे कानों में गूंज रहा है। मुझे डर लग रहा है।''

''कैसे मर्द हो तुम एक समर्पित लड़की से डर रहे हो?''

''विधर्म है यह— उससे बढ़कर कुछ नहीं।''

''तो धर्म क्या है— यही कि एक पुरोहित हमारे जीवन की रक्षा के लिए सामवेद, ॠग्वेद तथा यजुर्वेद के पवित्र मन्त्रों का पाठ करे, अथर्ववेद के मंत्रों का गान करे और फिर गृह शांति के लिए अग्नि में आहुति दे— यह मुझे स्वीकार्य नहीं मनीष? मैं स्वयं की आहुति दे रही हूं— तुम्हारे हवन कुंड में स्वाह हो रही हूं...''

''यह बात नहीं है माजुली! वेद मन्त्रों का महत्व वही है, जो तीस हजारी कोर्ट में रखी पवित्र पुस्तकों का है। मुझे जितना भय उन पुस्तकों में छपे शब्दों का है उताना ही हवा में गूंजते पवित्र मन्त्रों का भी। मगर...''

''मगर क्या? चुप क्यों हो गए— कहो— और भी पुराणों-उपनिषदों की पवित्र ॠचाएं हैं, उन्हें भी कहो, तुम्हारे मुखारविन्दु से सुनना मुझे अच्छा लग रहा है...'' एक तरह से माजुली ने हास्य मिला व्यंग्य करते हुए कहा।

''मेरी बात और मेरे भय को तुम हलके में न लो माजुली! अब समय बदल चुका है, वेद मन्त्र, उनकी ॠचाएं और यहां तक कि कानून की किताबें बदल चुकी हैं। उनके शब्द और अर्थबोध सभी बदल चुके हैं।''

''मगर एक युवा मन और उसकी अभिलाषा तो नहीं बदली है आजतक- उसको बदलने की ताकत न तुम्हारे वेद, उपनिषद के मंत्रों, उनकी ॠचाओं, किन्हीं

पवित्र धार्मिक ग्रंथों में है और न ही दुनिया की कानून की किताब में।'' इस समय माजुली के शब्दों में आवेश–सा फूट पड़ा।

मनीष थरथर कांपने लगा। माजुली की बर्फ सी सफेद धूसर शब्दों की आग की आंच उसे झुलसाने लगी। अपने बौज्यू के शब्द उसे याद आने लगे कि मुझे कुछ अच्छे लक्ष्ण प्रतीत नहीं हो रहे— जब से तुम इस घर में आये हो, आते ही हमारी मान्यताओं का विरोध,फिर कमलकिशोर को गांव में मंदिर निर्माण से खलल डालकर रोका और अब तो सुबह से ही दायीं आंख,कान और बाजू फड़कती तो शुभ होता— यहां तो सम्पूर्ण बायीं देह ही फड़कती जा रही है, और तेरी इजा का दाहिना हाड़ ही कंपकंपाने लगा है। तब उसने झट से कहा था, ''ये सब शरीर के विकार से होता बौज्यू! कमजोर देह में लकवा के लक्ष्ण भी हो सकते हैं...''

बौज्यू का मन खराब होते तब देर नहीं लगी थी और यहां इस समय, अब न मालूम क्या कुछ नहीं खद्बदा रहा है माजुली के अंतर्मन में। यह उसका मनोविकार भी हो सकता है... पल भर में क्या कुछ नहीं सोचने लगा मनीष। शरीर से पानी पसीजकर टपकने लगा था। दिल्ली की एक के बाद दूसरी घटना के साथ देश–दुनिया की सुनी हुई खबर उसके अंतर्मन में कोंधने लगीं— अपराध है वह सब— पाप भी तो यही है। पाप का प्रायश्चित के कंथ और कथाएं खूब सुनाती थी इजा, जो उसे आज भी जस की तस याद हैं— परन्तु, उनमें प्राण लेने की कथा कभी नहीं सुनी— अंगभंग का दंड प्रावधान तो किसी सीमा तक उचित प्रतीत होता है। जब से तीस हजारी कोर्ट की पुस्तक का दंड विधान का पृष्ठ बदला है, हर किसी की आत्मा ही अपनी ठौर छोड़ने लगी है— मेरे इस अपराध की सजा उससे कम तो नहीं हो सकती। उसके मुंह से निकल पड़ा, ''मुझे छोड़ दो माजुली! मुझे अपने हाल पर जाने दो''

''क्यों घर में भी डर लग रहा है? अरे बाहरी डर से ही तो घर बनते हैं और तुम– विचित्र हो तुम भी... हम यहां हैं, अपना भला–बुरा जानते हैं?''

''यहीं तक, तो सब ठीक है उससे आगे...''

''घबरा गए— अरे मैं एक–एक बात अपने बौज्यू से कह चुकी हूं और मेरे बौज्यू तुम्हारे बौज्यू से...'' माजुली ने खुलासा करने से पहले अपना वाक्य अधूरा छोड़ दिया।

यह सुनकर विचलित मनीष की आंखें आश्चर्य से फैल गयीं। उसने कहा, ''तो यह बात वहां तक पहुंच गयी–कैसे?''

''अरे पहाड़ी बात करते क्या कुछ नहीं कहते। मन खोलकर प्याज छीलकर रख देते हैं। एक गांव, एक पड़ौस और एक देश कहते कभी नहीं थकते।'' माजुली की मुलमुल हंसी फिसल गयी।

''ओह! तुम अब क्या कुछ करने लगी हो...''

''वही, जिसकी भभूति फूंकते, सवा रुपया हरे पात में रखते, हमारे इजा–

बौज्यू नहीं थकते— मन मनौती वही सब...''

''ओह! तब तो, तुम मुझसे शादी करना चाहती हो?''

''चाहने और करने में बड़ा अंतर होता है मनीष! तंग हाथ कभी साथ नहीं छोड़ते— यही समय की चाहत है।''

यह सुनकर मनीष मन ही मन खुश हुआ। माजुली मुझसे विवाह के लिए उत्सुक है। जब बात यहां तक पहुंच गयी— अब ना-नुकुर का कोई मायने नहीं रह गया। वह माजुली की तरफ एकटक देखता रहा— जैसे बार-बार देखते हुए भी, कुछ देखना छूट रहा हो। जबसे उसे माजुली मिली, उसी दिन से विचारों में रचबस गयी थी— उसे देखना अच्छा लगता था-शायद मनीष उसे भी। बीसियों बार वे दोनों जीरो पॉइंट पर मिले, हर बार एकदूसरे से कहा था, ''तुम्हें याद करते रात बीत जाती है। वे सो ही नहीं पाते हैं...''

''तो तुम्हें विवाह करना है— कब?'' मनीष ने पूछ लिया।

''जब तुम सहमत हो जाओ।''

''तो स्पाईस मॉल के बच्चों का एक शो होने के बाद'' कहकर जैसे माजुली ने बात की गंभीरता को तरलता देने का उपक्रम किया।

''तुम्हें हमेशा मजाक सूझती है— वे बच्चे अचानक इस समय यहां-कहां से आ टपक पड़े।''

''वे बच्चे ही तो मेरा जीवन हैं— जीवन का लक्ष्य भी माजुली!''

''मैं तुमसे अधिक जानती हूं।'' माजुली ने विभिन्न रंगों से सुसज्जित एक अंगवस्त्र मनीष को थमाते हुए कहा, ''इससे बढ़कर पवित्र ग्रन्थ कोई दूसरा कैसे हो सकता है मनीष! इसे आज ही मैं इजा की धरोहर के रूप में साथ ले आई थी। इसे इजा अपने जीवन का बहुमूल्य उपहार मानती रही। इसकी पवित्रता में उच्चारित मन्त्र, वेदों की ऋचाएं, हमारा लोक गीत, संगीत और साहित्य इसके रेशे-रेशे में अभिमंत्रित कर बुने हुए हैं-इसमें अभिमंत्रित मन्त्रों की महक को कोई भी दुनिया की पुस्तक हम से अलग नहीं कर सकेगी।''

''ओह! यह सामान्य अंगवस्त्र नहीं है— कुमाऊं में हर सुहागिन का पिछौड़ है माजुली! इसकी पवित्रता का अनुमान है तुम्हें?'' मनीष ने एकाएक विचलित होकर कहा।

''हां, इसकी पवित्रता हमारे जीवन की प्रतिबद्धता से कम नहीं होगी मनीष!...'' कहते-कहते माजुली ने उसे श्रीमूर्ति थमा दी, जिसे उसने अपने सुरुचिपूर्वक पहले से अपने इस साजसज्जा से परिपूर्ण कमरे में रखा हुआ था। उसने एक के बाद दूसरी फोटो अपने इजा— बौज्यू की निकाल कर मनीष को थमा दी।

मनीष जहां यह सब माजुली को करते हुए देखकर अचंभित हो रहा था, वहीं

चिंता और गहरे तनाव की लकीरें उसके चेहरे पर साफ-साफ दिखाई देने लगीं।

वह मनीष की मनोस्थिति को समझ गयी। उसने विनम्रता से कहा, ''मनीष तुम्हारे इजा-बौज्यू की फोटो नहीं है मेरे पास। मैंने उन्हें कभी देखा भी नहीं— उनकी छबि में यहां अपने इजा-बौज्यू में देख रही हूं।'' और भरे-भरे कंठ से कहा, ''तुम्हें इनकी सामाजिक प्रतिष्ठा का ही भय है मनीष! तो उतना मुझे भी।''

माजुली ने दूध, घी और गुड़— जो गुड़ उसके बौज्यू ने अपनी मेहनत से खेत में तैयार कर— उसे यहां लौटते वक्त थमाया था, उसे थाली में सजाती हुई बोली, ''यह अपनी ही चासनी का बना मधुपर्क के लिए हर तरह से उपयुक्त है मनीष! अब इसे साक्ष्य मानकर इसे छू लो और मेरा हाथ थाम लो।''

मनीष की तरफ हाथ बढ़ाते ही उन दोनों को लगा, ऋषि सूर्या दूर से कह रहे हों—

''इहेमाविन्द्र सं नुद चक्रवाकेव दम्पती।

प्राजयौनौ स्वस्तिकौ विस्वमायुव् र्यशनुताम।''

माजुली ने श्रीमूर्ति को प्रणाम किया। बारी-बारी से उन तसवीरों को प्रणाम किया जो उनके जीवन के श्रेष्ठ व्यक्ति हो सकते थे।

मनीष उठा, उसने भी प्रणाम किया और दोनों बुदबुदाए— ''हम दोनों कृतज्ञ रहेंगे जीवन भर।''

''अब तो यहां, हम दोनों अपनी नींद सो सकते हैं मनीष! ''माजुली ने जैसे चुटकी ले ली।

''हां, बिस्तर में कुछ गुनगुना लेने के बाद माजुली!...''

''धत-इतना ही सोचा।'' कहती माजुली ने मनीष के भय को धुतकार दिया और फिर, अपनी आशाओं-आकांक्षाओं से भरी निगाओं से उसे देखा। लगा, उसकी खिलखिलाहट में मनीष की गुनगुनाहट शामिल हो रही है और श्रीमूर्ति की मुलमुल मुस्कान भी...।

●●●

सुबह हुई। उन्हें उम्मीद थी आसमान खुला होगा और सूरज की पहली किरण मेट्रो स्टेशन के प्लेटफार्म पर मचल रही होगी। परन्तु ऐसा कुछ भी नहीं बदला था— चारों तरफ धुंध ने उन्हें रात का ठहर जाने का एहसास करा दिया। उन्होंने देखा, घड़ी दीवार पर टंगी है, उसकी सुइयां टिक-टिक करती दौड़ रही हैं। बच्चे दौड़ रहे हैं— खिलखिला रहे हैं। बच्चों को स्पाईस मॉल की तरफ बेतहासा भागते हुए देखकर मनीष की हंसी छूट गयी।

''क्या हुआ मनीष?''

''देख रहा हूं आंगन और फिर गली में अपने बच्चे खिलखिलाते- हंसते दौड़ रहे हैं, उनका जीवन दौड़ रहा है इन सुइयों की तरह और जीवनानंद मौन है...''

''कौन है वह?''

''वह जो स्थिर भाव से समय को भागते देख रहा है— उसकी एकटक आंखें बच्चों को भागते देख रहीं हैं— घड़ी की भागती अपनी सुइयों की तरह। वह उन्हें पकड़ना चाहता है, छूना चाहता है। वे बच्चे हैं कि उन्होंने पलटकर देखना सीखा ही नहीं...''

''जीवनानंद उन्हें भागते हुए देखकर डर रहा होगा— हर कोई बच्चों के भागने से डरता है— उनके समय को रोकना चाहता है...''

''रोकने से समय रुकता कहां है— वह दौड़ता है ब्रच्चों की तरह हंसता हुआ...''

''मुस्कराहट में डर कहां होता है मनीष!''

''अच्छा ही हुआ हंसते-हंसते, कुछ ही दिनों में बच्चे रंग मंच के मन्त्र भी सीख गए। बच्चे अपनी सामाजिक भूमिका और उनकी जरूरत को समझ चुके हैं। वे सभी तरह की कलाओं में निपुण हो चुके— यह किसी तरह से कहना उचित नहीं, किन्तु हाथ में उठाए लोहे के फरुए की भूमिका अवश्य बदल गयी। वह भीख का वर्तन नहीं रह गया था, अब किसी सिद्ध पुरुष के हाथ पर जंचता भिक्षा पात्र का रूप ले चुका था। पहले पाठ में उन्होंने गायन, गीत रचना तथा विभिन्न रंगों को पहचानने की विद्या— जो किसी इंसान को पहचानने से कहीं अधिक सरल थी, उसे सीखा; दूसरे पाठ में समय के अनुकूल और प्रतिकूल ताल, छंद, लय के साथ विभिन्न प्रकार के राग और रागिनियां, उनके आरोह-अवरोह सीखे— जिनका जीवन के लिए ज्ञान जरूरी था। तीसरा पाठ विभिन्न किस्म के वाद्ययन्त्रों का सीखा— जिसमें मृदंग की धमक जरूरी थी, नृत्य और मंच की वे सभी कलाएं सीखीं— जो एक सफल जीवन के लिए, उनकी मुद्राओं का ज्ञान आवश्यक था। उन्हें यह भी स्पष्ट हो चुका था, पारंगता और निपुण कुशलता, जो किसी भी व्यक्ति को साधारण से असाधारण और मानव से महामानव के शिखर की ओर ले जाते हैं...''

मनीष थोड़ी देर के लिए दोराहे पर फंस गया।

''अटक क्यों गए मनीष?'' माजुली ने अचंभित होकर पूछा— उसे मनीष का एक प्रवाह में बोलना अच्छा लग रहा था।

बड़ी उधेड़बुन की। दूर तक दृष्टि गयी— कमलकिशोर का घर का रास्ता धुंधला और फिर दरवाजे बंद दिखे।

आंखें चौराहे पर गयीं तो जल-बुझ रही बतियों का खेलना उसे अच्छा लगा, वह बड़ी देर तक देखता भी रहा। न्यू अशोक नगर को घूमती सड़क उसकी आंखों

में घूमने लगी–वहां की जगमगाती गलियों के नुक्कड़ साफ–साफ दिखने लगे। उसने खुद से कहा, ''जीवनानंद स्वस्थ होंगे, तो अपनी दिन की आमदानी का हिसाब कर रहे होंगे— कमलकिशोर का हिस्सा नहीं जाता होगा तो अच्छा है–फिर भी चौराहे की देनदारी माथे को जरूर भीगा रही होगी। उसने अपनी बात को बढ़ाते हुए कहा, ''मुझे जीवनानंद से मिलना होगा।''

''मैं भी साथ चलूंगी मनीष!'' माजुली ने झट से कहा।

मनीष ने कुछ नहीं कहा। उसकी धीरे से पलेंकें उठीं, उसने देखा सच में माजुली खुश है।

वे दोनों घर से निकल पड़े। पटेल नगर से मेट्रो ट्रेन ली। राजीव चौ मेट्रो स्टेशन तक साथ रहे। फिर शाम को मिलने के वाचन के साथ अपने–अपने गंतव्य की ओर बढ़ गए।

●●●

मनीष के कदम जीवनानंद के घर की तरफ बढ़ गये।

बच्चों को अभ्यास करते देख, उसकी खुशी बहुत बड़ी हो गयी। उसने स्वयं से कहा, ''ये लोग बेहतर कर रहे हैं। पहले से अपेक्षाकृत जैसा वह छोड़ गया था।'' उससे कहीं अधिक सुन्दर अभ्यास— निरंतर अभ्यास उनके हुनर को निखारने पर आमादा दिखा। उसने बच्चों के अभ्यास को देखा और अतिसुन्दर कहा। यह आवाज उसकी आत्मा से निकली थी— जिसे वह दिल की गहराई से निकली आवाज कहता था।

बच्चों की दृष्टि घूमी तो उनके मुखमंडल पर गुलाब खिल रहे थे। माथे पर पसीना दिखा तो पंखुड़ियों पर ओस प्रतीत हुई— उनके पांवों की निरंतर गतिशीलता श्रीकृष्ण के पांव होने और उनकी थिरकन की अनुभूति करा गयी। अचंभित होकर उसने दीर्घ सांस को छोड़ते हुए कहा, ''मैं तुम्हें इसी रूप में देखना चाहता हूं हमेशा...''

''आप ने कुछ कहा?'' एकायक एक बच्चे ने अपना अभ्यास रोक लिया।

मनीष को लगा अपरिपक्वता से उसके हाथ और जुबान एक साथ नहीं चले हैं। परन्तु, इस समय मनीष के मुंह से निकल पड़ा— ''नायोग्य पुरुषः कश्चिद् प्रयोक्ताएव दुर्लभा।''

बच्चे को न कुछ सुझा और न ही समझ आया। उसने ही नहीं, किसी भी बच्चे ने आजतक न ऐसे शब्द सुने थे और न भाषा ही सुनी थी। इसलिए अपनी स्मृति पर किसी ने भी जोर नहीं डाला; कि इस कथन का अर्थ खोजने का प्रयास

करे। उन्होंने यह भी नहीं सोचा कि बुद्धिमान व्यक्ति उतने ही शब्द बोलते हैं, जितने से उनका अभिप्राय सिद्ध होता है।

एक दो कदम मनीष की ओर आगे बढ़ आया वह बच्चा, चुप्प रहा— इसलिए नहीं कि मनीष के समक्ष शब्दों का अपव्य करना ठीक नहीं। वह ऐसा कुछ नहीं जानता कि उसके ही नहीं, किसी की जबान से छूटे शब्दों का भी अपना मोल होता है।

"कोई मनुष्य ऐसा नहीं जो सर्वथा अयोग्य हो। कोई क्यों तुम सभी योग्य हो। ऐसे क्यों घूर रहे हो? मैं तुम लोगों के विषय में ही कह रहा हूं..." मनीष ने उस बच्चे की झेंप मिटाने के लिए कहा।

बच्चा इस समय कुछ-कुछ समझने की कोशिश करता हुआ लगा। परन्तु, वह इस समय भी चुप रहा। उसने अपने साथियों की तरफ एक बार शब्दों का अर्थ न समझ सकने की असमर्थता पर सहायता के लिए शायद आंखें जरूर दौड़ाई थीं।

मनीष उसकी मनः स्थिति को समझ गया, उसने कहा, "मुस्कराओ! मुस्कराओगे तो तुम्हारा डर भागेगा और संकोच भी।"

मनीष को उम्मीद थी, वह माजुली की तरह खितखित हंस देगा। परन्तु, ऐसा नहीं हुआ— बच्चे ने एक दबी-दबी संकुचित मुस्कान अवश्य बिखेर दी।

"जीवनानंद कहां हैं— घर पर हैं?" मनीष ने सहजता से पूछा।

"बाबा पिछवाड़े में हैं— काम कर रहे हैं?" लटकन जो अभी तक मनीष को नहीं दिखा था, वह दौड़कर चला आया। उसे देखकर बच्चे के चेहरे पर रौनक आ गयी। उसने जीवनानंद के विषय में बताया। इस समय उसकी आवाज में दबू होने का भाव प्रकट नहीं हुआ। मनीष सोचने लगा, बच्चा अपनी दूधबोली में ही अधिक समझ और अभिव्यक्त करने में समर्थ है। जिसे वह हमेशा ओढ़ता और बिछाता है। मैंने अपनी विद्वतापूर्ण लच्छेदार भाषा से उसके मन के भावों को कुंठित कर न्याय नहीं किया-उसे संकोची और मूक बनाए रखने का प्रयास ही किया था। उसने अफसोस को छुपाने के प्रयास में कहा, "युवाओं को काम करना चाहिए-वे हर काम को अच्छा और बढ़िया करते हैं— करते हुए कभी थकते नहीं।।"।

"बाबा मानते नहीं— हमें कुछ करने नहीं देते।" इस समय लटकन के शब्दों में शिकायत कम, चिंता ज्यादा प्रकट हुई।

"क्यों?"

"बाबा को हमारा किया हुआ काम अच्छा नहीं लगता।" शब्दों में इस समय भी शिकायत नहीं, अफसोस प्रकट हुआ।

"नहीं, ऐसा तो नहीं है,उस रात तुमने अच्छा काम किया था— बहुत खुश हुए थे।"

"हां, उसके बाद भी खुश हुए थे। बार-बार अम्मा को भी खूब हंसा रहे थे।"

मनीष की हंसी छूट गयी। उसने अपना सोचा हुआ अगला प्रश्न नहीं किया। वह सोचने लगा, यह बच्चा गलत नहीं— ठीक कह रहा है। जीवनानंद भी अपने अनुभव की तौल वही रखते होंगे, जो हर जीवनानुभवी पिता रखते हैं-उसके बौज्यू की तरह। और माजुली के बौज्यू?''

उसके मस्तिष्क में खटका-सा हुआ और थोड़ी देर चुप रहने के बाद स्वयं से ही कहा, ''एक पिता, एक अध्यापक और एक किसान का होना बड़ी बात है— देवसिंह नेगी की तरह।''

''मैंने आवाज सुनकर अनुमान लगा लिया था, यह तुम ही हो सकते हो।'' जीवनानंद ने आत्मविश्वास से कहा।

जीवनानंद आगे चले आये— पसीने से लथपथ। मौसम की पहली बारिश में नहाये हुए— उसने बारीकी से देखा-धूल-मिटटी में सनी देह से पानी की बूँदें टपक रही थीं। कपड़े नहीं पहने हुए थे— सिर्फ एक खादी का लम्बा कुरता पहना हुआ था-जिस पर जगह-जगह बने छेदों से शरीर दिख रहा था— एकहरी छाती पर पसीने से उभरी लकीरें साफ़ दिख रही थीं। हथौड़ा थामे हुए हाथ को उसने देखा— अँगुलियों की पोरों से पानी रिसता हुआ— टपक रहा था। उससे अधिक क्रुद्ध मन तन से अधिक भीगा हुआ लगा। मनीष ने पूछ लिया, ''दिन डूबने को आ रहा है— आसमान खुला नहीं, बेतहासा बरसती ठंड में खांसी नहीं, क्या आग बरसेगी।''

''कहां है ठंड? इसे ही ठंड कहते हैं क्या? नहीं-नहीं, वह तो अनुभव करने की चीज है मनीष! उसे जितना ठंडा अनुभव करोगे, उतनी ही बढ़ेगी। जब उसे बरसना है तो आसमानी आग पकड़कर लाना पड़े, ले आऊंगा।'' जीवनानंद ने सहजता से कहने में देर नहीं की।

''मन की आग कम नहीं हुई इस उम्र तक— जरा चेहरा तो देखो, कितना मन उबल रहा है।'' मनीष ने कहा।

''जीवनानंद ने बिजली के झटके की भांति खुदरी दाढ़ी पर हाथ फेरा, पानी की गुनगुनी बूदें अपनी तासीर का एहसास करा गयीं। उसने कहा, ''यह शरीर का गंद है— ऐसे ही रिसता है— निकलता है— इसे निकलना भी चाहिए— वरना मन का विकार तन के विकार से अधिक घातक होता है।''

मनीष को उम्मीद नहीं थी, जीवनानंद यहां तक सोच सकता है। उसके हलके फुलके प्रतीत होने वाले शब्द ठोकर की तरह लगेंगे। उसने माहौल को सहज बनाने के लिए कहा, ''खट-खट और खटर-पटर का शोर— क्या तोड़ रहे हैं?''

''अपने जनसेवक भी क्या गजब की खेती करते हैं, जनता को भुलावे में रखने और बरगलाने की फसल के, दूसरा कुछ पैदा ही नहीं करते। चुनाव हैं तो खेती अच्छी है— सब कुछ है— जायज है। इसमें तेरी बहन— मेरी बहन नहीं हो सकती-

उसकी फसल उन्हें अच्छी और सुविधाजनक लगती है। श्रद्धानंद मार्ग पर लौह लक्कड़ ही नहीं बेचते गालियां भी बिकती हैं। यहां अपना माल बिकता है तो रामलीला मैदान में सपने बेचते हैं। गए थे कभी वहां— और जब देश बेचना हो तो- अरे उसकी बात वहां कोई नहीं करता, मन तोड़ने की बातें सभी करते हैं...''

''क्या मान्यवर ने कुछ कहा?'' मनीष ने पूछा।

''हां, कह रहे थे— इस बार भी 'चूतिया' बन गया— बेवकूफ बना दिया।'' उन्होंने बेकूफ हूं नहीं कहा। मैंने कहा कि कांग्रेस है-अच्छी है-सबसे पुरानी और अनुभवी है। वह कफन बेचकर खाने वाले को टिकिट कभी नहीं देगी। बीजेपी है— उसके बेचने को आजकल बहुत कुछ है— वह जब भी बेचते हैं— सोना ही बेचते हैं। जहां तक रही कम्युनिस्टों की बात— वे काम न काज के— न पाने को कुछ न गवाने को। फिर भी सच्चे हैं तो अच्छे हैं। दुनिया में जहां भी बेचते हैं खरा-खरा ही बेचते हैं। अपने देश में— ''कहते जीवनानद को हंसी आ गयी, कहा, ''सत्यम वद प्रियं वद न वद सत्यम अप्रियम...'' जब से सुन रहा हूं ऐसा ही कुछ-कुछ सुनता आ रहा हूं— उन पर दुःख होता है— सोचता हूं, कभी न्यू अशोक नगर की गलियों में, स्पाईस मॉल की लाल बत्ती पर आकर देखें, तो उनसे कहूं कि इस देश में ऋचाएं नहीं थकीं अभी, अपना पाठ पढ़ते-पढ़ाते तुम कैसे थकथका गए। अब...'' जीवनानंद ने कहा— मजेदार ताने में कहा।

''मालूम है जीवनानंद! आप क्या कह रहे हैं?'' इस समय मनीष के स्वर में आवेश होना स्वभाविक था।

''मैं कुछ नहीं कह रहा हूं— मान्यवर को दोहरा रहा हूं— देश के हाल हालात को बता रहा हूं।'' जीवनानंद ने एक और ताना छाप दिया।

''फिर...'' कहते मनीष की आंखों का रंग बदलने लगा।

''हमारे लिए न कांग्रेस अच्छी है न ही बीजेपी अच्छे कम्युनिस्ट ही हैं, जो छोटा-बड़ा, अमीर-गरीब कुछ नहीं देखते— सिर्फ नारा देखते हैं। जिस ठंड से बचने की बात तुम कह रहे हो— उनसे आग सुलगती है और भड़कती भी है। कम्युनिस्ट ऐसा करना खूब जानते हैं। ऐसी हवा चली कि शाहीन बाग, न्यू फ्रेंड्स कालोनी, जामिया की इमारतों के शीशे ही नहीं हिले, ऊंचे-ऊंचे होर्डिंग तक गिर गए— मैं होर्डिंग ही तो उठाकर लाया हूं...''

''क्या मतलब? कब हुआ था यह सब...'' मनीष ने आश्चर्य से पूछा।

''जब शीत लहर से दिल्ली कांप रही थी, नोएडा में नंगे बदन बाबाओं की आखिरी बूंद टपकने में डर रही थी-विशेषज्ञ कह रहे— अब हर पंचवर्षीय योजना में ऐसा ही होगा— मौसम बदलेगा तो तूफान आयेगा, उनकी लंगोट में आखिरी बूँद में रक्त टपकेगा...'' जीवनानंद ने जैसे कोई पहेली बूझ दी।

''क्या उठाकर लाये— होर्डिंग— किसका? मान्यवर का टांगा हुआ तो नहीं— जिसके गिरने की आशंका तुम्हें पहले से थी?''

''उपद्रवी चेहरा नहीं लक्ष्य देखता है— लक्ष्य से पहले जरूरत चीखती है— यह तुम मुझसे बेहतर जानते हो...'' जीवनानंद ने गंभीर स्वर में कहा।

''वह होर्डिंग मुझे लौटा दो। मैं उसे मान्यवर को लौटा दूंगा?''

''वह मेरे लिए काम की चीज है-जरूरी है-तुम मेरी जरूरत को समझते हो। मैं ठंड से मर जाऊंगा।'' जीवनानंद ने गिड़गिड़ाकर कहा।

''वह होर्डिंग मान्यवर का है— उस पर गांधी बाबा की तसवीर बनी है। उसकी जरूरत उन्हें भी है।''

''छीन सकते हो, तो उठाकर ले जाओ उसे।''

मनीष तेजी से घर के पिछवाड़े की तरफ बढ़ गया— क्रोध को पीते उसकी तिलमिलाहट होंठों को हिलाती रही। उसके पीछे-पीछे जीवनानंद भी। बच्चे जो अभी तक अभ्यास करते, उन दोनों की तनातनी को सुन रहे थे— वे भी सकते में आ गए। वे कुछ समझ पाते कि आखिर मनीष को होर्डिंग ले जाने की जरूरत क्यों है? जरूरत तो उन्हें है उस टीन के चादर की, जिस पर ठुकी किलों को निकालने पर जीवनानंद सुबह से ही तुले हुए थे-वे भी अपना अभ्यास छोड़कर उनके पीछे-पीछे पिछवाड़े की ओर बढ़ गए।

''यह क्या किया तुमने जीवनानंद! शौचालय में मुंह छुपाने को इसकी जरूरत क्यों सूझी। कोई और सहारा ले लेते-ओह क्या हुआ इस देश को जो भी लेता है गांधी का सहारा लेता है। कोई यह क्यों नहीं समझता— दो अक्तूबर को टंगी गांधी की आदम कद होर्डिंग की टिन की चादर पर अभी जंक तो लगी नहीं थी— वह मजबूत कीलों से ऊंची दीवार पर ठुकी हुई थी...''

''मिलकर लोंगों ने इसे गिराया था...'' लटकन ने सहसा बताया।

''तुमने उसे गिराते हुए देखा था, कौन लोग थे वे?''

''भीड़ का कोई नाम तो होता नहीं-सभी थे-उनमें हम भी थे।'' उल्लू ने कहा।

''तुमने ही तो मिलकर इसे, उस चौराहे पर खड़ा किया था। और तुमने ही उसे जमींदोज करने दिया? इससे अच्छा होता, होर्डिंग्स के लिए खुद ही पसर जाते जमीन पर— कम से कम गांधी की तसवीर तो बदरंग होने से बच जाती।'' मनीष के शब्दों में इस समय पीड़ा छलक आई।

''हम तो उठाकर यहां ले आये थे। अब बाबा ने इसे...'' लटकन ने बताया।

''अरे तू ने ही तो कहा था लटकन! इसे दरवाजे पर यहां खड़ा कर देंगे तो वहां जाते शरम भी नहीं आयेगी और ठंड भी नहीं लगेगी...'' जीवनानंद ने ऊंचे स्वर में कहा।

मनीष बड़ी देर तक बच्चों की बातें सुनता और उनकी जरूरत को महसूस करता रहा। उसने लम्बी सांस लेते हुए स्वयं से कहा, ''गांधी बाबा आज भी कितने मददगार हैं यहां भी और वहां भी।''

उसके शब्दों को न बच्चे सुन सके और न जीवनानंद ही। उसने कहा, ''यह जरूरत है तो बने होर्डिंग को यहीं रहने दो।'' लेकिन हथौड़ा मारकर गांधी के चेहरे को, अब अधिक विकृत कर कुरूप मत करो।''

बच्चों ने एक दूसरे को देखा— बहुत खुश हुए। उन्होंने मिलकर जमींदोज टिन के टुकड़े को उठाया— शौचालय के दरवाजे पर छेद-छेद हुए, पहले से झूल रहे, काले परदे की ठौर पर उसे खड़ा कर दिया। इस समय उनकी ख़ुशी आसमान छू गयी— अब टिन ने भी अपनी नयी जगह ले ली थी— जिसकी ओट में शौंची होगा, शौचालय भी और गांधी की आदमकद तसवीर उन्हें यहां ठंड से भी बचा लेगी। उन्होंने देखा शौंचालय का दरवाजा बंद हो चुका और गांधी उन्हें यहां भी मुस्करा कर देख रहे हैं, पहले की तरह...

मनीष भी तो यही चाहता है बच्चे हमेशा गांधी को देख खुश रहें, मुस्कराते रहें...

●●●

''कब लौट आये?'' जीवनानंद ने अपना प्रश्न दोहरा दिया।

''रात में...''

''मुझे अपने अनुमान पर विश्वास था, तुम गांव ही गए होगे— तुम्हारा चेहरा बता रहा था— खून सनी आंखें हमेशा बड़ी दिखती हैं मगर तुम्हारी आंखों में बड़ी होनी की दावत थी।'' जीवनानंद ने शांत भाव से अपनी मन की बात कह दी।

मनीष का मन हुआ साफ-साफ बता दे कि आपका जीवन का अनुमान सही है— बहुत कुछ घटा— मामूली नहीं बड़ा ही घटा था। परन्तु, उसी समय लगा, कोई व्यक्ति कुशलता का समाचार पूछता है, उसे अपने जीवन की स्थिति के अनुसार ही बताना चाहिए, जिससे इतना भर लगे, कोई तो है, जो न अधिक ख़ुशी में शामिल हो सकता है और न ही दुःख में। वरन दोनों ही परिस्थितियां परेशान करती रहेंगी। फिर भी क्षणिक आवेश में उसने बताना उचित नहीं समझा, तो जीवनानंद की बात को असुना ही रख दिया...

''क्यों चुप-चुप कैसे हो बेटे!''

''नहीं तो— मैं खुश हूं।'' मनीष के मन ने जैसे विकार निगल लिया।

''इधर मान्यवर का आना हुआ था।''

''क्या कह रहे थे?''

"यही कि चुनाव हैं तो विरोध में उच्च कमान को चेताने की जरूरत है..."

"अच्छा, तो आपने क्या कहा?"

"मैंने कहा, हाई क़मान सोया ही कब था,जो जगाने की बात कह रहे हो।"

"ये तो तब पता चलेगा, जब कोई नई बड़ी बात होगी— एक के बाद दूसरी परेशानियां तो आ रही हैं।"

"ऐसा मान्यवर ने कहा था?"

"एक बार नहीं कई बार— मैं ने तो साफ-साफ कह दिया, यह तुम्हारे मन का विकार है मान्यवर! जिससे तुम पीड़ित हो। हमारे देश में लोकतंत्र है, वहां जितनी लम्बी जीभ उतनी लम्बी बात पुख्ता और बढ़ती है, लोकतंत्र उतना ही फूलता-फलता और मजबूत होता है। यहां सभी को अपना-अपना बीज बोने, हल चलाने और उस पर भी पहले अपनी बात कहने और निर्णय लेने का अधिकार है..."

"फिर... ?"

"फिर क्या कहते, उठे और जाते-जाते कह गए, मैं यहां आऊंगा-लटकन को साथ लेते जाऊंगा।"

"तो लटकन को भेज दिया आपने?"

"नहीं, यह कैसे संभव है— लटकन कोई फालतू तो बैठा नहीं है,वह अपना अभ्यास करता है। मैंने साफ-साफ कहा, मनीष बाबू के लौट आने के बाद।"

"येसा कहा आपने?"

"हां, इसमें गलत क्या कहा..."

"आपको लगता है मान्यवर दोबारा आयेंगे?"

"जरूरत होंगी तो आयेंगे,नाक घिसते आयेंगे— नहीं तो जितना मन का मैल मुझे धोना था, वह धो दिया-अब हो सकता है कभी न आयें।"

"ओह! जैसे ही आपके पास आता हूं, वैसे ही सारी चिंताओं से मैं दूर हो जाता हूं जीवनानंद! केवल इतना ही नहीं मुझे बड़ा आनंद मिलता है।" मनीष ने कहा।

जीवानंद एकदम उत्साहित हो उठे, "ये मान्यवर हमें इतना कमजोर और घटिया क्यों समझते हैं? सोचते हैं हम अपने बच्चों को यूं ही भेज देंगे रौला-मौला करने को। अरे बच्चे जवान हो रहे हैं, चौराहे पर हर रोज दुनिया की चालढ़ाल देख रहे हैं। इस उम्र में अपने को कम दुनिया को बचा लेने की सोचते हैं-वे बच्चे हैं। बच्चे किसी के भी हैं, जान तो उनकी अपनी है। हम उन्हें कैसे जोखिम में डाल सकते हैं-मैं कमबख्त एक बार के लिए मान भी लूं, लेकिन पन्नो तो मानने से रही-वह तो मां है..."

मनीष को उम्मीद नहीं थी, पन्नो और जीवनानंद भी मान्यवर के विरुद्ध अजेय योद्धा की तरह खड़े हो सकते हैं। इस समय उसके भीतर एक नयी तरह की

चेतना प्रवेश कर गयी है। उसे लगा, मैं एक सुलझे भव्य व्यक्तित्व के इंसान के समक्ष खड़ा हूं। उसने एकाएक जीवनानंद के पांव स्पर्श किए-यह एक व्यक्ति के प्रति सम्मानभाव और सामाजिक शिष्टाचार देकर, उच्च्व आसन देने से कहीं अधिक बढ़कर हो सकता है। उसका मन हुआ, वह इस बीच घटी एक-एक घटना को सुनायेगा तो पन्नो और जीवनानंद उसे आशीष ही देंगे।

उसने उतने ही उत्साह से पल-पल की कहानी कह सुनायी।

''तुम मुझे कंथ सुना रहे हो या आत्म बीती?''

''दिल की बात कह रहा हूं, जिसे एक भारी बोझ सा उठाए यहां पहुंचा हूं...''

''तो फिर इसमें मिमियाने की कौन सी बात है-तुम खुश तो हो?''

''यह खुश और ना खुश होने की बात नहीं है-माजुली ने जिस तरह का स्वांग रचा, मुझे नहीं लगता, कोई इसे उचित कहे...'' मनीष ने अपने मन का संदेह रख दिया।

''तुम्हारा मन क्या कहता है— पहले उससे पूछो, उसने ही नहीं तुमने भी गलत किया या सही— मैं तो खुश हूं— उसने जो भी किया वह परिस्थितिजन्य था-उस समय वही उचित था-उससे बेहतर दूसरा कुछ होना भी सम्भव नहीं था। ''अरे वो लटकन! मेरा मुंह क्या ताक रहा है— जा,अपनी मां को बुलाकर ले आ और हां, उससे कहना खाली हाथ नहीं आना— देख, हमारा परिवार बढ़ता जा रहा है- एक बहू भी आ गयी।''

जीवानंद जैसे बावला ही हो गया।

''अरे बहू की बात ही कहते रहोगे या फिर उसे अंदर भी लाओगे? उसे बाहर ही तो छोड़ आये तब से?'' कहते-कहते जीवनानंद का मन भर आया।''

मनीष को लगा, इस समय जीवनानंद नहीं बोल रहा है— उसके भीतर से एक अनुभवी पिता की अधिकारपूर्वक प्रकट की गयी उत्सुकता छलक रही है। उस पिता के समक्ष उसे कुछ कहने की हिम्मत नहीं हुई।

लटकन तेजी से अन्दर चला गया था।

पन्नो का हाथ थामकर उसे बाहर ले आने में उसके पांव बजने की ध्वनि भी सुनाई देने लगी थी।

''क्या हुआ, आप चुप कैसे हो गये?'' मनीष ने पूछा।

''चुप कहां हूं मैं- तब से, मैं ही तो बोल रहा हूं।'' जीवनानंद ने कहा।

''कल रात जो कुछ हुआ, मैं उसे भूल नहीं सकता— यह भी नहीं सोच पा रहा हूं— कहीं मैं कोई सपना तो नहीं देख रहा था। आप तो जानते हैं, मैं सामाजिक शिष्टाचार में, आहार-व्यवहार में एकदम असफल ही रहा हूं हमेशा, यहां तक कि उस

से प्यार भरे दो शब्द कहने को भी नहीं सीख सका-उसे खुश रखने को न मेरे पास इतना बैंक बैलेंस है और न बात से खुश करने की कला ही मुझे आती है-मुझे तो लग रहा हैं पल दो पल की उत्तेजना ने मुझ पर अनुरक्त होकर जीवन भर दुखी रहने का फैसला ले लिया है।''

जीवनानंद उसकी बात को धैर्य से सुनता रहा। जब वह कहते-कहते थक गया और मन का आवेश थमता— सा प्रतीत हुआ, एकायक निर्णायक की भूमिका में कहा, ''यह फैसला उसका है, तुम्हारा नहीं, वैसे भी, कोई भी लड़की इतनी जल्दी और आसानी से जीवन के लिये फैसला नहीं करती, आखिर उसने तुम में कोई खूबी तो देखी होगी।'' जीवनानन्द ने अपनी उम्र का अनुभव उसे थमा दिया।

''आप इतने समय से देख रहे हैं, मेरा व्यवहार अच्छा नहीं है— मुझ में अभी गम्भीरता आपने देखी नहीं होगी— लच्छेदार बात करने के अलावा मुझे जीवन का न गणित आता है और न भूगोल ही। यदि मैं यह बात मान्यवर को कहूंगा, तो वह भी साफ-साफ कह देंगे— तुम्हारे चरित्र में अभी परिपक्वता नहीं आयी— तुम्हारा बचपना अभी भी नहीं गया है- येसे में एक सफल पति और कुशल पारिवारिक कैसे हो सकते हो, यही बात मेरे बौज्यू भी कह सकते हैं— उन्हें भी मैं ने नाखुश ही रखा है आजतक, वे तो पहले ही कहते हैं, मरे हुए व्यक्ति के लिए हर कोई रोता है हम लोग तो जिंदा के लिए रो रहे हैं।''

''तुम क्या सोचते हो माजुली का फैसला गलत और एकतरफा है— जहां तक मैं सोचता हूं, तुम्हारी सोच गलत हो सकती है। तुम यह क्यों नहीं मानते, मेरे पास सब कुछ है— इंसानियत को समझने की ताकत है— उसे समझाने का हुनर है। ये खूबी हर किसी में नहीं होती बेटे! तुम यह क्यों नहीं सोचते, तुम एक होनहार कलाकार हो। कलाकार कभी आधा-अधूरा नहीं हमेशा सम्पूर्णता में जीता है। जब मैं इन बच्चों में अपना भविष्य देखता आ रहा हूं तो— अरे मेरी पन्नो कहती है, जीवित रहने को कुछ तो है हमारे पास-बस एक बैंक बैलेंस ही तो नहीं है। हम बहुत बड़ी सम्पत्ति के मालिक नहीं हैं, तो चौराहे पर भी नहीं हैं— हमारे पास जो कुछ भी है, उसे अपना ही क्यों नहीं समझ लेते— यह बात मैं तुम से उसी दिन कह चुका, जब मान्यवर से अंतिम निवास के लिए बालिश्त भर जगह मांगी थी। अरे भाई यह तो सभी जानते हैं, आंखे बंद होने के बाद कौन किस को जगह देता है इस दुनिया में— इस सच्चाई को मैं जानता हूं और पन्नो भी। यह तो सब मन की समझने की बातें हैं। क्या कभी सम्भव है, मान्यवर हमारे बेटों के लौट आने तक, वहां हमारी लाशों को रहने देंगे— हां, ढ़ाई मन लकड़ी में फूंक जरूर देंगे। तुम्हारे कहने पर ही तो मैं उस दिन से अपना मन बदल चुका हूं— इससे तो सहमत हो ना। मैं समझता हूं, तुम्हारी हर बात में उलझन को माजुली नजर अंदाज कर, अब सबकुछ भूला चुकी होगी—

तुम भी भूल जाओ अपने अतीत को इसी में भलाई है— आतीत खुश कम दुखी ज्यादा करता है...''

मनीष कुछ नहीं कह सका।

उसे पन्नो ने गुमसुम देखा, वह कुछ समझ नहीं सकी।

''देख रही हो— जरा अपने जीवन को याद करो, मैंने इस तरह कब मुंह लटकाया था? मनीष बाबू ने भी माजुली से दिल लगाया नहीं, सीधे शादी कर, यहां चले आये हैं?'' जीवनानंद ने रोमांचित करते हुए कहा।

''तुम्हें हमेशा मजाक सूझती है— तुम्हारी तरह तो नहीं होंगे सभी— एक गैर जिम्मेदार पिता— जिसने जीवन भर अपनी औलाद की कभी रत्ती भर परवाह ही नहीं की, जब मां-बाप ने पांव उलझा दिये तो मुझसे बच कर कहां जाते— तब उनकी भावनाओं के विरुद्ध एक शब्द नहीं कह सके। उसमें भी मां ने जिम्मेदारी पूरी करने की पहल की होगी— पिता से अधिक मां ही पारिवारिक जिम्मेदारी समझती है— पिता ने तो अपना बोझ हलका कर लिया होगा— तुम जरा भी अपने औलाद पर आंख रखते, ये नौबत नहीं आती— अब तो तुम से बातें करती-करती थक गयी हूं-तुमने मेरा कहा सुना कभी— अब रोते हो, जब दुनिया साबुन सी हाथ से फिसलती जा रही है— अब यहां जितना भी रहें-सुखी रहें।'' कहते-कहते पन्नो के हाथ जुड़ गये, एक तरह से उसने अपना अनुभव परोस दिया।

''अब सुन लिया मनीष बाबू जीवन का कथापुराण— जीवन को समझने को इससे बढ़िया दूसरी कहानी नहीं मिलेगी।'' जीवनानंद ने गम्भीर होते माहौल को सहज बनाने के लिए हंसते-हंसते हुए कहा।

''तुम इनकी बातें सुनते रहोगे तो, दिन बीत जायेगा और हाथ फिर भी हमेशा की भांति रीते ही रहेंगे...''

''अब सुन लीजिए एक और नयी कथा...''

इस वाक्य को सुनते ही मनीष के चेहरे पर मुलमुल हंसी खेलने लगी।

''इसी तरह हंसते रहोगे बेटा! हमेशा सुखी रहोगे। जीवन में खुश रहने के दो चार गुर जरूर सीख लो इन से— एक बात तो जरूर कहुंगी, आज तक ये हंसते और हंसाते रहे हैं मुझे। इसीलिए अपनी औलाद न होते हुए भी जीवन कभी भारी नहीं लगा। दिन भर ये अपनी नौकरी करते थे, तो मैं अपना काम पर लगी रहती थी। शाम होते-होते हमें येसे ही सुन्दर पल की इंतजार रहती थी, कि हम दोनों अपने-अपने दिन भर के दुख-दर्द और तकलीफ को हंसते-हंसाते भूला देते थे-वही आज तक करते-करते अब तो हंसना-हंसाना हम दोनों की आदत ही बन चुकी है।'' पन्नो ने जिस गम्भीरत से कहा, मनीष की नजर जीवनानंद पर चली गयी, जैसे पूछने लगी हो-यह सही है कि दिन भर की थकान, परेशानी, तनाव से पति-पत्नी शाम को ऐसे

ही मिलते हैं तो, जीवन का आनंद लेकर जीते हैं?''

''हां, पन्नो सच कह रही है— यही हमारे जीवन का विश्वास और सच है बेटे!'' जैसा कहते जीवनानंद की कहने की भाव भंगिमा एकाएक बदल गयी।

''क्या कह रहें आप।''

''यही जीवन और जीवन के बाद का सच है।''

''ओह यह क्या सुन रहा हूं मैं...'' सोचते जैसे मनीष के मन में उछलता अगला प्रश्न धराशायी हो गया। उसने इधर-उधर देखा, लटकन भी उसे प्रफुलित मुद्रा में दिखा, तो उसे शर्म सी महसूस हुई। उससे कुछ जानने की उत्सुकता हुई, तो कुछ नया कहने को संकोच भी। उसके कुछ कहने से पहले ही लटकन ने चेहरे के मनोभावों को बांच लिया— चौरहे पर लोगों के चेहरे पढ़ना उसे आता ही था। अब तो चेहरे को पढ़ना उसके लिए एक कला भी बन चुकी थी— परखने के हुनर उसने सीख लिए थे, उनका भी अच्छा अनुभव प्राप्त कर लिया था। इसीलिए उसने कहने में देर नहीं की, ''मां सच कह रही है— स्पाईस माल से लौटने के बाद बापू के साथ हमेशा जोर-जोर से हंसती हैं— ठहाका लगाती हैं और हम भी अपनी हंसी को रोक नहीं पाते हैं-बहुत मज़ा आता है— तुम भी आज रात यहां रुककर देख लो।''

''तुम कह रहे हो तो...''

''यह कहानी है ही उलझी हुई, अब तो यकीन आ गया बेटा?''

''हां, लटकन कह रहा है तो, उचित ही कह रहा होगा— बच्चे कब बड़े और समझदार हो जाते हैं पता ही नहीं चलता।'' मनीष ने विश्वासपूर्ण लम्बी सांस लेते हुए कहा।

''अरे! ऐसा तुम कह रहे हो मनीष बाबू! बच्चे और संबंध छोटे होते ही कब हैं— ये कब कद ले लेते हैं-उसका कभी पता नहीं चलता— दोनों ही बड़ा होने में देर नहीं लगाते।'' जीवनानंद ने खुले मन से कहा।

''मैं तो इनसे कहती हूं, तुमने इतनी हंसी और खुशी मुझे दी है, उतनी दुनिया की कोई धन सम्पत्ति नहीं दे सकती थी। तुमने तो अपनों से...''

मनीष के मन में अपने संबंधों की हलचल शुरु हो गयी। संबंधों की नई पौध को वह बढ़ता हुआ, काफी देर तक निःशब्द, स्मृतियों में तैरता, अनुभव करता रहा...

●●●

दिनभर ऑफिस की व्यस्तता के बाद माजुली घर लौट चुकी थी। मनीष भी जीरो पॉइंट पर समय पर पहुंचा होता, माजुली को कहने की जरूरत ही नहीं रहती, ''लौट आये मनीष!''

''हां, लौट आया।'' मनीष ने सजाता से कहा।

''कैसा रहा अनुभव? मैं डर रही थी कहीं वह सब सोचते...''

''एक बात पूछूं माजुली! तुमने यह सब किस से प्रेरित होकर किया? यह कोई सामान्य निर्णय नहीं था— जीवनभर साथ लेने का निर्णय था।''

''वह मेरा निर्णय क्षणिक नहीं था— बड़े मनोयोग से किया गया था। तुम जानते ही हो जीवन के लिए निर्णय क्षणिक और शीघ्रता में नहीं हो सकते— वे दिन अवसाद से भरे होते हैं।''

''तुम ठीक कह रही हो, किन्तु, मुझ पर इस तरह आसक्ति की वजह, मैं तुम्हारे साथ रहना नहीं चाहता, मगर तुम्हें नाराज भी नहीं करना चाहता...''

''पहले तुम ही साफ-साफ मन की कह दो, इतना कहने और समझाने के बावजूद तुम क्यों इंकार करने पर तुले हो— उसकी वजह?'' माजुली ने बेबाक होकर कहा।

''मुझे तुम्हारे संबंध में सोचकर डर लग रहा है, कहीं लोग हमारी समझ, हमारे बारे में बातें करना शुरू न कर दें। यह साधारण बात नहीं— गंभीर बात है।''

''यह व्यर्थ की सोच है मनीष! किसी के बारे में अब किसी को सोचने की फुर्सत ही कहां है? और फिर, जिस समाज से डरने की बात कर रहे हो, उस समाज के पास अपने पर रोने को ही बहुत कुछ है— जिस दिन हमारा समाज अपने पर हंसना सीख लेगा, निश्चित रूप से उस दिन पहाड़ों और गिरि कंदराओं में खिलखिलाहट लौट आएगी, पिउली और बुरांस पर मधुमखियां भिनभिनाती और भौंरे वहां के गीत और संगीत को गुनगुनाने लगेंगी, ऊंचे-ऊंचे धारों में जीवन लौट आएगा। खैट पर्वत पर उदास आछरियों की किलकारियां गूँज उठेंगी। अब कौन है वहां हमारी बातें करने तथा सुनने को— राजुला मालूशाही, हरु सिंह हीत और अजुवा बफौल के किस्से तक लोग छोड़ आये हैं- ऐसे निर्दयी— निर्लज समाज से कैसा भय मनीष? भय तो वीरों से होता है— कायर समाजियों से नहीं...''

''ओह! तुम्हें किसी का भय नहीं है?''

''मुझे कोई अवसाद और भय नहीं मनीष! मुझे अपने निर्णय पर पूरा विश्वास है। जरा भी संदेह होता तो कल हमारी परम पूर्णता की आदर्श अभिव्यक्ति की रात नहीं होती।''

''तुम्हें यह नहीं लगता, मैं किसी भी दृष्टि से तुम्हारे योग्य नहीं हूं? फिर भी, तुमने मुझे यह रिश्ता स्वीकार करने को मज़बूर किया? तुम्हारा वह सब स्वांग था, मुझे अपने ऐन्द्रिय कार्यकलापों में भागीदार बनाने का सोचा समझा छल-प्रपंच से अधिक नहीं था।''

''ऐसा तुम्हारा सोचना अनुचित नहीं है मनीष! यह जबरन बलात से अधिक

नहीं हो सकता। मगर एक बात बताओ मनीष! क्या घर आंगन में चंदोवे लटकने, स्वागत् का बैनर टांगने और रंग-बिरंगी पताकाएं और उनसे बने बंदनवार लगाने को ही शादी कहोगे? मैं तो हरिया नाई के चामर की मूंठ लेकर पंखा डुलाने की जरूरत नहीं समझती। यह क्यों नहीं सोचते तुम्हारे पास कुछ नहीं होने के बावजूद सबकुछ है मनीष!''

''तुम एक अध्यापक की बेटी हो, तुम खुली मना हो और तुमने अच्छे संस्कार प्राप्त किए हैं।''

''संस्कार माता-पिता ही नहीं देते हैं, उसमें हमारा परिवेश भी भागीदार होता है, जो तुम्हारे लिए भी उतना ही जीता-जागता है जितना मुझ पर। मैंने जो निर्णय लिया है, वह पक्का और अपलट है।''

''अभी भी कुछ नहीं बिगड़ा है माजुली! तुम अपना निर्णय बदल लो— जो कुछ हुआ उसे भूल जाओ...''

''नहीं-नहीं।'' कहते माजुली ने उसके सूखे होंठों की पपड़ियों पर अपनी ठंडी अंगुलियां रख दीं, और हौले से कहा, ''तुम्हारे पास न कोई प्रॉप्रटी है और न ही आय का कोई साधन— यही तुम्हारा इंकार है मनीष! मैं तुम्हारी भावनाओं को समझती हूं। तुम्हें काम मिल जायेगा। नहीं भी मिला, तो भी तुम्हारे पास कला है। कला के बिना कोई व्यक्ति संपन्न नहीं हो सकता। एक बात कहूं मनीष! जब व्यक्ति कलाकार होता है वह सम्पूर्ण, सबसे संपन्न और श्रेष्ठ होता है, जो कभी भी अमीर-गरीब में अंतर कर अपनी कला को नहीं बांटता है। वह देने की स्थिति में होता है तो, उसे हमेशा उपहार देते नहीं थकता। ठीक है, अभी आय का समुचित साधन तुम्हारा नहीं है— मेरे पास तो है। हम दोनों बहुत कम में अपनी बसर कर लेंगे।''

''आखिर तुम इस तरह बावली क्यों हो रही हो माजुली? ये सब कला, साहित्य और कलाकार, लेखक— वे सब शब्द सुनने और बताने को ही अच्छे लगते हैं। इनमें पीड़ा, कष्ट और अपमान, तिरष्कार को सुनने-कहने की ताकत से अधिक कुछ नहीं होता है— तुम यह समझने की कोशिश करो।''

''मैं नहीं, तुम मनीष! मुझे तुम इसलिए पसंद हो, हम इतने सालों से एक दूसरे को जानते हैं और पहचानते है। मैंने तुम्हें कभी मेरे सौंदर्य के पीछे कामुक और उन्मत होते नहीं पाया। तुम चाहते, जीरो पॉइंट की सुरंग में वह सबकुछ कर सकते थे, जो एक खूंखार पुरुष अपनी हैवानियत की हदों को पारकर कर सकता है। इसलिए भी, जब तुम उसके बाद मुझे मिले और मेरी थाती को कौड़ी के भाव खरीद लेने की साजिश की अपनी चिंता बता गए, तब भी मैंने तुमसे कुछ नहीं कहा। तुमने देखा होगा, मुझमें, तब कोई रोष नहीं था। हम दोनों पहले की भांति सहजता से मिले, दरअसल मैं तुम से मिलना ही चाहती थी-जैसे उस रात कुछ हुआ ही नहीं था।

तुम्हारे प्रति मेरे मन में सम्मान बढ़ गया। यह बात मैंने अपने पिता को बताई और उन्होंने तुम्हारे बौज्यू को। इसीलिए मैंने तुमसे कल रात ऐन्द्रिय कार्यकलापों से हटकर जिद की— वह सामान्य जिद नहीं, मेरे और तुम्हारे लिए सम्पूर्णता को पाने की असाधारण घड़ी थी। उसमें हम दोनों उन अविस्मरणीय स्वर्णिम पलों का आनंद लेने में सफल भी हुए।''

''मैंने हमेशा सोचा था, मैं अपने गांव देस और पहाड़ की, उसके विकास के लिए नित नयी योजना बनाने में मर खप जाऊं। और आजतक खपता भी रहा हूं। परन्तु, मैं हमेशा असफल ही होता रहा— कभी सफल हो पाऊंगा इसमें भी संदेह है। जीवन का कोई लक्ष्य भी नहीं बचा है अब— जो था, वह मान्यवर का साथ देते उनकी कुटिल नीतियों की भेंट चढ़ गया। अब उनके साथ भी मेरा व्यवहार अच्छा नहीं रहा। कई बार ऐसी परिस्थितियां आयी थीं, जब मैंने नोएडा की सड़कों, फुटपाथों और फुट ओवरब्रिज की रेलिंगों के सहारे बैठकर रातें बितायी थीं। सोच सकती हो कि अनुरक्त होकर तुमने मुझसे संबंध बनाया, जिसके लिए मैं किसी दृष्टिकोण से सफल नहीं हूं— न मेरा व्यवहार अच्छा होगा और न चरित्र में दृढ़ता हो सकती है। मैं एक विश्वसनीय पति तो कभी हो ही नहीं सकता माजुली!''

''यह तुम्हारा सोचने का विषय नहीं है और न उपयुक्त समय ही...'' कहती माजुली किचन की तरफ चली गयी।

मनीष उसे जाता हुआ देखता रहा। बहुत देर तक वह सोचता और धीरे-धीरे दूर से आती साड़ी की चुन्नटों के बीच से पायल के घुंघरु मधुर स्वर में बजते उसे अच्छे लगने लगे। यकाएक उसका हाथ बिस्तर पर बिछी चादर पर गया, तो वह इतनी मुलायम और धवल लगने लगी, जैसे बाहर घने अंधेरे को भेदकर झक्क जुनाली रात की उज्याली बिस्तर पर छिटककर उसकी हथेली को गुदगुदी करने लगी, उसका बदन को सहलाने लगी। वह मुक्तभाव से सोचने लगा,

गृभ्णामि ते सुप्रजास्त्वाय हस्तं मया पत्या जरदष्टिर्यथासः।
भगो अर्यमा सविता पुरन्धिर्मह्यांत्वादु:गार्हपत्याय देवाः।।

मैं तुम्हारा हाथ पकड़ कर रखूंगा ताकि हम योग्य बच्चों के मां-बाप बन सकें और हम कभी अलग न हों। मैं इंद्र, वरुण, और सवितृ देवताओं से एक अच्छे गृहस्थ जीवन का आशीर्वाद मांगता हूं। परंतु उसने येसा भी कुछ नहीं कहा, वह धीरे से बोला, ''यह मन्त्र आपको उचारित करने की जरूरत नहीं ऋषि सूर्या! अब मैं ही गुनगुना देता हूं—

''सखा सप्तपदा भव। सखायौ सप्तपदा बभूव।
सख्यं ते गमेयम। साख्यात ते मायोषम। सख्यान्मे मयोष्ठाः।
तुम मेरे साथ सात कदम चल चुकी हो, अब हम दोस्त बन गए हैं।''

ऋषि सूर्या ने जैसे आशिर्वाद में कह दिया था, ''एवमस्तु!''

●●●

''समृद्ध हैं पहाड़, न मालूम वे क्यों रिक्त होते जा रहे हैं?

इसका मतलब देवता लोग इंसानों को अपने साथ नहीं रहने देना चाहते- वे पलायन के लिए मज़बबूर हो रहे हैं।''

''क्या कहा आपने?''

''पलायन के सम्बंध में कुछ कहा?''

''वहां देवशाही है। देवशाही से कोई भी विधि विधान का आदेश लोकशाही के लिए जारी किया जा सकता है— बाघ-बकरी एक ही तालाब में पानी पी सकते हैं— सूर्यवंशी,चंद्रवंशी और गोरखा इतिहास उठाकर देखो— इसमें कैसा आश्चर्य? कोई बजह नहीं हो सकती।''

''श्रीविष्णु अधिक दिनों तक नहीं रहे वहां-हमेशा धुनि जगाये,भभूति रमाये देवाधिदेव महादेव शिव रहते हैं— उन्हें वैसा ही साथ अच्छा लगता है— और श्रीविष्णु— उन्हें तो क्षीर सागर में शेष शय्या का सुख सदा पसंद है।''

''श्रीहरि का भी क्या गजब का गणित है-देवता पलायन की बात करते हैं और वह देवभूमि के विकास की बात कहते थकते नहीं हैं— उनके लिए लोकशाही, राजशाही के जल,जंगल और देव भूमि में कोई अंतर नहीं है— एक ही है...''

''लोक के लिए इस गणित को समझना बहुत आसान नहीं— कठिन है।''

''आसान तो श्रीविष्णु के लिए भी नहीं है उनके मन को पढ़ना, वे तो नारदजी ही हैं, जो हर बार देवताओं की नयी कथा कह देते हैं।''

''ओह! नारद भी उलझाते रहते हैं श्रीहरि को।''

''श्रीहरि ही तो परमात्मा हैं। लोक के लिए तो सिर्फ परमात्मा का भय दिखाना ही काफी होता है।''

''ऋषिराज नारद यही तो करते हैं...''

''वैसे परमात्मा को भी कुछ न कुछ सूझता ही रहता है हर साल, क्षीरसागर में गर्मियां असहनीय होती जा रही हैं— इवान पब्लोविच मिनायेव की समझ में कुमाऊं स्विट्जरलैंड से अधिक सुन्दर है, तो उसकी अपनी समझ है। स्वर्ग है तो वह पहाड़ पर है— नैनीताल, रानीखेत, मसूरी और लेंस डौन, औली, धनेटी हैं। श्रीबदरीनाथ में श्रीविष्णु तथा श्रीकेदार नाथ पर देवाधिदेव शिव ही नहीं रहते, हमारे ऋषि मुनि भी रहते आये हैं अनंतकाल से— अब और भी कोई रहना चाहे तो...''

''जब श्रीहरि का मन है, तो देवशाही चाहेगी ही देवभूमि से कोई टहलुआ

होना ही चाहिए। टहलु के लिए सेवा, टहल का अनुभवी होना ही चाहिए। उसे पहले संत, साधु, सन्यासी और पौंगा पंडित से टहल का पाठ पढ़ना होगा। काशी पढ़ना होगा। वैदिक परम्परा में तो काशी ही जाना होता था, अब देश आजाद है, कोई भी कहीं भी आ-जा सकता है— निवास कर सकता है— यहां तक कि जम्मू-कश्मीर से धारा 370 पर भी हाथ धुल गए। स्वर्ग में रहना है तो साधु, संत और तपस्वी होना ही होगा— यह देव भूमि पर रहने की एक वांछनीय शर्त हो ही सकती है— एक बार पहाड़ तो छोड़ना ही होगा। इसे कोई पलायन कहे तो कहता रहे-। उससे देवशाही को कोई फर्क नहीं पड़ता है...''

''ऐसा क्यों?''

''समझते नहीं हो, लोक चेहरे की झलक ही देखता है और देवता परिछाईं भी देखते हैं— वे दूर की सोचते हैं और पासा फैंकते भी दूर ही हैं— हमेशा देश-विदेश से देव परनी में जुटने को नये-नये देवता आयेंगे— उनके आदर सत्कार में टहलुओं के वगैर कोई कोरकसर छोड़ने का जोखिम देवता तो कभी नहीं लेंगे और फिर, अरे पहाड़ी लड़कियां और पहाड़ी झरने कहां शांत होते हैं— चंचल होते हैं, उनकी इज्जत और स्वाभिमान का भी तो पहले ध्यान रखना ही होगा— टहलुओं की जरूरत उसके लिए भी रहेगी...''

''तब तो देवभूमि से, अब उन्हें भी जाना होगा?''

''नि:संदेह स्वाभिमान के साथ, उनका पलायन पहले जरूरी है-ये पहाड़ बचे हैं, तो उनसे ही बचे हुए हैं अभी तक...''

''इसीलिए एक दिन कमलकिशोर कह रहा था, जीवन को सुख से अधिक दुख प्रभावित करता है— एक दिन आंचरी-चांचरियों को भी खेंट पर्वत से जाना होगा?''

''नहीं-नहीं वे देवताओं के साथ ही रहेंगी— वे नहीं रहेंगी तो देवताओं को शैल संगीत और पहाड़ी राग कौन सुनाएगा। कोल-किरात और गन्धर्व पहले ही पुरखों की उस विरास को ही नहीं, अपनी ठौर भी छोड़ चुके हैं। इसीलिए मान्यवर पहाड़ में उनकी पुरखों की जमीन को कौड़ियों के भाव खरीदकर लोकवासियों के एकान्तिक दुख को बांटने की सोच रहे हैं?''

''सोचते रहो मान्यवर! जब तक वहां इजा— बौज्यू जीवित हैं तब तक तो मैं भी दही बिलोता रहूंगा...'' कहते मनीष की हंसी छूट गयी। वह बेतुका हंसने लगा।

''क्या हुआ मनीष! इस तरह एकाएक एकतरफा क्यों हंसने लगे?'' माजुली ने आश्चर्य से पूछा।

''कुछ याद आया तो खुद पर ही हंसी आ गयी। इस बार गांव गया था। बौज्यू काफी बदले-बदले हुए लगे— मन, विचार और व्यवहार में भी...''

''क्यों? क्या कह रहे थे?''

''कह रहे थे, सुना था हमेशा श्रीविष्णु युग के अंतिम चरण में अवतार लेते हैं; उन्होंने देव अवतार की बात नहीं कही— वे जानते हैं इस घोर कलयुग में तो पहले चरण में घर-घर में देवताओं ने अवतार लेना आरम्भ कर दिया था और श्री विष्णु ने बीसवीं सदी में ही— अवतार ले लिया तो अब सृष्टि जल्दी ही रसातल चली जाएगी। जल्दी ही विधर्मी मारे जायेंगे— यहां जो भी बचा रहेगा, सतयुगी विचारों का अवशेष रहेगा। श्रीकेदारनाथ की घटना तो मामूली थी, श्रीकेदार की शक्ति भी कमजोर थी, तब पूरा केदारखंड बचा तो श्रीविष्णु की कृपा से।''

''तुम्हारी बातें मेरी समझ से परे की हैं। कौन किसे बचाता है— पहाड़ों को किसने बचाया— सैनिकों ने या फिर देवताओं ने? मेरे हिसाब से हमेशा हमारी सेना ने ही देश को बचाया है...''

''यह कौन कह रहा है— तुम कह रही हो— तुम्हारी किताबें नहीं। महाभारत, गीता, रामायण और दुनिया भर की दूसरी पुस्तकों को उठा कर देखा है कभी— जो मारे गए, वे सिर्फ शहीद हुए और कीर्ति तो परमात्मा की ही बढ़ी है। ''मनीष ने जैसे व्यंग्य में कह दिया।

''यह दुनिया का सच है मनीष! दुनिया में सच कहने की सामर्थ्य किसमें है— एक कोने से दूसरे कोने तक नज़र दौड़ाकर देख लो महाभारत के युद्ध से कारगिल तक का अंतिम फैसला किसने किया...''

''जीवनानंद भी यही कहते हैं?''

''कौन— कुछ कहा तुमने?''

''अरे वही जीवनानंद! जो कह रहे थे— इस बीच कमलकिशोर आया था- धमकी भरे लहजे में कह गया...''

''क्या?'' माजुली ने उत्सुकता से पूछा।

''जन सेवकों के चरित्र में बन्दर घुड़की और उछल-कूद से ज्यादा होता ही क्या है?''

''तुम्हें ऐसा कहते भय नहीं लगता मनीष! जब देखती हूं— ऐसा विषवमन...''

''इससे अधिक कुछ है तो...अरे! उसे जीवनानंद को कहने की क्या जरूरत थी कि वह नोएडा में तो क्या पूरे एन.सी.आर. में मुझे रहने नहीं देगा।''

''क्यों?''

''इसलिए की मैंने उसे अपने बौज्यू की चार नाली जमीन का सौदा नहीं होने दिया, गांव मैं नया मंदिर नहीं बनाने दिया— जिस पर मेरे बौज्यू के मोक्ष हेतु साधना-स्थल का निर्माण करवाना चाहता था।''

''तब तो वह मुझे भी...''

''हां, वह तुम्हें भी— तुमने भी धनगढ़ी में श्रीबद्रिका आश्रम बनाने से उसे रोक दिया था...''

''इसके लिए कौन जिम्मेदार है कभी तुमने सोचा मनीष?''

''हां, कई बार सोचा है मैंने, एक बार नहीं बीसियों बार कि पहाड़ पर देवाधिदेव शिव को हम अंतिम सत्य के रूप में स्वीकार करते आ रहे हैं-शिव सर्वशक्तिमान नहीं हैं। वे सापेक्ष हैं। वहां निरपेक्ष परमात्मा ने अपनी उपस्थिति सिद्ध की है, वही सर्वशक्तिमान है— हमें जल, जंगल जमीन, सूर्य, चंद्रमा और टिमटिमाते तारों भरा आसमान के साथ रोजी-रोटी के लिए भी आधुनिक उद्योग चाहिए। परन्तु, लोक है कि यह समझने को तैयार ही नहीं— मेरे बौज्यू भी तो उसी लोक का हिस्सा हैं। ठीक है एक पल के लिए मान भी लेते हैं कि देवों के देव उतने ही सर्वशक्तिमान हैं— जितना की परमेश्वर— मगर हनुमान को कौन बल याद दिलाता रहेगा? इस विशाल देश के दूसरे भी राज्य हैं— वहां क्या स्थानीय देवताओं का बाहुल्य नहीं है? है, सभी के अपने-अपने देवता हैं— स्वनिर्मित, स्वसिद्ध हैं। उनकी शक्ति को वहां का लोक पहचानता है- ऐसा उत्तराखंड में क्यों नहीं है— यह ज्ञान और चेतना का अभाव से अधिक और क्या हो सकता है? जब तक आत्म चेतना जागृत नहीं होती, तब तक न व्यक्ति को मनुष्य बनाया जा सकता है और न ही वहां का विकास हो सकता है...''

''तुम ठीक कह रहे हो मनीष! मैं समझ रही हूं, तुमने मेरे बौज्यू के शब्द ही दोहरा दिये-एक दिन ऐसी ही बात चल निकली थी— वह क्रुध होकर बोले, जानते हो, मैं पहाड़ छोड़कर भाबर के इस गांव में आकर क्यों बसा— वहां का समाज ठगों तथा ठगे जानेवालों का समाज है— क्यों कहता हूं...''

''ठीक कह रहे थे, आखिर वे एक अध्यापक हैं— अधिक नहीं, तो कुछ न कुछ तो अच्छा— अच्छाई की सोचते ही हैं, मगर ऐसी सोचवाले कितने लोग हो सकते हैं? अधिक नहीं— उनमें मच्छरों की प्रतिरोधात्मक क्षमता बढ़ाने वालों की संख्या अधिक है,यह लोकतंत्र है— संख्याबल है तो सबकुछ है— मयैव विहितान हि तान।''

''मतलब?''

''यही कि परमात्मा की अनुमति के बगैर वहां एक पत्ता तक नहीं हिल सकता।''

''यही स्थिति वहां भी है और यहां भी।''

''यहां— वहां कहना अनुचित होगा— यह हम सब की रग-रग में है— अब कमलकिशोर को ही देख लो, एक दिन मुझसे बोला, तुम आदर्श जीवन की बात करते नहीं थकते— क्यों नहीं मेरे लिए महिला सशक्तिकरण विषय पर एक भाषण

लिख देते? दूसरे दिन बोला— श्रीवैष्णव देवी के दर्शन करने का मन हो रहा है— तुम चलोगे; और एक दिन तो यहां तक कह बैठा, भविष्य कोई अच्छा नहीं दिख रहा है— जीवन का बहुत बड़ा हिस्सा समाज सेवा पर झोंक दिया— आखिर पार्टी के लोग नगर निगम का सदस्य बनने का टिकिट देने की छोड़ो, आर.डब्ल्यू.ए. का सदस्य— उसके योग्य होने तक पर विचार नहीं करती।''

''अच्छा''

''और तुमने भाषण लिख दिया होगा?''

''नहीं, मैंने कहा, डॉ. सुवर्ण रावत से कहो ना, उन्होंने अभी-अभी ''रंगीन परछाईं'' मंचित किया था; कह रहे थे कि आजाद भारत की महिलाओं के सशक्तिकरण पर इससे बेहतर नाटक दूसरा नहीं हो सकता— आप साधन संपन्न हैं...

''वह कौन है?''

''नेशनल स्कूल आफ ड्रामा में पढ़ाते हैं— आप नहीं जानते?''

''मैं इस स्कूल का ही नाम पहली बार सुन रहा हूं— वैसे भी मुझे ड्रामा-व्रामा के लोग पसंद नहीं हैं?'' कमलकिशोर ने असहज होते हुए कहा था।

''तब तो आपने गिरीश कर्नाड, भानुभारती, देवेंद्रराज अंकुर, रतन थिएम, एम.के. रैना और अब्राहम अल्काजी का नाम भी नहीं सुना होगा?''

''नहीं— कौन हैं ये लोग?''

''अधिक तो मैं भी नहीं जानता, लेकिन व्यक्ति को मनुष्य बनाने का काम भलिभांति करते हैं— इतना अवश्य जानता हूं...'' मैंने कहा।

''फिर...'' माजुली ने पूछा।

''कमलकिशोर ने कुछ नहीं पूछ था...''

''वह कैसा जनसेवक है मनीष! जो सवाल करना ही नहीं जानता?''

''कहा था— जोर-जोर से खिल्ली उड़ाते, उसके चेहरे को अपनी आंखों के सामने मैं देख रहा हूं...''

''तुम कहां चुप रहे होंगे? कुछ न कुछ कह दिया होगा।''

''दरसल जनसेवक के आगे अधिक ज्ञानगंगा बहाना उचित नहीं होता, मैंने इतना जरूर कह दिया, जितना काम आप लोग जीवनभर नहीं करते, उतना वे लोग सालभर में करते हैं...''

''आखिर जलेबी की तरह घुमा फिराकर बात मुझ पर ले आते हो मनीष!'' कमलकिशोर ने तब दुखी होकर कहा था।

''मुझे नहीं मालूम, मैं आपको कब से मंगोलपुरी, जहांगीरपुरी, कल्याणपुरी, राजघाट और तुगलकाबाद की तंग बस्ती की मलिन गलियों से लेकर, इस नोएडा शहर की झुगी-झोपड़ियों तक घूम-घूमकर अपना हाथ जग्न्नाथ करते देख रहा हूं-

फिर उन कीड़े-मकौड़ों को मनुष्य बनाना तो बहुत दूर, उन्हें एक अच्छे व्यक्ति तक की पांत में नहीं रख सके। आखिर क्यों? इसलिए कि वे इस योग्य नहीं हैं या आप वैसा जीवन-स्तर को उठाने की मनसा ही नहीं रखते?''

''तुम्हें इन लोगों से दूर ही रहना चाहिए।'' माजुली ने तपाक से कहा।

''और अब तुम्हें भी...''

●●●

एक-एक बात आगे बढ़ती गयी। सुरक्षा-असुरक्षा को लेकर वे दोनों एक दूसरे को सावधान करते रहे। अनमने भावों से बीते दिनों पर वे दोनों बातें करते रहे— एक दूसरे के करीब आते गए, बीती रात से कहीं आज की रात अपनत्व के करीब आती लगी और उनका विश्वास मजबूत होता चला गया।

सुबह हुई। नई ऊर्जा, और उमंग से एक नए रास्ते पर चलने की ठान ली।

''तुम मेरे साथ चलोगे मनीष!'' माजुली ने पूछा।

''कहां?'' मनीष ने जानना चाहा।

''अब तुम्हारा यूं ही इधर-उधर घूमना ठीक नहीं। इसमें न सम्मान मिलता है और न स्वाभिमान ही बचा रहता है।'' मजुली ने कहा।

माजुली के कहने के आशय को मनीष समझ नहीं पाया हो, ऐसा नहीं था। उसने आत्मविश्वासपूर्ण लहजे में कहा, ''ऐसा समय भी अधिक दिनों तक नहीं चलेगा। बच्चे अब अभ्यास करते थकते नहीं हैं— कल मैं उन्हें देख रहा था, तो पहले से कहीं अधिक समझदार और जिम्मेदार लगे, मुझे...''

''सो तो ठीक है। मैंने भी तुम्हारे लिए नई जिम्मेदारी संभालने की बात की हुई है।''

मनीष को इस समय समझने में नहीं, निर्णय लेने में थोड़ी कठिनाई हुई। उसने दूर-दूर तक नहीं सोचा था, माजुली उसके भविष्य के लिए, इस सीमा तक चिंतित हो सकती है। उसका आश्चर्य उस समय बांसों उछला, जब उसने कहा कि तुम्हें तो बच्चों के जिम्मेदार होने का अहसास कल हुआ जबकि उसने तो उसी दिन सुनिश्चित कर लिया था— तुम अब जब भी मिलोगे नई जिम्मेदारियों को उठाने के लिए परिपक्कव और सक्षम मिलोगे।

''पहेली मत बुझाओ माजुली! मैं बड़ी गभीरता से कह रहा हूं।''

''गंभीर कब नहीं थे— मैं जानती हूं, तुम हमेशा पुरुषों की भांति जिम्मेदार होने का भ्रम कभी नहीं पालते।'' कह कर माजुली खिलखिला पड़ी।

''मैं सच कह रहा हूं माजुली! मेरा विश्वास करो...'' इस समय मनीष के

शब्दों में विनम्रता से सहमति का भाव छलछला आया।

माजुली फिर भी हंसती रही, उसके चेहरे का रंग बदलते देखती रही— उसकी आभा की अनुभूति करती रही। उसे लगा, मनीष को जब बात रुचिकार नहीं लगती है, वह हमेशा एकदम चुप हो जाता है–वह किसी भी प्रकार का प्रतिकार नहीं करता। उस समय उसके मस्तिष्क में एक नई तरह की उमड़न –घुमड़न होने लगती है। उसे नदी की धारा ही नहीं, उसकी अपनी सम्पूर्ण सोच का प्रवाह ही विपरित दिशा की ओर बहता प्रतीत होता है— जो हमेशा उसके लिए कष्टकारी साबित होता रहा है और असम्वेदनशीलता उसमें तेज हो जाती है। अब वह, इस समय उसे अधिक परेशान नहीं देख सकती। उसने विश्वास दिलाते हुए कहा, ''अब तुम्हारी परेशानी तुम्हारा साथ छोड़ देगी मनीष!''

मनीष इस समय भी मौन रहा।

माजुली ने बिना स्वांग रचाए और पहेलियां बुझाए कह दिया, ''हमारे कारपोरेट ऑफिस में कार्य दबाव के चलते, आराम के लिए एक रिक्रेशन रूम और दूसरा रिलेक्स रूम की व्यवस्था की जा रही है— कंपनी कार्य दबाव से तनाव के चलते अच्छे उत्पादन के लक्ष्य को प्राप्त करने की उम्मीद कम कर रही हैं। हमारी कंपनी में वेल बिहेवियर को मजबूत करने और तनाव से मुक्त रखने के प्रयास में उपयुक्त तुम से बेहतर दूसरा व्यक्ति नहीं हो सकता।''

माजुली ने जिस गंभीरता से रस बरसाया, मनीष को उस पर विश्वास नहीं हुआ। वह बार–बार माजुली के आंखों में उसके दृढ़ निश्चय को निहारता रहा, विश्वास को ओस की नन्हीं बूंद की भांति पलकों में तैरने और उसके पलकों से झरने तक को देखता और उसकी शब्द ध्वनि को सुनता रहा।

मनीष के मुख पर उभरी और लुढ़की जल की नन्हीं बूँद की आभा और उसकी विभिन्न प्रतिछाया माजुली को मुग्धकर रोमांचित करती लगीं। उसने प्रफुलित गुलाबी रंग बिखेरते हुए कहा, ''सिर्फ आज— मेरे साथ चलकर देख लो मनीष! मैं उसी दिन तुम्हारे जॉब के संबंध में मन बनाकर बात कर चुकी थी, जिस दिन तुम, अपनी एक जिम्मेदारी का एहसास करते, मुझे राजीव चौक पर अंतिम बार मिले थे– मुझे तुम्हारा मिलना अच्छा लगा था। मैंने उसी क्षण तय कर लिया था कि तुम भले ही उस समय कुछ नहीं कह पाए थे और न मैंने जानने की उत्सुकता ही दिखाई थी, फिर भी, मैंने तुम्हें पढ़ लिया था— तुम्हारी मनोदशा और भंगिमाओं को पढ़ लिया था। वह पढ़ना तुम्हारे जीवन की किताब को पढ़ना था— किसी अधूरी छूटी पुस्तक का पूरा पाठ पढ़ने से मिले आनंद और संतुष्टि से एकदम अलग। मैंने तुम्हारी कहानी के टूटे–फूटे रंगीन प्रतिछायाएं उसी समय बना ली थीं...''

माजुली न सिर्फ बातें कर रही थी, अपने आफिस को जाने की तैयारी पर भी

जुटी हुई थी— अपने सही और साफ सुथरे काम के प्रति उत्साह और उम्मीद के अनुरूप मनीष की सहमति भी उसमें सम्मिलित होती झलक रही थी।

थोड़ी ही देर में दोनों के कदम घर से साथ-साथ चले, तो कभी खत्म न होने वाली, अंतहीन बातों का तारतम्य भी चलता रहा। राजीव चौक पर एक साथ यलो लाइन की यात्रा के लिए उतरे, तो आंखें भी एक ही दिशा को देखती रहीं— निश्चित रूप से इस समय उन्हें शाम को मिलने का वचन याद आया भी होगा, तो भी, उसे नहीं दोहराया। घड़ीभर की इस यात्रा में उनकी बातों ने न जीवन को बदलने की मन में ठानी, बल्कि उनके सरोकारों को भी बदलने का अनवरत उपक्रम करने की बात चल निकली।

●●●

बुरे दिनों में रोशनी आंखों को क्यों चुभती थी?

घर, गांव तथा अपनों की दृष्टि पड़ते ही भृकुटी क्यों तन जाती थी? गली के आवारा कुत्ते भी उसे देखकर क्यों भौंकने लगते थे? आश्चर्य! अब वह सब बदला-बदला क्यों लगने लगा? अंधेरी— बंद गली, रोशनी से जगमगाती लगी। गली के आवारा कुत्ते भी रास्ता देने लगे। पांव में सैंडिल और जूते खड़कने की आवाज अब अधिक गूंजने लगी, तो बड़े बुजर्गों की आंखें का उन पर टिकने का भी अहसास होने लगा। उसे रह-रह कर अपना विगत जीवन याद आने लगा था— वे दिन जिन्हें वह विस्मृति में रखने की ही कोशिश करता था, वे एक बार फिर आंखों में तैरने लगे। वह जो कुछ देख रहा था— उसकी अतृप्त मृतप्राय इच्छाएं जैसे जीवंत होकर जोर मारने लगी थीं। इस दृश्य में वह अकेला नहीं माजुली भी शामिल होते उसे देखने लगी।

समय के साथ प्यार करने का तौर तरीका ही नहीं बदला, इन दोनों ने प्यार की परिभाषा ही नहीं बदली, प्यार की प्रक्रिया ही बदल दी। एक जमाना उनका भी था, जब प्यार की लम्बी पारी खेलने पर परिणाम की परिणति शारीरिक भोग पर जाकर अटक जाती थी— अब ऐसा नहीं है— ठीक उलटा है— सब कुछ बदल गया है। आज गली में एक अजीब तरह की बेचैनी से भरी निगाहें माजुली को प्रतीत हुईं। उसने मनीष की तरफ देखा— वह संकोच सा करता हुआ, आगे कदम रख रहा था। उसे लगा, इन बुजुर्गों को उस पर संदेह की एक वजह यह भी हो सकती है-वह मनीष का ध्यान उनकी ओर खींचते हुए, बताने लगी, "उस आंटी को देख रहे हो मनीष! इस गली की अच्छी-बुरी खबर इनके पास होती हैं। ये गप्पें हांकना जानती हैं। मुझे न इनसे और न ही इनकी बातों से कोई लेना-देना होता था। एक दिन मुझ

से कहने लगीं, "आजकल की लड़कियां समझदार होती हैं लड़कों से..."

"तुमने क्या कहा था?"

"यही की इसमें समझदारी की कोन सी नयी और बड़ी बात है, जिसका जिस पर दिल आ जाता है, वह प्रपोज कर देता है। बात तो हां और ना पर टिकी होती है आंटी!"

"हमारे समय में हमें अपने मर्द से मिलने पर भी डर लगता था।"

"अपने जमाने की फिल्में देखती थीं आंटी?"

"हां, देखती थीं, किस तरह लड़का लड़की एक दूसरे पर मरते थे— वह था सच्चा प्यार— आज की तरह..."

"यही फर्क है कल और आज में। हमारे और आपके समय में— आज कोई किसी पर नहीं मरता आंटी! मरना भी नहीं चाहिए— इसे जीवन का अंतिम उद्देश्य बनाना ठीक नहीं, आज बड़े जीवन का बड़ा लक्ष्य होता है— जीवन का बड़ा उद्देश्य तो होना भी चाहिए। यह जीवन और उसमें भी युवा उम्र बार-बार नहीं मिलती-जो कदम उठाते हैं सोच समझकर उठाते हैं। जीवन को बड़ा करने के लिए कदम भी बड़ा ही रखते हैं-बड़ी अच्छी औरत है यह।"

"औरत कौन सी बुरी होती है सभी अच्छी होती हैं।" कहते मनीष ने अपना दृष्टिकोण रख दिया।

"इसी मानसिकता से ही जुल्म-ज्यादातियों की घटनाएं बढ़ रही हैं देश में..."

"पहले से कम-तब औरत जीती नहीं मरती थी— आज अधिक नहीं, तो कुछ न कुछ पल अपने हिस्से की धूप ले ही रही है। थोड़ा बहुत जी ही लेती हैं— अपनी जिंदगी; हर कोई ताप लेती है अपने हिस्से की धूप..."

"हां, अब चेतना आयी है— हर कोई अपने-अपने दृष्टिकोण से देख रहा है औरतों और बच्चों को।" ऐसा कहकर माजुली ने मनीष को किसी अवसाद में नहीं जाने दिया, बल्कि उसका हौसला बढ़ाने में सफल हुई। छोटे घर का छोटा किचन और बड़े उद्देश्य के लिए बना खाना माजुली ने तैयार कर परोस लिया। वह चाहती तो दिन की थकी हारी किचन में तपने और झुलसने से कहीं अधिक सुविधाजनक पिज़ा और चाइनीज डिसेज का ऑर्डर मोबाईल फोन से दे सकती थी— फ्रीहोम डिलीवरी का लाभ ले सकती थी, परन्तु, उसने ऐसा नहीं किया। वह मन ही मन अतिप्रसन्न, अपने हाथों से तैयार पकवानों की उतनी ही तुप्ति वह मनीष में अनुभव कर रही थी। यद्यपि वह अभी सोच रही थी, उसने अपनी आंखें पूरी तरह से चूल्हे की आंच पर टिका रखी थीं, उसे आभास हुआ कि मनीष की आंखें उसकी पीठ को निहारती थक नहीं रही हैं— उसका कुनकुना अहसास भी उसे गुदगुदा रहा था। उसने

एक दो बार चोर दृष्टि से मनीष को देखा–उसके चेहरे पर अद्‌भुत मुस्कान का खेल चल रहा था। उसने कहा, ''तुम मुझे देखकर मुस्करा रहे हो मनीष?''

''नहीं, मैं तुम्हारी बालों की लट पर खेल रहा हूं— घने बालों के बंधन खुल चुके हैं। मैं उन पर लटक कर नीले आसमान में अनंत की तरफ पींगें भर रहा हूं, फिर भी थककर हांफ नहीं रहा।''

''अनंत की तरफ बढ़ते हुए, तारों भरे असमान में झक्क जुनली रात की जून दीदी को पकड़ लेने की मनसा है क्या? उसकी खिलखिलाहट को अनुभव करने का आनंद ही कुछ और होता मनीष!'' माजुली के स्वर में शरारत मचल गयी।

''मेरे उस आनंद से छोटा— मेरी आंखों की अतल गहराई में सिर्फ तुम्हारा ही सौन्दर्य तैर रहा है— तुम तैर रही हो— उस सुनहरी मछली की तरह। मैं उसे पकड़ने का प्रयास कर रहा हूं— मेरी अंगुलियां घने बालों के बीच उलझती तथा भटकती जा रही हैं और मछली है कि फिसलती ही जा रही है बार–बार यमुना की अतल गहरायी में, मुझे आकर्षित कर खींचती जा रही है— मैं डूबता जा रहा हूं...''

''अच्छी कविता कर लेते हो?''

''नहीं, मैं सोच रहा हूं, कल से कहीं आज की रात अधिक सुरक्षित और अपनत्व से भरी है। चूल्हे पर चढ़े गर्म तवे पर तुम्हारी अंगुलियां नृत्य करती प्रतीत हो रही हैं।''

''तुमने कभी ऊंचाई से गिरते झरने देखे हैं। मुझे किसी ऊंचे शैलशिखर से प्रवाहित होती हुई तरल लौहित्य धारा अधिक मुग्ध करती है। उससे शिखर का सौन्दर्य बढ़ जाता है— मैं उस धारा में खेलना पसंद करती हूं। इस चूल्हे पर उठ रही लपटें उसी धारा की अभिन्न हिस्सा हैं, उस धारा में एक अदृश्य आग है। जिसमें प्रवाहित होकर मैंने जीवन का अविस्मरणीय आनंद लिया है।''

''तुम्हें गगन चुम्बी शिखर से कल कल–छल छल का निनाद करती, गिरती, फेनिल बहाती दुधिया जल धारा पसंद नहीं— वह तो तरल लौहित्य रंगी धारा से कहीं सुन्दर होती है।'' मनीष ने कहा।

''ऐसी जल धारा भरी बरसात के मौसम में ही अपना उत्स ढूंढ़ती हैं मनीष! मैं हमेशा किलकारियां भरती हुई अपने लक्ष्य को पाना चाहती हूं— तुमने देखा कभी लौहित्य रंग में रंगी जल धारा ठंडी नहीं, आग उमड़ती बहती धारा का अहसास कराती है— यद्यपि उसमें आग नहीं उसकी आंच भी ठंडी ही होती है।''

''ओह माजुली!'' कहते मनीष उठा और उसके माथे पर अपना चुम्बन दे दिया।

''यह क्या तुम्हारे भीतर भी तो वैसी ही आंच बह रही है मनीष!''

बातों का सिलसिला थमने को नहीं आ रहा था। निरंतर झरने की भांति

अविरल बहते जाने की आकांक्षा उन्हें बिस्तर पर ले आयी। वे दोनों आनंद का अनुभव करने लगे। उमंग और रोमांच से उनके शरीर में कम्पन सी होने लगी, उनमें साथ सोने की इच्छा बढ़ती गयी, यह सोचकर कि उनके बीच अपनी-अपनी अविरल रस धारा बहेगी और दोनों मिलकर एक बड़ी धारा के मनभावन मधुर संगीत को सुनते रहेंगे देर रात तक।

●●●

जब रात छोटी और दिन बड़े प्रतीत होते हैं, तब उत्सवों के दिन चल रहे होते हैं और रातों में सुन्दर सपने कहीं अधिक दूर तक उड़ा ले जाते हैं, अपनी रंगीन परछाईं के साथ। मन सुबह को कोसने लगता है। मन अकेला नहीं होता, कोई और भी होता है— देह होती है। इस समय व्यक्ति से मनुष्य बनने में देर नहीं लगती। रात्रि से कहीं अधिक, एक बार फिर, मनुष्य और मनुष्य के बीच देह की अंतरंगता बढ़ने लगती है। दोनों उन सपनों से खेलने लगते हैं और खिड़की के बाहर सूरज हाथभर चढ़ चुका होता है। तब बंद आंखों के सपने से कहीं अधिक कठोर और निर्मम खुली आंखों का उसे देखने जैसा होता है शहर को...

मनीष चाहते हुए भी न उन बच्चों से मिलने का समय निकाल रहा था और न ही जीवनानंद से। पटेल नगर और गुरुग्राम के बीच मेट्रो की यात्रा में जिंदगी नियमित उड़ान भरने लगी थी। अब राजीव चौक सिर्फ पटरी पर दौड़ती मेट्रो का रंग को पकड़ने तक रह गया। कभी उसे ब्ल्यू लाइन पर सफर करना अच्छा लगता था, उसमें उसे अपने जीवन की अनंत संभावनाएं दिखती थीं और माजुली को लोक कल्याण मार्ग, सफदरजंग एअरपोर्ट, आई.एन.ए. मार्किट, एम्स और भी बहुत कुछ- किन्तु, कुतुबमीनार की ऊंचाई पर उसकी आंखें हमेशा अटक जाती थीं। हर रोज वह मनीष को कुतुब मीनार की ऊंचाई दिखाने में नहीं चूकती थीं। उसे कुतुब मीनार को देखना अच्छा लगता था। एक दिन उसने मनीष से कहा, "तुम्हें मालूम है इस मीनार की कितनी मंजिल हैं?"

"हां, उतनी ही, जितनी ऊंचाई तक मैं तुम्हें देख सकता हूं।" इस समय मनीष के शब्दों में शरारत खेल गयी।

"मैं कुतुब मीनार की बात कर रही हूं।" माजुली ने जरा गंभीर स्वर में कहा। इस समय उसके चेहरे के भावों को देख, मनीष को लगा, वह कह रही है— हर समय मजाक अच्छी नहीं होती। इसीलिए उसने अपने उत्तर को ठीक करते हुए, पूरी दृढ़ता से कहा, "सात मंजिल रही होंगी कभी, अब दो मंजिल गिर गयी हैं धरती की कम्पन्न से— जो न जीवन के लिए अच्छा होता है न अजीवन के। मेरी इतिहास

की जानकारी कमजोर नहीं, लेकिन स्वतंत्र भारत के इतिहास के लिए मैं उस जानकारी को कोई महत्वपूर्ण नहीं समझता।''

''तुम वहां गए कभी, और उसे छू कर देखा...''

''हां, कई बार। उस मीनार पर चढ़कर भी देखा, मुझे उसके चारों तरफ खाली मैदान और अली दरवाजा, इल्तुतमिश का मकबरा, दो मस्जिदें और ऊंची-ऊंची इमारत दीखीं। मैं उसकी सबसे ऊंची मंजिल से स्वतंत्र भारत के नए गुरुग्राम को देखना चाहता था, वहां की सिलिकॉन सिटी, आई.टी. पार्क और फरीदाबाद के औद्योगिक क्षेत्र और नोएडा की फिल्म सिटी, आई.टी. पार्क और जेवर में बनाये जा रहे एअरपोर्ट की खुली जमीन तथा उसके अरण्य को देखना चाहता था। मैंने आसमान को रौंदते हवाई जहाजों और राकेटों को पकड़ना चाहा— वे कुतुब मीनार की ऊंचाई से कहीं अधिक ऊंचाई और दूरी पर थे। मैं निरास हुआ, उसी क्षण तय कर लिया, अब मैं अपने बच्चों को स्वतंत्र भारत का ही इतिहास बताऊंगा, जिसमें विकास होगा, खुशहाली होगी और समृद्धि की अपार संभावनाएं होंगी।''

''इसके मायने तुम गुरुग्राम नहीं आना चाहते थे—इस रास्ते पर आओगे तो...''

''मैंने ऐसा तो नहीं कहा—मैं अतीत को नहीं पलटना चाहता— उसमें लौह-लक्कड़ और गारा— पत्थर से चिनीं इमारत हो या फिर व्यक्ति का अंतिम निवास— उनके होने की कल्पना से ही डरता हूं मैं...''

''तब तो तुम नोएडा जाने से भी डरोगे वहां भी तो मान्यवर हैं?''

''हां हैं, कमलकिशोर से डर नहीं लगता। उसके पास अपने तर्क और विचार हैं -उसमें वर्तमान को थाम लेने और कुछ नया करने की दृढ़ इच्छा शक्ति है। उसमें उसके निहित स्वार्थ और उनके लिए गोरख धंधे हैं तो भविष्य की अपार संभावनाओं की नयीं रूप रेखाएं भी हैं— रेखाएं किसी एक के लिए बारीक और दूसरे की गहरी नहीं होतीं, उनमें सबका हित और विकास समाहित होता है...''

''तो तुम नोएडा जा कर ही रहोगे।''

''वहीं क्यों नया फरीदाबाद, नया गुरुग्राम और बंगलुरु, पुणे-मुंबई भी...''

''मैं मान्यवर से मिलना चाहती हूं— जीवनानंद और तुम्हारे बच्चों से भी...''

मनीष की सहमति और असहमति के लिए न होंठ हिले और न ही कोई अगला प्रश्न बना। एकदम चुप्प—जिसमें एक तरह से उसकी सहमति भी घुलमिल गयी थी...

●●●

''आखिर माजुली क्यों मिलना चाहती है उन सब से?''

मनीष के मन में उत्सुकता सी हुई। उसी क्षण उसे लगा, जीवन जीने के

अपने-अपने ढंग हैं, उनमें वे तरीके भी कम नहीं जो असफल भी हो जाते हैं। कोई भी नहीं चाहता असफलता का दरवाजा खुला रहे और हर कोई सरलता से उसमें प्रवेश करता रहे। उसने धीरे से कहा, ''तुम नहीं सोचती, अब सब कुछ बदल गया है— मेरी सोच और संगति भी।''

''मैं भी बदलना चाहती हूं तुम्हारी तरह।''

''तुमने कुछ कहा माजुली?''

''हां, मैंने कहा, मान्यवर से भी मिलकर अच्छा लगेगा।'' माजुली ने अपनी इच्छा को दोहरा दिया।

''आखिर क्यों? क्यों मिलना चाहती हो तुम? वह एक राजनीतिक व्यक्ति हैं। उनकी हमेशा एक अलग तरह की नयी इच्छाएं होती है, जिनको पूरा कर पाना सामान्यजन के बूते की बात नहीं-मेरी तो बिलकुल भी नहीं...''

''ऐसी इच्छाएं किसी भरोसे मंद से ही तो की जाती हैं, और फिर, तुम पर मान्यवर का भरोसा कभी था अब कहां रहा-वह तो खंडित हो चुका।''

''यदि तुम्हें देखकर भरोसा करने लगे तो...'' मनीष के मन में अजीब तरह की हल-चल हो गयी। उसकी विचलन को माजुली उसके चेहरे पर साफ-साफ देखने लगी। उसने कहा, ''इस तरह क्यों देख रहे हो मनीष! तुम ही तो बताते थे, किस तरह हर बात पर तुम्हें वह चुप कराते रहे और अपना उल्लू सीधा कर रहे थे। अब तुम अकेले नहीं हो, वह चुप करने का प्रयास करेंगे—तो मैं बोलूंगी, मैं तुम्हारी तरह चुप नहीं रह सकती— औरत जितनी भावुक है उतनी ही मुक्त भी। वह जब बोलती है, तो उसे चुप करवाना इतना आसान नहीं होता।''

''हां, मैं जानता हूं और भलीभांति समझता हूं— यदि वह तुमसे कहे तुम्हारे सामने एक खुला मंच है, उसमें राजनीति तुम्हारा इंतजार कर रही है। तुम्हारे जैसी मुखर महिलाओं की आज मंच को जरूरत है तब...'' मनीष ने जिम्मेदारी से पूछा।

''तो इसमें गलत क्या है? दुनियाभर की महिलाएं अपने कोटर से बाहर आ रही हैं। अंतरिक्ष से राजनीति तक की यात्रा कर रही हैं— अपने बल-संघर्ष से परचम लहरा रहीं हैं— उनके अन्दर जितनी हमदर्दी है, उतनी ही दबंगई भी बढ़ रही है। यह वही औरत है मनीष! जो एक तरफ रुढ़िवादी समाजों की अपनी परंपरागत भूमिकाएं निभाती रही है तो— आज टी.वी. चैनलों पर मुखर होकर ललकारती भी है तो दुत्कारती भी है...''

''इससे कहां असहमति है माजुली! मैं यह भी जानता हूं, जो राजनैतिक पार्टी और राजनैतिक मंच में फर्क नहीं समझता, जो कभी अपने सेक्टर की आरडब्ल्यूए का प्रतिनिधित्व करने तक के योग्य नहीं समझा गया, वह तुम्हें राजनीति की कौन सी राह दिखायेगा भला? फिर भी, एक बात मन में आई है, तो उसे कह रहा हूं...''

"यह प्रश्न नहीं, उससे पहले सहमति और असहमति— मेरी इच्छा— अनिच्छा का भी तो महत्व हो सकता है? यह भी तो नहीं हो सकता कि मैं राजनीति में कभी नहीं जा सकती।"

"मेरा कहने का मतलब यह नहीं— राजनीति इतनी असंभावी नहीं, मैं उसमें आयी गिरावट की बात कह रहा हूं। कमलकिशोर राजनीति को समर्पित है परन्तु किसी पार्टी के प्रति प्रतिबद्ध नहीं रहा कभी— वह एकमात्र आत्ममुग्ध बहुधंधी है— ऐसा भी नहीं है— उसकी नीयत में गिरावट का एक मात्र उदाहरण यही है।"

"यह हमारी चर्चा का विषय नहीं हो सकता मनीष! मैं सिर्फ ..."

"मेरी भी..." कहते मनीष के शब्द अटक गए, किन्तु कदम रुक नहीं सके— न्यू अशोक नगर की ओर बढ़ गए।

उन्हें देखकर निर्जीव-सा बैठा जीवनानंद में जैसे प्राण लौट आये, हमेशा की भांति पूछ दिया— "फुरसत मिल गयी— यहां तक आने की।"

मनीष कोई उत्तर देता, उससे पहले खटका-सा हुआ। जीवनानंद के स्वर में उसे कोई उत्साह नहीं दिखा। न बच्चे अभ्यास करते दिखे और न ही उनके सामने लटकन आया। जीवनानंद ने न पन्नो को माजुली के साथ घर पर पहुंचने की सूचना दी। वह बड़ी देर तक टकटकी लगाकर प्रतीक्षा करता रहा कि पन्नो रौली-मौली, फूल-अक्षत और जलता दीया लेकर आयेगी पिछली बार की तरह। वह दरवाजे पर पुते गेरुवा रंग और उस पर उकेरे ऐपण की सफेद धारियों का उत्स देखने का प्रयास करने लगा। जब किसी तरह की हलचल नहीं दिखी और न ऐपण का उजलापन दिखा और न उसमें बना शुभंकर और न ही स्वस्तिक का प्रतीक ही दिखा— सब कुछ फीका-फीका दिखा, तो उसे असमय यहां आने का अफसोस और दुःख होने लगा। उसने धीरे से पूछा, "कहां गए सब लोग?"

जीवनानंद की चुप्पी पर उसका संदेह बढ़ गया।

कमलकिशोर की क्रूर मुखाकृति की भंगिमाएं उसके आंखों में तैरने लगीं। एकदम अपलक— आंखें उस पर टिकना चाहती थीं। उसे अपनी पलकों पर चिढ़ सी हुई— इन पलकों का होना क्या जरूरी था। ये नहीं होतीं तो किसी को भी अपलक देख सकता था। सोचने लगा, इस श्मशानी चुप्पी की कोई तो मुख्य वजह हो सकती है— कमलकिशोर भी हो सकता है— ये टुच्चे लोग बदले की भावना से किसी की रंगीन दुनिया को बदरंग करने पर हमेशा तुले रहते हैं— किसी की खुशियां इनसे देखी ही नहीं जातीं। यह सब सोचना, मनीष का अपने मन का विकार हो सकता था।

"अब यहां कोई नहीं बचा— न पन्नो रही और न बच्चे। एक समझदार लटकन था, वह तुम्हारे जाने के साथ ही चला गया— छोड़कर चले जाने का खटका,

उसका हमेशा लगा रहता था।''

''कहां गए वे लोग?'' मनीष ने पूछा।

''कौन किसका साथ देता है बेटा! बीच रास्ते में छोड़ गयी पन्नो! तो बच्चे भी चल पड़े मान्यवर के साथ...''

''कहां?''

''नहीं मालूम, अब तो चुनाव भी खत्म हो गए। इतने दिनों से शांत शाहदरा नाला भी फिर से, जोर शोर से खदबदाने लगा है, उसके चिलचिलाने में अपने बच्चों की खिलखिलाहट को सुनने की कोशिश करते थक गया हूं— कुछ नहीं सुनाई देता। वे लौटकर भी नहीं आये। तुम ठीक कहते थे— ये दुनिया के सबसे अविश्वसनीय जीव होते हैं— ऐसा दरवाजे पर लटकी चिलवन (बांस की तीलियों से बना परदा या चिक) भी मुझसे बार-बार यही कहती रही है— मैंने उसकी एक नहीं सुनी, तो अब मुझ पर हंस रही है...''

''चिलमन को टांगना ठीक नहीं-कहा था न मैंने एक दिन। उससे गहरा नाता जोड़ना ठीक नहीं था। उसी से क्यों कोई भी गांठ कहां संवाद करने देती है जीवनानंद! बात मन की हो फिर तन की...''

''मन की गांठ से बांस की गांठ कहां कठोर और निर्मम होती है मनीष बाबू! वह जब खुलती है, उसी से स्वर-संगीत भी फूटता है— संगत बनती है।''

जीवनानंद की बातें मनीष को विचित्र नहीं लगीं— मेट्रो स्टेशन की सीढ़ियों पर बैठा बाबा और जीवनानंद की बातों में उसे कोई अंतर नहीं लगा। दोनों की बातें उसे हमेशा रोमांचित करती रहती थीं— इस समय भी उसने उसकी बातों को उसी अंदाज में लिया— इसीलिए बड़ी देर तक बात उसे जरा भी विस्मयकारी नहीं लगी।

माजुली की समझ में जरा भी नहीं आया कि जीवनानंद क्यों इतने रुखे और नीरसता भरी बातें कर रहे हैं? उसने मनीष से जितनी भी और जैसी बातें सुनी थीं, किसी भी दृष्टि से वह उदारमन के नहीं लग रहे थे। न कोई आवभगत-स्वागत सत्कार तथा न ही उल्लास के भाव मन में जग रहे थे। मनीष की बातों से प्रभावित होकर ही, उसने मिलने का मन बनाया था। इसके लिए उसकी इच्छा के विरुद्ध हठ तक कर बैठी थी। उसने अपनी कोहनी से मनीष को संकेत किया और, धीरे से, उसके कान में फुसफुसाया, ''यह वही जीवनानंद है या कोई अन्य व्यक्ति? यह जो हमें देख प्रसन्न होने के— रो रहा है।''

मनीष ने देखा, जीवनानंद की आंखें बड़ी देर से सचुमच पसीज रही हैं। उसने आश्चर्य से पूछा, ''मेरा इस समय यहां आना रुचिकर नहीं लगा जीवनानंद?''

''नहीं, यह बात नहीं।'' कहते— उसकी रुलाई फूट पड़ी।

''क्या हुआ जीवनानंद! कोई अनहोनी घटी है क्या?''

''इससे बड़ा आसमान कौन सा दूसरा हो सकता था, जो अकस्मात टूट गया मनीष बाबू? पहाड़ टूटता तो आवाज होती— पन्नो तो... आज जीवित यहां होती, खुशियां उससे समेटी नहीं जाती। अब वह कभी लौट कर नहीं आएगी।'' कहते-कहते जीवनानंद फूट-फूट कर रो पड़ा।

''कैसे हुआ यह सब?''

''उस दिन तुम आये, और अकेले आये, तो उसके दिल में हूक सी बैठ गयी-खुशी के मौके पर बहू नहीं राहू काल आ बसा था-उसे कांटा सा चुभता रहा बड़ी देर तक और फिर ...''

क्या ऐसा भी हो सकता है? उसकी ही क्यों किसी की भी संवेदनाएं इस सीमा तक एक पल उद्वेलित होकर दूसरे पल मर भी सकती हैं? दबी हुई भावनाएं प्राण तक ले सकती हैं? मनीष के मन में कई प्रश्न उठे। उसे विश्वास ही नहीं हुआ, उस दिन सचमुच क्या पन्नो उसकी इजा की ठौर पर पहुंच चुकी थी या फिर जीवनानंद का आज यह उनके प्रति अत्युक्ति अतिरेक लगाव है। बड़ी देर तक वह सोचता रहा— अपने संबंधों को ओढ़ता-बिछाता रहा। उनके एक-एक रेशे को अलग किया, तो उसके हाथ कपास की देह से अधिक कुछ भी नहीं लगी। उसने देह के भीतर गहरे में झांका तो अंततः एक रिश्ते की मौत हुई ही थी।

''क्या सोचने लगे मनीष! देख रहे हो जीवनानंद अभी भी रोते जा रहे हैं— मुझ से किसी को रोते देखा नहीं जाता, ''माजुली ने कहा।

''तू क्यों रोने लगी पगली!''

माजुली अपनी सिसकियों को रोक नहीं सकी।

''क्या हुआ? तुम्हें हुआ क्या माजुली?''

''पन्नो नहीं मरना चाहती होगी— उसकी असमय मौत हुई है— मेरी इजा की तरह...''

''इजा कभी विस्मृति नहीं हो सकती पगली! वह साथ रहेगी जीवन भर। उसे इस घ़ी अनुभव करने का उपक्रम करोगी, तो स्वयं संभल नहीं सकोगी। उम्रदराज हैं जीवानंद! उनके अरण्य एकांत को समझने का प्रयास करो-वैसे भी बड़े बुजुर्ग का रोना और उन्हें रुलाना कहां अच्छा होता है?''

''यही तो मां भी कहती रही जीवन भर...'' माजुली ने उसे बताया।

''क्या तुम्हारी इजा भी नहीं हैं इस दुनिया में...''

''सुगंध कभी जीवन से विलग नहीं होती मनीष!...''

''ओह माजुली!''

''मैंने खूब रुलाया था मां को...''

''गलत सोचती हो तुम— पगली! मां रोती ही कब है— वह मुस्कराना

सिखाती है हमेशा...''

''मनीष बाबू ठीक कह रहे हैं बेटी! पन्नो जब तक मेरे साथ रही मुस्कराती रही— ऐसा उसकी आदत में था।''

मनीष ने सोचा झट से कह दे, बुक्का फाड़कर तुम ही पहले पहल रो पड़े थे जीवनानंद! शुरुआत तो तुमने ही की थी। परन्तु, उसे मन कुपित करना उचित नहीं लगा। बात को पलटने के क्रम में कहा, ''अपने-अपने अरण्य में, सभी भटक रहे हैं। यह जीवन भर का भटकाव है— तो सरोकारों का बिखराव भी। माया-मोह, अपना-पराया और छोटा-बड़ा सभी बड़ी दुनिया के किरदार हैं, जिन्हें हर कोई अपनी-अपनी तरह से जीता और निभाता है।''

जीवानंद ने उपेक्षा का भाव प्रकट किया— मनीष की बात पर। नहीं, सिर्फ अपने जीवन से। वह उठा और कदम बढ़ाते हुए उसने अपने जीवंत स्वर में कहा, ''बहू आई है पहली बार, कुछ तो...''

अधूरा वाक्य छोड़कर भीतर चला गया जीवनानंद...

●●●

''जीवनानंद मन के राजा हैं— बहुत ही नेक इन्सान हैं।'' मनीष ने कहा।

''फुर्ती और आवाज मेरे पिता की तरह— आदत भी वैसी ही हो सकती हैं?'' झट से माजुली ने तुलना का ग्राफ खींच लिया।

''समझ रही हो, ज्यों-ज्यों दिन बढ़ता जा रहा है, शाहदरा ड्रेन नाला अपने यौवन के साथ बौखलाने लगा है।''

''अंधेरा घिरता जाएगा, तो यहां मछर भी बढ़ते जाएंगे''

''इस समय कम हैं क्या?'' मनीष ने व्यंग्यात्मक शब्दों में कहा।

''इन्हें भिनभिनाता हुआ देखकर एक बार का किस्सा बताऊं मनीष! सुनोगे तो हंसोगे। भले ही हंसी मेरे दादा और पिता की होगी। कोई भी अपने पुरखों की हंसी नहीं उड़ाना चाहेगा— अब यह किस्सा चलन में है, तो हंसी आएगी ही, मुंह थामकर नहीं रह सकते। हुआ यूं कि एक बार मेरे दादा की नाक पर मक्खी बैठ गयी तो उन्हें अच्छा नहीं लगा। वह दौड़-दौड़कर बाजार गए और डी.डी.टी. पाउडर खरीद कर ले आये। यह बात वर्ष उन्नीस सौ चौसठ-पैंसठ की हो सकती है-बताते हैं तब पहाड़ में डी.डी.टी. का छिड़काव का चलन शुरू ही हुआ था— कुछ दिन बीच बचाव हुआ, तो जल्दी ही वह भी खड़िया मिटटी के मिलावट से बेअसर हो गयी। अब यह नहीं पूछना, उसमें खड़िया मिट्टी किसने मिलायी, मिलावट का धंधा देश में नया नहीं, बहुत पुराना है। यह गोरखधंधा करना कोई बड़ी बात नहीं है। मक्खियों

की तादाद बढ़ती ही गयी। दुखी होकर एक दिन दादा ने सोचा, पहाड़ पर जब निडर मक्खियां ही हांकनी हैं, तो तराई भाबार का रुख क्यों न कर लिया जाए? वे अपने दलबल के साथ धनगढ़ी चले आये।

कुछ दिन तक, वहां सबकुछ ठीक-ठीक चला, तराई भाबर के मच्छरों के किस्से सुने हुए थे— जो पहले से ही जगजाहिर थे— फिर भी, उन्होंने सोचा पहाड़ की मक्खियों से अधिक निडर मच्छर नहीं हो सकते। मच्छरों के प्रकोप से उन्हें डर नहीं लगा। तुमने देखा ही है वहां, रामनगर का बाजार नजदीक है, दादा ने मेरे बौज्यू से कहा। बौज्यू बाजार गए और मच्छर मारने की दावा से लेकर इलेक्ट्रिक हथियार तक खरीदकर ले आये। कुछ दिन के भय और मच्छर मुक्ति के बाद देखा टिड्डियों की भांति मच्छर सांझ के समय घर आंगन में टूट रहे हैं। बेअसर होती दवा और उपकरणों से पहले से कहीं अधिक निडर होते जा रहे हैं। उनके काटाने से मलेरिया ही नहीं डेंगू होने लगा। मलेरिया से कहीं अधिक डेंगू से सरलता से मौतें होने लगीं, समय से पहले दादा भी परम धाम को चल बसे— अब च्छरों से भिड़ते, उनसे मुकाबला करते बौज्यू भी अपनी मृत्यु से डरे-सहमे रहने लगे हैं। वे एक ही धुन में कहते अब थकते नहीं हैं, "इससे अच्छा अपना गांव देस ही था, जहां मक्खियां मंडराती हैं पर मौत नहीं..."

"हो सकता है इस बीच खाली-खाली पहाड़ों पर बन्दूक और तोपें गूंजने लगी हों। मक्खी-मच्छर उनके गर्जन तर्जन के घोर शोर से दुबक गए हों?" मनीष ने एक प्रकार से, उसके किस्से की ही नहीं, पहाड़ की खिल्ली उड़ा दी।

दोनों जोर-जोर से खिलखिला पड़े।

जीवनानंद को बड़ा आश्चर्य हुआ।

जीवनानंद जो घर के भीतर गया था, वह बाहर चला आया। उन्हें लोटपोट होते देख कर बोला, "इस खिलखिलाहट को मैं भी तो समझ लूं..."

"माजुली को अपने मच्छर मार पुरखों का किस्सा याद आ गया था-वही किस्सा सुना रही थी।" मनीष ने फिर से चुटकी ले ली।

"अरे मच्छर और इंसानों के किस्से एक नहीं बीसियों हैं इस दुनिया में— यहां तक कि मच्छर और मक्खियां पहले से ज्यादा ताकतवर और उग्र भी हो चुके हैं। आदमी भयभीत रहने लगा है। मक्खी-मच्छरों के भय से कहीं अधिक मन के भीतर के भय से अब व्यक्ति डरने लगा है— अब तोप दाग दें तो कोई बड़ी बात नही..." जीवनानंद ने झट से व्यंग्य में कह दिया।

"यह शोर— उनके भिनभिनाने का शोर ही है गांव देस और शहरों में यहां तक की हमारे पड़ौसी मुल्कों में भी..." मनीष ने फिर से बात पर चुटकी ले ली।

"ऐसा ही किस्सा सुना गए थे एक दिन मान्यवर। मुझे पहले विश्वास नहीं

आया, जब किस्सा सुना तो पासा पलटने में देर नहीं लगी।''

''किस्सों से राजनीति चलती थी कभी और अब, उनसे देश चलने लगा है - एक दिन आपने ही कहा था जीवनानंद!'' मनीष ने थोड़ा गंभीरता से कहा।

''राजनीति का ही किस्सा सुना रहा हूं बेटे! देश बहुत बाद की सोच है। जब यह किस्सा मैं पन्नो को सुनाता था, वह खूब हंसती थी— लोटपोट होकर अपना दुखता पेट थाम लेती थी— इस समय भी, मैं किस्सा सुनने की उत्सुकता को उसमें, अपनी आंखों में देख रहा हूं...'' अनंत की तरफ देखते हुए जीवनानंद ने कहा।

एकाएक गंभीर हो गया मनीष, उसे लगा जीवनानंद अपनी पन्नो के विषाद में घिर रहा है, अभी उससे उबर नहीं पाया है— वह अपनी मानसिक पकड़ को कमजोर कर चुका है। उसने माजुली की ओर देखा। वह पहले ही अपने होंठों पर अंगुलियों को रख चुकी थी। उसने धीरे से उसके कान में फुसफुसाकर कहा, ''कहो तो, जीवनानंद से और एक किस्सा सुन लो— काम आएगा।''

''तुम सुन लो— वह कितना प्यार करते हैं पन्नो को आज भी?''

''जल्दी से सुना दो कोई प्यार भरा किस्सा जीवानंद! चाय की चाहत बहुत दूर -उसकी तलब बिलकुल भी नहीं है।''

''तुम्हारा ही चाय का किस्सा सुना दूँ मनीष बाबू! जिसे कहते थकते नहीं थे...''

''कौन-सा किस्सा, मैं भी तो सुन लूं?'' उत्सुकता से माजुली ने कहा।

''वह कभी आगे...'' जीवनानंद ने झट से सुनाने से दूरी भी बना ली।

''वह कभी सुनाना भी नहीं।'' यह कहकर मनीष ने माजुली के मन में संदेह का बीज गहराई में बो दिया। इससे माजुली के मन की उत्सुकता और बढ़ गयी। उसने कहा, ''हां, फिर कभी, आज का किस्सा सिर्फ मान्यवर तक का ही— इतना ही...''

चाय ठंडी होती रही, किस्सा तन-मन को गुदगुदी करता रहा। किस्सा खत्म हुआ, तो तीनों के खुशी से मन बरसने लगे। किस्सा मामूली नहीं जीवनानंद ने एक नयी पहेली बूझकर रोमांचित कर दिया।

''आज मैं, यहां ठहरने को नहीं कहूंगा मनीष बेटे! अब तुम अकेले नहीं हो माजुली भी साथ है। वैसे भी तुम्हारी उम्र में मेरा कहीं रात में रुकने को मन करता नहीं था। फिर कभी, माजुली का मन जब भी किस्सा सुनने को करे, साथ लेते आना...''

''जी जरूर, किसी और दिन...'' कहते मनीष उठा और माजुली भी।

''मैं जल्दी आउंगी।।'' माजुली ने आत्मीयता से कहा।

परन्तु नाले के बढ़ते शोर से जीवनानंद सुन नहीं पाया। उसने कहा, ''नाला बहुत उफनता है— कभी-कभी उसकी भदभदाहट से मन बहुत डरता है, तो अकेले स्पाईस मॉल पर चला जाता हूं।''

''वहां बच्चे मिलेंगे।'' मनीष ने फिर वही राग छेड़ दिया।

"जा भी कहां सकते हैं? चौराहे की दिपदिप जलती बत्तियों में ही उन्हें दुनिया दिखती है और मुझे भी उनका वहीं पर होने का भ्रम होता है। उनका चौराहे से अलग भविष्य कहां हो सकता है बेटा? मान्यवर साथ ले गए हैं उन्हें— स्पाईस मॉल का चौराहा नहीं-कोई और गली कुंचा हो सकता है...।" जीवनानंद ने गंभीर होकर कहा।

"गली-कुंचा!"

"हां, ऐसा ही कह रहे थे— वे भी अब बड़े हो गए हैं, वहीं कहीं अपना भविष्य खोज रहे हैं..."

"कहां?"

"तुम्हारा सवाल बहुत कठिन है मनीष बाबू! युवाओं का भविष्य कहा है? कभी तुम उनमें अपना भविष्य देख रहे थे और मान्यवर तुम में..."

इस समय मनीष को उसके शब्दों में गरमी लगी। उसने जरा कड़क स्वर में कहा, "आपको सब पता है जीवनानंद! आप कुछ छिपा रहे हैं। बच्चे वहीं कहीं होंगे-लौट आयेंगे..."

इतना ही कहना उचित समझ कर मनीष और माजुली बाहर निकल आये। वे दोनों अपने बातों की तन्मयता में न उफनते नाले की खदबदाहट सुन सके और न ही हवा को चीरती मेट्रो की सनसनाहट ही सुन सके। नाला पीछे छूटते जा रहा था और सामने पटरी पर सरपट भागती मेट्रो ट्रेन को उन दोनों ने अवश्य देख लिया।

उनके कदम तेजी से मेट्रो स्टेशन की ओर बढ़ गए...

ट्रेन ने रफ्तार पकड़ी। उन्हें अब न जीवनानंद का चेहरा याद रहा और न शाहदरा से परवान चढ़ा नाला ही...

●●●

"भगवान ही बचाए इस जीवन से, कैसे रहते हैं लोग— अजब-गजब के लोग उनकी वैसी ही दुनिया— तुम भी कहां-कहां चल पड़ते हो मनीष!" माजुली ने मन में बनी गांठ खोल दी।

"वह दो देशों का नहीं दो प्रदेशों में बहता नाला है। दो देशों के बीच की जल कूटनीति समझना जितना आसान है यहां प्रदेशों की पेंचों को समझना उतना ही मुश्किल— हमारे प्रधान मंत्री की पाकिस्तान की ओर बहते पानी की अतल धारा को मोड़ने की बात सरल है— उस नाले को ढ़कना एक टांके भर की सिलाई करना दुष्कर— ओह भगवान्! तुम्हीं रक्षा करना..."

ऐसा कहने का अपराध बोध हुआ। मनीष के हाथ क्षमा के लिए एकाएक जुड़ गए।

''क्या हुआ मनीष? मैं कुछ गलत कह गयी?''

''नहीं-नहीं तुम ठीक सोच रही हो।'' मनीष ने कहा और एकदम कहीं दूर वादियों में टहलने लगा।

''फिर— क्या सोचने लगे-इतनी आसानी से नाले के घोर शोर, दुर्गन्ध और मच्छरों की राग-रागिनियों को भूला दोगे...?''

''नहीं— संभव नहीं, मैं उस शोर से अधिक लटकन का कहकहा सुनने को आतुर हूं— प्रयास कर रहा हूं।''

''कहां है खुशी, खिलखिलाहट और..''

''बोटानिकल गार्डन है यह— हमें इसी मेट्रो स्टेशन पर उतरना है माजुली!...'' कहते मनीष तेजी से उठा, कोच से बाहर निकल आया और माजुली भी।

माजुली कुछ कह नहीं सकी जैसे सब कुछ मनीष ने कह दिया था। पलभर की उलझन के बाद दोनों के कदम बढ़ गए।

कहां ले जाएगा मनीष अब? जी.आई.पी., गलेरिया या लॉजिक्स मॉल जैसा माजुली ने अपने मन से पूछा। स्पाईस मॉल से कहीं अधिक नजदीक है मान्यवर का घर। मनीष ने माजुली को बताने को सोचा भी किन्तु उसने कहा, ''तुम मान्यवर से मिलाने की बात कह रही थीं— वहां रुकुमा भी मिलेगी और मायरा तथा चुलबुल भी।''

''मुझे बच्चों के संग खेलना अच्छा लगता है मनीष!'' उत्सुकता से माजुली ने कहा।

''अभी तुम्हारी खेलने की उम्र कहां हुई माजुली? बच्चों के संग तो जीवनानंद को अच्छा लगता है। तुम चाहो तो मायरा से बातें कर सकती हो— चुलबुल बड़ी बातूनी है... ''कहते ही मनीष ने कदम बढ़ा लिए। उन्हें मान्यवर के आंगन में पहुचने में देर नहीं लगी।

अप्रत्याशित मनीष को आया देख रुकुमा को आश्चर्य हुआ। उसे विश्वास ही नहीं हुआ यह मनीष ही है जो लौट आया है।

''तुम यहां! इस समय— मनीष लौट आये?'' रुकुमा ने उनके लिए अपना खुशियों भरा अंचल लहरा दिया।

''चुलबुल से मिलाने लाया हूं माजुली को, मायरा से मिलकर अच्छा लगेगा— कहां हैं दोनों?''

''यानि यहां तुम मुझसे मिलने नहीं आये हो— यही कह रहे हो...''

''जी, यही...''

''अपने मान्यवर से भी नहीं?''

इस समय मनीष चुप रहा। उसकी चुप्पी को देखकर रुकुमा ने बताया कि तुम

दोनों ही खुद के विषय में एक जैसा सोचोगे, मंथन करोगे तो जीवन बदल जायेगा। दुनिया की नजर में गिरने से संभल जाओगे। अच्छा ही हुआ, तुम्हारे जाने के बाद कमलकिशोर भी अब चुप-चुप रहने लगे हैं। तब से दांये-बांये जाने के अभी- अभी सीधा घर लौट आये हैं। रुकुमा ने आंगन से ही कमलकिशोर को ऊंची आवाज दे दी।

कमलकिशोर सचमुच बदल गया है— रुकुमा की एक ही धाद में बाहर निकल आया।

कमलकिशोर को आता हुआ देखकर मनीष को आश्चर्य हुआ— ऐसा परिवर्तन— उसे अपनी आंखों पर विश्वास नहीं हुआ।

मनीष और माजुली को देख कमलकिशोर में तिल भर भी खुशी न दिखी। उन्हें देखते ही उसने क्रूरता से कहा, "मुझे उम्मीद थी तुम जरूर लौटकर आओगे एक दिन?"

"मैं यहां रहने नहीं आया हूं, "मनीष के मन में एकाएक दबी चिंगारी तड़क उठी। उसने आगे जोड़ा, "मैं तो..."

"मैं नहीं कह रहा, तुम यहां मुंह उठाकर क्यों चले आये? मैं तुम्हारी कोई कहानी नहीं सुनना चाहता। पुरानी बातों को न दोहराना चाहता हूं और न मेरी तुम में कोई रुचि ही बची है।"

"यह तो आपका सोचना है मान्यवर! कहानी बनाने से नहीं बनती— खुद-ब-खुद बनती चली जाती है— पुरानी होगी तो सड़ेगी-दुर्गन्ध ही देगी..." अभी भी मनीष की मन की खुनस कम नहीं हुई थी।

"तुम अपनी जड़ें दूसरे शहरों में फैलाने की अपेक्षा अपने गांव देस की सोचते हो, उन बच्चों के लिए सोचते हो, जो तुम्हारे नहीं हैं और न हो सकते हैं। यह बुरा नहीं है। जीवन का एक उद्देश्य होना चाहिए— वह तुमने चुना है, कमलकिशोर ने इन शब्दों को भी बड़ी निर्दयता से कहा। उसके चेहरे पर इस समय तनाव साफ झलक रहा था।

"तो"

"बिफर क्यों रहे हो— यह अच्छी बात है।"

मनीष एक पल के लिए झेंप सा गया, दूसरे ही पल उसे लगा, कमलकिशोर अपनी मन की बातें कहकर उसे चुप करवाने का खेल खेलना चाहता है— जिसे माजुली भी पहली मुलाकात में अनुभव कर रही है। उसे अपनी स्थिति अपमान से भरती और कमजोर होती लगी। उसने सचेत होकर झट से कह दिया, "मैं उपदेश भरे शब्दों के लिए नहीं आया हूं मान्यवर! देश भर में ऐसे उपदेशी बाबाओं की भरमार है— उनमें से रामरहीम, आसाराम भीतर है तो कोई सांसा राम झांसा राम

बाहर है- आपके शनिश्वरी बाबा की बात में नहीं कह सकता— मैं उनसे उस दिन के बाद कभी नहीं मिला।''

''किसकी बात कर रहे हो?'' कमलकिशोर बात की गंभीरता को संभाल नहीं सका। उसने बात को हवा देते हुए कहा, ''उस बाबा के पास, जो मेट्रो स्टेशन की फूटपाथ पर खुद होता है और तुम्हें उज्जवल भविष्य की आशीषें देते नहीं थकता।''

''उसकी दुआ ही तो मुझे यहां तक ले आई मान्यवर! आखिर वह भी तो लौटना चाहता था, अपनी जड़ों की तरफ एक दिन मेरी तरह— मैं जानता हूं लौटना आसान नहीं है।''

''मानते हो, यह भी समझ चुके होगे— जीवन का राजनीति के बगैर चलना संभव नहीं है।''

''यह भलीभांति भी समझाता हूं— जो कहीं भी असंभव है तो राजनीति में वह भी संभव है— ऐसा उस बाबा ने ही कहा था।''

''अब बाबाओं का साथ छोड़ दो मेरी तरह— सुखी रहोगे।''

''दुखी मैं था ही कब— दुखी तो बाबा रहता था मुझे देखकर— इसीलिए दुआ करते आशीषें देते थकता नहीं ...''

''वह दुआ करते दुनिया छोड़ देगा और तुम आशीष लेते थक जाओगे।'' कहते कमलकिशोर ने हास्य मिश्रित व्यंग्यात्मक स्वर में कहा। इस समय उसका स्वर ऊंचा हुआ तो रुकुमा जो कमलकिशोर के बाहर आते ही उठकर अन्दर गयी थी, वह चाय बनाकर ले आई।

अबतक माजुली कौन है? मनीष के साथ यहां तक क्यों चली आई है? यह न रुकुमा ने पूछा था और न ही कमलकिशोर ने।

माजुली चुपचाप बैठी सब कुछ तनातनी में सुन-समझ रही थी और मनीष ने उसका परिचय करवाने की जरूरत ही नहीं समझी। बात से बात निकली, तो शब्दों में गरमी काफी बढ़ गयी थी। उसे ठंडा और हलका करने के उपक्रम में तो किसी भी कोण से नहीं कमलकिशोर ने व्यंग्य करते हुए कहा, ''रेणुका! अच्छा हुआ आज मनीष बाबू बाबा से आशीर्वाद लेकर यहां...''

''मैं साथ देखकर पहले ही समझ गयी थी— मनीष का सलेक्शन अच्छा है।'' रुकुमा ने आत्मीयता भरे शब्दों में माजुली का सम्मान किया।

''यह अच्छी बात है बाबा का कहा समय पर फलित हुआ।'' कमलकिशोर के शब्दों में इस समय भी वैसा ही विषवमन हुआ।

''फलित तो बहुत कुछ हुआ है मान्यवर! वह भी, जो राजनीति में ही संभव है वह भी।'' मनीष ने भी शब्दों में संतुलित स्वर को साधा।

''फिर से वही मनीष!...'' रुकुमा ने जैसे अधिकार पूर्वक कहा।

''यह उससे भी अच्छी बात है— मेरा भी भ्रम टूट रहा है— कि राजनीति से ही सबकुछ संभव है...''

''आप गलत नहीं सही सोच रही हैं, हमारा जीवन राजनीति से ही संचालित होता है— उसके विरुद्ध जाकर कोई अपने प्राण नहीं देना चाहता। इसलिए हम उससे हट कर समझ लें, या डर कर, अलग नहीं सोच सकते। धन-दौलत और शौहरत सब उससे ही तो नालबद्ध हैं...'' कड़क शब्दों में मनीष ने कह दिया।

''इसीलिए कह रहा हूं, तुम कुछ कर लो जीवन में— मेरे पास सब कुछ है- तुम दोनों भाग्यशाली हो— तुम्हारे साथ में हूं। तुम्हारे पास पुरखों की दी हुई जल,जंगल जमीन और भरपूर हवा है। मैं वहां विकास के लिए स्कूल,कालेज और बच्चों के खेलने को स्टेडियम और अभ्यास के लिए साधन देता हूं— तुम्हारे बच्चे-स्पाईस मॉल के— वहीं अपने नाच-मोझर करेंगे''

''सो तो ठीक है— ऐसा तो वह बाबा भी कहता है, अपने पुरखों की जमीन को आबाद देखना चाहता है।''

''और क्या कहता है बाबा?''

''कहता है उसकी बेटी रुकुमा है— जिसे कमलकिशोर ने...''

''बेवकूफ, तुमने बताया नहीं, यह रुकुमा नहीं रेणुका है।''

''क्या कहा बाबा ने?'' रेणुका ने विचलित होकर पूछा।

''हां, बाबा ने विश्वास से यही कहा था, उसका आधार कार्ड में यह नाम हो सकता और वोटर कार्ड में भी...''

''तब तो वह मेरे बौज्यू ही हैं— तुम उस बाबा से कब मिले हो?''

''एक-दो बार नहीं बारम्बार...''

''तब तो तुमने बाबा में सीटियां बजाने, भेढ़-बकरियां हांकते रहने की आदत भी देखी होगी।''

''हां, जब बाबा मन की कहता है,तब उसके होंठों से शब्द कम सीटियां ज्यादा बजती हैं। सीटी देता है, उसके कटे होंठ से हवा में सिसकियां छूटती हैं। बाबा बांसुरी नहीं बजाता कभी, उसे होंठों को छू भर देता है, कहता है अब बंशी नहीं बजती।''

''तब तो वहां की हवा में तासीर होगी।''

''ऐसा तुम कैसे कह रही हो?''

''बचपन की अपनी विचित्र कहानी है मनीष! बौज्यू के साथ ऊंचे नीचे वन खण्डों में जाया करती थी, तो उनका बांसुरी पर सुर देना अच्छा लगता था। एक दिन कहने लगे, मैं तुझे न्योली सुनाऊंगा। तुझे अच्छी लगेगी अपनी इजा की तरह। इजा को

याद करते ही, जब बांसुरी को फूंका तो वह फफक-फफक कर रो पड़े। मन खराब हो गया। अब मैं न बांसुरी सुनना चाहती थी और न ही वे बांसुरी छोड़ने को तैयार थे, मैंने उनके सुन्दर होंठों से बंशी अलग करने के प्रयास में उनके निचले होंठ को ही लहूलुहान कर दिया— यह सब अनजाने में और अप्रत्याशित हुआ था। उस दिन होंठ पर उभरी लकीर बौज्यू के भीतर ही भीतर उनके अंतर्मन की गहरायी तक चली गयी। तब से वह न मुझसे ठीक से बोल पाते थे और भेढ़-बकरियों की सीटी सुनने की आदत रह गयी— उस दिन से उचाट मन से सभी अपने-अपने अरण्य में भटकते रहते..."

"अपने जख्मी होंठ का किस्सा यही तो बताया था बाबा ने—"

"और क्या बताया था? कहां है वह बाबा-बाबा का जख्म नहीं भरा तो वह मेरे बौज्यू ही हो सकते हैं— मैं मिलना चाहती हूं मनीष!..." कहती रुकुमा पगला सी गयी।

रुकुमा ने उसी विश्वसनीय दृष्टि से कमलकिशोर की तरफ देखा और उसने माजुली को और फिर क्रुद्ध आंखों से मनीष की तरफ देखा। उसका मुख का रंग बदलने लगा। उसने कहा, "तुम्हारी इच्छा स्वतन्त्र है— अपनी मन की बातें तुम्हें करनी हैं, तो इस बहुरूपिये से जीभर कर लो..."

"वह बाबा तुम्हारे बौज्यू ही हैं रुकुमा दी! मेरे गांव देस के..." माजुली ने हौले-हौले कह दिया।

"क्या तुमने भी उन्हें देखा है?"

"हां, कई बार। तुम में उनकी अनवार देख रही हूं तब से..." माजुली ने आत्मविश्वास को मजबूत करते हुए कहा।

"तब तो तुम्हें आगे का किस्सा भी मालूम होगा कि एक दिन भेढ़-बकरियों के झुण्ड के बीच से मेमने को शेर उठा कर ले आया जंगल में। मेरा घर न लौटने का दुःख उन्हें जरूर हुआ होगा?"

"मैं उसे दोहराना नहीं चाहती।" माजुली ने कहा।

"क्यों? इसलिए, कमलकिशोर पूरी तरह से आत्मनिर्भर हैं और मेरा सौभाग्य भी उनके साथ है। ओह! यह मैं क्या देख रही हूं— मेरा गांव देस तेज रौशनी से जगमगा रहा है धनगढ़ी तक रोशनी फैल रही है। मवेशी अपने गांव देस को तेज रोशनी में देख रहे हैं... "

चारों चुप्प। किसी से कुछ कहते नहीं बना।

एकदम सन्नाटा बुनता आंगन, बिजली की नियोन रोशनी में जगमगा उठा। सभी अपने-अपने वन खंडों में, विस्मृति से भटकते हुए, एक दूसरे को देखने लगे।

"यह कहने की जरूरत नहीं रुकुमा दी! मेमने को शेर उठा लाया था या फिर

बाघ–मैं सोचती हूं शेर ही होगा, तभी तुम जिन्दा भी हो। खैर छोड़ दो उस बात को, सुबह को रात खत्म होने की प्रतीक्षा नहीं करनी पड़ती...'' माजुली ने कहा।

''यदि मन में कुछ है तो उसे भी कह दो–बोझ बनाकर ढ़ोना ठीक नहीं होता।'' कमलकिशोर ने चिढ़कर कहा।

''बहुत कुछ है कहने को— बाबा भी तो कमाल का व्यक्ति है, जब कहने को खुलता है, तो फिर थकता ही नहीं। है बड़ा मजेदार मान्यवर! आपकी तरह। दोनों में लेशमात्र भी ऊपर–नीचे नहीं— आपकी भूमि ही ऐसी है मान्यवर यहां बांसुरी में सिर्फ सुर ही नहीं होता— जादू भी होता है, जो मवेशियों को ही नहीं, जंगल की घसियारियों को भी मुग्ध कर देता है।''

''तो बाबा ने यहां तक भी कह दिया?''

''हां, ऐसा भी कह रहा था, रावण बलशाली होता तो, कभी मृग नहीं बनता, आज तो उस पर भी हंसने लगे हैं लोग...''

आश्चर्य यह माजुली कह रही है? ये शब्द उसी के हैं? यह उसका आत्मविश्वास बोल रहा है। रुकुमा सोचने लगी कि उसका कहने का भाव भी तो यही है माजुली!

''बल पर नहीं छल पर— मैंने तो ऐसा कुछ भी नहीं किया...'' क्रुद्ध होकर कमलकिशोर ने अपनी ही पीठ थपथपा दी।

मनीष को अपने कानों का सुनना, शब्दों पर से विश्वास के उठने जैसा अनुभूति दे गया। उसने माजुली के मुख को देखा और फिर रुकुमा को। उसको लगा, यह नियोन लाईट में कमलकिशोर की पीठ को देखना, उसका अच्छा लगना, जैसा नहीं है— वह उगते सूरज की सुनहरी किरणों में अपने अरण्य में उस वन खंड को देखना और उस गांव देस को समझना है— उसने कहा, ''धोखा ही तो है यह मान्यवर! इन दोनों में कहां ज्यादा फर्क होता है? अरे कहां उठकर जा रहे हैं मान्यवर? अभी तो हम सभी अपने–अपने अरण्य में, उस पार के वन खंड में भटकते बाबा की बांसुरी की तान और न्योली के स्वर को समझ रहे हैं...और उसकी अनुभूति कर रहे हैं...।

●●●